KNAUR

Von Patricia Shaw sind bereits folgende Titel erschienen:
Brennender Traum
Im Land der tausend Sonnen
Im Feuer der Smaragde
Tal der Träume
Sterne im Sand
Leuchtendes Land
Salz der Hoffnung
Weites wildes Land
Insel der glühenden Sonne
Im Tal der Mangobäume
Feuerbucht
Wind des Südens
Südland
Ruf des Regenvogels
Der Traum der Schlange

Über die Autorin:
Patricia Shaw wurde 1929 in Melbourne geboren und lebt heute in Queensland an der Goldküste Australiens. Über viele Jahre leitete sie das Archiv für »Oral History« in Queensland und schrieb zwei Sachbücher über die Erschließung Australiens. Erst mit 52 Jahren entschied sie sich ganz für das freie Schriftstellerleben und hat seither 19 Romane veröffentlicht.

Patricia Shaw

Sonnenfeuer

Ein Australien-Roman

Aus dem Englischen
von Heide Horn, Barbara Steckhan
und Robert Weiß

Die englische Originalausgabe erschien 1991 unter dem Titel
»River of the Sun« bei Headline Publishing Plc, London.

Besuchen Sie uns im Internet:
www.knaur.de

Vollständige Taschenbuchausgabe April 2019
Knaur Taschenbuch
© 1991 Patricia Shaw
© 1993 der deutschsprachigen Ausgabe
Schneekluth Verlag GmbH, München
© 2019 Knaur Verlag
Ein Imprint der Verlagsgruppe
Droemer Knaur GmbH & Co. KG, München
Alle Rechte vorbehalten. Das Werk darf – auch teilweise – nur mit
Genehmigung des Verlags wiedergegeben werden.
Covergestaltung: ZERO Werbeagentur, München
Coverabbildung: Arcangel Images / Lee Avison;
FinePic / shutterstock.com
Satz: Adobe InDesign im Verlag
Druck und Bindung: CPI books GmbH, Leck
ISBN 978-3-426-52405-3

2 4 5 3 1

Prolog

Der große Fluss brauste und glitzerte im Sonnenlicht. Über gewaltige Granitfelsen stürzte er von den geheimnisvollen Höhen des Irukandji-Territoriums und ergoss sich in die ausgedörrten Weiten des Landesinneren. Dort floss er gen Westen durch das Gebiet des grausamen Stammes der Merkin.

Die Eingeborenen waren stolz auf diesen Fluss. Sie nannten ihn den Goldenen Fluss, denn wenn er nach den Wolkenbrüchen im Sommer wieder ruhig dahinfloss, war er wunderschön anzusehen: Überall entlang des Flussbettes und auf dem Grund der Gesteinsbecken, der tiefen Schluchten, der Felsspalten und der ausgetrockneten Flussläufe und Wasserlöcher in der Ebene funkelten die gelben Kiesel im Sonnenlicht. Sie glitzerten und schimmerten, als habe jemand ein Schmuckstück ins Wasser geworfen, lagen verstreut an den sandigen Ufern und blinkten aus der kristallklaren Tiefe empor. Hoch droben in ihrer felsenbewehrten Festung, im Quellgebiet des Flusses, konnten die Sippen der Irukandji das sich gen Westen endlos dehnende Land überblicken. Doch der Westen bedeutete ihnen nichts. Sie wandten sich lieber nach Osten zur Morgensonne und bewunderten das tiefe Blau des Ozeans und die Wellen, die sich weit draußen am Korallenriff brachen. Die Bergbäche speisten einen zweiten Fluss, der sich direkt ins Meer ergoss. Man nannte ihn den Grünen Fluss, da ihm das Dickicht, das seine Ufer säumte, eine grünliche Färbung verlieh, bevor er in die geschützte Bucht mündete. Die Irukandji wussten nicht, dass ein weißer Seefahrer bereits ein Jahrhundert vor der Zeit, in der unsere Geschichte spielt, die Bucht nach seinem Schiff benannt hatte: *Endeavour*. Die Irukandji stiegen neben den Wasserfällen herab, um im flachen Wasser des Meeres zu fischen, denn dort war es weniger gefährlich als am Grünen Fluss, in dem es von Krokodilen wimmelte. Damals mussten die Irukandji niemanden fürchten außer den Krokodilen. Seit vielen Jahrhunderten waren sie für ihre

Grausamkeit bekannt, und niemand wagte es, ohne Erlaubnis in ihr Gebiet einzudringen.

Doch nun drohte Gefahr. Von Zeit zu Zeit hatten sie seltsame Wesen von großen Schiffen aus an Land kommen sehen, die Wasser von ihren Quellen schöpften. Bis jetzt hatten sie diese Wesen nur heimlich beobachtet und ungehindert ziehen lassen, so sicher waren sie sich, ihr Stammesgebiet, wenn nötig, verteidigen zu können. Jedoch hatten Boten und Händler von anderen mächtigen Stämmen die beunruhigende Nachricht überbracht, dass diese Fremden durch Stammesgebiete nach Süden vordrangen und, obwohl sie nicht wie Krieger aussahen, böse und gefährlich waren.

Häuptling Tajatella beriet sich mit den Ältesten, und dem Volk der Irukandji wurde verkündet, dass die stolzen Bergstämme diese Bedrohung nicht hinnehmen würden.

»Unsere Geduld ist am Ende!« rief Tajatella aus, und seine Krieger stampften zum Zeichen ihrer Zustimmung mit den Füßen, während ihr Kriegsgesang über die Hügel hallte. »Tötet die bösen Wesen! Treibt sie zurück ins Meer!«

Teil 1

1

Als der Schoner *White Rose* gemächlich südwärts durch die Whitsunday Passage glitt, konnte Kapitän Otto Beckmann den Rauch der Eingeborenenfeuer über den Hügeln sehen, doch er machte sich keine weiteren Gedanken darüber. Für die Schiffe stellten die Aborigines, die überall an der Küste von Queensland lebten, keine Bedrohung dar.

Der deutsche Seemann wunderte sich, warum sich die Engländer ausgerechnet in solch einer Wildnis wie Somerset niedergelassen hatten; an der Spitze von Cape York und umgeben von undurchdringlichem Dschungel, wo es von Horden schwarzer Wilder wimmelte. Handelskähne und andere vorbeifahrende Schiffe stellten die einzige Verbindung zwischen den Siedlern und der Außenwelt dar – Schiffe wie die *White Rose*.

Beim bloßen Gedanken an die Eingeborenen schauderte er und bekreuzigte sich. Im Meer zu ertrinken war ein sauberer Tod, aber bei der Vorstellung, von blutrünstigen Wilden in Stücke gehackt zu werden, lief es ihm kalt den Rücken hinunter! Bei Gott! Diese Leute mussten verrückt sein dortzubleiben. Allerdings schien sich John Jardine, der frühere Friedensrichter von Rockhampton und jetzige Vertreter der Krone in Somerset, an alledem nicht weiter zu stören.

Er hatte sich in den Kopf gesetzt, seine Siedlung in ein zweites Singapur zu verwandeln. Unterstützt von einigen mürrischen Marinesoldaten, einem Militärarzt und einem Häuflein unerschrockener Siedler, baute er gerade eine Stadt auf. Er hatte bereits eine Kaserne, ein Krankenhaus und einen herrlichen Amtssitz errichten lassen, von dem aus man eine liebliche Meerenge überblicken konnte, die als Albany Pass bekannt war. Im Augenblick markierte er Straßen auf dem gerodeten Gebiet und überwachte die Landzuteilung an seine künftigen Bürger.

»Sie sollten ein Stück Land kaufen, Beckmann«, hatte Jardine gesagt. »Ein hervorragendes Stück Land mit einer hübschen

Aussicht würde Sie nur zwanzig Pfund kosten. Das ist doch fast geschenkt!«

Fast geschenkt? Beckmann glaubte trotz der Zuversicht dieses zähen und findigen Mannes nicht daran, dass diese winzige Siedlung überleben würde, aber er konnte es sich nicht leisten, Jardine vor den Kopf zu stoßen. Somerset war ein günstig gelegener Hafen. Die Handelsschifffahrt zwischen Batavia und Brisbane warf zwar viel Geld ab, war aber gefährlich, vor allem in der Gegend der Meerenge von Torres. Mordende asiatische Piraten lauerten den Schiffen auf, die zwischen den Riffen nur langsam vorwärtskamen, und die schiffbrüchigen Seeleute auf einsamen Inseln waren den wilden Schwarzen auf Gedeih und Verderb ausgeliefert, wenn sie nicht auf den glühend heißen Korallenatollen verdursteten. Jardine hatte schon vielen Seeleuten das Leben gerettet, indem er mit seinem eigenen Schiff in See gestochen war, um mit seinen Soldaten die Angreifer zurückzuschlagen. Er war wirklich ein außergewöhnlicher Zeitgenosse. Das Wichtigste war jedoch, dass es in Somerset frisches, sauberes Wasser gab.

»Vielen Dank, Sir, es ist in der Tat fast geschenkt«, hatte Beckmann erwidert, »aber ich besitze ein Haus in Brisbane.«

»Es drängt nicht. Sie haben ja genug Zeit, darüber nachzudenken. Übrigens habe ich gehört, dass Ihre Frau dieses Mal auch an Bord der *White Rose* ist. Sie müssen sie heute zum Abendessen mit zu uns an Land bringen.«

»Leider ist das nicht möglich. Mrs. Beckmann ist in Batavia erkrankt.«

»Batavia? Ein schmutziges Nest. Möchten Sie, dass unser Arzt nach ihr sieht?«

»Nein, vielen Dank. Sie ist bereits über den Berg, fühlt sich allerdings immer noch nicht ganz wohl und möchte das Schiff nicht verlassen.«

Jardine sah ihn eine Zeit lang verständnislos an und grinste schließlich. »Ich verstehe. Durchfall, nicht wahr? Sehr peinlich für eine Dame. Ist für jeden von uns peinlich. Mehl und Wasser, ein Geheimrezept. Das stopft. Aber dieses verdammte Wasser aus Batavia sollten Sie ins Meer kippen. Tierkadaver in den

Brunnen sind dort nichts Ungewöhnliches. Sie sollten trotzdem zum Abendessen kommen, Käpt'n. Sie können in meinem Haus übernachten. Wir bekommen nicht oft Besuch, also lassen Sie uns feiern.«

Feiern! Beckmann hatte jetzt noch Kopfschmerzen, wenn er an Jardines Gelage in der letzten Woche dachte. Gussie war enttäuscht gewesen, hatte aber nicht gewagt, an Land zu gehen. Arme Gussie, diese Seereise war schrecklich für sie. Da ihr Ehemann so viel Zeit auf See verbrachte, war es ihr in Brisbane zu einsam geworden. Sie war gutmütig und eine ausgezeichnete Hausfrau, der es allerdings nicht leichtfiel, Freundschaften zu schließen. Die ungehobelten Nachbarn, unter ihnen viele entlassene Sträflinge, jagten ihr Angst ein. Außerdem vermisste sie ihren Sohn. Frederick hatte vorgehabt, mit ihnen nach Australien auszuwandern, aber seine Frau hatte in letzter Minute ihre Meinung geändert. Gussie vermisste ihre Familie und ihr Leben in Hamburg, das in geruhsamen Bahnen verlaufen war. Sie war so teilnahmslos und verzagt geworden, dass Otto ihr schließlich erlaubt hatte, ihn auf dieser Reise zu begleiten. Zwar hatte er zu bedenken gegeben, dass sie leicht seekrank wurde, aber in ihrer Freude hatte sie alle Einwände in den Wind geschlagen.

Nun litt sie schon seit Beginn der Fahrt an Seekrankheit, und als sie in Batavia an Land gingen, machte ihr das feuchtheiße Klima zu schaffen; ihre Nase rebellierte gegen den Gestank der Abfälle im Hafenbecken, der sich mit dem widerwärtig süßlichen Duft exotischer Pflanzen vermischte, und schließlich war sie von einer Tropenkrankheit befallen worden, die sie so geschwächt hatte, dass sie zurück an Bord getragen werden musste. Beckmann seufzte. Und dann die Abendeinladung bei diesem Engländer! Nach Jardines Geschichten über zahllose Überfälle der Aborigines auf die Siedlung – Yardigans und Goomokodeens, wie er ohne erkennbare Gemütsregung feststellte – hatte Otto schlecht geschlafen. Die Eingeborenen tanzten wie grimmige Kobolde vor seinem inneren Auge, und die Schreie der Nachttiere im Busch klangen ihm unheilverkündend in den Ohren. Er wünschte sich zurück auf sein Schiff.

Rum, Wein, Portwein – seit Jahren hatte er nicht mehr so viel getrunken. Bei Morgengrauen, er lag immer noch schweißgebadet auf seinem Bett, sah er auf einmal, dass sich in einer dunklen Zimmerecke etwas regte. Angestrengt versuchte er etwas zu erkennen und sprang dann plötzlich auf. Als die riesige Schlange ihren Schlafplatz verließ, packte Otto seine Kleider und floh nackt ins Freie.

Am nächsten Morgen war er schlecht gelaunt, befahl der an Land gegangenen Mannschaft mürrisch, sich sofort an Bord zu begeben, und rief dem Ersten Maat, Bart Swallow, zu, dass sie mit der ersten Flut auslaufen würden. Eilig verabschiedete er sich von seinem Gastgeber und jagte die *White Rose* erleichtert gen Süden. Der frische Wind kühlte sein gerötetes, erhitztes Gesicht.

Und nun, eine Woche später, stand er am Steuerruder und wusste, dass er übereilt abgereist war, obwohl er das niemals zugegeben hätte.

»Sagen Sie das noch einmal, Mr. Swallow!«, brüllte er.

»Wir haben fast kein Wasser mehr, Sir.«

»Und warum haben wir fast kein Wasser mehr?« Vor Wut wollte ihm die Zunge kaum gehorchen.

»In Somerset hat es eine Verwechslung gegeben, Sir. Die Männer haben die Fässer mit dem Wasser aus Batavia ausgeleert und nur eines neu gefüllt. Sie wollten die restlichen Fässer am nächsten Morgen auffüllen, aber das wurde übersehen.«

»Übersehen! Was für ein ausgemachter Unsinn! Übersehen! Übersehen wir das Ablegen? Das Segelsetzen? Ich wette, Sie haben noch niemals den Rum übersehen, oder?«

»Es tut mir leid, Sir.«

Um sie herum auf dem Deck hatten die Männer ihre Arbeit liegen lassen, um zuzuhören; sie warfen sich Blicke zu und grinsten hämisch, als der Kapitän den Ersten Maat zusammenstauchte. Doch auch sie bekamen ihr Fett ab.

»Hört mir jetzt gut zu, ihr faulen Säcke. Ihr lacht. Ihr denkt, mit einem Wasserfass kommen wir leicht bis zum nächsten Hafen. Was seid ihr bloß für Idioten!« Verärgert deutete Beck-

12

mann auf das glatte, saphirblaue Wasser. »Ihr denkt, das hier sei ein ungefährlicher, sicherer Seeweg, aber unter uns lauern Riffe, die meinem Schiff den Bauch aufschlitzen könnten. Gott verhüte, dass so etwas geschieht, aber wenn wir auf ein Riff laufen, verdursten wir. Ich werde nicht weitersegeln, wenn wir nicht genug Wasser haben. Habt ihr mich verstanden?«

»Ja, Käpt'n«, raunten die Männer.

»Ich sollte Sie auspeitschen lassen, Mr. Swallow, aber stattdessen werden Sie sich auf die Suche nach Wasser machen. Sie nehmen die für das Wasser verantwortlichen Männer mit. Wer war das? Wer hat noch seine Pflicht vernachlässigt?«

Swallow fuhr sich mit der Zunge über die Lippen. »Ich übernehme die volle Verantwortung, Sir.«

»Können Sie etwa das Beiboot rudern und die Fässer allein tragen?«

»Nein, Sir.«

»Dann nennen Sie mir die Namen.«

Es entstand Unruhe. Die Männer blickten sich neugierig um und versuchten festzustellen, wer von ihnen an Land gehen musste. »Billy Kemp«, begann Swallow, »George Salter und Dutchy Baar.«

»Gut. Am Morgen werden wir an der Mündung des Endeavour River vor Anker gehen. In meinen Karten ist dort in Küstennähe Quellwasser verzeichnet. Sie werden zu viert das Wasser holen.« Er schnüffelte und rümpfte die Nase. »Was ist denn das für ein Gestank?« Gleich darauf schüttelte er verzweifelt den Kopf. »Du schon wieder, Gaunt!«

Der Kajütenjunge stand da und glotzte. Er hielt einen Eimer mit einer übelriechenden Flüssigkeit in der Hand. Man brauchte gar nicht erst zu raten, was es war: Gussie hatte sich wieder übergeben.

»Bring das weg«, brüllte Beckmann, »oder ich werfe dich mitsamt dem Eimer über Bord! Und scheuere den Eimer aus!« Voller Ekel wandte er sich ab. Wie ihn der alte Halunke Willy Gaunt dazu überreden konnte, seinen schwachsinnigen Sohn anzuheuern, würde er nie verstehen. »Der glotzende Gaunt« war ein verdammt guter Name für ihn, so wie er ständig he-

rumstand und wartete, dass ihm jemand zum hundertsten Mal
erklärte, was er tun solle. Er schien nichts zu behalten. Doch
glücklicherweise hatte er auch eine gute Seite: Er war nett zu
Augusta. Es machte ihm offenbar nichts aus, sie zu pflegen,
hinter ihr herzuwischen, treppauf, treppab zu rennen und ihr
Kaffee und Kekse zu bringen. Die Wäsche besorgte er ebenso
gut wie jede chinesische Wäscherei. Gussie mochte ihn, und
das war wenigstens etwas.

Beckmann beugte sich wieder über seine Karten und musterte die Küstenlinie um die Mündung des Endeavour River. Er
konnte es sich nicht leisten, daran vorbeizufahren.

2

Will Gaunt hatte sich ganz genau ausgemalt, wie die Zukunft
seines Sohnes aussehen sollte. Edmund würde als Kajütenjunge anfangen, einige Jahre als Matrose fahren, Befehle befolgen,
sich mutig und tüchtig zeigen, Geld sparen und mit zuneh-
mender Erfahrung Schritt für Schritt befördert werden. Auf
diese Weise konnte er sich allmählich zur Spitze hocharbeiten
und schließlich das kostbare Kapitänspatent erwerben.

Dieser Einfall war ihm in einem lichten Augenblick gekommen – der erste Einfall, den Willy je gehabt hatte –, und er
konnte sich vor Aufregung kaum fassen, so genial fand er ihn.
Bis zu jenem Tag hatte sich Willy vom Schicksal treiben lassen,
hatte nicht mehr Gewalt über sein Leben gehabt als ein Stein,
der eine gepflasterte Straße hinunterrollt. In den düsteren
Elendsvierteln von Liverpool, die sein Zuhause gewesen waren,
mussten die Einheimischen mit den Horden hungernder iri-
scher Einwanderer um das tägliche Stückchen Brot kämpfen.
Diebstahl war eine Lebensnotwendigkeit, und ein geschickter
Dieb wurde von allen bewundert. Willy war weder ein guter
noch ein schlechter Dieb. Er arbeitete einfach in diesem Beruf,
und eigentlich wurde ihm niemals bewusst, dass er ums Überleben kämpfte.

Als der klirrende Frost des Winters über die ausgemergelten

Menschen hereinbrach, schlossen sich hinter Willy und seinen Kameraden die Gefängnistore. Verächtlich grinsend stapften die Sträflinge über den Gefängnishof, wo Magistratsbeamte ihren Preis ausriefen wie auf einer Auktion; die einzigen Bieter waren die Kolonien.

Willy war es gleichgültig, dass er nun ein Weltreisender geworden war. Als er von Sydney aus zum Moreton-Bay-Gefängnis geführt wurde, sah er die Gräber anderer Sträflinge. Mit einem Dokument in der Tasche, das ihn als Freigänger auswies, schlug er sich nach Brisbane durch, um zu arbeiten. Er verlor jegliches Zeitgefühl, bis ihn ein gelangweilter Büroangestellter darauf aufmerksam machte, dass er nun schon seit mehr als einem Jahr ein freier Mann war.

Seine Frau Jane Bird, ebenfalls eine ehemalige Strafgefangene, kratzte die zehn Guineen zusammen, die zum Kauf eines eigenen Hauses nötig waren. Dort sollte ihr Sohn aufwachsen. Zu diesem Zeitpunkt hatte sich Willy schon so an die schwere Arbeit gewöhnt, dass er weiter seinem Tagwerk nachging und sich in mehreren Berufen versuchte, nur gelegentlich, aus alter Gewohnheit, handelte er noch mit gestohlenen Waren.

Ein freier Mann zu sein bedeutete Willy sehr viel. Als junger Bursche hatte er sich keine Gedanken darüber gemacht, was das Wort »frei« eigentlich bedeutete, aber nun besaß er ein Stück Papier, das ihm diese Freiheit garantierte. Außerdem hatte er einen Sohn, dem die Möglichkeit offenstand, einmal eine wichtige Persönlichkeit zu werden, ein Mann, der anderen Leuten Befehle gab.

Durch seine guten Beziehungen zu den Hafenarbeitern von Brisbane machte Willy Gaunt die Bekanntschaft des deutschen Kapitäns Beckmann. Beckmann besaß einen Küstenklipper, die *White Rose*.

Der scharfsichtige Willy hatte sich schnell ein Urteil gebildet: Beckmann war ein guter Kerl, ein Mann, dem man vertrauen konnte. Es erforderte ein wenig Überredungskunst, aber schließlich war der Kapitän bereit, seinem Jungen eine Chance zu geben, und so heuerte Edmund als Kajütenjunge auf der *White Rose* an.

Jane war gestorben, als der Junge zehn Jahre alt war. Sie hatte ihren Mann inständig gebeten, für den Jungen zu sorgen, und Willy hatte Wort gehalten. Er liebte seinen Sohn und war stolz darauf, dass er so gut lesen und schreiben konnte wie ein großer Herr. Und nun sollte Edmunds Leben als Seemann beginnen.

Drei Nächte in der Woche musste Edmund Wache halten, auf Abruf bereit sein, Botschaften überbringen, musste die Laternen überprüfen und einfach die Augen offen halten.

»Deine Augen sind noch jung«, hatte Kapitän Beckmann gesagt. »Meistens wissen sie zwar nicht, wonach sie Ausschau halten sollen, aber wenigstens sind sie noch nicht von gestohlenem Rum vernebelt.«

Edmund saß hoch droben auf einer Spiere und beobachtete dienstbeflissen das ruhige, mondbeschienene Wasser der Whitsunday Passage. Endlich fühlte er sich einmal wohl, denn hier war der Seegang nicht so stark wie auf dem offenen Meer. Während alle anderen an Bord den eintausendsechshundert Kilometer langen Streifen voller Korallenriffe entlang der Küste von Queensland fürchteten, war Edmund dankbar. Die *White Rose* segelte gemächlich dahin, und so konnte sich sein Magen endlich beruhigen.

Sobald das Schiff vom Brisbane River in die Moreton Bay und Richtung Norden aufs offene Meer gefahren war, war Edmund schrecklich seekrank geworden. Sein Entsetzen darüber und das Gefühl, sich lächerlich zu machen, hatten sein Leiden noch verschlimmert. Ihm wäre zuvor nicht im Traum eingefallen, dass ihm übel werden könnte, und schon gar nicht, dass er sich dabei so sterbenselend fühlen würde. Er hatte Mr. Swallow angefleht, sich in seinen Verschlag aus Segeltuch unter dem Beiboot verkriechen zu dürfen, aber der wollte nichts davon hören. »Reiß dich zusammen, Junge. Wenn du dich oft genug auskotzt, dann kann irgendwann nichts mehr hochkommen. Mach weiter mit deiner Arbeit, aber kotz nicht aufs Deck, sonst zieh ich dir das Fell über die Ohren.«

Nur Mrs. Beckmann, die Frau des Kapitäns, hatte Mitleid

mit ihm, denn auch sie war seekrank gewesen. Edmund musste die Eimer ausleeren, in die sie sich übergab, während sie sich wortreich bei ihrem Leidensgenossen entschuldigte. Sobald sie die Whitsundays erreicht hatten, waren sie beide aufgelebt, und die Reise gen Norden zu der kleinen Siedlung an der Spitze von Cape York war ohne Zwischenfälle verlaufen. Aber nun, auf der Rückfahrt, war die Frau des Kapitäns wieder krank geworden.

Die Mannschaft, die wusste, dass Mrs. Beckmann nicht seefest war, lachte und machte sich über sie lustig. In Edmunds Augen war das grausam, aber die Männer wollten Mrs. Beckmann einen Denkzettel verpassen, damit sie künftig zu Hause blieb. Sie wollten keine Frau an Bord, und schon gar keine Deutsche. Es sei ein böses Omen, sagten sie. Ständig redeten sie über böse Omen, jedes zweite Ereignis trug irgendein Vorzeichen. Edmund war beileibe kein Ungläubiger, o nein. Vielmehr erschreckten ihn ihre Geschichten zu Tode, und er wollte unbedingt wissen, wie er sich schützen konnte. Er tauschte seine täglichen Rumrationen bei Billy Kemp gegen einen Haifischzahn ein, den er nun um den Hals trug. Ein guter Tausch. Wenn er über Bord fiel oder Schiffbruch erlitt und einen Haifischzahn bei sich trug, würde sich kein Hai in seine Nähe wagen. »Die sind schneller weg als das Höschen einer Hure!«, hatte Billy gesagt, und Edmund war beruhigt. Er hatte nämlich furchtbare Angst vor Haien.

Eine Bewegung auf Deck unterbrach ihn in seinen Gedanken. Er ließ sich heruntergleiten und spürte die willkommene Kühle der Morgenbrise. Das Meer war bis zum Horizont in rosarotes Licht getaucht; immer wieder erstaunte es ihn aufs Neue, dass der Ozean eine solche Farbe annehmen konnte. Dort, wo gleich die Sonne aufgehen würde, zeichneten sich graue und rosafarbene Streifen auf dem Himmel ab. Edmund fragte sich, was wohl jenseits des Horizonts liegen mochte.

»Steh hier nicht rum, du alter Kakadu, hilf uns lieber!« Billy Kemp schob Edmund zum Beiboot. »Mach es los. Die Jungs bringen die Fässer.«

Billy war ein Typ, der immer Befehle geben musste. Man

könnte denken, er sei Offizier und nicht bloß ein einfacher Matrose. Edmund nestelte an den Seilen herum, aber andere Hände waren schneller, und so wurde das Beiboot bald über Bord gehievt. Auf dem Schiff ging es plötzlich geschäftig zu, jeder wollte dabei sein und zusehen, wie die Fässer im Boot verstaut wurden und die Gruppe aufbrach. Edmund betete, dass sie Wasser finden würden. Er wollte nicht mit einer riesenhaft angeschwollenen Zunge sterben, die kaum noch in den Mund passte, wie es den Erzählungen nach beim Verdursten der Fall war.

Der Kapitän stand da und schaute mit unbewegter Miene zu. Da ein dichter Bart sein Gesicht verhüllte, war nur schwer zu erraten, was er dachte. Wenn er den Mund geschlossen hielt, konnte man nur die stahlgrauen Augen sehen. Eines Tages, sagte sich Edmund, würde er auch einen Bart tragen.

Mr. Swallow trug einen Revolver. Edmund erschauderte. Er war froh, dass er nicht an Land gehen musste. Sie lagen zwar weit vor der Küste, aber selbst von hier aus wirkte das Land unheimlich auf ihn.

Mrs. Beckmann kam mit gerafften Röcken schnaufend an Deck, um dem Aufbruch der Wassersucher zu dem winzigen Streifen weißen Strandes zuzusehen.

»Können wir nicht näher ran?«, hörte er sie den Kapitän fragen.

»Das ist zu gefährlich. Wir müssen hier in der Fahrrinne bleiben. Du siehst gut aus heute Morgen, meine Liebe.«

»Ich fühle mich auch besser. Um diese Tageszeit ist es noch nicht so mörderisch heiß.«

»Du solltest hier oben an der frischen Luft bleiben. Das ist viel besser für dich. Der Junge soll es dir bequem machen und deinen Morgentee bringen.«

Zu spät. Sie hatten ihn schon entdeckt. Unglücklich trottete Edmund in die Kombüse hinunter. Da er die halbe Nacht Wache geschoben hatte, hätte er sich jetzt eigentlich in seine Koje legen dürfen, aber sobald ihn der Koch in die Finger bekäme, würde er ihm beim Frühstück für die Mannschaft helfen müssen. Dann würde er wohl die Kajüten putzen müssen oder irgendeine andere Knochenarbeit aufgehalst bekommen. Er konnte von Glück sagen, wenn er vor der Dämmerung noch ein paar Stunden Schlaf abbekam.

Die Landgänger starrten ängstlich auf die grünen Berge, die bedrohlich hinter der Küstenlinie aufragten. Der Nebel, der vom feuchten Dschungel aufstieg, verhüllte ihre Gipfel wie ein riesiger grauer Schal. An der Mündung des Flusses hingen dunkelgrüne Mangroven ins Wasser, aber südlich davon hatte sich ein Streifen blendend weißen Strandes in das unbarmherzige Grün gedrängt.

Billy Kemp saß als Erster im Boot. Er war durstig. Beckmann hatte den Schuldigen jeden Tropfen Wasser verweigert, seit man festgestellt hatte, dass die Fässer leer waren. Billy hatte es eilig wegzukommen. Er hängte schon sein Ruder ein, während die anderen erst an Bord sprangen. »Beeilt euch gefälligst«, knurrte er. »Je eher wir wieder zurück sind, desto besser.«

»Nimm du ein Ruder, Dutchy«, befahl Bart Swallow.

Dutchy grinste Billy an. »Leg dich in die Riemen, Junge. Wenn wir am Wasser sind, wollen wir uns erst mal ordentlich den Bauch füllen.«

George Salter machte sich Sorgen. »Was ist, wenn wir kein Wasser finden?«

»Ach, halt's Maul, du britischer Bastard«, fuhr Billy ihn an. »Mr. Swallow weiß, wo es Wasser gibt, nicht wahr?« Swallow nickte unbestimmt. »Ich denke schon. Kapitän Cook hat hier drei Monate lang vor Anker gelegen.«

»Mein Gott«, entfuhr es George. »Verdammt noch mal, das ist doch schon hundert Jahre her!«

»Das weiß ich«, herrschte Swallow ihn an. »Er war der Erste, der hier Wasser fand, aber seitdem waren auch noch andere Leute da. Es heißt, dass der Weg zu den Quellen durch Zeichen an Bäumen markiert ist.«

»Inzwischen sind die Pfade todsicher wieder zugewachsen«, wandte Billy ein. »In diesem Klima wuchert der Busch schneller als Unkraut. Egal, die Regenzeit ist gerade vorbei, und die

Wasserläufe an diesen verdammten Hügeln müssten eigentlich überfließen.«

»Woher willst du das so genau wissen?«, fragte George. Billy beachtete ihn nicht. Er genoss die Herausforderung, mit dem großen, bärenstarken Holländer mitzuhalten. Scheinbar mühelos führte dieser mit seinen braun gebrannten, sehnigen Armen kräftige Ruderschläge aus, die das schwere Boot pfeilschnell auf die Küste zutrieben.

Woher er das wissen wollte? Er kannte sich aus mit Wasser, vor allem hatte er Erfahrung damit, was es bedeutete, wenn kein Wasser da war. Auf dieser verdammten, gottverlassenen Farm, die sein alter Herr gekauft hatte, hatte er oft genug Dürrezeiten erlebt. Seine Eltern waren freie Siedler gewesen, denen alle Möglichkeiten offenstanden. In der Familie Kemp hatte es keine Verbrecher gegeben, niemand trug die Narben von Peitschen oder Ketten. Voller Hoffnung waren seine Eltern mit ihren beiden kleinen Söhnen in dem fremden Land angekommen, und dann hatte man sie hereingelegt und ihnen dieses briefmarkengroße Stück Farmland hinter Bathurst angedreht. Wahnsinn! Jetzt, da es zu spät war, hätte Billy ihnen erklären können, dass man in diesem Land groß einkaufen musste oder es besser ganz bleiben ließ. Aber seine Eltern hatten immer davon geträumt, eine Farm zu besitzen, sich zu vergrößern und eines Tages zu den Großgrundbesitzern zu gehören. Doch sie hatten Pech gehabt.

Für die ärmliche kleine Schafzucht hatte es eigentlich von Anfang an keine Hoffnung gegeben, denn dort draußen brauchte man ungeheuer viel Land und eine wahre Armee von Schafen. Dennoch hatten sie tapfer weitergekämpft. Dingos schlugen die Schafe. Krähen hackten ihnen die Augen aus. Und Billy hatte die Eltern auf ihrer kleinen, abgelegenen Farm langsam zugrunde gehen sehen. Als sein jüngerer Bruder an einem Schlangenbiss starb, hatte die Mutter den Verstand verloren. Ruhelos lief sie umher und suchte nach dem toten Jungen; sie rief so oft nach ihrem Harry, dass die Papageien, diese unverbesserlichen Spaßvögel, ihren Ruf nachahmten. Kleine Wellensittiche kreischten mit ihren komisch piepsenden Stimmen:

»Harry! Wobisduharry?« Auch die Kakadus hatten es schnell gelernt und machten ihre Sache noch besser. Sie waren zahm wie Hühner und äußerst neugierig, und so saßen sie in den Bäumen oder wühlten vor dem Haus im Staub und riefen dabei glockenrein im Chor: »Harry! Hallo Harry! Komm heim, Harry!« Das allein schon hätte jeden in den Wahnsinn getrieben. Und Regen? Sie wussten gar nicht mehr, was das war. Sie vergaßen, wie Gras aussah, denn überall gab es nur Staub, Staub und noch einmal Staub. Und als das letzte Schaf gestorben war, ging sein alter Herr hinunter zu dem ausgetrockneten Flusslauf und erschoss sich.

»Sachte jetzt«, sagte Bart Swallow, »haltet die Augen offen. Die Gegend sieht zwar verlassen aus, aber man weiß ja nie. Die Flut kommt, also bleibt diesen Felsen fern und steuert auf den Strand zu. Vorsichtig, das Boot nur langsam aufsetzen.«

»Glaubst du, dass es hier Schwarze gibt?«, fragte George. »Wir bleiben nicht lange genug, um das herauszufinden«, erwiderte Swallow kurz angebunden.

Sie zogen das Boot an den Strand und warfen die drei Fässer an Land. »Ich passe auf das Boot auf«, sagte Billy schnell. Er hatte keine Lust auf einen Spaziergang durch den Dschungel; dort wimmelte es von Schlangen.

»Hier gebe ich die Befehle, Kemp«, wies ihn Swallow zurecht. »Du kommst mit, Dutchy, ich brauche dich zum Fässerschleppen. Und ihr zwei bewacht das Boot.« Er nahm zwei Macheten und gab Dutchy eine davon. »Wie's aussieht, müssen wir uns erst einen Weg bahnen.«

»He, wie sollen wir denn das Boot bewachen, wenn wir gar keine Waffe haben?«, fragte Billy. »Sollen wir vielleicht mit Sand werfen, wenn wir angegriffen werden? Gib mir den Revolver.«

»Er hat recht«, bemerkte George. »Wir hätten mehr Waffen mitnehmen sollen.«

»Die brauchen wir nicht.« Swallow legte sein Pistolenhalfter ab. »Gut, ich lasse euch den Revolver da. Nimm du ihn, George. Hier ist die Munition. Wenn ihr uns braucht, feuert einen Schuss ab, und wir kommen dann, so schnell wir können.«

Billy lachte abfällig, als sie im Busch verschwanden. »Dieser Swallow ist doch einfach zu nichts zu gebrauchen. Erst hat er das Wasser vergessen, und jetzt vergisst er die Gewehre. Komm, gehen wir in den Schatten, hier wird man bei lebendigem Leib geröstet. Der Sand glüht ja.«

Sie folgten den anderen ein Stück am Strand entlang und ließen sich auf einem Büschel Seegras nieder. Swallow und Dutchy waren in dem undurchdringlichen Buschwerk, durch das sich gewaltige Schlingpflanzen zogen, verschwunden, aber Billy und George hörten, wie sich die beiden einen Weg landeinwärts bahnten. Billy hoffte, sie würden nicht zu lange brauchen, schließlich war das hier kein Picknick. Er sah zu, wie George sich das Halfter umschnallte und den Revolver untersuchte. »Ist er geladen?«

»Natürlich.«

»Dann pass auf, dass du dir nicht deinen verdammten Fuß abschießt! Gib ihn mir!«

»Halt den Mund! Ich kann schießen. Du denkst, du weißt alles, Kemp, aber ich wette, du könntest nicht mal 'ne Krähe treffen.«

»Ich wette gegen eine goldene Uhr, dass du keine Krähe triffst«, sagte Billy träge. »Diese Vögel haben mehr Hirn als du, Kumpel.«

Er lehnte sich gegen einen Baum und beobachtete mit einem Auge das Boot. Schießen? Jeder konnte schießen. Außer seinem alten Herrn. Der hatte nicht mal das hingekriegt. Billy – er war damals zehn – hatte geschrien und geweint, als er zum Flusslauf kam und seinen Vater dort liegen sah: das halbe Gesicht weggeschossen und überall Blut. Er hatte sich neben seinen Vater in die Blutlache gekniet und ihn umarmt. Da hatte er bemerkt, dass das eine Auge flehentlich zu ihm hinaufstarrte! Er lebte noch! Was für eine verdammte Scheiße! Es war schrecklich, sich immer wieder daran zu erinnern. Billy hatte sein Gewehr genommen und dem Ganzen ein Ende gemacht. Er musste es tun. Man erschoss ja auch sterbende, kranke und blinde Schafe.

Mein Gott, war er durstig! Sein Mund war staubtrocken. Er

stand auf, ging im Schatten am Strand entlang und hielt Ausschau nach einer Kokospalme. Ein Schluck Kokosmilch wäre jetzt genau das Richtige, aber weit und breit war keine Palme zu sehen. »Tja, wer hätte das gedacht?«, murmelte er vor sich hin. »Vom Schiff sieht es so aus, als wäre die ganze Küste voller Palmen, und wenn man wirklich eine braucht, findet man keine.«

Als er zurückkam, war George eingedöst. Der Kopf war ihm auf die Brust gesunken. Billy spuckte aus und trat ihn kräftig in die Rippen. »Du bist mir vielleicht ein toller Wachposten!«

»Was soll das?«, brüllte George und sprang auf. »Ich hab mich nur 'n bisschen ausgeruht.«

Ein Schwarm Loris stob in einer rotblauen Wolke aus dem Dschungel und flog kreischend hinaus aufs Meer. Billy stieß einen bewundernden Pfiff aus. Junge, waren die schnell! Alle machten gleichzeitig wieder kehrt und schossen in einem ausgedehnten Bogen zurück ans Land. Billy nickte anerkennend. Irgendwo musste ein Habicht lauern, aber dem waren sie entkommen.

An dem dicken Ende eines Schraubenpalmzweiges zog sich Billy in die Höhe und seufzte. Er wünschte, die anderen würden sich ein bisschen beeilen. Allmählich sollten sie jetzt Trinkwasser gefunden haben. Als er seinen Blick über die weiße Sandfläche gleiten ließ, entdeckte er am anderen Ende des Strandes eine Gestalt, die gerade aus dem Dschungel hervorgetreten war. Anscheinend ein Schwarzer, der da so sorglos dahinschritt. Gott sei Dank war er allein. Billy sagte George vorerst noch nichts von seiner Entdeckung. Stattdessen beobachtete er den Eingeborenen, der jetzt fischte. Er war hinaus ins Meer gewatet und reglos stehen geblieben. Wie eine glänzende schwarze Statue hob er sich gegen das blaue Wasser ab. Irgendwann stieß er dann blitzschnell mit dem Speer zu und steckte seinen Fang in einen mitgeführten Beutel. Als er weiter den Strand hinaufkam, erkannte Billy, dass er noch sehr jung war. Doch dann bückte er sich über den gefüllten Beutel, und ganz deutlich sah Billy die Umrisse kleiner Brüste. Ein Mädchen! So nackt wie Eva im Paradies, und selbst das Feigenblatt fehlte!

23

Grinsend fuhr Billy mit der Zunge über die Lippen, dann ließ er sich von seinem Hochsitz heruntergleiten. Währenddessen hatte sich das schwarze Mädchen aufgerichtet und starrte auf das verlassene Beiboot. Schließlich siegte die Neugier. Das Mädchen kam näher, um das Boot zu untersuchen.

Billy packte George. »Pssst! Ganz leise. Schau mal, was wir da haben.« Er zog George ins Gebüsch. »Ein toller Leckerbissen, mein Junge.«

George, der wie gebannt auf das Mädchen starrte, brachte ein Nicken zustande.

»Die holen wir uns«, sagte Billy. »Aber wir müssen fix sein. Wir nehmen sie mit ins Gebüsch.«

Zitternd vor Aufregung nickte George erneut.

»Außerdem«, gab Billy zu bedenken, »kann sie uns vielleicht zu einer Quelle führen, das wäre ein weiterer Vorteil.«

Die zwei Männer trennten sich und pirschten sich im Schutz des Dickichts so nah an das Mädchen heran, dass es sich zwischen ihnen befand. Dann rannten sie urplötzlich auf ihr Opfer zu.

Billy erhaschte einen Blick auf das zu Tode erschrockene Gesicht des Mädchens, bevor sie sich umdrehte und dabei fast mit George zusammenstieß. Doch behände wich sie ihm aus und warf sich ins Meer.

»Ihr nach!«, brüllte Billy und lief durch die Wellen. Sie mussten bis zur Hüfte ins Wasser waten, bevor sie das Mädchen erwischten, das sich mit Händen und Füßen wehrte. Es war, als wollte man einen Barramundi mit der bloßen Hand fangen, und ihre Zähne waren messerscharf. George bekam einen Fußtritt gegen das Kinn, worauf er rücklings ins Wasser fiel, aber Billy stürzte sich lachend auf das Mädchen und schlang einen Arm um ihre Brust. Er spürte ihre seidige Haut und streifte die kleinen Brustwarzen.

»Halt sie fest, Mann!«, stieß George hervor und tauchte nach ihren Füßen. Billy gab sich alle Mühe, aber das Mädchen kämpfte verbissen. Sie zog ihn in tieferes Wasser, und bald schlugen die Wellen über ihnen zusammen. Billy spürte keinen Boden mehr unter den Füßen. Einige Meter weiter draußen schrie George bereits in Todesangst: »Hilfe! Billy, hilf mir!« Er versank und tauchte prustend wieder auf. »Ich kann doch nicht schwimmen!« Hilflos ruderte er mit den Armen.

Durch George abgelenkt, lockerte Billy seinen Griff, und plötzlich war ihm das Mädchen entschlüpft. Suchend blickte er sich um, aber sie war nirgends zu sehen. Das Sonnenlicht, das auf dem schimmernden Wasser tanzte, blendete ihn. »Verdammter Mist!«, murmelte er, eher belustigt als verärgert, dass ihnen ihre Beute entwischt war. Er schwamm zu George hinaus und zog ihn zurück ins seichte Wasser. »Du verdammter Idiot. Du wirst noch mal in der Badewanne ertrinken.«

»Wo ist sie hin?«, gluckste George.

»Wenn ich das bloß wüsste.«

»Geschieht ihr recht, wenn sie ertrunken ist«, jammerte George. »Sie hat mir beinahe den Kiefer gebrochen. Als ob mich ein Esel getreten hätte.«

Billy trottete schwerfällig ans Ufer. »Die ist nicht ertrunken. Die schwimmt wie ein Fisch. Sie ist irgendwo da draußen und wartet ab.«

Plötzlich rannte George den Strand entlang.

»Wo willst du hin?«, rief Billy.

»Wir haben noch ihren Fang!«, schrie George über die Schulter zurück. »Die Fische!«

Billy zuckte die Schultern. Sollte er den Fisch ruhig haben. Aber wo hatte dieser Trottel den Revolver fallen lassen? Wahrscheinlich an dem schattigen Plätzchen in der Nähe des Bootes. Doch es war Georges Problem, den Verlust des Revolvers zu erklären.

Er steuerte gerade auf das Boot zu, als Dutchy brüllend aus dem Gebüsch gelaufen kam. »Schnell!«, schrie er im Laufen, und Billy brauchte keine zweite Aufforderung. Er rannte über den nassen Sand und stieß das Boot mit aller Kraft vom Ufer ab. Einige Sekunden später hatte Dutchy ihn erreicht. »Ins Boot, schnell!«

»George!«, rief Billy. »Komm zurück!« Er sah sich nach Swallow um, aber Dutchy hatte bereits eines der Ruder gepackt.

Billy war in seinem bisherigen Leben schon oft genug in der

Zwickmühle gewesen, um zu wissen, dass man in einem solchen Augenblick erst handelte und dann nach dem Grund fragte; der Holländer hatte das Boot auch schon aufs offene Meer manövriert.

»He, warte auf die anderen, du Bastard!«, schrie Billy. Er verstummte jedoch, als eine Meute von bedrohlich aussehenden, weißbemalten Wilden auf den Strand gelaufen kam. »Renn, um Gottes willen, so renn doch!«, rief er George zu.

George rannte, als wäre der Teufel hinter ihm her. Durch das seichte Wasser preschte er auf das Boot zu, während Dutchy es mit nur einem Arm weiter nach draußen ruderte.

»Er kann nicht schwimmen!«, rief Billy Dutchy zu, aber es war schon zu spät. Billy sah, wie einer der Aborigines weit ausholte, und beobachtete wie hypnotisiert den Flug des Speers, bis er George in den Rücken drang. George schrie auf, warf die Arme hoch und fiel mit dem Gesicht nach unten ins Wasser. Nur der Speer ragte wie ein winziger Mast aus dem Meer.

Mit hastigen Ruderschlägen trieben sie das Boot aufs offene Meer hinaus. Brüllend kamen die Schwarzen näher. Speere flogen durch die Luft. Schweißüberströmt zog Billy an dem schweren Ruder. Er hatte den Eindruck, dass sie sich nur im Schneckentempo vorwärtsbewegten. Sicher würden die Schwarzen, die ihnen mittlerweile nachschwammen, sie einholen und das Boot umkippen. Aber das Boot war nun leichter, da die Holzfässer noch am Ufer lagen und sie nur zu zweit darin saßen. Wo aber war Bart Swallow?

Mit jedem Ruderschlag vergrößerten sie den Abstand zwischen sich und den Angreifern, doch ihr Schiff lag weit draußen an einer Landzunge, und Billy fürchtete, die Schwarzen könnten ihnen in Kanus dorthin folgen. Ihn schauderte, wenn er an Swallow dachte, den sie allein an Land zurückgelassen hatten, andererseits war er froh, dass gerade Dutchy davongekommen war, denn ohne seine Muskelkraft hätten sie es niemals geschafft. »Was ist mit Swallow passiert?«, fragte Billy schließlich, als das Schiff allmählich in Sicht kam.

»Sie haben ihn erwischt«, knurrte Dutchy mit zusammengebissenen Zähnen.

»Ist er tot?«

Dutchy drehte sich wütend zu ihm um. »Ihr zwei solltet eigentlich Wache halten. Ich dachte, wenn ich aus dem Dschungel komme, gibt mir jemand Feuerschutz, und dann ist niemand beim Boot. Durch eure Schuld hätten sie mich beinahe auch noch erwischt, ihr verdammten Idioten.«

»Um Gottes willen! Du kannst doch nicht mir die Schuld geben! Mr. Swallow hätte den Revolver nicht George, sondern mir geben sollen. Ich war nicht weit weg, mir kannst du nichts vorwerfen.«

Einige Gesichter spähten über die Reling, als Dutchy die Taue packte. »Um dich wär's auch nicht schade gewesen«, bemerkte er grimmig.

Der Zorn des Kapitäns war ebenso vorhersehbar gewesen wie Ebbe und Flut. Der Verlust der beiden Männer entsetzte ihn, besonders, als er von den Umständen ihres Todes hörte. Außerdem war er wütend, dass sie ohne ausreichende Bewaffnung an Land gegangen waren. Bei dem Gedanken, dass der diensthabende Offizier zu den Opfern gehörte, empfand er allerdings eine gewisse mit Schuldbewusstsein gepaarte Erleichterung. Anderenfalls hätte er nämlich dessen Auspeitschung anordnen müssen, und er verabscheute Gewalt.

Im Beisein des Zweiten Maats Henry Tucker und seiner Frau Augusta, die ängstlich in einer Ecke des Tagesraums saß, unterzog er Dutchy und Kemp einem ausführlichen Verhör.

»Wir fanden den Flusslauf«, erklärte Dutchy, »indem wir uns einfach geradeaus einen Weg bahnten. In dem dichten Busch hätte es sowieso keinen Sinn gehabt, nach markierten Bäumen zu suchen. Ich dachte, es wäre ganz einfach. Wir fanden eine Quelle, tief genug, um die Fässer einzutauchen. Eines hatten wir gerade gefüllt, und Mr. Swallow stand auf. Ich schwör's, Käpt'n, ich hab nichts gehört und nichts gesehen, und wumm! Dieser verdammte Speer ist aus dem Nichts gekommen und ging mitten durch seinen Hals. Also bin ich, so schnell ich konnte, den Pfad wieder zurückgerannt.«

»Ihr habt ihn einfach dort liegen lassen?«, fragte Tucker.

»Hätten wir ihn erst begraben sollen?«, knurrte Dutchy wütend. »Wenn man hier sitzt, kann man leicht mutig sein. Und dumm. Natürlich bin ich weggerannt, ich hab nicht mal mehr die Machete mitgenommen.«

»Warum war George nicht beim Boot?«, fragte der Kapitän. Schon wieder.

»Er schlenderte gerade ein bisschen am Strand entlang«, erwiderte Billy. »Es ist nicht meine Aufgabe, ihm zu sagen, was er tun soll. Außerdem hatte er den Revolver.«

»Warum hat er ihn dann nicht benutzt?«

»Er war zu sehr damit beschäftigt wegzulaufen, Käpt'n.«

Beckmann war überzeugt, dass irgendetwas an Billy Kemps Geschichte nicht stimmte; der Kerl wich seinem Blick aus. Andererseits war er wahrscheinlich noch immer ganz verstört, denn es musste ein schreckliches Erlebnis gewesen sein.

Tucker kratzte sich an seinem roten Bart und beugte sich vor. »Wenn er auch nur einen Schuss auf diese Wilden abgegeben und einen von ihnen getroffen hätte, wären sie in die Flucht geschlagen worden.«

»Stimmt, aber erklären Sie das mal George«, murmelte Billy. Beckmann war besorgt. Es erschien ihm feige, einfach davonzusegeln und keinen Versuch zu unternehmen, die Leichen zu bergen und den beiden Männern ein angemessenes Begräbnis zukommen zu lassen, aber durfte er dafür das Leben der übrigen Männer aufs Spiel setzen?

»Ich werde einen genauen Bericht verfassen«, sagte er, »und ihr beiden werdet ihn vor Zeugen unterschreiben.«

In dem anschließenden Gottesdienst, den Beckmann für die Seelen der beiden tapferen Kameraden abhielt, die am Endeavour River heimtückisch ermordet worden waren, bat er den Herrn um Gnade für sie, da man ihnen in diesem Leben keine Gnade erwiesen hatte. Dann dankte er Gott dafür, dass er die beiden anderen Matrosen geschont hatte. Augusta stimmte einige Kirchenlieder an. Vor versammelter Mannschaft ordnete der Kapitän an, das letzte Trinkwasser rund um die Uhr zu bewachen. »Gott helfe uns«, sagte er. »Wir haben kaum noch Wasser; uns steht also eine schwere Zeit bevor. Segel setzen, Mr. Tucker.«

Als Tucker seine Befehle brüllte, machte sich die Mannschaft eifrig ans Werk. Keinem von ihnen tat es leid, diesen schrecklichen Ort zu verlassen, deshalb brauchten sie für das Losmachen der Segel auch nur die Hälfte der sonst üblichen Zeit. Als Beckmann jedoch das Steuer ergriff, ertönte plötzlich der Ruf: »Mann über Bord!«

»Was, in Gottes Namen, ist denn jetzt schon wieder los?«, rief der Kapitän.

Tucker eilte herbei.

»Kein Mann über Bord«, keuchte er. »Da treibt jemand vor uns im Wasser. Vielleicht konnten Bart oder George doch noch abhauen.«

»Unmöglich!«, erwiderte Beckmann, aber er musste auf Nummer sicher gehen. »Stehen Sie hier nicht rum, Mann, holen Sie ihn raus!«

Wieder wurde das Beiboot herabgelassen. Sie zogen aber nicht die Leiche von Swallow oder George aus dem Wasser, sondern ein Aborigine-Mädchen, ein kleines, schmächtiges Wesen.

3

Kagari sah das fremde Kanu und lief darauf zu, als die beiden Männer sich plötzlich auf sie stürzten; sie schienen aus dem Nichts aufgetaucht zu sein.

Vor Schrecken war Kagari wie geblendet. So, als wäre die Sonne vom Himmel gerissen worden; nur ein klaffendes Loch blieb zurück, das sie zu verschlingen drohte, während sie in der plötzlichen Finsternis mit den bösen Geistern kämpfte. Dämonische Hände griffen nach ihr, wanden sich wie Schlangen um ihre Arme und Beine, zerrten an ihren Haaren, rissen sie hin und her und versuchten sie festzuhalten.

Doch auch sie war in der Kunst der Schlangen bewandert. War sie denn nicht Kagari, benannt nach dem Kookaburra, dem lachenden Vogel, dem Schlangentöter, dem Schlangenfresser? Er war ein mächtiges Totem, sehr viel mächtiger als diese an das Land gebundenen Schlangen. Sie verwandelte sich in eine Seeschlange, und ihr schlanker Körper schnellte nach vorne, entschlüpfte ihnen und floh ins flache Wasser. Eine Welle glitt über sie hin; sie sammelte ihre Kräfte, streckte sich und schoss wie ein Speer in die Tiefe.

Das blausilberne Wasser in der Bucht des großen Flusses verbarg sie, als sie untertauchte. Geschmeidig glitt sie über das Korallenriff, bis ihre Lungen zu bersten drohten und sie zwangen, wieder an die Wasseroberfläche zu steigen.

Die plötzliche Wärme beim Auftauchen sagte ihr, dass die Sonne immer noch am Himmel stehen musste, aber ihre Augen sahen das Licht nicht. Neues Entsetzen packte sie. Die bösen Geister hatten ihr die Kraft der Augen genommen! Würde sie nun für immer im Finstern wandeln müssen? So wie ihr Bruder Meebal, den man führen und füttern musste, weil seine Augen von dem Giftbaum zerstört worden waren, als er noch ein kleiner Junge war, und der nun hinter abscheulich weißen, leeren und immer tränenden Augen lebte.

Die Furcht ließ ihr keine Zeit, sich lange über ihre Blindheit zu bekümmern. An der Bewegung der Wellen erkannte sie, dass sie ihr Gesicht der Küste zugewandt hatte. Der Wind trug schauerliche Stimmen an ihr Ohr, die ihr zuflüsterten, dass die bösen Geister immer noch da waren und im Meer nach ihrer Beute suchten. Sie tauchte wieder hinab in eine Spalte zwischen den Korallen. Die Tiefseeschlangen brauchten nicht sehen zu können, um dem scharfkantigen Fels auszuweichen, an denen sie sich verletzen konnten, und das galt auch für Kagari.

Fische schwammen ganz dicht an ihr vorbei; das warme Wasser und die Stille beruhigten sie. Als ein gewaltiger Fisch sie leicht mit dem Maul anstieß, wurde sie einen Augenblick von Furcht ergriffen. War es etwa ein Hai? Doch dann erkannte sie, dass es sich um einen dicken Mutterfisch handelte, größer als sie selbst, der nur Gesellschaft suchte.

Kagari ließ die Hände über den Rücken des Fisches gleiten, um sicherzugehen, dass sie wirklich keinen Hai vor sich hatte – die Rückenflosse hätte es ihr verraten. Ihr Leichtsinn ließ sie übermütig werden. Wenn es tatsächlich ein Hai gewesen wäre, hätte er keine Zeit mit solchen Spielereien verschwendet – seine gewaltigen Zähne hätten sie schon längst in Stücke gerissen. Nein, dies hier war eine Seekuh, das zahmste Meerestier, abgesehen von den langnasigen, quietschenden und lächelnden Delfinen, die stets im Schwarm umherschwammen. Sie klammerte sich an die Seekuh und ließ sich von ihr in Richtung Wasseroberfläche ziehen. Wo waren die Leute ihres Stammes? Sicher würde man sie vermissen und nach ihr suchen. Man würde ihren Korb mit Fischen am Strand finden und wissen, dass sie ihren Fang niemals der Sonnenglut oder den Seevögeln überlassen hätte.

Kagari schüttelte den Kopf, dass die Wassertropfen flogen, und rieb sich die Augen. Verzweifelt versuchte sie zu sehen. War dies ein Albtraum? Ein finsterer Traum, in dem sogar ein Schreckensschrei unhörbar blieb? Aber ihre Füße traten doch Wasser, und sie atmete die Luft ein! Nein, das war kein Traum, sondern Wirklichkeit, und sie trieb weit draußen vor der Küste. Sie war noch zu verängstigt, um sich von den Wellen ans Ufer tragen zu lassen. Zuerst musste sie sich wieder beruhigen, diese schreckliche Furcht vertreiben und abwarten. Kagari war stark. Ihr Vater Wogaburra hatte viele Kinder, aber sie war sein Liebling, denn er wusste, dass die Götter der Traumzeit ihr einige seiner magischen Fähigkeiten verliehen hatten, nicht alle selbstverständlich, das wäre nicht schicklich gewesen, aber jedenfalls genug, sodass sie sich von den anderen Kindern unterschied, wie es auch ihm als Knabe ergangen war.

Wogaburra war von höherem Wuchs als die Übrigen seines Stammes, und ein kühner Krieger und Jäger. Doch die Ältesten hatten bald erkannt, dass er auch ein weiser Mann war. Sie führten ihn in die Welt der Geheimnisse ein. Bald konnten sie die Augen nicht mehr davor verschließen, dass Wogaburra wirklich ein Zauberer war. Er besaß Kräfte, die über ihren Verstand hinausgingen, war ein Mann, dem die Achtung aller Irukandji gebührte. Inzwischen wurde er im ganzen Land gefürchtet, denn sein Zauber konnte heilen oder töten, Glück oder Unglück bringen und Unheil vorhersagen, um sein Volk zu schützen. Kagari lächelte. Die Zauberkräfte ihres Vaters waren so mächtig; die bösen Geister sollten sich besser vorsehen. Sogar Tajatella, der Häuptling der Irukandji, hielt sich am liebsten in Wogaburras Nähe auf, damit ihn kein Unheil befallen konnte.

Kagari fragte sich, was für böse Geister sie wohl am Strand überfallen hatten. Gewiss mussten es Geister sein, denn die Irukandji hatten ja keine Feinde; nicht mehr. Ihr Land war das schönste und üppigste auf der Welt. Sie hatten von den kalten und trockenen Ländern, den kargen Ländern gehört, denn in alter Zeit waren von dort die meisten ihrer Feinde gekommen. Manchmal waren furchterregende Männer aus dem Norden über sie hergefallen und hatten ihre Frauen geraubt, aber die Irukandji hatten sich tapfer verteidigt. Angeführt von ihren Häuptlingen hatten sie den Eindringlingen Lektionen erteilt, die diese niemals vergessen würden. Die Irukandji waren stolz auf ihre Krieger; sie waren die gefürchtetsten im ganzen Land. Auf der Welt gab es keinen Stamm, der es wagen würde, ihre Grenzen ohne Erlaubnis zu überschreiten. Gelegentlich brachten Kundschafter Händler mit, die dann an ihren Feuern saßen. Es war lustig, sie zu beobachten, sie waren aufgeregt wie junge Vögel.

Ihre Mutter Luka, diese schüchterne, immer lächelnde Frau, die beste Sängerin der Familie, würde sich Sorgen machen und Todesängste ausstehen, weil Kagari verschwunden war. Inzwischen hatte sie bestimmt schon den ganzen Stamm aufgescheucht.

Das Salz auf ihrem Gesicht brannte in der Sonne, deswegen tauchte Kagari wieder unter. Sie fühlte sich einsam und verloren, wie sie so durchs Wasser glitt; sie wusste nicht, wohin sie sich wenden sollte. Plötzlich fröstelte sie, so als ob die Sonne kurz hinter einer Wolke verschwunden wäre, aber Wolken bewegten sich nicht so schnell. Als sie weiterschwamm und den Zwischenfall schon fast vergessen hatte, ging ihr auf einmal ein Licht auf. Es war ein Kanu! Ihr Vater war auf der Suche nach ihr! Sie schoss an die Oberfläche, winkte mit den Armen und rief, er möge zurückkommen.

Als aber die Hände nach ihr griffen, um sie in das Kanu zu ziehen, wusste sie, dass es aus mit ihr war. Der Geruch genügte.

Die Geistermänner rochen ekelhaft, und ihre brummenden Stimmen waren ohrenbetäubend. Sie kämpfte wieder, biss und trat nach allen Seiten, aber sie waren zu stark. Als sie sie an Bord zogen, fühlte sie einen lähmenden Schlag auf den Hinterkopf. Kraftlos fiel sie zwischen ihnen zu Boden, ein kleines Mädchen, umgeben von Ungeheuern.

Auch wenn die Mannschaft über die Anwesenheit der Kapitänsgattin an Bord schimpfte und murrte, so zollte sie ihr dennoch Respekt. Eigentlich passte ein solches Verhalten gar nicht in diese raue Männerwelt, aber besonders in der Kolonie, wo Frauen Mangelware waren, brüstete sich jeder gerne damit, ein vollkommener Kavalier zu sein. Jeder durchwühlte sein Gedächtnis nach rührseligen Geschichten über seine gute alte Mutter oder Großmutter, die nicht nur eine bemerkenswerte Köchin, sondern auch der Inbegriff von Anstand und Sitte gewesen sein musste.

Augusta Beckmann genoss dank ihres Mannes einiges Ansehen, und als sie mit den Armen fuchtelnd und von einem halb aufgelösten blonden Zopf umweht an Deck geeilt kam, teilten sich die Reihen der Männer, damit die Kapitänsgattin einen Blick auf ihren Fang werfen konnte: ein Mädchen, das nass und glänzend wie eine schlanke schwarze Schildkröte auf den Planken lag.

»Gott im Himmel!«, kreischte sie, entsetzt darüber, dass all die Männer sich über das Mädchen beugten und ihre Nacktheit begafften, ihre kleinen straffen Brüste und das nur im Ansatz vorhandene Schamhaar. »Bringt eine Decke!«, rief sie und ließ sich aufs Deck fallen, um das Mädchen mit ihren Röcken zu bedecken. Sie wartete mit fordernd ausgestreckter Hand, bis einer der Seeleute endlich gehorchte.

Sie hielt ihr Gesicht nah an das des Mädchens, stellte fest, dass sie regelmäßig atmete, und wickelte sie in die Decke. »Die Kleine ist halb ertrunken«, teilte sie der Mannschaft mit.

»Keine Angst, Missus«, meldete sich eine Stimme. »Der geht's nicht schlecht. Die hat sich gewehrt wie eine Katze, Taffy hat genug Kratzer abbekommen, um das zu beweisen. Wir haben doch nur versucht, sie zu retten, also mussten wir ihr 'nen

Klaps auf den Kopf geben, nur 'nen leichten Klaps, um sie ru-
higzustellen.«

»Ihr hättet sie umbringen können«, empörte sich Mrs. Beckmann. Sie überprüfte, ob die Decke auch an Ort und Stelle war,
und wandte sich dann an ihren Mann. »Otto, du und ich, wir
werden das Mädchen hinunter in unsere Kabine tragen.«

»Ja, natürlich«, entgegnete er, aber er konnte das Mädchen
auch ohne ihre Hilfe aufheben.

Als der Kapitän außer Hörweite war, knurrte einer der Männer: »Wozu die Mühe? Sie ist eine von diesen verfluchten Wilden, die unsere Kameraden umgebracht haben. Ich meine, wir
sollten sie wieder ins Wasser werfen. Verfüttern wir sie doch
an die Haie.«

Edmund war entsetzt. »Sie ist doch nur ein Mädchen. Das
kannst du nicht machen.«

»Kleine Kätzchen können sich in menschenfressende Besti-
en verwandeln. Sie gehört zu diesen Mördern. Was sagst du,
Billy? Dich hätten sie ja auch beinahe erwischt.«

Billy Kemp hatte sich bewusst im Hintergrund gehalten. An
diesem Tag jagte ein entsetzliches Ereignis das andere. Er hatte
in ihr das Mädchen wiedererkannt, das er und George zu fangen versucht hatten, er wollte sie nicht an Bord haben. Sie hatte die ganze Zeit im Wasser überlebt, also sollte man sie doch
dort lassen. »Ich sage, wir wollen dieses Weibsstück nicht!
Auge um Auge! Werfen wir sie doch über Bord.« Jesus, wenn
sie auf ihn zukommen und auf ihn zeigen würde, säße er ganz
schön in der Patsche. Aber wahrscheinlich sprach sie sowieso
kein Englisch. Hoffte er wenigstens. Einige dieser verfluchten
Schwarzen konnten Pidgin.

Dutchy baute sich vor ihm auf. »Sie hat dir doch überhaupt
nichts getan.« Er wandte sich an die anderen. »Ihr würdet sie
kaltblütig ertränken, ihr seid nicht besser als diese Wilden. Der
Käpt'n weiß schon, was er tut.« Er nahm Billy am Arm und zog
ihn von den anderen weg. »Du schaust das kleine Mädchen an,
als hättest du ein Gespenst gesehen, Kemp.«

»Ach was.« Billy versuchte zu grinsen. »Ist doch ein tolles
Weibsstück, oder, Kumpel?«

»Sag nicht Kumpel zu mir«, knurrte Dutchy. »Was hat George eigentlich bei sich getragen, als er den Strand heraufgekommen ist? Ich habe gesehen, wie er etwas weggeworfen hat.«

O Gott. Dieser Bastard hatte wirklich Adleraugen. »Woher soll ich das wissen?«

»Warum solltest du das eigentlich nicht wissen? Es gab doch sonst nichts zu sehen, oder? Ich zum Beispiel beobachte die ganze Zeit. Beim Rudern hab ich die Kratzer an deinen Armen und deinem Nacken gesehen. Auf dem Weg hin hattest du die noch nicht.« Er packte Billys Arm und drehte die Innenseite nach außen. »Frische Kratzer, genau wie bei Taffy.«

»Das ist nichts«, winselte Billy. »Hör auf, du tust mir weh.«

»Dann hör mir gut zu, du Mistkerl. Wenn du das Mädchen anrührst oder noch ein Wort sagst …«

»Was willst du machen?« Billy spuckte vor ihm aus. »Zum Käpt'n gehn und ihm eine neue Geschichte erzählen?«

»O nein. Das wäre zu einfach. Wenn du dich nicht zurückhältst, gehst du eines Nachts über Bord. Verstanden?«

Er stieß Billy beiseite und schritt davon.

»Du bist verrückt, Dutchy, weißt du das?«, rief Billy ihm nach.

»Hey, Billy.« Gaunt, der Kajütenjunge, war zu ihm getreten. »Ich hab sie zuerst gesehen, da im Wasser. Ich hab sie entdeckt.«

»Schön für dich«, erwiderte Billy bissig.

Das Mädchen schlug die Augen auf und stieß einen gequälten Schrei aus, der in der Kabine widerhallte.

Gussie drückte sie fest in die Koje zurück und legte ihr zwei Finger auf die Lippen. »Schsch. Ruhig.« Und sogleich war das Mädchen still.

Otto reichte seiner Frau einen Wasserkrug, und Gussie versuchte das Mädchen zum Trinken zu bewegen. »Komm, Kleine, hier ist Wasser. Du musst was trinken.«

Aber ihre Patientin wehrte sich und verschüttete dabei alles. Gelassen nahm Gussie ein kleines Handtuch, tauchte es ins Wasser, presste es gegen die trockenen Lippen des Mädchens und ließ ein paar Tropfen in ihren Mund rinnen. Erfreut sah sie, dass das Mädchen an dem Tuch zu saugen begann.

Während Gussie leise und beruhigend auf das Mädchen einredete, badete sie ihr Gesicht und legte ein feuchtes, kühlendes Tuch auf ihre Stirn.

»Sieh dir die Haare an«, sagte sie und schob die schwarzen verfilzten Locken beiseite. »Die sind noch nie mit einem Kamm in Berührung gekommen.«

Beckmann lachte. »Was erwartest du denn, Mutter? Sie ist eine Wilde. Genauso wenig gezähmt wie ihr Haar, also pass besser auf. Wenn sie wieder zu sich kommt, schlägt sie vielleicht nach dir.«

Gussie ließ ihre Muskeln spielen und grinste. »Ich werde mich gegen so ein Fliegengewicht schon zu behaupten wissen.«

»Du hältst sie besser fest. Wenn sie dir entkommt, springt sie vielleicht über Bord, und wir können sie nicht aufhalten.« Das Mädchen rieb sich krampfhaft die Augen. »Sie müssen vom Salz brennen«, bemerkte er.

»Was hat sie so weit da draußen gemacht?«, fragte Gussie beinahe entrüstet, so als ob die Eltern ihre Pflicht vernachlässigt hätten. »Vielleicht war sie schwimmen und ist mit der Flut hinausgetrieben worden. Der Fluss ist ja ziemlich groß. Sobald sie sich erholt hat, muss ich einen sicheren Platz finden, um sie wieder an Land zu bringen.«

»Wie wird sie wieder nach Hause finden?«

»Die Eingeborenen kennen ihr Land, ich will sie ja nicht mitten in Sydney absetzen.«

Gussie betrachtete das ebenmäßige, dunkle Gesicht. »Sie ist wahrscheinlich nicht älter als elf oder zwölf. Es könnte gefährlich für sie sein.«

»Aber das ist alles, was ich tun kann«, sagte Otto. »Sie kann von Glück sagen, dass wir sie aufgelesen haben. Gaunt soll ihr etwas Suppe bringen.«

»Ja, Suppe ist gut«, antwortete Gussie. Das Mädchen zitterte wie ein ängstlicher junger Hund, und so streichelte sie die Kleine und versuchte, ihr Haar zu trocknen, wurde jedoch erneut zurückgestoßen.

Die ganze Nacht saß Augusta bei dem Mädchen und bemühte sich, sie im Bett zu halten. Es machte ihr nichts aus, dass die Kleine in ihrer Angst das Bett nass machte. Sie ersetzte die nassen Decken durch frische und bewachte ihre Patientin, die sich im Schlaf unruhig hin und her warf und in einer fremden, kehligen Sprache aufschrie.

Augusta war froh, sich in diesem schwimmenden Haushalt doch noch nützlich machen zu können. Sie hatte bald herausgefunden, dass die Mannschaft gegen ihre Anwesenheit an Bord war, obwohl sie es Otto gegenüber nicht erwähnt hatte, und durch ihre Seekrankheit war sie keine Hilfe, sondern nur eine Last gewesen. Gussie hatte gehofft, in der Küche helfen zu können, denn sie war eine ausgezeichnete Köchin, aber sogar das war ihr verwehrt worden. An den wenigen Tagen, an denen sie sich wohlgefühlt hatte, war sie zur Kombüse gegangen, um ihre Hilfe anzubieten, war jedoch auf den erbitterten Widerstand des Kochs gestoßen. Und dann hatte Otto sie freundlich aber bestimmt gebeten, sich nicht einzumischen. Auf der *White Rose* war kein Platz für sie, das wusste sie nun, aber sie fürchtete sich davor, in das einsame Haus in Brisbane zurückzukehren. Otto hatte ein hübsches Häuschen in der Charlotte Street gekauft, nicht weit vom Fluss entfernt, und Augusta hatte sich auf ihr neues Zuhause gefreut, aber nichts war so gewesen, wie sie es sich vorgestellt hatte. Ihre Nachbarn waren, gelinde gesagt, Trunkenbolde und ziemlich gewöhnlich. Aber die Frauen waren mit Abstand am schlimmsten. Es machte ihnen nichts aus, im Schmutz zu leben, und sie beschimpften die deutsche Frau, die so stolz auf ihren Haushalt war. Gerne hätte Gussie Gemüse und Blumen auf dem mit Gestrüpp überwachsenen Gelände hinter dem Haus angepflanzt, aber auch diese Hoffnung war zunichtegemacht worden.

Augusta war an harte Arbeit gewöhnt, und so hatte sie eines Tages die Ärmel hochgekrempelt und sich mit Hacke und Schaufel darangemacht, das dichte Unterholz zu lichten. Zufrieden blickte sie am Ende des ersten Tages auf ihre Arbeit. Nach ungefähr einer Woche würde sie es geschafft haben, dann

würde sie den Abfall verbrennen und die Asche unter die aus-
gelaugte Erde mischen.

Am zweiten Tag rannten auf ihre Schreie die Nachbarn herbei, wenn auch nur aus Neugier. Als Augusta gerade einem
hartnäckigen Farnbüschel zuleibe gerückt war, hatte sie zwei
riesige Schlangen aufgeschreckt. Eine hatte sich sogar mit drohendem Zischen bis in Taillenhöhe aufgerichtet; sie züngelte
mit ihrer kleinen bösen Zunge und stieß den Kopf zum Angriff
nach vorne. Entsetzt war Augusta geflohen.

Keiner der Nachbarn hatte Lust, nach den Schlangen zu suchen. »Man weiß nie, wie viele da noch drin sind!«, sagten sie
und empfahlen sich.

»Sie verschließen besser die Hintertür«, sagte eine Frau lachend. »Die kommen auch ins Haus.«

Augusta wusste, dass die Frau sie nur quälen wollte, aber sie
konnte die Möglichkeit auch nicht ausschließen. Schlangen
machten ihr Angst, verursachten ihr Albträume. Sie konnte bis
zu einem gewissen Maß mit den Taranteln auskommen, seit
ihr jemand erzählt hatte, dass sich diese großen, haarigen Spinnen von Moskitos ernährten, und auch mit den Ameisen,
Kakerlaken und winzigen Echsen konnte sie leben. Aber mit
Schlangen? Niemals.

Im Lauf der Zeit hatte sie das Haus immer seltener verlassen, lebte einsam und ohne Freunde; es gab niemanden, den sie
bekochen konnte, es gab kaum etwas zu tun in einem Haus, in
dem alles blitzblank gewienert war. Verzweifelt wartete sie auf
Ottos Rückkehr.

Doch jetzt, als sie die ganze Nacht am Bett ihrer Patientin
Wache hielt, hatte sie Zeit zum Nachdenken. Aus der Entfernung erschienen ihre Nachbarn gar nicht mehr so schlimm.
Was bildeten sich diese Leute überhaupt ein? Sie waren doch
nichts weiter als armer englischer Abschaum. Da sie nun ihr
früheres Verhalten mit ein wenig mehr Abstand betrachten
konnte, wunderte sie sich, wie sie sich in solch einen Zustand
hatte hineinsteigern können. Daheim in Hamburg war sie eine
fidele, geschäftige Frau gewesen, die Familie und Freunde mit
hausgemachten eingelegten Gurken, Kuchen und Würsten

38

versorgt hatte. Mit ihren Würsten hatte sie auf dem jährlich stattfindenden Jahrmarkt sogar einen Preis gewonnen. Und nur zwei Jahre in Brisbane hatten ausgereicht, sie zu einem Häuflein Elend zu machen. Wenn sie recht darüber nachdachte: keiner der Nachbarn war ihr je lästig geworden oder hatte ohne Erlaubnis das Grundstück betreten. Da sie auf ihr deutsches Erbe stolz war, war sie tief getroffen, dass die Engländer (für sie waren sie alle Engländer, obwohl manche betonten, in Australien geboren zu sein) die Gattin eines geachteten deutschen Kapitäns mit Geringschätzung behandelten. Otto selbst war nicht den Schmähungen ausgesetzt, die sie ertragen musste. Feiglinge waren sie alle! Aber war sie denn besser, wie sie hinter ihrer Gardine lauerte und fast jede Woche das gute Leinen wusch und bügelte, um die Zeit totzuschlagen, und wie sie sich bei ihrem Ehemann über die Einsamkeit beklagte?

Wenn sie nach Hause zurückkam, so beschloss Augusta, würde sich einiges ändern. Sie würde nach Belieben kommen und gehen und dabei den Blick nicht senken. Sie würde mehr einkochen und den Nachbarn davon abgeben. Das würde sie überraschen. Sie war eine gute Köchin, das würden die Nachbarn schon herausfinden. Und sie würde Käse machen, wie früher zu Hause in Deutschland, und ihn verkaufen.

Im Rückblick schien es erstaunlich, dass sie ihr wahres Ich so lange hatte verleugnen können; eine beinahe fünfzigjährige Frau hatte sich in ein schüchternes Mäuschen verwandelt und das Haus nur noch zum Kirchgang verlassen. Manchmal, wenn ihr die Lebensmittel ausgegangen waren, hatte sie eher auf ihre Mahlzeiten verzichtet, als sich auf die Straße zu wagen. Selbst wenn sie ihren breitrandigen Hut tief ins Gesicht drückte, saß ihr die Angst im Nacken … Angst wovor?

Nachdem Augusta all dies erkannt hatte, stand sie vor einer weiteren Schwierigkeit. Wie sollte sie Otto klarmachen, dass sie sich schließlich doch entschieden hatte, zu Hause zu bleiben? Er hatte sie mit all ihren dummen Sorgen nicht ernst genommen, hatte sie schließlich für unfähig gehalten, alleine zurechtzukommen. Nun würde er sie für noch dümmer halten, wenn sie schon wieder ihre Meinung änderte. Denn hatte sie ihn nicht immer wieder bekniet, bis er ihr endlich nachgab und sie auf der *White Rose* mitfahren ließ?

Das Mädchen erwachte plötzlich, stieß wieder einen gequälten Schrei aus und begann, um sich zu schlagen. Augusta hielt sie fest. Es war, als ob man einen vor sich hin strampelnden Irren zu besänftigen versuchte, aber Gussie wusste, dass die Kleine nicht verrückt war. Sie fürchtete sich nur entsetzlich, weil die Sonne aufging und sie sich noch immer an diesem seltsamen Ort befand.

Edmund brachte das Frühstück herein und nutzte jede Gelegenheit, um das Mädchen anzustarren. Gussie spürte, dass sie wieder Appetit hatte. Die Seekrankheit war vorüber, und sie war nun wirklich hungrig. »Reich mir die Wurstpastete und den Schinken«, sagte sie.

»Das ist für den Käpt'n«, erklärte Edmund und stellte ihr Tee und die üblichen Kekse hin.

»Dann bring noch einmal etwas für den Käpt'n, Edmund. Heute werde ich richtig essen.«

Er grinste und eilte davon. Gussie aß etwas von der Pastete und achtete dabei darauf, dass das Mädchen sie riechen konnte. Daraufhin hielt sie ihm die warmen Schinkenscheiben unter die Nase. Zu ihrer Freude bewegte sich das Mädchen und kaute hungrig auf dem Stück Schinken herum, das Gussie ihm in den Mund steckte, dann setzte es sich auf und tastete nach mehr. Sie tastete danach! Gussie war wie gelähmt. Fast automatisch steckte sie dem Mädchen mehr Schinken und Pastetenstückchen in den Mund, so als ob sie ein hilfloses Vogeljunges fütterte. Die Kleine war blind!

Sie begann mit ihr zu reden. »Bist ein gutes Mädchen. Nimm das Stück in deine Hand. Hier in deine Hand. Nimm es. Gut so. Iss selbst. Jetzt noch ein bisschen Brot, da hast du.« Sie wiederholte diese Prozedur immer wieder. So war sie beschäftigt, bis Otto hereinkam.

»Du kannst dieses Kind nicht einfach irgendwo absetzen«, sagte sie. »Es ist blind.«

»Sie kann unmöglich blind sein. Lass sehen.« Er bewegte eine Hand vor dem Gesicht des Mädchens auf und ab, und obwohl sie mit den Augen zwinkerte, deutete nichts darauf hin, dass sie etwas gesehen hatte. Er nahm einen Handspiegel und hielt ihn so, dass sie hineinschauen musste. »Wahrscheinlich hat sie sich noch nie so gesehen, Mutter. Der Spiegel wird uns Klarheit verschaffen.«

Doch bald schüttelte er traurig den Kopf. »Gott hilf uns, sie ist wirklich blind. Vielleicht hat sie zu lange in die Sonne gesehen. Am besten verbindest du ihr die Augen.«

»Ich glaube nicht, dass ihr das gefallen wird, es würde sie nur noch mehr verängstigen, und dabei habe ich sie gerade erst ein bisschen beruhigt. Es geht doch nichts über einen Happen zu essen.« Sie grinste. »Ich will den Raum verdunkeln; mehr können wir im Augenblick nicht für sie tun. Werden ihre Augen wieder in Ordnung kommen?«

»Das kann nur ein Arzt sagen. Wir müssen sie bis nach Rockhampton mitnehmen und dort absetzen.«

»Bei wem?«

»Ich habe nicht die geringste Ahnung, und ich kann mich nicht auch noch damit beschäftigen. Wir setzen sie dort an Land und damit basta. Viel wichtiger ist die Frage, woher wir Wasser bekommen. Du darfst auf keinen Fall Wasser verschwenden. Inzwischen gibt es für jeden nur noch eine Tasse pro Tag. Wenn du durstig bist, trink Wein. Aber sparsam, denn davon haben wir auch nicht mehr viel.«

Im Laufe der nächsten Tage stellte Gussie fest, dass das Augenlicht des Mädchens allmählich zurückkehrte. Sie tat ihr Bestes, damit die Kleine sich nicht die Augen rieb. Inzwischen war die Patientin auch wieder ein wenig zu Kräften gekommen und wagte ein paar vorsichtige Schritte in der Kabine.

Gussie hatte sie bereits ins Herz geschlossen und wartete nur noch auf einen günstigen Zeitpunkt, um Otto ihren Entschluss mitzuteilen.

Es war eigentlich ihre Christenpflicht, für dieses verlassene Heidenkind zu sorgen. Unmöglich konnten sie die Kleine einfach mutterseelenallein in Rockhampton zurücklassen. Gussie würde sie mit zu sich nach Hause nehmen, ihr Englisch beibringen, sie im Geiste des Christentums erziehen und ihr ein

41

richtiges Heim bieten. Auf diese Weise würde sie auch etwas Gesellschaft haben. Sicher würde Otto ihr diesen Wunsch nicht abschlagen, wenn sie erst einmal zugab, dass sie für ein Leben auf See nicht geschaffen war.

»Du hast beschlossen, von jetzt an zu Hause zu bleiben?«, fragte er leicht belustigt, als sie schließlich mit ihrer Entscheidung herausrückte.

»Richtig, mein Lieber. Und ich habe jemanden, um den ich mich kümmern kann.«

»Den du zähmen kannst, meinst du. Sie ist immer noch halb blind, kann nicht mit dir sprechen und benimmt sich wie eine kleine Wilde. Bis jetzt müssen wir sie noch in der Kabine einsperren. Ebenso gut könntest du versuchen, eine Schlange zu zähmen.«

Er fragte sich, warum ihm ausgerechnet eine Schlange eingefallen war. Das Mädchen hatte mit seinen straffen Brüsten und wohlgeformten Hüften wenig Ähnlichkeit mit einem Reptil. Gut, dass Gussie an Bord gewesen war. Welchem dieser Lüstlinge in der Mannschaft hätte man ein heranreifendes Mädchen anvertrauen können? Vielleicht war es ja gar nicht so schlecht, wenn Gussie sich um das Mädchen kümmerte. In Rockhampton wäre die Kleine verloren, und Otto sah keine Möglichkeit, sie an den Endeavour River zurückzubringen. Genauso wenig wollte er, dass sie ihr Glück auf einem anderen Schiff versuchte, wo sie die Reise ganz sicherlich nicht ohne Belästigung überstehen würde.

»Ich werde es mir überlegen«, sagte er.

4

Reglos lag Kagari da. Sie betastete den schwankenden Rumpf des riesigen Geisterschiffes, spürte das Holz unter ihren Fingern und presste die Wange fest an die ungewöhnlich glatte Oberfläche. Der süßliche Geruch nach menschlichen Füßen, der in dem trockenen Holz hing, stieg ihr in die Nase. Überhaupt waren die Gerüche um sie herum so stark, dass ihr eines immer klarer wurde: Sie war nicht in die Hände böser Geister gefallen, sondern in die eines feindlichen Stammes. Über ihr schwoll das Gemurmel zu einem Gewirr harter, schnarrender Stimmen an; sie hörte schrilles Gelächter, bis eine Frau, die in einer seltsamen Sprache etwas rief, die Stimmen zum Verstummen brachte.

Kagari wurde in weiche Felle gewickelt; sie hörte auf zu zittern. Dann wurde sie wie ein Baby hochgenommen und fortgetragen.

Als sie erwachte, war sie immer noch blind, das wusste sie, und widerliche Hände berührten sie. So laut sie konnte, rief sie um Hilfe, mit einem lauten Dingoschrei, den der Wind zu ihrem Vater tragen würde. Tränen rannen ihr über die Wangen, und sie zitterte wieder, nicht vor Kälte, sondern aus Furcht vor diesen Wesen. Als sie Wassertropfen in ihrem Mund spürte, kein Salzwasser, sondern reines, süßes Wasser, begann sie zu saugen, obwohl ihre aufgesprungenen Lippen wie Feuer brannten.

Sie konnte nicht sagen, wie viele Tage und Nächte sie auf diesem riesigen Schiff verbracht hatte. Es wurde nun von Regenwinden gepeitscht, die von der Ankunft des großen teuflischen Windes sangen. Dieser Wind war stark genug, um den Ozean aufzuwühlen, ihn bis weit ins Land hinein zu tragen. Er peitschte den Dschungel, riss Bäume mitsamt den Wurzeln aus und warf sie umher, als wären sie Grashalme. Wahrscheinlich war ihr Stamm schon geflohen und versteckte sich in den schützenden Berghöhlen. Kagari kämpfte gegen die Tränen an. Sie durfte nicht verzweifeln. Sobald die Feinde nahe genug an der Küste vorbeifuhren, würde sie fliehen und sich auf den Weg nach Hause machen.

Als ihre Augen klarer wurden und sie ihre Umgebung wahrzunehmen begann, wich die Angst. Meist hielt sie die Augen geschlossen, aber wenn sie glaubte, dass die seltsame Frau sie nicht beobachtete, blickte sie sich verstohlen um und versuchte, sich ein Bild von diesem Ort und ihrer Lage zu machen.

Diese Leute hatten sie gefüttert. Niemand hatte sie geschlagen oder angegriffen. Doch die Ereignisse hatten sie mehr ver-

wirrt, als Schläge das je vermocht hätten. Männer waren gekommen, hatten sie angestarrt und waren wieder gegangen,
aber die Frau war bei ihr geblieben. Sie hatte sie gefüttert, seltsame Geräusche gemacht, wie man es sonst bei kleinen Kindern tut, sie hatte ihr das Gesicht mit feuchten Tüchern abge-
tupft und dabei die ganze Zeit auf Kagari eingeredet, als ob
diese sie verstehen würde. Bestimmt war diese Frau auch eine
Gefangene, und außerdem war sie offenbar nicht ganz bei
Trost. Die Frau war von Kopf bis Fuß in viele Schichten Stoff
eingehüllt, obwohl sie in der drückenden Hitze ihres düsteren
Gefängnisses ständig schwitzte. Und dann deckte sie Kagari
mit immer mehr Decken zu, wenn diese versuchte, sie abzuwerfen. Dennoch fühlte sie sich hier mit dieser verrückten Frau
sicher; draußen konnte sie die Rufe der Männer hören, die sie
gefangen hatten.

Und immer noch prasselte der Regen gegen das Schiff, doch
kein Tropfen drang hinein, nicht einmal am Boden, was Kagari
sehr verwunderte. Die See wurde rauer, als der Wind auffrisch-
te. Sie spürte, wie das große Schiff geschwind dahinglitt, und
empfand eine kindische Freude. Eine solche Geschwindigkeit
hatte sie noch nie erlebt, fast fühlte sie, wie das Wasser unter
ihr hinwegraste. Wenigstens wusste dieser fremde Stamm,
dass es das Beste war, vor den drohenden Teufelswinden zu fliehen.

Seufzend drückte sie sich in eine Ecke der Koje, betrachtete
ihr Gefängnis genau und versuchte herauszufinden, woraus die
einzelnen Gegenstände gemacht waren und wozu sie benutzt
wurden. Sie wagte nicht, etwas anzufassen, alles konnte ein böses Totem sein.

Die Frau hatte ihren Haarknoten gelöst und bürstete ihr
Haar, das so eigenartig und sandfarben war. Sie tat dies jeden
Tag und verknotete es dann wieder. Kagari schaute gern bei
diesem Ritual zu, das auf sie beruhigend wirkte.

Ihr Blick glitt über die Ansammlung fremder Dinge und ließ
nichts aus. Sie musterte die dunklen Höcker und Rillen auf
dem flachen Tisch in der Zimmermitte und die glatten geschnitzten Stühle, die diese Menschen benutzten. Staunend

betrachtete sie die soliden Wände, in die große Schachteln eingelassen waren, die sich mühelos öffnen und schließen ließen und alle Arten von Schätzen bargen. Schließlich blieb ihr Blick an einem Gemälde an der Wand hängen. Der Künstler musste der beste auf der ganzen Welt sein, entschied sie. Ihre Leute bemalten Rinde und Höhlenwände; manche Höhlen waren so heilig, dass die Frauen sie nicht betreten durften, aber alle wussten, dass die Bilder wunderschön waren und die Heldentaten der Ahnen darstellten. Doch dieses Gemälde war vollkommen. Jeder konnte sehen, dass es das Bild eines riesigen Schiffes auf einem winzigen Meer war. Vielleicht war es ein Gemälde genau dieses Schiffes. Dieser kluge Einfall versetzte sie in helle Aufregung, und sie kicherte selbstzufrieden.

Die verwirrte Frau hörte sie und stürzte herbei. Ihr Gesichtsausdruck verriet Freude darüber, dass Kagari lachen konnte. Sie umarmte sie, eilte zu einer ihrer Schachteln, kam mit einem kleinen Geschenk zurück und drängte Kagari, es zu essen. Da die anderen Nahrungsmittel nicht vergiftet gewesen waren, steckte Kagari das Geschenk, ohne zu zögern, in den Mund. Erfreut nahm sie den vertrauten Geschmack von Nüssen und Honig wahr. Es war gut. Budgeri.

Sie lachte begeistert. »Budgeri«, sagte sie und streckte die Hand nach mehr aus.

Kapitän Beckmann fühlte sich unwohl bei dem Gedanken, das Mädchen mit zu sich nach Hause zu nehmen. Nicht, dass die Behörden etwas dagegen gehabt hätten. Niemand scherte sich um Schwarze. Wenn eine Frau wie Gussie einer Eingeborenen Schutz gewähren wollte, dann tat sie nichts anderes als ein Missionar. Nein, es war etwas anderes. Dieses Mädchen hatte einen Hochmut an sich, den man bei Schwarzen selten antraf, auch bei einem weißen Mädchen wäre solch ein Stolz undenkbar gewesen. Gussie und er waren sich einig, dass sie um die zwölf Jahre alt sein musste. Zwar war sie groß für ihr Alter, aber noch nicht ausgewachsen. Als Mann konnte er auch nicht übersehen, dass ihr Körper erblühte und äußerst begehrenswerte Formen entwickelte. Ihr kleines Kinn war gebieterisch

gereckt, und die Augen glitzerten schon wieder unternehmungslustig. Das Glitzern in diesen großen braunen Augen
kam Kapitän Beckmann bekannt vor. Sie hatten einen goldenen
Schimmer, zu feucht, um hart zu wirken, und blickten ruhig
und fast feierlich. Oder war es ihre Art, den Kopf zu halten? Ja,
das war es. Ihr Kopf, bedeckt mit dicken, verfilzten Locken, die
Gussie allmählich entwirrte, ruhte auf einem langen zierlichen
Hals. Ja, er ruhte wirklich, denn anders als andere kleine Mädchen drehte, hob und senkte sie nicht ständig den Kopf. Sie
hielt den Kopf vollkommen ruhig, wenn sie einen ansah. Otto
versuchte es selbst, es war gar nicht so einfach. Es musste etwas
mit den Muskeln zu tun haben, wahrscheinlich war das für das
Überleben in der Wildnis lebensnotwendig und wurde ihnen
von klein auf beigebracht. Auf jeden Fall machte die Kleine
durch diese Kopfhaltung einen vollkommen gelassenen Eindruck, der allerdings mit der Wirklichkeit nicht übereinstimm-
te – das Mädchen war völlig verwirrt.

Kapitän Beckmann runzelte die Stirn. Augusta stand an der
Reling, beobachtete das geschäftige Treiben am Kai und wartete geduldig darauf, dass er sie an Land begleiten würde. Er war
erleichtert, dass sie in Zukunft zu Hause bleiben wollte. Wenn
sie nur diese fixe Idee aufgeben würde, das Mädchen bei sich
behalten zu wollen.

Er ging hinaus, um mit ihr zu reden. Vielleicht würde sie
jetzt, nach der Rückkehr in die Zivilisation, die Dinge anders
sehen. »Ich habe nachgedacht«, sagte er leise, »wir sollten das
Kind den Schwarzen in Brisbane übergeben, und die könnten
sie zurück in den Busch bringen, wo sie auch hingehört.«

Gussie drehte sich verärgert um. »Betrachtest du sie als eine
Art Tier? Als ein Eichhörnchen, das man irgendwo findet und
dann einfach wieder im Wald aussetzt?«

»Nein, nein, so habe ich das nicht gemeint. Ich denke nur,
dass sie bei ihren Leuten besser aufgehoben wäre.«

»Das sind nicht ihre Leute. Du hast es selbst gesagt. Sie gehören zu einem anderen Stamm. Du könntest sie genauso gut
nach Hamburg bringen. Niemand würde sich für sie verantwortlich fühlen.«

»Wo ist sie jetzt?«, fragte Otto hintergründig.

»In der Kabine eingesperrt.«

»Genau. Und du wirst sie immer einsperren müssen, damit sie nicht wegläuft.«

»Nein, das wird sie nicht. Ich kümmere mich um sie. Außerdem ist sie nicht die erste Schwarze, die in der Welt der Weißen lebt.« Sie deutete auf eine Gruppe eingeborener Jungen, die in schäbiger europäischer Kleidung am Kai entlangliefen. Sie alberten mit einem Lasso herum. »Schau sie dir an. Es gibt viele Eingeborene in Brisbane, und alle sprechen sie Englisch.«

»Schon, aber was wird aus diesen armen Geschöpfen? Tu nicht so, als wüsstest du es nicht. Diese Schwarzen sind verloren.«

»Das wird meinem Mädchen nicht passieren. Dafür werde ich sorgen. Ich habe sie übrigens nach Gouverneur Bowens Gattin benannt. Sie ist so eine schöne Frau.«

»Du hast ihr den Namen Diamentina gegeben?«

»Nein, nur Diamond.«

Otto nickte. Das gefiel ihm. Gräfin Diamentina beeindruckte auch ihn. Brisbane war eine wilde, raue Siedlerstadt, und er hatte lange darüber nachgedacht, ob er seine eigene Frau dorthin mitnehmen sollte. Doch all diese Bedenken hatten die Frau des ersten Gouverneurs von Queensland nicht abschrecken können. Inzwischen schrieb man das Jahr 1862, und sie hatte es nun schon drei Jahre lang ausgehalten. Lady Bowen war vom Scheitel bis zur Sohle Aristokratin und lief selbst in dieser ungehobelten Stadt in Kleidern herum, mit denen sie sogar in Paris Aufsehen erregt hätte. Zudem war sie für ihren Charme und ihre Schönheit bekannt. Und das Erstaunlichste war, dass ihr alle zu Füßen lagen! Was Bowen selbst anbelangte, ging er still seiner Aufgabe nach, diesen neuen Staat aufzubauen, während seine liebreizende Gattin Besuche machte und jedem die Hand in Freundschaft reichte.

Ja, er stimmte zu. Diamond war ein hübscher Name. Und wenn er sich alles so überlegte, gab es eigentlich keine andere Lösung, als das Mädchen zu behalten. Seine Gussie war eine kluge Frau; dieses Mädchen, Diamond, war in guten Händen.

Der Rest der Reise verlief für alle ziemlich beschwerlich. Weil das Wasser knapp war, litten Besatzung und Passagiere an quälendem Durst, und zu allem Überfluss mussten sie sich jetzt auch noch nach Süden wenden, um den Hurrikans auszuweichen. Doch trotz alledem konnte sich Edmund Gaunt wenigstens in der Rolle des Hahns im Korb sonnen. Im Gegensatz zu Mrs. Beckmann, die sich nur einmal übergeben musste, fühlte er sich ständig flau im Magen. Aber abgesehen von dieser Unpässlichkeit war er der Einzige in der Mannschaft, der das schwarze Mädchen täglich zu Gesicht bekam. Deswegen wurde er jetzt von allen Seiten mit Fragen bestürmt, besonders von Billy Kemp.

»Geht es ihr besser?«

»O ja. Mrs. Beckmann hat sie dazu gebracht, etwas zu essen.«

»Was sagt sie? Das Mädchen, meine ich.«

»Sie sagt gar nichts, Billy. Sie kann kein Englisch.«

»Nicht mal Pidgin?«

Die anderen Männer wollten wissen, ob sie schon Kleider trug, und er antwortete, dass Mrs. Beckmann sie noch nicht aus dem Bett aufstehen ließ. Als er schließlich zu berichten hatte, dass sie aufgestanden sei, waren sie gleich wieder beim alten Thema. »Läuft sie da drin splitternackt herum?«

»Nein. Sie hat ein Hemd an, das ihr Mrs. Beckmann genäht hat.«

»Aber was ist mit Unterhosen? Hat sie irgendwas drunter?« Sogar Edmund musste lachen, wenn er sich das dünne Mädchen in Mrs. Beckmanns riesigen Unterhosen vorstellte. Aber im Stillen dachte er, was für schreckliche, alte Männer sie doch waren, die über ein Kind schmutzige Bemerkungen machten, bloß weil sie die Kleine nackt gesehen hatten und sie schwarz war! Wenn diese Kerle mal ein wirklich hübsches Mädchen sehen wollten, sollten sie erst mal die Tochter seiner Nachbarn, der Middletons, erleben. Sie war zwölf, drei Jahre jünger als Edmund, und sie hatte ihm schon immer gefallen. Mit jedem Tag wurde sie hübscher, und außerdem hatte sie langes, blondes Haar, das dick wie Flachs war.

Oft hatte er sie beobachtet, wie sie im Hof ihr Haar in einem Eimer gewaschen hatte. Immer die sorgfältigen Handgriffe, die

Flut nassen Haars, das Trocknen der golden glänzenden Strähnen, das Kämmen, der Kampf mit den verfilzten Stellen, die Grimassen und das Stirnrunzeln. Wäre es nach ihm gegangen, hätte sie aufhören sollen, wenn das Haar sie wie ein weicher Mantel umfloss, aber schließlich flocht sie ihre Zöpfe, und das so gleichmäßig, dass es aussah wie Zauberei. Und dann rief ihre Mutter nach ihr: »Perfy!«

Edmunds alter Herr mochte die Middletons nicht. Er mochte keine Soldaten. Perfys Vater war Sergeant in der Armee, und Willy Gaunt hielt ihn für einen Verräter. Wie die anderen auch war er in Ketten hier angekommen und hatte sich wie Willy seine Frau unter den Strafgefangenen gesucht. Nach seiner Freilassung war er zur Armee gegangen. »Ein Wendehals«, hatte Willy ihn genannt. »Hat sich auf die richtige Seite geschlagen.« Edmund hatte sich darüber gewundert.

»Aber er hat doch gar nichts zu sagen, Pa. Er ist nur Soldat.«

»Diese Kerle!« Willy spuckte aus. »Das sind doch keine richtigen Soldaten. Wo ist denn ihr verdammter Krieg? Sie sind doch nur Marionetten ihrer Herren. Was tut denn die Armee für uns? Gar nichts. Die Soldaten arbeiten für die Großgrundbesitzer, bewachen ihr Land und verlangen keinen Pfennig dafür. Wenn sie einen Funken Ehrgefühl im Leibe hätten, würden sie zur Polizei gehen.«

»Ich dachte, du magst keine Greifer.«

»Niemand mag Greifer, mein Sohn. Du hörst nicht richtig zu. Aber wenigstens wissen wir, wofür sie da sind.« Edmund tat es leid, dass sein alter Herr nicht mit den Middletons reden wollte und umgekehrt. Pa lachte jedes Mal, wenn er den Namen der Tochter hörte. »Perfection! Verrückt, einem Kind einen solchen Namen zu geben. Die sind nicht ganz bei Trost, die beiden, das sag ich dir. Die halten sich für feine Herrschaften.«

Edmund musste zu seiner Schande gestehen, dass er immer mitlachte, aber insgeheim hielt er Perfection Middleton für einen wunderschönen Namen. Er passte zu ihr. Sie war das schönste Mädchen der Welt. Da wohnte sie Tür an Tür mit ihm, und er hatte noch nie ein Wort mit ihr gewechselt. Sie würdigte ihn keines Blickes.

Als er Billy Kemp eines Nachts von ihr erzählte, hatte Billy auch gelacht.

»Warte, bis du sie siehst«, hatte Edmund gesagt, doch Billy konnte seine Begeisterung nicht teilen. Aber Billy war ja auch schon alt, er war mindestens zwanzig und fuhr schon jahrelang zur See.

Sie hatten die Farm einfach verlassen. Billy hatte die alte Mähre vor den Wagen gespannt, ihr Hab und Gut und die paar Möbelstücke, die der Mühe wert waren, aufgeladen und das Haus, das sein Vater gebaut hatte, angezündet. Wenn diese Dreckskerle sich schon das Land unter den Nagel rissen, sollten sie sich gefälligst ihr eigenes Haus bauen. Er war fünfzehn gewesen, ungefähr so alt wie der Kajütenjunge, dieser Grünschnabel. War er jemals so jung gewesen? Und so dumm? Er bezweifelte es.

Seine Mutter hatte nicht begriffen, was geschah. Sie hatte einfach im Wagen gesessen, nicht gefragt, wo es hinging, und sich nicht ein einziges Mal umgedreht.

Er brachte sie nach Sydney und fand eine Wohnung in den Rocks, der übelsten, aber billigsten Gegend in ganz Australien. Dann verkaufte er Pferd und Wagen und machte sich daran, etwas Geld zu verdienen. Es war schwer. Er durchwühlte Abfälle, stahl, versuchte sich als Taschendieb und schnorrte sich durch, aber zumindest konnte er sich und seine Mutter ernähren. Unter den Papieren seines Vaters fand er eine Quittung über zweihundert Pfund für den Kauf dieses wertlosen Stückes Land. Was für ein Betrug! Die Welt war voll von Leuten, die andere einfach übers Ohr hauten. Verkauft hatte das Land ein Mr. J. A. Ganderton, Grundstücksmakler, in Paddington.

Billy durchquerte die Stadt, um sich diesen Gauner einmal anzusehen, und fand das einstöckige, auffällig gestrichene Bürogebäude mit Schildern entlang der Veranda, auf denen große Grundstücke billig zum Verkauf angeboten wurden. Er lächelte boshaft. »Was dem einen recht ist, ist dem anderen billig«, hatte sein Vater immer gesagt. Nun gut. Warum nicht?

In dieser Nacht brannte das Büro von J. A. Ganderton, Grundstücksmakler.

Teil 2

1

Inzwischen hatte sich Kagari an ihre Pflegemutter gewöhnt, doch ihre Familie und der Wald fehlten ihr noch immer sehr. Eines Tages würde sie dieses hässliche Dorf verlassen und nach Hause zurückkehren. Wie viele Geschichten würde sie zu erzählen haben! Alle würden ihr gebannt zuhören. Von nah und fern würden die Leute kommen, um ihren Abenteuern zu lauschen. Wogaburra wäre stolz auf seine Tochter, das Mädchen, das so viel gesehen hatte und so tapfer in den Dörfern der weißen Stämme ausgeharrt hatte. Seit sie klein war, hatte sie Berichte über die Tapferkeit und den Wagemut der Irukandji gehört; sie kannte die Namen der kühnen Krieger und unerschrockenen Frauen aus den Sagen und hatte immer darauf gebrannt dazuzugehören.

Selbstverständlich würde sie verschweigen, wie sehr sie sich gefürchtet hatte, als sie gefangen genommen wurde. Auch dass sie bei der Ankunft in diesem Haus so verängstigt gewesen war, dass sie sich in einer Ecke des Holzschuppens verkrochen und sich geweigert hatte herauszukommen, brauchte niemand zu erfahren. Nach einigen Tagen hatte der große Herr versucht, sie gewaltsam herauszuzerren, aber sie hatte gekratzt und gebissen, bis er blutete, und seine Frau hatte sich zwischen sie geworfen. Diese Frau war sehr stark. Zwar sah sie fett und träge aus, aber sie hatte die Kraft eines Mannes. Kagari gefiel das. Sie bewunderte die Missus, die alle möglichen klugen Dinge tat und Essen kochte, das man selbst den Göttern der Geisterwelt hätte vorsetzen können.

Und man nannte sie Diamond. Das war seltsam, aber sie gewöhnte sich daran, wie sie sich auch an alles andere gewöhnte. Eines Tages hatte die Missus einige kichernde schwarze Mädchen als Besuch mitgebracht, aber sie gehörten zu einem anderen Stamm, und so konnte Diamond ihre Sprache nicht verstehen. Es war viel leichter, neue Wörter von der Missus zu lernen, die sie ihr spielerisch beibrachte. Später hatte sie dieselben schwarzen Mädchen am Tor stehen sehen, und sie hatten ihr bedeutet, dass sie hier sicher sei und sich nicht grämen solle. Diamond war zu dem Schluss gekommen, man habe sie als Braut für einen weißen Mann geraubt. Wenn es zu Hause nicht genug junge Frauen gab, unter denen man wählen konnte, gingen die Irukandji-Männer lieber auf Jagd nach jungen Mädchen von anderen Stämmen, als dass sie ältere Frauen heirateten. Oft hatte sie miterlebt, wie sie stolz heimkamen und ihre hübschen, schüchternen Trophäen herumzeigten. Die neuen Mädchen wurden in die Familien aufgenommen und fügten sich in ihr Schicksal. Dass einmal eine von ihnen floh, war selten. Und gefährlich. So verstrich die Zeit. Diamond lernte die neue Sprache recht gut, aber von einem weißen Bräutigam keine Spur. Augusta Beckmann hatte nicht die Absicht, irgendeinen Mann, sei er nun schwarz oder weiß, in Diamonds Nähe zu lassen. Sie hatte ein Gewehr und fuchtelte damit herum, wenn Fremde am Haus entlangschlichen oder sich im Hinterhof herumtrieben. »Nimm dich vor diesen Männern in Acht«, warnte sie Diamond. »Sie machen dir Kinder und schlagen dich. Das sind böse Menschen!«

Ihr Ehemann aber war gut. Der Käpt'n war oft lange auf seinem großen Schiff unterwegs, und wenn er wieder zurückkam, baute und schnitzte er Möbel und polierte das Holz, dass es Farben annahm, die Diamond begeisterten. Nur einmal hatte es Aufregung gegeben. Der Käpt'n und ein anderer Mann befreiten gerade den Garten von Dornenbüschen und hohem Gras, als sie eine hübsche Schlange entdeckten. Der Käpt'n ergriff ein Beil, um sie zu töten, aber Diamond hatte sich auf ihn gestürzt und ihn beiseitegestoßen, um diese schreckliche Tat zu verhindern. Sie brauchten das Fleisch nicht, und die hübsche Schlange war harmlos. Sie war lang und schlank, hatte glänzend schwarze Schuppen und leuchtende, kluge Augen. Die Männer liefen schreiend davon, während sich Diamond die verschreckte Schlange zärtlich um Hals und Arme legte und sie beruhigte. Niemand hielt sie auf, als sie wegging, um im Busch ein neues Heim für die Schlange zu finden. Mit diesem Zwischenfall begann für Diamond ein ganz neuer Lebensabschnitt.

Sie merkte, dass niemand etwas gegen kleine Spaziergänge hatte, solange die Missus wusste, wo sie hinging. Bald lernte sie, die großen Hütten voneinander zu unterscheiden, und verlief sich nicht mehr. Morgens brachte ihr die Missus richtiges Englisch bei, nicht das Pidgin, das die Schwarzen sonst sprachen. Sie zeigte ihr die Buchstaben und lehrte sie das Schreiben. Außerdem kaufte sie Bilderbücher, die Diamond stundenlang ansehen konnte. Sie war sicher, der alten Frau machten die Stunden mehr Spaß als ihr selbst; die Missus brannte so darauf, mit dem Unterricht zu beginnen, dass sogar die Wäsche warten konnte. Wenn dann der Käpt'n von seinem Schiff heimkam, musste Diamond ihm zeigen, was sie gelernt hatte, und hübsche Verse aufsagen. Ihr Lieblingsvers war »Bäuerchen, Bäuerchen Tick, Tick, Tack«. Sie fand es sehr lustig, aber der Käpt'n lachte nicht, sondern klatschte begeistert in die Hände. Das freute die Missus.

»Schau«, sagte sie zu ihm. »Es heißt, die Schwarzen sind zu dumm zum Lernen, aber meine Diamond kann das. Diamond ist klug.«

Der Käpt'n war glücklich. »Ach, sie hat einfach eine ausgezeichnete Lehrmeisterin, Gussie. Du hättest Lehrerin werden sollen.«

Die Missus war stolz auf dieses Lob.

Sie hatten es schön zusammen in ihrer kleinen Familie. Diamond half im Haushalt und im Garten und hatte ihren eigenen Schlafplatz auf der Veranda.

Den anderen Schwarzen in Brisbane ging es sehr viel schlechter als ihr; viele waren krank oder halb verhungert. Zu ihrer Enttäuschung hatte noch niemand von den Irukandji und dem Land im Norden gehört. Trotz ihrer erbärmlichen Lage waren sie sehr nett zu Diamond, aber diese war entsetzt, dass sie solch ein elendes Dasein fristeten. »Warum geht ihr nicht zurück in euer eigenes Land?«, fragte sie.

»Das sein unser Land«, erwiderten sie und zuckten die Achseln. »Weiße Mann haben Land genommen.«

Eine alte Frau riet ihr genau dasselbe wie die Missus. »Du gute saubere Mädchen, Diamond. Nun du Frau sein, wegbleiben von schwarze und weiße Mann. Du sagen, scher dich zum Teufel.« Als die Missus wieder einmal ihre Warnung aussprach, verkündete Diamond: »Ich weiß. Ich sage ihm, er soll sich zum Teufel scheren.«

Die Missus war zunächst sprachlos, aber dann hatte sie gelacht, wobei ihr Doppelkinn fröhlich hin und her wackelte. Bei der Rückkehr des Käpt'ns hatte die Missus natürlich darauf gedrängt, Diamond solle ihre Antwort vor ihm wiederholen. Er hörte gerne zu, wenn sie ihm in allen Einzelheiten erzählten, was sie während seiner Abwesenheit erlebt hatten. Auch er lachte über ihre Bemerkung. »Eines Tages werden wir für Diamond einen netten Mann finden«, stellte er fest, aber das freute die Missus überhaupt nicht.

Für die nächste Heimkehr des Käpt'ns plante die Missus eine besondere Willkommensfeier. Sie backte einen Obstkuchen, den sie erst am Tage seiner Ankunft glasieren wollte, und kaufte Kerzen und Bonbons. Sie und Diamond freuten sich beide sehr darauf. Da sich das Datum seiner Rückkehr nicht genau festlegen ließ, hatte die Missus bereits einige ihrer Freunde von der Kirchengemeinde vorgewarnt, dass ihre Einladungen oft sehr kurzfristig seien, aber das machte niemandem etwas aus. Gussies »kleine Teegesellschaften« waren festlicher als die der Engländer, und ihr köstlicher hausgemachter Apfelwein war für die ausgelassene Stimmung der Gäste mitverantwortlich.

Alles war vorbereitet. Die Missus hatte sogar Zeit gefunden, ein Damasttischtuch zu besticken und Diamonds Anfangsbuchstaben auf zwei mit Spitze besetzte Kissen zu nähen. Unendlich langsam verstrich die Zeit. Diamond erinnerte sich, dass es immer so war, manchmal wurde die *White Rose* durch Unwetter aufgehalten oder durch das außerplanmäßige Anlaufen eines Hafens, um weitere Ladung aufzunehmen, und so waren sie niemals sicher, wann sie mit dem Käpt'n rechnen konnten. Während dieser Zeit ließen sie sich treiben wie zwei Wolken am Sommerhimmel.

Und dann hatte Diamond einen Traum. Der Kookaburra holte sie, und sie flog mit ihm weit in die Berge und tief in den stillen Regenwald hinein. Auch ihr Stamm musste dort irgendwo sein. Die Stille zerriss, als sie laut ihren eigenen Namen rief. »Kagari! Kagari!« Sie fühlte die Nähe der anderen, erhielt jedoch keine Antwort. Eine Biene ließ sich zum Ausruhen auf den geöffneten Kelch einer fleischfressenden Pflanze nieder. In Sekundenschnelle schloss sich das moosgrüne Maul, und die Biene saß in der Falle. Diese Bewegung erschreckte Kagari; sie drehte sich um und sah plötzlich den Käpt'n auf sich zukommen. Er ging an ihr vorbei, eine graue Geistergestalt. Sie hatte Angst, ihn zu berühren, ganz im Gegensatz zu der Missus, die mit gerafften Röcken laut schnaufend hinter ihm herpolterte. In dieser Umgebung war sie fehl am Platz; ihre bunten Kleider wirkten grell in diesem grünen Dom.

Auf einmal schrillten die Zikaden, Vögel flatterten auf, und Kagari rief: »Missus, hier bin ich. Missus!«

Die Frau drehte sich um und sah sie an, schüttelte jedoch den Kopf und rannte weiter. Schon hatte sie der feuchte Nebel verschluckt. Und dann verschwand auch der Wald, und Kagari stand mutterseelenallein in einer Wüste; wo sie hinsah, nur ödes, steiniges Land.

Als Diamond noch schlaftrunken und traurig erwachte, stahl sie sich in das Schlafzimmer und setzte sich im Schneidersitz in eine Ecke, um über die Missus zu wachen und andere böse Geister zu vertreiben, denn sie wusste nun, dass der Käpt'n tot war.

Die Männer, die die Nachricht überbrachten, standen mit gesenktem Kopf da. Sie umklammerten ihre Hüte, scharrten mit den Füßen und murmelten Beileidsbezeugungen.

»Sie ist gesunken, Madam. Die *White Rose*.«

»Ein schönes Schiff. War ein feiner Mann, der Kapitän Beckmann. Ja, auf See geblieben.«

»Auf Riff gelaufen. Es heißt, dass es ein Hurrikan war.«

»Woher wir das wissen? Da sind zwei Überlebende, Madam. Zwei Männer haben sich an die Küste gerettet.«

»Es soll vor Cape Manifold gewesen sein. Schlimm. Sehr schlimm.«

»Woher wir das wissen? Ein Telegramm, Madam. Vom Hafenmeister in Rockhampton. Ein schrecklicher Sturm.«

Mrs. Beckmann wollte es nicht glauben. Sie fragte und fragte, sank in dem großen Sessel immer mehr in sich zusammen und rang die Hände auf dem Schoß, bis sie schließlich der Wahrheit ins Auge sehen musste.

Es schien nichts zu geben, womit Diamond sie trösten konnte. Die Missus lag weinend auf dem Bett, wanderte ruhelos durchs Haus und brach in lautes Klagen aus, wenn Freunde kamen, um ihr Beileid zu bekunden. Nachts rief sie seinen Namen und betrauerte sein Schicksal.

Diamond konnte sich nicht vorstellen, dass sich ihr Leben nun sehr verändern würde. So etwas passte nicht zu ihrem Bild von der Welt des weißen Mannes, genauso wenig wie es zur Welt ihres eigenen Volkes passte. Als sich die Missus jedoch wieder ein wenig gefasst hatte, war sie gezwungen, sich Klarheit über ihre Lage zu verschaffen. Tagsüber war sie nun meist außer Haus. »Geschäfte«, erklärte sie Diamond. »Ich muss mich mit Dingen befassen, die für mich neu sind, ich muss mit der Bank und der Reederei reden.« Sie schrieb lange, traurige Briefe nach Deutschland.

In der Stille ihres Zimmers weinte auch Diamond um den Käpt'n. Es war schwer, sich das Leben ohne ihn vorzustellen. Sie würden einsam sein. Und dann fiel ihr auf, dass die Missus seit einiger Zeit wieder mehr weinte. Jede Kleinigkeit schien sie aus der Fassung zu bringen, und Diamond nahm an, es würde lange dauern, bis sie über den Verlust ihres geliebten Gatten hinweggekommen war.

»Ich muss das Haus verkaufen«, sagte Mrs. Beckmann mit zitternder Stimme zu Diamond. Es klang so, als habe sie Angst, diese Worte auszusprechen.

»Wohin werden wir gehen?«

»Das ist die Schwierigkeit. Ich habe kein Geld, von dem ich leben könnte. Otto hat das Schiff gekauft und dadurch Schulden bei der Bank.« Sie schniefte und putzte sich die Nase mit einem riesigen Taschentuch, dann holte sie tief Luft. »Diamond, dies ist ein trauriger Tag. Ich hätte nie gedacht, dass so etwas geschehen würde. Ich muss zurück nach Deutschland gehen und bei meinem Sohn und seiner Frau wohnen.«

Diamond war erstaunt. »Du willst bei dieser Frau wohnen, die so gemein ist? In ihrem Haus?«

»Das ist im Moment die einzige Möglichkeit. Das Leben ist hart.« Sie nahm Diamonds Hand. »Ich muss es dir jetzt sagen: Ich kann dich nicht mitnehmen.«

War dies die Bedeutung des Traums? Diamond hatte die Missus in eine andere, fremdartige Welt davoneilen sehen; sie war dem Käpt'n gefolgt.

»Verstehst du das, Diamond?«

»Ja«, erwiderte sie, um der Missus eine Freude zu machen.

»Ich habe versucht, ein Zimmer für dich zu finden, hatte aber kein Glück. Allerdings habe ich Arbeit für dich gefunden, und dort kannst du auch wohnen. Dort bist du gut aufgehoben.« Sie lächelte grimmig. »Du könntest nirgends besser aufgehoben sein.«

»Wo ist das?«, fragte Diamond. Ihr wurde das Herz schwer.

»Im Haus des Gouverneurs. Gott sei Dank hatte der Käpt'n viele einflussreiche Freunde in Brisbane, und so konnte ich dich im Haus des Gouverneurs unterbringen. Das ist eine große Ehre für dich.«

»Aber die Arbeit. Ich habe noch nie gearbeitet. Was soll ich dort machen?«

»Du arbeitest in der Wäscherei. Wenn du ihnen in der Wäscherei zur Hand gehst und dich gut benimmst, werden sie bald merken …« Sie brach ab und schlang die Arme um Diamond. »Es tut mir so leid. Ich will dich nicht hier allein lassen, aber was soll ich denn sonst tun?«

Allein! Diamond bekam Angst. Sie würde ganz allein sein. Ohne Familie. Und was wäre, wenn sie mit dieser Arbeit nicht zurechtkam? Was sollte dann aus ihr werden? Die Missus weinte schon wieder, und Diamond dachte daran, dass sie tapfer sein musste; sie durfte die Missus nicht noch unglücklicher machen. »Es ist schon gut«, sagte sie. »Weine nicht, Missus. Ich komme schon zurecht.«

2

»Ich habe Durst.«

»Pst, Laura Stibbs. Sei ruhig«, mahnte Perfy.

»Warum? Sie können uns doch gar nicht hören.«

Perfection Middleton setzte sich aufrecht hin, wie ihr Vater es ihr beigebracht hatte, Knie und Füße zusammen. Ihre Mutter sagte, nur Schlampen machten die Knie breit, sodass man ihre Unterhosen sehen konnte, wenn man sich bückte. Daraus hatte Perfy geschlossen, dass es in Brisbane Unmengen von Schlampen geben musste. Man sah Unterhosen in allen Farben, Formen und Größen, wenn Frauen vor den Hütten saßen und sich Luft zufächelten oder auf den Märkten arbeiteten und die Röcke gerafft hatten, damit sie nicht in den Staub hingen, oder wenn Frauen auf kräftigen, halbwilden Pferden vorbeiritten. Ständig machte sich ihre Mutter Sorgen um sie, stopfte ihr Watte in die Ohren, wenn sie an Schenken oder anderen schmutzigen Orten vorbeikamen, damit sie kein anrüchiges Gerede hörte. Ihre Mutter mochte Brisbane nicht. Als Perfys Vater in diese Stadt geschickt wurde, hatte seine Frau nicht gewusst, dass dies früher die berüchtigte Sträflingskolonie Moreton Bay gewesen war. Obwohl dies längst der Vergangenheit angehörte – die Straflager waren zehn Jahre vor Jack und Alice Middletons Ankunft geschlossen worden –, behauptete ihre Mutter, sie könne die Gegenwart dieser armen gepeinigten Seelen spüren; ihre Geister, so sagte sie, würden nie zur Ruhe kommen. Natürlich erzählte man sich Geschichten, dass manche Leute in den mitternächtlichen Straßen von Brisbane das Rasseln von Ketten oder grausige Schreie vernommen hätten, aber ihr Vater meinte, das sei alles Unsinn, und Perfy war bereit, eher ihm zu glauben. Sie hatte sich immer gefragt, warum Geister ausgerechnet um Mitternacht erscheinen und mit ihren Ketten rasseln mussten, und das hatte ihren Verdacht bestärkt, dass alles nur Humbug war. So hoffte sie jedenfalls.

Nun belastete es ihre Mutter aber noch immer, dass sie als

Verbrecherin nach Sydney deportiert worden war. Auch Perfys Vater war ein Sträfling, das wusste sie. Freunde dieses ständig schniefenden Edmund Gaunt von nebenan hatten Perfy eines Tages in der Schule damit verhöhnt. Sie hatte kein Wort geglaubt und war wütend nach Hause gerannt. »Die Kinder sagen, ihr seid Verbrecher. Ihr wart doch keine Sträflinge, oder?« »Wir sind Exilanten, Liebes«, war der einzige Kommentar ihrer Mutter gewesen, den sie jemals zu diesem Thema abgegeben hatte. Ihr Vater dagegen hatte sich klarer ausgedrückt: »Es gibt nichts, worüber du dir Sorgen machen müsstest, mein Mädchen. Die meisten von uns sind auf diesen Sträflingsschiffen aus England deportiert worden, also reg deine Mutter nicht auf. Es waren schlimme Zeiten, die wir am besten vergessen sollten. Wir sind niemandem etwas schuldig und haben keinen Grund, uns zu verstecken.«

Perfy machte große Augen. Sie war entsetzt und neugierig zugleich. »Aber was habt ihr denn verbrochen?«

»Wir wollten überleben, Kleines, das ist alles.«

Da ihre Mutter Brisbane verabscheute, sparte ihr Vater, um eine kleine Farm zu kaufen. Nun sollte auch Perfy das ihre dazu beitragen und sich eine Arbeit suchen. Es würde ihre erste Stelle sein, deshalb wollte sie heute mit tadellosem Benehmen glänzen. Perfy war fest entschlossen, diese Stelle zu bekommen. Ihre Mutter würde begeistert sein, wenn sie im Haus des Gouverneurs arbeiten und die wunderschöne Gräfin Diamentina, Lady Bowen, kennenlernen würde.

Perfy blickte hinunter auf ihre Stiefel. Sie waren nicht neu, aber hübsch poliert und mit neuen Schuhbändern versehen. Laura trug neue Stiefel, die sie extra für diese Gelegenheit bekommen hatte; ihr Vater war Schmied und konnte es sich leisten. Und Amy Campbell, die dritte im Bunde der drei Mädchen, die zusammen in ihren Sonntagskleidern auf einer Bank unter einem Mangobaum saßen, hatte sogar Halbschuhe an. Richtige Damenschuhe. Perfy warf einen neiderfüllten Blick darauf. Noch nie hatte sie Damenschuhe besessen; die meisten Leute trugen Stiefel, weil man sich die Halbschuhe auf den harten staubigen Straßen nur ruinierte und sie für die nasse

Jahreszeit nicht taugten. Aber die Campbells kümmerte das nicht; der alte Jock Campbell besaß den größten Laden in der Stadt.

»Es ist gemein, uns hier die ganze Zeit warten zu lassen«, beschwerte sich Laura.

Amy stimmte zu. »Wetten, wir sitzen jetzt schon eine geschlagene Stunde hier. Ich komme um vor Hitze. Außerdem will ich die Stelle sowieso nicht.«

»Die Frau hat gesagt, wir sollen hier sitzen bleiben und warten«, schaltete sich Perfy ein. »Ich glaube, das war die Haushälterin. Sie sieht sehr elegant aus.«

»Pah!«, schnaubte Amy. »Ich finde, sie sieht eher aus wie eine alte Krähe, und das Gesicht passt zu ihrer scheußlichen Nase!« Sie hob ihre Arme. »Ich schwitze fürchterlich!«

»Du willst doch nicht, dass man dich so reden hört, wenn du dort in Dienst gehen willst«, wisperte Perfy.

»Die hören uns nicht«, antwortete Amy. »Bis zum Haus sind's doch mindestens fünfzig Meter. Ich frage mich, warum wir ausgerechnet hier warten müssen. Sie hätten uns wenigstens erlauben können, uns auf die hintere Veranda zu setzen. Vielleicht haben sie uns vergessen. Wir sollten nach Hause gehen und erzählen, wie schäbig man uns behandelt hat.«

Perfy war entsetzt. »Wir werden doch die Gräfin sehen! Du kannst ja heimgehen, Amy Campbell. Ich bleibe, und wenn ich den lieben langen Tag hier sitzen muss.« Sie hoffte insgeheim sogar, dass Amy nach Hause gehen würde, dann hätte sie eine Mitbewerberin weniger.

Laura stieß sie an. »Schau mal, wer da kommt!«

Alle drei drehten sich um und sahen, wie die Witwe Beckmann durch den Lieferanteneingang hereinkam. Einem dunklen Schatten gleich glitt sie durch einen üppigen Tunnel von Frangipanibüschen; ihr Gesicht war durch einen schwarzen Schleier verdeckt. Die Haushälterin hatte in ihrem schwarzen Kleid groß und knochig ausgesehen. Mrs. Beckmann in einer altmodischen weiten Krinoline war das genaue Gegenteil. Unsicher sah sie sich um und ging dann auf Zehenspitzen auf die Mädchen zu. Ein hochgewachsenes schwarzes Mädchen folgte ihr. Aufmerksam betrachteten die Wartenden das schwarze Mädchen, das besser gekleidet war als die anderen Eingeborenen. Sie trug eine gestärkte weiße Bluse, einen langen schwarzen Rock mit hübschem Gürtel und hatte sogar Schuhe und schwarze Strümpfe an! Eingeborene Frauen liefen sonst immer barfuß. »Guten Morgen, Mädchen.« Mrs. Beckmann lüftete den Schleier. »Wo kann ich Mrs. Porter, die Haushälterin, finden?«

»Ich meine, sie ist dort oben.« Amy deutete auf das Haus.

Mrs. Beckmann zögerte. Ihr Gesicht unter dem schwarzen Schleier war rot und verschwitzt, und sie tat Perfy leid.

»Möchten Sie sich gerne setzen?«

»Nein, danke, Liebes.« Mrs. Beckmann blickte hinauf zur Sonne, deren Strahlen sich erbarmungslos auf die Bank zubewegten, auf der die Mädchen saßen. »Ich warte lieber dort im Schatten.« Sie ging hinüber zu einem Gartenstuhl, der unter dem Dach eines kleinen Schuppens stand. Das schwarze Mädchen folgte ihr und stellte sich dann wie ein Wachposten neben sie, nicht wie die meisten Schwarzen, die mit hängendem Kopf und nach innen gedrehten Füßen herumlungerten, sondern aufrecht und mit erhobenem Kopf wie eine Statue; ihr kurzes, dichtes Haar lag wie ein Kappe über ihrem Kopf. Sie war etwa so alt wie die anderen Mädchen, sah aber so stark und selbstsicher aus, dass Perfy sich unwohl zu fühlen begann.

»Sie hat diese Schwarze doch wohl nicht mitgebracht, damit sie sich auch um die Stelle bewirbt?«, flüsterte Amy. »Man wird sie doch nicht einem Niggerweib geben.«

»Sieht aber ganz so aus«, bemerkte Laura, und dann saßen sie wieder still da. Sogar die Vögel schwiegen jetzt und suchten in den Bäumen Zuflucht vor der brennenden Mittagssonne, aber die drei Mädchen harrten tapfer an dem ihnen zugewiesenen Platz aus. Verzweifelt spürte Perfy, wie ihr unter den Achseln der Schweiß ausbrach, wie er ihren Nacken entlanglief und ihr frisch gestärktes Kleid durchnässte. Sie hoffte, dass es den beiden anderen genauso erging.

Endlich kam diese Frau, in der sie Mrs. Porter vermuteten, die Hintertreppe herunter. Sie nickte der Deutschen zu.

»Sind Sie Mrs. Beckmann?«

»Ja, die bin ich.«

»Und Sie fragten nach einer Stelle für Ihren Schützling? Ist sie das dort drüben?«

»Ja, ein braves Mädchen, das gut arbeiten kann.«

Die Haushälterin starrte Diamond an. »Ich habe nicht gern schwarze Mädchen im Personal. Sie sind dumm wie Bohnenstroh.«

»Dieses hier nicht.« Gussie mochte dieses böse Weib nicht, aber sie wollte höflich bleiben. »Es wäre nur ein Akt der christlichen Nächstenliebe, wenn Lady Bowen sie einstellen würde …«

»Schön und gut, von der Gräfin zu erwarten, dass sie eine praktizierende Christin ist, aber wie steht's mit dem Mädchen?«

»Sie ist getauft und kennt die Bibel.« Gussie lächelte. »Wir haben das Mädchen Diamond getauft, nach der Gräfin, so sehr verehren wir sie.«

Mrs. Porter grunzte. »Nun, das würde ich erst einmal nicht erzählen. Ihre Hoheit wäre eher peinlich berührt als erfreut.«

Gussies Augen verengten sich. »Ihr Name ist Diamond, und das merken Sie sich bitte.«

»Ach, wirklich? Wenn ich sie überhaupt nehme.«

Mit klopfendem Herzen widerstand Gussie dem Drang, diese Frau beiseitezuschieben und sich selbst auf die Suche nach Lady Bowen zu begeben. »Mein verstorbener Mann«, sagte sie, »war ein Freund des Premiers, Mr. Herbert. Mr. Herbert hat mit der gnädigen Frau über Diamond gesprochen, und mir wurde versichert, dass sie eingestellt würde. Wenn Sie mit dem Premier darüber streiten möchten, dann wenden Sie sich an ihn.« Sie sah, wie die Frau zusammenzuckte.

»Sie muss in der Wäscherei arbeiten, wir beschäftigen keine Schwarzen im Haus.«

»So hatte ich das auch verstanden«, sagte Gussie ruhig. Die Haushälterin wollte sich nur wichtigmachen. Nun, zu diesem Spiel gehörten zwei. »Würden Sie mir nun bitte zeigen, wo sie schlafen kann.«

»Madam, nur zwei Angehörige des Personals wohnen hier. Ich selbst und die Köchin. Wir besitzen ein eigenes Zimmer und haben nicht die Absicht, es mit einem Niggerweib zu teilen.« Ärgerlich zog Gussie den Schleier von ihrem Gesicht. »Ich mag dieses Wort nicht. Es klingt so, als wäre Diamond nichts wert.«

»Ach du meine Güte, die Schwarzen nennen sich manchmal selbst so.«

»Ja, aber aus Ihrem Mund klingt es abfällig.«

»Nun, darüber mache ich mir keine Gedanken. Es geht darum, dass das Mädchen nicht im Haus schlafen kann.«

»Sie muss aber. Ich gehe zurück nach Deutschland, und sie hat hier sonst niemanden.«

»Und ihre Familie? Woher kommt sie?«

»Aus dem Norden, von weit her.«

»Wahrscheinlich ist das ein Segen, so wird wenigstens nicht der Rest ihres Stammes hier herumlungern und um Almosen betteln. Sie können eine schreckliche Plage sein. Ich denke, dass sich etwas für sie finden lässt.«

Gussie wusste, dass sie gewonnen hatte, und entschloss sich zu gehen, bevor diese Frau ihre Meinung änderte. Sie hatte ihr erzählen wollen, dass Diamond nicht nur gut Englisch sprach, sondern auch lesen und schreiben konnte, aber eine innere Stimme warnte sie, dass die Erwähnung von Diamonds Fähigkeiten im Moment äußerst unklug wäre. Möglicherweise würde das Mrs. Porter nur noch mehr gegen Diamond aufbringen. »Ich bringe das Mädchen morgen mit ihren Sachen hierher«, verkündete sie, »und ich werde einen Brief an Lady Bowen schreiben und ihr für ihre Freundlichkeit danken. Ich werde sie in meine Gebete einschließen.«

Als sie mit Diamond den Heimweg antrat, nickte sie den drei Mädchen zu. Was für nette Mädchen. Die Haushälterin mochte eine mürrische Person sein, aber Diamond würde sich dort in guter Gesellschaft befinden und behütet sein. Wo würde es einem jungen Mädchen besser ergehen als unter dem Dach des Gouverneurs selbst?

Verärgert durch das Gespräch machte Mrs. Porter kurzen

Prozess mit den drei Mädchen, die sich um eine Stellung als Hausmädchen bewarben. Es gab kaum Unterschiede. Alle drei waren auf dieselbe Schule gegangen und auf Empfehlung derselben Lehrerin hierhergeschickt worden. Sie hieß die Mädchen, sich nebeneinander unter dem Mangobaum aufzustellen, und fragte sie ein paar Minuten aus.

Sie entschied sich für das Middleton-Mädchen. Seine Exzellenz würde es schätzen, dass sie der Tochter eines britischen Soldaten den Vorzug gegeben hatte, auch wenn es sich nur um einen Sergeant handelte. Seine Exzellenz wünschte, dass die Familien von Armeeangehörigen gefördert wurden, die so weit von zu Hause entfernt stationiert waren. Ja, es war besser, sie einzustellen als die Tochter eines Schmieds oder eines Händlers.

»Das ist alles«, sagte sie kurz angebunden. »Danke, dass Sie gekommen sind. Miss Middleton, Sie können morgen mit der Arbeit beginnen. Seien Sie pünktlich um sechs Uhr hier.«

Perfy war aufgebracht. Eine musste doch die Stelle bekommen, die anderen beiden brauchten gar nicht so beleidigt zu tun. Sie liefen einfach davon und ließen Perfy alleine stehen.

Langsam ging sie die Queen Street entlang und zählte die Schritte. Tausend Meter ergaben einen Kilometer – sie würde durch das Zählen der Schritte den schnellsten Weg zur Arbeit herausfinden. Es wäre vielleicht kürzer, am Botanischen Garten vorbeizulaufen. Sie hatte die Stelle! Wenn sie jetzt daran dachte, dass ihre Mutter sich Sorgen gemacht hatte und gar nicht sicher war, ob sie sich überhaupt bewerben sollte; sie hatte geglaubt, dass die hohen Herren keine Tochter von Sträflingen einstellen würden. Arme Mutter, über so viele Dinge machte sie sich Sorgen, sie überlegte immer, was andere Leute von ihr dachten. Wer kümmerte sich schon darum, was andere dachten? Und wer waren denn diese »anderen« schon?

»Miss! Miss!«

Perfy drehte sich um und sah, dass ihr Mrs. Beckmann und das schwarze Mädchen nacheilten.

»Miss! Arbeiten Sie im Haus des Gouverneurs?«

»Ja.« Perfy war stolz darauf, das sagen zu können. »Ich fange morgen an.«

»Oh, das freut mich. Wie ist Ihr Name?«

»Perfy. Perfy Middleton.«

Die Witwe strahlte und ergriff Perfys Hand. Ihre Hände waren heiß und schweißnass, aber Perfy wollte ihre Hand nicht wegziehen.

»Ich bin Mrs. Beckmann, und das ist Diamond. Sie wird ebenfalls morgen anfangen.«

Da Perfy Mrs. Beckmann bereits kannte, nickte sie dem schwarzen Mädchen zu. »Guten Tag.«

»Guten Tag, Miss«, erwiderte Diamond ohne die übliche Schüchternheit der Aborigines. »Ich werde in der Wäscherei arbeiten.«

»Wie nett«, murmelte Perfy.

»Ihr beiden könnt doch Freundinnen sein«, sagte Mrs. Beckmann. Wie eine ältere Schwester lächelte Diamond auf Perfy herab, was diese verwirrte, weil es ihrem Gefühl nach umgekehrt hätte sein müssen. Außerdem war niemand, den sie kannte, mit einem schwarzen Mädchen befreundet.

»Wo wohnen Sie?«, fragte Mrs. Beckmann.

»Im Fortitude Valley.«

»Oh, wir müssen auch in diese Richtung gehen. Wir begleiten Sie. Kommen Sie.«

Perfy hatte keine Wahl, sie musste mit ihnen gehen. Sie wünschte, sie hätte eine andere Adresse genannt oder gesagt, sie müsse jemanden besuchen, aber nun war es zu spät. Mrs. Beckmann redete fast ununterbrochen. Während sie den Hügel hinabgingen, erzählte sie Perfy vom Tod ihres geliebten Mannes, des Kapitäns, und dem tragischen Verlust der *White Rose*. »Nur zwei der Männer haben überlebt.«

»Ja, ich weiß«, sagte Perfy. »Edmund Gaunt wohnt im Haus neben uns.«

»Edmund? Ich erinnere mich an ihn. Vor Jahren hat er auf der *White Rose* als Kajütenjunge angefangen. Man hat mir erzählt, auch ein anderer Matrose sei gerettet worden.«

»Das war Billy Kemp. Er hat Edmund zwei Tage lang auf einer Art Floß über Wasser gehalten, und dann wurden sie von Schwarzen entdeckt, die in ihren Kanus hinausfuhren und sie an Land brachten. Sie hatten Glück«, fügte Perfy hinzu. Sie wollte gerade sagen, sie habe aufgeschnappt, dass Edmund und Billy vor den Eingeborenen mindestens genauso viel Angst gehabt hätten wie vor dem Ertrinken, aber gerade noch rechtzeitig wurde sie sich Diamonds Anwesenheit bewusst.

»Die Schwarzen waren sehr freundlich zu ihnen«, sagte sie und wartete auf eine Entgegnung von Diamond, die jedoch keine Miene verzog.

Mrs. Beckmann hatte Tränen in den Augen. »Wenn sie nur meinen lieben Otto gerettet hätten.«

»Es muss ein furchtbarer Sturm gewesen sein«, bemerkte Perfy. »Edmund hat nun Angst und will nicht mehr zur See fahren. Er und Billy wollen Gold schürfen, aber Mr. Gaunt, Edmunds Vater, ist strikt dagegen. Er sagt, Edmund müsse Seemann bleiben.«

»Ich hätte gedacht, die beiden würden mir vielleicht einen Besuch abstatten«, murmelte Mrs. Beckmann traurig.

»Sie sind gerade erst nach Hause gekommen«, erklärte Perfy. »Mit den Gaunts haben wir nicht so viel zu tun, aber Billy Kemp wohnt bei ihnen, und ich finde, er ist recht zuvorkommend.«

Das war stark untertrieben. Perfy war beeindruckt von Billy Kemp, dem Helden, der sie oft über den Zaun hinweg grüßte. Er machte einen äußerst verwegenen Eindruck und nannte sie »Perfy«, als ob er sie schon ewig kennen würde. Außerdem sah er gut aus, irgendwie unbekümmert, mit seinem sonnengebleichten Haar, das ihm in das gebräunte Gesicht fiel. Dunkles Haar würde auf diese Weise nur unordentlich wirken, aber Billys Haar, das fast weiß war, gefiel ihr sehr; es passte so gut zu seinem schelmischen Grinsen.

Laura und Amy waren hinter dem Vorhang gestanden und hatten ihn heimlich beobachtet. In ihren Augen war Billy ein Draufgänger und ein ungehobelter Klotz obendrein.

Inzwischen waren sie am Tor eines hübschen Häuschens angekommen. »Hier wohnen wir«, sagte Mrs. Beckmann. »Möchten Sie noch auf eine Tasse Tee hereinkommen?«

»Vielen Dank, aber ich kann nicht. Meine Mutter wird wissen wollen, ob ich die Stelle bekommen habe.«

»Selbstverständlich. Ich gebe Ihnen noch ein paar Rosen für Ihre Mutter mit. Diamond, würdest du bitte ein paar Rosen für Miss Perfy schneiden?«

Das schwarze Mädchen nickte und eilte ins Haus. Mrs. Beckmann wandte sich an Perfy. »Seien Sie bitte nett zu Diamond«, sagte sie, »Gott wird es Ihnen lohnen. Ich werde bald nach Deutschland zurückkehren, und ich bringe es kaum übers Herz, sie hier zurückzulassen. Sie ist ein kluges Mädchen, sie kann lesen und schreiben und rechnen wie ihr. Im Grunde ist sie zu gut für die Wäscherei, aber das war alles, was ich für sie finden konnte.«

Sie sahen Diamond zu, die mit einer Schere einige aufgeblühte rote und rosa Rosen schnitt und in buntes Papier wickelte. Perfy bedankte sich, als Diamond ihr die Blumen reichte. Um noch etwas zu sagen, fügte sie hinzu: »Mrs. Beckmann hat mir erzählt, dass du in der Schule warst.«

Diamond grinste. »Nicht in der Schule. Die Missus hat mich unterrichtet. Schwarze Mädchen dürfen nicht zur Schule gehen, nicht wahr, Miss Perfy?«

Perfy starrte sie an. Zum ersten Mal hatte sich Diamond direkt an sie gewandt, und obwohl ihre Stimme höflich klang, meinte Perfy eine Spitze herausgehört zu haben, die sie dazu veranlasste, sich zu verteidigen. »Ich glaube nicht«, antwortete sie. »Aber die meisten sind nicht wie du, Diamond. Sie würden nicht in die Schule passen. Ich will damit sagen, dass sie nicht wie Weiße erzogen wurden.«

»Ich glaube trotzdem nicht, dass sie mich zulassen würden«, widersprach Diamond. »Aber das macht nichts. Es würde mir in der Schule gar nicht gefallen. Sie schlagen euch, nicht wahr?«

»Mein Wort darauf, dass sie es tun. Ich weiß gar nicht, wie oft ich den Rohrstock zu spüren bekommen habe.«

»Mich hat nie jemand geschlagen. Ich hatte eine gute Lehrerin. Der Käpt'n sagte immer, die Missus sei die Beste«, erwiderte Diamond fröhlich. Mrs. Beckmann seufzte. »Wir haben noch so viel zu packen. Ihr jungen Mädchen wisst ja gar nicht, wie hart das Leben sein kann. Ihr werdet lernen müssen, stark zu sein und für eure Rechte zu kämpfen.«

3

Perfy erinnerte sich an Mrs. Beckmanns Bemerkung, als sie ihre Stellung im Haus des Gouverneurs antrat. Dass man für seine Rechte kämpfen musste, war leicht gesagt, aber wenn man das gegenüber Mrs. Porter versuchte, wurde man auf die Straße gesetzt.

Perfy trug das schwarze Kleid, das ihre Mutter genäht hatte, dazu eine gestärkte weiße Schürze und ein Häubchen. Es war nicht leicht, die dicken Zöpfe unter der kleinen Haube hochzustecken. Mrs. Porter löste dieses Problem im Handumdrehen. Sie packte Perfy, verdrehte ihre Zöpfe und steckte sie dann mit Haarnadeln so fest, dass sie Perfy dabei die Kopfhaut aufkratzte. Die Haushälterin war streng mit den Mädchen. Ständig trieb sie zur Eile an, knuffte sie in den Rücken und gab dem kleinen Küchenmädchen eine Ohrfeige, wenn das Geschirr nicht glänzte. Und Perfy hatte auch gehört, dass das schwarze Mädchen in der Wäscherei eine Tracht Prügel bezogen hatte.

Nach Perfys Meinung war das Lady Bowens Schuld. Das Haus war wunderschön, eine prunkvolle, zweistöckige Villa aus Sandstein. Aus den Fenstern und von den beiden Balkonen aus konnte man den Fluss sehen. Die Gräfin legte Wert darauf, dass Haus und Garten einen gepflegten Eindruck machten. Deswegen hatte sie diesen Albtraum von einer Haushälterin auf die Dienstboten losgelassen. Mrs. Porter wagte jedoch nicht, die männlichen Dienstboten zu schikanieren; der Butler und die lächerlich ausstaffierten Lakaien, die eine geschmacklose Livree aus Satin tragen mussten, waren vor ihr sicher. Die Mädchen und die Köchin machten sich oft über die Livree lustig, doch die Gräfin war nicht davon abzubringen. Schließlich hatte sie die Uniform selbst entworfen. Außenstehenden mochte sie als der Liebreiz und die Mildtätigkeit in Person erscheinen, die sich hingebungsvoll um die Armen kümmerte. Zu Hause allerdings war davon nicht viel zu bemerken. Dort hielt sie Hof wie eine Königin. Nie richtete sie selbst ein Wort an die Dienstboten; Befehle erteilte sie nur über Mrs. Porter.

Perfy hätte eigentlich Sonntagnachmittag Ausgang haben sollen, aber für gewöhnlich hatte die Haushälterin andere Pläne. Meistens beschloss sie, dass die Fußböden gebohnert werden mussten, und der Sonntag, an dem im Haus Ruhe herrschte, am besten dazu geeignet war, um sich die Räume im Erdgeschoss vorzunehmen. Also verbrachten Perfy und Anna, das andere Hausmädchen, den Sonntag auf ihren Knien und kratzten die alte Wachsschicht mit kleinen Messern ab, um dann eine neue Lage aufzutragen.

Manchmal erhaschte Perfy draußen einen Blick auf Diamond, aber sie bekam erst Gelegenheit, ein paar Worte mit ihr zu wechseln, als sie die schmutzige Wäsche in die Waschküche tragen musste. Da Diamond eine Schwarze war, aß sie nicht mit dem übrigen Hauspersonal, sondern bekam ihre Mahlzeiten in die Wäscherei gebracht. In Perfys Augen war das gar nicht einmal so schlimm; so konnte sie wenigstens Mrs. Porters Adlerblick entgehen.

»Wie geht es dir, Diamond?«, fragte sie und legte die Wäschebündel auf den Boden.

»Ganz gut«, antwortete Diamond und rührte dabei die Wäsche in dem dampfenden Kupferkessel um. Sie trug einen langen grauen Kittel aus Baumwolle, in dem sie wie eine Vogelscheuche aussah.

»Wo schläfst du?«

»Hier draußen. Sie haben mir den Schuppen beim Waschhaus überlassen. Es ist nicht schlecht, ich habe ihn sauber gemacht und ein paar Vorhänge aufgehängt. Mrs. Porter hat sie heruntergerissen, aber ich habe sie wieder festgemacht, und deswegen hat sie mir meine Bücher weggenommen. Hättest du vielleicht Bücher, die du mir leihen könntest, ganz gleich, welche?«

»Ja, natürlich. Ich bringe dir ein paar mit.«

Die Waschfrau kam zurück in die Waschküche. Sie hatte die Ärmel hochgekrempelt, und Schweiß lief ihr in Strömen in den tiefen Ausschnitt ihres Mieders. »Mein Gott, diese verdammte Hitze bringt einen noch um den Verstand. Nimm die Wäsche aus dem Kessel, Mary, sie müsste jetzt fertig sein.«

»Sie heißt nicht Mary«, sagte Perfy.

»Doch, jetzt heißt sie so«, gab die Waschfrau ungerührt zurück. »Mrs. Porter gibt sich hier nicht mit Fantasienamen ab. Sie sollte froh sein, dass sie eine Stelle hat. Und du gehörst nicht hierher, also geh ins Haus zurück und kümmere dich um deine Angelegenheiten.«

Einige Tage später flüsterte Anna ihr zu, dass »Mary« draußen sei und sie sprechen wolle. Perfy ging durch die Küche zum Hintereingang, wo Diamond wartete.

»Das ist für dich«, sagte Diamond und überreichte ihr ein hübsch eingewickeltes Päckchen. »Mrs. Beckmann hat es für dich dagelassen. Ich hatte nur noch keine Gelegenheit, es dir zu geben.«

»Vielen Dank«, sagte Perfy überrascht. Sie öffnete das Päckchen, und vor Begeisterung verschlug es ihr fast den Atem. »Aber … Diamond, das ist wunderschön!« Mrs. Beckmann hatte ihr eine hübsche cremefarbene Seidenbluse genäht, mit doppeltem Spitzenkragen und Perlenknöpfen. »Ach, ist die schön!«, rief sie aus.

Mrs. Porter kam aus der Küche geeilt. »Was geht hier vor?«

»Diamond hat mir ein Geschenk von Mrs. Beckmann gebracht«, entgegnete Perfy und zeigte ihr die Bluse. »Ist sie nicht herrlich?«

»Pack sie weg!«, befahl Mrs. Porter. »Außerdem heißt das Mädchen Mary. Ich werde es nicht noch einmal sagen.« Sie wandte sich an Diamond. »Wo warst du heute Nachmittag?«

»Ich musste die Schlüssel von Mrs. Beckmanns Haus abgeben.«

»Wer hat dir erlaubt, das Grundstück zu verlassen?«

»Es war meine freie Zeit. Ich war nur eine Stunde weg.«

Plötzlich holte Mrs. Porter aus und schlug Diamond ins Gesicht. »Werde nicht frech, du Früchtchen. Und verlass nie mehr das Grundstück ohne meine Erlaubnis. Ich weiß schon, auf was ihr undankbaren Schwarzen aus seid.«

Perfy war entsetzt und wusste nicht, wie sie sich verhalten sollte, als die Haushälterin weitertobte. Diamond stand kerzengerade. Ihre dunklen Augen brannten vor Wut. Perfy wunderte sich, dass Mrs. Porter es nicht bemerkte. Sie erinnerte sich, dass Diamond erzählt hatte, sie sei noch nie geschlagen worden. Nun gut, die Zeiten hatten sich geändert.

Sie sah, wie Diamond mit der Zungenspitze über die Lippen fuhr, aber ansonsten ließ sie die Tirade über sich ergehen, ohne auch nur mit der Wimper zu zucken. »Was stehst du hier immer noch herum?«, schrie Mrs. Porter Perfy an. »Geh wieder an die Arbeit!«

Perfy holte tief Luft. »Sie hatten kein Recht, sie zu schlagen«, sagte sie.

Die Haushälterin starrte sie an. »Was hast du eben gesagt?«

»Sie haben mich verstanden.«

»Du unverschämte Göre! Wie kannst du es wagen, so mit mir zu reden! Du entschuldigst dich auf der Stelle, oder ich werfe dich hinaus!«

Perfy blickte Diamond an, die fast unmerklich nickte. »Es tut mir leid.« Es kostete sie große Überwindung, das zu sagen.

»Das will ich auch meinen. Zur Strafe wirst du am Sonntagnachmittag die Speisekammer schrubben.«

Perfy fragte sich, ob sie jemals Ausgang haben würde.

An diesem Abend gab es nebenan bei den Gaunts einen fürchterlichen Streit. Der alte Gaunt brüllte aus Leibeskräften. Und was für Schimpfworte! Alice Middleton schloss eilig die Fenster und kehrte zu ihrer Näharbeit zurück. »Schade, dass dein Vater nicht zu Hause ist!«

»Was könnte er denn schon unternehmen?«

»Er könnte hinübergehen und Willy Gaunt daran erinnern, dass hier Damen anwesend sind.«

Perfy lächelte. Der alte Gaunt hatte ständig mit jemandem Streit, aber ihr Vater kümmerte sich nicht darum. Mutter versuchte nur wieder einmal hervorzuheben, was für ein guter Mann Vater war.

»Einen besseren Mann als deinen Vater gibt es nicht«, fügte die Mutter fast als Verteidigung hinzu, »und es gibt keinen Grund, so ein Gesicht zu ziehen, selbst wenn ich es vielleicht schon einmal gesagt habe.«

Schon einmal? Mindestens einmal pro Woche, als ob sie sich selbst und auch die ganze Welt davon überzeugen musste, dass die Zeit als Sträfling ein für alle Mal vorbei war.

»Wenn du jemals einen Ehemann wie deinen Vater findest, kannst du dich glücklich schätzen.«

Perfy seufzte. Sie liebte ihren Vater, aber ihre Mutter musste es immer übertreiben. »Amy Campbell sagt, sie wird einen Großgrundbesitzer heiraten.«

Alice setzte sich auf. »Wen?«

»Sie hat noch keinen gefunden.«

Alice entspannte sich wieder. »Pah! Was für eine dumme Gans. Sie sollte nicht vergessen, wo sie hingehört. Diese reichen Herren heiraten nur ihresgleichen.«

Perfy vermutete das auch. Schließlich hatte sie oft genug gesehen, wie die älteren Viehzüchter mit Frau und Töchtern in ihren Kutschen in die Stadt kamen. Sie logierten in den besten Hotels und stolzierten hoch erhobenen Hauptes die Queen Street entlang. Aber die jungen Männer! Mein Gott, das waren wirklich stattliche Burschen! Mit viel Hallo kamen sie auf ihren edlen Pferden vorbeigeritten, um sich in der »Stadt« zu amüsieren. Und dann waren da noch die Männer von den Rinderfarmen im Hinterland, schwer bewaffnete Viehzüchter, die an der Spitze ihrer Leute die Queen Street entlangtrabten; mit müden Gesichtern, aber immer noch aufrecht im Sattel. Sie taten, als würden sie nicht bemerken, dass alle Augen auf sie gerichtet waren.

»Manchmal übernachten die Großgrundbesitzer im Haus des Gouverneurs«, bemerkte Perfy.

»Das ist auch nicht anders zu erwarten. Sie verkehren eben nur in ihren Kreisen«, erwiderte Alice. »Wie sind sie denn so?«

»Sie scheinen ganz nett zu sein, aber wir dürfen nicht mit ihnen sprechen. Ich sehe sie kaum, wir putzen nur ihre Zimmer, wenn sie gerade nicht da sind.«

Im Haus nebenan war der Lärm verstummt. Perfy ging hinaus und setzte sich auf die Hintertreppe. Drinnen war es zu heiß. Außerdem hätte sie dann bei der verhassten Näharbeit helfen müssen.

Fliegende Hunde zeterten und kreischten in dem alten Eukalyptusbaum. Gegen den Nachthimmel sahen ihre Flügel wie dunkle Segel aus. Mutter hatte Angst vor ihnen, aber sie waren harmlos, und Perfy konnte sie stundenlang beobachten.

Vor ein paar Jahren hatte sie im Garten Mangos gefunden, die bis auf den Stein abgenagt waren, und sich sehr darüber gewundert. Bald allerdings fand sie heraus, dass die Fledermäuse oder Fliegenden Hunde, wie manche Leute sie nannten, die Mangos von den umliegenden Bäumen stibitzt hatten, um sie in ihrem Baum zu fressen.

Im Gebüsch entlang des Zaunes raschelte es. Perfy horchte auf – wahrscheinlich nur eine Katze. Oder war es etwa doch etwas Größeres?

»Wer ist da?«, rief Perfy, bereit aufzuspringen.

Aus dem Schatten tauchte ein Mann auf. »Alles in Ordnung, Perfy. Ich bin's nur.«

Sie erkannte ihn an der Stimme, bevor sie ihn sah. »Billy Kemp! Was machst du denn hier?«

Er lachte. »Warte einen Augenblick.« Er schien nach etwas zu suchen. »Ha! Da ist es ja!«

Perfy stand auf. »Was?«

»Eddies Reisebündel.« Er hob einen unförmigen Gegenstand auf und kam auf sie zu.

»Was macht es in unserem Garten?«

»Ich habe es dort hingeworfen. Eddie und ich wollen zu den Goldfeldern, aber der Alte lässt Eddie nicht gehen. Er will, dass er wieder anheuert, aber nach unserem letzten Abenteuer haben wir genug von der Seefahrt.«

»Es muss grauenvoll gewesen sein. Es heißt, du hast Eddie das Leben gerettet.«

»Und mein eigenes dazu.« Er warf sich das Bündel über die Schulter. »Ich musste aus dem Haus schleichen, damit der Alte nicht merkt, dass wir wegwollen. Sobald Willy schläft, schleicht sich Eddie vorne raus. Übrigens, es tut mir leid, wenn ich dich erschreckt habe.«

»Das ist schon in Ordnung.« Er stand nun dicht vor ihr; eine Matrosenmütze saß keck auf seinem Hinterkopf. Sie spürte ein angenehmes Kribbeln im Magen.

»Ich geh jetzt besser«, sagte er und setzte sein typisches freches Grinsen auf. »Wünschst du uns Glück?«

»O ja. Ich hoffe, es wird alles gut gehen.«

Sanft hob er mit einer Hand ihr Kinn und küsste sie auf den Mund. Seine Lippen fühlten sich erstaunlich weich und kühl an, und er küsste sie ohne Hast, so als hätten sie alle Zeit der Welt. Dann trat er mit einem spitzbübischen Lächeln zurück. »So ein Glück braucht man als Mann.« Im nächsten Augenblick war er bereits lautlos um die Ecke verschwunden. Perfy blieb wie angewurzelt stehen. Eigentlich hätte sie ja entrüstet sein sollen, und gewissermaßen war sie das auch. Wie konnte er es wagen? Gott sei Dank hatte Mutter nichts bemerkt. Aber als sie später in ihrem Bett lag, träumte sie von dem Kuss und davon, wie Billy Kemp sie in die Arme nahm. Sie war durcheinander. Keiner Menschenseele würde sie erzählen, dass Billy Kemp sie geküsst hatte. Eine innere Stimme warnte sie, dass Billy Kemp ihr Kummer bereiten würde.

Diamond kochte vor Wut. Sie hätte nie gedacht, dass sie so zornig werden könnte. Es war ihr gelungen, den Schmerz, den ihr der Abschied von der Missus bereitet hatte, zu unterdrücken. Sie hatte sich einfach bemüht, nicht daran zu denken. Doch sosehr sie es auch jetzt versuchte, die Haushälterin konnte sie nicht vergessen. Sie hasste diese böse Person. Sogar Hannah, die Waschfrau, der Diamond gehorchen musste, war im Vergleich dazu noch erträglich. Zwar war sie mürrisch und kam jeden Morgen in die Waschküche gestürmt, als zöge sie in die Schlacht, aber Diamond hatte schließlich festgestellt, dass die weiße Frau nur schreckliche Angst vor Mrs. Porter hatte. Sie befürchtete, ihre Arbeit zu verlieren, denn ihr Mann hatte sie mit sechs Kindern sitzen lassen. Wenn sie allein waren, benahm sich Hannah ganz vernünftig und wurde sogar fast gesprächig. So erfuhr Diamond, was für eine Tyrannin Mrs. Porter war; vor allem die kleine Annie, das Küchenmädchen, hatte unter ihr zu leiden. »Wir müssen aufpassen«, sagte Hannah. »Sie schiebt immer uns Dienstboten die Schuld in die Schuhe. Davon könnte die Köchin ein Lied singen. Du bügelst wirklich gut, Mary, das muss ich zugeben, aber pass beim Stärken auf. Wenn nicht alles schön sauber gestärkt ist, geht's mir an den Kragen. Jedes Mal, wenn jemand von uns aus der Reihe tanzt, kürzt sie uns den Lohn. Die Köchin hat den Verdacht, dass die Porter das Geld in die eigene Tasche steckt. Aber das soll nicht deine Sorge sein.«

Damit hatte Hannah recht, denn Diamond bekam keinen Lohn. Es war üblich, dass Schwarze für Kost und Logis arbeiteten. Das war ungerecht, aber im Augenblick gab es nichts, was Diamond dagegen tun konnte. Wenigstens besaß sie immer noch die zehn Pfund von der Missus, die Diamond in ihrer Seemannskiste versteckt hatte.

Das Haus stand inmitten einer wunderschönen Gartenanlage, wo Diamond gern ihre freie Zeit verbrachte. Meistens saß sie in der hintersten Ecke am Zaun und hörte den Vögeln zu. Sonst wirkte deren geschäftiges Treiben beruhigend auf sie, aber heute war es anders.

Mrs. Porter hatte ihr ins Gesicht geschlagen, und nicht nur Perfy hatte das gesehen, auch die Köchin hatte es beobachtet. Diamond fühlte sich gedemütigt. Würde man sie wie all die anderen schwarzen Hausangestellten bis an ihr Lebensende ausbeuten? Also musste sie weg von hier. Aber wohin sollte sie gehen? Wenn Mrs. Porter noch einmal die Hand gegen sie erheben sollte, würde Diamond zurückschlagen. Sie war stark, sie würde mit der Krähe, wie die anderen sie nannten, schon fertigwerden. Dieser Spitzname war eine Beleidigung für alle Krähen. Mrs. Beckmann hatte sie ermahnt, sehr vorsichtig und bescheiden zu sein. Schwarze Frauen, die in Schwierigkeiten gerieten, landeten schnell im Gefängnis.

Eine gelbbraune Schlange glitt auf der Suche nach ihrem Nest an ihr vorbei. Diamond hatte die Schlange oft gesehen, sie war die größte Schlange, die hier lebte, und sehr gefährlich. Sie ernährte sich von den Mäusen und Ratten, die sich vom Flussufer hierher verirrten. Diamond beneidete sie. Sie selbst hatte das Gefühl, in der Falle zu sitzen.

Dann ereignete sich der Zwischenfall mit den Tischtüchern. Hannah war schon nach Hause gegangen, und Diamond beendete in der Dämmerung gerade ihre Bügelarbeit, als Mrs. Porter mit drei großen Tischtüchern hereingestürzt kam. »Schau dir das an! Deine schlampige Bügelei lasse ich nicht länger durchgehen! Bügle sie noch einmal, und diesmal ordentlich!«

Diamond wusste, dass Hannah die Tücher gebügelt hatte, aber es wäre zwecklos gewesen, das zu erwähnen. Sie nickte und nahm die kleine Schaufel, um Kohlen für das Bügeleisen aus den verglühenden Kohleresten unter dem Kessel zu holen. Als sie sich vorbeugte, schlug ihr Mrs. Porter auf den Rücken. »Dreh mir nicht den Rücken zu, du unverschämtes Ding!«

Ein glühendes Stück Kohle fiel von der Schaufel auf Diamonds nackten Fuß, und der jähe Schmerz war viel schlimmer als der Schlag auf den Rücken. Sie machte einen Satz und schleuderte das Kohlestück vom Fuß. Dabei verstreute sie den Rest Kohle auf dem Holzboden.

»Feg das auf!«, kreischte Mrs. Porter. »Willst du alles in Brand setzen?«

Diamond griff nach dem Besen und kehrte, während Mrs. Porter zusah.

»Ich möchte diese Tischtücher ordentlich gebügelt haben, bevor die Hausmädchen morgens anfangen, also wirst du dich gleich morgen früh an die Arbeit machen. Hast du mich verstanden?«

»Ja, Madam«, sagte Diamond leise.

Als der Mond am Himmel stand, ging sie in den Garten und setzte sich unter den Baum, wo die gelbbraune Schlange wohnte. Sie hatte ihr Nest unter einer ausladenden Wurzel einer großen Moreton-Bay-Feige und jagte in der Nacht. Als eine Ratte auf der Suche nach Nahrung raschelnd durchs Unterholz huschte, erschien der Kopf der gelbbraunen Schlange. Diamond packte sie am Genick und hielt sie fest. Die Schlange spuckte und geiferte, aber es nützte ihr nichts. Während Diamond leise zurück zum Haus und bis zu einem offenen Fenster schlich, schüttelte sie die Schlange heftig, bis diese so gereizt und angriffslustig war, dass sie sich auch in ein Holzscheit verbissen hätte. Dann warf Diamond die Schlange durch das offene Fenster.

Als Perfy zur Arbeit erschien, befand sich das ganze Haus in Aufruhr. Nachts waren der Gouverneur und Lady Bowen von lauten Schreien aus dem Schlaf geweckt worden und sofort herbeigeeilt. Auch die Köchin, die das Zimmer neben Mrs. Porter bewohnte, wurde von den Hilferufen aus dem Schlaf gerissen. Mit einer Laterne bewaffnet stürzte sie in Mrs. Porters Zimmer. Doch als sie die Haushälterin etwas von einer Schlange kreischen hörte, hatte die Köchin das Weite gesucht.

Ein Diener wurde nach einem Arzt geschickt. Der Gouverneur konnte keine Aderpresse anlegen, da die Unglückliche in den Hals gebissen worden war, und so verordnete Lady Bowen einen Umschlag aus Seifenflocken.

Inzwischen hatte man der Patientin, deren gequälte Schreie im ganzen Haus widerhallten, den besten Brandy eingeflößt, um ihre Schmerzen zu lindern. Aber alle Mühe war vergebens. Mrs. Porter verlor das Bewusstsein, und als der Doktor auf seinem Pferd die Auffahrt heraufsprengte, war sie bereits tot.

»Gott schenke ihrer armen Seele ewigen Frieden«, sagte die Köchin, als sie am Morgen den anderen Hausangestellten von dem Unglück berichtete. »Sie war eine gütige Frau; ich will nicht hören, dass jemand schlecht von der Toten spricht.«

Aus der Sicht der neuen Haushälterin war Mrs. Porters Tod ein außerordentlicher Glücksfall. Der Mann, mit dem sie vier Jahre verlobt gewesen war, hatte sie verlassen, und um dieser peinlichen Situation ein Ende zu bereiten, war sie nach Australien aufgebrochen. In ihrem Gepäck befand sich eine Empfehlung an den Gouverneur von Queensland, die ihr eine entfernte Verwandte mitgegeben hatte, und wie der Zufall wollte, hatte sie gerade zur rechten Zeit an die Pforte des Gouverneurs geklopft. Nie hätte sie in diesem schäbigen Städtchen am Ende der Welt einen solchen Luxus erwartet. Von der Gräfin war sie entzückt, und die Dienstboten schienen ein munterer Haufen zu sein; auch das schwarze Mädchen, die erste Eingeborene, die ihr je begegnet war, war sehr aufgeweckt. Sie sprach fließend Englisch und stellte sich als Diamond vor. »Glauben Sie, dass es Ihnen hier gefallen wird?«, fragte die Köchin.

»O ja. Sie sind alle so nett hier.« Und der Adjutant des Gouverneurs, ein Marineoffizier, war noch ledig.

Teil 3

1

Als die beiden Buchanans und ihre Viehtreiber bei der knapp hundertfünfzig Kilometer nördlich von Brisbane gelegenen Sherwood-Farm eintrafen, hatten sie den größten Teil ihres weiten Weges bereits hinter sich gebracht. Rund eineinhalbtausend Kilometer hatten sie mit ihrer Herde zurückgelegt, doch sie hatten sich Zeit dabei gelassen, damit die Rinder unterwegs dann und wann grasen konnten. Und so hatten sie bei ihrer Ankunft an den Viehhöfen auch nur den Verlust einiger Stiere zu beklagen; alle anderen Tiere waren in bestem Zustand.

Auf der ganzen Reise nach Süden hatten sie sich gefragt, ob das Vieh auch einen angemessenen Preis einbringen würde. Schließlich waren es siebenhundert Rinder, und der jährliche Verkauf konnte über die Zukunft einer Farm entscheiden. Caravale war zwar eines der ertragreichsten Güter im Norden, doch da die Nachfrage in der Umgebung gering war, mussten die Züchter ihre Rinder bis nach Brisbane treiben. Dabei konnten sie sich noch glücklich schätzen: In früheren Zeiten hatte man die Tiere noch bis nach Sydney oder sogar bis nach Melbourne treiben müssen.

Darcy und Ben waren fest dazu entschlossen, mindestens sieben Pfund pro Rind zu verlangen. Sie hatten eine Reiseroute gewählt, die sie an den Goldfeldern bei Gympie vorbeiführen würde. Dort wollten sie so viele Rinder wie möglich abstoßen und den Rest dann nach Brisbane treiben. Sieben Pfund pro Stück! Der Erfolg übertraf ihre kühnsten Erwartungen. Die Fleischer hatten ihnen die Herde praktisch aus den Händen gerissen, denn überall wimmelte es von Goldgräbern, deren hungrige Mäuler gestopft werden wollten. Ihre Parzellen waren kreuz und quer in der gesamten Umgebung verstreut, und es herrschte ein geschäftiges Treiben. Für zehn Pfund pro Stück hatten sie ihre gesamte Herde verkauft. Und so war ihr Viehtrieb schon bei Gympie beendet. Mit drei Viehtreibern als bewaffnete Eskorte – schließlich waren ihre Satteltaschen nun vollgestopft mit Gold und Geld – kehrten sie Gympie mit seinen goldgierigen Einwohnern möglichst schnell den Rücken. Auf ihrem hastigen Ritt zur fünfundsiebzig Kilometer entfernten Sherwood-Farm machten sie nur Rast, um die Pferde zu tränken. Dazu wählten sie immer übersichtliche Stellen am Flussufer, wo ihnen niemand aus dem Hinterhalt auflauern konnte, denn auf den Straßen zwischen den Goldminen und den größeren Städten trieb sich allerlei lichtscheues Gesindel herum.

Jim Kendall empfing seine Besucher mit offenen Armen. Er war ein guter Freund des verstorbenen Teddy Buchanan gewesen. Nun freute er sich, dessen Söhne aufnehmen zu können, die, wie er wusste, alles taten, um die Farm des Vaters erfolgreich weiterzuführen. »Wie steht's in Caravale?«, erkundigte er sich.

»Könnte nicht besser laufen«, antwortete Darcy. »Das Wetter meint es gut mit uns.«

»Das höre ich gern. Du siehst prächtig aus, Darcy. Hast dir ein paar Muskeln auf dein Klappergestell zugelegt. Und du bist wohl Ben?« Er schüttelte Ben die Hand. »Du meine Güte! Als ich dich das letzte Mal gesehen habe, warst du noch ein Dreikäsehoch. Und jetzt könntest du es glatt mit einem ausgewachsenen Bullen aufnehmen. Mein Gott, wie die Zeit vergeht! Wie alt bist du jetzt, Ben?«

»Zweiundzwanzig, Sir.«

»Tatsächlich? Dann ist Darcy also fündundzwanzig. Hast du dir schon eine Frau angelacht, Darcy?«

Darcy schmunzelte. »Nein, keine Zeit. Mich würde sowieso keine nehmen.«

»Erzähl das bloß nicht meiner Frau, sonst hat sie dich im Handumdrehen verkuppelt. Besonders jetzt, wo bei euch das Geld auf der Straße liegt.«

Darcy blickte ihn erstaunt an. »Welches Geld?«

Doch Jim grinste nur und ließ die beiden zappeln. »Kümmern wir uns erst einmal um eure Männer.«

Nachdem sie die Viehtreiber von Caravale vorgestellt und

sich die Kollegen von Sherwood ihrer angenommen hatten, fragte Jim: »Und was kann ich euch anbieten? Einen Rum oder eine Dusche?«

»Beides«, erklärte Ben.

»Ist wohl auch nicht zu viel verlangt«, meinte ihr Gastgeber und führte sie zum hinteren Teil des Hauses, wo sich die Duschen befanden. Sherwood war einer der wohlhabendsten Besitze der Gegend, und Mrs. Kendall achtete darauf, dass keiner der Männer, einschließlich ihres Gatten, nach der Arbeit schmutzig und verstaubt im Haus herumlief. Hier zog man sich zum Abendessen um, und da man von Männern wie den Buchanans nicht erwartete, dass sie einen guten Anzug in der Satteltasche bei sich hatten, hingen immer einige Kleidungsstücke für Gäste im Schrank.

»Was meinen Sie mit dem Geld, das auf der Straße liegt?«, hakte Darcy jetzt nach.

»Ach so, ja.« Jim gab sich gleichgültig. »Am Cape River wurde Gold gefunden.«

»Was?« Klatschnass und voller Seife stürzte Darcy aus dem Duschraum.

»Tatsache! Direkt vor eurer Haustür, mein Sohn, keine hundertfünfzig Kilometer von Caravale entfernt.«

»Mist. Dann haben wir die Herde ja ganz umsonst so weit getrieben!«

»Mach dir mal darüber keine Gedanken. Ihr habt schließlich euren Schnitt gemacht. Und es wird noch eine Weile dauern, bis die meisten Goldsucher den Weg bis zum Fluss gefunden haben. Bis dahin seid ihr längst wieder zu Hause und könnt euch auf sie vorbereiten.«

Darcy schüttelte den Kopf. »Kaum zu glauben.« Schließlich kehrte er in den Duschraum zurück. »Wir reiten wohl am besten gleich zurück«, erklärte er Ben.

»Du bist wohl nicht ganz bei Trost? In der Regenzeit können wir sowieso nichts tun, und du hast mir versprochen, wir würden in Brisbane ein bisschen ausspannen. Jeder fährt im Januar in die Stadt, warum sollen wir uns das also entgehen lassen?«

Um neun versammelte man sich zum Abendessen, und Jim

Kendall öffnete zu Ehren der Buchanans eine Flasche Champagner. Katherine Kendall hatte Teddy immer sehr gern gemocht. Er war ein guter Viehzüchter gewesen und außerdem ein höflicher und fröhlicher Mensch. Zu schade, dass er so jung hatte sterben müssen.

Damals war Darcy gerade vierzehn Jahre alt, und Ben ... ja, er muss zehn gewesen sein. Cornelia Buchanan hatte nicht aufgegeben, und allgemein hieß es, der junge Darcy hätte ihr unermüdlich zur Seite gestanden, geschuftet wie ein Stier und, was noch wichtiger war, offensichtlich gewusst, worauf es ankam. Katherine hatte Cornelia persönlich nie kennengelernt, doch Jim und seine Freunde sprachen von ihr, der Schottin, immer nur mit großem Respekt. Sie habe viel Schneid, hieß es. Katherine hatte schon von jeher die Frauen bewundert, die sich nicht scheuten, ihre Männer auf einsame abgelegene Farmen zu begleiten, und allen Widrigkeiten trotzten, zu denen nicht zuletzt die plündernden Schwarzen gehörten. In ihren Briefen hatte sie Mrs. Buchanan schon mehrmals eingeladen, sie auf Sherwood zu besuchen, doch daraus war nie etwas geworden. Katherine konnte das verstehen. Der Weg war weit, und ihres Wissens war Cornelia in den letzten Jahren nicht ein einziges Mal nach Brisbane gefahren. Katherine blickte in die Tischrunde. Neben den beiden Buchanans saß Ginger Butterfield von der BliBli-Farm, und außerdem war John-Henry Champion anwesend, der örtliche Parlamentsabgeordnete, der auf sie den Eindruck machte, ständig angetrunken zu sein. Und dann war da noch ihre eigene Familie, also Tochter Fiona samt Ehemann Jack und ihre noch unverheiratete jüngere Tochter Kitty. Erleichtert bemerkte Katherine, dass Kitty ihre ganze Aufmerksamkeit Darcy zuwandte. Früher hatte sie nämlich lange Zeit für Ginger geschwärmt, doch leider verehrte Ginger nun mal Fiona. Als diese wiederum ihre Verlobung mit Jack, dem Verwalter von Sherwood, bekannt gab, war Ginger am Boden zerstört gewesen. Katherine seufzte.

Auch sie und Jim waren von der Wahl ihrer Tochter nicht besonders angetan gewesen. Sie hätten sich lieber Ginger als Schwiegersohn gewünscht, der keine Geschwister hatte und einmal das riesige Anwesen der Butterfields erben würde. Aber die Mädchen von heute wollten ja keinen Rat mehr annehmen. Darcy machte wirklich einen guten Eindruck, groß, stattlich und ein bisschen schüchtern. Dagegen hatte sie nichts einzuwenden. Sein Bruder Ben wiederum wirkte eher zu großspurig und überheblich für sein Alter.

Das Hausmädchen brachte den Rinderbraten herein, und Jim erhob sich, um ihn aufzuschneiden. »Das sieht lecker aus. Reich mir die Teller rüber, Kitty. Und schenkt euch Wein ein, Jungs. Den Rotwein kann ich wirklich empfehlen.« Schwungvoll wetzte er das Fleischmesser an dem passenden Schleifstahl mit Elfenbeingriff. Davon wurde das Messer zwar nicht schärfer, aber es machte Eindruck.

»Kitty hat bald Geburtstag, Darcy. Ich fände es nett, wenn ihr auf dem Heimweg ein paar Tage einschieben könntet, um mit uns zu feiern«, sagte Katherine.

»Vielen Dank, Mrs. Kendall«, erwiderte Darcy, »aber wir nehmen das Schiff. Wir segeln bis Bowen und reiten von dort aus nach Hause.«

»Wie schade!«, bedauerte Katherine.

»Ja, aber ich mache mir allmählich Sorgen um Mutter. Die Goldgräber, die ich in Gympie gesehen habe, wirkten nicht besonders vertrauenerweckend, und der Gedanke, diese Gestalten könnten auf unserem Land herumlungern, gefällt mir ganz und gar nicht.«

Ben lachte. »Aber der Verwalter ist ja schließlich auch noch da. Um Ma brauchst du dir sicher keine Sorgen zu machen. Jeder Goldgräber, der sich in der Nähe der Farm herumtreibt, riskiert, dass er von Ma eine Kugel verpasst bekommt.«

Kittys Augen funkelten. »Ich habe gehört, eure Mutter hätte mal einen Mann erschossen. Ist das wahr?«

»Kitty!«, fuhr Katherine scharf dazwischen, aber Ben ließ sich nicht aus der Ruhe bringen.

»Das stimmt«, sagte er. »Wir waren damals noch klein. Dad hatte gerade im Busch zu tun. Einer der Viehtreiber ist durchgedreht, kam ins Haus gestürmt und hat Ma angefallen. Sie hat ihn auf der Stelle erschossen, direkt in unserer Eingangshalle.«

»Du meine Güte«, murmelte Katherine. »Wie schrecklich!«
Derartige Vorfälle waren im Westen keine Seltenheit, und notgedrungen trugen die Frauen immer Waffen. Doch sie mochte es nicht, wenn blutrünstige Geschichten beim Abendessen erzählt wurden.

Bereits nach zwei Tagen setzten Darcy und Ben ihre Reise nach Brisbane fort, jetzt allerdings in Begleitung von Jim Kendall, Ginger und einem halben Dutzend Viehtreiber von Sherwood. Darcy war froh, dass sie nicht mehr allein waren, denn er würde erst Ruhe finden, wenn er das Geld sicher auf der Bank deponiert hatte.

»Wo wollen Sie in der Stadt wohnen?«, erkundigte sich Ginger bei Darcy.

»Im besten Gasthaus, das es gibt.«

»Also im Victoria«, erklärte Ginger. »Sie können aber auch mit mir kommen. Ich wohne nämlich im Haus des Gouverneurs. Jetzt, wo die Festtage vorüber sind, ist es dort ziemlich ruhig. Lady Bowen hätte bestimmt nichts dagegen; sie ist eine wunderbare Frau.«

»Nein, vielen Dank«, erwiderte Darcy. »Ich nehme mir lieber ein Zimmer in einem Gasthaus, dann kann ich tun und lassen, was ich will.«

»Das ist deine Sache«, warf Ben ein. »Aber ich hätte gegen einen Besuch im Haus des Gouverneurs nichts einzuwenden. Können Sie das wirklich deichseln?«

»Natürlich. Der Gouverneur und seine Mitarbeiter sind auch oft auf BliBli zu Gast, wenn sie eine Rundreise machen. Vergessen Sie nicht, mein Junge, dass man bei uns die Gastfreundschaft erwidert. Vielleicht ist er eines Tages auch mal auf ein Bett in Caravale angewiesen.«

Ben schob sich mit seinem Pferd neben Darcy. »So eine Einladung solltest du nicht ausschlagen«, gab er zu bedenken. »Es kostet uns keinen Cent. Das ist der Regierungssitz, und dort ...«

»Du meinst, dort lernt man all die wichtigen Leute kennen.« Darcy lachte.

»Was passt dir denn daran nicht?«

»Das wäre mir alles zu förmlich.«

»Aber Kitty Kendall ist auch oft dort zu Besuch«, sagte Ben mit einem anzüglichen Grinsen.

»Und was hat das damit zu tun?«

»Bist du blind, Darcy? Sie hat ein Auge auf dich geworfen. Und deshalb wäre es ihr sicher nicht unrecht, wenn auch du in die Kreise des Gouverneurs eingeführt würdest.«

»Kitty ist ja ganz nett, aber für meinen Geschmack viel zu vornehm. Solch ein Mädchen kann man nicht nach Caravale verpflanzen.«

»Warum denn nicht? Unser Haus ist doch ganz ansehnlich. Jede Frau wäre stolz, dort zu wohnen.«

»Ein Mädchen wie Kitty ist an Gesellschaft gewöhnt. Sie mag zwar auf einer Farm aufgewachsen sein, aber sie hat immer eine Menge Frauen um sich herum gehabt.«

»Das ist doch Unsinn«, entgegnete Ben. »Mit Kitty machst du einen guten Fang, du Holzkopf. Und Ma würde sich freuen.« Darcy drehte sich um und blickte seinen Bruder an, als sähe er ihn zum ersten Mal. »Ma? Ich glaube, du machst Witze! Ma wäre entsetzt, wenn wir ihr eine Prinzessin ins Haus bringen würden.«

Ben grinste. »Möglicherweise. Aber früher oder später müsste sie sich damit abfinden. Außerdem glaube ich, dass du dich täuschst. Kitty würde ihr gefallen.«

»Dann heirate du sie doch! Und ich suche mir irgendwann ein nettes, einfaches Mädchen.«

Jetzt stieß auch Ginger zu ihnen. »Sind Sie auf Brautschau, Darcy?«

»Ja.« Ben antwortete für seinen Bruder. »Aber sie muss hässlich sein.«

»Das habe ich nicht gesagt«, widersprach Darcy, und Ginger schmunzelte.

»Dann sind Sie in Brisbane ja richtig, Darcy. Dort herrscht kein Mangel an hässlichen Mädchen, die einen reichen und jungen Großgrundbesitzer vom Fleck weg heiraten würden.«

Darcy hatte keine Lust mehr, das Wortgeplänkel fortzusetzen. Er zündete sich eine Zigarette an und blieb ein wenig zu-

rück, bis er allein hinter den anderen hertrabte. Er konnte
seinen Unmut nur schwer erklären. Dass es wichtig war, auf
den abgelegenen Farmen einen gewissen Lebensstandard aufrechtzuerhalten, war ihm klar. Doch es wollte ihm nicht in den
Kopf, warum man jeden Abend in gestärkten Oberhemden
herumlaufen musste und sich als Farmbesitzer zum Abendessen auftakelte, als ginge man in die Oper. Dass man Wert auf
ein sauberes und gepflegtes Heim legte, war nur recht und billig, und Darcy fühlte sich auch wohler, wenn er gewaschen
und in sauberer Kleidung zum Essen erschien. Doch auf die
Kinkerlitzchen konnte er gut und gern verzichten. Hier, wo es
sogar noch heißer war als im Norden, bedeuteten ein gestärktes Hemd, ein steifer Kragen und ein Smoking eine Strafe, die
er freiwillig nicht auf sich nehmen wollte. Ben allerdings hatte
seinen Spaß daran. Darcy kam zu dem Ergebnis, dass er auf
Caravale ein neues Haus bauen musste. Platz war ja genug
vorhanden. Sein Haus sollte auf den Hügeln am Fluss stehen.
Dort wollte er dann leben, wie es ihm gefiel, während Ben und
seine zukünftige Frau auf Caravale so vornehm herrschen
konnten, wie sie wollten. Amüsiert fragte er sich, wie Ben es
wohl anstellen wollte, die linkischen schwarzen Dienstboten
in adrette Hausmädchen mit Rüschenschürze und weißen
Handschuhen zu verwandeln. Der Norden würde immer eine
andere Welt bleiben, und je eher Ben das erkannte, umso besser für ihn.

Als sie die Hauptstraße nach Brisbane erreichten, fing es auf
einmal zu regnen an. Regen war gut, und er hoffte, dass auch
Caravale seinen Anteil davon abbekommen würde. Seine Begleiter sahen in ihren grauen Umhängen aus Ölzeug und den
durchweichten Hüten wie Gespenster aus. Die meisten Männer trugen die sogenannten amerikanischen Filzhüte, die mit
ihrer breiten Krempe bei Sonnenschein zwar recht nützlich
waren, den Regen jedoch nicht so gut abhielten wie ihre selbst-
gemachten Lederhüte.

Brisbane war ein Schock. Seit vier Jahren war Darcy nicht
mehr in der Stadt gewesen – normalerweise machten sich die
Treiber mit den Herden allein auf den Weg –, und jetzt erkann-

te er den Ort kaum wieder, so sehr hatte er sich verändert. Trotz des Regens tummelten sich Hunderte von Menschen auf der verschlammten Hauptstraße; sie torkelten aus den Kneipen, standen unter Vordächern herum und zogen Handwagen durch den Morast. Und dann erst der Lärm! Scheppernde Pianoklänge versuchten Gebrüll und Gelächter zu übertönen, das aus den hell erleuchteten Kneipen und Tavernen drang, und von den Balkonen riefen ihnen wüst aussehende Frauen anzügliche Bemerkungen nach.

»Mein Gott!«, wunderte sich Darcy. »Was für ein Radau! Was ist denn bloß los hier?«

»Gold«, antwortete Ginger, als sie die Pferde zügelten, um ein paar herumstolpernden Trunkenbolden auszuweichen. »Das Gold von Gympie. Inzwischen platzt die Stadt wegen der Goldgräber aus allen Nähten. Natürlich gibt es auch ein paar vernünftige, die sich zurückhalten, doch die meisten kommen mit ihrem Fund in die Stadt, lassen ihr Geld in den Kneipen und Bordellen und fangen dann wieder ganz von vorn an.«

»So was habe ich noch nie gesehen«, meinte Darcy staunend. »Man könnte glatt meinen, es wäre Silvester.«

»Für diese Burschen ist es das wohl auch«, bestätigte Ginger lachend, »und zwar jeden Abend. Ja, in Brisbane geht's rund. Sie kommen besser mit uns, Darcy, denn so, wie es hier zugeht, finden Sie nie ein Zimmer.«

»Nein, ich komme schon zurecht. Ich bin froh, wenn ich Ihnen Ben und unser Geld anvertrauen kann, denn allem Anschein nach ist es im Haus des Gouverneurs sicherer als sonst irgendwo in diesem Hexenkessel.«

Als es ans Abschiednehmen ging, wurde Ben plötzlich unschlüssig. »Ich kann mich doch nicht in diesem Aufzug beim Gouverneur vorstellen, Ginger.«

»Doch, das können Sie. Lady Bowen wird es schon verstehen. Und morgen früh besorgen wir Ihnen gleich was Anständiges zum Anziehen. So, dort ist das Hotel Victoria, Darcy. Ich fürchte nur, Ihre Chancen stehen schlecht.«

Als er seinen Blick über das zweistöckige Gebäude und die

vor der Tür wartende Menschenmenge gleiten ließ, musste Darcy ihm wohl oder übel zustimmen. »Ich komme schon zurecht«, wiederholte er trotzdem. »Wir treffen uns dann morgen früh auf der Bank, Ben. Punkt zehn.«

Auf einem schmalen Weg ritt er zum Hinterhof des Hotels und bekam für eine Pfundnote einen Platz für sein Pferd. »Wie heißt denn der Besitzer?«, erkundigte er sich beim Stallknecht. »Brian Flynn.«

Darcy nahm seine Satteltaschen, hängte sich das Gewehr über die Schulter und ging zum Hintereingang des Hotels. Er steckte seinen Kopf durch die Tür und blickte in die Küche. »Wo kann ich Mr. Flynn finden?«

In der riesigen Küche waren mehrere Frauen mit Feuereifer dabei, auf Unmengen von weißen Tellern Mahlzeiten anzurichten, während andere die Arme bis zu den Ellenbogen in die Spülbecken getaucht hatten und die geputzten Teller, Töpfe und Pfannen scheppernd auf den Bänken abstellten. Kellnerinnen mit großen Tabletts stürmten herein. Eine der Frauen blickte auf und meinte: »Er steht hinter Ihnen.«

»Mädchen, wie oft habe ich euch schon gesagt, ihr sollt die Hintertür abschließen!« Ein stämmiger, kahlköpfiger Mann schob sich an Darcy vorbei und drehte den Schlüssel um. »Rein oder raus?«, fragte er.

»Rein«, antwortete Darcy schnell. »Sind Sie Mr. Flynn?«

»Ja, und in meinem Hotel sind Feuerwaffen verboten.«

Darcy steckte die Daumen unter den Gewehrriemen. »Was soll ich Ihrer Meinung nach damit tun? Draußen bei meinem Pferd lassen?«

»Es ist mir egal, was Sie damit tun. Bringen Sie es bloß nicht mit rein.«

»Können Sie es in Ihrem Büro für mich aufbewahren?«

»Allmächtiger, mein Büro ist doch keine Lagerhalle!« Dann wurde seine Miene weicher. »Na gut, geben Sie es her. Sie können es morgen früh wieder abholen. Zur Bar geht's dort lang.«

»Ich hätte lieber erst ein Zimmer.«

»Das hätten andere auch gern«, entgegnete Flynn und ließ

seinen Blick abschätzend über Darcy gleiten. »Gehen Sie zum Wattle Boarding House. Die Besitzerin mag keine Goldgräber, sie nimmt nur Cowboys.«

»Ich zahle gut«, wandte Darcy ein, doch Flynn schüttelte den Kopf.

»Das tut heutzutage jeder.«

Darcy rührte sich nicht vom Fleck. »Ich hatte mich so darauf gefreut, hier zu wohnen. Man hat mir gesagt, dies sei das beste Hotel der Stadt. Ich habe nämlich eine verdammt weite Reise hinter mir.«

»Da haben Sie Pech gehabt, mein Sohn. Ich spendiere Ihnen einen Drink, das ist alles, was ich für Sie tun kann. Von wo kommen Sie denn?«

»So ungefähr tausendfünfhundert Kilometer geradewegs aus dem Norden.«

»Gütiger Himmel!«, staunte Flynn. »Das ist eine raue Gegend dort oben. Von wo genau kommen Sie?«

»Caravale Station«, erklärte Darcy. Zumindest hatte er das Interesse des Hotelbesitzers geweckt.

»Caravale? Gehörte das nicht früher Teddy Buchanan?«

»Ja, genau. Ich bin sein Sohn Darcy.«

Flynn wandte sich um und starrte ihn an. »Also, das haut mich um! Teddys Sohn! Irgendwas an Ihnen kam mir gleich bekannt vor. Ich überlege schon die ganze Zeit, wo ich Sie schon mal gesehen haben könnte. Also so was! Teddys Sohn! Teddy, Gott sei seiner Seele gnädig, war in den alten Tagen ein guter Kumpel von mir. Der dreht sich ja im Grabe um, wenn ich jetzt kein Zimmer für seinen Sohn auftreibe.«

Wie verabredet, trafen sie sich am kommenden Morgen in der Bank. Darcy litt allerdings unter dem schlimmsten Kater seines Lebens, der durch die brütende Hitze auch nicht gerade besser wurde.

»Hast du ein Hotelzimmer gefunden?«, fragte Ben.

»Ja, im Victoria.«

»Alle Achtung!«, meinte Ginger. »Wie haben Sie das denn fertiggebracht?«

»Anscheinend mochten sie mich leiden«, erklärte Darcy. »Und wie war's bei Lady Bowen?«

»Ich habe sie nicht kennengelernt«, erläuterte Ben. »Sie ist mit Freunden ans Meer gefahren.«

»Das kann ich ihr nicht verdenken«, meinte Darcy. »Weiß der Himmel, warum die Leute ausgerechnet in diesem Tal eine Stadt gebaut haben, wo nie auch nur der kleinste Windhauch zu spüren ist.«

»Sie sehen ein bisschen blass aus, alter Knabe«, Ginger schmunzelte. »War wohl eine lange Nacht?«

»Ja, soweit ich mich erinnern kann«, sagte Darcy. »Aber jetzt wollen wir mal das Geschäftliche hinter uns bringen.« Sie zahlten das Geld ein und gingen dann zu Campbells Laden, der sich seit Darcys letztem Besuch in Brisbane zu einem richtigen kleinen Kaufhaus entwickelt hatte.

Unter Gingers Anleitung kauften sich die Buchanans ihre »Stadtanzüge« und anschließend Hosen und Stiefel für die Arbeit zu Hause.

»Da wir unsere Aufgaben jetzt erledigt haben, lasst uns in meinen Club gehen und ein Gläschen trinken«, schlug Ginger vor. »Außerdem kann man dort ausgezeichnet essen.«

»Geht nur allein«, sagte Darcy. »Ich muss mich noch um die Bestellungen kümmern.« Er machte sich auf die Suche nach Jock Campbell, der Caravale schon seit vielen Jahren mit Vorräten belieferte.

»Schön, Sie zu sehen, Darcy«, begrüßte ihn Jock. »Wie geht's Ihrer Mutter?«

»Danke, gut.« Darcy griff in seine Tasche. »Hier ist ihre Bestellung. Sie braucht Bettlaken, Handtücher, Moskitonetze und noch einen ganzen Haufen anderer Sachen. Und ich habe hier eine Liste mit den Dingen, die wir für die Farm benötigen, Werkzeug und auch Lebensmittel. Haben Sie das alles überhaupt noch im Angebot?«

Jock nickte. »Alles klar, wird erledigt. Allerdings stecke ich bis zum Hals in Arbeit, denn meine Angestellten haben sich alle zu den Goldfeldern aufgemacht. Können Sie am Montag wiederkommen?«

Darcy schüttelte den Kopf. »Morgen fährt ein Schiff nach Bowen, und das soll die ganze Bestellung mitnehmen. Je eher die Sachen unterwegs sind, desto früher kommen sie auf der Farm an. Ich habe sogar schon einen Mann mit einem Pferdegespann nach Bowen geschickt, der auf die Lieferung wartet.«

»Ach so. Gut, dann mache ich alles fertig. Kommen Sie morgen früh vorbei, wir gehen die Lieferung durch und kümmern uns um das, was Sie sonst noch brauchen. Ich habe viele neue Waren auf Lager, die Ihrer Mutter sicher gefallen würden, und die können wir uns dann in aller Ruhe ansehen.«

»Aber morgen ist Sonntag.«

»Umso besser, dann stört uns niemand. Ich kann meine Kunden vom Lande doch nicht im Stich lassen!«

»Das ist nett von Ihnen, Mr. Campbell.«

»Nicht der Rede wert. Aber was ist mit Ihnen, Darcy? Immer noch keine Frau gefunden?«

»Wenn ich eine Frau hätte, dann würde sie einkaufen und nicht ich.« Darcy lachte. »Wir sehen uns also morgen früh.«

In Gingers Club, dem Treffpunkt der Viehzüchtervereinigung, begegneten sie alten Freunden und schlossen neue Bekanntschaften. Am Nachmittag sahen sie sich die Pferderennen an und genossen den Tag in vollen Zügen.

Am kommenden Morgen erwachte Darcy wieder mit dem Gefühl, als sei sein Schädel unter die Hufe einer Rinderherde geraten. Dann stöhnte er auf – Jock Campbell! Er musste in den Laden gehen und die Lieferung für Caravale überprüfen. Am vernünftigsten wäre es wohl, wenn er gleich aufs Schiff gehen und zusammen mit den Waren nach Bowen segeln würde. Denn erholen würde er sich wohl kaum, wenn er jeden Morgen mit einem Kater aufwachte.

2

Hester Campbell stürzte ins Esszimmer, wo ihre Tochter Amy damit beschäftigt war, den Tisch zu decken. »Ist das Silber auch geputzt? Zieh noch einmal das Tischtuch glatt und stell die Lilien in die Mitte. Mein Gott, Mädchen, was machst du denn da? Die Suppenlöffel gehören nach außen, wie oft soll ich dir das noch sagen? Was hat dein Vater sich bloß dabei gedacht, in der letzten Minute noch einen Gast zum Essen einzuladen! Was soll der nur von uns denken? Wenn ich das früher gewusst hätte, hätte ich ein anständiges Sonntagsessen vorbereitet. Aber wo wir nun gerade erst aus der Kirche zurückgekommen sind, kann ich es auch nicht mehr ändern. Jock meint ja, es würde Mr. Buchanan nichts ausmachen, wenn wir nur kalte Platten anbieten. Hol noch ein paar Tomaten. Nein, ich schneide diese hier ein wenig dünner; kümmere du dich um die Zwiebeln. Und sag deinem Bruder, ihr beide dürft nichts vom Schweinefleisch nehmen. Es reicht gerade für die Männer. Diese Viehzüchter sind sicher an ein üppiges Sonntagsessen und an Dienstmädchen gewöhnt. Ob er wohl Wein zum Essen trinkt? O mein Gott, der Kuchen verbrennt …«

Der Redeschwall ihrer Mutter regte Amy auf. Auch ihr tat es leid, dass sie Darcy Buchanan nicht mit einem richtigen warmen Essen beeindrucken konnten, aber wenigstens kam er als Gast in ihr Haus. Amy hatte ihn, seinen Bruder und Ginger Butterfield im Laden beobachtet. Auch Ginger war ein wohlhabender Junggeselle und galt als gute Partie, aber Darcy sah besser aus. Er war stattlicher und vor allem männlicher als seine beiden Begleiter. Wie gut, dass Dad die Geistesgegenwart besessen hatte, Darcy einzuladen. So bekam sie endlich einmal die Gelegenheit, einen feinen Herrn kennenzulernen. Einen reichen noch dazu.

Amy half im Laden ihres Vaters aus, seit sie denken konnte. Eine Zeit lang hatte sie sich um andere Stellen beworben, aber nichts Anständiges finden können. Sie kannte natürlich alle

Kunden, besonders die Farmer. Besser gesagt, sie hatte von ihnen gehört, denn die meisten kamen nur selten in die Stadt und sandten lediglich Listen mit Bestellungen. Die Caravale-Farm führten sie seit vielen Jahren in ihren Büchern, und immer hatten die Buchanans pünktlich gezahlt. Amy wusste, dass viele der Viehzüchter wie Könige lebten und auch erwarteten, so behandelt zu werden, besonders wenn es um offene Rechnungen ging. »In schlechten Zeiten können sie nicht zahlen, und in guten wollen sie nicht«, pflegte ihr Vater zu sagen. Aus diesem Grunde war er dazu übergegangen, eine zweite Lieferung immer erst dann loszuschicken, wenn die erste bezahlt worden war. Wechselten die Kunden daraufhin zu einem anderen Händler, lachte er nur. »Soll der sich mit ihnen herumärgern.« Darcy Buchanan! Ihre Freundinnen würden staunen und vor Neid platzen! Amy hatte ein Kleid aus beigefarbenem Taft mit einem Besatz aus braunen Seidenbändchen auf Kragen und Ärmeln und einem engen Leibchen mit baskischer Stickerei angezogen. Eigentlich hätte sie bei diesem heißen Wetter ja ein helles Musselinkleid vorgezogen, doch ihre Mutter meinte, Taft sei vornehmer.

»Hast du dich so herausgeputzt, um dir einen Verehrer zu angeln?« So eine freche Bemerkung konnte nur von ihrem Bruder Ross stammen.

»Ma, sorg dafür, dass er den Mund hält. Muss er wirklich mit uns essen? Steck ihn doch lieber ins Nebenzimmer!«

Auch Hester hatte sich für diesen Anlass fein gemacht. Allerdings trug sie im Augenblick noch ein Geschirrhandtuch um den Hals, damit die Schweißperlen, die ihr bei der Arbeit am heißen Ofen in den Nacken rannen, nicht auf das dunkelbraune Sonntagskleid tropften. »Wenn du dich nicht benimmst, Ross, dann sorge ich dafür, dass dein Vater dir den Hintern versohlt.«

»Hier darf man aber auch gar nichts sagen! Ich wollte doch nur wissen, ob sie diesen Knaben vom Lande heiraten will.«

»Zieh dir ein sauberes Hemd an«, schimpfte Hester. »So kannst du jedenfalls nicht zu Tisch kommen. Und mach dir die Fingernägel sauber!«

»Ma, bist du Mrs. Buchanan schon mal begegnet?«, wollte Amy wissen.

»Nein. Vor vielen Jahren hat dein Vater sie kennengelernt, aber jetzt kommt sie nicht mehr in die Stadt. Er sagt, sie sei eine richtige Lady, und ihr Mann war auch sehr vornehm und in Brisbane sehr beliebt. Hol mir die Erdbeermarmelade aus der Speisekammer. Und achte auf deine Manieren! Wenn du einen Mann wie Darcy Buchanan heiratest, kommst du in die beste Gesellschaft. Dann musst du dich nicht so abplagen wie dein Vater und ich …« Aber Amy hörte schon nicht mehr zu. Sie war zum Garderobenspiegel geschlendert und betrachtete darin prüfend ihre Erscheinung. In mühevoller Kleinarbeit hatte ihr die Mutter die Haare über einen »Dutt«, wie sie es nannte, geschlagen, und jetzt sah ihre Frisur richtig prächtig aus. So wollte sie die Haare nun immer tragen; schließlich war sie schon siebzehn. An diesem wichtigen Tag fühlte sie sich zum ersten Mal in ihrem Leben wie eine Dame.

Es war ihm nicht gelungen, sich zu drücken. Jock Campbell hatte hartnäckig darauf bestanden, dass er zum Essen blieb, und Darcy war einfach keine Ausrede eingefallen. Ohnehin hatte er für diesen Tag noch keine Pläne, und er konnte noch nie gut lügen.

»Das ist ja wohl das Mindeste, was ich tun kann, wenn Sie schon meinetwegen am Sonntag kommen müssen«, hatte Jock Campbell erklärt, nachdem sie die für Caravale gedachten Lebensmittel und Ausrüstungsgegenstände auf den Wagen geladen hatten, damit sie zu der im Hafen wartenden *Samson* gebracht wurden.

Also entschloss sich Darcy, die Einladung anzunehmen. »Wenn ich Sie wirklich nicht störe, dann nehme ich dankend an.«

»Aber nicht doch! Für einen guten Kunden wie Sie tue ich alles.«

Er führte Darcy ins Haus und stellte ihm zuerst Amy vor, die er schon im Laden gesehen hatte, und dann seinen Sohn Ross und seine Frau. Mrs. Campbell eilte geschäftig herum und bat ihn, Platz zu nehmen.

»Ich dachte, Darcy und ich trinken erst einmal ein schönes kühles Bier«, meinte Jock mit einem fragenden Blick auf Darcy. Dieser nickte zustimmend. Ein Bier war jetzt genau das Richtige.

»Dann trinkt es doch beim Essen«, schlug Mrs. Campbell vor.

»Es tut mir leid, Mr. Buchanan, aber heute gibt es bei uns nur einen kalten Imbiss.«

»Aber das macht doch nichts«, entgegnete Darcy. Er ließ seinen Blick über den Tisch schweifen. Beim Anblick der Platten mit kaltem Fleisch, der Tomatenscheiben auf Salatblättchen, garniert mit Zwiebelringen und Radieschen, der Schüsseln mit Eingemachtem, der Teller mit Brot, Butter und frischem Gebäck lief ihm das Wasser im Munde zusammen. »Das sieht verlockend aus.«

Nach einem Schluck von dem eiskalten Bier fühlte Darcy sich gleich erfrischt. Er würde sich die Mahlzeit schmecken lassen. Zu allem Überfluss entdeckte er auf der Anrichte noch eine reich garnierte Sahnetorte und musste lächeln. Sahnetorte aß er am allerliebsten.

»Ich hole die Suppe«, sagte Hester Campbell. »Wenigstens ist die heiß. Ein guter schottischer Eintopf.«

Unschlüssig schob Amy ihren Stuhl zurück, doch Hester winkte ab. »Bleib du ruhig hier, mein Liebes. Wir sind nur fünf, da kann ich allein servieren.«

Als sie die Suppe ausgeteilt hatte und gerade wieder ihren Platz am Kopf des Tisches einnahm, klingelte es an der Haustür. Hester ging nachsehen.

»Ach, Perfy!«, sagte sie. »Was machst du denn hier? Wir haben dich ja eine Ewigkeit nicht mehr gesehen!«

»Ich weiß«, lautete die Antwort. »Irgendwie kommt mir an meinem freien Nachmittag immer was dazwischen. Ist Amy da?«

»Ja.« Angesichts des Tons, in dem Mrs. Campbell dies sagte, fragte sich Darcy, warum die Besucherin nicht willkommen war.

»Kann ich sie sehen?«

Schweigen. Gespannt warteten die um den Esstisch Versammelten auf eine Antwort. Schließlich sprang Ross in die Bresche. »Sie ist hier, Perfy«, rief er.

Das Mädchen trat ins Esszimmer und blieb peinlich berührt stehen. »Oh, tut mir leid! Ich wusste nicht, dass Sie Besuch haben.« Darcy erhob sich höflich, doch Jock blieb ungerührt am Tisch sitzen. Währenddessen schob Hester sich vorsichtig an der Hinzugekommenen vorbei, als hätte sie Angst, sie zu berühren. Dennoch war offensichtlich, dass das Mädchen daran gewöhnt war, hier unangemeldet vorbeizukommen.

»Wie geht's dir, Perfy?«, erkundigte sich Ross, der die allgemeine Verlegenheit überhaupt nicht zu bemerken schien, fröhlich.

»Danke, Ross, gut. Aber ich gehe gleich wieder. Ich kann ja später noch mal vorbeikommen.«

Mit einem durchtriebenen Grinsen wandte Ross sich seiner Schwester zu. »Willst du deiner Freundin keinen Platz anbieten?«

Amy wurde rot. »Aber natürlich. Komm, setz dich hierhin, Perfy.«

»Ich werde hier neben Mr. Buchanan noch ein Gedeck auflegen«, sagte Hester mit zusammengekniffenen Lippen.

Ross zog ihr einen Stuhl heran, und Jock übernahm die Vorstellung. »Das ist Mr. Buchanan, ein Geschäftsfreund. Miss Perfy Middleton.«

»Anscheinend störe ich«, entschuldigte sich Perfy. »Ich sollte wohl besser gehen …«

»Setz dich«, fuhr Hester dazwischen, »unsere Suppe wird kalt.« Darcy hatte seinen Blick nicht von Perfy gewandt, seit sie ins Zimmer gekommen war. Das verlegene Zaudern der Campbells gab ihm die unverhoffte Möglichkeit, sie die ganze Zeit über anzusehen, all ihre Bewegungen zu verfolgen, ihr leuchtendes Gesicht zu betrachten, das lange, blonde Haar, das ihr, nur von einem blauen Band gehalten, ungebändigt in den Nacken fiel, und ihre Augen … Augen, so blau wie Saphire!

Kurze Zeit später saß sie neben ihm – und er hatte ihren Namen vergessen. Wie konnte ihm das nur passieren? Betrübt saß er da und verfolgte ihr Gespräch mit Amy. Die beiden waren Freundinnen aus der Schulzeit. Hester erkundigte sich mittlerweile nach der Farm, und Jock erwog das Für und Wider des Goldrauschs. Als sie bei Tee und Kuchen angelangt waren, stieß Darcy die Zuckerdose um. Sofort sprang Hester auf und kam mit einer kleinen Schaufel und einem Tischbesen herbeigeeilt. Sie machte solch ein Aufhebens um das Missgeschick, dass Darcy sich nicht verkneifen konnte zu murmeln: »Zum Glück macht Zucker keine Flecken.« Und neben sich hörte er ein Kichern.

Jock, der einen Großteil der Unterhaltung bestritt, sang ein Loblied auf Schottland, und Darcy hörte ihm interessiert zu. Seine Mutter war zwar dort geboren, doch sie verriet nie, aus welchem Ort sie stammte, so wie sie überhaupt selten über dieses Land sprach. Sie hatte lediglich erklärt, es sei dort so kalt, dass man sich zu Tode frieren würde. Außerdem seien die Schotten verlogene Puritaner. Schmunzelnd musste Darcy dabei über seine eigene Beobachtung nachdenken, dass sich nämlich ihre Landsleute offensichtlich von Grund auf veränderten, sobald sie ihre Heimat verließen. Denn die meisten Schotten, die er kannte, sprachen dem Whisky nur zu gern zu. Dem jungen Ross Campbell hingegen waren die Geschichten über das schottische Hochland und die Heide nur allzu gut bekannt. Eine Zeit lang rutschte er unruhig auf seinem Stuhl herum und unterbrach seinen Vater schließlich mit der Frage: »Wie geht's dem Gouverneur, Perfy?« Erleichtert atmete Darcy auf. Perfy war ihr Name.

»Soweit ich weiß, ist er bei bester Gesundheit«, antwortete sie. »Perfy arbeitet im Haus des Gouverneurs«, erklärte Hester. Die Betonung lag dabei auf »arbeitet«, denn der Gast sollte gleich wissen, mit wem er es zu tun hatte.

»Dann müssen Sie meinen Bruder Ben kennengelernt haben, der zurzeit dort wohnt.«

Endlich hatte er eine Gelegenheit, sie anzusprechen.

Erstaunt sah sie ihn an, doch dann erinnerte sie sich. »Mr. Buchanan, natürlich! Er ist zusammen mit Mr. Butterfield gekommen. Das ist Ihr Bruder?«

101

»Ja.«

»Kennengelernt habe ich ihn eigentlich nicht, denn wir dürfen nicht mit den Gästen sprechen. Aber ich habe ihn gesehen.« Hester gab dem Gespräch eine neue Wendung. »Wo wohnen Sie, Darcy?«

»Im Hotel Victoria.«

»Übrigens, Mr. Campbell«, schaltete sich Perfy dazwischen. »Im Haus des Gouverneurs ist die Bettwäsche knapp geworden. Sie sollten mal vorbeischauen und sich mit der Haushälterin unterhalten.«

»Tatsächlich? Dann komme ich am besten gleich morgen. Ich habe ausgezeichnete Ware aus Manchester auf Lager, und einen besseren Preis als ich kann ihr niemand bieten.«

»Sie isst übrigens gern Schokolade«, fügte Perfy hinzu.

Jock lachte auf. Perfys unangemeldetes Erscheinen war vergeben, denn die Geschäfte gingen immer vor.

»Möchten Sie noch Tee, Darcy?«, fragte Amy.

»Nein, danke, Amy. Aber die Torte war wirklich gut.«

»Amy hat sie gebacken«, sagte Hester bedeutungsvoll. Darcy musste ein Grinsen unterdrücken, als Ross mit einer fragend hochgezogenen Augenbraue ihre Worte Lügen strafte. »Möchten Sie noch ein Stück?«

»Nein, danke. Ich muss jetzt gehen. So gut habe ich schon lange nicht mehr zu Mittag gegessen.«

Im Stillen hoffte Darcy, dass Perfy ebenfalls aufbrechen würde, sodass er sie nach Hause begleiten könnte. Aber er hatte Pech.

Enttäuscht schlenderte er zum Haus des Gouverneurs. Dort hockte er sich auf einen Zaun und sah zu, wie eine ganze Reihe von Kutschen abfuhr. Dann gesellte er sich zu Ginger und Ben auf die Veranda. »Das sieht ja ganz so aus, als hätte hier heute ein Fest stattgefunden«, meinte er.

»Ja, großer Bahnhof«, bestätigte Ginger. »Nur die beste Gesellschaft. Da siehst du mal, was du dir entgehen lässt.«

»Ich musste mich um unsere Bestellung kümmern«, erklärte Darcy. »Damit ich das ein für alle Mal hinter mir habe. Wo ist der Gouverneur?«

»Beim Mittagsschläfchen«, sagte Ben. »Morgen ist hier noch einmal ein Essensempfang, und zwar, um dem Premier die neuen Besucher der Kolonien vorzustellen. Da solltest du eigentlich auch dabei sein. Man muss schließlich die richtigen Leute kennenlernen.«

»Das ist eine gute Idee«, meinte Darcy.

Ben hatte eigentlich eine ablehnende Antwort erwartet. »Du willst wirklich kommen?«

»Das würde ich mir um nichts in der Welt entgehen lassen«, erwiderte sein Bruder.

Darcy verfluchte sein Pech, das ihn dazu verdammte, während des prächtigen Empfangs ausgerechnet Clive Jenkins als Tischnachbarn zu haben, einen jungen Schnösel von der Southbend Station, die an Caravale angrenzte. Mit Ben war Clive dick befreundet, und die beiden hatten immer irgendeinen Unsinn im Sinn. Schon oft hatte Darcy Clive davongejagt, nachdem das Gespann mit seinen dummen Streichen wieder einmal ein heilloses Durcheinander angerichtet, Farmarbeiter geärgert und Schwarze schikaniert hatte. Zu allem Überfluss saß Darcy auch noch mit dem Rücken zur breiten Tür, sodass er immer wieder den Kopf verdrehen musste, um nicht zu verpassen, falls Perfy tatsächlich vorbeikommen sollte. Zwar wusste er, dass sie keine Kellnerin, sondern nur ein Hausmädchen war, aber er hoffte, dass sie vielleicht im Speisesaal aushalf. Doch das war offensichtlich nicht der Fall. Der Empfang war eine reine Männergesellschaft. Zahlreiche Politiker nutzten diese Gelegenheit, um bei den Farmern, die in ihrer Heimatgegend über einen gewissen Einfluss verfügten, um Stimmen zu werben und ihnen ihre Ansichten darzulegen.

»Ich habe Ihren Vater gekannt«, sagte der ehrenwerte Gentleman, der an Darcys anderer Seite saß.

»Ach ja?« Es handelte sich um den streitbaren Charles Lilley, Parlamentsabgeordneter für den Distrikt Fortitude Valley.

»Ich wollte schon immer mal mit Ihnen reden, Mr. Buchanan«, fuhr Lilley fort. »Dafür, dass Herbert unser Erster Premierminister ist, schlägt er sich ganz tapfer, aber offensichtlich kann er keine Sache ganz zu Ende bringen. Für meinen Geschmack ist er zu unentschlossen. Glauben Sie mir, eines Tages bin ich Premierminister, und dann brauche ich frisches Blut im Parlament. In nächster Zeit wird der neue Wahlkreis Bowen eingerichtet, und ich finde, Sie sind genau der richtige Mann für diese Aufgabe.«

»Das ist nichts für mich, Mr. Lilley. Ich habe mit Caravale alle Hände voll zu tun.«

Clive hatte das Gespräch mitverfolgt. »Darcy können Sie vom Land niemals loseisen, Mr. Lilley, aber ich kann mir vorstellen, dass sein Bruder Ben interessiert wäre.«

»Dann will ich mich mal mit ihm unterhalten«, meinte Lilley, und Darcy war erleichtert. Ben war zwar sehr jung für diese Aufgabe und hatte von Politik keine Ahnung, doch wer hatte das schon? Schließlich war das Parlament von Queensland neu eingerichtet, und bis jetzt kannte sich noch niemand so richtig damit aus. Ben hatte sich in letzter Zeit immer öfter darüber beschwert, dass er von seinem älteren Bruder Anweisungen entgegennehmen musste. Wenn er sich der Politik widmete, würde er vielleicht einmal auf andere Gedanken kommen und wäre gezwungen, sich verantwortungsvoller zu verhalten als bisher. Bei der Aussicht, öfter nach Brisbane zu reiten und sich unter seine so hochgeschätzte vornehme Gesellschaft mischen zu können, würde er ohnehin Freudensprünge machen. Ja, die Buchanans könnten sich eigentlich einen Politiker leisten.

Dass ein Mittagessen so lange dauern könnte, hätte Darcy nie gedacht. Um Viertel nach vier versammelten sich die Teilnehmer schließlich auf der kühleren Ostveranda, wo ihnen aufgetakelte Lakaien Portwein und Zigarren anboten. Darcy konnte sich die Bemerkung nicht verkneifen, warum sich erwachsene Männer nur derartig albern ausstaffieren ließen.

»Sei endlich still, Darcy«, flüsterte Ben ihm zu. »Oder willst du, dass die Leute dich für einen Hinterwäldler halten? Übrigens, ich habe Neuigkeiten für dich. Lilley will mich als Kandidaten für Bowen vorschlagen. Ich werde Politiker.«

»Oder Alkoholiker, wenn du auf zu vielen von diesen Veranstaltungen auftreten musst.«

»Spiel dich nicht auf. Diese Leute sind wichtig, und wir müssen einen guten Eindruck machen. Es wird dich nicht umbringen, wenn du dich ein bisschen mit Lilleys Freunden unterhältst und ein gutes Wort für mich einlegst.«

Darcy tat ihm den Gefallen, schlenderte über die Veranda und plauderte mit alten und neuen Bekannten. Schließlich stieß er auf den Gouverneur, den er höflich begrüßte und dem er seinen Dank für das ausgezeichnete Essen aussprach. Dann nutzte er die Gelegenheit, um sich unbeachtet fortzustehlen.

Über einen Fußweg an der Seite des Hauses erreichte er den Dienstboteneingang. Im Hof sah er ein schwarzes Mädchen, das Wäsche von der Leine nahm. Kurz entschlossen trat er auf sie zu. »Entschuldigen Sie bitte, ich suche eine gewisse Perfy. Kennen Sie sie vielleicht?«

Die Schwarze wandte sich um und grinste. »Ja, sie arbeitet hier.«

»Wie heißt sie richtig? Ich kenne sie nur als Perfy.«

»Middleton. Miss Perfy Middleton. Aber jetzt können Sie nicht mit ihr sprechen, denn sie arbeitet, und Besuch ist nicht erlaubt.«

»Wann ist sie mit der Arbeit fertig?«

»Normalerweise um sechs.«

»Um sechs? Das ist ja gar nicht mehr lange hin. Sagen Sie ihr doch bitte, dass Darcy Buchanan auf sie wartet.«

»Natürlich. Wo kann sie Sie finden?«

»Gleich da vorn neben dem Weg.«

Er setzte sich unter einen Baum in der Nähe der Pforte und zündete sich eine Zigarette an. Dabei dachte er an das schwarze Mädchen. Da es im Haus des Gouverneurs dermaßen albern herausgeputzte Lakaien gab, war es eigentlich auch nicht weiter verwunderlich, dass ihm dort ein schwarzes Mädchen über den Weg lief, das ihn wie einen Gleichgestellten behandelte und ohne eine Spur von Pidgin sprach. Wenn überhaupt, dann hatte sie einen leichten deutschen Akzent. Nach dem vielen Wein, den er getrunken hatte, verspürte er Durst auf frisches, klares Wasser, doch er wagte nicht, seinen Platz zu verlassen, damit er Perfy Middleton nicht verfehlte. Miss Middleton.

Hoffentlich hatte sie nichts dagegen, dass er sie einfach abholte. Er musste sie einfach wiedersehen, musste mit ihr sprechen. Doch dann kam ihm ein unangenehmer Gedanke: Worüber wollte er eigentlich mit ihr reden?

Wie sich herausstellte, hatte sie nichts dagegen, dass er sie abholte, vielmehr schien sie bekümmert, dass er sie in ihrer Arbeitskleidung sah, einem schwarzen Rock und einer weißen Bluse. Bevor sie auf die Straße trat, hatte sie noch einen breitkrempigen Strohhut mit einem roten Band aufgesetzt.

»Sie sehen wunderschön aus«, versicherte er ihr. »So frisch und kühl. Ich dagegen bin vor Hitze fast zerlaufen.«

»Dann ziehen Sie doch Ihre Jacke aus!«

Er war versucht, ihrem Rat zu folgen, doch dann entschied er sich anders. »Ich kann eine Dame doch nicht in Hemdsärmeln begleiten.«

Sie lachte. »Wohin begleiten Sie mich überhaupt?«

»Wohin Sie wollen.«

»Nach Hause. Ich bin müde.«

»Gut, also nach Hause. Zeigen Sie mir den Weg.«

»Der Weg durch die Gärten ist kühler«, meinte sie, »wenn es Ihnen recht ist, Mr. Buchanan.«

»Nennen Sie mich Darcy. Wie kommen Sie eigentlich zu dem Namen Perfy?«

»Das ist die Kurzform von Perfection. Meine guten Eltern haben den Namen in der Zeitung gesehen und ihren Nachwuchs damit beglückt.«

»Mir gefällt er. Er passt zu Ihnen.«

Sie nahm seinen Arm, als sie die staubige, verkrustete Straße überquerten und den Weg durch die Gärten einschlugen. »Ich wusste, dass Sie da drinnen waren«, sagte sie. »Irgendjemand in der Küche hat erwähnt, der Bruder von Mr. Buchanan sei gekommen. Ich habe dann versucht, mit einer der Kellnerinnen zu tauschen, aber sie war nicht einverstanden.«

»Und warum wollten Sie das tun?« In seiner Stimme schwang eine leichte Unsicherheit mit.

»Ich weiß nicht. Vielleicht, um dabei zu sein, wenn Sie die Zuckerdose umstoßen.«

Darcy lachte laut auf. »Wussten Sie denn, dass ich Sie suchen würde?«

»Ich habe es gehofft.«

Er liebte sie. Er liebte dieses Mädchen, das ihm offen in die Augen sah, wenn es mit ihm sprach. Bei ihr gab es keine affektierte Zbziererei. Und sie brachte ihn zum Lachen. Wie schön sie war, selbst wenn sie ihr wundervolles Haar unter dem Strohhut verbarg! »Wie lange arbeiten Sie schon im Haus des Gouverneurs?«, erkundigte er sich.

»Schon gut ein paar Jahre.«

»Und gefällt Ihnen die Arbeit?«

»Nicht besonders.«

»Warum nicht?«

»Würde es Ihnen gefallen, wenn Sie sieben Tage in der Woche als Hausmädchen arbeiten müssten?«

Er schmunzelte. »Ich glaube, mich würden sie gar nicht erst nehmen. Aber ich habe gedacht … mit den ganzen anderen Mädchen … ich meine, das müsste ganz nett sein.«

»Es ist langweilig«, erklärte sie. »Und die Hausmädchen in den Hotels verdienen mehr als wir. Im Haus des Gouverneurs denkt man, wir müssten froh sein, dass wir für sie arbeiten dürfen.«

»Ich habe immer gedacht, diese Leute würden ihr Geld mit vollen Händen ausgeben.«

»Unser Geld«, verbesserte sie ihn.

»Wie bitte?«

Perfy blieb stehen. »Glauben Sie wirklich, Ihre Exzellenz würde die Kosten für den ganzen Aufwand aus der eigenen Tasche bestreiten?«

»Nein, wahrscheinlich nicht. Aber Sie müssen bedenken, Perfy, dass der Gouverneur Repräsentationspflichten hat.« Sie stand ganz dicht vor ihm, und er wünschte, er hätte den Mut, sie zu küssen. Doch dann war dieser Moment vorüber.

»Also, ich finde es furchtbar. Es gibt so viel Armut in der Stadt. All die Einwanderer und Goldgräber, die mit leeren Taschen hier ankommen, Familien, die ohne einen Penny dastehen. Außerdem ist bei uns durch den Goldrausch alles so teuer geworden. Und trotzdem leben sie im Haus des Gouverneurs wie die Könige und veranstalten große Banketts für die reichen Leute!«

»Aber sie tun doch nur, was man von ihnen erwartet. Wenn sie den Regierungssitz mit ›unserem Geld‹ in eine Suppenküche umwandelten, würde sich auch nicht viel ändern.«

»Sie machen sich doch über mich lustig!« Sie strebte mit schnellem Schritt von ihm fort, doch er holte sie rasch wieder ein.

»Nein, das mache ich nicht.«

»Ach, das hat doch alles keinen Sinn«, seufzte sie. »Reiche Landbesitzer wie Sie haben einfach keine Ahnung, mit welchen Problemen sich die kleinen Leute herumschlagen müssen.«

Darcy dachte daran, wie er sich fühlte, wenn er durch die ausgedörrte Landschaft ritt und die verdurstenden und sterbenden Rinder sah. Dann musste er die armen Tiere mit einem Schuss von ihren Leiden erlösen, für Hunderte von Kadavern riesige Gruben schaufeln.

»Wir alle haben unsere Sorgen, Perfy«, gab er zu bedenken. »Ich hatte zuerst den Eindruck, Sie seien ein fröhlicher Mensch. Und jetzt wirken Sie so unglücklich. Was ist los?«

Sie ging auf eine Parkbank zu. »Ich weiß nicht. Ich glaube, diese Stadt geht mir auf die Nerven. Ich möchte noch nicht nach Hause. Können wir noch eine Weile hier sitzen bleiben?«

»Aber sicher doch.« Er setzte sich neben sie, streckte seine langen Beine aus, machte jedoch keinen Versuch, das Gespräch fortzusetzen. Es war wichtig, dass sie sich in seiner Gesellschaft wohlfühlte, sie sollte die stillen Minuten an seiner Seite genießen. Dabei fühlte er sich an den Augenblick erinnert, wenn ein Wildpferd seinen Widerstand aufgibt und man sich ihm nähern kann. Wenn man es streicheln kann, ohne dass es austritt.

Schließlich nahm er sanft ihre Hand. »Wissen Sie was?«, sagte er. »Eines Tages besorge ich Ihnen ein hübsches weißes Pferd, mit dem Sie schneller reiten können als der Wind. Würde Ihnen das Spaß machen?«

Sie kicherte. »O ja, ein weißes Turnierpferd mit Kopfputz,

wie es früher die Ritter hatten. Nur keine Rüstung, dazu ist es bei uns zu heiß!«

»Abgemacht«, sagte er.

»Versprochen?«

»Versprochen!«

»Oje, jetzt fängt es schon wieder an zu regnen. Ich halte diesen ewigen Regen nicht mehr aus!«

Er nahm seinen Mantel und legte ihn ihr über die Schultern. »Meine Liebe, wenn wir Freunde sein wollen, dürfen Sie über den Gouverneur jammern, soviel Sie wollen. Aber beklagen Sie sich niemals über den Regen. So, und jetzt gehen wir!«

Ganz Brisbane schien plötzlich gut gelaunt zu sein. Der Regen trommelte eine muntere Melodie auf Blech- und Holzdächer, Männer und Frauen rannten kichernd los, um sich irgendwo unterzustellen, Pferde wieherten und schüttelten sich vor Lebenslust, und aus den Zimmern hinter den beschlagenen Fensterscheiben drang fröhliches Lachen. Nach seinem Bad zog Darcy sich sorgfältig an. Er hatte fast den ganzen Tag im Viehhof zugebracht und die Gelegenheit genutzt, mit anderen Züchtern zu sprechen und sich die angebotenen Rinder anzusehen. Schließlich hatte er einen Preisbullen erworben sowie ein paar prächtige Pferde, kräftige Tiere mit wachen Augen. Über diesen Kauf freute er sich besonders, und er hatte die Tiere seinen Männern von Caravale nur mit der ausdrücklichen Warnung anvertraut, gut auf sie aufzupassen.

Als es Zeit war, zu seiner Verabredung mit Perfy aufzubrechen, trat er auf die Straße und winkte eine Mietkutsche heran. Er konnte ihr wohl kaum zumuten, im strömenden Regen in der Stadt spazieren zu gehen.

Ausgerüstet mit einem Regenschirm holte er sie vom Tor ab und geleitete sie zu der wartenden Kutsche.

»Darcy, wie umsichtig von Ihnen«, sagte sie, während sie einstieg. »Ich dachte schon, wir müssten durch den Regen laufen. Warum wohnen Sie eigentlich nicht auch im Haus des Gouverneurs wie Ihr Bruder?«

Er klopfte gegen die Fensterscheibe, um dem Kutscher das

Zeichen zum Abfahren zu geben. »Lassen Sie mich mal nachdenken! Vielleicht hatte ich Angst, dieses Haus würde mir auf die Nerven gehen.«

Perfy ließ sich lachend zurückfallen. »Sie wollen mich auf den Arm nehmen.«

»Da wir nun schon einmal die Kutsche haben, könnten wir doch eigentlich einen kleinen Ausflug machen. Ich habe die Gegend schon seit Jahren nicht mehr gesehen. Sind Sie einverstanden?«

»Natürlich, das würde mir Spaß machen.« Sie setzte sich bequemer hin, und Darcy wünschte, es würde Eiseskälte herrschen, sodass er näher an sie heranrutschen und vielleicht sogar den Arm um sie legen könnte. Einem Mädchen den Hof zu machen war nicht weiter schwer, doch nun, wo er es ernst meinte, hatte er plötzlich Angst. Und so gab er vor, die Straße zu betrachten, als sie durch die George Street fuhren. Vielleicht sollte er die Sache besser auf morgen verschieben. Andererseits waren sie hier unter sich. Allein der Gedanke an seinen Antrag brachte ihn zum Schwitzen. Womöglich stieß er sie damit vor den Kopf. Ach, zum Teufel, es gab etwas, was er ihr sagen musste, und er würde sich leichter fühlen, wenn er es hinter sich gebracht hatte. »Perfy, darf ich Sie etwas fragen?«

»Ja, was?«

»Also, ich bleibe nur ein paar Wochen in der Stadt und muss dann zurück nach Caravale, auf die Farm. Der Himmel allein weiß, wann ich einmal wiederkomme. Und deshalb … ich möchte, dass wir Freunde sind.«

»Aber das sind wir doch schon!«

»Gut, da sind wir also einer Meinung. Aber ich denke noch weiter. Ich würde mich geehrt fühlen, wenn Sie meine Frau werden würden.«

Das überraschte sie nun doch. Ihre blauen Augen starrten ihn ungläubig an. »Das kommt ein bisschen plötzlich. Sie kennen mich doch kaum!«

»Da haben Sie recht, und es tut mir leid. Ich hoffe, ich habe Sie nicht in Verlegenheit gebracht.« Dann schüttelte er den

Kopf. »Falsch. Ich meine es ganz anders, ich will Ihnen sagen: Ich liebe Sie, und ich möchte nicht ohne Sie von hier weggehen.«

Schweigend glättete sie den Rock und studierte ihre Handflächen. »Sie machen es mir nicht leicht, Darcy. Normalerweise muss eine Dame darauf antworten: ›Ich werde darüber nachdenken‹ und sich mit der Antwort schon etwas Zeit lassen. Aber dann sind Sie ja schon längst auf dem Heimweg.«

»Stimmt. Bei mir ist das alles ein bisschen anders.«

»Ja, sieht ganz so aus.« Sie schob sich näher an ihn heran. »Sie würden mich doch nicht wirklich hier zurücklassen, oder?«

Einen Moment lang verstand er nicht, was sie meinte, doch dann lachte er. »Niemals!« Er gab ihr einen langen Kuss.

3

Als Perfy ihren Eltern eröffnete, sie wolle einen Mann heiraten, den sie erst seit einem Tag kannte, trauten sie ihren Ohren nicht. Aber Perfy beschloss, ihnen die Geschichte auch gleich bis zum bitteren Ende zu erzählen: Die Hochzeit würde in wenigen Wochen stattfinden, sobald Darcy alle Formalitäten erledigt hatte.

»Was sollen bloß die Leute denken?«, warf Alice ihr vor. »Jeder wird glauben, dass ihr heiraten müsst.«

»Da wir uns erst einen Tag kennen, ist das ja wohl kaum möglich«, entgegnete Perfy.

»Allmächtiger!«, schimpfte Jack. »Ist dir eigentlich klar, was du da sagst? Du weißt ja gar nicht, was dieser Kerl für ein Mensch ist!«

»Doch, das weiß ich sehr wohl. Er ist groß und stattlich und einfach wunderbar!«

»So wunderbar, dass er sich mit dir in dunklen Gassen herumtreibt«, jammerte ihre Mutter.

»Wir haben uns nicht herumgetrieben. Er hat mich nur von der Arbeit abgeholt.«

»Er ist Farmer, hast du gesagt? Woher kommt er überhaupt?«, forschte ihr Vater nach.

»Seine Farm heißt Caravale Station und liegt in der Gegend von Bowen. Außerdem ist er kein Farmer, sondern Viehzüchter.«

»Das kommt ja wohl aufs Gleiche raus! Er hat dir den Kopf verdreht. Hast du überhaupt eine Vorstellung, wie es auf diesen abgelegenen Farmen zugeht? Ein paar primitive Hütten in der Einöde, und drum herum hausen wilde Eingeborene.«

Alice war mittlerweile nachdenklich geworden. »Nicht unbedingt, Jack. Angeblich sind einige dieser Farmen riesige Anwesen und die Besitzer vornehme Leute.«

»Für die großen mag das schon stimmen. Aber diese Leute tragen dann auch die Nase oben, das kannst du mir glauben. Die bleiben unter sich. Das kommt alles davon, dass Perfy bei den feinen Leuten arbeitet! Es ist ihr zu Kopfe gestiegen. Hochmut kommt vor dem Fall, und ich sage dir, mein Kind, du wirst noch tief fallen!«

Die Auseinandersetzung wurde so heftig, dass Perfy schließlich ausrief: »Mir ist ganz gleich, was ihr sagt! Ich heirate ihn. Außerdem will er vorbeikommen und um meine Hand anhalten.«

»So, will er das? Was wir davon halten, zählt doch sowieso nicht. Du hast ihm deine Antwort ja schon gegeben!«

»Ja, und es tut mir leid. Aber wenn du ihn kennenlernst, Dad, magst du ihn bestimmt leiden.«

»Und hast du ihm auch erzählt, wie deine Mutter und ich in dieses Land gekommen sind?«

»Nein, das finde ich auch nicht so wichtig.«

»Vielleicht sind seine Eltern ja auch Sträflinge gewesen«, meinte Alice leise. »Perfy hat recht, Jack. Warum über die Vergangenheit noch viele Worte verlieren?«

»Ich weiß gar nicht, warum ihr euch so aufregt«, sagte Perfy. »Natürlich werde ich ihm alles erzählen.«

»Das wäre nicht besonders klug, Perfy. Was ist überhaupt mit seinen Eltern? Sind sie hier in der Stadt? Hast du sie schon kennengelernt?«

»Sein Vater ist tot, und seine Mutter ist auf der Farm geblieben.«

»Hast du eine Ahnung, wie groß ihre Farm ist«, erkundigte sich Jack, »und was genau sie dort züchten? Kängurus vielleicht?«

»Nein, Rinder. Wie groß sie ist, weiß ich allerdings nicht.«

»Ha, nur weiter so! Diese Kleinigkeit hat er wohl lieber unter den Tisch fallen lassen!«

Es wurde Perfy zu viel. »Ich gehe schlafen. Ihr könnt ihn das alles selbst fragen, wenn er morgen Abend vorbeikommt.«

»Ich bin dann nicht zu Hause«, brummte Sergeant Middleton unwirsch.

»Doch, mein Lieber, natürlich bist du da!«, ordnete seine Frau an.

Ben Buchanan tobte. Es durfte ja wohl nicht wahr sein, dass Darcy sich mit einem Hausmädchen verlobt hatte! Zu allem Überfluss mit einem, das im Haus des Gouverneurs arbeitete. »Bist du verrückt geworden? Das hast du nur getan, um mir eins auszuwischen. Du bist neidisch, weil Lilley mich als Parlamentskandidaten aufstellen will.«

»Ach ja, Lilley. Ich habe da so einiges läuten hören. Besonders beliebt ist er nicht, er hat nämlich reichlich radikale Vorstellungen. Er will die Großgrundbesitzer zwingen, einen ordentlichen Teil von ihrem Land an die neuen Einwanderer abzugeben.«

»Wer hat dir denn diesen Schwachsinn erzählt?«

»Das habe ich im Viehhof aufgeschnappt. Als Rechtsanwalt ist Lilley ja vielleicht ganz gut, aber vom gesunden Menschenverstand hat er wohl nicht allzu viel abbekommen.«

»Das musst du gerade sagen! Du machst dich doch selbst zum Narren, wenn du dieses Mädchen heiratest. Wo hast du sie überhaupt kennengelernt? Vielleicht in einer Bar?«

Darcy wurde wütend. »Pass gut auf, was du sagst, oder du riskierst ein blaues Auge. Gestern Abend habe ich ihre Eltern besucht. Ihr Vater ist Sergeant in der Armee.« Bei der Erinnerung an das Gespräch musste Darcy grinsen. »Zuerst war er auch nicht gerade begeistert. Er fand das alles ein bisschen zu plötzlich. Erst als ich ihm erklärt habe, warum wir so schnell nach Caravale zurückkehren müssen, hat er uns seinen Segen gegeben.«

»Das kann ich mir vorstellen! Was hast du ihm von Caravale erzählt? Vielleicht: ›Wir haben da eine kleine Rinderfarm. Nur ungefähr eineinhalbtausend Quadratkilometer groß‹? Da wundert mich nur noch, dass er dich nicht mit Handschellen an den Stuhl gefesselt hat und losgerannt ist, um einen Priester zu holen. Für diese Leute sind wir doch die reinsten Goldesel.«

»Bist du endlich fertig?«

»Nein, noch nicht. Du solltest dir das besser noch mal genau überlegen. Sie kann nicht mal im Haus des Gouverneurs empfangen werden.« Ben grinste höhnisch. »Oder soll sie etwa den Dienstboteneingang benutzen?«

»Der Regierungssitz ist mir ganz egal. Und was du denkst, auch. Wenn du nicht mein Brautführer sein willst, dann nehme ich eben Ginger.« Erleichtert stellte Darcy fest, dass Ginger ins Zimmer gekommen war. Eigentlich hatte er die beiden zum Essen ins Hotel Victoria eingeladen, um ihnen von seinem Glück zu berichten. Aber dass Ben sich so aufregen würde, hatte er nicht erwartet. Ginger würde allerdings nicht wagen, so ausfallend zu werden wie Ben.

Während Darcy Ginger einweihte, starrte Ben schmollend zum Fenster hinaus.

»Ben ist wohl nicht besonders begeistert«, vermutete Ginger.

»Der soll sich gefälligst um seine eigenen Angelegenheiten kümmern«, erwiderte Darcy.

»Dann will ich Ihnen mal einen Vorschlag machen, Darcy. Sie haben Miss Middleton einen Antrag gemacht, und sie hat ihn angenommen. Das heißt, Sie sind offiziell verlobt. Warum wollen Sie es nicht erst einmal dabei belassen? Eine Verlobungszeit von einem Jahr ist erstens ganz vernünftig und außerdem beileibe nichts Ungewöhnliches. Sie sollten das Mädchen nicht drängen. Sie können die Hochzeit ja für nächstes Jahr festsetzen.«

Darcy hörte ihm geduldig zu, denn er wusste, dass Ginger es gut meinte. »Darüber haben wir natürlich auch gesprochen, aber wir beide könnten es nicht aushalten, so lange getrennt zu sein. Wir wollen uns überhaupt nie mehr trennen. Perfy ist einverstanden, dass wir hier heiraten und sie mich dann begleitet, und genau das ist auch mein Wunsch. Sie ist ein warmherziges, hübsches Mädchen, und wir lieben uns sehr.«

»Hören Sie das?«, spottete Ben. »Das ist die rührendste Geschichte, die mir je untergekommen ist. Warte nur ab, bis Ma erfährt, dass du ein billiges Hausmädchen geheiratet hast. Dann spuckt sie Gift und Galle.«

Darcy sprang auf und schlug Ben ins Gesicht. »Das war das letzte Mal, dass du so respektlos von Perfy geredet hast«, schrie er seinen Bruder an. »Entweder lernst du ein für alle Mal, dich zu benehmen, oder es setzt das nächste Mal eine richtige Tracht Prügel.« Dann wandte er sich an ihren Freund. »Tut mir leid, Ginger. Esst ihr beide allein und lasst es auf meine Rechnung setzen. Ich muss mich erst mal beruhigen. Vielleicht nimmt dieser Holzkopf ja Vernunft an, wenn Sie mit ihm reden. Ich brauche Perfy nicht zu verteidigen; wenn Sie sie kennenlernen, werden Sie zugeben müssen, dass ich ein Glückspilz bin.«

Ohne die Blicke der anderen Gäste zu beachten, verließ er das Lokal. Draußen fielen ihm Gingers Worte wieder ein. Natürlich, er war offiziell verlobt, und es gehörte sich, dass er seiner Verlobten einen Ring schenkte. Eigentlich hätte er das schon gestern Abend tun müssen, als ihm Jack Middleton mit einem Händedruck seine Einwilligung gab. Perfys Eltern gefielen ihm, besonders ihr Vater, während die Mutter noch etwas schüchtern wirkte. Was würden sie jetzt bloß von ihm denken? Er spazierte die Queen Street entlang, bis er ein Juweliergeschäft fand, und stand kurze Zeit später unschlüssig vor den Schmuckstücken, die der Besitzer ihm vorlegte. »Ich nehme den hier«, sagte er schließlich. »Können Sie ihn ändern, wenn er nicht passen sollte?«

»Natürlich, Sir«, antwortete der Juwelier.

»Kann sie ihn umtauschen, falls er ihr nicht gefällt?«

»Gewiss, Sir, aber ich glaube, jede junge Dame wäre über diesen prächtigen Ring hocherfreut.«

Um ganz sicherzugehen, betrachtete Darcy das Schmuckstück noch einmal ganz genau. »Sind die Steine auch wirklich echt?«

»Bei meiner Ehre, Sir, sie sind lupenrein.« Der Juwelier hielt den Ring ans Licht, sodass der große Saphir in seinem Bett aus glitzernden Diamanten auffunkelte.

»Er ist wirklich schön«, sagte Darcy. »Ich nehme ihn.«

Perfy konnte ihr Glück kaum fassen. Als sie zum Wochenende ihre Arbeitsstelle kündigte, hatte sie ihren prächtigen Verlobungsring herumgezeigt.

Ihre Mutter hatte sich derweilen an die Arbeit gemacht, das Brautkleid sowie Wäsche, Nachthemden und Kleider für Perfys Aussteuer zu nähen, wobei ihre Freundinnen sie eifrig unterstützten. Da die Geschäfte bereits geschlossen waren, wenn Perfy von der Arbeit kam, hatte sie in diesen Dingen nicht viel mitzureden. Zu dumm, dass sie sich von der Haushälterin hatte überreden lassen, noch eine Woche zu bleiben, und nicht darauf bestanden hatte, sofort die Arbeitsstelle zu verlassen. So musste sie nun ihre Abende damit verbringen, stillzustehen wie eine Schneiderbüste, während ihr die Kleider angepasst wurden. Die Frauen freuten sich fast noch mehr als Perfy selbst. Der Ring hatte all ihre Bedenken zerstreut, besonders nachdem sie herausgefunden hatten, dass die Buchanans wohlhabende Viehzüchter waren und ihre Farm zu den größten des Nordens gehörte.

»Sie hat eine gute Partie gemacht, Alice«, betonten sie immer wieder, bis Perfy es nicht mehr hören konnte.

»Wir wollten schon immer eine Farm haben«, sagte Alice. »Und jetzt hat Perfy es geschafft und kann auf einem großen Gut wohnen. Darcy, ihr Verlobter, ist ein lieber Junge, und er hat uns gesagt, wir könnten sie jederzeit besuchen und bleiben, solange es uns gefällt.«

Jack Middleton hatte für das Gerede der Frauen nur ein Grinsen übrig. »Du bist selbst schuld daran, Perfy. Lass den Frauen doch ihren Spaß.«

Darcy schlug vor, den Hochzeitsempfang im Hotel Victoria auszurichten, doch Jack Middleton nahm ihn beiseite. »Das kann ich mir nicht leisten, mein Sohn. Deshalb habe ich gedacht, wir feiern nach der Trauung bei uns zu Hause, und Alice kümmert sich ums Essen.«

»Nein, Jack, für die Feier bin ich zuständig. Wenn ich euch schon die Tochter wegnehme, dann kann ich wohl zumindest für ein ordentliches Fest sorgen. Mrs. Middleton hat sowieso schon genug zu tun.«

»Wenn du das so siehst, bin ich einverstanden.«

»Gut. Meine Freunde wollen übrigens am Samstagabend vor der Hochzeit den Junggesellenabschied in Carmody's Pub ausrichten. Du bist natürlich auch eingeladen.«

Jack schüttelte den Kopf. »Sei mir nicht böse, Darcy, aber ich bin schon ein bisschen zu alt für solche Gelage. Macht ihr jungen Leute euch nur einen schönen Abend.«

Nach all dem, was da auf dem Junggesellenabschied geschah, bereute Jack bitterlich, dass er die Einladung nicht angenommen hatte. Doch er hatte sich nicht aufdrängen wollen.

Perfys letzte Arbeitswoche zog sich hin, doch schließlich war auch sie vorüber. Jetzt endlich hatte sie Zeit und Muße, sich darauf zu besinnen, was geschehen war und was auf sie zukommen würde. Sie konnte sich sogar gelegentlich zum Flussufer stehlen, wo sie sich unter eine Weide setzte und die ungewohnte Freiheit genoss, einfach in den Tag hineinzuträumen. Allerdings beschlich sie dabei des Öfteren das Gefühl, dass sie diese Zeit gestohlen hatte. Eines Morgens konnte der Traum vorbei sein, und sie würde bei Tagesanbruch wieder ins Haus des Gouverneurs eilen, um dort ihre eintönigen Pflichten zu erfüllen.

Darcy stattete ihr einen Besuch ab. »Ich habe jetzt alles erledigt. Nun wird es allmählich Zeit, dass wir dich ausstaffieren«, sagte er.

»Was meinst du damit? Mutter richtet doch schon alles für mich her.«

»Ich weiß, in der Nähstube geht es zu wie im Bienenkorb, aber Reitstiefel und Hüte kann Alice wohl kaum selbst anfertigen. Außerdem brauchst du ein Reitkostüm, denn von Bowen

aus müssen wir mit dem Pferd weiter bis nach Caravale. Mit
dem Wagen wäre es viel zu langsam und umständlich. Kannst
du überhaupt reiten?«

»Natürlich.«

»Im Damensitz?«

Perfy zögerte. Das Reiten im Damensattel war ihr verhasst,
aber es gehörte sich wohl so für Damen.

»Reitest du etwa lieber im Herrensitz?«

»Wenn es geht.«

»Natürlich geht das. Viele Frauen tun das mittlerweile und
tragen zu diesem Zweck diese praktischen Hosenröcke. Damit
ist das Problem gelöst. Man kann sie in Harveys Geschäft kaufen. Wollen wir mal sehen, was er anzubieten hat?«

»Darcy, das kann ich mir nicht leisten.«

»Das können wir uns leisten, mein Liebling! Im Norden gibt
es diese Röcke nicht zu kaufen, und deshalb müssen wir das
hier erledigen. Einverstanden?«

Sie war noch unsicher, doch Darcy ließ sich von seinem Vorhaben nicht abbringen. Er ging mit ihr zu Harveys Laden, und
als sie dann unter seiner Anleitung ihre »Landkluft« auswähl-
te, machte es ihr doch Spaß. Anstatt zu zahlen, unterzeichnete
Darcy einfach eine Rechnung, und sie trugen ihre Einkäufe
nicht selbst nach Hause, sondern ließen die Sachen durch einen
Boten liefern.

Ihr nächster Besuch galt der Kanzlei eines Rechtsanwalts. In
den kühlen Räumen der Herren Jauncy und Bascombe wurde
Perfy mit Henry Jauncy bekannt gemacht, einem würdigen
Herrn mit dichtem, schneeweißem Schnauzbart. Lächelnd
nahm er Perfys Hand. »Ich bin sehr erfreut, Sie kennenzulernen, Miss Middleton. Herzlichen Glückwunsch, Darcy. Zu einer so hübschen Frau kann man Ihnen nur gratulieren.«

Darcys Strahlen machte jede Antwort überflüssig. An Perfy
gewandt meinte er: »Könntest du bitte einen Moment warten?
Ich muss nur ein paar Papiere unterzeichnen, das dauert nicht
lange.« Sie nahm auf einer glatt polierten Holzbank Platz, die
sie an Kirchengestühl erinnerte. Während sie den Büroangestellten zusah, die unter der großen Standuhr emsig ihrer Ar-

beit nachgingen, fragte sie sich, was es um alles in der Welt so viel zu schreiben gab. Schrieben sie einen Bericht über irgendwelche Verbrecher oder Buschräuber? Oder plagten sie sich lediglich mit den Prozeduren der Landvergabe herum, von denen Darcy ihr erzählt hatte?

Wie versprochen, kehrte Darcy nach kurzer Zeit zurück, und Mr. Jauncy geleitete sie zur Tür. »Ich freue mich schon auf die Hochzeit«, sagte er, »und meine Frau erst recht, denn Hochzeitsfeste sind für sie das Höchste.«

»Und nun, meine Liebe«, meinte Darcy, »wo wir das Amtliche erledigt haben, können wir essen gehen. Ich habe Ben und Ginger Butterfield eingeladen, damit du sie kennenlernst. Ginger wird unser Brautführer. Es wird Zeit, dass ihr einander richtig vorgestellt werdet.«

Im Stillen fragte sich Perfy, warum Ben, Darcys Bruder, nicht der Brautführer war, doch dann beruhigte sie sich mit der Erklärung, dass Darcy es wohl so gewollt hatte. Als ihre Brautjungfer hatte sie eigentlich Amy Campbell ausgesucht, doch Amy hatte ihr kurz angebunden erklärt, sie sei an dem besagten Wochenende nicht zu Hause. Daraufhin hatte sie sich an Laura Stibbs, die jetzige Mrs. Gooding, gewandt, die begeistert zusagte.

Perfy war noch nie zuvor in einem dieser großen Hotels gewesen. Das Victoria kam ihr mit all den goldgesäumten roten Samtvorhängen und den breiten roten Läufern reichlich überladen vor. Als sie eine der Teppichspuren entlangschritt, war sie sehr nervös. So ungefähr musste man sich fühlen, wenn man zum Empfang bei der Königin eingeladen worden war. Sie freute sich ganz und gar nicht auf das Treffen mit Ben und Ginger; plötzlich kam sie sich minderwertig vor, so als würde sie sich für ein Mädchen ihrer Herkunft zu viel herausnehmen.

In dem vollbesetzten Raum entdeckten sie Ginger an einem der hinteren Tische. Sogleich erhob er sich, um sie zu begrüßen. Trotz seiner vornehm näselnden Aussprache mochte Perfy ihn auf Anhieb leiden. Und bald verlor sie auch ihre Schüchternheit, denn er war charmant und ließ sich keine Gelegenheit zu einem Kompliment entgehen. Er hatte auch schon eine Flasche Champagner kalt stellen lassen, um auf das glückliche Paar anzustoßen.

»Ich habe noch nie Champagner getrunken«, gab Perfy zu.

»Umso besser«, meinte Ginger, »es freut mich, dass ich bei der Premiere dabei sein darf. Und, wie schmeckt er Ihnen?«

Sie nahm einen Schluck aus dem zierlichen Kristallkelch. »Oh, das schmeckt ja herrlich!«

»Prima!«, jubelte Ginger. »Dann können wir ja loslegen, Darcy, alter Kumpel. Wär doch auch zu schade gewesen, wenn wir die Flasche hätten zurückgehen lassen müssen.«

Als der Champagner zur Neige ging, war Ben noch immer nicht aufgetaucht, und sie wollten mit dem Essen nicht länger warten.

»Dass Ben auch immer zu spät kommen muss«, beschwerte sich Darcy.

»So ist Ben nun mal«, beschwichtigte ihn Ginger. »Der hat nur noch seine Politik im Kopf. Wahrscheinlich hat er darüber die Zeit vergessen.«

Die Suppe, die Austern und das Brathuhn wurden serviert, und von Ben noch immer keine Spur. Obwohl sich die beiden Männer betont fröhlich gaben, konnte Perfy die Spannung, die sich allmählich aufbaute, deutlich spüren. »Was ist denn los?«, fragte sie schließlich.

»Nichts«, antwortete Darcy, doch sie sah ihm an, dass das nicht stimmte.

»Bestimmt nichts«, versicherte ihr Ginger. »Ben hat uns wahrscheinlich vergessen. Der soll bloß nicht glauben, dass ich mich jetzt auf die Suche nach ihm mache. Die Nachspeisen sind hier nämlich besonders gut.«

Perfy runzelte zweifelnd die Stirn. Darcy und sie waren jetzt seit zehn Tagen verlobt, und bisher hatte sich Ben noch nicht die Mühe gemacht, sie kennenzulernen. Allmählich drängte sich ihr der Verdacht auf, er wolle ihr aus dem Weg gehen. Womöglich war er mit Darcys Wahl nicht einverstanden. Wenn Ben seine Abneigung schon so deutlich zeigte, was würde dann erst Darcys Mutter sagen?

Trotzdem unterhielten sie sich glänzend. Ginger sprühte vor

Witz und Charme, Darcys Bekannte, die ihn im Speisesaal entdeckten, kamen an ihren Tisch und gratulierten Darcy zu seiner hübschen Verlobten, umschmeichelten Perfy und luden das Paar ein, sie zu besuchen. Darcy hatte schon früher bemerkt, dass Perfy offensichtlich nicht wusste, wie schön sie war und wie ihre dunkelblauen Augen funkelten, wenn sie lachte.

In gewissem Sinne war er sogar froh, dass Ben fortgeblieben war und ihnen nicht die Laune verdarb. Trotzdem hätte er wenigstens ein Verlobungsgeschenk besorgen können, um Perfy seinen guten Willen zu zeigen. Darcy war fest entschlossen, seinem Bruder den Hals umzudrehen, wenn er seine Verlobte auch nur ein einziges Mal beleidigte.

»Du bist so schweigsam«, bemerkte Perfy auf dem Heimweg.

»Die Wirkung des Weins lässt nach«, meinte er lachend.

»Ach ja? Darcy, ich muss dir was sagen.«

»Hast du etwa deine Meinung geändert?«, neckte er sie.

»Nein. Ich meine es ernst. Wusstest du eigentlich, dass meine Eltern deportiert wurden? Sie kamen als Sträflinge nach Sydney.«

»Nein, das wusste ich nicht«, log er. Ben hatte diese Information schon längst ausgegraben, und sie war Anlass zu einem weiteren Streit gewesen. »Machst du dir deshalb Gedanken?«

»Ich? Nein. Ich dachte nur, du solltest es wissen.«

»Gut, nun weiß ich Bescheid. Und da ich deine Eltern mag, brauchst du dir auch keine anderen zu suchen. Ich habe gehört, mein Urgroßvater war ein blutrünstiger Pirat, der vor Tasmanien die Schiffe ausgeplündert hat.«

»Das klingt ja aufregend!«

»Stimmt, aber mit meiner Mutter darfst du über dieses Thema nicht sprechen. Sie findet das gar nicht lustig.«

»Woher kommt sie überhaupt?«

»Aus Schottland. Aber darüber spricht sie auch nicht gern. Sie kam wohl als junges Mädchen mit einer älteren Tante in dieses Land. Hier hat sie dann meinen Vater kennengelernt. Sie stammt anscheinend aus besseren Kreisen, denn sie war eleganter gekleidet, als man es damals in Sydney gewohnt war.

Was ihr die Familie angetan hat, habe ich nie herausgefunden, aber sie hat ihnen nie vergeben. Für sie hat Schottland aufgehört zu existieren.«

Eine Gänsehaut kroch ihm über den Rücken. Ma konnte manchmal zur Furie werden, und wenn auch Ben weiterhin seine Vorbehalte gegenüber Perfy nährte, hatte seine zukünftige Frau zu Hause einen schweren Stand. Schließlich konnte er nicht immer daheimbleiben und aufpassen, dass sich die beiden nicht gegen sie verschworen. Auf einer Farm von der Größe Caravales mussten Ben und er gelegentlich eine ganze Woche über die Weiden reiten und nach dem Vieh und den Zäunen sehen. Arbeit gab es mehr als genug. Wie oft hatten sie schon in dem sechzig Kilometer vom Wohnhaus entfernt gelegenen Stützpunkt des Verwalters übernachtet! Es war wirklich besser, wenn er mit dem Bau ihres neuen Hauses sofort begann und sich hier in Brisbane schon einmal Gedanken dazu machte.

»Woran denkst du?«, fragte sie ihn.

»Ich entwerfe gerade unser Haus«, antwortete er. »Ich finde es besser, wenn wir allein wohnen und ungestört sind. Den Platz dafür habe ich schon ausgesucht, und du wirst sehen, es gibt nichts Schöneres, als ein Haus nach eigenen Vorstellungen zu bauen. Wenn wir heimkommen, fangen wir gleich damit an.«

Er sah, wie sich ihre Gesichtszüge entspannten, und legte zärtlich den Arm um sie. »Es wird schon gut gehen, Liebes. Du brauchst dir keine Sorgen zu machen.«

Zunächst hatte Ben mit seinen Freunden im Hinterzimmer von Carmodys Hotel Karten gespielt, doch als der Abend fortschritt und die Whiskyflaschen die Runde machten, beschäftigten sich die jungen Männer mit Bens Plan: dem Streich, den sie dem Bräutigam auf seinem Junggesellenabschied spielen wollten. Eine tolle Sache!

Nur David Crane hatte noch Bedenken. »Willst du es dir nicht noch mal überlegen?«

»So einen guten Streich hat die Welt noch nie gesehen.«

»Meinst du nicht, das geht ein bisschen zu weit?«

»Du hast gut reden«, wandte Clive Jenkins ein. »Wer hat denn Craig Bottomly am Abend vor seiner Hochzeit einen Eimer Kalkfarbe über den Kopf geschüttet?«

»Ich war betrunken. Wenn wir Darcy entführen, zerreißt er uns in der Luft. Da lasse ich lieber die Finger davon.« David nahm seinen Mantel und schlurfte unschlüssig zur Tür. »Ohne mich.«

»Dann halte wenigstens den Mund«, rief Clive ihm nach. »Und erzähle Ginger Butterfield nichts davon, denn mit dem ist im Augenblick nicht gut Kirschen essen.«

»Bei meiner Ehre«, versicherte David. »Ich werde schweigen wie ein Grab.«

Clive rülpste vernehmlich. »Bitte um Entschuldigung, meine Herren. Ich möchte noch mal dran erinnern, dass es Ginger und seine Freunde waren, die Fiona Kendalls Bräutigam – wie heißt er doch gleich? – splitterfasernackt an einen Baum im Busch gebunden haben. Wenn nicht zufällig ein paar Schwarze vorbeigekommen wären, würde er dort immer noch stehen.«

Neville Roberts lachte. »Ja, Ginger war sauer. Er hatte sich selbst Hoffnungen auf Fiona gemacht.« Er griff nach einer neuen Flasche. »Sie hätte wirklich Clive nehmen sollen. Die Kendalls haben sich noch immer nicht damit abgefunden, dass der Verwalter jetzt ihr Schwiegersohn ist.«

»Was meint ihr, was meine Mutter sagt, wenn Darcy dieses Hausmädchen anschleppt«, meinte Ben, »und ihr dann noch eröffnet, dass ihre Eltern ehemalige Strafgefangene sind! Er muss den Verstand verloren haben.«

Der fünfte Mann in der Runde war Les Stohr von der Tambaroona Station in der Gegend von Rockhampton. Er amüsierte sich in Brisbane so gut wie nie zuvor in seinem Leben, besonders seit er auf Ben Buchanan gestoßen war. Ben hatte ihn allen wichtigen Leuten vorgestellt, zu Festen bei den Russells mitgenommen und sogar im Haus des Gouverneurs eingeführt. Für ihn stand außer Frage, dass es ohne den Freund, der anscheinend Gott und die Welt kannte, in Brisbane nicht so lustig geworden wäre. Les schüttelte den Kopf. »Ich verstehe

Darcy nicht. Wie ich gehört habe, hat Kitty Kendall ein Auge auf ihn geworfen.«

Clive pfiff anerkennend durch die Zähne. »Soso, Kitty Kendall. Ja, mit Kitty hätte er einen guten Fang gemacht.«

»Erinnere mich nicht daran«, stöhnte Ben. »Aber was macht Darcy? Schon beim ersten Rendezvous verspricht er diesem Flittchen die Ehe. Da hat er sich was Schönes eingebrockt.« Neville zwinkerte, weil er plötzlich alles doppelt sah. »Beim ersten Rendezvous?«

»Genau«, bestätigte Ben. »Und jetzt weiß er nicht mehr, wie er sich herauswinden soll. Die Hochzeit wird ein Albtraum. Er hat dieses Hausmädchen am Hals, und die Brautjungfer ist die Tochter von Stibbs – ja, die vom Pferdeschmied. Weiß der Teufel, welche komischen Gestalten sonst noch eingeladen sind. Ich bin nur froh, dass Mutter nicht in der Stadt ist.«

»Meinst du nicht, das wäre besser gewesen?«, wandte Les ein. »Sie hätte ihn sicher sofort zur Vernunft gebracht.«

»Vielleicht hast du recht«, gab Ben zu. »Ein Grund mehr, dass wir was unternehmen! Mit unserem Streich geben wir ihm die Möglichkeit, sich noch mal davonzuschleichen.«

Neville hatte Schwierigkeiten, die Zusammenhänge zu begreifen. »Warum erklärt er nicht einfach, dass die Pferde mit ihm durchgegangen sind, und löst die Verlobung? Er kann ihr ja was zahlen. Ich meine, er hat ihr doch noch nichts angehängt, oder?«

»Nein, darum geht es nicht«, erklärte Ben. »Er hat sich einfach verrannt und will sich jetzt wie ein Ehrenmann benehmen.«

Ben strich sich über die schweißnasse Stirn. »Mein Gott, ist es heiß hier drinnen!«

»Trink zur Abwechslung mal Wein«, schlug Neville vor. »Von dem Whisky kriegt man nur Kopfschmerzen. Also, Ben, wie sieht der Plan aus? Erklär das Ganze noch mal!«

»Ganz einfach, wenn Darcy einen sitzen hat, wird er gefesselt. Dann bringen wir ihn auf die *Louisa*, einen Küstendampfer, der im Hafen liegt und am frühen Sonntagmorgen ablegt. Mit dem Kapitän ist alles abgesprochen. Der setzt ihn in Rockhampton wieder an Land …«

»Moment mal«, unterbrach ihn Neville. »Darcy lässt sich nicht so ohne Weiteres überwältigen.«

»Meine Güte, Neville, ihr seid drei, und Les ist stark wie ein Bulle.«

Les grinste. »Ja, das ist kein Problem. Aber wo bist du, Ben?«

»Ich erwarte euch auf dem Schiff. Wir werfen Darcy einfach in die Kabine, die ich für ihn gebucht habe.«

»Und wenn die Hochzeitsglocken läuten, ist er auf hoher See.« Neville lachte amüsiert.

»Genau, darum geht es ja gerade«, bestätigte Ben. »Nur ein kleiner Scherz. Wenn er wirklich so scharf auf dieses Mädchen ist, kann er ja immer noch zurückkommen und sie heiraten. Wir haben dann unser Möglichstes getan. So hat er noch einmal die Gelegenheit, über alles nachzudenken, ohne dass sie ihn unter Druck setzt. Wenn er dann immer noch meint, er könne ohne sie nicht leben, bitte, dann soll er sie haben.«

»Also ich finde die Idee großartig«, erklärte Clive. »Eigentlich tun wir ihm doch einen Gefallen.«

Je länger sie über den Plan sprachen, umso besser gefiel er ihnen.

4

Der Junggesellenabend in Carmodys Hotel stand von Anfang an unter einem schlechten Stern. Dabei hatte sich Tom Carmody alle Mühe gegeben, es den dreißig jungen Männern, die sich in seinem Herrenzimmer versammelt hatten, recht zu machen. Er hatte ein üppiges Buffet angerichtet, die besten Whiskys und Brandys bereitgestellt und mehrere Fässer Bier herangeschafft. Außerdem hatte er aber auch dafür gesorgt, dass er sein Geld bekam, indem er sich von Ben Buchanan im Voraus bezahlen ließ. Carmody hatte nämlich schon genügend dieser Feste ausgerichtet, um zu wissen, dass er seinem Geld hinterherlaufen musste, wenn die jungen Männer erst einmal betrunken waren.

Kaum hatte Ben den Raum betreten, wurde er von Darcy zur Rede gestellt: »Wo hast du dich bloß versteckt gehalten?«

»Ich habe mich nicht versteckt, ich hatte zu tun. Während du vor dich hin träumst, habe ich mich mit wichtigen Leuten getroffen. Von dir konnte ich ja offensichtlich keine Hilfe erwarten.«

»Red dich nicht raus. Du hast Perfy vor den Kopf gestoßen. Ich sollte dich übers Knie legen, du Rotzbengel.«

Ginger versuchte zu vermitteln. »Miss Middleton ist eine reizende junge Dame. Sie würde Ihnen auch gefallen, Ben. Es ist wirklich schade, dass Sie sich nicht die Zeit nehmen konnten, sie kennenzulernen.«

»Ich kenne sie bereits«, entgegnete Ben. »Sie hat im Haus des Gouverneurs unsere Betten gemacht. Haben Sie das vergessen?«

»Meine Güte, kannst du eklig sein!«, schimpfte Darcy.

»Was erwartest du eigentlich? Soll ich so tun, als hätte ich sie dort nie gesehen? Sei nicht so empfindlich, Darcy. Du bist selbst schuld an dem ganzen Streit. Erst stellst du uns mit deinen Heiratsplänen vor vollendete Tatsachen, und dann verlangst du auch noch, dass wir alles stehen und liegen lassen und uns nur noch um dein junges Glück kümmern. Und jetzt bringt dich jede Kleinigkeit auf die Palme. Ich bin lediglich bei meiner Ansicht geblieben, dass du mit der Hochzeit noch warten solltest. Wenn du das eklig findest, nun gut, dann kann ich dir auch nicht helfen.«

Doch in diesem Augenblick kamen andere Gäste, die Darcy die Hand schüttelten und ihm ihre Glückwünsche aussprachen. Darcy beschäftigte sich allerdings noch immer mit der Frage, ob er tatsächlich zu empfindlich war. Möglicherweise hatte Ben in diesem Punkt recht, aber den Rest seiner kleinen Ansprache hätte er sich sparen können. Er liebte Perfy, und daran würde auch die Zeit nichts ändern. Selbst in dieser Minute tat es ihm leid, dass er nicht mit ihr zusammen sein konnte. Nun, er würde den Abend schon überstehen. Immerhin hatte Ben einen Schritt auf ihn zugetan und für all ihre Freunde dieses Fest veranstaltet. Er seufzte. »Wer möchte Champagner?«, rief er laut in den Raum.

Nach dem Essen stimmte ein Klavierspieler fröhliche Lieder

an, und etwas später erschienen drei Tänzerinnen vom Théâtre
Royale in arabischen Kostümen und unterhielten die Gäste mit
einem Bauchtanz. Das Fest wurde immer lärmender und aus-
gelassener, und auch Darcy fand allmählich Spaß daran. Er bekam langsam einen Schwips, aber das kümmerte ihn nicht.

Während der endlosen Trinksprüche bemerkte er an den
Rippenstößen und dem albernen Kichern, dass seine Gäste irgendetwas im Schilde führen mussten. Was mochten sie wohl
ausgeheckt haben? Der Bräutigam musste bei derartigen Anlässen in der Regel einen dummen Streich über sich ergehen
lassen; ihm wurden die Hosen ausgezogen, oder man tauchte
ihn in ein Bad aus scharfer Seifenlauge, aus dem er rot wie ein
Krebs wieder herausgezogen wurde, und ähnlicher Unfug
mehr. Aber nicht mit ihm! Er wollte die Augen offen halten,
nicht mehr so viel trinken und auf der Hut sein.

In den frühen Morgenstunden machten sich die ersten Gäste
auf den Heimweg. Einer übergab sich und wurde mit Gewalt
auf die Straße befördert. Ginger und einer seiner Freunde lagen unter dem Tisch, und der betrunkene Pianist hatte sich
schnarchend auf dem Klavier ausgebreitet. Die Tänzerinnen
waren nicht mehr zu sehen, und als Darcy sich suchend umblickte, stellte er fest, dass auch Ben aufgebrochen war.

»Das war's dann wohl«, sagte Darcy zu den drei letzten Gästen, Clive, Neville und dem stämmigen Les Stohr. »Zeit, schlafen zu gehen, oder was meint ihr?«

Gemeinsam mit dem Trio torkelte er in den Hinterhof, um
sich zu erleichtern, und erklärte sich dann bereit, Clive beim
Satteln seines Pferdes zu helfen.

Das war der Moment, wo sie sich wie die Wilden kreischend
auf ihn stürzten. Und Darcy erkannte, dass jetzt wohl der Zeitpunkt für den Streich gekommen war.

»Nein, nein, lasst mich los«, rief er und schob die Männer
beiseite. Da sah er das Seil in Clives Händen. »Was ihr auch
vorhabt«, schimpfte er, während er um sich schlug, »bei mir
werdet ihr euch die Zähne ausbeißen. Also, Schluss jetzt!«

Doch ihre Gesichter spiegelten wilde Entschlossenheit wider,
und die Schläge, die sie austeilten, wurden immer heftiger.

Darcy, der sich kräftig wehrte, wurde allmählich wütend. Gleichzeitig kriegte er Clive an den Haaren zu fassen. Clive schlug ihm dafür in den Magen. Der dicke Les umschlang ihn von hinten, doch mit einem gewaltigen Stoß kämpfte Darcy sich wieder frei. Dann schickte er Neville zu Boden, der mit einem Schmerzensschrei zusammenbrach. Plötzlich wurde Darcy von einem Schlag seitlich am Kopf getroffen. Der Kampf war gefährlich geworden und hatte mit einem Streich nichts mehr zu tun. Hastig wirbelte er herum und ging auf Les los. Die kleine Balgerei wuchs sich zu einer unbarmherzigen Schlägerei aus, und Darcy blieb keine andere Wahl mehr, als seine Angreifer ächzend und fluchend und nach besten Kräften abzuwehren.

Er schlug Clive zu Boden und stieß Neville in die Leisten, doch sie stürzten sich immer wieder auf ihn. Der dicke Les ließ die Schläge ohnehin an sich abprallen, als trüge er eine Ritterrüstung. Spuren an Darcys Händen deuteten darauf hin, dass jemand aus der Nase blutete. Gerade hatte Darcy das Gefühl, als hätte er es geschafft, als könne er sich im nächsten Moment freimachen und davonlaufen, als krachend ein schwerer Gegenstand auf seinem Hinterkopf zersplitterte. Neben der Hotelwand brach er zusammen, und sein Kopf schlug auf einen aufgestellten Gullydeckel aus Stein. Für eine Sekunde lag er still da und fühlte, wie das Blut ihm übers Gesicht strömte. Wenn er erst wieder Kräfte gesammelt hätte, würde er es diesen Kerlen schon zeigen. Doch der Atemzug, den er dann tat, war sein letzter.

Jack Middleton erfuhr noch während seiner Nachtschicht in den Armeebaracken von der Rauferei in Carmody's Hotel. Normalerweise regte sich niemand sonderlich darüber auf, denn Prügeleien gab es jede Nacht in der Stadt. Doch da Darcys Junggesellenabschied bei Carmody stattfinden sollte, wollte er sich doch lieber mal ansehen, wen die Polizei festgenommen hatte. Möglicherweise saß jetzt auch Darcy hinter Schloss und Riegel. Ich kann meinen zukünftigen Schwiegersohn doch nicht im Knast schmoren lassen, sagte er zu sich selbst. Ein paar Worte mit dem zuständigen Polizisten, und er ist wieder draußen, noch bevor der Untersuchungsrichter Wind davon bekommt.

Als er durch die verlassenen Straßen ging, drang aus den hohen Eukalyptusbäumen bereits das Gegacker und Pfeifen der Kookaburras, der Rieseneisvögel. Den Wecker der Buschmänner nannte man sie, und wenn man Nachtschicht hatte, war man froh, ihren Ruf zu hören. Mit der Pünktlichkeit eines Uhrwerks stimmten sie ihren Ruf eine halbe Stunde vor Sonnenaufgang an und waren damit den Haushähnen einen guten Schritt voraus. Als Nächstes meldeten sich die Krähen, und dann waren die Honigfresser mit ihrem typischen Rasseln an der Reihe. Die großen Singvögel wie die Elstern und die Würger warteten bis zum Tagesanbruch, vielleicht weil sie ein Publikum brauchten. Jack lächelte. Einer der Vorzüge in diesem Tollhaus von Stadt waren seine gefiederten Freunde. Aber sicher war das noch kein Vergleich zu den zahllosen Vögeln, die es auf Darcys Farm gab. Auf den Ausflug in den richtigen Busch freute er sich mehr, als er seiner Familie gegenüber zugegeben hatte.

Seltsam, wie die Dinge sich entwickelt hatten. Dieser Darcy war ein lieber Junge, und er hoffte nur, dass Perfy ihr Glück auch zu schätzen wusste. Oft genug gesagt hatte er es ihr ja. Wenn er so zurückblickte und sich all die günstigen Entwicklungen ansah, konnte er dem Richter in England nur von ganzem Herzen danken, dass er ihn in dieses Land geschickt hatte. Sicher wusste er gar nicht, welch großen Gefallen er den Middletons damit erwiesen hatte.

Der Polizist vom Dienst war diese Nacht Gunner Haig. »Du hast letzte Nacht bei Carmody ein paar Rüpel festgenommen«, sagte Jack. »Bei einer Prügelei, hab ich gehört.«

»Ja, zur Abwechslung mal junge Viehzüchter. Im Augenblick hat sie ihr Schneid allerdings verlassen, und es herrschen Heulen und Zähneklappern.«

»Hast du ihre Namen?«

Haig schob ihm das Buch zu, und Jack las die Zeilen, auf die der Polizist mit seinem Stummelfinger deutete. Mit einem erleichterten Grinsen blickte Jack auf. »Der Bräutigam meiner

Tochter war auch dort. Für ihn ist das Fest nämlich veranstaltet worden, und deshalb wollte ich auf Nummer sicher gehen, dass mit ihm auch alles in Ordnung ist.«

Hellhörig geworden sah Haig ihn an. »Wie heißt er denn?«

»Buchanan«, erwiderte Jack stolz. »Darcy Buchanan.«

Haig schluckte. »Ach ja? Wie wär's mit einer Tasse Tee, Jack? Komm doch mit nach hinten.« Mit einer Bestimmtheit, die lange Berufserfahrung verriet, schob Gunner Jack in ein unaufgeräumtes Hinterzimmer, wo auf dem Ofen ein Teekessel summte. »Ich sag immer wieder, es geht doch nichts über eine gute Tasse Tee«, fuhr er fort. »Diese Kerle haben sich anscheinend ganz schön volllaufen lassen und dann das Raufen angefangen. Du weißt ja selbst, wie das immer geht.« Währenddessen goss er den schwarzen Tee in einen Becher und gab ihn Jack. »Aber dann ist der Kampf wohl außer Kontrolle geraten. Der Chef ist gerade unterwegs, um die anderen Gäste herzuholen, und Carmody war auch schon da und hat gedroht, die Kerle, die wir festgenommen haben, umzulegen. Wirklich, es war eine schlimme Prügelei …«

»Ist jemand verletzt?«, fragte Jack, während ihn eine dunkle Vorahnung packte. Er stellte den Becher ab, ohne den Tee angerührt zu haben. Gunners Gesicht war inzwischen fahl geworden.

»Ja, Jack, und es heißt, es war ein Unfall. Er ist wohl so unglücklich gefallen, dass er sich den Schädel gebrochen hat.«

»Tot?«

Gunner nickte traurig.

»Und es ist Darcy? Darcy Buchanan?«

Der Polizist seufzte. »Tut mir leid, mein Freund, so heißt er. Tut mir verdammt leid, Jack.«

Sergeant Middleton stand in Habtachtstellung da, als ob er einen Urteilsspruch entgegennehmen würde. Kein Wort kam ihm über die Lippen. Reglos stand er da und wartete, bis der erste Schrecken vorüber war. Für einen alten Soldaten war der Tod kein Unbekannter. Und gegen den Angriff der Trauer musste man sich nur im richtigen Augenblick wappnen. In ein paar Minuten würde seine Stimme ihm wieder gehorchen.

5

Jack Middleton und der Ire Tom Carmody saßen mit versteinertem Gesicht auf der Zuhörerbank des Gerichtssaals und verfolgten die Verhandlung. Carmody war während seiner Zeugenaussage immer wieder vom Richter unterbrochen worden. Der Gastwirt solle bitte sachlich bleiben, ermahnte er ihn. Hier sei weder seine persönliche Meinung gefragt, noch sei dies der rechte Ort für Kraftausdrücke. Was die Ereignisse betraf, war man sich hingegen schnell einig: Carmody hatte den Beginn der Schlägerei gehört.

Sobald die Raufbolde das Haus verlassen hatten, hatte er die Tür versperrt, damit sie auch draußen blieben, und war zu Bett gegangen. Die Kerle wurden jedoch immer lauter und benutzten »Kraftausdrücke«. Aus diesem Grunde schickte seine Frau ihn hinunter, um sie fortzujagen. Er kramte noch nach seinem Schlüsselbund, als einer der Männer gegen die Hintertür hämmerte und um Hilfe rief. Im Hof fand er zwei hilflos torkelnde Kerle neben einem, der auf dem Boden lag und, wie sich bei seiner sofortigen Untersuchung herausstellte, kein Lebenszeichen mehr von sich gab. Ja, genau, das war der verschiedene Mr. Darcy Buchanan gewesen.

Daraufhin hatte der Gastwirt sein Gewehr geholt, die drei Männer in seinen Keller gesperrt und jemanden geschickt, um die Polizei zu holen. Dass er den Männern bei seiner eigenmächtigen Festnahme zahlreiche Verletzungen zugefügt hatte, sei unter den gegebenen Umständen unvermeidlich gewesen.

Ohne auf ihren erbarmungswürdigen Zustand und ihre gelegentlichen Tränenausbrüche Rücksicht zu nehmen, wurden anschließend die drei am Kampf beteiligten Männer verhört. Man befragte auch die anderen Gäste der Feier, doch sie konnten ebenso wenig zur Erhellung der Vorgänge beitragen wie Ben Buchanan. Dieser betonte lediglich, dass es sich bei den Festgenommenen um angesehene, rechtschaffene Bürger mit einwandfreiem Leumund handele, denen man keine bösen Absichten unterstellen dürfe.

Als ein weiterer Zeuge diese Aussage wiederholte, konnte Tom Carmody nicht mehr an sich halten. »Verdammt noch mal, ist das etwa keine persönliche Meinung?«, rief er und wurde daraufhin aus dem Gerichtssaal verwiesen.

Jack Middleton wartete gemeinsam mit dem Iren auf dem Flur. Schließlich trat Gunner Haig zu ihnen und berichtete, der Richter habe auf »Tod durch Unfall« erkannt.

»Werden diese drei Kerle jetzt unter Anklage gestellt?«, erkundigte sich Jack, während er Darcys Freunden nachblickte, die mit bedrückter Miene den Gerichtssaal verließen und sich unter die Menge auf der Straße mischten. »Schließlich haben sie einen Menschen umgebracht, ob es nun Absicht war oder nicht.«

»Nein«, antwortete Gunner. »Dafür sind diese Herren zu reich.«

»Aber was ist mit Darcys Bruder? Der müsste doch eigentlich Himmel und Hölle in Bewegung setzen.«

»Der ist angeblich viel zu verstört, um sich darum zu kümmern. Die drei stammen aus den besten Kreisen, und es heißt, der Gouverneur mag sich nicht mit den Viehzüchtern anlegen, weil sie sich sonst gegen ihn zusammentun. Außerdem war es ein Unfall.«

»Ein schöner Unfall!« Carmody spuckte aus. »Wenn Jack oder ich oder auch du, Gunner, dafür verantwortlich gewesen wären, dann hätte man uns durch die Mangel gedreht. Wir wären unser Lebtag nicht mehr froh geworden.«

Jack nickte. Er hatte den Schock über Darcys Tod noch nicht verwunden. Außerdem hatte ihn dieser Besuch im Gerichtssaal an alte Zeiten erinnert. Anscheinend saß einem die Angst, irgendwann doch noch einmal hinter Schloss und Riegel zu enden, ein Leben lang in den Knochen. Dabei war er schon in die Armee eingetreten, um in der Masse der gemeinen Soldaten unterzutauchen. Jack hätte es nie gewagt, wie Carmody die Verhandlung mit einem Zwischenruf zu stören, auch wenn dieser noch so berechtigt gewesen wäre. Aber die Iren waren ein anderer Schlag, ihnen lag die Rebellion im Blut. Auch Carmody war ein Deportierter, nur hatte er es weitaus schwerer gehabt als Jack. Gegen die Zwangsarbeit in Ketten, die Carmody abgeleistet hatte, war seine Zeit bei einem Steinmetz geradezu ein Zuckerschlecken gewesen.

»Du siehst reichlich mitgenommen aus«, sagte Carmody. »Komm mit zu mir, Jack, wir genehmigen uns eine Flasche Whisky.«

»Das ist gut gemeint«, entgegnete Jack, »aber machen wir das lieber ein andermal. Ich muss nach Hause und mich um meine Tochter kümmern. Sie nimmt es nämlich wirklich schwer.«

»Ja, das arme Mädchen! Ich lasse für sie eine Messe lesen.«

Die Frauen waren von ihrem Schmerz so überwältigt, dass Jack keine tröstenden Worte mehr einfallen wollten. Allerdings hatte er darauf bestanden, dass Perfy zu Darcys Beerdigung ging. Ihre Tränen machten ihn nicht wieder lebendig, und er wollte ihr durch das Begräbnis vor Augen führen, dass der Tod ihres Bräutigams etwas Endgültiges war. Denn wenn Perfy überhaupt etwas sagte, sprach sie nur von ihm, und das klang jedes Mal so, als sei er noch am Leben.

Perfy war dann doch nicht dabei, als Darcys Sarg in die Erde gelassen wurde. Gleich zu Beginn des Gottesdienstes wurde sie ohnmächtig, sodass Jack sie nach Hause bringen musste.

An einem der nächsten Tage machte ihr einer von Darcys Freunden, ein gewisser Mr. Ginger Butterfield, mit einem Strauß weißer Rosen seine Aufwartung. Perfy weigerte sich, ihn zu sehen, weil sie meinte, ein Gespräch mit ihm nicht ertragen zu können.

»Natürlich empfängst du ihn«, schalt Jack. »Es ist ganz normal, wenn du heulst, und er hat sicher Verständnis dafür. Wenn er sich schon die Mühe macht, dich zu besuchen, kannst du dich auch zusammenreißen und mit ihm sprechen.«

Vom Gouverneur war ein Beileidsschreiben gekommen, doch von Ben hatten sie nichts gehört.

»Ich kann mir vorstellen, dem armen Mann geht es nicht anders als Perfy«, vermutete Alice. »Aber versetzt euch erst mal in die Lage der armen Mutter! Es muss einfach furchtbar sein, den Sohn an einem fernen Ort begraben zu wissen, ohne dass man an seinem Grab ein Gebet sprechen kann.« Alice traten wieder einmal Tränen in die Augen.

Mehrere Wochen zogen ins Land, und viele Bekannte kamen vorbei, um Perfy ihr Beileid auszusprechen. Doch ihr ging es immer schlechter. Sie konnte kaum einen Bissen hinunterbringen und hatte keine Lust mehr, sich zurechtzumachen. Stattdessen verbrachte sie Tage in ihrem Zimmer, wo sie an die Wand starrte und träumte. Des Nachts fand sie keinen Schlaf.

Aber eines Tages stand Diamond vor der Tür und fragte nach Perfy. Alice hatte sich mittlerweile angewöhnt, Besucher abzuweisen, da Perfy immer wieder von Weinkrämpfen geschüttelt wurde und nur schwer wieder zu beruhigen war.

»Tut mir leid, aber sie ist zu durcheinander, um jemanden zu sprechen«, sagte Alice deshalb zu Diamond.

»Das habe ich gehört«, entgegnete Diamond. »Und ich dachte, ich könnte vielleicht helfen. Miss Perfy war immer so nett zu mir.«

»Ich wüsste nicht, was du für sie tun könntest«, erwiderte Alice, doch Jack zog sie zur Seite.

»Um Himmels willen, wenn sie glaubt, sie kann helfen, dann lass sie nur machen.«

Später hörten sie, wie das schwarze Mädchen mit leiser Stimme eintönige Melodien summte. Dann redete sie, wie es schien, endlos auf Perfy ein, doch sie sprach so leise und sanft, dass die Eltern ihre Worte nicht verstehen konnten. Perfy antwortete nicht.

»Das klingt ganz wie ein heidnischer Ritus«, sorgte sich Alice. »Und wenn es ein hinduistischer wäre, würde mich das auch nicht stören«, entgegnete Jack.

»Was soll das alles bezwecken?«

»Du meine Güte, das weiß ich nicht! Vielleicht will sie Perfy nur von ihrer Trauer ablenken.«

Von nun an kam Diamond jeden Abend vorbei, und ihr war es zu verdanken, dass Perfy wieder das Haus verließ. Gemeinsam machten die Mädchen lange Spaziergänge durch die Stille der Nacht. Zwar hatte Jack keine Ahnung, worüber die beiden sprachen, doch Perfy erholte sich zusehends.

Dann kam ein Brief, in dem Perfy gebeten wurde, die Kanzlei der Anwälte Jauncy und Bascombe aufzusuchen. Jack entschloss sich, seine Tochter zu begleiten. Seit einiger Zeit schon machte er sich Sorgen wegen der teuren Kleider, die Darcy für Perfy gekauft hatte und die noch immer unausgepackt in ihren Kartons in ihrem Zimmer lagen. Er wusste noch, wie Perfy ihm staunend erzählt hatte, dass Darcy nur mit seiner Unterschrift dafür bezahlt hatte. Man musste den Dingen ins Auge sehen. Wenn Darcy vor seinem Tod nicht mehr dazu gekommen war, die Rechnung zu begleichen, musste ein anderer dafür aufkommen, und dieser Jemand war ganz sicher nicht Jack Middleton. In diesem Fall würde Perfy die Sachen einfach zurückgeben. Die Reitausrüstung brauchte sie ohnehin nicht mehr, aber um den Ring wäre es wirklich schade gewesen.

Punkt zwei Uhr nachmittags schob er Perfy in Mr. Jauncys Büro. Der Rechtsanwalt sprach Perfy sein Beileid aus, was bei ihr zu einem Tränenausbruch führte. Nachdem die beiden Männer sie beruhigt hatten, wollte Mr. Jauncy zunächst nicht so recht zur Sache kommen. Lang und breit erklärte er, Darcy sei nicht nur sein Mandant, sondern auch ein guter Freund gewesen. Er selbst habe bereits die Angelegenheiten des verstorbenen Teddy Buchanan geregelt. Dann kam er tatsächlich noch aufs Wetter zu sprechen. So unwohl Jack sich auch in seiner steifen Uniform fühlte, deren enger Kragen ihm in den Hals schnitt, so gab er sich doch größte Mühe, ruhig und gelassen abzuwarten, was Jauncy eigentlich zu sagen hatte. Doch als sie das Büro verließen, überstürzten sich seine Gedanken, und Perfy zitterte am ganzen Leibe. Sie traten auf die Straße, und Perfy nahm Jacks Arm. »Was er gesagt hat … ist das auch wirklich wahr?«

»Daran besteht wohl kein Zweifel mehr«, antwortete Jack. »Lass uns nach Hause gehen. Ich brauche jetzt erst mal eine Tasse Tee.«

»Daran besteht wohl kein Zweifel mehr«, wiederholte er später seiner Frau gegenüber. »Darcy hat sein Testament geändert und bestätigen lassen. Perfy ist reich. Er hat ihr alles hinterlassen, was er besaß, also das Geld auf der Bank und die Hälfte von Caravale. Er wollte sichergehen, dass sie versorgt ist.«

»Und wem gehört die andere Hälfte der Farm?«

»Seinem Bruder Ben.«

»Und ihre Mutter? Gehört ihr etwa nichts?«

»Nun ja«, erklärte Jack, »Mr. Jauncy hat uns anvertraut, dass der alte Buchanan in den letzten Jahren nicht mehr so gut mit seiner Frau zurechtkam und deshalb die Farm seinen Söhnen hinterlassen hat. Mrs. Buchanan hat lediglich Wohnrecht auf Lebenszeit.«

»Gütiger Himmel«, stieß Alice aus, während sie den Teekessel aufs Feuer stellte. »Und was fangen wir jetzt damit an?«

»Ich möchte mir die Farm ansehen«, murmelte Perfy traurig.

»Aber sie liegt anderthalbtausend Kilometer entfernt!«, erwiderte Alice und warf Jack zugleich einen warnenden Blick zu. »Solch eine weite Reise kannst du nicht allein unternehmen. Außerdem würdest du dich nur wieder aufregen.«

»Deine Mutter hat recht, Perfy«, bestätigte Jack mit sanfter Stimme. »Es ist doch jetzt schon hart genug für dich. Wenn du siehst, wo Darcy gelebt hat, machst du es dir nur noch schwerer.«

»Trotzdem will ich hinfahren«, beharrte sie.

Jack ging nicht auf ihre Bemerkung ein. »Am besten verkauft Perfy ihren Anteil an der Farm. Vielleicht hat der Anwalt recht gehabt und die Buchanans möchten ihn wirklich gern zurückkaufen. Ihr bleibt dann ein Haufen Geld auf der Bank, und sie kann sich später mal überlegen, was sie damit anfängt.«

»Vielleicht kaufst du dir eine andere Farm«, meinte Alice. Doch Perfy antwortete nicht. Stattdessen blickte sie unverwandt auf den Ring, jenen Ring, von dem Jack befürchtet hatte, dass sie ihn würde zurückgeben müssen. All die Rechnungen waren gar nicht erst zur Sprache gekommen. Jetzt fielen sie ohnehin nicht mehr ins Gewicht, denn die Zeiten der Armut waren für Perfy vorbei.

»Ich glaube, ich trinke lieber einen Brandy statt Tee, Alice«, sagte Jack. »Nach dieser ganzen Aufregung tut er mir sicher gut.«

Als allmählich wieder etwas Ruhe eingekehrt war, stattete Will Gaunt, ihr wunderlicher Nachbar, den Middletons einen Besuch ab. Um Perfy seine Anteilnahme zu beweisen, brachte er ihr sogar eine große Wassermelone mit.

»Die Wege des Herrn sind wundersam«, stöhnte Alice leise, und Jack fühlte sich verpflichtet, dem Mann wenigstens einen Drink anzubieten.

»Hätte nichts dagegen«, meinte Will, »ich wollte nämlich mal ein bisschen mit Ihnen plaudern.« Mit einem Krug Rum verzogen sich die beiden Männer in den Garten. Jack hatte allerdings nicht die Absicht, mit dem alten Kauz den ganzen Krug zu leeren.

»Der Regen hat sich ja endlich verzogen«, sagte Jack, nur um das Gespräch zu eröffnen.

»Ja, aber hier macht mir der Regen nichts aus. Ist nicht so wie zu Hause, wo man sich vor lauter Kälte den Tod holt.«

»Da haben Sie recht. Haben Sie was von Ihrem Sohn Eddie gehört?«

»O ja«, antwortete Will. »Er kann wirklich gut schreiben, müssen Sie wissen.«

»Und wie macht er sich?«

»Stellt sich an wie ein Vollidiot. Hab ich ihm aber schon immer vorhergesagt. Er und dieser verrückte Billy Kemp hab'n sich bei Gympie schwergetan, und deshalb haben sie ihre Sachen gepackt und sind zu den Schürfstellen am Cape River weitergezogen. Und ich hab immer alles drangesetzt, dass mein Eddie mal Seemann wird! Diese verdammten Kinder!« Er besann sich und klopfte Jack aufs Knie. »Hab natürlich nicht Ihre Tochter gemeint. Das Mädchen ist Gold wert. Der Tod ihres Bräutigams muss ein schwerer Schlag für sie gewesen sein.«

Jack nickte.

»Ist ja auch verständlich«, fuhr Will fort. »Wenn man bedenkt, dass er in der Blüte seines Lebens dahingerafft wurde, wie man so sagt.« Aus dem Augenwinkel warf er Jack einen prüfenden Blick zu. »Konnten Sie ihn leiden?«

»Ja.«

»Ich meine, war er nicht auch einer von diesen hochnäsigen Viehzüchterschnöseln?«

»Darcy nicht«, erklärte Jack. »Er hat uns so genommen, wie wir sind. Er war ein herzensguter Kerl.«

Will zündete seine verkrustete alte Tonpfeife an.

»Gelegentlich habe ich am Hafen zu tun«, bemerkte er, und Jack nickte. Jeder wusste, dass Will alles mitgehen ließ, was nicht niet- und nagelfest war.

»Und da kommt mir so manches zu Ohren«, sagte Will bedeutungsvoll. Dann wechselte er scheinbar das Thema. »Die Untersuchung ist ja verdammt schnell wieder eingestellt worden, wie ich gehört habe. Und all diese Kerle, die ihn rein zufällig umgebracht haben, haben sich heim zu Muttern getrollt.«

»Das stimmt.«

»Und dass es ein Unfall war, daran ist nicht mehr zu rütteln«, spann Will den Faden weiter. »Eine Prügelei, aus der plötzlich Ernst geworden ist. Aber haben Sie auch rausgekriegt, worum es dabei überhaupt gegangen ist?«

Jack schüttelte den Kopf. »Das konnte keiner mehr sagen, dazu waren sie viel zu besoffen. Ich weiß nur, dass es irgendwie mit dem Satteln eines Pferdes zu tun hatte.«

»Das hat die Polizei gesagt«, stellte Will richtig. »Aber ich habe da eine ganz andere Sache gehört. Dieser Buchanan hatte auf der *Louisa* eine Kabine gebucht. Und das Schiff sollte am Morgen nach Rockhampton aufbrechen.«

Jack packte Will am Kragen. »Das will ich nicht noch einmal hören. Darcy hätte Perfy niemals sitzen lassen.«

»He, nun mal langsam, mein Freund«, protestierte Will. »Nicht Darcy, sondern sein Bruder. Wie ich gehört habe, hat er mit seinen Kumpeln abgemacht, dass sie Darcy aufs Schiff verschleppen, damit er die Hochzeit verpasst.«

»Das verstehe ich nicht. Warum?«

»Strengen Sie doch mal Ihren Grips an, Mann. Dieser Bruder ist einer von der ganz gerissenen Sorte. Er wollte Darcy an der Heirat hindern. Es heißt, er hat auf dem Schiff gewartet, dass die anderen seinen Bruder bringen. Verstehen Sie, er hat auf dem Schiff gewartet!«

Will hielt Jack sein Glas zum Nachfüllen hin, und Jack schenkte ihm ohne Zögern ein. Er wusste nicht, was er von der Sache halten sollte.

»Nehmen Sie sich's nicht so zu Herzen«, wandte Will ein. »Ich gebe nur weiter, was man mir erzählt hat.« Er hielt inne, weil er nicht wusste, wie Jack seine Worte aufnehmen würde. Dieser forderte ihn jedoch mit einem Nicken auf weiterzureden. Er konnte sich schon denken, was jetzt kommen würde, aber er wollte es noch einmal hören. »Ben Buchanan hat dem Käpt'n erzählt, die Heirat wäre nicht standesgemäß.«

»Nicht standesgemäß«, wiederholte Jack dumpf.

»Genau. Verstehen Sie jetzt? Sie wollten Darcy an der Heirat hindern, also von Ihrem Mädchen fortschaffen. Ich hab natürlich meine Ohren aufgestellt, als sie über den Kerl geredet haben, der umgebracht worden ist. Hab keine Ahnung gehabt, wie er heißt, ich hab nur gewusst, dass es Perfys Bräutigam war. Aber dann braucht man eigentlich nur noch zwei und zwei zusammenzuzählen. Eine Bitte noch, mein Guter: Von mir haben Sie nichts gehört!«

»Ist doch klar«, versicherte ihm Jack. »Ben Buchanan also!«

Will Gaunt befeuchtete die Lippen und grinste. »Sie haben's erfasst. Kann nicht schaden, wenn man die Wahrheit kennt!«

Als sie sich zum Abendessen an den Tisch setzten, blickte Jack seine Tochter an. Sie hatte ihren unschuldigen Ausdruck verloren, und die Züge um den Mund verrieten Anspannung. »Willst du dir immer noch die Farm ansehen?«, fragte er.

»Ja, natürlich«, antwortete sie bestimmt.

»Oh, Liebes, fang nicht wieder davon an«, seufzte Alice.

»Ich habe darüber nachgedacht«, erklärte Jack den Frauen. »Perfy sollte nichts überstürzen. Vielleicht ist es besser, wenn sie ihren Anteil nicht verkauft. Durch den Goldrausch in der Gegend steigt der Wert der Farm möglicherweise auf das Doppelte. Darcy hat selbst gesagt, das Vieh ist Gold wert, weil die vielen tausend Glücksritter was zu essen brauchen.«

»Stimmt«, bemerkte Perfy. »Genau das hat Darcy gesagt.«

»Würdest du deinen Anteil an der Farm lieber behalten, Liebes?«, erkundigte sich ihr Vater.

»Das muss ich. Darcy hat es so gewollt.«

»Dann sollten wir uns wirklich mit der Entscheidung Zeit lassen«, murmelte er.

»Bist du verrückt geworden, Jack«, rief Alice bestürzt. »Perfy kann doch nicht allein dorthin reisen.«

Jack schob den Stuhl vom Tisch zurück. »Das soll sie auch gar nicht. Was hältst du davon, wenn ich meinen Dienst quittiere und wir erst einmal nach Bowen ziehen und uns anschauen, wie es dort aussieht?«

»Nach Bowen?«, fragte seine Frau. »Wo sollen wir dort wohnen?« Er wandte sich an Perfy. »Du kannst es dir jetzt leisten, ein Haus in Bowen zu kaufen, und wenn wir dort sind, sehen wir weiter. Es soll eine hübsche kleine Küstenstadt sein, und deine Mutter wollte ja schon immer aus Brisbane fort. Wie findest du das?«

Zum ersten Mal seit vielen Wochen lächelte Perfy wieder. »Ich würde auch gern fortziehen. Wäre es nicht wunderbar, wenn wir ein eigenes Haus hätten?«

Alice war da anderer Meinung. »Ich habe nichts dagegen, wenn du ein Haus kaufst, Perfy. Aber mit der Farm ist das eine andere Sache. Ich glaube, du nimmst dir zu viel vor. Du kannst jetzt nicht mehr auf Darcy zählen. Was glaubst du, was diese Leute davon halten, dass die Hälfte ihrer Farm plötzlich einer Wildfremden gehört? Sie werden dich zum Teufel schicken, und ich finde, das kann man ihnen nicht einmal verdenken. Ich hätte dich eigentlich für klüger gehalten, Jack.«

»Lass uns erst mal drüber schlafen«, schlug er vor, um einen Streit zu vermeiden.

Er trat hinaus in die Abenddämmerung und beobachtete einen Schwarm Pelikane auf ihrem Weg zu den Inseln, wo sich ihre Nester befanden. Eindrucksvoll hob sich ihr weißes Gefieder vor dem purpurroten Himmel ab. Unter normalen Umständen hätte er Alice ja recht geben müssen, doch wenn Perfy jetzt nicht ihren Anspruch geltend machte, hätte Ben Buchanan mit dem Tod seines Bruders alles erreicht, was er wollte. Die »nicht standesgemäße« Beziehung wäre aus dem Weg geschafft. Solange Perfy noch trauerte, wollte Jack ihr von Ben Buchanans Machenschaften nichts erzählen, und später sollte sie auch nur einen Teil der Wahrheit erfahren. Noch immer stand sie oft verträumt im Hausflur oder im Garten. Wenn man sie dann ansprach und überhaupt zu ihr durchdringen konnte, wusste sie oft nicht mehr, was sie eben noch vorgehabt hatte. Die Genesung dauerte lange, doch sie würde eines Tages schon über alles hinwegkommen – vorausgesetzt, sie erfuhr nichts von den wahren Hintergründen der Ereignisse.

Für Jack war der Anschlag auf Darcy ein Anschlag gegen seine Familie. Anscheinend waren die Middletons nicht gut genug für die Buchanans. Darum würde er sich nun kümmern. »So einfach wirst du uns nicht los, du Schuft«, flüsterte er. »Wir sind jetzt deine Partner.« In seiner ersten Wut hätte er Ben Buchanan am liebsten umgebracht, doch es dauerte nicht lange, und dann siegte die Vernunft. Er würde diesen Ben Buchanan mit Samthandschuhen anfassen. Aber von jetzt an würden die Middletons die Regeln bestimmen, ob es Ben nun gefiel oder nicht. Mr. Buchanan würde sich dem Willen von Miss Middleton unterwerfen müssen – ja, unterwerfen, das war das richtige Wort. Und bis zu dem Augenblick, wo Perfy sich entschloss zu verkaufen, würden fünfzig Prozent des Gewinns ihr gehören.

6

Die Wäscherei war Diamonds Zuhause geworden. Seit einem Jahr, seit die Wäscherin ihre Arbeit aufgegeben hatte, um einen Farmer zu heiraten, war sie für den reibungslosen Ablauf verantwortlich. Jetzt hatte sie selbst eine Helferin, oder besser gesagt, eine ganze Reihe von Helferinnen, allesamt Eingeborenenmädchen. Eigentlich waren sie nur zwei oder drei Jahre jünger als Diamond, doch im Verständnis von dem, was die Arbeit verlangte, lagen Welten zwischen ihnen und ihr.

Manchmal trieben die armen Mädchen Diamond zur Verzweiflung. Um ihre Fehler zu vertuschen, übernahm sie die meiste Arbeit ohnehin schon selbst. Doch sie tat noch mehr. Sie bemühte sich nicht nur, sie in ihre Aufgabe einzuweisen, sondern ihnen auch etwas Schulwissen zu vermitteln. Während der Arbeit übte sie mit ihnen außerdem Englisch. Umso mehr erstaunte sie, dass sie von den Mädchen abgelehnt wurde.

Sie hatte jetzt größere Freiheiten, denn nach der Arbeit konnte sie tun und lassen, was sie wollte. Mit Ausflügen in die Stadt hielt sie sich allerdings zurück. Einer schwarzen Frau drohten in Brisbane Gefahren, und zwar von Schwarz und Weiß. Nachdem sie nur mit Mühe ein paar Weiße hatte abwehren können, die sich aus einem Hoteleingang auf sie stürzten, trug sie, verborgen unter den langen Röcken, immer ein Messer bei sich. In der Sicherheit ihrer Kammer, wo die Nachtfalter um die Petroleumlampe tanzten, musste sie lächeln, als sie an den darauffolgenden Angriff dachte. Wieder hatten sich Männer in einer dunklen, unbeleuchteten Straße auf sie gestürzt, doch sich dann Hals über Kopf aus dem Staub gemacht, als Diamond ihr Messer gezogen und mit aller Kraft auf sie eingestochen hatte.

Seit Neuestem besuchte sie hin und wieder das Lager der Schwarzen, eine elende Ansammlung schmutziger heruntergekommener Hütten, verrottender Zelte und verrosteter Wellblechbaracken. Das Johlen und Pfeifen der Männer und die misstrauischen Blicke der Frauen machten ihren Gang durch das Lager zu einem Spießrutenlauf, aber sie ließ sich dadurch nicht beirren. Die Mütter und die Angehörigen ihrer Waschmädchen sollten ihr helfen und den Mädchen klarmachen, wie wichtig es war, dass sie sauber zur Arbeit erschienen und nicht einfach fortblieben, wann es ihnen passte. Allerdings war den Waschmädchen mit ihren kläglichen, fast in Vergessenheit geratenen alten Stammestugenden einfach nicht begreiflich zu machen, worauf es bei einer Stellung ankam. Sie wurden in Naturalien bezahlt – Mehl, Tee und Zucker, die sie auch pflichtbewusst unter ihren Leuten verteilten. Und zumeist ließen sie sich erst dann wieder am Arbeitsplatz blicken, wenn alles aufgebraucht war.

Doch Diamond wollte sie nicht so ohne Weiteres aufgeben. Die Eingeborenen mussten sich früher oder später an die verwirrenden Gesetze der Weißen gewöhnen, um überhaupt überleben zu können. Sie selbst bot allerdings nicht gerade das beste Beispiel. Zwar war sie ordentlich gekleidet und konnte flüssig englisch sprechen, doch noch immer erhielt sie keinen Lohn. Sie arbeitete lediglich für Unterkunft und Verpflegung und, wie sie sehr wohl wusste, für die Sicherheit, die ihr Arbeitsplatz ihr bot. Niemand würde es wagen, auf dem Grundstück des Gouverneurs herumzulungern. Andererseits besaß sie weder Geld noch ein eigenes Heim, und da es keinen Ort gab, an den sie sich zurückziehen konnte, war sie eigentlich nichts anderes als eine Gefangene, wenn auch ohne Ketten.

In der letzten Zeit hatte sie viel über ihr Volk nachgedacht. Zumindest lebten die Schwarzen in Brisbane im Kreise ihrer Familien und hatten trotz ihres Elends das Lachen nicht verlernt. Vor allem aber sorgten sie füreinander. Sie hingegen war ganz allein. Keiner der hiesigen Eingeborenen hatte je von ihrem Stamm, den Irukandji, gehört. Dass sie von ihnen wegen ihrer Einsamkeit bemitleidet wurde, war für sie eine erschreckende Erkenntnis.

Sie musste jetzt ungefähr achtzehn Jahre alt sein. Angesichts der düsteren Aussicht, den Rest ihres Lebens hier angebunden zu sein, sehnte sie sich nach ihrer eigenen Familie. Ob man sie wohl vergessen hatte? Nach und nach ergriff die Vorstellung von ihr Besitz, wie sie heimkehrte und von Vater, Mutter, ihrem Bruder Meebal und all den anderen in die Arme geschlossen wurde, wie sie ein großes Fest feierten und wie sie ihnen von ihren Erlebnissen erzählte. Eines Tages würde sie in den Norden gehen und ihre Leute suchen. Kapitän Beckmann hatte ihr nie gesagt, wo er sie gefunden hatte, und die Missus hatte vorgegeben, es nicht zu wissen. Diamond hatte nie gewagt, danach zu fragen. Wie selbstverständlich hatte sie sich mit all den neuen Dingen beschäftigt, die die Missus ihr zeigte. Kagari, ihren richtigen Namen, hatte sie allerdings nie vergessen. Als Diamond in der Küche die Gerüchte über Miss Perfy hörte, war sie bestürzt. Es hieß, Perfy habe aus Trauer über den Tod ihres Bräutigams nahezu den Verstand verloren. Das geschah nicht selten, sagte man, und die meisten erholten sich davon nie mehr. Dann wanderten sie entweder als Verrückte durch die Straßen oder mussten gar in eine Irrenanstalt gebracht werden, den schrecklichsten Ort, den Diamond sich überhaupt vorstellen konnte.

Da hatte sie all ihren Mut zusammengenommen, das Haus von Perfys Eltern gesucht und an die Tür geklopft. Auf den ersten Blick sah sie, dass Perfy tatsächlich auf bestem Weg war, in die Schattenwelt überzuwechseln, denn sie erkannte Diamond nicht einmal mehr. Ihr Zimmer war kalt und leer; Liebe und Wärme waren mit einem Schlag fortgerissen worden und hatten Perfy im Nichts zurückgelassen, allein vor einem blinden Spiegel, in dem sie sich nicht mehr erkennen konnte.

Daraufhin hockte sich Diamond im Schneidersitz unter das Fenster, wo sie den süßen Duft des Jasmins und der letzten Blüten des Geißblatts riechen konnte. Davon erzählte sie und von all den Blumen, die noch kommen würden, dass sie Geschenke der Geister zum Trost für traurige Herzen waren. Ihre Stimme verfiel in ein Summen und erinnerte an das leise Dröhnen eines entfernten Didgeridoo. Sie sprach vom Nebel, der tiefgrün wie ein Mantel über dem Wald hängt, von seinem Zauber, den nur Auserwählte sehen, die für immer gesegnet sind, sobald sie in ihn hineintreten.

Abend für Abend fand sie sich bei Perfy ein. Sie erwähnte zwar niemals Darcys Namen, doch sie sprach von seinem unerschütterlichen Platz in der Natur und von der Aufgabe, die er im Plan von Mutter Erde erfüllte. »Vielleicht ist er jetzt ein grauer Adler oder ein hoher Baum oder vielleicht sogar der Geist eines Blitzes.«

»Nein, das ist er nicht«, entgegnete Perfy leise, und Diamond fiel ein Stein vom Herzen. »Ich glaube, er ist ein Fels. Nein, er ist eine Landzunge, die eine zauberhafte Bucht beschützt. Bestimmt ist er das. Ach, Diamond, ich habe solche

Angst! Immer, wenn ich an ihn denke, sehe ich ihn im Grabe liegen mit all den Würmern, die an ihm fressen. Das ist schrecklich.«

»Ruhig jetzt, ruhig«, flüsterte Diamond.

»Man sagt, ihre Haare wachsen weiter«, schluchzte Perfy.

Diamond nahm sie in den Arm, damit sie sich wieder beruhigte. »Dort ist er nicht mehr. Er ist wiedergeboren. Die Geister haben ihn mitgenommen, und jetzt steht er stolz an dem Platz, den sie für ihn ausgesucht haben, der Landzunge beispielsweise – die Geister wissen schon, was gut für ihn ist.«

»Erzähl mir noch mal«, bat Perfy, »wie die Schwestern von Oonji für eine Quelle gesorgt haben.«

»Nach einer Trockenzeit, die kein Ende nehmen wollte, taten sie sich zusammen und sammelten in einer Quelle Tau. Die Geister sahen es mit Wohlgefallen, und mit der Zeit floss die Quelle über und wurde ein Wasserfall. Und aus dem Wasserfall wurde ein Fluss und später ein großer Strom. Und ihr Volk musste nie wieder Durst leiden. Die Schwestern sind immer noch dort. Sie sind drei glatte, schimmernde Felsen geworden. Und jedes Jahr bringt ihnen das Volk zum Dank Blumen.«

Diamond erzählte ihr viele aufregende Geschichten aus der Vergangenheit, der Traumzeit. Sie handelten von Helden, die zu Geistern wurden und Mutter Erde dienten und gegen Blitz und Donner und andere Feinde aus dem Jenseits kämpften. Zum Dank machte Mutter Erde sie zu Wesen, die ihr geliebtes Volk nie wieder verlassen mussten. »Da ist zum Beispiel Burrumgillie«, sagte Diamond, »das weite Tal mit den grünen Flüssen. Er war ein großer Krieger.« Als Diamond so die Namen von Felsen, Flüssen, Berggipfeln, Felsengebilden, alten Bäumen und Schlingpflanzen aufzählte, beschrieb sie, ohne es zu wissen, Orte im Land der Irukandji, der Gegend oberhalb der Mündung des Endeavour, dem Oberlauf jenes Flusses, der später Palmer genannt wurde.

Diamond zeigte ihr Vögel und beschrieb, was sie taten: Wie die Schwalbe ihre Flügel ins Wasser taucht, um mit den Tröpfchen den Lehm zu befeuchten, den sie für den Nestbau braucht. Mit einem Ruf begrüßte sie heimkehrende Rieseneisvögel, und zu Perfys Entzücken antworteten sie. Perfy lachte und klatschte in die Hände, denn allmählich kam sie wieder zu Kräften.

Eines Abends klopfte einer der Lakaien an Diamonds Tür. »Hab 'ne Nachricht für dich«, brummte er. »Ist ja eigentlich nicht meine Aufgabe, aber sie stammt von Perfy. Sie geht aus Brisbane fort und möchte dich vorher noch mal sehen.«

Diamond hatte ihre Besuche bei Perfy schon vor einigen Monaten eingestellt, denn ihre Hilfe wurde nun nicht mehr gebraucht. Als Mrs. Middleton berichtete, dass Perfy Darcys Tod allmählich überwand, wusste Diamond, dass die Zeit die restlichen Wunden heilen würde. Wie Mrs. Beckmann musste Perfy nun lernen, auf eigenen Füßen zu stehen. Dass die Middletons die Stadt verlassen wollten, wunderte sie nicht, denn so etwas schien bei den Weißen nichts Ungewöhnliches zu sein. Selbst über den Gouverneur und Lady Bowen wurde erzählt, dass sie demnächst über das Meer in ihre Heimat zurückkehren würden.

»Sie fahren nach Hause«, sagte man. Dabei hatte Diamond immer gedacht, ihr Zuhause sei hier, in Brisbane. Da niemand wusste, wer der neue Gouverneur sein würde, machten sich die Angestellten im Regierungssitz Sorgen. Besonders die Haushälterin hatte Angst vor der Zukunft, denn sie fürchtete, die Frau des Gouverneurs könnte ihre eigene Wirtschafterin mitbringen. Anscheinend besaß jeder noch eine eigene Heimat. Wo aber war ihre, Diamonds Heimat?

»Wir ziehen nach Bowen«, erklärte Perfy Diamond.

»Wo liegt das?«

Perfy durchstöberte das Wirrwarr von Kartons und Kisten und aufgestapelten Möbeln. Schließlich fand sie in einer kleinen Metalltruhe, die die Familiendokumente enthielt, eine Landkarte. »Hier«, sagte sie. »Es ist eine kleine Stadt an der Küste im Norden.«

»Im Norden.« Dieses Wort versetzte Diamond einen Stich. »Im Norden.« Das war Musik in ihren Ohren. Und so nahm sie kaum wahr, wie Perfy ihr erklärte, dass Darcy ihr viel Geld hinterlassen hatte und sich die Middletons in Bowen ein Haus gekauft hatten.

»Wie habt ihr es gefunden?« Diamond gab sich Mühe, auf das Gespräch einzugehen.

»Vater hat sich mit einem Makler, einem gewissen Mr. Watlington, in Verbindung gesetzt und sich Angebote schicken lassen. Dieser Mr. Watlington hat uns geantwortet, es sei schwer, etwas Geeignetes zu finden, denn Bowen ist zurzeit von Goldsuchern überlaufen. Zum Glück war gerade ein hübsches Haus frei geworden, und er hat uns geraten, es sofort zu kaufen. In absehbarer Zeit würde es nämlich kein passendes Heim für eine anständige Familie mehr geben.«

»Oh, das ist ja schön«, sagte Diamond gedankenverloren. Bowen lag im Norden.

»Daddy ist dann gleich zur Bank gegangen und hat dafür gesorgt, dass sie das Geld überweisen. Und jetzt besitzen wir ein eigenes Haus! Mutter freut sich so sehr, dass sie zu nichts mehr zu gebrauchen ist.«

»Ich habe gedacht, dieses Haus gehört euch.«

»Nein, das haben wir nur gemietet. Ich bin froh, dass ich jetzt endlich was für meine Eltern tun kann. Sie waren immer so gut zu mir, und dabei hatten sie wirklich kein leichtes Leben.«

»Ja, das stimmt«, meinte Diamond matt.

Wie immer war Diamond gleich zur Hilfe bereit. Mrs. Middleton hatte sich vorgenommen, das ganze Haus blitzblank zu hinterlassen, damit die neuen Mieter keinen Anlass zu Klagen hatten. So griff Diamond nach einer Drahtbürste und putzte den Ofen innen und außen. Als sie fertig war, polierte Perfy ihn mit Ofenschwärze, bis er blitzte.

»Später fahre ich auf die Farm«, sagte Perfy.

»Auf welche Farm?«

»Darcy hat mir seinen Anteil an der Rinderfarm hinterlassen.«

Mrs. Middleton, die das Gespräch mit anhörte, spitzte die Ohren.

»Nicht, dass ich gleich losreite! Die Farm liegt Hunderte

von Meilen von Bowen entfernt, und es gibt noch keine richtige Straße dorthin. Zuerst will ich mich ums Haus kümmern.«

»Könnt ihr mich nicht mitnehmen?«, fragte Diamond schnell.

»Wohin?« Perfy war überrascht.

»Dort, wo ihr hinwollt. Du weißt doch, reiche Damen haben eine Kammerzofe. Die, die ins Haus des Gouverneurs kommen, haben doch auch immer ein Mädchen dabei.«

Perfy wandte sich an ihre Mutter. »Was hältst du davon?«

Alice Middleton war stehen geblieben und blickte Diamond unschlüssig an. »Einfache Leute wie wir sind an Dienstboten nicht gewöhnt.«

»Das macht doch nichts«, wandte Diamond ein. »Bitte! Ich möchte nicht bis ans Ende meiner Tage in der Wäscherei bleiben.«

Alice, die damit beschäftigt war, Töpfe und Pfannen in eine Holzkiste zu packen, schaute Diamond an. »Vielleicht ist das gar keine schlechte Idee. Wenn du mit deinem Vater nach Caravale reitest, bist du womöglich die einzige Frau unter Männern, Perfy. Mir wäre wohler, wenn du ein Mädchen dabeihättest. Außerdem ist es ein Zeichen für Vornehmheit, und sicher wird dort draußen erwartet, dass du deine Kammerzofe mitbringst. Ganz bestimmt sogar.« Sie lächelte. »Wenn Jack nichts dagegen hat, kannst du uns begleiten, Diamond.«

Als Diamond aufbrach, flüsterte Perfy ihr zu: »Daddy hat sicher nichts dagegen. Aber kannst du überhaupt reiten, Diamond?«

»Nein.«

»Dann musst du es eben lernen. Doch damit warten wir, bis wir in Bowen sind.«

Teil 4

1

Herbert Watlington schlenderte fröhlich die Hauptstraße von
Bowen entlang. Jetzt, gegen Ende der Regenzeit, bestand sie
nur noch aus eingetrocknetem Schlamm, der von Fahrspuren
zerfurcht war. Solange der Regen anhielt, musste man durch
knietiefen Matsch waten, den die rutschenden Wagenräder
und die unentwegt stampfenden Pferdehufe aufwirbelten.
Wenn sich jedoch die Monsunwolken auflösten und die unbarmherzigen Sonnenstrahlen vom Himmel brannten, trocknete der Lehm und wurde hart wie Stein. Was für ein Zufall,
dass diese Straße ausgerechnet Herbert Street hieß – ein gutes
Omen. Endlich hatten sich die Regenwolken aufgelöst. Und
ihn hatte man weggeschickt! Bei diesem Gedanken musste er
lächeln, und ein entgegenkommender Herr, der sich angespro-
chen fühlte, tippte sich leicht an den Hut. Doch Herberts Lächeln hatte nicht ihm, sondern seinem Vater gegolten, der ihn
in die Kolonien geschickt hatte, um für seine Taten zu büßen.
Nach Auffassung des Colonels war dieses Land ein riesiges Armenhaus, wo Sträflinge und ihre etwas vornehmeren Zeitgenossen die schlimmsten Erniedrigungen ertrugen und gesenkten Hauptes auf den Freudentag warteten, an dem die Skandale
vergessen, die Sünden vergeben waren und sie in den Schoß
von Mutter England zurückkehren durften. Da hatte er sich
gründlich geirrt. Zwar hatte Herbert Rückschläge einstecken
müssen, doch im Großen und Ganzen erging es ihm großartig
in Queensland. Er hatte allerdings festgestellt, dass es von
Schurken und Gaunern nur so wimmelte und im Vergleich zu
ihren tollen Streichen seine Vergehen harmlos wirkten.

Die Hauptstraße sah aus wie eine Pferdekoppel. Herbert
setzte vorsichtig einen Fuß vor den anderen, denn er wollte sich
nicht schon wieder den Knöchel verstauchen oder hinfallen und
den Tropenanzug verderben, der ihn in diesem Goldgräber-
städtchen als Gentleman auswies. Drei bärtige Reiter trabten an
ihm vorbei. »Wie geht's dir so, Herbie?«, rief einer ihm zu.

Übertrieben höflich lüftete der Angesprochene seinen breitkrempigen Hut. »Ausgezeichnet, meine Herren, vielen Dank«, und sie grinsten zufrieden.

»Bringt mir eine Probe mit«, rief er ihnen nach. Dies war der übliche Scherz in Bowen, und die drei Männer winkten lachend zurück.

Mit ihren für die Wildnis ausgerüsteten Pferden, all den sorgsam befestigten Seilen, Gewehren und Pistolen, den hinter den Sätteln zusammengerollten Decken und dem Packpferd im Gefolge war unschwer zu erraten, wohin die Reise gehen sollte. Bowen lebte zum einen von den Goldsuchern, die zu den Schürfstellen am Cape River aufbrachen, doch in weitaus stärkerem Maße von denen, die reich von den Goldfeldern zurückkehrten und das Geld mit vollen Händen ausgaben. Herbert mochte Bowen, diese kleine Stadt am Meer mit einer Hauptstraße so breit wie ein Fußballplatz. Er fragte sich, wie es hier wohl ausgesehen hatte, bevor die Goldgräber wie ein Schwarm Heuschrecken eingefallen waren.

Er versuchte sich vorzustellen, was mit seinem Heimatörtchen Lyme Bay geschehen wäre, wenn man urplötzlich fünfzig Kilometer landeinwärts reiche Goldadern entdeckt hätte – daheim waren fünfzig Kilometer etwa so viel wie ein paar hundert in diesem unglaublich weiten Land. Die Leute von Lyme Bay hielten nicht viel von Fremden. Wäre das ein Spaß, dort Horden von Goldgräbern und Glücksrittern herumlaufen zu sehen, die schmutzige Spelunken eröffneten, ganz zu schweigen von den zahllosen Bordellen, wo die Mädchen aus dem Fenster hingen, um Kunden anzulocken! Das erinnerte ihn daran, dass er Glory Molloy besuchen wollte.

»Aha, der gute Jung ist wieder da!«, rief sie und zog ihn an ihren ihm wohl vertrauten Busen. »Komm nur herein, mein Liebling.«

Glory zwinkerte ihm verschwörerisch zu, als sie ihn in ihr privates Wohnzimmer führte. Laut sagte sie: »Kommen Sie, ich will Sie mit Barney O'Day bekannt machen. Barney, darf ich Ihnen Mr. Watlington vorstellen?«

Ein Ire mit ausdruckslosen Augen und dem dümmlichen

Grinsen eines Mannes, der zum ersten Mal einen Haufen Gold in der Tasche hat, erhob sich schwerfällig vom Sofa und streckte ihm seine dreckverkrustete Pranke entgegen. »Nett, Sie kennenzulernen, Sir.«

Herbert ergriff die dargebotene Hand so kurz, wie es die Höflichkeit zuließ, und zog sich dann in einen Sessel am Fenster zurück. Der Kerl stank.

»Möchten Sie auch einen Kaffee und Cognac?«, fragte Glory. »Barney ist gerade erst zu Pferd hier angekommen; der Arme ist furchtbar müde, und die Hotels sind alle ausgebucht.«

Glory trug ihren irischen Akzent dick auf, und so passte sich Herbert mit seinem besten Upperclass-Britisch an. »Kaffee und Cognac wären jetzt köstlich, meine Liebe. Aber Mr. O'Day, es wird sich doch wohl irgendwo ein Zimmer für Sie finden lassen?«

»Nicht mal 'ne Matratze ist frei«, stöhnte Barney. »Dabei will ich nach den Monaten auf den Goldfeldern nichts weiter als ein anständiges Bett und ein Bad.«

Glory brachte den Kaffee und goss drei Gläser vom besten Cognac ein. Herbert verstand das Zeichen; sie hatten diese Szene schon viele Male durchgespielt. Er schüttelte sich. »Die Goldfelder! Davon brauchen Sie mir nichts zu erzählen!«

»O ja«, warf Glory ein. »Mr. Watlington hat sich auch mal als Goldgräber versucht, aber leider kein Glück dabei gehabt.«

»War verdammt nahe am Verhungern«, ergänzte Herbert, an Barney gewandt. »Kein Stäubchen Gold gefunden, das Essen nicht vertragen, und bald war ich zu krank, um noch die Spitzhacke zu halten.«

»Ach, das ist kein Ort für feine Herren«, bestätigte Barney. »Harte Arbeit, das ist nicht zu leugnen. Mir sind noch nie so viele Schmarotzer und Halunken auf einem Fleck begegnet, außerhalb der Gefängnismauern, versteht sich.«

»Und Sie sind nur auf der Durchreise?«, fragte Herbert.

»Nun, ein paar Tage will ich schon bleiben. Mal 'n bisschen feiern, bevor es wieder zurückgeht. Ich kann nicht klagen; wahrscheinlich bin ich ein reicher Mann, bevor ich die ganze Ader ausgebeutet habe.«

»Da haben Sie mehr Glück als ich«, sagte Herbert. »Ich war völlig abgebrannt, als ich nach Bowen kam, aber dann habe ich Glory kennengelernt, die mich liebevoll aufgenommen hat.« Das entsprach sogar beinahe der Wahrheit. Sein Aufenthalt auf den Goldfeldern war eine einzige Katastrophe gewesen. Bis er dann auf einen Mann namens Jack Flash gestoßen war, der einen reichen Fund gemacht und Herbert als Leibwächter für den Ritt nach Bowen angeworben hatte. Dabei war Herbert beileibe nicht der richtige Mann für diese Aufgabe, denn er hätte sich eher aus dem Staub gemacht, als sich auf einen Kampf einzulassen. Glücklicherweise waren die Buschklepper offensichtlich gerade anderswo beschäftigt.

In diesen Wochen, in denen er Jack nach Kräften geholfen hatte, sein Geld durchzubringen, machte Herbert auch die Bekanntschaft von Glory Molloy – oder besser gesagt, sie hatte ihn sich geschnappt. Sie besaß ein verwaistes Klavier, und dieser Engländer im Gefolge von Jack Flash riss mit seinem Spiel die Gäste zu wahren Begeisterungsstürmen hin. Also bot Glory ihm die Stelle als Barpianist an, und da Herbert gerade wieder mal auf dem Trockenen saß und nicht die Absicht hatte, noch einmal nach Gold zu suchen, willigte er ein. Oft schlief er bei ihr in dem großen Daunenbett. Für eine Frau um die vierzig, rund fünfzehn Jahre älter als er, war Glory immer noch sehr begehrenswert. Jetzt war Herbert zum wiederholten Mal Zeuge, wie sie einem neuen Kunden um den Bart ging. Die Konkurrenz zwischen den Bordellen war hart, und in der Regel ließ Glory einen möglichen Kunden nicht mehr aus ihren Fängen. Dann kam Herberts Stichwort.

»Sie können doch sicher ein Bett für Barney finden?«, fragte er unschuldig. »Es muss doch einen Platz geben, wo er ein wenig ausruhen kann.«

Sie schüttelte den Kopf. »O nein, Mr. Watlington, ich habe meine Regeln, das wissen Sie. Ich kann es mir nicht leisten, ein Zimmer herzugeben, mein lieber Barney. Zurzeit sind wir rund um die Uhr belegt, denn mein Haus ist schließlich als das beste bekannt.«

»Ach, kommen Sie, Glory«, bat Herbert. »Ich bin sicher, Barney würde Ihnen den entsprechenden Verlust ersetzen. Was hat das Geld denn überhaupt für einen Nutzen, wenn man nicht das kaufen kann, was man braucht?«

»Er hat absolut recht«, stimmte Barney eifrig zu, holte einen kleinen Beutel aus seiner zerschlissenen Weste und warf ihn auf den Tisch. »Wie wär's damit für den Anfang? Behalten Sie es, Mrs. Molloy, und lassen Sie mich wissen, wenn es aufgebraucht ist.«

Glory griff nach dem Gold. »Nun, ich könnte vielleicht eine Ausnahme machen ...«

Barney sprang auf. »Sie werden es nicht bereuen, meine Liebe.«

»Charlene!«, rief Glory, und der strahlende Barney wurde von einem drallen blondgelockten Mädchen mit wogendem Hinterteil hinausgeleitet.

»Ich wollte dich sprechen«, wandte sich Glory nun an Herbert. »Das Giesler-Haus steht zum Verkauf.«

Sie hatte Herbert seinerzeit neue Kleider besorgt und ein kleines Büro neben dem Palace Hotel für ihn angemietet. »Ich finde, mit deinem guten Aussehen und deiner feinen englischen Stimme musst du einfach ins Geschäftsleben einsteigen«, hatte sie ihm erklärt.

»Und in was für Geschäfte?«

»So genau weiß ich das nicht, aber klingt es nicht äußerst ehrbar? Ich möchte, dass du Landwirtschaftsmakler wirst.«

»Ein was? Ich habe keine blasse Ahnung von Landwirtschaft, und außerdem hasse ich Kühe.«

Glory überlegte. »Geschäfte sind dazu da, dass man den Leuten das Geld abnimmt, Herbie. Im Augenblick kommen ganze Wagenladungen neuer Kunden nach Bowen. Wie wär's dann mit Haus- und Grundstücksmakler?«

»Und wie stelle ich das an?«

Wenn Glory sich etwas in den Kopf gesetzt hatte, gab es kein Entkommen. So war Herbert nun schon seit einigen Monaten »Geschäftsmann«. Da Glory über alles Bescheid wusste, was in der Stadt vorging, war sie ihm als stiller Teilhaber von großem Nutzen.

Nun ging es also um das Giesler-Haus, das schönste Gebäude der Stadt. Giesler selbst hatte es im britischen Kolonialstil erbaut. Noch in England hatte Herbert bei seinen Freunden und seiner Familie Zeichnungen und Fotografien ähnlicher Gebäude gesehen, angenehm kühl wirkende Häuser mit geräumigen Veranden und Fenstertüren, die nach außen zu öffnen waren, um die kühle Brise einzulassen.

»Warum will Giesler verkaufen?«

»Weil er auf den Goldfeldern ein Vermögen gemacht hat. Er hat so viel Geld, dass er jetzt mit seiner Familie zurück nach Deutschland geht und dort glücklich bis an sein Ende leben kann.«

Herbert war überrascht. »Davon habe ich ja noch gar nichts gehört.«

»Natürlich hast du das nicht, denn Giesler ist schlau und hat keiner Menschenseele etwas davon erzählt«, sie grinste, »außer meinem Freund Mr. Tolley, meinem liebsten Bankdirektor. Also hör zu, Herbie, du gehst jetzt zu ihm hin und jammerst ein bisschen darüber, wie schwer es heutzutage bei all dem Kommen und Gehen ist, ein Haus zu verkaufen, und kaufst es für mich. Ich biete einhundert Pfund. Aber kauf es auf deinen Namen, denn von mir würde er mehr verlangen.«

»Ich kann es versuchen, aber es ist weit mehr wert.«

»Das stimmt, aber Giesler sitzt auf gepackten Koffern.«

»Gut, ich versuch's. Willst du dort einziehen?«

»Um Himmels willen, ich doch nicht. Wenn er weg ist, verdreifachen wir den Preis und verkaufen es weiter. Du verdienst zweimal, also sei brav und zieh los.«

Es war ein einfaches Geschäft; für zusätzliche zehn Pfund gab Giesler sogar noch die Möbel mit dazu. Glory hatte recht gehabt, der Deutsche freute sich so auf die Rückkehr, dass er sich um den Verkaufspreis keine Gedanken gemacht hatte; er wollte das Haus nur möglichst schnell loswerden. Als Herbert es besichtigte, ließ er den Deutschen allerdings nicht merken, dass ihn dieses Haus beeindruckte, dessen hohe Decken und große, luftige Räume für das Klima im tropischen Queensland geradezu wie geschaffen waren. Die importierten Möbel waren geschmackvoll und solide, und es gab sogar ein Klavier.

Herbert spielte eine chromatische Tonleiter und seufzte. Es war gestimmt, ganz anders als Glorys fürchterlicher Klimperkasten.

»Sie können spielen?«, fragte Giesler erfreut. »Schade, dass wir das erst jetzt erfahren.«

Herbert wanderte durch die Räume. Er würde das Haus gerne selbst behalten, aber das konnte er sich nicht leisten, nicht mit seinen Spielschulden. Außerdem wagte er nicht, Glory Molloy vor den Kopf zu stoßen.

Sobald die Familie Giesler Bowen verlassen hatte, berichtete Tolley Glory von Interessenten aus Brisbane, die ein Haus in Bowen suchten, einer Familie mit Namen Middleton. Herbert arrangierte den Verkauf über die Anwaltsfirma Jauncy und Bascombe, und zwar zum Preis von zweihundertneunundachtzig Pfund zuzüglich sechzig Pfund für die Einrichtung.

Glory wollte alles genau wissen. »Was können diese Middletons bloß hier wollen?«

»Wir haben hier einen Goldrausch, meine Liebe, hast du das noch nicht bemerkt?«, fragte Herbert.

»Wenn es ihnen ums Gold geht, bringen sie kein Geld mit und kaufen auch keine teuren Häuser.«

»Vielleicht ist er Regierungsbeamter oder ein neuer Zollrat oder Landvermesser.«

»Das passt alles nicht.« Glory grübelte. »Diese Leute haben nicht so viel Geld.«

Wenige Wochen später kam sie in sein kleines Büro gestürmt, in einem rosa Taftkleid und einem großen Blumenhut auf dem dichten schwarzen Haar. »Du solltest draußen auf deiner Veranda Schilder aufstellen«, mahnte sie.

»Was für Schilder?«

»Mein Gott, Herbert, du kannst doch nicht einfach nur dasitzen und träumen. Besorg dir ein paar Tafeln und schreib was drauf. ›Land zu verkaufen‹, ›Haus günstig zu verkaufen‹.«

»Ich habe keine Häuser zu verkaufen, es werden keine angeboten.«

»O doch, wenn du den Leuten Bargeld unter die Nase hältst. Die Leute verkaufen alles, wenn sie Geld riechen. Aber deswegen bin ich nicht gekommen. Ich habe alles über die Middletons herausgefunden. Kennst du die Farm Caravale Station?«

»Ich habe davon gehört.«

»Gut. Sie gehört zwei Brüdern, reichen Viehzüchtern, aber einer der beiden kam in Brisbane ums Leben. Und was macht er? Hinterlässt er doch glatt all seine irdischen Güter seinem Liebchen, einschließlich der Hälfte einer Farm, die größer ist als Irland. Und rate, wer die Glückliche ist?«, fuhr Glory fort. »Miss Middleton. Darum kommen sie nach Bowen«, schloss sie triumphierend.

»Ach ja?«

Enttäuscht zuckte sie die Achseln. »Ich dachte, du würdest das gern wissen. Und sieh zu, dass du draußen endlich die Schilder anbringst!«

Während er ihr nachsah, beneidete er diese Frau. Wenn sie so dahinschritt und ihren zusammengerollten roten Regenschirm hin- und herschwenkte, drehten sich die Leute nach ihr um. Sie war eine beherzte Frau. Sobald aber ein wohlgekleideter Gentleman erschien, stolperte die arme Glory und brauchte dringend einen männlichen Beistand, damit sie nicht hinfiel. Glory Molloy wusste, wer und was sie war, und sie war damit zufrieden. Herbert reizte das maßlos. Auch er wusste, wer er war, nämlich ein englischer Gentleman, dem das Schicksal übel mitgespielt hatte, aber leider kümmerte sich hier niemand darum. Bei Leuten, mit denen er in England niemals verkehren würde, galt er als Glorys Freund, und das nagte an ihm. Wie gerne wäre er ein angesehener Bürger gewesen; er wollte den Platz in der Gesellschaft einnehmen, der ihm eigentlich zustand, so wie er es von seiner Heimat her kannte. Aber dazu brauchte man Geld. Und das Schlimme war, dass Glory ihn verstand und bemitleidete; ein weiterer Grund, warum sie ihn in dieses zwielichtige Maklergeschäft gedrängt hatte. So konnten sie beide mehr Geld verdienen. Er wünschte sich nur, sie würde nicht dauernd ihre Unwissenheit unter Beweis stellen, indem sie überall herumerzählte, er sei »Geschäftsmann«.

Übermannt von Selbstmitleid zog Herbert ein Kartenspiel heraus, mischte fachmännisch und legte die Karten vor sich auf den Tisch. Dabei fragte er sich, wo er so etwas wie Anschlagtafeln herbekommen sollte.

2

Cornelia Buchanan lief die Veranda entlang und schwang ihren Spazierstock. »Die Pferde sind im Obstgarten«, rief sie. »Schafft sie raus, ihr Faulpelze!« Sie sah den beiden schwarzen Gärtnern Jumbo und Lazarus zu, wie sie über den Zaun sprangen und den Pferden hinterherjagten.

»Wer hat denn wieder das Tor offen gelassen?«, schimpfte sie. »Ich werde euch das Fell über die Ohren ziehen!« Die drei Pferde witterten den Tumult. Wohl wissend, dass sie im Obstgarten nichts zu suchen hatten, liefen sie in verschiedene Richtungen davon. Sie verschwanden zwischen den Bäumen, schnappten nach Zweigen und zertrampelten die jungen Pflanzen.

»Macht sie nicht nervös!«, rief Cornelia von der Veranda aus, von der sie die Reihen der Obstbäume überblicken konnte. »Habt ihr denn überhaupt keinen Verstand? Geh ruhig weiter, Jumbo, und treib sie in die Enge, bevor sie mir alles ruinieren.« Angewidert drehte sie sich zu Mae, der Haushälterin, um. »Diese Schwarzen werden sich auch in einer Million Jahren nicht ändern. Ich habe ihnen ausdrücklich gesagt, dass sie niemals das Tor offen lassen dürfen.«

»Machen Sie sich keine Sorgen, Mrs. Buchanan«, erwiderte Mae. »Sie holen die Pferde schon raus.«

»Aber wie lange sie wohl schon da drin sind? Darcys Pferd Clipper ist auch dabei. Es bekommt Koliken, wenn es zu viel Äpfel frisst.«

»Clipper ist ein ganz durchtriebener Gauner.« Mae lachte. »Er kann die Pforte selbst öffnen.«

»Das ist keine Entschuldigung, die Schwarzen sollten schon lange eine Kette anbringen. Sag Jumbo, wenn die Pferde noch einmal im Obstgarten sind, wird er bestraft. Streng bestraft.«

»Schon gut«, sagte Mae und schürzte die Lippen in einer Weise, die Cornelia verärgerte. Mae war zu nachsichtig mit den Schwarzen. Gut, sie war erst seit einigen Jahren auf Caravale, sie wusste nicht, wie es früher gewesen war, als sie versucht hatten, der Wildnis dieses Stück Erde abzutrotzen. Damals waren die Schwarzen noch gefährlich gewesen. So manche Nacht hatte sie mit dem Gewehr Wache gehalten, während Teddy draußen bei den Rindern geblieben war. Sie hatte sowohl die Schwarzen verflucht, die ums Haus herumlungerten, als auch Teddy, der sie an diesen gottverlassenen Ort gebracht hatte. Doch Teddy hatte recht behalten. Die Farm warf nach kurzer Zeit Gewinne ab, und nun besaß sie ein prächtiges Haus. Niemals jedoch würde sie jene ersten Jahre vergessen, als sie in einer Hütte wohnten, draußen auf dem offenen Feuer kochten und monatelang nur von schwarzen Gesichtern umgeben waren.

Vorsichtig ließ sie sich in einen bequemen Sessel gleiten. Ihr Rücken machte ihr wieder zu schaffen, eine böse Erinnerung an einen Sturz vom Pferd. »Sie haben einen Hexenschuss«, hatte ihr der Doktor erklärt. »Wenn Sie älter werden, wird es ein bisschen zwicken.« Was wusste der schon! In letzter Zeit trieben sie die Schmerzen zur Verzweiflung. In der Ferne erblickte sie Tom Mansfield, der die Auffahrt heraufritt.

Anders als viele Frauen, die ihre Rückenschmerzen als Zeichen für den herannahenden Regen nahmen, war Cornelia überzeugt, dass ihre Schmerzen sie vor drohendem Unheil warnten. Was wollte Mansfield? Er war für die Außenposten verantwortlich, die überall auf dem mehrere Tagesritte großen Gelände der Farm verteilt waren. Doch während Bens und Darcys Abwesenheit hatte er die Verwaltung von ganz Caravale übernommen. Im Augenblick gab es für ihn nicht viel zu tun, da bald die Regenzeit einsetzen würde. Lediglich die neueste Plage, die Goldgräber, die vom Besitz gejagt werden mussten, hielten ihn auf Trab. Ihr fiel auf, dass er endlich gelernt hatte, sich die Stiefel abzustreifen, bevor er ihre Veranda betrat.

»Guten Tag, Madam«, sagte er. »Hab die Post gebracht. Hab einen Mann mit einem Ochsenkarren auf der Straße getroffen.

Er war auf dem Weg nach Charters Towers und freute sich, uns zu sehen. Hat ihm den Umweg erspart.« Er reichte Cornelia eine prall gefüllte Segeltuchtasche.

»Es wird Zeit, dass wir hier einen richtigen Postdienst bekommen, statt immer nur darauf zu warten, dass einer unserer Besucher die Post mitbringt.«

»Man spricht davon«, sagte Tom.

»Man spricht ständig davon.«

»Immer noch ganz schön heiß«, bemerkte er und blickte auf den Sack. Sie hatte jedoch nicht die Absicht, ihn in seiner Gegenwart zu öffnen. Irgendwie musste sie schließlich ihre Autorität wahren.

»Wir haben einen toten Ochsen in der Nähe der westlichen Grenze gefunden. Diese verflixten Goldgräber müssen ihn geschlachtet haben. Sie haben es nicht mal für nötig gehalten, den Kadaver zu verscharren. Würde mich nicht wundern, wenn sie auch einige Rinder gestohlen hätten. Der Mann hat gesagt, es wird schlimmer, die Goldsucher strömen in Scharen zum Cape River. Sie bringen ihre Familien und ihre Siebensachen mit und haben keine Ahnung vom Leben im Busch. Viele von ihnen haben nicht mal Vorräte dabei.«

Cornelia trommelte ungeduldig mit den Fingern gegen die Lehne. »Es hat keinen Sinn, sich bei mir zu beklagen. Sie wissen, was zu tun ist. Wenn sie unser Vieh stehlen, schießen Sie.«

»Das ist nicht so einfach. Wie ich gehört habe, scheren sich die Fleischer am Cape einen Dreck um Brandzeichen, und ich habe nicht genug Männer, um ständig unsere Grenzen abzureiten.«

»Dann nehmen Sie Schwarze. Sie würden ihre Mutter verkaufen, nur um auf einem Pferd sitzen zu dürfen.«

»Aber ich kann sie nicht bewaffnen, das ist gegen das Gesetz.« Cornelia lachte. »Dann geben Sie ihnen Speere. Möglicherweise hat das faule Pack, das hier auf unsere Kosten lebt, vergessen, wozu die gut sind. Wie dem auch sei, demnächst ist es mit dem Gold sicher vorbei, und dann müssen sich all diese Dummköpfe auf den Heimweg machen.«

»Es klingt aber gar nicht so. Im Gegenteil. In den Nebenflüssen des Cape River wird angeblich immer mehr Gold gefunden. Einige glauben, dass diese Goldfelder an die von Ballarat rankommen.«

»Das wird sich zeigen«, beendete Cornelia das Gespräch. Mansfield musste immer jammern.

Teddy hatte bei der Wahl seines Grundstückes keine glückliche Hand bewiesen. Er hatte zweitausendfünfhundert Quadratkilometer markiert; von Ost nach West maß Caravale fünfundfünfzig Kilometer. Hätte Teddy ein etwas größeres Gebiet abgesteckt, würden sich die Goldfelder auf dem Besitz der Buchanans befinden – sie lagen nur etwa hundertfünfzig Kilometer weiter westlich. Dann wären sie jetzt schon mehrfache Millionäre. Wieder etwas, was sie Teddy nie verzeihen würde.

Sie öffnete den Postbeutel und warf Zeitungen, Kataloge, Post für das Farmpersonal und Rechnungen achtlos beiseite. Um Rechnungen kümmerte sie sich nicht, nicht mehr seit dem Tag, an dem sie erfahren hatte, dass Teddy sie aus seinem Testament gestrichen und die Jungen als alleinige Erben eingesetzt hatte. Er hinterließ ihnen alles, die Farm, das Haus, ihr Heim! Nach all den Jahren gab es nichts, was sie ihr Eigen nennen konnte … Zum Glück hatte sie gute Söhne, die ihre Mutter liebten und ihr nichts verweigerten; sie war immer noch die Herrin von Caravale und konnte stilvolle Einladungen geben, wenn sie Lust dazu hatte. Aber wie lange noch? Was würde geschehen, wenn sie eine Braut nach Haus brächten?

Da war ein Brief von Ben, geschrieben auf feinem Büttenpapier. Als Cornelia ihn las, stand ihr vor Staunen der Mund offen. Die Sätze schienen nur so aus Ben herauszusprudeln. Sie hatten die ganze Herde zu einem Spitzenpreis verkauft, waren auf der Sherwood-Farm gewesen, und man hatte ihn eingeladen, in Brisbane im Haus des Gouverneurs zu wohnen! Du meine Güte! Beinahe hätte sie Mae gerufen, um ihr die Neuigkeiten mitzuteilen, aber dann las sie weiter. Ben war für das Parlament von Queensland nominiert worden. Vielleicht würde ihr Sohn Abgeordneter werden!

Hocherfreut lehnte sie sich zurück. Möglicherweise zählte er eines Tages zu den bedeutendsten Männern des Staates. Vielleicht würde sogar der Gouverneur einmal nach Caravale kommen, Gouverneur Bowen und die Gräfin, um Himmels willen! Sie musste dafür sorgen, dass das Wohnhaus renoviert wurde. Mit der Tischglocke klingelte sie nach Mae. »Du kannst alles wegräumen. Lass mir nur die Kataloge da. Ich glaube, es ist auch ein Brief für dich dabei. Heute Nachmittag trinke ich keinen Tee. Bring mir Gin, kaltes Wasser und Zitronenscheiben.«

»Aha, Nachricht von Ben«, stellte Mae mit Blick auf den Brief fest. »Sie sind also sicher in Brisbane angekommen?«

»O ja.« Sie würde die Neuigkeiten zu einem geeigneten Zeitpunkt verlauten lassen. Mae konnte damit nichts anfangen, würde es aber noch vor der Rückkehr ihrer Söhne im ganzen Distrikt herumtratschen. »Mein Rücken ist so schlimm heute, dass ich Gin brauche, um die Schmerzen zu lindern.«

Sie wartete, bis Mae mit dem silbernen Tablett zurückkam, auf dem eine kristallene Karaffe und ein Kristallglas standen. Dann schenkte sie sich ein Glas puren Gin ein, um die guten Nachrichten zu begießen.

Ben schrieb weiter, Darcy habe sich mit irgendeinem Mädchen angefreundet, aber er bezweifle, dass es etwas Ernstes sei.

Cornelia runzelte die Stirn. Sie wünschte, Ben hätte den Brief nicht mit dieser unheilvollen Bemerkung verdorben. Die Jungen trafen in Brisbane zwangsläufig mit Frauen zusammen, sie waren ja schließlich keine Heiligen.

Cornelia griff nach ihrem Glas. Der Gin war der beste, den es zu kaufen gab, und sie trank ihn mit Genuss. Dabei dachte sie an die Zeiten, in denen sie sich nur den billigsten Gin leisten konnten, der einem fast die Kehle verbrannte.

»Du hast einiges geschafft, Nellie«, triumphierte sie. Sie genoss die Vorstellung, dass Teddy dies nicht mehr erleben konnte. Es geschah ihm recht. Jetzt gab es niemanden mehr, der mit dem Finger auf Cornelia Buchanan zeigen konnte …

Sie liebte besonders den Winter auf Caravale mit seinen milden Tagen und kühlen Nächten, wenn sie die schwüle Hitze und den Regen des Sommers hinter sich hatten. Dieser Nachmittag war etwas Besonderes für sie. Die Männer waren draußen und trieben das Vieh zusammen, der Hauslehrer hatte die Jungen auf einen Spaziergang zu den Wasserfällen mitgenommen, und Wunder über Wunder, die schwarzen Hausmädchen hatten es geschafft, ihre Arbeit ohne das übliche Durcheinander zu beenden. Sie hatte das ganze Haus für sich. Endlich war es fertig und gehörte ihr, das Wohnhaus von Caravale! Sie war stolz darauf und stolz auf sich selbst.

Langsam schlenderte sie durch die Räume, strich über die polierten Möbel, die glitzernden Lampen, die vergoldeten Spiegel und die ausladenden Sofas. Als sie vor einem Spiegel einen Blick auf ihr Gesicht erhaschte, musste sie lächeln. Sie erinnerte sich an das dumme Bauernmädchen von einst, das mit vierzehn von zu Hause weggelaufen war, um die große Welt zu sehen, das über die Grenze nach England geflohen und bis nach London gekommen war, wo sie Clem Bunn getroffen hatte.

Cornelia runzelte die Stirn. Warum musste sie ausgerechnet jetzt an ihn denken? Noch immer hatte sie Albträume, in denen sie in die Zeit in London zurückversetzt wurde, fürchterliche Träume von den düsteren Straßen, in denen sie sich hungrig herumtrieb, vom Stehlen und den Überfällen und von dem Keller, in dem sie wohnten und wo die Ratten ihr übers Gesicht liefen. Sie schüttelte den Kopf, ging zu den Bücherregalen und suchte nach einem heiteren Roman, der ihr helfen sollte, die finsteren Gedanken zu vertreiben. Diese Zeit war jetzt vorbei; seit vierzehn Jahren war sie die Gattin von Teddy Buchanan, einem angesehenen Rinderzüchter von Neusüdwales, und Mutter zweier stattlicher Söhne. Meine Güte, wie die Zeit verging! Meist bestellte die Familie Buchanan ihre Bücher gleich dutzendweise aus Katalogen, und es machte ihnen immer großen Spaß, die neuangekommenen Pakete durchzusehen. Einige Bücher hatte sie noch nicht gelesen. Sie wählte ein schmales Bändchen mit dem Titel *Perlen des Herzens,* ließ sich in Teddys großen Ohrensessel sinken und legte die Füße hoch. Entspannen konnte sie sich allerdings nicht. Wieder einmal wurde sie von den Schatten der Erinnerung eingeholt. Warum musste man überhaupt ständig in der Vergangenheit herumwühlen? Teddy und seine Freunde schwelgten fortwährend in den Erinnerungen an die alten Tage. Als sie einmal Walter McKenzie erwähnten, war ihr allerdings der Schrecken in die Glieder gefahren. Zum Glück war Walter vor vier Jahren an Herzschwäche gestorben, was angesichts seines Lebenswandels niemanden wunderte. Walter war derjenige gewesen, der sie auf dem Schiff vor einer Fahrt im Zwischendeck bewahrt hatte, indem er sie für die lange Fahrt von London nach Sydney in seine Kabine holte. Bis zu einem gewissen Punkt hatte sie es gut bei ihm gehabt, zum Beispiel hatte er ihr eine hinreißende Garderobe gekauft. Da er verheiratet war, hatte er sie als seine Geliebte in seinem Haus in Potts Point untergebracht. Sie hätte sich keinen besseren Anfang in Sydney wünschen können, mit dem Geld, das er ihr gab, und der Möglichkeit, als Lady aufzutreten, worin er sie auf der viermonatigen Fahrt unterwiesen hatte. Aber dann tauchten Walters Freunde auf, die Walter selbst ermuntert hatte, sich ebenfalls an seiner Geliebten zu erfreuen. Cornelia hatte sie alle rausgeworfen. Für diese Kerle war sie, Cornelia Crabtree – so ihr Mädchenname –, für alles Geld der Welt nicht zu haben. Denn jeder Narr wusste, wenn ein Mann erst einmal seine Freunde an die Geliebte heranließ, waren ihre Tage gezählt. Glücklicherweise hatte sie ungefähr zu dieser Zeit bei einem Pferderennen Teddy Buchanan kennengelernt. Ihn hatte sie glauben lassen, sie wohne bei einer alten Tante. Teddy war ganz hingerissen von dieser gut gekleideten rothaarigen Schottin, und so bat er um ihre Hand. Sie sollte ihn nach Brisbane begleiten, wo er über einen Landkauf im Norden verhandelte. Mit Teddy, diesem großen, lässigen und immer fröhlichen Mann, war gut auszukommen. Nachdem sie in Brisbane geheiratet hatten, waren sie hinaus auf seinen Besitz gezogen. Schön war der Anfang nicht, doch es war unglaublich, was ein Mann alles schaffen konnte. Teddy hatte diese Wildnis doch tatsächlich in eine riesige Rinderfarm mit beinahe zwanzigtausend Stück Vieh verwandelt. Sie liebte ihr Haus und war glücklich mit Teddy. Nichts schien ihm wirklich Sorgen zu bereiten, und deshalb musste man ihn einfach mögen. Nur zu gern hätte sie allerdings gewusst, was Walter gesagt hatte, als er in das Haus in Potts Point kam. Sie hatte sich nicht von ihm verabschiedet. Das Haus hatte sie vom Boden bis zur Decke geschrubbt und gewienert – aber die ganze Einrichtung in seinem Namen verkauft. Damit wollte sie ihm heimzahlen, dass er seine Saufkumpane auf sie losgelassen hatte.

War es nicht eine Schande, dass der arme Walter nun tot und begraben war und sie als die Herrin von Caravale lebte?

Cornelia schlug das Buch auf, die Heldin Gwendoline war ein armes Waisenkind, dessen Eltern gerade im Armenhaus gestorben waren und das nun ganz allein in der Welt stand ... Cornelia warf einen kurzen Blick auf die letzten Seiten. Gut, ein Happy End, das gefiel ihr. Endlich konnte sie sich dem Buch widmen.

Da klopfte es an der Vordertür. Verärgert legte Cornelia das Buch beiseite und ging in die Halle. Mit einem Blick vergewisserte sie sich, dass Teddys geladenes Gewehr an seinem Haken an der Garderobe hing. Auf einer abgelegenen Farm wie dieser musste man immer auf der Hut sein; jeder Fremde, ob schwarz oder weiß, konnte gefährlich werden.

Der Besucher war ein bärtiger Viehtreiber, doch mehr als einen schwarzen Schatten vor dem grellen Sonnenlicht konnte sie nicht erkennen.

»Haben Sie nicht das Schild am Tor gesehen?«, fragte sie ärgerlich. »Darauf steht, dass der Zutritt verboten ist. Die Unterkünfte der Viehtreiber sind hinter dem Haus.«

Aber dieser Kerl machte keinerlei Anstalten, ihre Anweisung zu befolgen. »Sachte, Missus, ich wollte mich eigentlich mit Ihnen unterhalten.«

»An Unterhaltung wird es Ihnen kaum fehlen, wenn mein Mann herausfindet, dass Sie hier am Haus herumlungern.« Dafür würde sie schon sorgen.

»Kein Grund, unhöflich zu werden. Ein paar nette Worte tun niemandem weh.«

Sie wollte die Tür zuknallen, aber er stemmte sich mit der Hand dagegen. »Komm schon, Nellie, du wirst doch einen alten Freund nicht vor der Tür stehen lassen.«

»Ich kenne Sie nicht«, keuchte sie. Niemand in diesem Land hatte sie je Nellie genannt. Niemand.

»Was, du erinnerst dich nicht an deinen Alten, Nellie Bunn? Ich bin's, Clem. Erkennst du mich nicht?«

»Ich habe noch nie von Ihnen gehört«, log sie, während ihr das Herz bis zum Hals klopfte.

»Na, na! Versuch bloß nicht, mir hier was vorzuspielen. Ich habe lange genug gebraucht, um dich aufzuspüren, und jetzt wirst du mich nicht so schnell wieder los. Du lässt mich also besser rein.«

»Nein.«

»Dann muss ich wohl mit Teddy sprechen. Ich hätte ein paar Neuigkeiten für ihn.«

Sie trat einige Schritte zurück und gab ihm den Weg in die Halle frei, ohne ihn davon abhalten zu können, die Vordertür zu schließen. »Was willst du?«

»Also«, begann er und lehnte sich gegen die Tür, als ob er verhindern wollte, dass sie gestört wurden. »Wir haben da noch eine Rechnung zu begleichen. Du hast mich verpfiffen, Nellie, und dich mit meinem Geld davongemacht.«

»Das stimmt nicht. Ich bin gegangen, weil du nur noch getrunken hast. Verschwinde hier.«

»Nicht so hastig. Ich weiß, du bist schuld, dass sie mich geschnappt haben. Ich war fünf Jahre in Newgate; Zeit genug, dich dünnzumachen. Aber ich bin bereit, die Vergangenheit ruhen zu lassen. Hast du mich in den zwei Wochen, die ich jetzt hier bin, tatsächlich noch nicht bemerkt, Nellie?«

»Warum sollte ich?«

»Gut. Aber jetzt nimmst du mich besser zur Kenntnis, es sei denn, dein Alter soll erfahren, dass es auf dieser Farm noch einen zweiten Ehemann von dir gibt.«

Cornelia bewahrte Haltung, obwohl sich ihr vor Angst der Magen zusammenkrampfte. »Ich habe dich gefragt, was du willst.«

»Richtig. Ich werd es dir sagen. Du bist jetzt eine reiche Frau, Nellie. Wenn du mir fünfhundert Pfund gibst, bist du mich wieder los.«

Sie wurde von Angst geschüttelt. »Ich habe keine fünfhundert Pfund, ich muss erst meinen Mann fragen.«

»Du bist schlau, Nellie. Immer eine Ausrede parat.«

»Falls ich das Geld bekomme, versprichst du mir dann, dich hier nie wieder blicken zu lassen?«

»Bei meiner Ehre als Gentleman.«

Nachdenklich starrte sie den Fremden an, bei dem nur die hellen wässrigen Augen an Clem erinnerten.

»Du lügst, in einem Monat bist du wieder hier.«

Clem lachte. »Dir kann man nichts vormachen, Nellie. Ja, das ist möglich. Natürlich könnte ich auch zum Cape gehen und einen Eimer voller Gold finden. Dann hätte ich das nicht mehr nötig. Aber ich meine, du schuldest mir was. Immerhin tu ich dir den Gefallen, dass ich mein Maul halte. Keiner hier ahnt, dass ich mit der Missus verheiratet bin. Und jetzt lass uns Freunde sein. Wirklich ein hübsches Plätzchen hier; du könntest mich wenigstens auf einen Drink einladen. Sind nun wirklich keine guten Manieren, einen Besucher so in der Halle stehen zu lassen.«

Cornelia trat ein paar weitere Schritte zurück und dann noch ein paar. Während sie sich bestürzt gab und flehend die Hände ausgestreckt hielt, betrachtete sie sein triumphierendes Grinsen. Was hatte er gerade gesagt? Er hatte niemandem etwas erzählt? Gut. Dazu sollte er auch keine weitere Gelegenheit mehr haben.

Blitzschnell griff sie nach dem Gewehr und legte auf ihn an; sie freute sich, als sie sein erschrockenes Gesicht sah. »Warte doch, Nellie! Mach keine Dummheiten, Mädchen! Ich gehe ja schon.« Er wollte nach dem Türknopf greifen.

»Das wirst du nicht«, zischte sie. »Weg von der Tür!«

Vorsichtig ging sie Schritt für Schritt rückwärts den Gang entlang. »Komm mit, aber ganz langsam.«

Argwöhnisch machte er Anstalten, ihr zu folgen. Einen Schritt in seinen schweren Stiefeln gab sie ihm noch, und dann schoss sie ihn genau zwischen die Augen. Kaum lag er mit zertrümmertem Schädel am Boden, als sie auch schon das Gewehr fallen ließ, ihr Haar zerwühlte und sich Rock und Bluse zerriss. Sie stieß eine Vase mit Lilien von einem Podest, riss Fotografien von der Wand, wobei das Glas zerbrach, verschob den Hallenläufer und rannte schreiend aus der Hintertür, zum Lager der Schwarzen. Dass jemand die Missus angegriffen hatte, würde mehr Aufregung verursachen, als wenn man eine Herde von Wildpferden durch das Haus gejagt hätte.

Zehn Jahre später, beim Lesen von Bens Brief, fühlte sie sich mehr im Recht denn je. Es war nicht umsonst gewesen, dass sie den Skandal verhindert hatte. Mrs. Buchanan war von einem Eindringling angegriffen worden, als die Männer das Vieh zusammentrieben, und so hatte sie sich selbst zur Wehr setzen müssen. Nur dass Teddy mit seinem ausgeprägten Gerechtigkeitssinn Nachforschungen über Clem Bunns Identität angestrengt und sie ein Jahr darauf zur Rede gestellt hatte. »Dieser Bursche war dein Ehemann. Du hast dich nicht scheiden lassen. Also sind wir auch nicht verheiratet.« Aber Buchanan wusste, wie man den Namen der Familie um seiner Söhne willen in Ehren hielt. Er zog in ein anderes Schlafzimmer, war höflich, wenn auch distanziert, und verlor nie wieder ein Wort über diese Angelegenheit. Cornelia machte das nicht viel aus, diese Strafe traf sie nicht hart.

Als sie sich noch einen großzügigen Schluck Gin eingoss, dachte sie voller Zorn an sein Testament. Ihre wahre Strafe war gewesen, dass Teddy ihr nichts hinterlassen hatte. Sie besaß keinen Pfennig und wurde im Grunde von ihren gutmütigen Söhnen nur geduldet. Welch ein Glück, dass ausgerechnet Ben für das Parlament nominiert werden sollte, denn mit ihm war manchmal schwer auszukommen. Sie würde darauf drängen, dass er ein Haus in Brisbane kaufte und sich dort niederließ. Darcy hingegen geriet mehr nach seinem Vater. Sie würde ein nettes, ruhiges Bauernmädchen für ihn finden, eine, die tat, was man ihr sagte. Mit Gin sah alles gleich viel leichter aus. Für jedes Problem gab es schließlich eine Lösung.

3

Ein Sandsturm schnitt die Farm von der Außenwelt ab. Der rote Staub aus dem Landesinneren nahm einem den Atem; wie eine dichte Wolke hing er am Himmel, verdunkelte die Sonne und verwandelte das Tageslicht in einen unheimlichen orangefarbenen Dunst. Die Vögel verstummten, die Buschtiere hatten sich verkrochen, und die Rinder drängten sich mit gesenkten Köpfen zusammen und suchten Schutz in der Herde. Das Farmhaus war befestigt wie ein Fort.

Cornelia hasste diese Stürme. Manchmal dauerten sie Tage – Tage, in denen sie das Haus nicht mehr verlassen konnte. Trotz der Vorsichtsmaßnahmen drang der Sand ins Innere des Hauses. Sie stützte sich auf ihren Stock und wanderte ruhelos durch die Zimmer. Die Rückenschmerzen trieben sie fast in den Wahnsinn. Der Staub klebte in ihren Haaren, im Mund und in der Nase und brachte wie immer den muffigen Geruch wie nach alten Knochen mit sich.

Es gab jetzt weiter im Westen noch mehr Farmen, viel größer als Caravale, zehnmal größer, hieß es. Na und? Cornelia fuhr mit dem Finger über den Staub auf dem Buffet. »Ich will sie gar nicht sehen, die Farmen im Westen«, sagte sie zu Mae, »wenn die ihren Ackerboden derart bei uns abladen.«

»Der Staub ist so grob, dass man glauben könnte, es wäre Sand«, meinte Mae.

»Unsinn, es ist einfach nur Staub. Es dauert sicher eine Woche, bis wir hier alles wieder sauber gemacht haben.«

Mae zog den Vorhang beiseite und spähte hinaus. »Ich glaube, es wird ein wenig heller.« Dann starrte sie angestrengt nach draußen. Obwohl man kaum etwas erkennen konnte, meinte sie vier Reiter zu sehen. Durch die Lichtverhältnisse schienen sie in der Ferne aufzuleuchten und wieder zu verschwinden, fast wie eine Fata Morgana. Ihr schauderte. Auf dem Pfad, der von der Hauptstraße zum Haus führte, wirkten die Reiter wie geisterhafte Schatten, deren Umrisse sie nur verschwommen wahrnehmen konnte. In gleichmäßigem Tempo bewegten sie sich auf das Haus zu. »Da kommen Männer zu uns«, flüsterte sie Cornelia zu, als ob sie Angst hätte, die Reiter könnten es hören.

»Was für Männer? Wer ist an solch einem Tag schon unterwegs?« Mit einem Ruck zog Cornelia den Vorhang zurück und starrte durch den Schleier aus Staub. »Die gefallen mir gar nicht. Hol mein Gewehr.«

»Welches?«

Cornelia besaß zwar einen neuen Colt-Revolver, aber mit ihrem Gewehr fühlte sie sich sicherer. Darcy hatte es ihr erst vor Kurzem gekauft. Die Jungen waren stolz auf ihre Mutter, die eine ausgezeichnete Schützin war und sich mit den Männern beim Schießen auf die Scheibe durchaus messen konnte. Während sie beobachtete, wie sich die Fremden dem Haus näherten, lud sie das Gewehr. Die Köpfe ihrer Pferde waren eingebunden, damit sie keinen Sand in die Augen bekamen, und die Männer selbst hatten sich in Decken gewickelt, den Hut tief ins Gesicht gedrückt und die Halstücher wie Masken bis über die Nase gezogen. So konnte man unmöglich erkennen, wer sie waren. »Es könnten Buschklepper sein«, sagte sie zu Mae. »Lauf hinten raus und alarmiere die Männer! Steh hier nicht so untätig rum, beweg dich!«

Cornelia ließ den Vorhang fallen und sah durch die Tüllgardinen zu, wie die Männer am Tor abstiegen. Mit gebeugtem Haupt, die Hände schützend vor die Augen gehalten, gingen sie langsam bis zur Vordertür. Zu langsam, dachte Cornelia. Als sie die Stufen zur Veranda heraufkletterten, öffnete sie leise eine Fenstertür und trat mit erhobenem Gewehr heraus. »Keine Bewegung!«

Überrascht drehten sie den Kopf und schauten sich nach ihr um. Cornelia stand etwa drei Meter von ihnen entfernt. Keiner der Männer, die sich nicht mehr von der Stelle rührten, war ihr bekannt.

»Mrs. Buchanan«, begann einer, aber Cornelia wollte sich nicht durch ein Gespräch ablenken lassen.

»Halt's Maul!«, sagte sie deshalb und packte das Gewehr fester. »Bleibt stehen oder ich schieße!«

Von allen Seiten eilten ihr mittlerweile die bewaffneten Farmarbeiter zu Hilfe, um festzustellen, wer die Fremden waren.

Einer der Männer war der Polizeisergeant von Bowen. Ihn begleiteten zwei der Connor-Söhne, Freunde von Ben von der South-Bowen-Farm, und schließlich Hochwürden Charlie Croft.

Als sich die Farmarbeiter verstreuten und Mae davongeeilt war, um Erfrischungen vorzubereiten, führte Cornelia die Besucher ins Haus und entschuldigte sich.

»Sie brauchen sich nicht zu entschuldigen, meine Dame«, murmelte der Geistliche. »Das ist doch verständlich. Sie haben ganz richtig gehandelt.«

Verlegen scharrten sie mit den Füßen, drehten die Hüte in den Händen und weigerten sich, Platz zu nehmen. Cornelia glaubte so etwas wie Furcht auf den staubbedeckten Gesichtern zu lesen. »Von wo kommen Sie?«, fragte sie. »Kein guter Tag für einen weiten Ritt.«

»Wir kommen direkt von Bowen«, platzte Dicky Connor heraus.

»Wir sind geritten, so schnell wir konnten.«

»Bowen?« Cornelia wunderte sich; von dort bis nach Caravale brauchte man mindestens drei Tage. »Weswegen? Was ist denn passiert?«

Der Geistliche nahm sanft ihren Arm. »Sie sollten sich hinsetzen, Mrs. Buchanan.«

Cornelia machte sich los. »Nein, lassen Sie mich. Was ist passiert?«

Nun war der Sergeant an der Reihe. »Wir haben schlechte Nachrichten für Sie, Madam. Schlimme Nachrichten. Drunten in Brisbane hat es einen Unfall gegeben.«

Ihr wurde eiskalt. »Wer? Wer hatte einen Unfall?«

»Darcy«, antwortete er. »Bei einer Rauferei.«

Sie atmete auf. Eine Rauferei. Darcy hatte sich auch früher schon geprügelt, die Männer hier draußen ... Die Stille lastete im Raum. »Wie schlimm ist es?« Charlie Croft hatte Tränen in den Augen.

Der Sergeant stieß einen Seufzer aus. »Es tut mir leid, Madam, sehr schlimm. Darcy ist tot.«

Darcy? Das konnte nicht wahr sein! Er war doch gerade erst fünfundzwanzig. »Wer sagt das?«, begehrte sie auf. Sie wollte diese Geschichte einfach nicht glauben. »Woher wissen Sie das?«

»Man hat uns telegrafiert, Madam, damit Sie es so schnell wie möglich erfahren.«

»Wo ist Ben?« Noch immer trotzte sie der Wahrheit.

»In Brisbane, Madam. Ihm geht es gut. Er ist noch geblieben, um alles zu regeln. Das Begräbnis und so. Hochwürden ist mit uns gekommen, um hier einen Gottesdienst abzuhalten …«

»Wenn Sie möchten«, unterbrach ihn der Geistliche. »Nur wenn Sie es wünschen.«

Cornelia starrte ihn an. Die anderen schienen zurückgewichen zu sein. Mit gebeugten Köpfen waren sie aus ihrem Gesichtskreis verschwunden und wirkten plötzlich meilenweit entfernt. »Darcy ist tot?«, fragte sie ihn mit kläglicher, flehender Stimme. »Mein Darcy?«

Irgendjemand stützte sie, Mae weinte, die Männer flüsterten miteinander, und die Decke begann sich zu drehen. Der Schmerz dröhnte in ihrem Kopf, doch sie versuchte, sich zu beherrschen. »Würden Sie mich jetzt bitte entschuldigen?«, sagte sie und wandte sich zur Tür. Verzweifelt spielte sie die Rolle, die man von ihr erwartete und für die man sie noch Jahre später rühmen sollte. Ihre Augen waren von Tränen verschleiert. »Mae, du kümmerst dich bitte darum, dass die Männer untergebracht werden.« Mit hoch erhobenem Kopf drehte sie sich noch einmal um. »Ich bin Ihnen außerordentlich dankbar für Ihre Freundlichkeit, meine Herren.«

Mae eilte hinter ihr her. »Mrs. Buchanan, es tut mir so leid! Brauchen Sie wirklich keine Hilfe? Kann ich etwas für Sie tun?«

»Ja, biete den Herren etwas zu trinken an. Sie sollen alles haben, was sie brauchen. Und serviere ihnen eine anständige Mahlzeit.«

»Aber was ist mit Ihnen?«

»Brandy«, sagte Cornelia mit zusammengebissenen Zähnen. »Und dann lass mich allein.«

Mit dem Taschentuch in der Hand wanderte sie von einem Ende des Zimmers zum anderen, sie starrte aus dem Fenster, setzte sich aufs Bett und trat erneut ans Fenster. Immer wieder wurde sie von heftigem Schluchzen geschüttelt. Darcy war nicht mehr am Leben! Er und Ben waren die einzigen Menschen auf der Welt, die ihr etwas bedeuteten. Was war nur geschehen? Sie wollte alle Einzelheiten wissen, aber noch war der Schock zu groß, als dass sie es im Augenblick verkraftet hätte, mehr zu hören.

Aus der Ferne hörte sie ein Wehklagen und dann das regelmäßige Trommeln auf hohlen Baumstämmen, gefolgt von dem fordernden Dröhnen des Didgeridoo. Die Schwarzen hatten mit ihrer Trauerzeremonie für Darcy begonnen. Bald wurden die Klagen lauter, eindringlicher. Die Trauerrituale der Schwarzen hatten zu anderen Gelegenheiten an Cornelias Nerven gezerrt, aber heute empfand sie sie als tröstlich. Am liebsten hätte sie laut geschrien, aber sie konnte es nicht.

Die schwarzen Frauen würden es für sie tun, die würden schreien und weinen und sich geißeln, denn auch sie hatten Darcy geliebt. Cornelia ließ den beruhigenden Klang des Didgeridoo über sich hinwegströmen und horchte auf die eintönige Melodie. Das dumpfe Dröhnen verhallte in der dämmerigen Landschaft. Auf einmal fühlte sie sich taub und leer.

4

Ben hatte gewusst, dass ihn bei seiner Heimkehr keine leichte Aufgabe erwarten würde, aber auf so etwas war er dann doch nicht gefasst gewesen. Er wünschte, Darcy wäre bei ihm, so verrückt und widersprüchlich das auch klang. Darcy konnte mit Mutters Gefühlsausbrüchen umgehen, er behandelte sie so, als wäre er ihr großer Bruder, und beruhigte sie, indem er sich liebevoll über sie lustig machte. Ben hingegen fühlte sich angesichts ihres schrecklichen Zorns völlig hilflos.

Er musste nun mit dieser übermächtigen Schuld leben und mit dem großen Schmerz über den Verlust seines Bruders obendrein. Wenn er doch nur … Ach, zum Teufel noch mal, es hatte keinen Sinn, alles zum tausendsten Mal durchzugehen. Erschüttert von Trauer hatten die anderen den schlechten Streich, der so tragisch ausgegangen war, mit keinem Wort erwähnt. Außerdem hätte das alles nur noch schlimmer gemacht. Es ging nicht nur darum, dass sie gegen das Gesetz verstoßen hatten, schließlich war Darcys Tod ein Unfall gewesen. Doch wie sollten sie nun jemals ihren Mitmenschen wieder gegenübertreten, ihnen in die Augen schauen? Und Cornelia! Mein Gott, wenn sie jemals etwas herausfand! Es war so schon schlimm genug.

Nach dem Begräbnis war er in Brisbane aufgehalten worden. Er war am Ende seiner Kräfte und suchte in seiner Verzweiflung einen Rechtsanwalt auf. Seine ganze Welt lag in Trümmern. Er wünschte, er könnte die Zeit zurückdrehen und seine Fehler wiedergutmachen. Seine Trauer um Darcy war grenzenlos, und die Schuld lastete schwer auf ihm. Hinzu kam, dass er bereits für sein Vergehen bezahlte. Er wurde bestraft. Die politische Laufbahn war dahin, denn Caravale hatte jetzt Vorrang. Obwohl er nun schon seit einer Woche zu Hause war, hatte er Cornelia immer noch nicht über den Ernst der Lage aufklären können. Sie steckten in einer entsetzlichen Zwickmühle, und er versuchte, eine Lösung zu finden und gleichzeitig seine Mutter zu trösten.

Sie hatte Zeit zum Trauern gehabt. Auf Caravale war ein Gottesdienst abgehalten worden, und ihre Freunde waren viele hundert Kilometer weit gereist, um Darcy die letzte Ehre zu erweisen. Auch viele Schwarze hatten sich, wie Mae ihm erzählt hatte, eingefunden.

»Alle haben Darcy geliebt«, hatte sie geschluchzt, und Ben hatte einen Stich gespürt. Bestimmt würde man ihn jetzt mit Darcy vergleichen, und dabei musste er einfach schlechter abschneiden.

Nur wenige Stunden nach seiner Ankunft auf Caravale, Stunden, die er mit seiner Mutter in gemeinsamer Trauer verbracht hatte, begann Cornelia ihn auszufragen.

»Wer war es? Wer hat meinen Sohn getötet?«

»Mutter, du weißt, was passiert ist. Ich habe dir doch den Bericht des Leichenbeschauers gezeigt.«

»Und was hast du getan?«

»Was hätte ich tun sollen?«

»Du hättest diese Schweine erschießen sollen!«

»Natürlich! Damit ich am Galgen ende!«

»Du lässt sie also einfach so laufen.«

»Sie haben es nicht mit Absicht getan. Es war ein Unfall. Glaubst du, sie machen sich keine Vorwürfe?«

»Natürlich. Sie haben mir geschrieben. Was für eine Frechheit! Bringen meinen Sohn um und schicken mir ein Kondolenzschreiben! Und ihre Eltern! Wenn auch nur einer von ihnen den Fuß auf unser Land setzt, werde ich ihn eigenhändig erschießen. Du hast ja nicht den Mumm dazu.«

»Oh, Mutter, bitte!«

»Nein, du würdest nie selbst zur Waffe greifen. Aber du hättest vielleicht jemanden anheuern können, der das für dich erledigt. Du hast immer noch die Möglichkeit dazu.«

Nacht für Nacht musste er sich nun ihre Hasstiraden anhören. Zwar hatte Ginger Butterfield Ben freundlicherweise angeboten, ihn bis nach Caravale zu begleiten, aber jetzt war er froh, dass er abgelehnt hatte. Nur als allerletzte Ausflucht hätte er Ginger in diese Angelegenheit mit hineinziehen dürfen. Außerdem hatte er es damals vorgezogen, allein zu reisen, denn er hatte befürchtet, er würde auf dem langen Ritt von Bowen nach Caravale zusammenbrechen und Ginger die ganze Wahrheit erzählen. Ein Gespräch am Lagerfeuer, die Stille einer Nacht im Busch … Die schweigsame Landschaft formt den Menschen, ergreift von ihm Besitz und lässt ihn Geheimnisse preisgeben, als sei er mit seinem Gott allein.

Ben war ein guter Buschmann. Wie die Schwarzen zog er auf kürzestem Wege quer durchs Land und mied die kurvigen Wagenstrecken. Auf diese Weise sparte er sich einen Umweg und wich der langsam dahintrottenden Meute der Goldsucher aus, die mit ihren Familien auf dem Weg zum Cape River waren. Also war er allein gereist, nur mit dem zutraulichen, verspielten Vollblut, das er in Bowen gekauft hatte, und einem klugen gefleckten Hirtenhund, den er blutend und mit zerrissenen Pfoten hinter einer Schenke gefunden hatte, als Gesellschaft.

Die Hündin, die er Blue getauft hatte, war schnell wieder zu Kräften gekommen und ritt stolz hinter ihm auf dem Pferd. »Schaff mir diesen Hund aus dem Haus«, fuhr Cornelia ihn eines Abends an. »Ein Hund gehört nach draußen.«

»Blue nicht, sie bleibt bei mir. Ich möchte nicht, dass sie bei den anderen Hunden ist, bis sie sich an ihr neues Zuhause gewöhnt hat.«

»Sie hat etwas von einem Dingo, das kannst du an ihren Augen sehen.«

»Ja, sie ist klug.«

»Darcy hat niemals Hunde ins Haus gebracht.«

»Nein, denn sie wurden ja auch auf der Farm geboren.«

»Er war vernünftiger als du.«

Ben zog es vor, diese Bemerkung zu überhören. »Von der Merri-Creek-Farm ist ein Viehtrieb unterwegs. Sie halten sich zwar an die vorgeschriebene Route, aber ich will morgen früh trotzdem mal mit den Viehtreibern dort vorbeischauen und aufpassen, dass sich unsere Rinder nicht unter diese Herde mischen. Die neue Viehroute zum Cape River führt direkt an unserer nördlichen Grenze vorbei.«

Cornelia hatte sich zum Abendessen umgezogen. Sorgfältig gebürstetes kastanienrotes Haar mit grauen Strähnen umrahmte ihr Gesicht. Ben dachte bei sich, dass Schwarz ihr gut stand, aber er verkniff sich eine entsprechende Bemerkung, um sie nicht wieder an ihren Kummer zu erinnern. Da sie getrunken hatte, war sie in reizbarer Stimmung, doch das empfand er schon beinahe als Fortschritt gegenüber ihren Ausbrüchen der letzten Tage.

»Wenn du nicht so wild darauf gewesen wärst, mit deinen feinen Freunden nach Brisbane zu gehen, hättest du die Rinder am Cape verkaufen können, und Darcy wäre noch am Leben.«

»Kannst du nicht endlich damit aufhören? Du weißt doch genau, dass man dort erst lange nach unserer Abreise Gold gefunden hat.«

Sie stocherte in ihrem Essen herum. »Warum hast du im Haus des Gouverneurs übernachtet, während dein Bruder mit einem schäbigen Wirtshaus vorliebnehmen musste?«

Ben beachtete sie nicht. Den Grund hatte er ihr schon oft genug erklärt.

»Ich habe nachgedacht«, sagte sie mit seidenglatter Stimme. »Was wäre passiert, wenn nicht Darcy, sondern du getötet worden wärst?«

»Tut mir leid, damit kann ich nicht dienen.«

»Nein, versteh mich nicht falsch, Ben. Ich will damit sagen, dass Darcy diese Bande niemals hätte so davonkommen lassen. Du weißt ja, wie treu Darcy seiner Familie ergeben war.«

Ben schob wütend seinen Stuhl zurück. »Jetzt reicht's mir«, knurrte er. »Ich will dir mal erzählen, wie treu ergeben Darcy war. Über ein gewisses Mädchen habe ich nämlich noch nie gesprochen …«

»Doch, du hast sie in deinem Brief erwähnt. Ich habe ihn aufgehoben.«

»Meinetwegen, erinnere dich, an was du willst. Aber du weißt nicht, dass er sie heiraten wollte. Die beiden hatten schon den Hochzeitstag festgesetzt. Das Aufgebot war bereits bestellt.«

»Was? Ich glaube dir kein Wort.«

»Dieses Fest war sein Junggesellenabschied.«

»Darcy hätte niemals ohne mein Wissen geheiratet.«

»Da irrst du dich gewaltig. Er wollte sie nach Caravale mitnehmen.«

»Wer ist diese Person überhaupt? Kenne ich sie?«

»Natürlich nicht, er hatte sie nämlich selbst erst eine Woche zuvor kennengelernt. Sie ist Hausmädchen.«

Cornelia starrte ihn an. Dann schüttelte sie den Kopf, als wollte sie die letzten Worte ungesagt machen. »Nun gut, Darcy wird schon gewusst haben, was er tat, er war schließlich kein Dummkopf. Aber das ist jetzt nicht mehr wichtig.«

»Hast du eine Ahnung! Ich wollte zwar eigentlich einen besseren Zeitpunkt abwarten, um es dir zu sagen, aber da du anscheinend entschlossen bist, für den Rest meines Lebens an mir herumzunörgeln, solltest du dir mal genau überlegen, wie

treu Darcy wirklich war. Sein ganzes Hab und Gut hat er nämlich diesem Mädchen hinterlassen.«

Cornelia wurde leichenblass. »Was sagst du da?«

»Damit du's weißt, diesem dahergelaufenen Hausmädchen
gehört jetzt die Hälfte von Caravale!«

5

Als Jack Middleton mit Alice, Perfy und ihrem Hausmädchen
Diamond in Bowen, dem früheren Port Denison, an Land ging,
war er angenehm überrascht.

Vom Schiff aus hatte der Ort auf den ersten Blick gewirkt,
als ob es dort drunter und drüber ginge. Im Hafen herrschte ein
Durcheinander von Schiffen, wie Jack es in seinem ganzen Leben noch nicht gesehen hatte. Da waren Lugger und Schoner,
kleine Segelboote, Schleppnetzfischer, Barkassen und sogar ein
paar alte asiatische Schaluppen. Daneben lagen einige Klipper,
deren Masten vor dem Meer aufragten, und über allem thron-
te erhaben der Passagierdampfer *Duke of Roxburgh*. Sie hatten
sich glücklich gewähnt, auf dem *Duke* reisen zu können, doch
als sie an Bord gingen, trafen sie auf Hunderte von Zwischen-
deckpassagieren und Goldsuchern. Der Kapitän hatte den Passagieren in der ersten Klasse eilig versichert, später würde die
Reise ohne Unannehmlichkeiten verlaufen, aber da die Middletons gemeinsam mit dem Pöbel in Bowen von Bord gehen würden, hatten sie nichts mehr davon.

Eine lange Landungsbrücke erstreckte sich vom Ufer in die
Bucht hinein. Dort hatten jedoch so viele Boote angelegt, dass
sie das Beiboot des *Duke* direkt am Strand absetzte. Die Matrosen versprachen ihnen, das Gepäck später an Land zu bringen,
und so führte Jack seine Familie auf einem von Palmen gesäumten Pfad über den Strand. Von dort aus gelangten sie auf
die breite Hauptstraße, die an diesem heißen Nachmittag wie
ausgestorben dalag. Die schmucke kleine Stadt schien alle
Goldgräber, die angeblich hier eingedrungen waren, verschluckt zu haben.

Ein junger Mann in einem adretten weißen Tropenanzug und einem Sonnenhut trat vor. »Entschuldigen Sie, Sir, sind Sie vielleicht Mr. Middleton?«

»Genau.«

»Ach, dem Himmel sei Dank. Ich habe schon nach Ihnen Ausschau gehalten. Darf ich mich vorstellen? Mein Name ist Herbert Watlington. Der Grundstücksmakler.«

»Guten Tag«, erwiderte Jack. »Nett von Ihnen, uns hier abzuholen. Sie könnten uns zeigen, wo das Haus liegt.«

»Aber natürlich, Sir. Vielleicht sollte ich Ihnen eine Droschke beschaffen; es ist ein ziemlich weiter Weg.«

Jack wandte sich an seine Frau. »Was meinst du, Mutter? Willst du auf eine Droschke warten, oder sollen wir laufen?«

»Ich würde lieber zu Fuß gehen«, antwortete Alice. »Wir brauchen etwas Bewegung. Mir zittern immer noch die Knie von der Seereise.«

Jack stellte seine Familie vor, und gemeinsam machten sie sich auf den Weg. »Ich habe noch nie solch eine breite Straße gesehen«, meinte Jack. »Man kann ja kaum die andere Seite erkennen.«

»Ja, komisch, nicht wahr?«, pflichtete ihm Watlington bei. »Aber es ist sehr nützlich, wenn sich morgens die Goldgräber mit ihren Pferden und Geräten hier versammeln, um zu den Goldfeldern zu reiten. Jeden Morgen bricht eine Kolonne auf, und sie bleiben zusammen, weil das sicherer ist.«

»Wie weit sind die Goldfelder entfernt?«

»Ungefähr fünfhundert Kilometer Luftlinie, aber dazwischen liegen viele Flüsse und Berge.«

Jack nickte und drehte sich nach den Frauen um, die ihnen in einigem Abstand folgten und sich die Auslagen der Geschäfte ansahen, die zwischen Gasthäusern und Banken eingezwängt waren. Allem Anschein nach war dieser junge Mann noch nicht sehr lange in der Kolonie; sein Akzent war zu wenig abgeschliffen, und er benahm sich, als sei er etwas Besseres. Aber Ehre, wem Ehre gebührt; das Haus war bezahlt und seine Aufgabe erfüllt, er hätte also nicht die Umstände auf sich nehmen müssen, sie abzuholen.

»Ich lebe schon lange in Australien«, begann Jack, »und ich kann immer noch nicht begreifen, wie groß dieses Land eigentlich ist. Der Kapitän hat gesagt, wir wären auf unserer Reise von Brisbane nach Bowen an einer Küste von zweitausendvierhundert Kilometern Länge vorbeigefahren.«

»Ja, das ist wirklich wahr«, stimmte Herbert ihm begeistert zu. »Ich musste auch erst die Karten studieren, um es zu glauben. Und von dieser Stadt ist es noch einmal so weit bis zum anderen Ende von Queensland, zum Cape York.« Er lachte. »Ich glaube nicht, dass unsere verehrte Queen eine Ahnung hat, wie riesig der Staat ist, der ihren Namen trägt.«

»Wie weit ist es zur nächsten Stadt?«, fragte Jack.

»Die nächste Stadt?« Herbert blickte ihn erstaunt an. »Nun, ich nehme an, das ist Townsville. Dreihundert Kilometer die Küste rauf nach Norden, würde ich sagen, an der Cleveland Bay.«

»Nein, ich meinte im Landesinneren.«

»Mein lieber Mr. Middleton, im Landesinneren gibt es keine Städte. Da ist ein Dorf auf dem Weg zu den Cape-Goldfeldern mit Namen Charters Towers, aber ich glaube nicht, dass es mehr ist als eine Art Nachschublager für die großen Rinderfarmen, die dort liegen.«

»Wirklich?« Jack war verblüfft. Keine einzige Stadt? Durfte er Perfy in so eine gottverlassene Wildnis bringen?

»O ja«, erwiderte Herbert. »Man könnte sagen, wir leben am Rand der Zivilisation. Die Goldfelder kann man nicht zählen; ich war auch mal draußen, und dort herrschen ziemlich raue Sitten. Nun, Ihr Haus liegt gleich hier, das ist die Carter Street.« Sie bogen um die Ecke, und ihr Führer wartete, bis die Damen aufgeschlossen hatten. »Hier entlang, meine Damen; ich weiß, es ist sehr heiß, aber es sind nur noch ein paar Meter.« Er führte sie die Straße entlang und streckte dann den Arm aus. »Voilà!«

»Wo?«, fragte Alice.

»Direkt vor uns, auf der anderen Straßenseite«, erklärte Herbert. »Ich wollte gerne, dass Sie von hier aus den ersten Blick darauf werfen.«

»Gütiger Himmel!«, rief Alice aus, und Perfy packte ihre Mutter am Arm. »Nein, wie schön! Was für ein hübsches Haus!« Jack stand nur da und schaute. Das Haus, ihr Haus, war weitläufig, besaß einen hohen Giebel und auf jeder Seite eine Veranda. Es war großzügig geschnitten und lag auf einem Grundstück von wenigstens einem halben Morgen mit saftigem grünem Rasen, Schatten spendenden Bäumen und blühenden Sträuchern. Statt durch einen Gartenzaun wurde es von einer sauber gestutzten Hibiskushecke von der Straße abgeschirmt. Ein mit Steinplatten ausgelegter Weg führte vom Eingang zur vorderen Veranda.

»Es wurde von einem Preußen gebaut«, sagte Herbert, »und dieser Mann war sehr genau.«

Bei der Führung durch das Haus fragte sich Jack, was wohl sein verstorbener Vater von dem Besitz gehalten hätte. Seine Augen wurden feucht, als er an den sturen alten Kerl dachte, der seine Familie mit dem Lohn eines Bergmannes ernähren musste und seine Söhne mit Fußtritten und Prügel zur Raison brachte. Wie weit diese Zeit doch zurücklag!

Jack seufzte und zog den Mantel aus. Er besaß nur wenige anständige Kleidungsstücke, aber in diesem Klima brauchte man auch nicht mehr als Hemden und Hosen. Mein Gott, war das eine Hitze! Ein seltsames Gefühl übermannte ihn, eine Sehnsucht nach der frischen Kühle Englands, nach dem Wechsel der Jahreszeiten. Wie sehnte er sich danach, wieder einmal das Herbstlaub unter seinen Füßen rascheln zu hören und Nebel, Schnee und verschneite Bäume zu sehen! Aber hier, in der immerwährenden Hitze, bestand die einzige Abwechslung darin, dass die Luft entweder feucht oder trocken war und das allgegenwärtige Grün in der Sonne glänzte oder vor Nässe triefte. Er erschauderte, als würde jemand über sein Grab gehen, wie Alice immer zu sagen pflegte. Aber dann schüttelte er seine Wehmut ab und wandte sich wieder der Gegenwart zu. »Ich muss mich hier erst einmal zurechtfinden«, sagte er zu Herbert. »Wo kann ich eine Landkarte bekommen?«

»Die sind hier nur schwer zu haben«, entgegnete dieser, »die

Goldgräber haben sie alle aufgekauft. Aber überlassen Sie das nur mir, Mr. Middleton. Ich werde schon eine für Sie auftreiben.«

»Mir kommt es darauf an, dass sie auch das Hinterland zeigt und nicht nur die Gegend um Bowen.«

»In Ordnung. Wollen Sie dort Land kaufen?«

»Vielleicht«, erwiderte Jack unbestimmt.

»Ich muss jetzt gehen«, verabschiedete sich Herbert. »Ich freue mich, dass Ihnen Ihr Haus gefällt, Sir.«

»Es ist nicht mein Haus«, stellte Jack richtig. »Es gehört meiner Tochter.« In diesem Augenblick sah er drei Frauen mit Körben unter dem Arm den Gartenweg heraufkommen. »Wer ist denn das?«

»Das sind Damen aus dem Ort, Sir. Wir, die Einheimischen, fühlen uns unter all den Goldsuchern und ihren Familien oft in der Minderheit, und diese Damen möchten Sie wohl willkommen heißen.«

»Das hätte ich ja niemals erwartet!«, rief Jack erstaunt aus. Er trat zurück und sah zu, wie seine Frau und Perfy die Gäste begrüßten. Alice war selig, in dieser Stadt als anerkanntes Mitglied der Gesellschaft willkommen geheißen zu werden, und diese Freude stand ihr ins Gesicht geschrieben. Später würde er sie damit aufziehen, doch jetzt sollte sie diesen Tag, den wohl glücklichsten ihres Lebens, in aller Ruhe auskosten.

Diamond huschte leise durchs Haus und half, wo sie konnte. Sie fühlte sich wohl hier. Noch immer spürte sie die Gegenwart der Familie, die früher hier gelebt hatte, hörte den Gesang der Töchter und die wohlmeinenden Worte des Vaters, eines herzensguten Mannes, der sie an Kapitän Beckmann erinnerte. Dazwischen mischte sich Töpfeklappern aus der blitzblanken Küche, dem Reich der deutschen Hausfrau. Zwar erfuhren Miss Perfy und ihre Eltern von den Besucherinnen viel über die vorigen Besitzer, doch Diamond brauchte gar nicht hinzuhören, denn überall trug das Haus Spuren ihrer liebevollen Fürsorge. Dass Geld diese Familie dazu verleitet hatte, ihr friedliches Heim zu verlassen, tat ihr leid, und der Gedanke, dass sie die Gegenwart zu schnell für eine ungewisse Zukunft aufgegeben hatten, bereitete ihr Sorge.

Aber vielleicht fühlte sie sich auch einfach nur an die Missus erinnert, die ihr ein paar traurige Briefe aus Deutschland geschrieben hatte. Die Kälte ihrer Heimat drang der Missus bis in die Knochen; nach wie vor litt sie unter dem Umstand, dass sie kein eigenes Heim mehr besaß. Zwar lebte die Missus bei ihrer Familie, doch die Schwiegertochter machte ihr das Leben schwer. Diamond fand das sehr seltsam und antwortete mit möglichst fröhlichen Briefen. Während ihrer Zeit als Wäscherin hatte es leider nicht viel zu erzählen gegeben, aber nun konnte sie jede Menge interessanter Neuigkeiten berichten.

Miss Perfy hatte ihr Blusen und Röcke gekauft, und so konnte sie die hässlichen Hemden aus der Wäscherei vergessen. Mit dem Hut hatte es allerdings Probleme gegeben. Mrs. Middleton war hartnäckig bei ihrer Meinung geblieben, eine Frau dürfe nicht ohne Kopfbedeckung reisen, aber jeder Hut, den Diamond aufprobierte, hatte auf ihrem dichten krausen Haar lächerlich ausgesehen. Schließlich hatte sie sich mit Mrs. Middleton auf einen Schal geeinigt, den Diamond wie einen Turban um den Kopf wand. Das sah sogar so hübsch aus, dass Mrs. Middleton sie gleich mit mehreren farbigen Baumwollschals ausgestattet hatte. Als Diamond an einem Spiegel vorbeikam, überprüfte sie noch einmal ihr Aussehen. Ja, ein Turban stand ihr gut; er unterstrich ihre kupferfarbene Haut und die hohen Wangenknochen. Da alles Haar versteckt war, wirkte ihr Gesicht sehr schmal. Außerdem brachte dieser hübsche Turban sie dazu, trotz ihrer Größe den Kopf hoch zu tragen. Und so waren erst einmal alle zufrieden. Als das Gepäck ankam und auf die Schlafzimmer verteilt wurde, waren alle so aufgeregt, dass niemand Diamonds Enttäuschung bemerkte. Es gab vier große Schlafzimmer und einen kleinen Anbau neben der Waschküche. Der Makler, der ihre Stellung sogleich erraten hatte, hatte darauf gezeigt und gesagt: »Dort schläft das Hausmädchen.« Diamond zuckte die Achseln. Warum auch sollte diese Familie anders sein als der Rest? Schwarze schliefen eben nicht in den Häusern der Weißen. Dabei dachte Diamond niemals an sich selbst als Schwarze oder als jemand mit irgendeiner bestimmten Hautfarbe.

Immerhin wohnte sie nun auf der Nordseite, und da der verhältnismäßig große Raum mit Leinenrouleaus anstelle von Glasfenstern ausgestattet war, würde er nachts sicher angenehm kühl sein.

In letzter Zeit hatte sie viel über ihren Stamm nachgedacht, und irgendwann war ihr klar geworden, was damals passiert war. Man hatte sie entführt. Zwar hegte sie keinen Groll gegen die Beckmanns, die meinten, sie gerettet zu haben, aber gelegentlich meldete sich doch ein kleiner Stachel des Zorns in ihrem Herzen. Sie war ihrer Heimat beraubt, und dies war umso schlimmer, als ihr Volk auf seine Art die Welt viel besser verstand als die Weißen. Dieses Wissen schlummerte noch in ihr, und manchmal hatte sie den Eindruck, sie könnte es fassen, wusste aber nicht, wie.

»Diamond!«, rief Alice. »Komm her, wir haben keine Zeit zum Träumen, es gibt noch eine Menge zu tun!«

6

Auf der Farm herrschte geschäftiges Treiben. In der letzten Zeit traf man überall auf Fremde. Vor allem Rinderkäufer, die es nicht abwarten konnten, bis die Herden zu den Goldfeldern getrieben wurden, kamen selbst auf die Farmen und feilschten um die Preise. Damit bissen sie bei Ben allerdings auf Granit, er war ein zäher Verhandlungspartner. Cornelia hatte ihn noch nie so hart arbeiten sehen, aber es blieb ihm wohl gar keine andere Wahl. Und der Goldrausch flaute nicht etwa ab. Mittlerweile dehnten sich die Schürfstellen fünfzig Kilometer entlang des Cape River aus, und in der Nähe von Charters Towers entdeckte man weitere Felder.

Überall stieß man auf Gold, doch gerade jetzt, wo Caravale auf dem besten Weg war, fette Gewinne abzuwerfen, hatten sie die Hälfte der Farm verloren. Cornelia wollte immer noch nicht glauben, dass Darcy ihnen das angetan hatte. Mr. Jauncy, Darcys Testamentsvollstrecker, hatte ihnen jedoch in einem Brief bestätigt, dass die Eigentumsurkunde beim Grundbuchamt eingereicht worden war, um die Miteigentümerschaft eintragen zu lassen: Caravale war im Besitz von Perfection Middleton und Ben Buchanan.

Wie Cornelia dieses Flittchen hasste! Sie hatte Tage gebraucht, um den Schlag zu überwinden, dass sie Caravale mit einer Fremden teilen mussten. Nach Darcys Tod war das mehr, als eine Frau ertragen konnte. Immer wenn sie sich gerade etwas gefangen hatte, ging irgendetwas schief. Nun gut, sie war auch schon früher mit Schwierigkeiten fertiggeworden und würde sie auch in Zukunft bewältigen. Ben hatte einen anderen Rechtsanwalt damit beauftragt, Darcys Testament anzufechten, aber dann musste er erfahren, dass man daran nichts mehr ändern konnte. Dieser Versager gab Ben nur den Rat, er solle den anderen Teil der Farm zurückkaufen. Schön und gut. Natürlich ging es der Farm besser als je zuvor, aber das bedeutete auch eine Wertsteigerung. Aus diesem Grunde hatte Jauncy einen Assessor geschickt, der den Wert des Besitzes und des Viehbestandes schätzen sollte. Dem Flittchen gehörte auch die Hälfte der Rinderherde, und Ben war angewiesen worden, ab jetzt sorgfältig Buch zu führen. Die Unterlagen mussten dem prüfenden Blick dieses Verräters Jauncy standhalten. Cornelia hatte den Mann noch nie leiden können; von ihm hatte sie damals auch erfahren, dass Teddy sie aus seinem Testament gestrichen hatte.

Wie sollten sie die Hälfte der Farm und des Viehbestandes zurückkaufen? Zwar hatten sie Geld auf der Bank, aber das war für schlechte Zeiten gedacht, die in diesem Land genauso unausweichlich kamen wie der Tod. Außerdem brauchte man immer etwas Kapital, um eine Farm zu leiten. Nacht für Nacht zerbrach sie sich gemeinsam mit Ben den Kopf. Er hatte einfach nicht genug Geld, um das Mädchen auszuzahlen, es sei denn, er nahm einen Kredit bei der Bank auf. Aber davor hatte Ben eine Heidenangst. »Wenn du einmal in die Klauen der Bank gerätst«, hatte Teddy immer gesagt, »bist du verloren. Am Ende gehört ihnen alles, was du hast.« Womit er recht hatte.

Auch Ben hatte letzte Nacht verzweifelt gestöhnt: »Wenn wir eine Hypothek aufnehmen, um ihren Teil zu kaufen, und dann auch noch Zinsen zahlen, müssen wir jahrelang für etwas zahlen, das uns eigentlich gehört. Falls wir mit dem Wetter Pech haben oder die Rinder krank werden, können wir nichts zurückzahlen und sitzen in der Patsche.« Nein, sie mussten sich eine bessere Lösung einfallen lassen.

In den nächsten Tagen hatte Cornelia keine Gelegenheit, etwas mit Ben zu besprechen. Auf den Weiden im Südwesten gab es Ärger mit Eindringlingen. Fremde hatten sich einen Pfad durch den Busch geschlagen, um auf direktem Weg zu den Goldfeldern am Cape zu gelangen und ihren Karren und Wagen die Durchfahrt zu erleichtern. Unvermeidlich folgten ihnen weitere Reiter und Fußvolk, was zu einem Zusammenstoß mit Tom Mansfield und den Viehtreibern von Caravale führte. Es gab einen Schusswechsel, in dessen Verlauf ein Goldsucher verwundet und Toms Pferd getötet wurde. Als Vergeltung hatten die Schwarzen auf Caravale, die vielleicht nichts unternommen hätten, wäre ein Weißer anstelle eines Pferdes gestorben, einen der Wagen umgekippt. Cornelia erfuhr das von den schwarzen Hausmädchen, die über alles Bescheid wussten, was im Umkreis von hundert Kilometern geschah. Daraufhin war Ben mit Verstärkung zum Ort des Geschehens hinausgeritten, um die Sache in Ordnung zu bringen.

»Was hat Ben denn unternommen?«

»Die Mädchen sagen, er schleppt gefällte Bäume zur Grenze und blockiert den Pfad.«

»Wozu soll das denn gut sein? Er sollte lieber ein paar von diesen Kerlen erschießen.«

»Es sind zu viele, Mrs. Buchanan«, sagte Mae. »Die anderen Farmen haben dieselben Schwierigkeiten. Sie kommen zu Tausenden. Man sagt, wenn das so weitergeht, wird Charters Towers noch eine große Stadt.«

Cornelia lachte. Charters Towers. Dieses Kuhdorf! Das letzte Mal war sie dort gewesen, um mit Darcy und Ben das Dreitagerennen zu besuchen … schon wieder Darcy. Immer noch verwirrten sich ihre Gefühle, wenn sie an ihn dachte. Sie trauerte um ihn, vermisste seine Gesellschaft, seine umgängliche Art. Er war ein lieber Kerl gewesen wie sein Vater. Ben war härter als die beiden, verbissener, und sie hatte erkannt, dass ihr jüngerer Sohn wie sie die Fähigkeit besaß zurückzuschlagen. Mit seinem dunklen rötlichen Haar und dem stämmigen Körperbau glich er ihr auch äußerlich. Darcy hingegen war das Ebenbild seines Vaters gewesen, groß, gut aussehend, schlank und großzügig, zu großzügig, zu sehr Gentleman. Ben, das wusste sie, war trotz seines Auftretens alles andere als ein Gentleman.

Es war schon spät, und Ben war hundemüde. Mae zog ihm die Stiefel aus.

»Du brauchst dich nicht umzuziehen«, sagte seine Mutter. »Wir haben ein Steak und Nierenpastete für dich warm gehalten. Setzen wir uns doch einfach in die Küche. Mae, du kannst zu Bett gehen.«

Cornelia servierte ihm die Nierenpastete mit Kartoffelpüree, einer großen Portion Blumenkohl in weißer Soße und frischen Erbsen. Als sie eine Scheibe von dem frisch gebackenen Brot abschnitt, unterdrückte sie die mütterliche Bemerkung, dass dies immer sein Leibgericht gewesen war. Ben berichtete derweilen von den Schwierigkeiten mit den Goldgräbern, die ihre Rinder geschlachtet und die Kadaver einfach liegen gelassen hatten, und von dem streunenden Vieh, das durch die Eindringlinge aufgeschreckt worden war. Schweigend goss sie sich beiden ein Glas Rotwein ein. Sie fühlte sich nun besser und sah, wie die Müdigkeit von ihm wich. Er erzählte ihr, dass er Clipper, Darcys Pferd, an Tom Mansfield verkauft hatte, da dessen Pferd getötet worden war.

»Das ist die beste Lösung«, meinte Ben. »Clipper war traurig, und außerdem hat er uns zu sehr an Darcy erinnert.«

»Du hast recht«, stimmte sie zu. Darcy hätte Tom das Pferd einfach geschenkt, aber Ben war eben anders.

»Wie alt ist diese Miss Middleton eigentlich?«, fragte sie.

»Ich weiß es nicht genau, neunzehn oder zwanzig, würde ich sagen.«

»Das habe ich mir schon gedacht. In den Papieren, die Jauncy uns geschickt hat, steht, dass ihr Vater als Treuhänder fungiert, bis sie volljährig wird.«

»Das stimmt.«

»Was ist er von Beruf?«

»Er war Sergeant bei der Armee, hat aber seinen Abschied genommen, als seine Tochter so plötzlich reich wurde. Davor war er Sträfling. Wegen Diebstahls zu sieben Jahren Zwangsarbeit verurteilt.«

»Und was hat er gestohlen?«

»Er ist in eine Bäckerei eingebrochen und hat entweder Brot oder Geld mitgehen lassen. Aber was genau, spielt ja wohl keine Rolle? Der Mann ist ein Dieb und vorbestraft.«

Cornelia verspürte den Drang, laut hinauszulachen. Ein Anfänger! Nellie Bunn hätte sich niemals mit solchem Kleinkram abgegeben; außerdem wäre Nellie Bunn nicht so dumm gewesen, sich erwischen zu lassen.

»Wusste Darcy davon?«, fragte sie ernst.

»O ja. Aber ihn hat es überhaupt nicht gekümmert.« Bens Gesichtsausdruck verriet Ärger. »Mutter, ich möchte nicht mehr über Darcy sprechen.«

»Du hast recht, reden wir von etwas anderem. Aber sag, dieser Jack Middleton – in welchen Verhältnissen lebt er?«

»Was meinst du damit?«

»Ist er verheiratet oder vielleicht Witwer?«

Ben lehnte sich im Stuhl zurück und lachte. »Tut mir leid, da muss ich dich enttäuschen. Der Mann ist verheiratet, und seine Frau ist gesund und munter.«

Cornelia grinste und strich sich eine Locke aus der Stirn. »Nun gut, dann scheidet diese Möglichkeit aus.« Ben starrte sie an. »Du würdest dir ernsthaft überlegen, ihn zu heiraten, falls er alleinstehend wäre?«

»Es war ja nur ein Gedanke. Dann hätten wir immerhin die Möglichkeit, Caravale wieder in unseren Besitz zu bringen.« Im Grunde war es mehr als nur ein Gedanke. Mit ihren Fragen wollte sie Ben zum eigentlichen Ziel der Unterhaltung hinführen. Immer noch lachend schenkte sich Ben noch ein Glas Rotwein ein. »Ma, du hast wirklich Humor.«

»Ich habe dir gesagt, du sollst mich nicht Ma nennen.«

»Gut, Mutter. Du würdest also tatsächlich diesen Tölpel nur wegen Caravale heiraten?«

»Warum nicht?«

»Das ist Wahnsinn!«

»Nicht unbedingt. Aber wenn er verheiratet ist, können wir's vergessen.«

»Das glaube ich auch.«

»Und was ist mit der Tochter? Hast du sie näher kennengelernt?«

»Nein, ich habe sie nur ein paarmal gesehen. Du weißt doch, sie war Hausmädchen beim Gouverneur.«

»Wie sieht sie aus? Das muss ich wissen, Ben, denn früher oder später werden wir mit diesen Leuten zu tun haben.«

»Um ehrlich zu sein, sieht sie ganz gut aus.«

»Heller oder dunkler Typ?«

»Sie ist blond, und wenn ich so darüber nachdenke, hat sie eigentlich eine ganz gute Figur.«

Cornelia nickte. »Wir haben also ein junges Mädchen, das nett aussieht und sicherlich heiratswillig ist. In etwa einem Jahr besitzt sie die Hälfte unserer Farm, ohne dass ihr Vater ihr noch dreinreden kann.«

»Ja, und?«

»Ich glaube, es ist an der Zeit, dass du über deinen Schatten springst und dir mal überlegst, ob du sie nicht heiraten willst.«

»Du bist verrückt!«

»Denk mal darüber nach. Wenn du sie nicht heiratest, tut es ein anderer, denn sie ist eine gute Partie. Dann müssen wir uns auch mit ihrem Ehemann herumschlagen. Aber wenn du sie heiratest, fällt Caravale an dich zurück, und es kostet dich keinen Pfennig.«

»Nein, das kommt überhaupt nicht infrage.«

Sie brachte ihm eine Schüssel Pudding und reichte ihm den Sahnekrug. »Tu, was du willst. Ich mische mich da nicht ein, das musst du selbst entscheiden. Wie es klingt, ist sie wenigstens nicht hässlich, und, mein lieber Sohn, welches Mädchen hat schon solch eine Mitgift?«

»Das ist einfach lächerlich. Was erwartest du von mir? Soll ich einen Brief schreiben und um die Hand einer völlig Fremden anhalten?«

»Selbstverständlich nicht. Warte erst mal ab. Jauncy hat gesagt, dass sich Mr. Middleton zu gegebener Zeit mit uns in Verbindung setzen wird. Ich wette, die Middletons können es kaum erwarten, einen Blick auf ihr neuerworbenes Eigentum zu werfen. Wir hören sicher noch früh genug von ihnen. Du bist ihr Partner, warte also ab, bis sie den ersten Schritt tun.«

Teil 5

1

Chin Ying verließ die Wohnung seiner Familie und ging mit gesenktem Kopf über den Platz. Er wusste, dass alle Blicke auf ihn gerichtet waren. Es war eine Ehre, vom Großfürsten Cheong eingeladen zu werden, und sicher hatten alle, die in seinen Herrschaftshäusern wohnten, schon davon gehört – angefangen bei den hochrangigen Familienmitgliedern über die Höflinge, die geschwätzigen Konkubinen und Eunuchen bis hinunter zum niedrigsten Diener.

Er war geziemend gekleidet mit einem Mantel aus königsblauer wattierter Seide, der mit goldenen und roten Drachen bestickt war, und einer breiten orangefarbenen Schärpe. Der Mantel hatte lange, spitz zulaufende Ärmel mit einem cremefarbenen Seidensaum und war, wie es der Anstand gebot, knöchellang. Sein bestes, himmelblaues Gewand mit dem kostbaren orangefarbenen Saum schleifte über den Boden und verbarg seine unwürdigen Füße, die in weichen Seidenpantoffeln steckten. Auf dem Kopf trug er einen runden schwarzen Hut, verziert mit goldenen und silbernen Perlen. Mit einem einfachen schwarzen Seidenhut hätte er mehr Geschmack bewiesen, fand Ying, aber seine Mutter war anderer Ansicht gewesen. Der Großfürst Cheong und seine Fürstin bevorzugten farbenprächtige Kleidung. Ying marschierte über den Roten Platz des Glücks zum Duftenden Garten und dann weiter zum Pavillon des Knospenden Lotus. Die jungen Damen, die die Fische in den Teichen betrachteten und sich nach dem Vorübergehenden umdrehten, würdigte er keines Blickes, obwohl sie über ihn tuschelten, und zwar ziemlich unverhohlen, wie er fand. Auf dem Weg des Singenden Bambus kam er schließlich zum Purpurnen Perlentor, dem Eingang, der hohen Beamten vorbehalten war. Natürlich war er nicht so reich geschmückt wie der Eingang zu Fürst Cheongs Hof, der nur von Familienmitgliedern benutzt wurde, aber er war trotzdem prächtig. Beim bloßen Gedanken an die fürstliche Familie beugte Ying ehrfürchtig das Haupt.

Er hatte oft draußen auf der Straße gestanden und den Prozessionen zugesehen, die durch die Haupttore von Fürst Cheongs von Mauern umgebenem Anwesen zogen. Beeindruckt hatte er beobachtet, mit welchem Pomp und welchen Zeremonien bedeutende Gäste empfangen wurden, und er war stolz darauf, dass er innerhalb dieser Mauern leben und wohnen durfte, ein junger Edelmann von hohem gesellschaftlichem Rang. Der Torweg selbst war über und über mit kunstfertigen Steinmetzarbeiten verziert, und das reich geschmückte Pförtnerhaus prangte in Rot und Gold. Wie bei den anderen Gebäuden waren auch seine Dachenden nach oben geschwungen und lenkten das Auge des Betrachters von den schweren Metalltoren und den bewaffneten Wächtern ab.

Chin Ying lebte seit seiner Geburt vor sechsundzwanzig Jahren im Haushalt des Fürsten. Schon sein Vater, sein Großvater und sein Urgroßvater hatten dem Fürsten als Oberste Kornbeauftragte gedient, und bald würde er an der Reihe sein, diese überaus ehrenhafte Aufgabe zu übernehmen. Zwar bedeutete es eine große Verantwortung für einen so jungen Edelmann wie ihn, doch er glaubte, dass er dieses Amt gut versehen würde. Nach dem plötzlichen Tod seines Vaters war er der Nächste in der Erbfolge, und außerdem verfügte er über eine gute Ausbildung. Er war nicht nur in Philosophie, Literatur, den bildenden Künsten und der Musik bewandert, wie es sich für einen gebildeten Adligen geziemte, seine Lehrer hatten ihn auch in Mathematik und der fremdartigen englischen Sprache unterrichtet. Zurzeit befanden sich viele Engländer in China, und obwohl Ying noch keinen Ausländer kennengelernt hatte, würden seine Sprachkenntnisse ihm sicher von Vorteil sein, wenn er in die Provinz hinauszog. Sein Vater hatte ihn mehrmals zur Kornernte mitgenommen und ihm nicht nur die Abholung und Lagerung des Getreides bis in alle Einzelheiten erklärt, sondern auch alles über den Zehnten und die Steuern, die die Bauern für das Gemeinwohl abgeben mussten. Jetzt war er dankbar für die Weitsicht seines Vaters. Chin Ying würde ein tüchtiger Oberster Kornbeauftragter werden, und weil er noch so jung war, konnte er irgendwann vielleicht sogar in eine höhere Stellung aufsteigen. Der Tod seines Vaters war ein schwerer Schlag gewesen, aber Li-wen, Yings Frau, war hocherfreut über ihren neuen Stand. Nachdem Yings Mutter – wie es sich für eine Witwe geziemte – ihrem ältesten Sohn den Platz geräumt und sich mit Nanny Tan in den hinteren Flügel zurückgezogen hatte, war das Paar nämlich in den Hauptraum der Villa umgezogen. Chin Ying war nun Vorstand des Haushalts.

Zwei Diener geleiteten ihn über die Bogenbrücke, die den Stillen See mit seinen kleinen Trauerweiden überspannte, zum Pavillon der Purpurinsel. Hier war er noch nie zuvor gewesen. Durch ein Mondtor, das Glückssymbol der Liebenden, betraten sie schließlich den Hof des Großfürsten Cheong. Hier ließ man Ying warten. Seine Füße versanken in dem dicken Teppich, und aus den Augenwinkeln sah er die prächtigen Seidenstoffe, die die Wände schmückten. Sein Herr hatte in der Tat einen sehr erlesenen Geschmack.

Windglockenspiele erklangen, als sich die Türen öffneten und den Blick auf den Thronsaal freigaben. Am anderen Ende des Saals saß Fürst Cheong auf seinem hohen, prunkvollen Baldachinthron. Ehe Ying sich ehrerbietig auf die Knie warf, konnte er noch einen Blick auf die Reihen der Höflinge und Beamten werfen, deren Staatsroben in den herrlichsten Farben leuchteten.

Zu Füßen des Fürsten saß der Schatzmeister an einem kleinen, niedrigen Tisch, auf dem seine Schriftrollen und Pinsel lagen. Yings Vater hatte gesagt, er sei ein seniler Greis, doch seine Mutter war anderer Meinung gewesen; sie hielt ihn für einen gerissenen Beamten, der seine Informanten im ganzen Land hatte.

Auf das Zeichen eines Höflings trat Chin Ying vor bis zu einem kleinen vergoldeten Geländer, das ihn vom Schatzmeister und dem geheiligten Raum des Fürsten dahinter trennte. Ying kniete nieder und senkte den Kopf bis auf den Boden.

»Erhebe dich, Chin Ying«, sagte der Schatzmeister mit seiner brüchigen Stimme, und ein Diener eilte mit einem winzigen gepolsterten Schemel herbei, auf dem der zukünftige

Oberste Kornbeauftragte Platz nehmen durfte. Ying verbeugte sich anmutig und ohne im Mindesten tölpelhaft zu erscheinen. Bald würde er seine goldene Amtskette empfangen.

Ying sah jetzt erstmals auch den Fürsten selbst. Er war ihm noch nie so nahe gewesen, und er stellte fest, dass das Gesicht des Fürsten Cheong ungewöhnlich weiß war, wahrscheinlich gepudert oder gesalbt. Seine Augenbrauen waren geschwärzt, damit sie zu dem dünnen schwarzen Schnurrbart passten, der zu beiden Seiten des karminrot bemalten Mundes herabhing. Seine hohe, halbmondförmige Kopfbedeckung war mit orangefarbener Seide überzogen, mit Goldfäden bestickt und mit kostbaren Steinen besetzt. Er trug ein Gewand aus weißem, wattiertem Satin, das mit einem dunklen schimmernden Pelz besetzt war, sowie eine breite, purpurrote Schärpe. An seinen feinen Händen mit den verlängerten Fingernägeln blitzten goldene Ringe.

»Das ist Chin Ying, Eure Majestät«, verkündete der Schatzmeister, »der erste Sohn des verstorbenen Obersten Kornbeauftragten.«

Träge fächelte sich der Fürst Luft zu, und der Schatzmeister fuhr fort: »Eure Majestät, anlässlich des plötzlichen Todes des Obersten Kornbeauftragten wurde festgestellt, dass seine Eintragungen und Berichte nicht ordnungsgemäß sind.«

Chin Ying zuckte zusammen. Möglicherweise fehlten die letzten Eintragungen, das war verständlich. War es das, was der Schatzmeister meinte? Leider hatte Ying nicht die Erlaubnis zu sprechen, außer wenn man ihn unmittelbar anredete. Aufgeregt rang er die in den Ärmeln verborgenen Hände.

Der Schatzmeister sprach weiter. »Eine sorgfältige Überprüfung der Eintragungen aus den Amtsjahren des Verstorbenen hat erhebliche Unstimmigkeiten an den Tag gebracht. Daraufhin wurden in der letzten Woche Kornbauern und ihre Familien befragt, und wir sind zu dem Schluss gekommen, dass der verstorbene Beamte sich am Eigentum Eurer Majestät bereichert hat, indem er Bestechungsgelder nahm, Korn auf eigene Rechnung verkaufte und mittels gefälschter Berichte Gelder einbehielt, die Eurer Majestät gehören.«

Das war zu viel für Ying. »Das ist nicht wahr, Eure Majestät«, rief er. »Mein Vater war ein ehrbarer Mann.«

Der Schatzmeister seufzte. »Ich wünschte, es wäre nicht wahr. Dein Vater hat meine Nichte geheiratet, und ich habe dieser Ehe meinen Segen gegeben. Jetzt gehört sie zu einer Familie, die Schande über sich gebracht hat.«

Ying war entsetzt, und ihm war peinlich, dass er vor all diesen hochrangigen Persönlichkeiten so erniedrigt wurde. Er spürte, wie ihm das Blut in den Kopf schoss, und am liebsten wäre er davongelaufen. In einem neuerlichen Verstoß gegen das Protokoll fragte er flüsternd den Schatzmeister: »Herr, seid Ihr sicher, dass das stimmt?«

»Deine Familie lebte außergewöhnlich vornehm«, erwiderte er, »und bisher führte man dies auf die Geschicklichkeit deines Vaters zurück. Deine Schwester hat über ihren Stand geheiratet. Ihr Schwiegervater ist verhört worden, und wir haben erfahren, dass er sich mit zwei Mitgiften bestechen ließ, um deine Schwester in seinen Haushalt aufzunehmen. Mit der ersten sollte der Leiter der Verwaltung bezahlt werden. Bei der zweiten, die gesetzwidrig ist, handelte es sich um einen viel größeren Betrag. Der Komplize deines Vaters hat das verbrecherische Geschäft heute Morgen gegenüber Eurer Majestät gestanden und wurde unverzüglich hingerichtet.«

Hingerichtet! Der Schwiegervater seiner Schwester! Ying dachte, er würde in Ohnmacht fallen.

»Hast du von dem Diebstahl und dem Betrug gewusst?«

»Nein, Herr, nein«, stammelte Ying. »Ich hatte keine Ahnung. Und ich bin zutiefst zerknirscht.« Er fiel auf die Knie. »Um meiner Familie willen flehe ich um Vergebung.«

Jetzt ergriff der Fürst selbst das Wort; er hatte eine hohe Stimme, in der ein leises Trillern mitschwang. »Vergebung kommt nicht infrage. Es geht um Wiedergutmachung.«

»Eure Majestät, ich zahle gern alles zurück, was Ihr verlangt«, erwiderte Ying, das Gesicht im Teppich vergraben.

»Ja, du wirst alles zurückzahlen. Wir haben über deinen Fall bereits gesprochen.«

Ying wagte aufzusehen. Das weiße Gesicht sah ihn grimmig

an. Das Haar des Fürsten hing in langen geflochtenen Zöpfen herab, die so dünn wie sein Schnurrbart waren. Der Fürst wirkte bedrohlich. Ying war zu Tode erschrocken. Sollte er etwa auch geköpft werden? Er fragte sich, ob er sich ausgestreckt auf den Boden werfen und um Gnade flehen sollte, doch er fürchtete, seinen Fürsten damit nur auf falsche Gedanken zu bringen. Inzwischen schmerzten seine Knie, und sein Rückgrat schien brechen zu wollen.

»In Seiner großen Güte«, verkündete der Schatzmeister, »hat Seine Majestät eine Entscheidung getroffen.«

Ying hörte die Höflinge aufgeregt tuscheln, als der Schatzmeister fortfuhr: »Deine Villa mit allem, was sich darin befindet, ist beschlagnahmt worden. Deine Mutter, deine Frau und eure Diener werden in diesem Augenblick zum Braunen Flügel gebracht.«

Ein entsetztes Raunen ging durch die Zuhörer, und Ying gelang es nur mit Mühe, sich auf den Beinen zu halten. Der Platz am Braunen Flügel war ein scheußliches Viertel, es lag zwischen den Kanalisationsmauern und dem Gefängnis. Dort hausten die niedrigsten Bürger, die nur einen Rang über den Dienern standen. »Deine Schwester wird Konkubine, deine Brüder werden ein Bauerndasein fristen und in den Kornkammern arbeiten.«

Die dünnen Lippen des Fürsten Cheong verzogen sich zu einem Grinsen. »Kornkammern. Wie passend.« Er kicherte, und mit ihm kicherte der ganze Hof. Dann nickte er dem Hofkanzler zu, der daraufhin vortrat.

»Die Versammlung des Hofes ist beendet.«

Ying machte Anstalten aufzustehen, doch der Schatzmeister schüttelte den Kopf. »Bleib sitzen.«

Der Thronsaal leerte sich rasch. Der vor Angst zitternde Chin Ying saß allein seinem Herrn gegenüber, nur der Hofkanzler und der Schatzmeister waren noch da, um seinen Urteilsspruch zu hören. Jeder kannte die Gerüchte von den Folterkammern, in denen es qualvollere Todesarten gab als die öffentliche Hinrichtung durch Enthauptung. War ihm ein so grauenvolles, schreckliches Schicksal bestimmt, dass die vornehmen Höflinge es nicht hören durften, weil sie sich darüber entsetzen würden? Da sprach Fürst Cheong: »Wie willst du die Gelder zurückzahlen und Wiedergutmachung leisten für die abscheulichen Verbrechen deines Vaters?«

Ying antwortete mit schwacher, zittriger Stimme: »Majestät, im Augenblick weiß ich es noch nicht. All dies kommt sehr überraschend für mich, doch ich werde sicher einen Weg finden.«

»Wir glauben, dass du dir etwas vormachst, du nichtsnutziger Schweineschwanz. Ohne Unsere Führung wird es dir nie gelingen, den Schaden wiedergutzumachen.«

»Ich will mich gern von Euch führen lassen, Majestät, glaubt mir.«

»Unter Unserer Führung bekommst du vielleicht die Gelegenheit, deine Mutter und deine Frau wieder in einen höheren Stand zu erheben, und deine Brüder könnten gemeine Soldaten werden.«

»Vielen Dank, Majestät. Und meine Wenigkeit?«

»Deine Zukunft hängt von deinen Leistungen ab«, erwiderte der Fürst.

Was immer es bedeutete, dachte Ying, es klang zumindest so, als würde sein Kopf auf den Schultern bleiben. Er hasste diesen Mann. »Eure Majestät, Ihr seid unendlich weise.«

»Und du bist jung und kräftig«, sagte Cheong. »Du wirst in die Welt hinausziehen und mit Gold zurückkommen. Nicht nur mit einer Handvoll, sondern mit prall gefüllten Truhen. Was deine Familie betrifft, werden wir einen Vertrag abschließen, den du innerhalb einer gewissen Frist erfüllen musst.«

Ying blickte verwirrt um sich. War Cheong verrückt, oder wollte er ihn nur quälen? »Majestät, ich würde gerne Eurem Befehl gehorchen, doch wo finde ich solche Reichtümer?«

»Siehst du«, entgegnete Cheong, »schon jetzt brauchst du Unsere Führung. Es gibt dieses Gold, und du wirst es Uns bringen.« Ja, dachte Ying bitter. Es gingen Gerüchte um, dass die wilden Mongolen weit weg, jenseits der Grenzen, Gold besaßen. Aber was erwartete der Fürst von ihm? Sollte er etwa in das Land der Barbaren eindringen und ihnen das Gold aus den

Zelten stehlen? »Weg mit ihm«, sagte Cheong plötzlich, und unter zahlreichen Verbeugungen ging Ying in Begleitung des Schatzmeisters rückwärts hinaus.

Ying bekam weder Gelegenheit, seine Familie aufzusuchen, noch hatte er Zeit, sich über das ganze Ausmaß seines Unglücks bewusst zu werden oder sich mit Freunden zu beraten. Man brachte ihn zur Bibliothek des Lehrers Wang-tse.

Eigentlich war er der Hauslehrer der Familie des Fürsten Cheong, aber da es deren Mitgliedern sowohl an der nötigen Klugheit als auch am Wissensdurst gebrach, konnte sich Wang-tse ungestört seinen Studien, insbesondere der Naturwissenschaft, widmen.

Als sie mit dem Lehrer Tee tranken, lüftete der Schatzmeister endlich das Geheimnis. »Du wirst hier bei Wang-tse bleiben, bis du dir ausreichende Kenntnisse in drei wichtigen Fächern angeeignet hast – in Geographie, Geologie, und was war das dritte?«

»Metallurgie«, seufzte Wang, der offensichtlich von dem neuen Schüler, den man ihm zugewiesen hatte, nicht sehr begeistert war.

»Dein ehrenwerter Lehrer wird dir zeigen, wo man Gold findet«, fuhr der Schatzmeister fort, »und er wird dir alles erklären, was du darüber wissen musst, einschließlich der Art und Weise der Gewinnung. Ist das richtig?«

»Das ist richtig«, bestätigte Wang-tse.

»Vergeude keine Zeit«, warnte der Schatzmeister. »Du wirst in Wang-tses Obhut bleiben, bis ich nach dir schicke.«

Zwei Tage darauf – Ying hatte außer seinem Lehrer keine Menschenseele zu Gesicht bekommen – wurde er zu einer Audienz ins Haus des Schatzmeisters gebracht. Der Kopf brummte ihm von all den neuen Kenntnissen über Gold, diesen unveränderlichen, trägen und unzerstörbaren Stoff, die er sich in den letzten Tagen angeeignet hatte. Dazu kamen noch die vielen Begriffe: Karat, Legierung, Adern, Gänge, Flöze, Alluvialgold und Nuggets. Mit Sicherheit konnte er sich nur noch daran erinnern, dass pures Gold 24 Karat hatte. Wang-tse hatte sich schließlich für dieses Thema erwärmt und Ying eine Truhe mit

Schriftrollen gegeben, die sich mit Gold und dessen Gewinnung befassten und die er auf der langen Reise studieren sollte. Außerdem hatte er ihm auf einer Karte sein Reiseziel gezeigt: das Land, in dem es Gold gab.

Während er auf den Schatzmeister wartete, versuchte Ying, Haltung zu bewahren, doch er fühlte sich elend. Jetzt schickte man ihn also in ein Land, wo es so wild zuging wie bei den Mongolen; zum fernen Kontinent Terra Australis, auf eine lange Seereise über den Äquator durch sturmgepeitschte Meere. Wang-tse lachte sicher in seinen langen weißen Bart hinein, wenn er daran dachte, was seinem Schüler bevorstand. Denn Ying war der verschmitzte Blick des Lehrers nicht entgangen, als dieser seine Schriftrollen durchsah, den Globus betrachtete und Ying dann genaue Karten von jener Provinz namens Queensland aushändigte. Ein winziger goldener Stern markierte die Goldfelder, die am Lauf eines Flusses mit dem schlichten Namen Cape lagen.

»Ich finde diesen Ort nie«, jammerte Ying.

»Aber natürlich. Fürst Cheong wird sich darum kümmern«, erwiderte Wang-tse.

»Aber es ist ein raues, noch kaum erforschtes Land, wie Ihr mir gesagt habt, und es leben dort wilde Schwarze.«

»Ich würde sagen, dass es für jemanden in deiner Lage dort sicherer ist als hier.«

»Da habt Ihr wohl recht. Ich sollte unserem Fürsten dankbar sein, dass er mich mit einer so großen Aufgabe ehrt.«

»Ehrt?«, fragte der Lehrer. »Er hat genügend Männer, die er auf diese Expedition schicken könnte. Hunderte, vielleicht sogar Tausende unserer Landsleute sind bereits unterwegs zu diesen Goldfeldern, viele davon unfreiwillig und ebenso verpflichtet wie du, ihren Herren Gold zu bringen. Einzig und allein deine Kenntnis der englischen Sprache hat dir das demütigende Schicksal deiner Brüder erspart. Terra Australis ist eine englische Kolonie.«

Ying fand das alles sehr verwirrend. Er hatte die Provinz Hunan noch nie verlassen. Doch es fiel ihm ein, dass Wang-tse von einer Expedition gesprochen hatte. Vielleicht musste er ja nicht alleine gehen.

Er betrachtete seine fein manikürten Fingernägel.

Schließlich empfing ihn der Schatzmeister und gab ihm weitere Anweisungen. »Heute in drei Tagen, ganz gleich, wie die Sterne stehen, wirst du das Haus des Fürsten Cheong verlassen und zu den Goldfeldern abreisen. Zwei Diener werden dich begleiten, Yuang Pan und sein Bruder Yuang Lu. Du wirst zu Pferde reisen, wie es einem Vertreter des Fürsten Cheong zusteht, und fünfzig Kulis mitnehmen, die an dem bezeichneten Ort unter deiner Aufsicht nach Gold graben werden.«

»Aber wie komme ich an diesen Ort, Herr?«

»Unterbrich mich nicht. Du begibst dich nach Macao und gehst dort an Bord eines Schiffes, das dem Fürsten Cheong gehört. Der Kapitän des Schiffes wird dich zu dem Land bringen, in dem sich das Gold befindet.«

»Es ist in Terra Australis in der Provinz Queensland, und der nächste Hafen heißt Bowen«, prahlte Ying mit seinem neuen Wissen. »Ich vermute, das Schiff wird mich in diesen Hafen bringen.«

»Spare dir deine Vermutungen. Der Kapitän hat seine Anweisungen. Sorge dafür, dass er sie befolgt, dann begib dich zu den Goldfeldern und sammle das Gold, bring es zum Schiff zurück und kehre nach Hause zurück.«

Ying schöpfte plötzlich wieder Hoffnung. Jetzt hatte er nicht nur die Gelegenheit, seiner Familie wieder zu Ansehen und Reichtum zu verhelfen. Vielleicht würde er sogar heldenhafte Abenteuer bestehen müssen. Auf jeden Fall wollte er ein Tagebuch führen, das in seiner Familie von Generation zu Generation weitergereicht werden würde.

»Du kannst jetzt gehen und deine Familie besuchen«, befahl der Schatzmeister. »Aber du darfst mit niemandem über diese Expedition sprechen. Sag einfach nur, dass du für eine Weile fortgehst. Das Goldfieber verwirrt nur den Geist. Andere Männer könnten versucht sein, dir zu folgen. Habgier ist ein Laster, wie dein verstorbener Vater ja hinlänglich bewiesen hat.«

Yings Mutter und Li-wen warteten auf ihn im verlassenen Langen Pavillon, und er weinte, als er sie in den billigen bunten

Jacken und den schwarzen Hosen der niederen Klassen sah. »Meine Lieben«, rief er und umarmte sie beide, »glaubt mir, ich werde euch aus dieser Schande befreien.«

Doch seine Mutter war misstrauisch. »Man hat uns unser Zuhause und unseren Besitz weggenommen, aber sieh dich selbst an, du bist immer noch wie ein Edelmann gekleidet.«

Auch Li-wen war aufgebracht. »Wir haben gehört, dass man dir zwei Diener zugeteilt hat. Wie kommt das? Es heißt, die Yuang-Brüder seien in unsere Villa gekommen und hätten auf dein Geheiß hin all deine Sachen mitgenommen, deine schönen Kleider und Kunstwerke und Bücher, alles, was ein Edelmann braucht, sogar deine Parfüms.«

»Davon weiß ich nichts«, erwiderte Ying.

»Du lügst«, stieß seine Mutter unter Tränen hervor. »Sag, dass das nicht wahr ist.«

»Ich darf nicht darüber sprechen.«

»Sind dir die Yuang-Brüder zugeteilt worden oder nicht?«, bohrte Li-wen. »Ich will es wissen.«

»Ja«, antwortete er.

»Weißt du, wer sie sind?«, fragte seine Mutter vorwurfsvoll. »Sie waren die persönlichen Diener von Hsueb Ko, der enthauptet worden ist. Und jetzt sind sie deine Diener. Was für finstere Dinge gehen hier vor?«

Ying schüttelte unglücklich den Kopf. »Ich darf euch nur sagen, dass ich fortmuss, doch ich werde zurückkehren und unseren guten Namen von der Schande reinwaschen.«

»Warum später und nicht sofort?«, kreischte Li-wen. »Schließlich war dein Vater ein Dieb, nicht meiner, und trotzdem werde ich dafür bestraft. Ich hasse dich!«

Seine Mutter nahm ihn am Arm. »Man sagt, du stehst in der Gunst des ehrwürdigen Schatzmeisters, eines mächtigen Mannes. Warum setzt du dich nicht für uns, deine Familie, bei ihm ein? Warum lässt du zu, dass dieses Unglück über uns hereinbricht?«

»Glaubt mir, ich versuche mein Bestes.«

»Er hat uns verraten und verkauft. Er versucht, nur sich selbst zu retten«, fiel Li-wen ein. »Er wird uns nicht helfen, es hat keinen Sinn, ihn darum zu bitten.« Sie spuckte ihm auf den Saum seines Gewandes. »Deine Mutter hat recht. Du bist heimtückisch, du hast uns betrogen.«

Verächtlich wandten sich die beiden Frauen von ihm ab.

2

Das Haus des Bischofs schien geschrumpft zu sein. Die Decke war niedrig, die Zimmer klein, und erst die Treppe! Lew konnte den Blick nicht von der Treppe abwenden, die er früher wie ein olympischer Athlet hinaufgesprungen war, um mit genau dreieinhalb Sätzen den Treppenabsatz zu erreichen. Jetzt sah sie eher winzig aus. Aus dem kleinen Jungen war ein hochgewachsener Mann geworden.

»Es heißt, er habe nicht gelitten, Lewis«, sagte der Bischof. »Er ist als Märtyrer für die Kirche gestorben.«

»Danke.«

»Lass uns niederknien und für ihn beten und auch für deine liebe Mutter. Sie haben beide ihr Leben für den Herrn gegeben.« Lew kniete sich hin. Warum nur brachte er vor diesem alten Mann kaum einen Ton heraus? Aus Ehrfurcht vor dem Alter, wie sie bei den Chinesen üblich war? Nein, diese Erklärung galt nicht, denn schließlich hatte er sich, schon seit er denken konnte, vor dem Bischof gefürchtet. Als Kind hatte man ihn ständig ermahnt, in Anwesenheit des Bischofs ruhig zu sein und stillzusitzen. Gelegentlich hatte der alte Mann wie ein Schulmeister seine Bibelverse abgehört. Schließlich erwartete man vom Sohn eines Missionarsehepaars, dass er alle Gebete vorwärts und rückwärts aufsagen konnte, alle Hymnen kannte und die Bibel auswendig gelernt hatte. Wenigstens war es ihm so vorgekommen. Früher hatte Lewis immer angenommen, dass man im Himmel eine Art Punktekonto ansparen konnte, das umso schneller anwuchs, je länger die Gebete waren. Bei diesem Gedanken musste er lächeln. Einmal hatte er absichtlich die Gebete durcheinandergebracht, die er aufsagen sollte, hatte sie falsch aufgesagt, den Bischof verärgert und seine Eltern blamiert und war daraufhin hart bestraft worden. Sein Vater hatte ihn geschlagen, und dann war er von seiner Mutter hungrig zu Bett geschickt worden. Aber das war die Sache ihm wert gewesen – viel lustiger, als Feuerwerkskörper loszulassen.

»Wir beten für die Seele von Elizabeth Cavour«, fuhr der Bischof eintönig fort, »die ihr Leben opferte, um heidnische Seelen durch das Wort Gottes zu erretten.« Die in einem dreckigen chinesischen Dorf an Typhus gestorben ist, ergänzte Lew bei sich, und einen zehnjährigen Sohn und einen Mann zurückließ, der für seinen Herrn, den Bischof, und die Kirche wie ein Kuli schuftete.

»Und für die Seele von Joseph Cavour, der in Armut lebte wie unser Herr Jesus Christus und der seine Heimat England verließ, um sich unserer Mission anzuschließen.« Seine Stimme hob sich. »Joseph Cavour hat einen Platz an Deiner Seite verdient, o Herr. Blicke gnädig herab auf Deinen Diener, der von den Feinden Jesu niedergestreckt wurde.«

Der bei einem der blutigen Chinesenaufstände am Stadtrand von Xiangtan umgebracht wurde, nur weil er zufällig gerade dort war. Und wenn du es »niederstrecken« nennst, dass sie ihn mit ihren Schwertern in Stücke gehauen haben, dann bist du noch verrückter als sie, dachte Lew.

Diener brachten Tee und stellten ihn auf einem lackierten Tischchen ab. Lew hatte das Haus des Bischofs immer für einen Palast gehalten; es war so großartig im Vergleich zu dem steinernen Bauernhaus, in dem die Cavours gelebt hatten, als sie ihre kleine Gemeinde bekehrter Chinesen betreuten. Doch jetzt sah er das Haus des Bischofs nüchterner: ein gewöhnliches zweistöckiges Gebäude mit dem hier üblichen nach oben geschwungenen Dach und zweckmäßiger Einrichtung. Es war enttäuschend. Schon seit Jahren verabscheute Lew den Bischof und alles, was er darstellte. Er hatte ihn verachtet, weil er in Saus und Braus lebte, während seine Eltern sich bei den Bauern abrackerten und um jede Seele rangen. Sie hatten ihr Leben damit vergeudet, gegen eine Flut anzuschwimmen, Menschen für ihren Glauben zu gewinnen, die längst ihre eigenen Götter hatten. Wenn auch einige, aus Neugier oder einer Laune heraus, das Christentum angenommen hatten – die winzige Insel versank nach Josephs Tod in den Fluten, er war vergessen, die Mission hinweggespült.

»Bist du nach Xiangtan zurückgekehrt, Lewis?«

»Ja, Sir. Ich habe sein Grab gefunden. Freunde haben ihn da begraben, wo früher die Kirche war.«

»War?«

Mit Genugtuung nahm Lewis zur Kenntnis, wie sehr den Bischof diese Nachricht verblüffte. »Aber ja, sie haben die Kirche bis zu den Grundmauern niedergebrannt. Und das Bauernhaus auch.«

Er wusste, die Angreifer hatten es nicht persönlich gemeint; sie hatten das ganze Dorf niedergebrannt, aber dass die Kirche abgebrannt war, würde dem Bischof nahegehen.

»Blasphemie! Gott wird sie strafen. Nach all der harten Arbeit deines lieben Vaters!«

Lew nickte.

»Wir dachten, du würdest die Mission einmal übernehmen, Lewis«, fuhr der Bischof fort. »Dein Vater hatte immer gehofft, du würdest in seine Fußstapfen treten, sozusagen sein Werk fortsetzen. Schließlich bist du in China aufgewachsen, sprichst die Sprache fließend und dazu, soviel ich weiß, noch ein paar Dialekte. Du hast einen großen Vorteil gegenüber den Leuten, die aus der alten Heimat kommen. Ich für meinen Teil war ziemlich enttäuscht, als ich hörte, dass du zur See gegangen bist.«

Mich zur See geflüchtet habe, meinst du wohl. »Ich habe inzwischen mein Kapitänspatent«, sagte Lew. »Und in Macao wartet ein Schiff auf mich.« Er verschwieg, dass es sich nicht etwa um einen schnellen Klipper handelte, sondern um eine chinesische Dschunke; es hatte ihn schon zu viele Jahre gekostet, es wenigstens so weit zu bringen.

»Sehr löblich, Lewis. Kapitän eines eigenen Schiffes, beachtlich. Und geht die Reise nach England?«

England. Lew war noch nie in England gewesen. Er kannte jeden Hafen in Fernost, wie dieser Teil der Welt in Europa genannt wurde, doch sein Heimatland hatte er noch nie gesehen. Dem Bischof und Leuten seines Schlages hatte er es zu verdanken, dass er sein Leben lang heimatlos gewesen war. Ihretwegen hatte er keine englische Erziehung genossen, war seines Geburtsrechts beraubt worden. Doch wenn seine Eltern in einem gelegentlichen Anfall von Heimweh von England sprachen, hatten sie auch in ihm die Sehnsucht nach jenem grünen, freundlichen und friedlichen Lande geweckt.

»Nein«, antwortete er. Man hatte ihm das Ziel seiner Reise zwar noch nicht genannt, aber die Fahrt würde mit ziemlicher Sicherheit nicht nach England gehen. Die Vorstellung, in einer Dschunke die Themse hinaufzufahren, kam ihm reichlich komisch vor.

»Ich möchte dir das hier geben«, sagte der Bischof. »Es ist die Ansprache, die ich bei einem Gedenkgottesdienst für deinen lieben Vater gehalten habe. Es geht darin um das Leben deiner Eltern und ihre großartigen Leistungen für die Kirche in China.«

»Vielen Dank«, sagte Lew, als er die chinesische Schriftrolle entgegennahm und den Inhalt überflog. Zumindest war sie in Englisch geschrieben.

»Na, du stehst ja nun auf eigenen Füßen«, meinte der Bischof lächelnd und reichte ihm die Hand. »Aber vergiss die Kirche nicht, mein Lieber. Ihre Türen stehen dir immer offen. Ich werde für dich beten.«

Als Lew auf dem Weg vom Bischofssitz eine Brücke überquerte, warf er die Schriftrolle in den träge dahinplätschernden Fluss. Am Hafen von Macao drängte er sich durch das lebhafte Getümmel an den Piers und suchte nach der Dschunke, die dem Fürsten Cheong gehörte, einem reichen Feudalherrn aus dem Hinterland von Hunan. Man musste äußerst vorsichtig sein, wenn man es mit dieser Sorte Halsabschneider zu tun hatte. Man bekam sie nie selbst zu Gesicht, sondern verhandelte nach chinesischer Sitte nur mit ihren Vertretern, höflichen, ständig grinsenden Geschäftsleuten aus Macao, die einem ohne Zögern die Kehle durchschneiden würden.

Er hatte versprochen, sich den Vorschlag durch den Kopf gehen zu lassen, aber er würde nur zu seinen Bedingungen annehmen. Erst einmal musste er die Dschunke sehen. Dass Cheongs Schiff ein Juwel sei, wie man ihm versichert hatte, bedeutete überhaupt nichts; sollte sich sein Schiff als zu groß geratenes Hausboot entpuppen, war es zu spät, wenn er erst einmal den Vertrag unterschrieben hatte. Zweitens würde er sich strikt weigern, Schmuggelware oder Frauen, die für ein Bordell bestimmt waren, oder Sträflinge zu fahren. Sein Kapitänspatent war zu wichtig, um es wegen eines Auftrags aufs Spiel zu setzen.

Der Mittelsmann, der zuerst auf ihn zugetreten war, hieß Lien; inzwischen ließ er sich als »Mister« anreden und war stolz auf die Englischkenntnisse, die er sich in Joseph Cavours Unterricht angeeignet hatte.

»Seien Sie nicht so misstrauisch, Lew. Ich selbst habe Sie empfohlen, und meine Vorgesetzten sind überaus erfreut, dass Sie annehmen wollen. Enttäuschen Sie mich nicht. Fürst Cheong ist ein mächtiger Mann, und er wird Sie gut bezahlen.«

»Ich danke Ihnen für Ihre Aufmerksamkeit, Mr. Lien, und ich weiß Ihr Vertrauen zu schätzen, aber ich muss noch mehr wissen, ehe ich annehme.«

»Ich darf Ihnen versichern, dass es sich um eine rechtlich einwandfreie und völlig ehrenwerte Aufgabe handelt.«

»Warum sagen Sie es mir dann nicht, wohin ich fahren soll?«

»Weil nicht einmal ich in dieses Geheimnis eingeweiht bin.«

»Und da wundern Sie sich über mein Misstrauen.«

Er entdeckte Mr. Lien am vereinbarten Treffpunkt. Die stinkende Ware eines Fischverkäufers neben ihm schien ihn ebenso wenig zu kümmern wie das geschäftige Treiben um ihn herum. »Ich kann Cheongs Schiff nicht finden«, sagte Lew. »Offenbar hat kein Mensch je davon gehört.«

»Folgen Sie mir«, erwiderte Mr. Lien und schlüpfte behände durch die Menschenmenge, wobei sein dünner Zopf unter dem Mandarinhut hin und her baumelte. Der größere und kräftigere Lew hingegen musste immer wieder einem Hindernis ausweichen, um mit ihm Schritt halten zu können.

Sie stiegen in einen Sampan, eines dieser chinesischen Hausboote, und wurden in den Hafen hinausgebracht.

»Da ist es.« Mr. Lien deutete auf ein Schiff, und Lew war überrascht.

»Das da?«

»Ganz recht.«

»Herr im Himmel!« Es war ein riesiger Dreimaster. Lew pochte gegen das Holz, als sie an der Längsseite vorbeifuhren. Zweifellos in gutem Zustand. Diese Dschunken hatten ein äußerst solides Spant und konnten praktisch nicht sinken, da sich unter Deck wasserdichte Kammern befanden. Lew wusste, dass viele Konstrukteure heutzutage versuchten, die Sicherheitsvorkehrungen der alten Dschunken nachzubauen, allerdings mit wenig Erfolg.

Bewaffnete Männer bewachten das Schiff, und das mit gutem Grund, denn ein solches Schiff war ziemlich wertvoll. Die Wächter traten beiseite und verbeugten sich, als Mr. Lien und Lew an Bord kamen.

»Das ist Kapitän Cavour«, verkündete Mr. Lien, und die Mannschaft klatschte zum Zeichen ihrer Ehrerbietung. »Das hier«, Mr. Lien deutete auf einen stämmigen chinesischen Matrosen mit dem abgezehrten Gesicht eines Mannes, der sich zu oft in Hafenspelunken herumtrieb, »ist Ihr Erster Maat, Hong.« Der Mann starrte Lew mit kaltem, stählernem Blick an, und Lew erkannte, dass die Mannschaft einen englischen Kapitän als Zumutung empfand. Er verbeugte sich vor Hong und sagte auf Chinesisch: »Was macht ein alter Seebär wie Ihr auf diesem netten Schiffchen?«

Hongs breites Gesicht verzog sich langsam zu einem Grinsen, was ein schrecklicher Anblick war, da ihm mehrere Zähne fehlten und die restlichen aus Gold bestanden. Als die Mannschaft sein Lächeln bemerkte, klatschte sie wieder, diesmal aber begeistert.

»Diese Dschunke ist ja völlig neu!«, rief Lew aus und bewunderte das polierte Holz und das glänzende Messing.

Hong nickte lebhaft. »Ja, Herr, gibt kein schöneres Schiff.«

Lew bemerkte Mr. Liens offensichtliches Missfallen darüber, dass ein Besatzungsmitglied den Kapitän anzureden wagte; doch er für seinen Teil war froh darüber. Ganz gleich, wohin die Reise auch gehen mochte, er brauchte fähige Männer für dieses herrliche Schiff. In diesem Augenblick war ihm sogar das Reiseziel gleichgültig. Wenn alles mit rechten Dingen zuging, würde er dieses Schiff steuern, in das er sich schon jetzt verliebt hatte. Er deutete auf die übrige Mannschaft und wandte sich wieder an Hong: »Sind diese Leute gute Matrosen?«

Es herrschte Totenstille, als die Männer auf Hongs Antwort warteten. Er wandte sich zu ihnen um und musterte einen nach dem anderen. »Kann sein«, sagte er zögernd, und Lews chinesische Besatzung atmete erleichtert auf.

Mr. Lien geleitete Lew unter Deck und zeigte ihm stolz die Kapitänskajüte, seinen Tagesraum und die beiden Schlafräume, in denen eine eigenartige Mischung aus östlichen und westlichen Einrichtungsgegenständen herrschte. Reich verzierte chinesische Laternen hingen über einem langen, robusten Tisch, an dem man bequem sitzen konnte, wie Lew zufrieden feststellte – ganz im Gegensatz zu den niedrigen Tischchen, die sonst bei Chinesen üblich waren. An jedem Ende waren lackierte Stühle mit hohen Lehnen am Boden festgeschraubt. Vor den Bullaugen hingen Vorhänge aus rotem Samt, die Kojen waren mit frischer Bettwäsche bezogen. An den Schotten standen lackierte Schränke und Bänke.

Er besichtigte den Rest des Schiffes und überprüfte das Steuerreep. Es gab kein Steuerhaus, was bei stürmischer See etwas unangenehm werden konnte; aber er hatte Vertrauen zu diesem Schiff. Dann sprang er die Stufen zu dem hohen Achterdeck hinauf, und mit Stolz ließ er den Blick über das Schiff gleiten. Seine ehemaligen Schiffskameraden würden sich halb totlachen, wenn sie wüssten, dass er eine Dschunke befehligte – na wennschon!

»Gefällt es Ihnen?«, fragte Mr. Lien.

»Wirklich ein prächtiges Schiff«, erwiderte Lew auf Chinesisch.

»Dann wollen wir keine Zeit mehr verlieren. Meine Auftraggeber haben Ihren Bedingungen zugestimmt und erwarten nun Ihre bescheidene Zusage.«

»Wir werden sehen«, sagte Lew, und er wusste, dass er sich gerade wie sein Vater anhörte. Ein plötzliches Gefühl der Trauer überkam ihn. Jener letzte Besuch in Xiangtan hätte sein Triumph sein sollen. Er hätte seinem Vater das Kapitänspatent gezeigt.

Er wollte, dass sein Vater stolz auf ihn war. Zu spät. Lew wusste nicht, warum ihn das so schmerzte. Und was machte es für einen Unterschied? Die Erlösung war Pater Cavours Lebensziel gewesen, nicht weltliche Dinge. Sein Gesicht verzog sich zu einem bitteren Lächeln. Immerhin hatte sein Vater sein Ziel erreicht. Wenn Gott sich an seinen Teil der Abmachung hielt, dann war die Seele von Pater Cavour wirklich von dieser sündigen Welt erlöst.

3

Lew beobachtete, wie sich der Sampan der Dschunke näherte. Er schüttelte sich immer noch vor Lachen: Gold! Und er hatte schon befürchtet, etwas könne am Angebot dieser Halunken faul sein, sodass er ausschlagen musste. Aber es handelte sich nur um eine ganz gewöhnliche Expedition. Die Verträge waren unterzeichnet und die Dschunke voll versichert, denn die Reise durch die südlichen Meere konnte gefährlich werden. Die Launen der Natur waren schon schlimm genug, doch die eigentliche Gefahr stellten Piraten dar. Er hatte darauf bestanden, genügend moderne Waffen zur Verteidigung des Schiffes zu bekommen, und man gewährte ihm diesen Wunsch. Gerade wurden die Kisten mit Gewehren, Revolvern und Munition verstaut, und es waren sogar mehr, als er angefordert hatte. Es wäre schon schlimm genug, wenn er das Schiff auf der Hinfahrt verlor – kam ihm auf dem Rückweg jedoch die Schiffsladung Gold abhanden, wären die Folgen nicht auszudenken.

Eigentlich hätte Lew sich denken können, wohin die Reise ging; Hunderte von Schiffen segelten von hier aus zu den

Goldfeldern Australiens. Allerdings hatte er sich von der Dschunke täuschen lassen. Die meisten Goldsucher benutzten nämlich schnellere Schiffe. Cheongs Berater waren klug; eine Dschunke, die gemächlich durch südliche Gewässer kreuzte, würde nicht sonderlich auffallen, nicht einmal ein Schiff von dieser Größe, denn es gab einfach zu viele davon im Südchinesischen Meer. Erst wenn sie Sumatra hinter sich gelassen hatten und das englische Hoheitsgebiet vor der Küste von Queensland erreichten, würden ihre Absichten klarer werden.

Was Lew an dieser Reise am meisten freute, war das Ziel. Zum ersten Mal in seinem Leben würde er ein englischsprachiges Land besuchen. Zwar sprachen auch in den asiatischen Hafenstädten viele Leute Englisch, aber in Australien würde er kein Fremder sein, der allein schon durch seine Körpergröße auffiel.

In all den Jahren, die er sich als Seemann hochgedient hatte, war er so versessen darauf gewesen, einmal nach England zu fahren, dass er gar nicht mehr an die englischen Kolonien südlich des Äquators gedacht hatte. Aber das war verständlich. Bis zum Ausbruch des Goldrauschs hatte niemand genau gewusst, wo sie eigentlich lagen; sie waren nichts weiter als Sträflingskolonien, die man besser mied. Doch wie Lew erst kürzlich in Erfahrung gebracht hatte, waren die Sträflingsdeportationen mittlerweile fast eingestellt worden, die Straflager hatte man geschlossen, und einige Kolonien auf diesem Inselkontinent waren inzwischen wirtschaftlich unabhängig und standen gar nicht so schlecht da. Die großen Goldfunde trugen natürlich das ihre dazu bei, und so würden die Kolonien bald keine weißen Flecken auf der Landkarte mehr sein. Die Hauptkolonie, hatte Lew sich sagen lassen, war New South Wales, doch er hatte Anweisung, nach Queensland, einem neu gegründeten Staat, zu segeln, der weiter nördlich und von daher auch näher am asiatischen Festland lag.

»Mr. Chin, willkommen an Bord«, sagte Lew und verbeugte sich höflich, aber unbeeindruckt, vor diesem jungen geschniegelten Lackaffen, der von zwei Dienern begleitet wurde. Es war zwar ein kalter Tag, aber dieser Bursche mit seinem pelzbesetzten wattierten Mantel aus blauer Seide, unter dem er ein dunkelrotes Gewand mit roten und goldenen Stickereien trug, sah aus, als wolle er zum Nordpol reisen. Sogar sein runder Hut war mit Pelz besetzt.

Chin machte eine kleine, graziöse Verbeugung und erwiderte auf Englisch:

»Guten Morgen, Kapitän. Führen Sie mich zu meinem Quartier.«

Die Diener eilten ihm nach und traten zurück, während Mr. Chin seine Kabine begutachtete. »Ja, das ist in Ordnung. Ich möchte mich jetzt ausruhen.«

»Wie Sie wollen«, sagte Lew und ging zurück an Deck, um das restliche Gefolge, nämlich die fünfzig Kulis, die diesem Herrn unterstanden, in Augenschein zu nehmen. Schließlich drehte ein ganzer Schwarm von Sampans an der Dschunke bei, und Lew sah zu seinem Erstaunen, wie die Kulis schwere Kisten und Truhen, die alle sorgsam beschriftet waren, auf das Deck hievten. In den Kisten befand sich die Goldgräberausrüstung, und Lew ließ sie in den Frachtraum transportieren. Einer der Diener teilte ihm jedoch mit, die letzten zweiundzwanzig Truhen seien Mr. Chins persönliches Gepäck und müssten deshalb in seine Kabine.

»Sie haben gar nicht alle Platz in seiner Kabine«, entgegnete Lew. »Verstaut sie unten.«

Mr. Chin stand am Eingang zu den Privaträumen. »Bringt sie hierher«, befahl er.

»Ich habe gerade erklärt, dass in Ihrer Kabine nicht genug Platz ist«, wandte Lew ein.

»Das sehe ich selbst, aber im mittleren Abteil ist genug Platz.«

»Dieser Bereich dient uns als Wohn- und Essraum, Mr. Chin. Wir können ihn nicht mit Kisten und Truhen vollstellen.«

Chin sah ihn herablassend an. »Diese Entscheidung müssen Sie schon mir überlassen.«

Lew richtete sich zu voller Größe auf. »Ich bin Kapitän dieses Schiffes, und ich treffe die Entscheidungen, nicht Sie.«

»Ich glaube, Sie haben nicht begriffen, Sir. Ich bin der persönliche Repräsentant des Fürsten Cheong, dem dieses Schiff gehört. Sie sind nur angestellt, um damit nach Bowen zu fahren.«

»Der soll mir mal den Buckel runterrutschen!«, schimpfte Lew auf Englisch. Ob sein Passagier das verstanden hatte oder nicht, war ihm ziemlich gleichgültig. Dieser Fatzke wusste schon, was er meinte. »Was ist denn in den Kisten?«

»Der Inhalt ist persönlicher Natur«, erwiderte Chin, doch Lew beachtete ihn nicht weiter. Er öffnete die erstbeste der geschnitzten Truhen und wühlte darin herum. »Was zum Teufel ist das alles?« Roben und Jacken aus Seide und Satin, Steppmäntel, aufwendig bestickte Hemden und Brokatpantoffeln kamen zum Vorschein. »Was haben Sie da, Kostüme für die Oper?«

In seiner Ehre gekränkt trat Mr. Chin einen Schritt vor. Er hatte den Mantel abgelegt und trug nun eine weite wattierte Jacke, die mit großen goldenen Flügelschultern prächtig paspeliert war, dazu eine schwarze Satinhose. In dem mit Druckprägungen verzierten Ledergürtel steckte ein mit Quasten geschmücktes Schwert.

Mit starrem Blick verfolgte Lew, wie Chins Hand nach dem Schwert griff und sich seine Diener bedrohlich hinter ihn stellten. Er stieß die Kleidertruhe beiseite und trat Chin gegenüber. »Ein Mann, der sein Leben wegen ein paar Kleidern aufs Spiel setzt, muss ein ausgemachter Narr sein. Wenn Sie die Finger nicht vom Schwert lassen, werfe ich Sie über Bord.«

»Das stellen Sie sich ein wenig zu einfach vor, Kapitän«, erwiderte Chin, und Lew schüttelte ungläubig den Kopf. Sie hatten noch nicht einmal den Hafen verlassen, und schon hatte er eine Meuterei an Bord.

»Kommen Sie mit runter«, sagte er. Außerhalb der Hörweite der anderen wandte er sich dann an Chin. »Was ist in diesen Kisten außer Kleidern?«

»Persönliches Eigentum, meine eigenen Schüsseln und Teller aus erlesenem Porzellan, meine Bücher, meine Nachtgewänder und Wäsche …«

»Schön«, sagte Lew, »aber wir können die Sachen hier unten

nicht gebrauchen. Schließlich will ich nicht auf Schritt und Tritt darüber stolpern, und außerdem stellen sie bei Sturm eine Gefahr dar. Sagen Sie Ihren Dienern, sie sollen das auspacken, was Sie während der Reise brauchen, der Rest kommt nach unten.« Allmählich sah der Chinese ein, dass Lew recht hatte, und dieser fuhr fort: »Und dann gebe ich Ihnen noch einen guten Rat. Dort, wo wir hinfahren, brauchen Sie sich nicht so aufzutakeln. Damit fallen Sie auf wie ein Hai im Seerosenteich.«

»Ein Edelmann von meinem Rang muss sich geschmackvoll kleiden«, entgegnete Chin und musterte unverhohlen Lews abgenutzte Arbeitskleidung und seine verwaschene schwarze Weste.

»Es gibt dort auch niemanden, den Sie beeindrucken könnten«, erklärte Lew. »Es geht nur darum zu überleben. Außerdem fahren wir in die Tropen, nicht zum Nordpol. Ich wäre Ihnen sehr verbunden, Mr. Chin, wenn Sie Ihre Sachen gleich aussortieren könnten. Ich habe keine Zeit, mich mit solchen Dingen abzugeben.« Er wandte sich zur Treppe. »Wenn Sie hier Kisten herumstehen lassen, dann gehen die Dinger über Bord, darauf können Sie Gift nehmen.«

Chin Ying ließ sich Wein und Kuchen bringen und setzte sich mit seinen Büchern und Landkarten an den Tisch. Er versuchte zu lesen, doch er war zu aufgebracht. Wie konnte dieser Barbar es wagen, ihn so zu demütigen! Dieser hochmütige Klotz von einem Engländer, der Chinesisch wie ein Bauer redete! Eigentlich hätte die Ehre ihm geboten, das Schwert gegen den Kapitän zu ziehen. Seine Diener, die Yuang-Brüder, trugen Dolche in ihren Ärmeln und waren geübte Kämpfer. Wenn Cavour es gewagt hätte, die Hand gegen ihn zu erheben, hätte er schon einen Dolch im Hals gehabt, ehe er wusste, wie ihm geschah. Und dann hätte sich ja herausgestellt, wer auf dem Schiff das Sagen hatte. Doch die Vernunft sagte ihm, dass Fürst Cheongs Beauftragte in Macao ihre Gründe gehabt haben mussten, so einen Burschen auszuwählen. Sein Tod hätte Chin nur noch mehr Schwierigkeiten eingebracht und außerdem seine eigene unsichere Lage noch verschlimmert. Er war niedergeschlagen und fühlte sich einsam. Wie gerne hätte er nach einer Frau schicken lassen, die ihn bediente und seine Qualen änderte. Schon von Anfang an schien sich alles gegen ihn verschworen zu haben, und wenn er an die vielen Monate dachte, die er in der Gesellschaft dieses überheblichen Engländers würde verbringen müssen, wurde er nur umso bedrückter. Womöglich würde es ihm nicht gelingen, dieses Gold zu finden, geschweige denn ganze Truhen voll, wie Cheong von ihm verlangte. Was dann? Er wagte nicht, so weit zu denken. Seine Diener hatten ausgepackt, was er sofort brauchte, und auf sein Geheiß hin die übrigen Kisten entfernt. Düstere Gedanken plagten Ying. Hatte Cavour recht? Hatten sie wirklich unpassende Kleidung eingepackt? Wenn ja, würde er seine Diener bestrafen und am nächsten Hafen an Land schicken, um alles Notwendige einzukaufen. Aber den Kapitän ging das trotzdem nichts an. Ying seufzte erleichtert auf, als er das Ächzen und Knarren des Holzes hörte und die sanften Wellenbewegungen spürte; die Dschunke setzte sich in Bewegung. Der verhasste Kapitän streckte seinen Kopf zur Tür herein. Er sah zufrieden aus; die heftige Auseinandersetzung von vorhin schien er vergessen zu haben. »Wir haben abgelegt, Mr. Chin. Beten Sie, dass wir einen günstigen Wind haben und die Piraten die Pocken kriegen.«

Yings Herz schien für ein oder zwei Schläge auszusetzen. Piraten! Niemand hatte ihm etwas von Piraten gesagt! Er hatte von ihren furchtbaren Gräueltaten gehört, aber sie waren für ihn nicht wirklicher gewesen als die lang vergangenen Schrecken des Kublai Khan. Hunderttausende Chinesen hatten sich lieber ertränkt, als den Mongolen lebend in die Hände zu fallen. Vielleicht sollte er jetzt über Bord springen, dann wäre alles ausgestanden. Ach, aber seine Familie …

Cavour war nur knapp über dreißig, nicht viel älter als er. Konnte dieser junge Mann sie auf diesem großen, schwerfälligen Schiff sicher zur anderen Hemisphäre bringen? Ying hatte im Hafen von Macao wunderbare Schiffe gesehen – schnittige Schiffe mit Segeln wie Vogelflügel, riesige, unerschütterliche Linienschiffe, englische und portugiesische Schlachtschiffe –, doch er saß hier auf diesem altertümlichen Kahn mit Segeln, die wie geöffnete Schmetterlingskokons aussahen. Da fiel ihm etwas ein, was ihn tröstete: Als Kind hatte er oft versucht, Schmetterlingskokons aufzureißen, und hatte feststellen müssen, dass die Hülle zäh wie Leder war. Vielleicht wusste Cheong doch, was er tat.

Er rief nach mehr Wein. Er würde auf dieser Reise für sich bleiben, schweigen, sich vom Kapitän fernhalten und nur mit ihm sprechen, wenn es nötig war. Der Kerl würde schon begreifen, dass er im Rang eines Untergebenen stand, auch wenn er ein Schiff lenken konnte.

Bedauerlicherweise brauchte sein Magen eine Weile, ehe er sich an das ständige Auf und Ab des Schiffes gewöhnt hatte. Die erste Woche musste er in einem unwürdigen Zustand in seiner Kabine verbringen. Yuang Lu und Yuang Pan kümmerten sich zwar um ihn und versuchten, das Leiden ihres Herrn mit verschiedenen Kräutertränken zu kurieren, doch keiner davon linderte die Krämpfe in seinen Eingeweiden.

Schließlich besuchte ihn der Kapitän. »Mr. Chin, entschuldigen Sie die Störung, aber ich empfehle Ihnen die frische Luft an Deck. Wir haben heute einen schönen Tag und eine kräftige Brise.«

»Ich fürchte, das geht nicht, Sir«, stöhnte Ying. »Ich fühle mich äußerst unwohl.«

»Dagegen hilft nur Seeluft«, erwiderte Cavour. »Kommen Sie, ich helfe Ihnen.« Noch ehe Ying widersprechen konnte, hatte ihn der Kapitän schon aus dem Bett gehoben und brachte ihn mit schwankenden Schritten zum Unterdeck. Ying war erleichtert, als er sich in einer sonnigen, windgeschützten Ecke auf ein behelfsmäßiges Bett aus Segeltuch legen konnte.

»Sie müssen den Kopf hochhalten«, riet der Kapitän, als Yings Diener dicke Kissen und einen Teppich brachten.

Bald ließ die quälende Übelkeit etwas nach, er fühlte sich ein wenig wohler und imstande, den Brechreiz zu unterdrücken; allmählich glaubte er wieder daran, dass er vielleicht doch überleben würde. Jeden Tag nahm er nun seinen Platz an Deck ein und stellte mit Erstaunen fest, dass er sich auf diese Stunden im Freien freute. Er kam langsam wieder zu Kräften, konnte an Deck auf und ab gehen, ja sogar unter dem Sonnendach sitzen, wo er las, der Mannschaft bei der Arbeit zusah und die Schönheit des Meeres betrachtete. Er fing auch an, den Kapitän zu beobachten. Dem Mann fehlte es an Vornehmheit, er trug verwaschene Kleider und sogar Zehensandalen, wie sie sonst nur Kulis hatten. Das schwarze Haar war nicht zurechtgemacht und wahrscheinlich kaum jemals gekämmt worden, dachte Ying verächtlich und betrachtete die unordentlichen Locken, die sich in unterschiedlicher Länge in Cavours Nacken kräuselten. Doch er musste zugeben, dass ihn dieser große Engländer beeindruckte. Er strahlte nicht nur Autorität aus, wie man es von einem Kapitän erwartete, sondern schien auch ein rechtschaffener Mann zu sein, auch wenn er sich manchmal ungehobelt benahm. Seine kalten blauen Augen blickten herausfordernd, als fürchte er sich vor nichts und niemandem auf der Welt. Cavour hat eine Art von Macht, überlegte Ying, die aus Selbstvertrauen und angeborener Klugheit erwächst. Welcher Rang würde solch einem Mann unter Fürst Cheong zugewiesen werden? Er war kein Bauer, aber auch kein Edelmann. Als Höfling wäre er ein erbärmlicher Versager, denn mit seinem Blick würde er nie imstande sein, schmeichlerische Verleumdungen auszusprechen und Intrigen zu spinnen, wie es in diesen Kreisen erforderlich war. Auch unter den Gelehrten und Dichtern hätte er keinen Platz, und ebenso wenig konnte Ying sich Cavour als einen hohen Beamten wie seinen Vater vorstellen, der vor dem Schatzmeister und seinen Schreibern einen Kotau machte.

Ying krümmte sich noch immer vor Scham, wenn er an die Ehrlosigkeit seines Vaters dachte, doch dann überlegte er, was es tatsächlich bedeutete, Oberster Kornbeauftragter zu sein: Ständig war man von der Gunst des Schatzmeisters abhängig, musste über jedes Saatkorn und den Zehnten, der von jedem kleinen Dorf erhoben wurde, Rechenschaft ablegen und über Zahlen brüten, die wöchentlich vorgelegt werden mussten; dazu die Beschwerden, die Beschimpfungen, die Forderungen nach mehr Ertrag, die Angst vor Bestrafung … Ehrenhaft oder nicht ehrenhaft, Ying fragte sich inzwischen, ob diese Stellung all die Sorgen und die Langeweile wert war.

Solche Überlegungen waren schon beinahe ketzerisch, aber sie ließen ihn nicht mehr los. Die Ernennung bedeutete hohes Ansehen und ein angenehmes Leben, aber man war trotzdem dem eisernen Griff des Schatzmeisters und des allmächtigen Fürsten Cheong ausgeliefert. Ying stellte fest, dass er schon einen Teil seines kindlichen Glaubens an das schöne Leben unter Fürst Cheong verlor. Er fühlte sich wie ein Vogel, der über der Erde schwebt und das Treiben der Menschen unter sich beobachtet. Aber was für ein Vogel war er? Sicherlich kein Adler oder Falke, doch er konnte weiter blicken als die Spatzen und Lerchen, die zwitschernd in den Gärten herumhüpften. Er musste über diese Frage meditieren. Und er würde ein philosophisches Traktat über seine neue Sicht der Beamtenlaufbahn verfassen. Die Ehrlosigkeit seines Vaters war keine spaßige Angelegenheit, doch Ying gestattete sich ein dünnes Lächeln. Welche Kühnheit! Den Schatzmeister und somit den Fürsten höchstpersönlich übers Ohr zu hauen! So etwas würde er selbst nie wagen.

Ying vertiefte sich wieder in die Betrachtung des Kapitäns. Auch für einen Mann von seinem Schlag hätte es im Reich des Fürsten einen Platz gegeben: Offizier in der Armee. An die Soldaten hatte Ying gar nicht mehr gedacht, sie führten ihr eigenes Leben in den Kasernen, die über Cheongs Reich verstreut lagen. Die Generäle trafen sich regelmäßig mit Fürst Cheong und seinen militärischen Beratern, doch in der Gesellschaft waren sie Außenseiter. Sie standen im Rang kaum höher als Banditen, ein lästiges Anhängsel des Gemeinwesens, weiter nichts.

Ying sah zu, wie Cavour an den Seilen stand und die wogende Dschunke durch die Wellen steuerte. Als er den muskelbepackten Rücken des Kapitäns sah, überkam ihn beinahe ein Lustgefühl, was ihn nicht weiter überraschte. Schon in seiner Jugend hatte er – im Rahmen des Schicklichen – umfassende sexuelle Erfahrungen gemacht, und in dieser Zeit hatten sich seine Neigungen ausgeprägt. Cavour, urteilte er, war ein anziehender Mann, doch ungebildet, unerfahren in den feinen Abstufungen der Lust. Er bewunderte den Körper dieses Mannes schlicht als vollendete menschliche Gestalt, doch er verspürte selbst kein Verlangen nach diesen angeschwollenen Muskeln und gedrungenen Körpern, die die europäischen Maler und Bildhauer so gerne darstellten.

Er lächelte milde. Ja, der Kapitän entsprach einem General in Fürst Cheongs Armee.

Wie ein Dieb in der Nacht stahl sich ein Funke Ehrgeiz in Yings Seele; und Ying, der stets gern in sich selbst hineinlauschte, empfing den Eindringling mit großer Vorsicht. Er lauschte seinen heimtückischen Verlockungen, dachte darüber nach, welche Wirkung sie auf ihn hatten, und wägte seinen Mut gegen die Möglichkeiten ab, die sich vielleicht noch eröffnen würden. Zu Hause sprach niemand über die offenkundige Unredlichkeit von Cheongs Generälen, es war gefährlich, solche Ansichten zu äußern, denn sie warfen ein schlechtes Licht auf die Familie des Fürsten. Doch nun hatte Ying die Freiheit, solchen Gedanken nachzuhängen.

Nachdenklich schritt er zum Bug des Schiffes und blickte zurück über das Meer, wo jenseits des Horizonts Macao lag. »So, Eure Majestät«, murmelte er zufrieden, »ich habe jetzt auch einen General, doch meiner ist ein ehrenwerter Mann. Für den Anfang ist das zwar nicht viel, aber ein kluger Mann kann viel daraus machen.«

Während die große Dschunke mühelos durch das saphirblaue Gewässer der Whitsunday Passage glitt und sich nahe an der Küste Queenslands hielt, wunderte sich Ying wieder, wie schnell und mühelos er und Lew Cavour Freunde geworden waren. Dem gewinnenden Wesen und der Begeisterungsfähigkeit des Kapitäns konnte Ying sich nicht verschließen, und über dem gemeinsamen abendlichen Studium der Karten waren die beiden Männer einander nähergekommen.

Lew freute sich darüber, dass Ying mit dieser Gegend vertraut war, und hatte ihm schon am zweiten Abend angeboten, bei der Berechnung des Kurses zuzusehen. »Es kann Ihnen nur von Nutzen sein, Mr. Chin, etwas über Navigation zu lernen, wenn Sie sich die Mühe machen wollen. Der Erste Maat ist zwar ein erfahrener Seemann, aber einer muss das Kommando führen. Nehmen wir nur einmal an, mir stößt etwas zu, dann liegt das Leben all dieser Männer in Ihrer Hand.«

»Oh, diese Verantwortung will ich gar nicht übernehmen«, erwiderte Ying zögernd. Er machte sich mehr Sorgen um seine eigene Sicherheit als um die der Kulis.

»Sie sind doch ein gebildeter Mensch, und Sie haben genügend Zeit zu lernen«, meinte Lew. »Ich habe nicht vor zu sterben, aber ich neige zu Fieberanfällen, seit ich mir in Singapur eine Krankheit zugezogen habe. Und wenn ich schwitzend in der Koje liege, möchte ich nicht, dass das Schiff vom Kurs abkommt.«

Ying nahm sich vor, seine Medikamententruhe durchzusehen, die voller Kräuter und Arzneimittel war. Er wollte sich darum kümmern, dass der Kapitän gesund blieb. Aber dann hatten sie sich trotzdem in die Karten vertieft, die auf dem langen Tisch vor ihnen ausgebreitet lagen. Ihre Route führte vom Chinesischen Reich an Indochina vorbei durch das Südchinesische Meer, dann östlich von Sumatra durch die Javasee, südlich vorbei an Celebes weiter nach Osten, südlich von Neuguinea durch die Torresstraße in australisches Gewässer.

Als diese ungeheure Strecke so offen vor ihm lag, überkam Ying ein flaues Gefühl. »Wo müssen wir mit Piraten rechnen?«

»Überall. Wir müssen bis zu den Whitsundays auf der Hut sein, erst dann sind wir in Sicherheit.«

»Ein schwacher Trost«, meinte Ying, und Lew lachte.

»Ja, diese Riffe dort sind zu gefährlich. Die Piraten werden nicht riskieren, auf das Barriereriff aufzulaufen.«

»Ich fürchte, ich werde die ganze weitere Fahrt über kein Auge zutun«, sagte Ying.

»Na, so schlimm ist es auch wieder nicht. Trinken Sie einen Schluck Wein.« Lew stellte ein Fässchen auf den Tisch, doch Ying schüttelte den Kopf.

»Ich habe exzellenten Wein mitgebracht, den Sie allerdings in den Frachtraum verbannt haben. Wenn Sie gestatten, lasse ich etwas davon holen.«

»Nur zu«, antwortete Lew lachend.

Es war eine herrliche Nacht da draußen auf hoher See. Ying trank sich einen kleinen Rausch an, der ihn seine Sorgen vergessen ließ. Unbekümmert freute er sich stattdessen auf die bevorstehenden Abenteuer.

»Meinen Sie wirklich, Sie finden Gold?«, fragte Lew.

»Wen kümmert das?«, erwiderte Ying fröhlich und offenbarte dabei eine ganz neue Seite.

Ying stand nun an Deck der Dschunke und bewunderte die verschiedenen Blautöne um ihn herum, den wolkenlosen, azurblauen Himmel und das Meer, dessen Blau sogar noch kräftiger war. Nur das tropische Grün der Küste durchbrach dieses blaue Reich. Ying hatte während der Reise die verschiedensten Farbschattierungen des Wassers gesehen, doch diese Landschaft war eine Herausforderung für ihn. Zu Hause galt er als hervorragender Maler, doch diese Welt konnte er nicht in Farben festhalten. Man brauchte Mut, um mit Farben, die schillerten wie Edelsteine, auf ein Stück Pergament zu malen; das Ergebnis konnte hart und kalt wirken. Er sah sich um und überlegte, wie er diese Frage angehen sollte. Trotz ihrer lebhaften Farben wirkte diese Umgebung nicht grell, sondern ruhig.

Dabei fiel ihm der Kapitän ein, den er inzwischen Lew nannte. Ein interessanter Vergleich. Der Mann war keineswegs so schroff, wie Ying anfangs gedacht hatte. Er hatte eine Persönlichkeit, die diesem Blau nicht unähnlich war, er besaß eine überwältigende Ausstrahlung. Ob er schimpfte oder lachte, arbeitete oder ausruhte, man konnte nicht umhin, seine Gegenwart zu spüren. In ihm lauerte aber auch Gefahr, wie an dieser grünen, freundlichen Küste, an der, wie Ying wusste, gefährliche wilde Aborigines-Stämme lauerten.

Sie waren dreimal angegriffen worden, zweimal von Piraten auf dem Meer. Lew hatte rund um die Uhr Wachen aufgestellt, und als harmlos aussehende Fischerboote allzu nahe herankamen, hatte die Mannschaft so unvermittelt das Feuer eröffnet, dass die Piraten beide Male schleunigst das Weite gesucht hatten. Der Überfall an Land war allerdings beängstigender gewesen. Er ereignete sich in einem javanischen Fischerdorf, wo sie von den Bewohnern überaus freundlich empfangen worden waren, als sie an Land kamen, um Lebensmittel zu kaufen und die Wasserfässer aufzufüllen. Kaum hatten Lew und Ying mit seinen beiden Dienern das Dorf betreten, wurden sie von bis an die Zähne bewaffneten Männern umringt. Zum Glück hatte Lew bewaffnete Kulis und Matrosen zur Verstärkung mitgenommen, und so mussten sich die Banditen bald zurückziehen.

Lew hatte den Anführer erschossen und zur Strafe dafür, dass die Javaner arglose Seefahrer anlockten und dann überfielen, das ganze Dorf niedergebrannt. In den Hütten fanden sie grausige menschliche Schädel nebeneinander aufgereiht. Anschließend hatte Lew erklärt, dass die Strafe zwar hart, aber unvermeidlich sei, und Ying musste darüber lächeln. Fürst Cheong hätte jeden einzelnen in diesem Dorf abgeschlachtet, Männer, Frauen und Kinder.

Eigenartigerweise sprach keiner der beiden Männer von seinen Eltern. Lew erwähnte seinen Vater mit keinem Wort; unter dem Vorwand der Höflichkeit fragte Ying auch nie nach und vermied so zugleich, dass das Gespräch auf seinen verstorbenen und in Ungnade gefallenen Vater kam.

Lew schlenderte über das Deck. »Jetzt ist es nicht mehr weit«, meinte er. »Pack schon mal die Wanderstiefel aus.«

»Musst du mir denn diesen herrlichen Tag mit so etwas verderben«, erwiderte Ying finster. Er freute sich nicht im Geringsten auf den nächsten Teil seiner Reise. »Aber weißt du, was ich mich frage? Wo ist die Wüste? Meine Lehrer haben mir erzählt, dass dieses Land nur aus riesigen unfruchtbaren Wüsten besteht.«

»Hinter den Bergen, nehme ich an.«

»Und diese Berge muss ich überqueren, um zu den Goldfeldern zu gelangen«, sagte Ying bedrückt.

»Mach dir keine Sorgen, du wirst genug Gesellschaft bekommen. All die Schiffe, die wir gesehen haben, sind unterwegs zu dieser Küste und voll von Goldgräbern. Es soll ein größerer Goldrausch sein als in Kalifornien. Morgen laufen wir in Bowen ein, und ich wünsche mir schon, ich könnte mit dir kommen. Das Goldschürfen könnte mir vielleicht Spaß machen.«

»Nein! Das darfst du nicht!«, rief Ying entsetzt aus. »Niemals! Du musst hierbleiben und das Schiff bewachen. Du musst in Bowen bleiben und mich dann mit dem Gold wieder nach China zurückbringen. So lauten die Befehle!«

»Keine Sorge«, beruhigte ihn Lew. »Ich werde hier sein. Ich bringe dich schon wieder nach Hause.«

4

Wie immer hatte Glory Molloy recht gehabt. »Halt dich ran«, hatte sie gesagt, »Middletons haben hier ja sonst keine Bekannten, und da würde es mich nicht wundern, wenn du bei ihnen demnächst fast zur Familie gehörst.«

So war es auch gekommen. Zum vierten Mal in diesem Monat war Herbert nun von den Middletons zum Essen eingeladen worden. Herbert war ihre Verbindung zur Stadt und zu den Einheimischen; beispielsweise hatte er sich nützlich gemacht, indem er Jack beim Kauf von drei Pferden für die Familie begleitet und ihm geholfen hatte, einen Stall in der Nähe anzumieten. Darin hatte sich Herbert, der auf seine Reitkünste sehr stolz war, erboten, Perfy und ihrem schwarzen Dienstmädchen das Reiten beizubringen. Allerdings hatte er sich damit einiges vorgenommen.

Zu Beginn des Unterrichts behauptete Perfy noch steif und fest, sie komme mit Pferden durchaus zurecht. Herbert hatte so seine Zweifel, und wie sich dann herausstellte, wusste Perfy nicht einmal, wie man richtig im Sattel sitzt. Diamond dagegen war überzeugt, sie würde niemals reiten lernen, doch nachdem sie ihre Scheu vor Pferden erst einmal überwunden hatte, machte sie sich gar nicht so schlecht.

Zu Herberts stillem Vergnügen behandelten Mrs. Middletons neue Freundinnen ihn, den berühmten Haus- und Grundstücksmakler, mit großem Respekt. Sie hatten keine Ahnung, dass er früher einmal Glory Molloys Pianospieler gewesen war.

Wie sollten sie auch? Ihre Ehemänner, allesamt Stammkunden in Glorys Haus, konnten wohl schlecht vor ihren Frauen zugeben, dass sie Herbert schon in einem Bordell begegnet waren. Die Verschwörung der Männer bewährte sich in dieser neugegründeten Stadt ebenso gut wie in England. Aber zum Glück verspürte Jack Middleton keine Neigung, die Stadt von ihrer anrüchigen Seite kennenzulernen; er lebte für seine Familie. Als sie die Landkarten der Umgebung studierten, hatte Jack schließlich doch erwähnt, seine Tochter sei Teilhaberin der Caravale-Farm und müsse nur noch auf die Ausstellung der Besitzurkunde warten. Natürlich wusste auch Herbert, dass diese Angelegenheiten lange dauerten, da die Dokumente in Brisbane ausgefertigt wurden. Doch im Grunde genommen hatte Herbert auch ein ganz eigennütziges Interesse. Wenn Perfy ihren Anteil an Caravale verkaufen würde, wovon er überzeugt war, hoffte er, den Verkauf für sie abwickeln zu können; bei einem Geschäft in dieser Größenordnung müsste eigentlich eine ordentliche Provision für ihn herausspringen. Außerdem hatte er nun die Bestätigung, dass Perfy tatsächlich eine wohlhabende junge Dame und somit keine schlechte Partie war.

Sie war ein sehr hübsches Mädchen, natürlich und ungezwungen, aber leider auch ziemlich launisch. Manchmal zeigte sie sich recht gesprächig, verfiel dann aber zuweilen in langes, trübsinniges Schweigen. Wenn sie aber etwas sagte, war sie erstaunlich unverblümt. Herbert hatte beschlossen, ihr den Hof zu machen, wenn er erst einmal besser mit ihr bekannt geworden war, aber er wusste nicht, wie er es am besten anfangen sollte. »Versuch einfach nur, ihr Freund zu sein, mein lieber Herbert«, riet Glory. »Jedes Mädchen braucht einen Freund, und wenn er noch dazu ein gut aussehender Gentleman ist, der mit ihren Eltern auf gutem Fuße steht …«

»Du hast gut reden. Sie hat zwei völlig gegensätzliche Seiten, und ich weiß bei ihr nie, woran ich gerade bin.«

»Ach, das ist bei den jungen Damen ein beliebtes Spiel. Denk dir nichts dabei.«

Herbert war sich da allerdings nicht so sicher. Und er dachte nicht im Traum daran, Glory zu sagen, dass Perfy Middleton mit ihrer einfachen Herkunft in seinen Augen kaum als feine Dame gelten konnte. Für einen ehemaligen Sergeant bei der Armee war Jack Middleton ja ein ganz annehmlicher Bursche, aber Herberts Vater hatte als Oberst bei den Coldstream Guards gedient, und seine beiden Brüder waren jetzt ebenfalls Offiziere in diesem Regiment. Das würde Jack sicherlich beeindrucken und konnte ihm, Herbert, von Nutzen sein, wenn die Zeit gekommen war.

Er verließ sein Büro, und während er die Straße hinunterging, überlegte er, ob er sich eine Pistole kaufen sollte. Bowen hatte sich verändert. Man musste damit rechnen, dass es hier durch den Zustrom von Goldgräbern aus aller Herren Länder bald noch rauer zugehen würde, denn schon jetzt tummelten sich jede Menge Betrunkene und Raufbolde in der Stadt. Die beiden Polizisten des Ortes hatten die Lage zwar noch im Griff, aber in letzter Zeit drängten zusätzlich Hunderte von Chinesen in die Stadt. Überall stieß man inzwischen auf die Schlitzaugen mit ihren Zöpfen und ihren hohen, leiernden Stimmen, und es war schon zu hässlichen Auseinandersetzungen gekommen. Manch ein Raufbold machte sich einen Spaß daraus, die »Söhne des Himmels«, wie sie sich selbst nannten, zu verprügeln, und diese setzten sich mit Messern zur Wehr, was allgemein als unfair galt. Die Diebstähle und Raubüberfälle nahmen überhand, und man konnte sich nachts auf der Straße kaum noch sicher fühlen.

Die Viehtreiber kamen grundsätzlich nur bewaffnet in die Stadt. Daran hatte bislang niemand Anstoß genommen, denn sie brauchten die Waffen, um sich im Busch gegen Angreifer zu verteidigen. Doch inzwischen traf man auch immer mehr Einheimische mit einem Pistolengürtel. Dafür gab es gute Gründe; so mancher war schon beraubt worden, und ob es nun berechtigt war oder nicht, immer schob man den Chinesen die Schuld in die Schuhe. Da den beiden Polizisten die Schwierigkeiten langsam über den Kopf wuchsen, hatten sie von der berittenen Polizei, die weiter nördlich in Townsville stationiert war, Hilfe angefordert. Dort hatte man allerdings selbst alle Hände voll zu tun. Kürzlich war ein neuer und schnellerer Weg von Townsville zu den Goldfeldern am Cape River entdeckt worden, und jetzt wuchs diese Stadt mit rasender Geschwindigkeit. Erfolgreiche Goldgräber brachten ihre Ausbeute nun nach Townsville anstatt nach Bowen, gingen dabei aber ein größeres Risiko ein, überfallen und ausgeraubt zu werden.

»Ah, Herbert, zu Ihnen wollte ich gerade.« Sam Tolley war an seine Seite getreten.

»Was kann ich für Sie tun?«, fragte Herbert leutselig. Am Stadtrand von Bowen war neues Land abgesteckt worden, und zu Herberts Freude riss man ihm die Grundstücke förmlich aus der Hand. Seine Spielschulden hatte er zwar noch nicht begleichen können, aber er hatte es geschafft, mehrere hundert Pfund bei Tolleys Bank einzuzahlen.

»Es betrifft die Middletons«, sagte Sam. »Es heißt, sie wollen ihren Anteil an Caravale verkaufen, sobald sie die Besitzurkunde haben.«

»Das höre ich zum ersten Mal«, erwiderte Herbert. »Mir gegenüber haben sie nie etwas Derartiges erwähnt.«

»Ach, kommen Sie, Herbert. Die verkaufen bestimmt, und das wissen Sie ganz genau. Glory und Sie haben doch auch schon vorgefühlt, ob sich nicht ein finanzkräftiger Käufer finden lässt.«

»Das ist mir neu«, beharrte Herbert.

Tolley hakte die Daumen in den Westentaschen ein und grinste hinterhältig. »Hoffentlich, Herbert. Kennen Sie eigentlich Ben Buchanan?«

»Ich hatte noch nicht das Vergnügen.«

»Mag sein, aber dafür weiß Ben Buchanan umso besser, wer Sie sind. Und lassen Sie sich gewarnt sein. Mr. Buchanan will nicht, dass Sie die Hälfte seines Besitzes verscherbeln.«

»Das ist Sache der Middletons.«

»Nein, keineswegs, mein Freund. Sie sind noch neu hier, deshalb will ich Ihnen sagen, wie die Dinge bei uns laufen. Die Viehzüchter haben hier ziemlich viel Macht. Wenn einer von denen Ihnen zu verstehen gibt, dass Sie besser die Finger von einer Sache lassen, dann sollten Sie's auch besser tun.«

»Warum kommt er denn gerade auf mich? Vielleicht sehen sich die Middletons ja auch selbst nach einem Käufer um.«

»Das können sie ja versuchen«, antwortete Tolley lachend. »Also seien Sie vernünftig, Junge, und kommen Sie Ben Buchanan nicht in die Quere.«

Herbert ging wieder seiner Wege. Das Letzte, was er wollte, waren Scherereien mit einem dieser Rinderbarone. Der Verkauf war ihm nicht so wichtig wie sein Werben um Perfy Middletons Hand, aber so ohne Weiteres wollte er die Sache auch nicht aufgeben.

Als er sich dem Haus näherte, sah er Perfy und ihre Mutter draußen im Garten arbeiten. Ein Großteil der Hecke an der Straßenseite war niedergetrampelt.

»Sehen Sie sich mal diese Bescherung an!«, klagte Alice Middleton. »Die letzte Nacht war einfach schrecklich! Es hat eine Rauferei gegeben, und ein paar von diesen Halunken sind hier durchgebrochen und haben die ganze Hecke ruiniert. Jack hat die abgebrochenen Zweige schon weggeschafft. Ist das nicht eine Schande?«

»Ja, es ist wirklich eine Schande. Sie hätten mich holen lassen sollen, damit ich Jack beim Aufräumen helfe.«

»Inzwischen ist das meiste schon getan«, sagte Perfy. »Jetzt müssen wir eben neu anpflanzen. Aber Daddy war furchtbar wütend. Er ist zum Büchsenmacher gegangen, um sich Patronen zu besorgen. Er sagt, das wird kein zweites Mal passieren.«

»Es ist so heiß«, meinte Alice und band ihren Hut los. »Ich hole uns erst einmal Limonade.«

Herbert nahm Perfy den Schubkarren ab. »Ich mache das schon.« Sie begleitete ihn hinter das Haus, wo er Blätter und Zweige auskippte und anschließend Perfy beobachtete, wie sie sich am Wasserbecken die Hände wusch. »Sie sehen heute hübsch aus, meine Liebe.«

»Ich finde mich schrecklich«, entgegnete sie. »Ich hasse Gartenarbeit.«

»Wirklich, nicht gerade die angenehmste Beschäftigung, wenn es so heiß ist«, pflichtete er ihr bei. »Aber bei kühlerem Wetter habe ich es offen gestanden auch noch nicht probiert«, fügte er lachend hinzu.

»Was haben Sie eigentlich in England gemacht?«, fragte Perfy.

»So ziemlich dasselbe wie hier«, log er. »Häuser verkauft.«

»Ach so.« Damit schien sie zufrieden. Dann drehte sie sich zu ihm um. »Meine Mutter meint, Sie seien ein Remittance-Man. Was ist denn das?«

Herbert war erst verblüfft, dann verärgert. Doch er tat so, als belustige ihn dieser Gedanke. »Mein liebes Mädchen, ich wünschte, es wäre wahr. Ein Remittance-Man ist jemand, der von seiner Familie in die Kolonien geschickt wird und regelmäßig Geld geschickt bekommt, also gewissermaßen dafür bezahlt wird, dass er sich zu Hause nicht mehr blicken lässt. So großzügig wäre mein Vater nie.« Er konnte nicht umhin, in beleidigtem Ton hinzuzufügen: »Es tut mir leid, dass ich Ihre Mutter enttäuschen muss.«

»Sie hat das nicht abwertend gemeint«, erklärte Perfy, als sie mit ihm ums Haus zur vorderen Veranda ging, wo die Familie sich abends gerne zusammenfand. »Wirklich nicht. Ich meine, es würde ihr nichts ausmachen, wenn es so wäre. Wer sind wir schon, dass wir auf andere herabsehen könnten? Warum sind Sie denn nach Queensland gekommen?«

Er schluckte, als er an die gefälschten Wechsel dachte, die sein Vater hatte bezahlen müssen, damit man seinen Sohn nicht ins Gefängnis steckte. »Gold, meine Liebe. Ich dachte, mit Goldschürfen käme ich leichter zu Wohlstand.« Tatsächlich hatte er noch nie von so etwas wie einem Goldrausch gehört, bevor er nach Brisbane kam. »Aber leider habe ich dabei völlig versagt. Und so habe ich meinen ursprünglichen Beruf wieder aufgenommen, die Grundstücksmakelei.« Er war stolz auf seine überzeugende Erklärung, aber dass Perfy glaubte, seine Familie habe ihn in die Verbannung geschickt, nagte immer noch an ihm. »Weil wir gerade davon sprechen, warum sind Sie nach Bowen gekommen?« In seiner Stimme schwang eine für ihn untypische Gereiztheit mit. Er hatte sich so daran gewöhnt, den liebenswürdigen, geistreichen Gentleman zu spielen, dass er über seinen Tonfall selbst erstaunt war.

»Tut mir leid, Herbert«, sagte sie. »Ich wollte Sie nicht kränken.«

»Das haben Sie auch nicht. Nur manchmal, wissen Sie, werde ich etwas ungehalten. Die Leute neigen dazu, es einem als Schwäche auszulegen, wenn man ein umgängliches Auftreten und gute Manieren hat. Und ich bin keineswegs ein schwacher Mensch.« Das war zwar wieder halb gelogen, aber ihm war viel daran gelegen, Stärke und Entschlossenheit auszustrahlen. Der Schwarze Ritter war ihm immer schon lieber gewesen als der verweichlichte Lancelot.

»Nein, bestimmt nicht«, versuchte sie ihn aufzumuntern. »Ich finde Sie sehr nett. Nach Bowen sind wir übrigens gekommen, weil ich westlich von hier Land besitze.« Das sagte sie so beiläufig, als spräche sie von einem Hutladen. »Und zwar eine Farm namens Caravale Station. Haben Sie davon gehört?«

»Ihr Vater hat sie mal erwähnt, aber ich kenne die Gegend nicht.«

»Sie liegt weit draußen, in Richtung der Goldfelder.«

»Aha, also ziemlich weitab vom Schuss. Ich verstehe nicht, wie die Leute dort leben können.«

»Wieso?«

Da war wieder diese Spannung in ihr. Für ein nettes Mädchen konnten ihre blauen Augen ganz schön böse funkeln. »Na ja, allein schon die Abgeschiedenheit …«

»Mir gefällt das«, erwiderte sie. »Wenn die Papiere fertig sind, reisen wir dorthin.«

»Wohin?«, fragte er, obwohl er sich die Antwort hätte denken können.

»Meine Güte, nach Caravale natürlich! Mutter kann nicht mitkommen, weil die Reise sie zu sehr anstrengen würde. Außerdem ist sie glücklich hier. Aber Dad und ich wollen uns die Farm auf jeden Fall ansehen. Kommen Sie doch mit!«

Alice Middleton erschien mit der Limonade auf der Veranda und bewahrte ihn vor einer Antwort. Caravale! Sam Tolleys Warnung hallte in seiner Erinnerung nach wie eine Totenglocke. Ben Buchanan, der Unbekannte aus dem Hinterland, wurde plötzlich sehr wirklich für ihn. Ein Feind. Verdammt! Sicher mochte Perfy ihn leiden, sonst hätte sie ihm nicht angeboten, sie auf der Reise zu begleiten, aber schnurstracks zu den Buchanans marschieren, sich in die

Höhle des Löwen wagen? Das kam gar nicht infrage! Er musste sich eine gute Ausrede einfallen lassen. »Warum wollen Sie sich überhaupt die Mühe machen?«, fragte er. »Sie können den Grund doch ebenso gut verkaufen und ersparen sich diese beschwerliche Reise.«

»Wer hat gesagt, dass ich verkaufen will?«

»Oh, ich weiß nicht. Ich bin einfach davon ausgegangen.«

»Nun, jedenfalls habe ich nicht die Absicht. Die Hälfte der Farm gehört mir, und ich will sie behalten.«

Herbert fragte sich, warum ihn diese Erklärung in noch mehr Unruhe versetzte.

Jack Middleton hielt es für seine Bürgerpflicht, an einer Versammlung teilzunehmen, bei der die Stadtbewohner über die zunehmende Gesetzlosigkeit in Bowen beraten wollten. Er fand es einfach schade, dass diese hübsche Stadt so mit Problemen zu kämpfen hatte, auch wenn diese nur vorübergehend sein mochten.

Allerdings begrüßte ihn der städtische Richter Arnold Fletcher in seinem Büro mit der Ankündigung, die Versammlung habe vertagt werden müssen, weil der Polizeisergeant und sein Stellvertreter zu einer Schießerei außerhalb der Stadt aufgebrochen seien. Ein Goldtransport sei von entflohenen Sträflingen überfallen worden, und ein Suchtrupp durchkämme nun auf der Suche nach den Verbrechern und dem Gold die Hügel. »Kommen Sie, trinken Sie einen Schluck«, meinte Fletcher und schenkte, ohne die Antwort abzuwarten, zwei Gläser Rum ein. »Die Versammlung wäre sowieso reine Zeitverschwendung gewesen.«

»Das glaube ich nicht«, erwiderte Jack.

»Jedenfalls müssen wir vorsichtig sein, denn solche Versammlungen und Gerüchte über Bürgerwehren können eine Stadt leicht in Verruf bringen.«

Jack lachte. »In Verruf? Die Stadt platzt aus allen Nähten, die Vorräte werden knapp, Tag und Nacht gibt es Aufruhr in den Straßen. Das Kittchen platzt aus allen Nähten, das Krankenhaus ist voll von den Opfern der Messerstechereien und Schießereien. Vom Friedhof ganz zu schweigen.«

»Das muss man eben in Kauf nehmen. Draußen bei den Schürfstellen ist's noch viel schlimmer.«

»Wir sind hier aber nicht bei den Schürfstellen, Mr. Fletcher. In dieser Stadt sollte eigentlich Recht und Ordnung herrschen. Eine anständige Frau kann sich ohne Begleitung ja kaum noch auf die Straße wagen.«

Fletcher kippte seinen Rum hinunter und schenkte sich nach. »Was sollen wir tun? Am Hafen ein Schild aufstellen: ›Eintritt verboten‹? Die Geschäftsleute der Stadt würden uns am nächsten Baum aufknüpfen.«

Jack betrachtete durch die offene Tür das lebhafte Treiben auf der Straße. »Es liegt nicht nur daran, dass immer mehr üble Gestalten in die Stadt drängen. Es sind die ständigen Auseinandersetzungen zwischen Weißen und Chinesen.«

Fletcher strich sich über den Schnurrbart. »Ja, das kann schon sein. Allerdings habe ich mit den Chinesen bei Gericht selten zu tun. Sie verschwinden plötzlich im Dunkeln, und auf einmal heißt es: ›Nix velstehen‹. Schwer, mit ihnen zurechtzukommen.«

»Ich habe mir mal ihre Lager angesehen. Es scheinen ordentliche und saubere Leute zu sein.«

»Jack, das Beste ist, man beachtet sie gar nicht. Bevor sie gekommen sind, waren es die Aborigines, die die Prügel bezogen haben, und jetzt sind eben die Schlitzaugen dran. Sie wissen ja, wie sich dieser Pöbel aufführt, wenn er sich volllaufen lässt. Dann ist diesen Leuten jeder Anlass recht – ein kleiner Streit, ein verschwundenes Pferd, ein Diebstahl, und schon ist der Teufel los. Nur um ihre Wut an jemandem auszulassen, ziehen sie zu den Camps, verdreschen einige Chinesen und stecken ein paar Zelte an. Danach klopfen sie sich gegenseitig auf die Schulter und gehen zurück in die Schenken.«

»Und wenn die Chinesen beschließen, sich zu wehren?«

»Das passiert nicht.« Fletcher lächelte milde. »Sie kämpfen nicht gegen Weiße. Sie sind aalglatt und lassen sich nicht auf eine ehrliche Schlägerei ein. Wenn es dunkel wird, sind sie sowieso alle viel zu benebelt von ihrem Opium. China muss wirklich ein verrücktes Land sein, ein jeder liegt rum und hängt seinen Opiumträumen nach. Für die Briten wäre das nichts.«

»Nein«, erwiderte Jack, »wir verkaufen es ihnen nur. Die Chinesen haben verzweifelt versucht, das Opium von ihrem Land fernzuhalten.«

»Unsinn! Ich weiß nicht, wo Sie das herhaben, aber da hat Ihnen einer einen Bären aufgebunden. China ist ein einziges großes Opiumfeld.«

»Das Zeug kommt aus Indien«, sagte Jack missmutig. Er blickte hinaus auf die Straße. »Was zum Teufel ist denn das?«

Die beiden Männer traten vor die Tür und sahen einen prächtig ausstaffierten Chinesen, der, flankiert von zwei bezopften Chinesen in schwarzen Schlafanzügen, die Hauptstraße entlangstolzierte. Ihnen folgte ein langer Zug von Gepäckkulis mit spitz zulaufenden Strohhüten.

Hastig eilte Fletcher auf die Straße, um den Zug anzuhalten. »Was soll denn das darstellen?«

Der chinesische Anführer blieb stehen. Sein Gefolge schien wie ein Vogelschwarm einem unausgesprochenen Befehl zu gehorchen und hielt plötzlich an. Nur die Körbe an den Bambusstangen schaukelten sanft hin und her. »Guten Tag, Sir«, sagte der Anführer und verbeugte sich.

»Haben Sie so was schon mal gesehen?«, rief Fletcher Jack zu.

»Ist etwas nicht in Ordnung, Sir?«, fragte der Chinese. Fletcher klappte den weit aufgerissenen Mund zu und versuchte, sich auf die Schnelle eine Antwort einfallen zu lassen. »Wer sind Sie?«

»Mr. Chin, Sir.« Wieder verbeugte er sich, die Hände in den weiten Falten seines aufsehenerregenden rotgoldenen Seidenmantels mit den hohen gepolsterten Schultern verborgen. »Aus Hunan. Ich bin auf dem Weg zu den Goldfeldern, und das sind meine Schürfer.«

Jack gesellte sich zu der Gruppe. Lachend nickte er dem Chinesen zu. »So ist Goldgraben natürlich eine bequeme Sache.«

»Zum Teufel damit!«, rief Fletcher aus. »Das sind doch keine anständigen Goldgräber, das sind Kulis. Mindestens fünfzig zählt dieser verdammte Haufen. Wenn das einreißt, dass jeder von den gelben feineren Herren mit fünfzig Kulis anrückt, dann gibt es hier bald nur noch Schlitzaugen.«

»Kein Gesetz verbietet es ihm«, wandte Jack ein. »Lassen Sie ihn ziehen.« Immer mehr Neugierige drängten sich heran. Fletcher hatte einen Fehler gemacht, als er die Chinesen anhielt; Jack konnte die gereizte Stimmung, die sie umgab, deutlich spüren.

»Schickt sie dahin zurück, wo sie hergekommen sind«, schrie jemand.

»Gehen Sie rasch weiter«, sagte Jack mit drängender Stimme zu dem chinesischen Anführer. Im gleichen Augenblick löste sich jedoch ein Mann aus der Menge, griff in den feuchten Pferdemist, der auf der Straße lag, und warf eine Handvoll auf den Chinesen. Klatschend traf der Dung die Vorderseite seines feinen Seidenmantels.

Ohne zu zögern, griff sich ein Seemann den Übeltäter und streckte ihn mit einem harten Faustschlag zu Boden.

»Hier lang, schnell«, sagte Jack und deutete auf eine kleine Seitenstraße. Schon flogen weitere Wurfgeschosse in Form von Pferdemist, Erdklumpen und sogar Gläsern durch die Luft, sodass Jack nichts anderes übrig blieb, als mitzulaufen.

In der kleinen Straße angelangt, rief Jack den Chinesen zu weiterzulaufen, während er selbst stehen blieb. Sofort sah er sich einem Haufen Verfolger gegenüber. »Ihr habt euren Spaß gehabt«, rief er ihnen zu, »kümmert euch jetzt wieder um eure eigenen Angelegenheiten.«

»Wir sind in einem freien Land, und da können wir hingehen, wohin wir wollen«, schrie ihm jemand entgegen.

»Aus dem Weg, du Trottel!«, war eine andere Stimme zu hören, und die Männer schoben sich voran. Jack wurde in der Enge der kleinen Straße geschubst und angerempelt, doch als er schon fürchtete hinzufallen, ergriff ihn ein Paar starker Hände. Ein Fremder bugsierte ihn an der aufgebrachten Meute vorbei zu einem Torweg und damit in Sicherheit.

Keuchend lehnte sich Jack an eine Steinmauer. Die Menge war bis zum Ende der Straße gerannt und schrie den fliehenden Chinesen Beleidigungen nach, wagte aber am helllichten Tag doch nicht, dem Asiatenlager zu nahe zu kommen.

»Eine hübsche Stadt haben Sie hier«, meinte der Fremde,

und Jack erkannte, dass es der Seemann war, der den Dung werfenden Bergarbeiter niedergeschlagen hatte.

»Das nächste Mal sagen Sie Ihrem Freund, er soll hier nicht wie der Kaiser von China durch die Stadt stolzieren.«

Lew Cavour lachte. »Das hab ich schon, aber er mag es gar nicht, wenn ich ihm mit Vorhaltungen komme. Ich glaube, ich sehe besser nach, ob mit ihm alles in Ordnung ist. Der Tumult scheint sich ja gelegt zu haben.«

»Ich komme mit«, sagte Jack und stopfte sein zerrissenes Hemd wieder in die Hose. »Und vielen Dank, dass Sie mich vor dieser trampelnden Horde bewahrt haben. Ich heiße Jack Middleton.«

Er streckte ihm die Hand entgegen. »Sind Sie auch Goldsucher?«

»Ich? Um Himmels willen, nein, ich bin Seemann. Lew Cavour.« Sie schüttelten sich die Hände. »Ich habe ein Schiff in der Bucht liegen.«

»Tatsächlich? Welches?«

»Es hat keinen Namen, für mich ist es einfach die Dschunke. Wir sind heute früh angekommen.«

»Die große Dschunke? Das Mordsding ist mir schon aufgefallen. Und Sie sind der Kapitän?«

»Ja.«

Jack war neugierig geworden. »Ich habe gar nicht gewusst, dass Engländer mit Dschunken fahren.«

»Tja, als britischer Matrose kommt man eben ganz schön rum in der Welt«, erwiderte Lew grinsend. »Und dieser chinesische Edelmann und sein Gefolge waren meine Passagiere.«

»Sie machen sich ja offenbar keine allzu großen Sorgen um Ihre Leute. Mögen Sie die Chinesen nicht?«

Sie verließen die Seitenstraße und gingen auf ein offenes Gatter zu, hinter dem die verschiedenartigsten Zelte aufgebaut waren. Den immer noch finster dreinschauenden Goldgräbern schenkten sie keine Beachtung.

»Doch, ich mag sie, die Chinesen«, sagte Cavour, »aber ich weiß, dass ich mir keine Sorgen um sie machen muss. Sie können nämlich ganz gut auf sich selbst aufpassen. In der Haut von dem Dummkopf, der den Dreck auf Chin Ying geworfen hat, möchte ich nicht stecken. Den finden sie bestimmt, darauf können Sie Gift nehmen. Das Gesicht zu verlieren ist für einen Chinesen das Allerschlimmste.«

Sie sahen Ying reglos auf einem niedrigen Zaun neben dem steinernen Mondtor sitzen, das die Chinesen als Glücksbringer für ihr Lager gebaut hatten. Der Mantel lag neben ihm auf dem Boden, und er trug jetzt ein langes, bis zum Hals zugeknöpftes Gewand.

»Grässliche Leute«, schnaubte er wütend. »Ich muss diesen Mantel wohl verbrennen.«

»Natürlich«, meinte Lew.

»Ich bedauere diesen Zwischenfall sehr«, sagte Jack. »Ich bin ein Einwohner von Bowen, und für Raufbolde haben wir hier eigentlich nichts übrig.«

Als Lew ihn mit Jack bekannt machte, stand Ying auf und verbeugte sich tief. »Ich nehme Ihre Entschuldigung wohlwollend an, Sir«, antwortete er feierlich.

»Was hast du nun vor?«, erkundigte sich Lew.

»Meine Diener bereiten mein Zeltlager vor. Ich werde in dieser Stadt nur so lange bleiben, bis wir uns mit Proviant ausgerüstet und einen Führer gefunden haben. Dann begebe ich mich ins Landesinnere.«

»Soll ich dir jetzt bei irgendetwas behilflich sein?«, fragte Lew.

»Nein. Ich werde mich heute Abend mit dem Studium der Metallurgie befassen. Das ist unumgänglich.«

Lew begleitete Jack in die Stadt zurück. »Es war gut, dass Sie sich entschuldigt haben«, meinte Lew. »Er weiß zwar, dass Sie nicht dafür verantwortlich sind, aber es beruhigt ihn sicherlich trotzdem.«

»Er kam mir aber doch jetzt schon ganz ruhig vor.«

»Wie bitte? Er hat gekocht vor Wut!«

»Müssen Sie gleich zu Ihrem Schiff zurück?«

»Nein. Ich bin sofort nach der Ankunft an Land gegangen, um mir die Stadt anzusehen, aber mir scheint, sie hat nicht viel zu bieten.«

»Da haben Sie recht. Eigentlich ist es nur ein kleiner Ort, zurzeit zwar überbevölkert, aber ...«

»Überbevölkert? Nach den Menschenmassen in China kommt es mir hier ziemlich leer vor.«

»Wie viele Einwohner hat China denn?«

»Na, man schätzt, es sind rund dreihundertdreißig Millionen Menschen.«

»Lieber Himmel, und ich habe neulich erfahren, dass die weiße Bevölkerung dieses riesigen Kontinents nur zwölftausend ausmacht!«

Lew starrte ihn ungläubig an. »Das kann nicht sein.«

»Na, dann erkundigen Sie sich mal, mein Freund. Aber ich muss jetzt nach Hause. Kommen Sie doch mit und essen Sie mit uns zu Abend!«

Lews sonnengebräuntes Gesicht strahlte. »Es wäre mir eine große Ehre«, erwiderte er begeistert, was Jack für eine etwas komische und altmodische Floskel hielt. Aber er mochte diesen jungen Mann, und als Seemann hatte dieser sicher einiges zu erzählen. Jack hörte nichts lieber als gutes Seemannsgarn.

Alice Middleton entschuldigte sich für die einfache Hausmannskost, doch Lew genoss jeden Bissen. Seine Eltern hatten nur chinesisch gekocht, weil sie so wie ihre Gemeindemitglieder leben wollten, aber bei Freunden oder in europäischen Hotels hatte er die englische Küche kennengelernt, wenngleich die Gerichte immer von chinesischen Köchen zubereitet worden waren.

Er selbst kannte zwar den Unterschied nicht, doch er hörte immer wieder die Beschwerde, es sei »eben doch ein bisschen anders«. Jetzt wusste er, was damit gemeint war. Jacks Frau servierte in dicke Scheiben geschnittenen Rinderbraten mit Yorkshire-Pudding und dicker Soße, dazu ganze Karotten, Kartoffeln und Zwiebeln, die zusammen mit dem Fleisch gekocht worden waren, sowie gekochten Kohl. Es war in der Tat einfache Hausmannskost, ganz ohne Kräuter und Gewürze, aber ihm schmeckte es, und Mrs. Middleton häufte so große Portionen auf seinen Teller, als sollte er den Rest der Woche nichts mehr zu essen bekommen.

»Haben Sie schon mal chinesisches Essen probiert?«, fragte er sie.

»Nein, ganz bestimmt nicht«, antwortete sie. »Ich habe gehört, die essen lauter widerliche Sachen.«

»Haifischflossen und Nachtigallaugen«, sagte ihre Tochter Perfy, das anziehendste englische Mädchen, das ihm je begegnet war.

»Sei nicht so ungezogen«, wies Alice sie zurecht. »Da vergeht einem ja der Appetit.«

»Hätten Sie Lust, sich meine Dschunke anzusehen?«, schlug Lew vor.

»Gern«, erwiderte Jack. »Ich bin noch nie auf solch einem Schiff gewesen.«

»Wie wär's, wenn Sie mit Ihrer Familie zum Abendessen als meine Gäste an Bord kommen? Ich leihe mir Chin Yings Diener aus, sie sind glänzende Köche. An Ihre Kochkünste, Mrs. Middleton, kommen sie natürlich nicht heran, aber vielleicht schmecken Ihnen die chinesischen Gerichte ja doch.«

»Ach, ich weiß nicht«, antwortete sie verlegen.

»Komm schon, Mutter«, meinte Jack. »Trau dich doch. Wir könnten es doch mal probieren.«

»Keine Haifischflossen?«, erkundigte sich Perfy.

Lew lächelte sie an. »Das verspreche ich Ihnen.«

Es gelang Lew, auch Chin Ying zum Kommen zu überreden. »Sie sind sehr nette Leute. Von der anderen Sorte lernst du noch genug kennen, es wird eine gute Erfahrung für dich sein.«

Die Dschunke versetzte die Gäste in Staunen. Mrs. Middleton hatte offensichtlich einen schmuddeligen alten Kahn erwartet, wo sie von finsteren Chinesen angeglotzt werden würde. Umso überraschter war sie, als sie sah, dass alles an Bord blitzte und glänzte. Die Nacht war mild und sternenklar, und so hatte man die Tafel an Deck aufgebaut. Lew zeigte Jack und Perfy das Schiff, während Chin Ying sich mit Alice in ein höfliches Gespräch vertiefte.

Lew erklärte währenddessen, dass der Rumpf mit dickem

Spantenwerk in mehrere wasserdichte Kammern unterteilt war. Dann zeigte er seinen Gästen die Becken, in denen lebende Fische gehalten wurden, den Raum mit dem gepökelten Fleisch, die besonderen Wasserbehälter, die beiden Kombüsen und die komfortablen Einzelkabinen. Jack und seine Tochter waren sehr beeindruckt.

Das Bankett gestaltete sich vergnüglicher, als Lew gedacht hätte. Ying erklärte jeden einzelnen Gang des Menüs aus zahlreichen verschiedenen Rindfleisch-, Enten- und Schweinefleischgerichten mit kleinen Klößen und gewürztem Gemüse, und der Familie machte es Spaß, die kleinen Portionen aus den Schälchen zu essen.

»Meine Güte«, rief Alice aus, »wie viele Gänge gibt es denn bei Ihnen zu Hause?«

»Das hier sind nicht besonders viele«, erwiderte Ying lächelnd.

»Sie lassen es sich ja ganz schön gut gehen«, meinte Jack. »Ich hätte nie gedacht, dass mir Reis in etwas anderem als Pudding schmecken würde.«

»Dabei heißt es, die Chinesen leben fast nur von Reis«, sagte Perfy.

Ying schüttelte den Kopf. »Keineswegs, Miss. Wir legen großen Wert auf gutes Essen.«

Dabei ließ Ying allerdings außer acht, dass die chinesischen Bauern und Kulis mit sehr kärglichen Rationen Reis und Fisch auskommen mussten, und Lew wagte es nicht, ihn darauf aufmerksam zu machen.

Nach dem gelungenen Abend wurde die Familie mit einem Boot an Land zurückgebracht. Chin Ying dagegen beschloss, an Bord zu bleiben.

»Du hast also schon eine Dame für dich gefunden«, stellte er fest, als die Gäste aufgebrochen waren. »Darauf sollten wir noch einen Becher Wein trinken.«

»Dir entgeht aber auch gar nichts«, meinte Lew. »War das denn so offensichtlich? Und wie findest du sie?«

»Eine Jungfrau. Recht gut aussehend für eine Engländerin, denke ich.«

»Aber Ying! Sie ist eine Schönheit! Bleib du nur bei deinen Goldfeldern, solange du willst. Ich glaube, hier lässt's sich gut aushalten.«

Perfy, ihr Hausmädchen Diamond und Lew verabschiedeten sich von Chin Ying, als dieser sich auf den langen Weg zu den Goldfeldern machte. Ying und ein ortsansässiger Führer reisten zu Pferde, Yings Diener Yuang Lu und Yuang Pan gingen zu Fuß. Sie hatten große Leinensäcke auf dem Rücken festgeschnallt und trugen Bambusstöcke, um die Kulis anzutreiben. Ying überreichte Perfy feierlich eine kleine Katze aus Jade, einen Glücksbringer, über den sie sich sehr freute. Von der Art und Weise, wie die Kulis behandelt wurden, gewann sie jedoch keinen so guten Eindruck.

»Die armen Kerle«, sagte sie zu Lew. »Sie sind ja bepackt wie Esel.«

»Das sind sie gewöhnt«, erwiderte er ungerührt. Wie er feststellte, fing Ying nun an, sich seiner Umgebung anzupassen. Statt der farbenprächtigen und unpraktischen Gewänder, die er sonst trug, hatte er einen dunklen Rock und eine Hose angezogen, in denen er sehr geschäftsmäßig wirkte.

»Auf Wiedersehen und viel Glück«, rief Lew, als sich der Zug auf der staubigen Straße in Bewegung setzte. »Ich bin gespannt, wie er vorankommt«, sagte er zu Perfy.

»Weiß er nicht, dass sie durch die Berge müssen?«

»Doch, warum?«

»Weil es für all diese Männer furchtbar anstrengend wird, wenn sie so viel schleppen müssen.«

»Nein, das glaube ich nicht. Es sind zähe Burschen. Ein Kuli kann bis zu siebzig Kilo tragen.«

»Wie die Tiere.«

Er fasste sie am Arm. »Perfy, jeder weiß, dass die Versorgung da draußen ziemlich schlecht ist. Sie müssen sehr gut ausgerüstet sein und genügend Proviant haben. Außerdem geht es mit Kulis schneller als mit den Wagen, die ständig stecken bleiben.«

»Ja, aber die werden auch von Pferden gezogen.«

»Und von Menschen. Wie ich gehört habe, brauchen auch die Europäer kräftige Muskeln für diese Reise.«

»Welchen Lohn erhalten sie?« Diese Frage kam von Diamond. Lew war verblüfft, und zwar weniger über die Frage als darüber, dass ein Hausmädchen sie stellte. Er war nicht daran gewöhnt, dass Dienstboten so große Freiheiten genossen. Es kam ihm alles sehr merkwürdig vor. Nicht, dass er sie nicht mochte, sie war klug und schlagfertig. »Sie bekommen wohl denselben Lohn wie du«, entgegnete er. Ihre dunklen Augen blitzten ihn zornig an.

Aus den Wipfeln der Eukalyptusbäume, die das gerodete Land säumten, hörte er Vogeltrillern, wunderbar klare Töne, die einem Sopran zur Ehre gereicht hätten. »Die Vögel dort oben, sie singen herrlich. Wie heißen sie?«, fragte er, um das Thema zu wechseln.

»Elstern«, erwiderte Perfy.

»Und Würger«, ergänzte Diamond.

»Sie ahmen sich gegenseitig nach«, meinte Perfy.

»Und manchmal wetteifern sie miteinander«, fügte Diamond hinzu.

»Wie sehen sie aus?«, wollte Lew wissen. Er war froh, dass sie auf etwas anderes als die Kulis zu sprechen kamen.

Diesmal antwortete Diamond. »Elstern sind große, auffällig schwarz-weiß gemusterte Vögel und ausgesprochen selbstsicher. Die Würger haben ein glanzloses braunes Gefieder, sie sind sehr scheu, und man sieht sie kaum, aber sie verfügen über große Kräfte.« Lew hatte das Gefühl, dass hinter ihren Worten eine Bedeutung verborgen war, die er nicht zu deuten wusste.

Perfy betrachtete unterdessen die kleine Jadekatze. »Sie ist wirklich schön. Das war sehr nett von Mr. Chin.«

»Er hat Sie wohl recht gern«, teilte Lew ihr erfreut mit. »Jade ist in China äußerst wertvoll.«

»Ist es teuer?«, erkundigte sich Perfy.

»Dieses Stück? Ja, ich denke schon.«

»Oje, ich hätte mich dafür richtig bedanken sollen. War es unhöflich, dass ich nur gesagt habe, es gefällt mir?«

»Ying hat nicht erwartet, dass Sie sich groß bedanken. Er hat sich gefreut, dass er Ihnen ein Geschenk machen konnte.«

In einer rauen Stadt wie Bowen konnte man nicht viel unternehmen, und so war Perfy recht angetan, wenn Lew sie zu Ausflügen einlud. Für ihn war es ein Urlaub, ein glücklicher Urlaub. Ihm graute bereits vor dem Tag, an dem er wieder abreisen musste. Jeden Morgen schwamm er in der Bucht, ging angeln und besuchte die Middletons so oft, wie es möglich war, ohne aufdringlich zu wirken. Manchmal ging er in eine der Schenken, und wenn er sich mit jemandem unterhielt oder Gespräche belauschte, ging es stets nur um ein Thema: Gold. Das Land war ihm noch immer fremd. Perfy fand es hochinteressant, einen Engländer kennenzulernen, der noch nie englischen Boden betreten hatte. Er nahm es für ein gutes Zeichen, dass sie alles Mögliche von ihm wissen wollte, erklärte sie zu seiner Fremdenführerin und ließ sich von ihr das Land mit seinen Kängurus, Koalabären, Wombats und all den anderen sanftmütigen Tieren zeigen. Beide genossen sie, dass es so vieles gab, worüber sie reden konnten.

Eines Tages luden ihn die Middletons zu einem gemeinsamen Picknick unter den schattigen Bäumen an der Küste ein, einem typisch englischen Picknick, wie Lew vermutete.

»Nein, nein«, erklärte Alice ihm. »Zu Hause haben wir nie ein Picknick gehabt, dazu waren wir viel zu arm. Das ist nur was für die feineren Leute. Und ich glaube auch nicht, dass man in England Fleisch und Koteletts im Freien grillt, wie es hier üblich ist. Nein, das ist wohl schon etwas anderes.«

Mit Mr. Herbert Watlington, einem aalglatten englischen Gentleman, der wie eine Klette an Perfy hing, hatte sich ihnen ein weiterer Herr angeschlossen. Als Lew endlich einmal mit Perfy unter vier Augen reden konnte, meinte er: »Ich habe gar nicht gewusst, dass Sie noch einen Verehrer haben.«

Sie sah ihn gelassen an und erwiderte: »Ich habe keinen Verehrer.«

»Aber gewiss«, sagte er lachend. »Sie haben einen, verlassen Sie sich darauf.« Er meinte sich selbst, aber Perfy ging nicht auf seine Anspielung ein; es war, als hätte er nichts gesagt.

Später ließ er sich diese Unterhaltung immer wieder durch den Kopf gehen. Ruhelos schritt er nachts auf dem Deck der Dschunke auf und ab, weil die Gedanken an sie ihn nicht schlafen ließen. Er überlegte, ob er vielleicht ein Bordell in Bowen aufsuchen sollte, aber dann siegte doch die Vernunft. Jetzt hätte er die Yuang-Brüder gebraucht. Auf der Reise in den Süden hatte die Dschunke mehrmals in verschiedenen Häfen angelegt, woraufhin Ying seine Diener an Land schickte, um ihm »saubere« Mädchen zu holen. Auf welche Weise die Brüder die »sauberen« Mädchen aus aller Herren Länder aussuchten, blieb Lew ein Rätsel, aber er wusste, dass ihr Herr sie bei einer schlechten Wahl mit dem Tod bestraft hätte. Ying hatte Lew großmütig »erlaubt«, die zarten Schönheiten mit ihm zu teilen.

Lew langweilte sich allmählich in Bowen, es war ihm zu klein und zu eng. Er hatte ein Pferd gekauft, um mit Perfy auszureiten, aber sie kamen nie sehr weit. Kaum ein oder zwei Kilometer außerhalb der Stadt erhob sich vor ihnen der Busch mit seinen Tausenden von grauen, kahlen Baumstämmen, die einer geäderten Felswand glichen. Nur ganz oben in den Wipfeln konnte man grüne Blätter erkennen. Mit Perfy tiefer in die Wildnis vorzudringen, wagte er nicht, und so war er ein andermal alleine losgeritten. In diesem fremdartigen, scheinbar grenzenlosen Wald führte ihn der unebene Pfad vorbei an riesigen Ameisenhügeln und abgestorbenen Bäumen, die wie ausgebleichte Knochen im hohen Gras lagen. Ein großes braunrotes Känguru graste im trüben Licht unter den Bäumen. Erst sah es auf und starrte den Eindringling an, ließ sich dann jedoch nicht weiter von ihm stören. Lew, der sich über diese Begegnung freute, stieg ab, um das Tier näher zu betrachten, und entdeckte ein kleines Junges, das neugierig aus seinem Beutel hervorlugte. Dass die beiden keinen Anstoß an seiner Anwesenheit nahmen, machte ihm bewusst, dass er sich in diesem Land keineswegs als Fremder fühlte, weil er so bereitwillig aufgenommen worden war. Lew ritt noch tiefer in den Urwald hinein, doch die ewig gleiche Umgebung verlor allmählich ihren Reiz, und er merkte erst jetzt, dass er auf seinem stundenlangen Ritt keiner Menschenseele begegnet war. Bedrückt von dieser ungewohnten Einsamkeit machte er sich auf den Rückweg nach Bowen. Doch in Bowen kam er sich immer mehr wie ein Gefangener vor. Und so suchte er eines Tages Jack Middleton auf. »Ich muss die Dschunke hinausfahren, damit sich die Segel mal wieder spannen und die Mannschaft nicht auf der faulen Haut liegt«, sagte er. »Wäre es Ihnen recht, wenn ich Perfy mitnehme? Bis zum Abend sind wir bestimmt wieder zurück, und ich verspreche Ihnen, dass ich mich wie ein Gentleman benehmen werde.«

Jack grinste. »Na klar. Wenn sie will. Sie mögen sie recht gern, was?«

»Das ist untertrieben. Ich finde sie hinreißend.«

»Ja, das finden wir auch, mein Sohn, also passen Sie gut auf sie auf. Und gehen Sie behutsam mit ihr um. Unsere Kleine hat einige Höhen und Tiefen hinter sich. Wir wollen nicht, dass sie noch mal aus dem Gleichgewicht gerät.«

»Was für Höhen und Tiefen?«

»Ich schätze, Perfy wird darüber reden, wenn ihr danach ist. Und es ist sicherlich besser, wenn sie es Ihnen selbst sagt.«

Perfy saß Lew gegenüber, als er sie zur Dschunke hinausruderte. Sie freute sich auf den Ausflug an Bord des Schiffes, doch ihr war auch ein wenig bange. Lew beunruhigte sie, er war so … ja, so männlich. So ganz anders als der sanfte, schüchterne Darcy. Wenn Lew sie berührte, hatte sie den Eindruck, er würde sie am liebsten bei der erstbesten Gelegenheit ins nächste Bett zerren. Und sie wusste auch ohne Worte, dass er in weitaus mehr Dingen erfahren war als nur im Steuern von Schiffen.

»Wenn du lieber nicht allein gehen magst«, hatte ihr Vater ihr gesagt, »dann macht es Lew bestimmt nichts aus, wenn du jemanden mitnimmst. Herbert zum Beispiel.«

Perfy lachte. »Er kann Herbert nicht ausstehen.«

»Dann eben Diamond.«

»Nein, das ist schon in Ordnung.« Sie hatte Diamond absichtlich nicht mitgenommen, denn Lew hätte das sofort durchschaut. Bei ihrer ersten Begegnung hatte er sich gewundert, dass die jungen Damen in der Kolonie ohne Begleitung ausgehen konnten, außer wenn sich Betrunkene in den Straßen herumtrieben. Hätte sie Diamond mitgebracht, wäre das dem Eingeständnis gleichgekommen, dass sie sich vor ihm fürchtete. Und Perfy hatte schließlich ihren Stolz. Es stand außer Frage, dass Lew sie wie ein Gentleman behandeln würde, es war nur seine Nähe, die sie beunruhigte. Sie vermisste Darcy noch immer, und sie bezweifelte, ob sie je über seinen Tod hinwegkommen würde. Außerdem wollte sie ihn auch gar nicht vergessen. Warum sollte sie? Die Matrosen standen an der Reling und sahen zu, wie sich das Boot der Dschunke näherte. Ein breites Grinsen lag auf ihren Gesichtern, als warteten sie auf ein großes Ereignis.

»Sie sehen so zufrieden aus«, stellte Perfy fest.

»Ja«, sagte er, »sie freuen sich.«

»Wieso?«

»Weil wir die Dschunke getauft haben. Schauen Sie!« Auf dem Rumpf des Schiffes direkt hinter dem Bug prangten große, noch feuchte chinesische Schriftzeichen.

»Was bedeutet das?«

»*Perfection*. Die Mannschaft ist begeistert von diesem Namen.«

»Oh«, murmelte sie geschmeichelt. »Das ist aber nett.«

»Ich habe meinen Leuten ein Fest anlässlich der Bootstaufe versprochen, wenn Sie an Bord kommen. Was sagen Sie dazu?«

»Eine wunderbare Idee«, erwiderte sie fröhlich. »Sagen Sie ihnen, ich fühle mich sehr geehrt.«

Durch das tiefblaue Wasser der Whitsundays fuhren sie nach Süden, die großen Segel über ihnen blähten sich im Wind. Perfy schlenderte über das Deck und genoss die Aussicht. Den Alltag hatte sie am Ufer zurückgelassen, und sie war froh, mit ihren Gedanken allein zu sein, während Lew die Arbeit seiner Mannschaft überprüfte. Seit Darcys Tod hatte sie unter ständiger Aufsicht gelebt. Ihre Eltern hatten sich Sorgen um sie gemacht und sich viel zu große Mühe gegeben, sie aufzuheitern und abzulenken. Deshalb war es ihnen auch recht, wenn ihre Verehrer wie Herbert, Lew und andere junge Männer aus der Stadt um ihre Gunst wetteiferten.

Es war erstaunlich, wie gut ihre Mutter sich eingelebt hatte. Sie war jetzt selbstbewusster und verbrachte ihre Zeit nicht nur mit ihren vielen Freunden, sondern auch in gleich zwei Damenzirkeln, einer Nähgruppe und einem Verein wohltätiger Frauen, die es sich zur Aufgabe gemacht hatten, den unzähligen menschlichen Wracks, die von den Goldfeldern zurückkamen, wieder auf die Beine zu helfen. Ohne Darcy, dachte Perfy wieder einmal, wäre das alles nicht möglich gewesen.

»Wollen wir zu Mittag essen?«

»Ist es denn schon so spät?«

»Doch, eigentlich wäre es an der Zeit. Ich habe für heute einen Koch angestellt. Seit Ying weg ist, muss ich mich mit dem zufriedengeben, was unser Schiffskoch zubereitet, und das sind vor allem Reisgerichte.«

»Wie kann ein Mann von Ihrer Statur nur mit Reis auskommen?«

»Ganz gut«, erwiderte er lachend, »wenn es sein muss.«

»Was ist denn das für eine Insel dort drüben?«, fragte Perfy. »Sie sieht so unberührt aus.«

»Gloucester Island.«

»Könnte wir nicht dort hinfahren und sie erkunden?«

»Keinesfalls, Verehrteste. Ich habe Ihrem Vater versprochen, dass ich Sie wohlbehalten zurückbringe. Möglicherweise hausen auf diesen Inseln wilde Schwarze, und auf ein solches Wagnis lasse ich mich nicht ein.«

Das Essen für den Kapitän und seine Begleitung wurde unter einem Sonnendach auf dem Deck aufgetragen. Perfy fühlte sich wohl, es war so einfach, mit Lew zu reden und ihm zuzuhören. Zu ihrer Überraschung erfuhr sie, dass seine Eltern Missionare gewesen waren, die von England nach China gereist und später dort gestorben waren. Doch als sie mehr über sie erfahren wollte, wurde Lew ziemlich einsilbig und wechselte rasch das Thema. Also erzählte sie ihm von Brisbane, von den Umständen, die ihre Eltern nach Australien verschlagen hatten, von Jacks langjährigem Dienst bei der Armee und von ihrer Arbeit im Haus des Gouverneurs. Lew hörte aufmerksam zu. Und ehe sie sich versah, redete sie über Darcy, bis sie mit

Schrecken feststellte, dass sie die Tränen nicht mehr zurückhalten konnte. So weinte sie sich an seiner Schulter aus, ließ sich von ihm in den Armen halten und schämte sich, dass sie sich so gehen ließ und diesen wunderbaren Tag verdarb. Ihm schien es jedoch nichts auszumachen.

»Man muss sich mal ausweinen«, meinte er. »Es wird erst vorüber sein, wenn Sie Ihren ganzen Kummer herausgelassen haben.«

Später umfuhren sie Gloucester Island, wo sie ankerten, um in das ruhige, kristallklare Wasser mit den farbenprächtigen Fischen hinabzuspähen und einen Blick auf die Korallenbänke zu erhaschen. Bei Sonnenuntergang segelte die Dschunke, die sich wie ein großes glänzendes Goldstück von den dunkler werdenden Hügeln abhob, in die Edgecumb Bay und seinen belebten Hafen zurück.

Perfy lachte wieder fröhlich, als Lew sie an Land ruderte, und ihr peinlicher Gefühlsausbruch war vergessen. »Es war ein herrlicher Tag, Lew. Herzlichen Dank. Nehmen Sie mich mal wieder mit?«

»Wann immer Sie wollen«, antwortete er.

Als sie den Sandstrand überquerten, legte er einen Arm um sie. »Auf dem Schiff waren mir die Hände gebunden«, sagte er. »Aber jetzt sind wir an Land, und Sie können davonlaufen, wenn Sie wollen.«

Perfy riss sich los. »Nein, Lew, lassen Sie das. Zerstören Sie jetzt nicht alles.«

»Entschuldigen Sie, ich wollte Sie nicht in Verlegenheit bringen. Sie gefallen mir sehr, und wir haben so einen schönen Tag zusammen verbracht …«

»Sie brauchen sich nicht zu entschuldigen. Ich bin selbst schuld, weil ich mich bei Ihnen ausgeweint habe. Können wir nicht einfach Freunde sein?«

»Natürlich können wir das. Aber ich muss Sie warnen. Lew Cavour, der Kapitän dieses netten Schiffes da drüben, hat vor, Ihnen den Hof zu machen. Er muss nur noch die Regeln dieses neuen Landes lernen.«

»Verschwenden Sie doch nicht Ihre wertvolle Zeit«, erwiderte sie. »Ich möchte nämlich gar nicht, dass mir jemand den Hof macht. Es gibt doch noch viele andere nette Mädchen hier.«

»Ja, aber nur eine Perfy. Vielleicht lässt sie sich ja doch einmal erweichen, wer weiß?«

»Ach, kommen Sie, Lew«, sagte sie ungeduldig und marschierte durch das Gestrüpp. »Die Moskitos hier sind furchtbar. Wenn es dunkel wird, fallen sie in Schwärmen über einen her.«

Alice und Jack saßen auf der Veranda und erwarteten sie.

»Da seid ihr ja«, rief Jack. »Kommen Sie und trinken Sie ein Bier mit mir, Lew.«

»Mit Vergnügen«, erwiderte er.

»Perfy, du hast ja einen Sonnenbrand«, bemerkte Alice. »Komm rein, ich gebe dir eine Salbe fürs Gesicht.«

»Moskitos haben uns auch gestochen«, sagte Perfy lachend und folgte ihrer Mutter ins Haus.

»Hat er dich angefasst?«, flüsterte sie neugierig.

»Ach, Mutter, stell doch nicht solche Fragen. Nein, hat er nicht.«

Alice lächelte. »Dein Vater ist ein guter Menschenkenner. Er hat gesagt, wir müssten uns keine Sorgen machen. Salb dir jetzt das Gesicht damit ein und kämme dich, dein Haar ist ja ganz zerzaust. Jack hat eine gute Nachricht für dich.«

Perfy eilte wieder hinaus. »Was gibt's?«

»Heute ist deine Besitzurkunde gekommen. Jetzt ist es amtlich, dass dir die Hälfte von Caravale gehört.«

Perfy strahlte. »Das ist ja wunderbar. Ich habe schon gedacht, die kommt nie.«

»Was ist Caravale?«, erkundigte sich Lew.

»Eine Farm, auf der Vieh gezüchtet wird, draußen im Westen«, antwortete Jack.

»Darcy hat sie mir vermacht«, erklärte Perfy, und ihr von Sonnenbrand und Salbe ohnehin schon gerötetes Gesicht wurde noch röter. Ärgerlich stellte sie fest, dass ihre Eltern Blicke tauschten. »Es soll eine sehr große und schöne Farm sein«, fügte sie hinzu.

»So etwas wie eine Ranch?«, fragte Lew.

»Ja.«

»Aha«, sagte er unverbindlich, als sei er lediglich an der Größe von Caravale interessiert.

Nachdem sie noch eine Weile miteinander geplaudert hatten, erhob sich Lew. Er war freundlich wie immer und froh, dass Perfy so einen schönen Tag erlebt hatte, dann verabschiedete er sich lächelnd. Doch sie wünschte, er wäre noch geblieben; zu gern hätte sie ihm erklärt, was es mit Caravale auf sich hatte, und ihm alles darüber erzählt.

Weit draußen über dem Meer erhellte von Zeit zu Zeit ein Blitz die Nacht, auf den eine bedrückende, unheilschwangere Stille folgte, denn es war kein Donner zu hören.

In den folgenden Monaten würde Perfy dieser Tag als der letzte wirklich friedliche in Erinnerung bleiben. Denn danach begannen die Sorgen. Wenn sie an diesen Tag zurückdachte, richtete sie sich an der Erinnerung auf, und sie wurde ihr kostbar wie die kleine Jadekatze, die Glück bringen sollte.

5

Die Schwarzen in Bowen waren vom Stamm der Bindal, und Diamond suchte sie auf, sobald sie die Zeit fand. Es gab hier zahlreiche Aborigines, die die übliche bunt zusammengewürfelte Kleidung der Weißen trugen, denn innerhalb der Stadtgrenzen durften sie nicht »unbekleidet« herumlaufen. Sie wirkten gesünder und weniger unterwürfig als die eingeschüchterten Eingeborenen in Brisbane, doch Diamond stellte bedauernd fest, dass manche von ihnen dem Alkohol verfallen waren. Den durchreisenden Goldsuchern waren diese Stadt und ihre Einwohner völlig gleichgültig. Wenn der Goldrausch vorüber war, würden die ortsansässigen Aborigines vielleicht besser behandelt werden, aber das war nur eine schwache Hoffnung.

In unauffälliger Kleidung hatte Diamond die Gegend erkundet. Zwar trug sie noch immer ihr Messer, doch hier brauchte sie nicht allzu ängstlich zu sein. Trotzdem ging sie abends nur in Begleitung der Familie spazieren oder zu Kirchenkonzerten.

Voller Stolz hatte Mrs. Middleton ihren neuen Freundinnen unbedingt erzählen müssen, dass Diamond ausgezeichnet lesen konnte. Das schien die Damen anfangs zu erstaunen, aber schon bald schenkten sie ihr Bücher. Gebetbücher. Jedes Buch, das sie bekam, hatte irgendwas mit Religion zu tun! Dabei bevorzugte sie eigentlich Zeitungen, die sie mit größter Aufmerksamkeit las, weil man viel daraus lernen konnte. Wenn sie Meldungen über die »notwendige Erschießung wilder Schwarzer« las, wurde sie allerdings rasend vor Wut. Die Zeitungen sprachen oft von »zahmen« Schwarzen, und mit Entsetzen erkannte sie, dass auch sie dazugehörte. Aber damit musste sie sich wohl abfinden. Seit sie nicht mehr in der Wäscherei arbeiten musste, war sie wacher und neugieriger geworden.

Als sie das Lager der Bindal gefunden hatte, setzte sie sich zu den Schwarzen und hörte sich ihre Geschichten an. In der Vergangenheit hatte es das Schicksal immer gut mit diesem Stamm gemeint. Die Menschen waren keine Krieger, sondern freundlich und freigiebig. Und warum auch nicht? Das Land, das sie bewohnten, versorgte sie mit Nahrung im Überfluss, und es gab zahlreiche Quellen. Die Bergvölker wie auch die Völker aus dem Landesinneren besuchten gern die Bindal, erfuhr Diamond, und sie schloss daraus, dass dies ein Ort der Erholung sein musste. Die Gräfin und ihre Freunde verließen Brisbane oft für Wochen, um an die Meeresküste zu fahren. »Gut für die Gesundheit«, hatte der Koch gesagt. Die Stammesleute taten offenbar dasselbe.

Diamond fragte nach den Irukandji, doch niemand konnte ihr Auskunft geben. Immerhin verwies man sie unter viel Kichern an eine Frau namens Barrungulla.

»Wo kann ich sie finden?«

Sie deuteten auf die andere Seite der Bucht, und so marschierte Diamond mit ihren Schuhen in der Hand den Strand entlang, watete durch das seichte Wasser und dachte dabei an einen anderen Strand, der zwar irgendwo in weiter Ferne lag, aber diesem dennoch ähnelte. Sie war verwirrter als zuvor und ihrem Ziel noch keinen Schritt näher gekommen. Die Reise von Brisbane nach Bowen entlang der Küste hatte über eine

Woche gedauert. Es sah ganz so aus, als sei sie zu weit nach Norden gekommen. Die Nachricht, dass viele Stammesleute aus anderen Gegenden die Küste aufsuchten, hatte ihr den Mut genommen. Vielleicht stammte sie ja aus einer Familie von Nomaden oder Händlern. Sie konnte sich kaum daran erinnern. Ihr Kopf schmerzte, wenn sie Bilder aus der Vergangenheit ins Gedächtnis zurückrufen wollte. Von Zeit zu Zeit kamen ihr flüchtige Worte in den Sinn, und sie versuchte sie festzuhalten, doch sie zerrannen ihr wie Sand zwischen den Fingern.

Diamond musste weit gehen. Ihr Kleid war durchnässt, aber es kühlte die Knöchel, und da sie unter ihrem Turban schwitzte, nahm sie ihn ab und steckte ihn in den Gürtel. In nicht allzu weiter Ferne erkannte sie die Umrisse einer menschlichen Gestalt. Beim Näherkommen stellte sie fest, dass es sich um eine Frau handelte. Sie stand am Strand, die Hände in die Hüften gestemmt. Wie eine pechschwarze Statue ragte sie vor dem glitzernden Meer auf. An ihrem großen, mächtigen Körper trug sie nichts weiter als einen Lendenschurz und eine Perlmutthalskette. Zerzaustes graues Haar umrahmte ihr zerfurchtes Gesicht. »Was du wollen?«, rief sie, und Diamond blieb stehen.

»Reden«, erwiderte sie.

Der rechte Arm der Frau schoss vor wie ein Speer, den Zeigefinger hatte sie anklagend auf Diamond gerichtet. Sie zuckte zusammen. Für einen Augenblick dachte sie, die Frau hätte etwas nach ihr geworfen.

»Du zurück!«, befahl die Frau.

Diamond wurde ängstlich. Auf einmal kam ihr dieser Küstenstreifen gespenstisch vor, und sie glaubte das Gemurmel von Stimmen aus der Vergangenheit zu hören. Möglicherweise war sie versehentlich einer heiligen Stätte zu nahe gekommen, von der sich Frauen für gewöhnlich fernhalten mussten. Aber warum war dann diese Frau hier? »Nein«, rief sie. »Ich will mit dir reden.«

»Du weiße Hure!«, kreischte die Frau und schritt auf sie zu. Die dunklen Augen blitzten sie feindselig an.

Diamond war so starr vor Schreck, dass sie wie gelähmt dastand. Aus dem dichten Grün hinter dem Strand spürte sie die Blicke, die auf sie gerichtet waren, und einen verzweifelten Moment lang starrte sie hinaus aufs Meer, ihren einzigen Fluchtweg. Hatte sie sich nicht irgendwo, irgendwann schon einmal auf diese Weise gerettet? Doch mit diesem dicken Kleid und all den anderen »weißen« Sachen am Leib kam das nicht infrage. »Nein«, rief sie, als die Frau auf sie zukam. Sie streckte die Arme aus und schrie: »Kagari!«

Plötzlich nahm ein Kookaburra, ein Rieseneisvogel, ihren Ruf auf, ließ seinen Warnschrei ertönen, und andere fielen schreiend und schnatternd ein. Im Nu zerriss ein ohrenbetäubender Lärm von schrillen Pfiffen die Stille und warnte den Feind, dass jetzt die ganze Sippschaft auf der Hut war.

Die Frau blieb erst stehen und sprang dann mit einem Satz auf die Bäume zu. Im gleichen Augenblick schoss ein einzelner Rieseneisvogel aus dem Busch hervor und kreiste niedrig über den beiden Frauen.

Diamond wusste ebenso gut wie diese Frau, dass das laute Gekreische der Vögel einen Angriff ankündigen konnte. In dieser Gegend musste man damit rechnen, dass sich bis zu zwanzig ausgewachsene Kookaburras zusammengerottet hatten. Diamond hatte schon erlebt, wie sie im Sturzflug auf Leguane losgingen, um ihre Nester zu verteidigen, ja sogar ihr Leben aufs Spiel setzten, um die Echsen vom Baum zu schütteln. Dass die Kookaburras ihr Totem waren, hatte Diamond niemals vergessen. Diese Vögel waren überall, und sie gehörten zu den treuesten Tieren überhaupt. Nicht einmal vor dem großen Keilschwanzadler schreckten sie zurück, und auch den Menschen fürchteten sie nicht.

Unvermittelt setzte sich die Frau im Schneidersitz in den Sand, und höflich nahm Diamond neben ihr Platz. Von einem Augenblick auf den anderen waren die Vögel verstummt.

»Du welcher Stamm?«, fragte die Frau.

»Irukandji«, sagte Diamond. Doch auch nachdem sie den Namen langsam und deutlich wiederholt hatte, schüttelte die Frau den Kopf.

»Bist du Barrungulla?«, fragte Diamond.

Die Frau blickte zu den Bäumen auf. Offenbar befürchtete sie, die Vögel könnten wieder aufgeschreckt werden, und Diamond entdeckte eine teilweise verheilte Narbe an ihrem Hals über der hübschen Kette. »Warum du wollen sprechen mit mir?«

»Ich brauche deine Hilfe. Ich suche meine Familie.«

»Familie«, wiederholte die Frau, und ihre Züge wurden weicher. Diamond wusste, dass das Wort Familie für einen Eingeborenen, ganz gleich welchen Stammes und welcher Sprache, immer Liebe und Fürsorge bedeutete. Sie fing an, ihre Lage zu erklären, doch Barrungulla wurde unruhig. Sie nahm Diamonds Hände und drehte sie um. »Du wirklich schwarz. Aber schwarz jetzt alles fort von dir. Du besser aufhören wandern, du verloren.«

»Nein«, widersprach Diamond. »Ich darf nicht. Deine Leute, die Brindal, sind gute Leute.«

Barrungulla schnitt eine Grimasse. »Gute Leute bald nix mehr. Jetzt sterben jeden Tag.«

Diamond deutete mit dem Finger in den Sand. »Wir sind hier. Hier lebt dein Stamm. Welcher Stamm ist dahinter?«

»Boorgaman-Stamm leben dort.«

»Und hier?«

Sie zuckte die Achseln. »Cogoon. Vielleicht Cullinaringo. Hier«, sie deutete weiter in den Westen, »kommen Ilba.«

»Und dann?«

Barrungulla fuhr mit der Hand über ein Küstengebiet weiter nördlich. »Land von böse Stamm dort.«

»Welcher?«

»Nicht gut du gehen da. Schneiden ab Kopf.«

»Wie heißen sie?«

»Newegi«, flüsterte die Frau, und Diamond seufzte. Sie hätte nie gedacht, dass es so viele Stämme gab, die alle ihr eigenes Gebiet bewohnten. Für die Weißen dagegen galt dieses Land als unbesiedelt. Dabei hatte Diamond sich nur nach einem kleinen Gebiet erkundigt.

»Danke«, sagte sie und fragte dann freundlich: »Was ist mit deinem Hals geschehen, Barrungulla?«

Die Frau sah sie herausfordernd an. »Du wissen, was Hängen sein?«

»Ja.« Diamond erbebte.

»Weißer Mann diese Frau hängen.«

»O mein Gott. Wie hast du überlebt?«

»Totem zu stark«, erwiderte sie lachend. »Baum zornig, macht Krach!« Mit ihren großen Händen machte sie vor, wie ein Ast vom Baum knickte. »Fallen herunter, nicht tot.«

Als Barrungulla von den Mordzügen und Racheakten im Gebiet der Bindal hinter der kleinen Bucht erzählte, wurde Diamond klar, dass hier ein heimlicher Krieg zwischen Schwarzen und Weißen herrschte, dass nicht alle Menschen ihrer Rasse »zahm« geworden waren, dass die Mehrzahl der Aborigines nicht aufgegeben hatten und bereit waren, im Kampf für ihre Heimat zu sterben.

»Du jetzt gehen«, sagte Barrungulla. »Gehen heim.«

»Wo bin ich daheim?« Das, was Diamond erfahren hatte, betrübte sie, sie fühlte sich einsam und sehnte sich nach ihrer Familie.

Doch Barrungulla schüttelte ungeduldig den Kopf. Sie hatte ihre eigenen Sorgen. Das Gespräch war beendet.

6

Lew hatte Perfy bestimmt schon ein Dutzend Mal seine Liebe erklärt und zugleich seine Hoffnung ausgedrückt, dass sie seine Gefühle eines Tages erwidern würde, wenn es ihr erst einmal gelungen war, Darcy Buchanan zu vergessen. Mit einem Toten, der in Perfys Augen zu einem Heiligen geworden war, konnte er sich nicht messen. Und er hatte auch nicht die Absicht, in Darcys Fußstapfen zu treten, ganz im Gegensatz zu Perfy, die nach wie vor den verrückten Plan hatte, die Farm zu übernehmen.

»Ich habe an Mrs. Buchanan geschrieben«, erzählte Perfy Lew, »um ihr der Höflichkeit halber mitzuteilen, dass wir zu Besuch nach Caravale kommen.«

»Warum hast du nicht an deinen Teilhaber Ben Buchanan geschrieben?«

»Daddy meint, es sei besser, sich an die Dame des Hauses zu wenden.«

»Und hast du der Dame des Hauses auch gesagt, dass du bei ihr einziehen willst?«, fragte Lew gereizt.

»Lew, begreif doch endlich! Sie wissen ganz genau, dass ich einen Anspruch auf die Farm habe, deshalb brauche ich ihnen das nicht groß zu erklären.«

»Das ist doch verrückt! Was würdest du dazu sagen, wenn irgendwelche wildfremden Leute in euer Haus einziehen? Auch wenn ihnen die Hälfte davon gehört.«

Sie lächelte ihn an. »Bei einer so riesigen Farm ist das etwas anderes. Wir haben uns überlegt, dass es eine Lösung wäre, die Farm aufzuteilen und ein zweites Wohnhaus zu bauen. Dann hätten wir unsere eigene Farm. Wir wollen all das mit den Buchanans besprechen.«

Er machte einen erneuten Versuch. »Mit dir kann man über nichts mehr reden, Perfy. Du hast nur noch diese Farm im Kopf.«

»Nein«, fuhr sie ihn an. »Du nimmst überhaupt keinen Anteil an dem, was mich beschäftigt. Verstehst du denn nicht, was für ein wunderbares Geschenk Darcy mir da gemacht hat? Für mich ist es nicht irgendeine Farm, es ist ein neues Leben. Darcy hat gesagt, es sei herrlich gewesen, auf einer Farm aufzuwachsen. Sie hatten einen Riesenspaß mit ihren Pferden, Hunden und all den anderen Haustieren, und gleichzeitig haben sie gelernt, das Familienunternehmen zu leiten.«

»Klingt wie beim König von England. Seine Jugend war so ähnlich.«

»Spar dir deine spöttischen Bemerkungen! Ich habe langsam das Gefühl, du bist eifersüchtig.«

»Um Himmels willen, ich bin nicht eifersüchtig. Begreifst du denn nicht, welche Schwierigkeiten auf dich zukommen? Du hast doch nicht die leiseste Ahnung, wie man eine Farm leitet.«

»Das muss ich auch nicht. Viele Farmen werden von Verwaltern und Vorarbeitern geleitet. Das könntest du dir ruhig auch mal überlegen. In diesem Staat kannst du immer noch einen ganzen Landstrich für ein Butterbrot bekommen. Wenn du wirklich ehrgeizig wärst, würdest du auch in die Viehzucht einsteigen. Manche verdienen dabei ein Vermögen.«

»Du machst wohl Witze!«, fuhr Lew sie wütend an.

»Keineswegs. Du solltest mal darüber nachdenken.«

»Ich habe nicht die geringste Lust dazu. Ich bin Seemann und kein Farmer.« Er wusste, dass er im Begriff war, sie zu verlieren, doch er konnte dem Streit nicht aus dem Weg gehen, auch wenn er sie mit seinen Einwänden nur verärgerte. »Hat dein lieber Darcy dir auch erzählt, wie gefährlich das wunderbare Leben im Hinterland sein kann?«

»Nein, hat er nicht«, fauchte sie, »ebenso wenig, wie du von den Gefahren auf See erzählt hast, die wahrscheinlich noch zehnmal größer sind.« Mit einer brüsken Bewegung wandte sie sich ab und eilte ins Haus.

Einzig Alice Middleton schien Lews Meinung zu teilen, aber sie wollte ihrem Mann nicht widersprechen, der darauf beharrte, Perfy solle ihren Besitz bewirtschaften.

»Was ist an dieser Farm denn so besonders?«, fragte Lew Perfy. »Warum wollt ihr unbedingt Farmbesitzer sein? Wollt ihr zu den feineren Herrschaften gehören? Steckt das dahinter?«

»Natürlich nicht. Ich bin nur zufälligerweise der Ansicht, dass eine Farm eine angenehme und gesunde Umgebung ist, um Kinder großzuziehen. Und stell dir mal vor, was sie eines Tages erben würden.«

Lew trat enttäuscht einen Schritt zurück. »Das glaube ich dir nicht. Wenn du Darcy geheiratet hättest und zu ihm gezogen wärst, dann könnte ich es ja verstehen. Aber er ist tot. Du kannst nicht alleine das Leben führen, das ihr euch gemeinsam ausgemalt habt. Das ist schlichtweg unmöglich.«

»Lass mich doch!«

»Aber es geht nicht! Ich glaube, du willst nur deshalb Farmbesitzerin werden, um zu vertuschen, dass deine Eltern Sträflinge waren!«

»Eines sage ich dir, Lew Cavour«, stieß Perfy wütend hervor. »Deine Eltern mögen vielleicht gute Missionare gewesen sein, während meine Eltern als Sträflinge in die Verbannung geschickt worden sind, aber wenigstens schäme ich mich nicht für sie!«

Lew konnte es nicht fassen, dass jemand ihm vorzuwerfen wagte, er schäme sich seiner Eltern. Wortlos ließ er sie im Garten stehen und eilte durch die Stadt zur Dschunke zurück. Er konnte auf ihren Vorwurf nichts erwidern, denn er wusste, dass sie recht hatte. Bisher hatte er der Wahrheit nicht ins Gesicht sehen wollen. Immer hatte er sich geschämt, weil seine Eltern arm waren und in blindem Gehorsam alles taten, was der Bischof verlangte; am meisten aber deshalb, weil sie sich vor ihren chinesischen Zeitgenossen lächerlich gemacht hatten. Das ganze Dorf hatte über sie gespottet, während sie versuchten, einer misstrauischen Bevölkerung einen fremden Gott nahezubringen. Zwar verehrten die Chinesen ihre Ahnen und brachten ihren Göttern täglich Opfer dar, aber ihnen war das Hier und Jetzt wichtiger als das Jenseits. Lew goss sich ein Glas Rum ein. Die Matrosen vergnügten sich auf dem Achterdeck mit ihren endlosen Glücksspielen. Von einem finnischen Lugger in der Nähe drang der fröhliche Lärm einer Feier herüber. Lew überlegte, ob er hinüberrudern sollte, aber eigentlich war er dazu nicht in der Stimmung. Die Finnen waren nicht nur gute Matrosen, sondern auch herzliche, leutselige und trinkfeste Leute, doch an diesem Abend konnte er nicht mit ihnen mithalten. Eine unendliche Traurigkeit überkam ihn, als er an seine Mutter dachte, die ihren Sohn nie erwachsen gesehen hatte, und an seinen Vater, der seine Mission nie aufgegeben hatte.

Nach Lews ersten Eindrücken von dieser Kolonie wären Elizabeth und Joseph Cavour besser beraten gewesen, wenn sie ihren weniger glücklichen Landsleuten hierher gefolgt wären. Die Sträflingsdeportation war vor dreißig Jahren eingestellt worden, aber überall war noch Bitterkeit zu spüren. Die Missionare hätten sich ebenso gut um das Seelenheil der Gefangenen kümmern können. Doch wahrscheinlich hatte sich das heidnische, fremdartige China viel verlockender und abenteuerlicher angehört als eine Kolonie voller armseliger, ausgestoßener Engländer.

Auf der Suche nach sich selbst hatte Lew sich lieber an die in den Kolonien ansässigen Goldgräber gehalten, die sich inzwischen Australier nannten, als an die amerikanischen und europäischen. Seinem Gefühl nach hatte er mit den Australiern mehr gemeinsam, da sie ebenfalls britischer Abstammung waren. Allerdings waren sie recht streitsüchtig, erwarteten von ihren Mitmenschen nichts Gutes und hegten eine tiefsitzende Abneigung gegen Polizisten und alle anderen Gesetzeshüter; wahrscheinlich ein Überbleibsel aus ihrer Zeit als Sträflinge. Andererseits kämpften sie genau wie die Polizisten gegen Buschräuber, vor denen sie gleichzeitig eine gewisse Achtung hatten. Das alles war für Lew ebenso unerklärlich wie Perfys Entschlossenheit, diesen riesigen Landstrich im Westen in Besitz zu nehmen und zu bewirtschaften, worin ihr Vater sie auch noch bestärkte. Die beiden hatten keine Ahnung, auf was sie sich da einließen, aber offensichtlich hatten sie sich nun einmal in den Kopf gesetzt, zu den Viehbaronen zu gehören; das stand für Lew außer Zweifel.

Perfy hatte ihm ganz unverhohlen den Spiegel vorgehalten, und die Wahrheiten, die sie ihm an den Kopf geworfen hatte, hatten ihre Wirkung nicht verfehlt. Jetzt bereute er, dass er mit seinen Eltern so hart ins Gericht gegangen war, aber vielleicht hätte sein Vater das verstanden. Er hatte seinem Sohn nie einen Vorwurf daraus gemacht, dass er ohne ein Wort fortgegangen war, und ihn in einem Brief sogar ermutigt, seine Seemannslaufbahn fortzusetzen. Lew schenkte sich noch einen Rum ein und griff nach einem von Yings Büchern. Er vermisste Ying, diesen geistreichen chinesischen Edelmann, und er fragte sich, wie es ihm wohl im unwirtlichen Westen ergehen mochte. Er musste lachen, wenn er sich Ying in dieser Wildnis vorstellte, und als er die Seiten des Buches überflog, entdeckte er die Schriftzeichen für »Frau«: ein Besen und ein Sturm.

»Ja, das ist mein Mädchen«, murmelte er grinsend, »das ist Perfy.«

Er blätterte weiter in dem Gedichtband und stieß auf ein

paar Zeilen von Fu Hsuan: »Wie traurig ist es, eine Frau zu sein!/Nichts auf Erden wird so gering geachtet.«

Lew betrachtete sich in Yings Spiegel. »Das mag für Chinesen stimmen«, sagte er zu sich. »Aber nicht in diesem Land. Hier machen sie ihre eigenen Gesetze.« Morgen, beschloss er, würde er Perfy wieder besuchen und ihr ein Geschenk mitbringen. Ying hatte eine Kiste voller herrlicher Seide zurückgelassen; eine Bahn Seide wäre sicher kein schlechtes Geschenk. Und er würde mit ihr ruhig und vernünftig reden, ohne dass das Gespräch wieder auf einen Streit hinauslief. Dann wollte er ganz förmlich um ihre Hand anhalten. Wenn Ying zurückgekehrt war, konnten sie nach China segeln und von dort aus mit einem der großen Linienschiffe nach England reisen. Wie wunderbar würde es sein, mit ihr England zu entdecken, das sie beide noch nie gesehen hatten! Danach konnten sie, wenn Perfy wollte, nach Bowen zurückkehren … nach Hause. Ja, dies sollte sein Heimathafen sein. Als Lew zu Bett ging, war er glücklich, doch aus einem unerfindlichen Grund träumte er von Feuer.

7

Liebe Miss Middleton,
ich habe mich sehr über Ihren Brief gefreut, in dem Sie mir Ihr Beileid über den Tod meines lieben Sohnes Darcy aussprachen. Dass ich nicht darauf geantwortet habe, tut mir leid, aber Darcys Tod war ein schwerer Schlag für mich, und ich fürchte, ich werde niemals darüber hinwegkommen. In Antwort auf Ihren letzten Brief möchte ich Sie und Ihren Vater herzlich zu uns nach Caravale einladen. Heutzutage sind die Straßen nicht besonders sicher, da sich viele Goldgräber und unangenehme Zeitgenossen in dieser Gegend herumtreiben, deshalb wird mein Sohn Ben nach Bowen kommen, um Sie zur Farm zu begleiten. Augenblicklich ist er noch mit der Viehzählung in den Flussebenen beschäftigt, doch danach wird er sich bei Ihnen in Bowen einfinden.

261

Mein Sohn kennt die Strecke sehr gut und kann Sie auf ruhigeren und weniger stark befahrenen Wegen nach Caravale bringen. Ich verbleibe mit freundlichen Grüßen,

Cornelia Buchanan

»Schau doch, Lew!«, rief Perfy. »Sie hat uns eingeladen! Sie möchte, dass wir sie besuchen.«

»Das ist doch klar«, erwiderte Lew. »Damit sie euch überreden kann, die Finger von der Farm zu lassen.«

»Du vergisst«, wandte sie ein, »dass Mrs. Buchanan und mich die Trauer um Darcy verbindet.«

»Wie könnte ich das vergessen?«, sagte er leise.

Perfy war von seinem Geschenk hingerissen gewesen, mehrere Meter feinster blauer Seide, aber der Brief von Mrs. Buchanan hatte eine weitaus größere Wirkung gehabt. Die Middletons konnten über nichts anderes mehr reden.

Er wandte sich an Perfys Vater. »Vielleicht bilde ich mir das ein, Jack, aber ich habe das Gefühl, dass hier etwas faul ist. Glauben Sie wirklich, dass Sie da draußen willkommen sind?«

»Nein«, antwortete Jack, und Lew starrte ihn verblüfft an.

»Warum dann das alles?«

»Es ist unser Recht. Und ich möchte mich von niemandem mehr herumschubsen lassen.«

»Wer in Gottes Namen schubst Sie herum?«

»Niemand«, wich Jack aus. »Aber das sind wir uns selbst schuldig. Wir gehen dorthin und pochen auf unser Recht. Diese Leute sollen wissen, dass wir mehr sind als nur Namen auf dem Papier. Dann kann Perfy entscheiden, was mit ihrem Erbe geschehen soll.«

»Aber sie kann doch keine Farm leiten.«

»Sie kann einen Verwalter einsetzen«, erwiderte Jack. »Das machen viele. Warum finden Sie sich nicht damit ab, Lew?«

»Weil ich Perfy heiraten möchte.«

Jack lächelte. »Das habe ich mir gedacht. Aber zuerst müssen wir diese Angelegenheit regeln.«

Nach diesem Gespräch hielt Lew sich zurück, wenn es um

Caravale ging. Er verbrachte möglichst viel Zeit mit Perfy, doch ihr Verhältnis kühlte ab, und er bemerkte mit Bestürzung, dass sie ihn mied.

Chin Ying hatte ihm einen zurückhaltenden Brief von den Goldfeldern am Cape geschickt: Er sei einigermaßen zufrieden, was Lew so verstand, dass sein Freund tatsächlich fündig geworden war. Am liebsten wäre Lew bei ihm gewesen und hätte das Wunder miterlebt, aber Ying berichtete auch, dass Lew in Kürze mit Besuchern rechnen müsse. Das bedeutete, dass Ying entweder Gold zurückschickte, um es in einer örtlichen Bank in Verwahrung zu geben, oder gar selbst zurückkam. Lew wusste ebenso gut wie Ying, dass es gefährlich war, einen Goldtransport in einem Brief anzukündigen, auch wenn er auf Chinesisch geschrieben war. Immerhin hatte man auch schon Postboten überfallen. Und einen Monat nachdem die Middletons den Brief von Mrs. Buchanan erhalten hatten, traf Ben Buchanan in Bowen ein.

Teil 6

1

Perfy saß lässig im Sattel, drehte sich noch einmal um und blickte zurück aufs Meer, das sich wie ein blaues Band hinter Bowen ausbreitete. Anders als in Bowen spürte man hier oben die angenehme Kühle der Meeresbrise. Die Stadt sah aus der Entfernung viel hübscher aus. Bis jetzt hatte Perfy den Bäumen in Bowen nie besondere Aufmerksamkeit geschenkt; Palmen, dicht belaubte Eukalyptus- und Mangobäume und riesige Feigenbäume, die überall in der Stadt wuchsen. Nun aber erkannte sie, dass ihre grünen Wipfel das Bild der Bucht prägten. Daneben wirkten die weißen Häuser zwergenhaft, und die Herbert Street war nur noch ein kahler gelb gefleckter Streifen, bedeckt mit Sand und rotem Staub.

»Komm weiter, Perfy«, rief ihr Vater.

Sie gab ihrem Pferd die Sporen und warf einen letzten Blick aufs Meer, bevor sie der Wegbiegung folgte, die sie tiefer in das Hügelland hineinführte. Lew war in Bowen zurückgeblieben und bestimmt noch böse auf sie. Was für altmodische Ansichten er doch hatte! Perfy musste lachen; dieses Abenteuer machte ihr Spaß, und nichts sollte ihr heute die Laune verderben. Schon oft war er über ihre Auffassung vom Leben entsetzt gewesen, aber wenn er in diesem Land bleiben wollte, musste er einsehen, dass die Frauen hier ihre Entscheidungen selbst trafen. Wenigstens hatte er versprochen, sich um ihre Mutter zu kümmern. Auch Herbert wollte Alice oft besuchen, um ihr und ihren Freunden etwas auf dem Klavier vorzuspielen. Sie würde also bestimmt nicht einsam sein.

Bisher war die Reise angenehm verlaufen, auch wenn die Männer sie wie eine Dreijährige behandelten. Sie schienen zu erwarten, dass Perfy auf den holprigen Wegen abgeworfen werden würde, und beharrten darauf, ihr Pferd durch die steinigen Bäche zu führen. Aber Herbert war ein guter Lehrmeister gewesen; Perfy und Diamond bewältigten die Reise ohne Schwierigkeiten. In letzter Minute hatte Herbert beschlossen, sie nicht zu begleiten. Perfy nahm es ihm jedoch nicht weiter übel, denn er war schließlich ein vielbeschäftigter Mann. Vor dem Aufbruch hatte Ben Buchanan darauf bestanden, ihre Pferde, die Ausrüstung und die Sättel zu überprüfen, ungeachtet Herberts Versicherung, alles sei in bester Ordnung. Als Ben ein zustimmendes Brummen vernehmen ließ, hatte Herbert gegrinst und Perfy zugeflüstert: »Wenn es um Pferde geht, glauben diese Buschleute immer, sie hätten die Weisheit gepachtet. Dabei könnte er von mir bestimmt noch einiges lernen.«

Ben Buchanan. Perfy beobachtete ihn, wie er den anderen vorausritt. Ben war kräftig gebaut und kleiner als Darcy, aber seine Gesichtszüge ähnelten so sehr denen seines Bruders, dass Perfy bei ihrer ersten Begegnung einen schmerzhaften Stich verspürt hatte. Doch da hörten die Gemeinsamkeiten auch schon auf. Während Darcy herzlich und gesprächig gewesen war, gab sich Ben launisch und einsilbig, und seinen Augen fehlte der wache Ausdruck, der Darcy von allen anderen unterschieden hatte. Mit wachem Blick hatte er seine Umgebung wahrgenommen, die Menschen und die Natur. Bei diesem Gedanken fiel ihr plötzlich auf, dass Lew ihm in dieser Hinsicht ähnlich war. Noch nie war sie einem Mann begegnet, der so viele Fragen stellte, denn alles in der Kolonie war neu für ihn. Mit seinem Interesse an allem und jedem war er fast wie ein Kind. Obwohl ihr Vater nichts gesagt hatte, wusste Perfy, dass er Ben Buchanan von Anfang an nicht hatte leiden können. In Perfys Augen war das ungerecht und lag nur daran, dass Ben seiner Meinung nach nicht an Darcy herankam. Die Middletons hatten Ben nicht in ihr Haus eingeladen, sondern ihre Gespräche hatten im Great Northern Hotel stattgefunden, wo er abgestiegen war.

Die erste Begegnung war sehr steif und ungemütlich verlaufen. Perfy hatte die Unterhaltung fast alleine bestritten; ihre Eltern hatten schweigend dagesessen, als ob sie das alles nichts anginge. Aber Ben war sehr nett gewesen. Gleich zu Beginn war er auf Darcy zu sprechen gekommen. Sein Tod sei ein großer Verlust für Familie und Freunde gewesen, zu denen sich auch die Middletons zählen könnten. Ohne Groll hatte er Perfy als Miteigentümerin von Caravale anerkannt. »Ich bin sicher, dass Caravale Ihnen gefallen wird«, hatte er gesagt. »Im Moment ist es nur ein wenig trocken, und das Vieh findet wenig zu fressen.«

»Und was tun die Rinder, wenn die Weiden vertrocknen?«, fragte Perfy, die sich bemühte, Konversation zu machen.

»Sie wandern herum. Oder sie fressen alles, was ihnen in die Quere kommt. Bäume, Disteln, Rinde und alles, was herumliegt und sie umbringen kann. Die einheimischen Tiere haben mehr Verstand.«

»Wie viel Stück Vieh haben Sie auf der Farm?«

»Das ist schwer zu sagen«, erwiderte Ben. »Vielleicht dreißigtausend.«

Auf dem Heimweg knurrte Jack Middleton aufgebracht: »Schwer zu sagen, wie viel Stück Vieh sie haben! Für wie dumm hält er uns eigentlich? Hat nicht seine Mutter gesagt, dass er kürzlich draußen beim Viehzählen war? Ich wette, dieser Gauner weiß genau, wie viele Rinder zur Farm gehören. Ich würde die Zahl, die er uns genannt hat, verdoppeln.«

»Sieh doch nicht alles so schwarz«, bat Perfy, die Angst hatte, aus ihrem Besuch auf der Farm könne nichts werden. »Warum hast du ihn denn nicht zu uns nach Hause eingeladen?«

»Wir müssen etwas Abstand wahren.«

»Wenn ihr sie besucht, hat das mit Abstand aber nicht mehr viel zu tun, Jack«, meldete sich Alice zu Wort.

»Das ist lediglich eine Notwendigkeit«, entgegnete er. »Wir besichtigen schließlich Perfys Besitz und machen keinen Freundschaftsbesuch, und das wissen sie so gut wie wir. Sie haben keine andere Wahl, als höflich zu bleiben, bis sie herausfinden, was wir vorhaben.«

»Und was haben wir vor?«, fragte Alice. »Das wüsste ich nämlich auch ganz gern.«

»Das sehen wir, wenn wir erst dort sind«, antwortete Jack. »Ich habe dir doch schon hundertmal gesagt, dass die Entscheidung letzten Endes bei Perfy liegt.«

Ihr Ritt führte sie weiter durch die mit dichtem Gestrüpp bewachsenen Hügel. Die Führung hatte Ben übernommen, dann folgten Jack, Perfy und Diamond. Den Schluss bildeten zwei Viehtreiber von Caravale mit zwei Packpferden.

Letzte Nacht hatten sie am Fuße der Hügel ihr Lager aufgeschlagen, und die Viehtreiber hatten Fleisch und Kartoffeln gebraten. Dazu gab es Tee aus dem Kessel, wie bei einem ganz gewöhnlichen Picknick. Danach hatten sie im Nu ein Zelt für Perfy und Diamond aufgebaut. Die Männer selbst schliefen, nur in ihre Decken gewickelt, unter freiem Himmel.

Vor dem Schlafengehen hatte Perfy Angst gehabt, weil sie fürchtete, wieder an Darcy denken zu müssen. Eigentlich hatten sie diese Reise gemeinsam machen wollen. Aber nach einem Tag im Sattel war sie so müde, dass sie sofort einschlief, und Diamond musste sie am nächsten Morgen wachrütteln. Perfy war froh, dass Diamond sie begleitete; es wäre ihr unangenehm gewesen, in dieser Runde die einzige Frau zu sein.

»Mein Hinterteil ist vollkommen gefühllos«, flüsterte Diamond ihr zu.

Perfy nickte. »Mir geht's genauso. Aber wir müssen die Zähne zusammenbeißen, auch wenn Ben uns angeboten hat, von einer der Farmen einen Wagen zu leihen, falls der Ritt zu anstrengend für uns wird.«

»Dann lassen Sie uns doch einen Wagen nehmen«, meinte Diamond, aber Perfy schüttelte den Kopf.

»Alle jungen Frauen im Busch reiten; nur die älteren fahren mit dem Wagen. Ich will nicht, dass man uns für Schwächlinge hält. Außerdem hat er gesagt, dass wir rasten, sobald wir die Hügel überquert haben.«

»Je eher, desto besser«, meinte Diamond. In diesem Moment zügelte Ben sein Pferd und ritt auf sie zu.

»Jetzt wird's ein bisschen steil. Die Pferde machen das schon, aber wenn wir oben sind, sollten Sie besser absteigen und die Pferde von den Jungs den Berg hinunterführen lassen. Es geht jäh bergab, und ich möchte vermeiden, dass noch ein Unfall passiert.«

Als sie die Kuppe des Berges erreichten – die Pferde strauchelten beinahe bei den letzten Schritten –, war Perfy erleichtert, dass sie keine patzige Antwort gegeben hatte, denn der Abhang war wirklich sehr steil. In der Ferne konnte sie einen breiten, von Grün gesäumten Fluss sehen, der sich durch die Ebene wand. Aber das war auch die einzige Abwechslung, die diese öde Steppenlandschaft bot. Nur vereinzelt wuchsen Bäume.

»Gehört dieses Land jemandem?«, fragte sie einen der Viehtreiber, als sie ihm ihr Pferd überließ.

»Aber sicher, Madam. Dort unten liegt die Glendale-Farm, und auf der anderen Seite des Flusses ist die Strathaird-Farm.«

»Wie heißt der Fluss?«

»Das ist der Bogie, Madam. Wir überqueren ihn und halten auf den Burdekin zu. Dann folgen wir dem Tal in Richtung Süden. Wenn Sie Richtung Nordwesten schauen, können Sie eine Wagenkolonne erkennen. Haben Sie sie gesehen?«

»Ja. Sind das Goldgräber auf dem Weg zu den Goldfeldern am Cape?«

»Richtig. Goldsucher und Viehtreiber, mit Pferden oder auf Schusters Rappen unterwegs. Man könnte sagen, dass wir parallel zu ihnen reiten, aber in ein oder zwei Tagen biegen wir nach Süden ab.«

Perfy und Diamond kletterten an der Seite des Berges zu Tal, während die Männer mit den Pferden geradeaus bergab ritten. Perfy war froh über den Hosenrock, den Darcy ihr gekauft hatte; mit einem langen Rock hätte sie sich bestimmt schon längst irgendwo im Gestrüpp verfangen. Den zweiten Hosenrock hatte sie Diamond gegeben, denn Alice war der Ansicht gewesen, es schicke sich weder für weiße noch für schwarze Frauen, mit gerafftem Rock auf einem Pferd zu sitzen. Amüsiert hatte Perfy die überraschten Blicke bemerkt, die Ben und die beiden Viehtreiber sich zuwarfen, als sie Diamond im Sattel sahen.

»Miss Perfy«, hatte Diamond fröhlich gesagt, »ich glaube, die haben noch niemals vorher eine Aborigine auf einem Pferd sitzen sehen.«

»Nun, dann sehen sie es jetzt«, hatte Perfy lachend erwidert. Das kam ihr wieder in den Sinn, als sie den Abhang hinabrutschte. Sie hielt sich an Büschen fest und schürfte sich die Handflächen auf und wunderte sich, dass Diamond diesen Weg offenbar mit Leichtigkeit zurücklegte.

Anschließend führte sie ihre Route über offenes Grasland, wo die Rinder friedlich weideten und beim Vorbeiziehen der kleinen Gruppe nicht einmal den Kopf hoben. Die Kängurus hingegen waren vorsichtiger und machten sich mit großen Sprüngen davon. Auch die scheuen Emus flohen beim Anblick der Menschen, blieben dann jedoch plötzlich stehen und wagten sich neugierig wieder in ihre Nähe. Ein Schwarm schwarzer Kakadus schwirrte kreischend über ihre Köpfe hinweg. Perfy beobachtete ihren Vater, der die Reise genoss und hingerissen war von der herrlichen Tierwelt, vor allem aber von den Vögeln. Schon immer waren Vögel seine Lieblingstiere gewesen, und nun hatten er und Diamond den größten Spaß daran, die vielen verschiedenen Arten zu bestimmen. Sie rasteten an einem Wasserloch, wo es von Papageien, Kakadus und Wellensittichen nur so wimmelte. Zu Hunderten saßen sie auf den Ästen der Bäume, während sich die hübschen rosafarbenen Brolgakraniche abseits hielten und auf einem Bein im seichten, schlammigen Wasser standen. Doch dann liefen sie auf einmal durch das spröde, trockene Gras zurück ins Unterholz, dankbar für den spärlichen Schatten der hohen Eukalyptusbäume mit ihren knorrigen Stämmen.

Perfys Pferd, ein Fuchs namens Goldie, verhielt sich tadellos. Perfy mochte ihn sehr und hielt ihn für das beste Reittier der Gruppe, aber sie bemerkte, dass die Viehtreiber mit Bens Pferd besonders sorgsam umgingen. Es war ein großes schwarzes Tier namens Smoke; laut Aussage der Viehtreiber war es aber nur ein Spitzname, denn das Pferd hatte einen Stammbaum. Man warnte Perfy, ihm nicht zu nahe zu kommen. Smoke schien sich jedoch nur für Ben und den Hirtenhund zu interessieren, der die beiden abgöttisch liebte. Sicher hätte Ben auf diesem Pferd und ohne ihre hinderliche Begleitung die Reise in der halben Zeit zurückgelegt. Bestimmt wäre er lieber allein geritten. Oft beobachtete sie ihn, wie er in seinem karierten Hemd, der engen Arbeitshose und dem breitkrempigen Lederhut unbeirrt voranritt, und sie fragte sich, woran er wohl dachte. Er musste hier schon viele Male mit Darcy entlanggeritten sein. Ob er ihn vermisste? Und was er wohl von ihr hielt? In

Brisbane war er sehr zurückhaltend gewesen. Sie wusste, dass sich Darcy darüber geärgert hatte, aber sie erinnerte sich auch, dass Ben sich sehr für Politik interessierte. Wahrscheinlich war er auf diesem Gebiet recht erfolgreich. Es war schwer, den gut gekleideten Gentleman, den sie im Haus des Gouverneurs gesehen hatte und der in der feinen Gesellschaft verkehrte, mit diesem Buschmann in Verbindung zu bringen, der sie durch unbekanntes Gebiet führte.

Am dritten Nachmittag ihrer Reise legte Ben um vier Uhr eine Rast ein. »Wir schlagen hier unser Lager auf«, teilte er Jack mit, »und reiten morgen nach Caravale. Die Jungs verlassen uns jetzt.«

»Sind Sie sicher, dass Sie uns nicht noch brauchen, Boss?«, fragte George, der jüngere der beiden Viehtreiber.

»Wenn ich jetzt Nein sage, brichst du bestimmt in Tränen aus«, lachte Ben. »Sie gehen zu einem Tanz auf der Merri-Creek-Farm«, erklärte er Perfy. »Das Farmhaus liegt allerdings fünfzig Kilometer abseits von unserer Route.«

»Ist das der große Fluss?«, fragte Perfy. Sie waren am Rande eines undurchdringlichen Dickichts abgestiegen, und sie vermutete, dass dahinter ein Fluss verlief.

»Nein, das ist nur ein Seitenarm«, erwiderte Ben. »Man nennt ihn den Sonderbaren Fluss.«

»Warum?«

»Schauen Sie sich das Laub der Bäume an. Dort unten befindet sich eine Schlucht. Sie fängt die warme Luft auf und hält die Feuchtigkeit, sodass hier andere Bäume wachsen als in der Umgebung. Die Vegetation ist tropisch ...«

George unterbrach ihn. »Sollen wir eines der Packpferde mitnehmen, Boss?«

»Nein, das schaffen wir schon. Sie würden euch nur aufhalten. Aber vergesst die Post nicht.«

Diamond gefiel der Platz nicht. Unruhig sah sie den Viehtreibern nach, die mit einem lauten Juchzer davonsprengten. Zum Abschied schwenkten sie noch einmal den Hut, dann gaben sie den Pferden die Sporen und galoppierten in einer Staubwolke davon. Diamond war erleichtert, dass Ben Buchanan ihr Lager außerhalb dieses kleinen Dschungels aufgeschlagen hatte, denn es roch dort irgendwie modrig. Die alten, nass glänzenden Bäume waren von Schlingpflanzen überwuchert, die Stämme mit Moos bedeckt, und das Unterholz wirkte verfault.

Ben zündete ein Lagerfeuer an und hängte den Teekessel darüber auf. Diamond hatte das Gefühl, sie sollte ihre Hilfe anbieten, andererseits wollte sie sich auch nicht aufdrängen. Ihm gegenüber fühlte sie sich unsicher; er war ein gut aussehender Mann mit starken Schultern und feinen, von der Sonne gebräunten Gesichtszügen, aber bisher hatte er kaum ein Wort mit ihr gewechselt. Gelegentlich hatte er sie mit einem Blick gestreift, als wäre sie irgendein seltenes Tier. Ihr war auch nicht entgangen, dass sich die Viehtreiber zuzwinkerten, wenn sie an ihnen vorbeiritt, aber da ihr Arbeitgeber und Mr. Middleton dabei waren, brauchte sie wohl nichts zu fürchten. Oder etwa doch? Sie war ängstlich und konnte sich ihr flaues Gefühl im Magen nicht erklären.

Perfy ruhte sich im Schatten aus. Da es von Fliegen wimmelte, musste sie den Schleier übers Gesicht ziehen.

Ben füllte den Teekessel mit Wasser aus einem Wasserbeutel, hängte ihn übers Feuer und packte den Tee aus. Während er darauf wartete, dass das Wasser kochte, hockte er sich auf den Boden und steckte sich die Pfeife an. Dabei verlagerte er das Gewicht auf das angezogene Bein und hielt das andere ausgestreckt. Diamond musste lächeln. Er erinnerte sie an die Vögel, die die Lagunen bewohnten, die Störche und Brolgas, die auf einem Bein standen, und an die Legende, die die Bindal ihr erzählt hatten: Eines Tages, vor langer Zeit, hatte ein Storch im Kampf mit einem Flussungeheuer eines seiner Beine eingebüßt. Die anderen Tiere hatten so großes Mitleid mit dem Storch, dass sie ihm Futter brachten. Doch manche Störche erkannten, dass man auf diese Weise gut leben konnte, ohne auf die Jagd zu gehen, und so standen sie immer auf nur einem Bein im Wasser und versteckten das andere Bein. Bald …

»Wo ist Ihr Vater?«, wandte sich Ben an Perfy.

»Er macht einen kleinen Spaziergang«, sagte sie und befestigte den Schleier unter ihrem Kinn. Währenddessen schlug sie unentwegt nach den lästigen Fliegen.

Ben antwortete nicht. Aber Diamond sah, wie er die Muskeln anspannte und sich unruhig umblickte. Wahrscheinlich fürchtete er, Jack Middleton könne von einer Schlange gebissen werden. Auch sie machte sich jetzt Sorgen, denn das dichte Unterholz war sicher von Unmengen von Schlangen bevölkert.

»Und – er wollte ein bisschen schwimmen, falls er einen schönen Platz am Fluss findet«, fügte Perfy hinzu.

»Was?«, schrie Ben. »Er ist schwimmen gegangen?« Im selben Moment war er auch schon aufgesprungen und hatte sein Gewehr ergriffen. Er lud es im Laufen und war im Busch verschwunden.

Diamond wusste nicht, warum, aber sie rannte hinterher, rutschte auf den nassen Farnen aus und schlitterte die Wasserrinne hinab Richtung Fluss.

Und dann vernahm sie den Schrei. Es war der schlimmste, herzzerreißendste Schrei, den sie je gehört hatte.

Ben machte sofort kehrt und stürzte nach rechts. »Da lang«, rief er Diamond zu. Die furchtbaren Schreie wurden lauter. Jack Middleton stand im Fluss und schlug wild um sich. Das Wasser war blutrot. Diamond erreichte als Erste das Ufer und streckte ihre Hand nach Jack aus. Sie stand schon bis zur Hüfte im Wasser, als Ben sie einholte und beiseitestieß. Dann feuerte er.

In diesem Augenblick sah Diamond das riesenhafte Reptil. Wild schlug es mit dem Schwanz, bäumte sich auf und riss dabei Jacks Körper mit seinem gewaltigen Maul in die Höhe. Ben warf das Gewehr weg und sprang ins Wasser, um Jack zu retten, während sich Diamond auf den ungeschützten Bauch des Krokodils warf. Die Kugel hatte es in den Kopf getroffen; es rollte sich auf die Seite, öffnete den furchterregenden Kiefer und ließ seine Beute fahren. Die mächtigen Klauen jedoch hatten ihren Zugriff nicht gelockert. Diamond stürzte sich todesmutig auf das Krokodil und schlitzte ihm mit dem Messer den weißen Bauch auf.

Endlich zog Ben Jack aus dem blutigen Wasser. Plötzlich

schien sich ein gewaltiges Getöse um Diamond zu erheben. Jack schrie vor Schmerzen, Ben brüllte einen Befehl. Sie packte Jack bei den Knien, und so trugen sie ihn ans Ufer.

»O Gott!«, klagte Ben. »O mein Gott!« Er riss sich das Hemd vom Leib und legte es vorsichtig unter Jacks Kopf. Dann zog er sein Unterhemd aus, um damit die Blutung zu stillen.

Auch Diamond weinte leise. Jacks Arm war beinahe vollständig von der Schulter getrennt und sein ganzer Oberkörper blutüberströmt. Um nicht laut zu schreien, kniff sie die Lippen zusammen. Dann zog sie ihre durchnässte Bluse aus und reichte sie Ben.

»Den Rock auch«, drängte er. »Zerreiß ihn. Ich brauche was zum Verbinden.«

Sie tat wie geheißen und zog heftig an dem schweren, nassen Stoff, der nicht nachgeben wollte. Schließlich stellte sie einen Fuß auf den Rock und riss mit aller Kraft an dem Gewebe. Hastig reichte sie die Streifen an Ben weiter.

Als Ben die Stofffetzen verknüpfte und den verletzten Arm eng an Jacks Körper band, wurde Jack bewusstlos. Ben schluchzte und schüttelte immer wieder den Kopf, während er den behelfsmäßigen Verband um Jacks Körper wickelte. Fordernd streckte er Diamond die Hand entgegen, weil er noch mehr Verbandsstoff brauchte, aber Diamond schüttelte den Kopf. »Mehr habe ich nicht.«

Dann zog Diamond aber auch ihr nasses Baumwollhemd aus. Ben, der es wortlos in Empfang nahm, betupfte und kühlte damit Jacks Gesicht. »Halten Sie durch, mein Guter«, sagte er beschwörend. »Das wird schon wieder. Sie müssen nur durchhalten.«

»Hol das Gewehr«, rief er Diamond zu, die zum Ufer lief und es aufhob. Voller Furcht blickte sie auf das Getümmel im Wasser, wo sich andere Krokodile geräuschvoll über die tote Bestie hermachten, die Jack angegriffen hatte.

In der Ferne hörte Diamond, wie Perfy nach ihnen rief, aber sie war wie gelähmt und unfähig zu antworten.

Mit dem Gewehr kehrte sie zu Ben zurück. »Wie geht es ihm?«

»Ich weiß es nicht«, sagte Ben. »Es hat ihn schlimm erwischt. Wir müssen ihn hier wegbringen. Wenn ich doch nur die Jungs dabehalten hätte!« Er fühlte den Puls an Jacks Hals und strich ihm das Haar aus der Stirn. »Mein ganzes Leben scheint nur von ›Was wäre, wenn‹ bestimmt zu werden«, murmelte er, und diese Bemerkung war so seltsam, dass Diamond fürchtete, er stehe wie Jack unter Schock. Da öffnete Jack die Augen, wandte den Kopf und blickte Ben an. »Du … Darcy …«, begann er. Dann musste er jedoch husten und verzog schmerzerfüllt das Gesicht. Er brach ab.

»Verwechselt er Sie mit Darcy?«

»Nein«, erwiderte Ben kurz angebunden. »Du hältst hier Wache. Ich hole ein paar Decken und was sonst noch fehlt. Das dauert nicht lang. Wir können ihn in diesem Zustand nicht auf dem Rücken durch den Busch schleppen. Ich muss eine Trage bauen.«

Er sah, wie Diamond auf das Gewehr blickte. »Es ist noch geladen«, erklärte er. »Wenn sich auch nur eines von diesen Biestern blicken lässt, drück einfach ab. O Gott«, fügte er hinzu, »da kommt sie schon.«

Perfy hatte sich einen Weg durch den Busch gebahnt und kam auf sie zugestolpert. »Was ist geschehen?«, schrie sie. »Was ist mit Daddy geschehen?« Völlig verstört stürzte sie auf Jack zu und starrte entsetzt auf die blutgetränkten Verbände.

Sie sah Diamond an, die vergessen hatte, dass sie nun barbusig dastand und nur ihre schlammverkrustete Unterhose trug. »Wo sind deine Kleider?«, kreischte Perfy. Sie begriff nicht, was vor sich ging. Dann beugte sie sich über ihren Vater. »Daddy, was hat man dir angetan?«

»Er hatte einen Unfall, Perfy«, sagte Ben ruhig. »Halten Sie ihn warm, bis ich zurückkomme. Das ist wichtig, haben Sie mich verstanden?«

Geistesabwesend nickte sie. Ihr Gesicht war inzwischen aschfahl wie das ihres Vaters. Da er nun vor Kälte zitterte, schmiegte sie sich an ihn und murmelte einige tröstende Worte. Dann fragte sie noch einmal: »Was ist passiert?«

Diamond fürchtete sich. Sie erinnerte sich an einen anderen

Fluss, in dem viele dieser urzeitlichen Ungeheuer lebten. Zwar hatte sie diese schrecklichen Bestien beobachtet, wie sie langen Baumstämmen gleich mit grinsenden Mäulern am Ufer lagen, aber sie war ihnen nie so nahe gekommen wie heute. Sie erbebte, blieb aber weiterhin wachsam. Den Finger hielt sie am Abzug, bereit, beim Anblick der gelben Augen oder auch nur der kleinsten Bewegung am Ufer zu schießen. Sie wagte nicht, Perfys Fragen zu beantworten; zu schrecklich stand ihr das eben Geschehene noch vor Augen. Stattdessen wiederholte sie Bens Worte. »Halten Sie ihn warm, das ist das Beste. Ben holt Decken.«

»Mir ist ein wenig kalt, Liebes«, sagte Jack plötzlich. Perfy stieß einen erleichterten Seufzer aus.

»Ben braucht bestimmt nicht lange, Daddy. Können wir ein Feuer anzünden, Diamond?«

»Ja«, log diese, »wir müssen nur warten, bis Mr. Buchanan zurück ist.«

»Aber er fühlt sich so kalt an. Und er blutet immer noch hier an der Seite. Ist er gestürzt?« Zum Glück wartete sie die Antwort nicht ab. »Hast du große Schmerzen?«, fragte sie ihren Vater. Er hob seinen gesunden Arm und strich ihr übers Gesicht.

»Nein«, sagte er. »Die sind jetzt vorbei.« Er seufzte und schien überrascht, aber seine Stimme wurde klarer. »Kümmere dich um meine Tochter, Diamond.«

Perfy traten Tränen in die Augen. »Um Gottes willen, Daddy, mir geht's doch gut. Was kann ich für dich tun? Diamond, gib ihm etwas zu trinken!«

»Ben bringt frisches Wasser«, erwiderte Diamond und hoffte, dass das der Wahrheit entsprach. Vorwurfsvoll starrte Perfy sie an, weil sie sich nicht von der Stelle rührte.

»Alice …«, murmelte Jack und versuchte zu sprechen, aber Perfy legte ihm sanft die Hand auf die Lippen.

»Ruh dich aus, Daddy. Du brauchst jetzt einfach Ruhe.« Wieder schloss er die Augen, und Perfy strich ihm übers Gesicht. Endlich kam Ben zurück und brachte Decken, Wasser, Lampen, eine Axt und noch einige andere notwendige Dinge.

Während sich die beiden Frauen um Jack kümmerten, begann er junge Bäume für den Bau einer Trage zu fällen. »Hier«, rief er Diamond zu und reichte ihr einige kräftige Äste. »Mach die Rinde ab.«

Er hatte Seile und Segeltuch mitgebracht, und bald nahm der Rahmen einer Trage Form an. Doch als er Diamond das Segeltuch zuwarf, hörte sie mitten in ihrer Arbeit auf, streckte die Hand nach Ben aus und berührte ihn leicht. Verärgert, dass sie wertvolle Zeit verschwendete, blickte er auf.

»Was ist los?«, fragte er. »Mach das Segeltuch fest, schnell!«

Sie schüttelte den Kopf. Schweigend stand er auf und ging zu Jack und Perfy hinüber.

»Er ist eingeschlafen, Gott sei Dank«, sagte Perfy.

Ben kniete sich neben sie. Er berührte Jacks Gesicht und seinen Hals, untersuchte ihn sorgfältig und lehnte sich dann mutlos zurück. Jack Middleton war tot.

Völlig durchgefroren von den rauen Westwinden, die nach Sonnenuntergang übers Land fegten, trafen sie mitten in der Nacht in Caravale ein. Hoch über ihnen rauschten die Blätter, doch es hörte sich eher an wie die Dünung des Meeres als trockenes Laub von Prärebäumen. Die Geisterbäume machten ihrem Namen alle Ehre und leuchteten unheimlich in der Dunkelheit, als die kleine Gruppe langsam vorbeizog.

Beim Anblick des Farmhauses fühlte sich Diamond noch elender. Sie konnte nur einen düsteren Schatten an einem Berghang erkennen, mit gelborangen Lichtpunkten, die sie wie böse Augen lauernd anstarrten. Als sich irgendwo in den Hügeln das klagende Heulen der Dingos erhob, lief ihr ein Schauder über den Rücken.

Perfy und Diamond reisten nun in einem Wagen, den ihnen die Besitzer der Merri-Creek-Farm zur Verfügung gestellt hatten. George, der Viehtreiber von Caravale, saß auf dem Kutschbock. Ein zweiter Wagen, der als Leichenwagen diente, folgte ihnen. Perfy kuschelte sich, in eine Decke gewickelt, an Diamond und schwieg. Der Schock war so groß, dass sie ihre Umgebung kaum wahrnahm und die holprige Wagenfahrt wie betäubt über sich ergehen ließ. Sechs Reiter in dunklen Umhängen, die mit gesenktem Kopf gegen den Wind ankämpften, bildeten die Eskorte. Diamond war froh über die Begleitung. Fast die ganze Nacht hatte sie allein mit Perfy an diesem grauenvollen Lagerplatz Wache gehalten, während Ben zur Merri-Creek-Farm geritten war, um Hilfe zu holen.

Bei der Aussicht, mit Perfy und dem Toten in der Dunkelheit allein bleiben zu müssen, hatte sie sich gefürchtet und Ben gebeten, den Ritt auf den nächsten Morgen zu verschieben.

»Nein, ich muss mich sofort auf den Weg machen«, hatte dieser erwidert. »In ein paar Stunden bin ich zurück. Bleibt am besten am Feuer. Ihr Frauen könnt in dieser Gegend nachts nicht reiten, und schließlich können wir ihn schlecht hier begraben.« Er deutete auf Jacks Leiche, die er in ein festes Segeltuch gewickelt hatte. »Ich reite nach Merri Creek, das ist die nächste Farm, denn wir brauchen einen Wagen.«

Diamond versuchte, Perfy zu trösten, obwohl auch sie an diesem einsamen Ort Angst hatte. Auf Perfys hartnäckige Fragen hatte sie schließlich zugegeben, dass Jack von einem Krokodil angegriffen worden war. Und nun musste sie wie befürchtet eine völlig entsetzte Perfy beruhigen, deren Schreie durch die Stille der Nacht gellten. Perfy weigerte sich, den Tod ihres Vaters hinzunehmen, und gab Ben Buchanan die Schuld daran. Er habe sie mit Absicht hierhergebracht, wolle sie alle umbringen und würde niemals zurückkommen. Auch sie beide würden hier sterben. Er habe sie in der Wildnis zurückgelassen, sie hilflos den Krokodilen und anderen wilden Tieren ausgeliefert!

Doch Diamond wusste, dass Ben sein Leben aufs Spiel gesetzt hatte, um Jack zu retten, denn er hatte sich in einen Fluss gewagt, in dem es von Krokodilen wimmelte. Hätte sie gewusst, was dort lauerte, hätte sie sich nicht in das schlammige Wasser gestürzt. Wie leicht hätte das wütende Krokodil auch sie angreifen können, aber Ben hatte sie beiseitegestoßen.

Es war eine grauenvolle Nacht. Diamond legte das Gewehr nicht aus der Hand und hielt das Feuer mit dem Holz, das Ben für sie geschnitten hatte, am Lodern. Verstohlen hatte sie immer wieder auf die etwas abseits liegende, eingewickelte Gestalt geblickt. Ben hatte sie angewiesen, die Leiche gegen möglicherweise umherstreifende Dingos zu verteidigen. Diamond bat Perfy zu beten, da sie sich keine der Geschichten und Legenden ins Gedächtnis rufen konnte, die ihr in der Sicherheit des Middleton'schen Hauses in Brisbane noch so leicht über die Lippen gekommen waren. Auch Diamond betete. Sie betete darum, dass jemand vorbeikommen möge, Leute von ihrem Stamm, Goldsucher, Banditen, egal wer. Irgendjemand, der sie aus dieser gespenstischen Einsamkeit befreien und sie vor den bösen Geistern beschützen würde, die sicherlich im Busch lauerten.

Als Diamond das Hufgetrappel galoppierender Pferde hörte, lange bevor sie in Sicht kamen, brach sie vor Erleichterung in Tränen aus. Nun stellte sie fest, dass auch sie in den endlosen Stunden des Wartens den Verdacht gehabt hatte, Ben würde nicht zurückkommen. Er wurde von drei Männern der Merri-Creek-Farm begleitet. Im Schein des Lagerfeuers sprachen sie Perfy ihr Beileid aus und hielten sich respektvoll abseits, während man auf die Morgendämmerung und die Ankunft des Wagens wartete.

Die Reiter, die ihnen entgegenkamen, eilten nach kurzer Beratung mit Ben nach Caravale voraus. Und so standen dort schon Männer mit Laternen zu ihrem Empfang bereit, als sie um die Rückseite des Hauses bogen und an einigen Nebengebäuden vorbei in einen großen Hof fuhren. Es herrschte allgemeine Aufregung. Als jemand Befehle brüllte, bäumten sich die Pferde, erschreckt durch den Lärm, auf. Dann half man Perfy und Diamond aus dem Wagen.

Bevor Diamond zum Haus geleitet wurde, sah sie eine Anzahl von Schwarzen, die ängstlich abseits standen und dieses seltsame Schauspiel beobachteten. Eine rothaarige Frau, in Schwarz gekleidet, stand im Schein der Lampen an der Treppe. Bei ihrem Anblick überkam Diamond ein Gefühl, als sei sie geradewegs gegen eine Mauer gerannt. Die Frau wirkte streng und herrschsüchtig, und obwohl sie steif zur Seite trat, um die Ankömmlinge vorbeizulassen, hatte Diamond den Eindruck, sie betrachte das Unglück als persönliche Beleidigung. Dies, so erfuhr Diamond, war Mrs. Buchanan.

281

»Seit Darcys Tod haben wir nichts als Ärger«, tobte Cornelia Buchanan. »Warum hast du den Toten nicht einfach am Morgen begraben? Dann wärst du ihn ein für alle Mal los gewesen!«

Ben überprüfte, ob die Wohnzimmertür auch wirklich geschlossen war. »Weil alles seine Ordnung haben muss. Der Doktor ist schon unterwegs; er kann dann den Totenschein ausstellen. Sobald das geschehen ist, schicke ich eine Mitteilung an die Polizei in Bowen, die dann ihrerseits Mrs. Middleton benachrichtigt. Es ist bestimmt ein furchtbarer Schock für sie.«

»Wie leid sie mir tut! Gottes Wege sind unerforschlich. Er bestraft diese Leute dafür, dass sie unser Eigentum zu stehlen versuchen. Hast du die Männer untergebracht?«

»Ja. Wie geht es Miss Middleton?« Es wäre unklug gewesen, seiner Mutter gegenüber von »Perfy« zu sprechen.

»Das Mädchen war vollkommen außer sich vor Schmerz. Wir haben ihr eine Dosis Laudanum verabreicht und sie ins Bett verfrachtet. Diese Mädchen aus der Stadt haben einfach keinen Mumm in den Knochen. Ich weiß nicht, was Darcy an ihr gefunden hat, so saft- und kraftlos, wie sie ist.«

Ben stand am Fenster. Er war so müde, dass ihn nichts mehr aus der Ruhe bringen konnte. »Unterschätz sie nicht, Mutter. Ich habe mir in den letzten Wochen ein Bild von ihr machen können, sie hat einen starken Willen. Eine sehr entschlossene Frau.«

»Natürlich, nur so konnte sie es überhaupt schaffen, Darcy einzufangen.«

»Nein, es ist nicht nur das. Sie ist unheimlich verwöhnt. In den Augen ihrer Eltern ist sie unfehlbar, daher auch der Name Perfection. Sie bekommt alles, was sie will, und setzt immer ihren Kopf durch.«

»Das werden wir schon noch sehen«, erwiderte Cornelia. »Ich schreibe selbst an die Witwe und versichere sie meiner Anteilnahme.«

»Das ist eine gute Idee. Du kannst ihr auch erklären, wie es geschehen ist. Ich möchte nicht, dass jemand mich dafür verantwortlich macht.«

Mae klopfte an die Tür und spähte herein. »Die junge Dame schläft jetzt, Mrs. Buchanan. Wo soll ich das Hausmädchen unterbringen?«

»Die Schwarze? Du schickst sie natürlich zu unseren Schwarzen.«

Mae sog nervös die Luft ein. »Das habe ich getan, aber sie will nicht.«

»Was soll das heißen, sie will nicht?«

»Sie sagt, sie würde nicht im Lager der Schwarzen schlafen. Sie sagt, sie gehöre da nicht hin.«

»Wo, zum Teufel, glaubt sie denn, dass sie hingehört? Soll ich ihr vielleicht mein Zimmer anbieten? Schmeiß sie raus! Wenn es ihr Spaß macht, kann sie ja auf einem Baum schlafen.«

»Warte«, schaltete sich Ben ein. »Wir dürfen uns Miss Middleton nicht zur Feindin machen. Diese Schwarze, Diamond, ist offensichtlich an bessere Behandlung gewöhnt. Sie ist sauber und gut gekleidet. Steht nicht in der alten Molkerei noch ein Bett, Mae?«

»Ja.«

»Dann gib ihr eine Laterne und quartiere sie dort ein.« Mae schloss die Türe.

»Hat sie etwa erwartet, im Haus zu schlafen?«, knurrte Cornelia.

»Ich weiß es nicht«, erwiderte Ben. »Und es ist mir im Augenblick auch völlig gleichgültig. Die Jungs haben mir erzählt, dass sich während meiner Abwesenheit zwei von unseren Viehtreibern zu den Goldfeldern abgesetzt haben.«

»Undankbares Pack«, war Cornelias einziger Kommentar. »Was wissen die denn schon vom Goldsuchen?«

»Was wissen die überhaupt?«, murmelte Ben. »Schreib du deinen Brief an Mrs. Middleton, dann können wir ihn zusammen mit der Nachricht an die Polizei in Bowen schicken.«

2

Die Finnen beschlossen, sich nach Townsville aufzumachen, da die Goldfelder von dort aus bequemer zu erreichen waren. Eigentlich hatten sie sich nur so lange in der Bucht von Bowen aufgehalten, weil man hier mit dem Fischfang eine Menge Geld verdienen konnte, doch nun fanden sie, es sei an der Zeit, sich ernsthaft auf Goldsuche zu begeben. In der Nacht vor ihrer Abreise luden sie alle Freunde zu einem Abschiedsgelage im Hafen ein, wo Bier, Schnaps und Gin in Strömen flossen. Es wurde ein rauschendes Fest. In der Morgendämmerung stolperte Lew zurück auf die Dschunke und konnte sich gerade noch so lange aufrecht halten, bis er seinen Freunden zum Abschied zugewunken hatte. Dann fiel er wie ein Stein in seine Koje, um seinen Rausch auszuschlafen.

Um vier Uhr nachmittags stand er wieder auf und nahm ein Bad im Meer. Als er erfrischt zurück an Bord kletterte, wartete Hong schon mit besorgter Miene auf ihn.

»Was ist los?«, fragte Lew auf Chinesisch, denn Hongs Englisch war noch immer erbärmlich.

»Letzte Nacht hat es in der Stadt Ärger gegeben, Herr Kapitän. Die weißen Männer sind wild geworden und haben einen Aufruhr angezettelt. Sie haben Jagd auf Chinesen gemacht und sie verprügelt!« Plötzlich grinste Hong. »Aber diesmal waren die Chinesen vorbereitet. Sie haben beim Holzplatz gewartet, und als die weißen Teufel gekommen sind, haben ihnen die ehrenwerten Chinesen etwas von ihrer eigenen Medizin verabreicht. Ein schöner Kampf. Sie haben ein paar der Angreifer ein bisschen aufgeschlitzt.«

»O mein Gott!«, stöhnte Lew. »Sag der Mannschaft, sie soll an Bord bleiben. Die Männer dürfen auf keinen Fall an Land gehen. Dieser Streit geht uns nichts an, wir halten uns da raus, hast du mich verstanden?«

Lew zog sich an und begab sich in die Stadt. Er freute sich schon auf ein gutes Essen. Inzwischen hatte er sich an die

Mahlzeiten der Koloniebewohner gewöhnt. Sogar zum Frühstück vertilgten sie schon Steaks, dazu Spiegeleier, Soße und fingerdicke Brotscheiben. Sie aßen gerne Fleisch und bevorzugten statt Reis Kartoffeln. Gemüse stand kaum auf ihrer Speisekarte, und wenn, war es verkocht und schmeckte fade. Ihm war aufgefallen, dass einige Chinesen auf einem Stück Land außerhalb der Stadt Gemüse anpflanzten. Sie würden keine Schwierigkeiten haben, ihre Ernte zu verkaufen; vielleicht würden diese Kleinbauern sogar hier sesshaft werden. Die Chinesen ließen sich von den Schmähungen der Weißen nicht aus der Ruhe bringen. Außerdem hatten sie sehr wohl erkannt, dass sie hier, wo es Ackerland im Überfluss und keine Schwierigkeiten bei der Bewässerung gab, als Marktbauern ein gutes Auskommen haben konnten.

In den Schenken traf er auf wütende Goldsucher, die sich über diese angriffslustigen Schlitzaugen ausließen. Die Goldsucher behaupteten, diese bösartigen, verschlagenen »Gelben« hätten mit dem Dolch in der Hand – einer Waffe, die nur Feiglinge benutzten – harmlose Burschen überfallen, die bloß ein bisschen Spaß haben wollten. Lew musste sich anhören, dass die Schlitzaugen an allen Verbrechen die Schuld trugen, dass sie die übelsten Laster in die Stadt gebracht hatten und keine weiße Frau vor ihnen sicher war. Bald wurde Lew der Gesellschaft dieser langweiligen Aufschneider überdrüssig und beschloss, Mrs. Middleton zu besuchen. Aus diesem Gerede konnte man schwerlich schließen, wie ernst die Vorfälle waren, und da Jack Middleton nicht in Bowen weilte, würde seine Frau sich so allein im Haus vielleicht ängstigen.

Allein? Als Lew den Gartenweg schon halb heraufgegangen und es zum Umkehren zu spät war, hörte er Klaviermusik. Herbert Watlington war da! Dieser Herbert gehörte ja schon fast zum Haushalt!

»Lew, wie nett, dass Sie vorbeischauen«, sagte Alice erfreut. »Kommen Sie doch herein. Haben Sie schon zu Abend gegessen? Ja? Aber dann trinken Sie doch sicher noch einen Kaffee mit uns. Spielt Herbert nicht gut? Mrs. Tolley kennen Sie ja schon, nicht wahr? Ja, natürlich. Setzen Sie sich doch …«

»Ich habe mir Sorgen gemacht«, begann er. »Letzte Nacht hat es in der Stadt Unruhen gegeben.«

»Ja, es muss schrecklich gewesen sein«, bemerkte Mrs. Tolley. »Aber diesmal haben sich die Raufbolde am anderen Ende der Stadt herumgetrieben. Es heißt, diese Chinesen sind wirklich finstere Gestalten.«

Herbert drehte sich auf seinem Klavierstuhl um. »Meine liebe Mrs. Tolley, sagen Sie das nicht in Gegenwart von Lew. Er ist schließlich ein halber Chinese.«

»Bin ich nicht«, knurrte Lew und fühlte sich dabei als Verräter, obwohl er wusste, dass Herbert ihn mit dieser Bemerkung nur reizen wollte.

»Jedenfalls sieht er nicht wie ein Chinese aus«, stellte Mrs. Tolley fest. Dabei ordnete sie ihre dichten Locken.

»Ich spreche Chinesisch«, entgegnete Lew und ärgerte sich, dass er überhaupt eine Erklärung abgab; er hasste es, Rechenschaft ablegen zu müssen.

»Meine Güte, die jungen Männer von heute sind vielleicht klug«, rief Mrs. Tolley daraufhin aus. »Alice, Ihre Perfy kann von Glück sagen, dass sie zwei so stattliche Verehrer hat.«

»Seien Sie nicht albern«, erwiderte Alice peinlich berührt. Wie taktlos diese Frau war. »Könnten Sie noch ein paar Walzer spielen, Herbert?«

Lew mochte Alice. Sie besaß das hagere, abgezehrte Gesicht einer Frau, die zeitlebens hart gearbeitet hatte, ein Gesicht, das niemals schwammig werden würde. Ihre blauen Augen hatten ein wenig von ihrem Strahlen eingebüßt, ließen jedoch immer noch etwas von ihrem jugendlichen Glanz erahnen. Perfy hatte dieselben großen blauen Augen, aber bei ihr würden sie ihre ganze Schönheit erst noch entfalten. Der Anblick dieser wunderbaren Augen fesselte ihn jedes Mal aufs Neue.

Bei diesem Gedanken spürte er einen Stich im Herzen. Perfy fehlte ihm. Er hatte ihr nicht verziehen, dass sie auf dieser lächerlichen Wallfahrt nach Caravale bestanden hatte. Schließlich war das Ganze doch nichts anderes als eine Wallfahrt zum Schrein ihres verstorbenen Verlobten. Und Jack hatte sie auch noch bestärkt. Vielleicht fühlte er sich dem verstorbenen Darcy

Buchanan gegenüber verpflichtet, weil er seine Tochter so großzügig bedacht hatte. Dieser verfluchte Darcy Buchanan! Warum war er nicht einfach aus dem Leben geschieden, ohne Perfys Leben in Unordnung zu bringen? Lew war Darcys Bruder Ben absichtlich aus dem Weg gegangen. Er kam nicht umhin, diesen Kerl ein wenig zu bedauern. Es musste merkwürdig sein, wenn wildfremde Menschen plötzlich die Hälfte seines Besitzes für sich beanspruchten. In einem zivilisierteren Land wie China wäre das nicht möglich. Eine derartige Erbschaft wäre überdies gegen das Gesetz. Und wenn jemand so hartnäckig wie Perfy seinen Anspruch geltend machte, konnte es in den Familien Mord und Totschlag geben.

Bei diesem Gedanken erstarrte er. O Gott, würde Perfy denn dort überhaupt sicher sein? Hier in Bowen hatte er gehört, dass die Großgrundbesitzer ihren eigenen Gesetzen folgten. Sie waren mächtige Leute und führten ihr eigenes Leben. Aber glücklicherweise wurde Perfy von Jack begleitet.

Versonnen lauschte Lew dem Klavierspiel. Das musste man Herbert lassen, spielen konnte er, auch wenn er ein eingebildeter Mensch war. Lew hatte in seinem bisherigen Leben genug Leute von Herberts Schlag kennengelernt, die im Fernen Osten herumschwirrten, aber keinen Umgang mit den Einheimischen pflegten. Diese Lebemänner erhofften sich das schnelle Geld durch den Opiumhandel oder – was natürlich noch besser war – eine reiche englische Braut. Er betrachtete Herbert nicht als Rivalen, sondern schlichtweg als Ärgernis. Wenn sich die Gelegenheit ergab, würde er Herbert auf irgendeine elegante Art loswerden, aber in diesem Augenblick würde er nur Alice vor den Kopf stoßen, wenn er ihren Pianisten vergraulte.

Tolley, der Direktor der Bank, und einige andere Gäste fanden sich ein. Lew fühlte sich verpflichtet, den Gentleman zu spielen. Wenn er Perfy heiratete, würden sie wahrscheinlich ein Heim wie dieses haben und mit solchen Leuten verkehren. Für die Briten gehörte sich das.

Diese Aussicht behagte ihm gar nicht, aber wenigstens würden sie Leute ihres Alters um sich haben, Leute, die sie mochten und in deren Gesellschaft sie sich wohlfühlten.

287

Als er sich kurz nach zehn Uhr verabschiedete, hämmerte plötzlich jemand laut gegen die Tür.

»Ich mache auf«, erbot sich Tolley. »Sie bleiben lieber im Salon, Alice. Heutzutage weiß man nie.«

Im Zimmer herrschte erwartungsvolle Stille, als er zurückkam. »Für Sie«, wandte er sich an Lew. »Ein Chinese möchte Sie sprechen.«

Es war Hong, in Tränen aufgelöst und völlig durchnässt. Verzweifelt rang er die Hände und verbeugte und entschuldigte sich ununterbrochen.

»Was zum Teufel ist denn los?«, fragte Lew barsch.

»Herr Kapitän, ein großes Unglück ist über uns hereingebrochen. Vergebt mir diese schlimme Nachricht, Sir. Wir haben alles versucht, aber sie waren in der Überzahl.«

»Was ist passiert?«

Statt zu antworten, weinte Hong nur noch heftiger. Lew schüttelte ihn. »So rede doch! Was ist passiert?«

»Die Dschunke! Unsere *Perfection,* Herr Kapitän. Sie haben sie in Brand gesteckt! Die weißen Teufel sind gekommen und haben Fackeln und brennende Lumpen auf das Deck geworfen. Sie haben unser Schiff verbrannt!«

Lew konnte nicht glauben, was er da hörte. »Sie haben die Dschunke in Brand gesteckt? Wie groß ist der Schaden?«

»Es ist alles verbrannt, Herr Kapitän. Unsere schöne *Perfection!*« Wieder fing Hong an zu schluchzen.

Lew zitterte vor Wut.

Hongs Kleider waren angesengt, und er hatte schwere Verbrennungen an den Armen. Dennoch wollte Lew es nicht glauben, bis er es mit eigenen Augen gesehen hatte. »Lass uns gehen«, sagte er knapp und rannte auch schon los.

Hong war peinlich berührt, dass sein ehrenwerter Kapitän sich durch Entschuldigungen demütigte, und erduldete die Hilfeleistung des englischen Arztes mit solch jämmerlicher Miene, dass Lew beinahe gelacht hätte, wäre es nicht solch ein trauriger Anlass gewesen. Die Goldgräber hatten ihren Angriff sorgfältig geplant; sie hatten sich das auffälligste chinesische Schiff im Hafen ausgesucht, und obwohl die Mannschaft sich nach Kräften bemüht hatte, das Feuer in den Griff zu bekommen, hatten sich die Männer schließlich nur noch durch einen Sprung über Bord retten können.

»Ist Ihre Mannschaft in Sicherheit?«, fragte der Arzt.

»Ja«, erwiderte Lew abwesend. Er hatte es so eilig gehabt, zum Schiff zu kommen, dass er Hongs Verletzungen keine Beachtung geschenkt hatte, und das erschreckte ihn. Der arme Kerl hatte wirklich schlimme Verbrennungen erlitten und sah nun mit seinen vielen Verbänden wie eine Mumie aus.

»Er müsste ins Krankenhaus«, meinte der Arzt, »aber ich fürchte, das geht nicht.«

Lew nickte; sie würden dort keinen Chinesen aufnehmen. »Ich werde ihn zu seinen Leuten bringen, sie werden sich um ihn kümmern. Aber was ist mit den anderen?« Die Mitglieder der Mannschaft standen zusammengedrängt an der Landungsbrücke und boten einen jämmerlichen Anblick.

»Leichte Verbrennungen, nichts Tragisches. Das mit Ihrem Schiff tut mir leid. Ich habe es oft in der Bucht vor Anker liegen sehen, ein wirklich stattliches Schiff.«

»Nun nicht mehr«, entgegnete Lew. »Es ist zerstört. Ich werde es auf der anderen Seite der Bucht auf den Strand ziehen lassen.«

»Und was dann?«

»Es ist sicher nicht schwer, die Mannschaft auf anderen Schiffen unterzubringen.«

»Und was ist mit Ihnen?«

»Ich könnte mich eigentlich zu den Goldfeldern am Cape aufmachen und dem Eigentümer selbst die Nachricht überbringen.« Es war einfacher, sich an Chin Ying zu wenden als an Lord Cheong selbst. Die Dschunke war hoch versichert gewesen, also entstanden für Lord Cheong keine Nachteile. Ying brauchte nur ein anderes Schiff zu nehmen, das seine Männer und das Gold zurück nach China brachte, aber Lew war in einer misslichen Lage. Man hatte ihm nur die Hälfte seines Lohnes ausbezahlt, und nun würde ihm der Rest vorenthalten werden, weil er versagt hatte. Der örtliche Polizeisergeant, ein gewisser

Ron Donnelly, war gerufen worden, um den schwelenden Schiffsrumpf zu begutachten, aber er hielt es für reichlich unwahrscheinlich, dass die Brandstifter zu ermitteln seien.

»Und selbst wenn«, warnte er ihn, »haben sie sich Alibis verschafft, darauf können Sie wetten. Es tut mir sehr leid, Käpt'n, aber solange dieser Goldrausch andauert, schaffen mein Gehilfe und ich es kaum, Recht und Ordnung aufrechtzuerhalten.«

»Könnten Sie mir einen beglaubigten Bericht über die Geschehnisse mitgeben? Der Eigentümer braucht ihn für seine Versicherung.«

»Natürlich, kein Problem.« Ein Lichtstreifen am Horizont kündigte den Sonnenaufgang an; es sah aus, als züngelten winzige Flammen über dem Meer. »Wird wieder ein heißer Tag heute, Käpt'n«, bemerkte Donnelly. »Wir freuen uns schon auf den Regen, und draußen auf den Goldfeldern werden sie jetzt um Wasser beten.«

Lew war erstaunt. »Warum das denn? Sind die Goldfelder nicht an einem Fluss?«

»Nicht alle. Eine ganze Menge von Flussarmen sind auch voller Gold, aber sie trocknen aus. Ohne ausreichend Wasser kann man aber kein angeschwemmtes Gold waschen, und so decken sich die Goldsucher mit Vorräten ein und warten auf Regen.«

Er lachte, ein ansteckendes, dröhnendes Lachen. »Aber dann, Käpt'n, werden die sich wundern, wie ihnen geschieht. Wenn es in diesen Wäldern regnet, dann glaubt man, die Sintflut ist losgebrochen. So etwas hab ich mein Lebtag nicht gesehen. Haben Sie nicht gesagt, Sie wollen auch dorthin?«

»Ja.«

»Dann will ich Ihnen einen Rat geben. Nehmen Sie ein Schiff nach Townsville, und reiten Sie von dort aus zu den Goldfeldern. Das ist einfacher. Wenn das die Idioten begreifen, haben wir Bowen wieder für uns. Die Läden und Gasthäuser machen dann zwar nicht mehr so viel Gewinn, aber ich kann mich zur Ruhe setzen.« Pfeifend marschierte er davon.

Lew starrte niedergeschlagen auf die Überreste der Dschunke. »Diese Hunde!«, machte er seinem Zorn noch einmal Luft.

Jetzt besaß er nur noch ein paar lumpige Pfund und die Kleider, die er auf dem Leibe trug. Bis Townsville konnte er sich mit Arbeit durchschlagen, aber dann würde er ein Pferd und Ausrüstung kaufen müssen, um zum Cape zu gelangen. Irgendwie musste er Geld auftreiben. Zwar gab es chinesische Geldverleiher, aber sie berechneten hohe Zinsen und saugten einen aus wie die Blutegel.

Am Ende des Tages hatte er seine Mannschaft untergebracht, seinen Bericht über den Zustand der Dschunke zusammen mit dem Polizeibericht nach Macao geschickt und sich ein Zimmer im Customs House genommen. Er ließ das Schiff wegschleppen und aß im Grand View Hotel zu Abend. Dann schlenderte er ziellos die Herbert Street entlang, und der Straßenname erinnerte ihn an Herbert Watlington. Der prahlte doch immer damit, wie viel Geld ihm der Grundstücksverkauf einbrachte. Vielleicht könnte Herbert ihm etwas Geld leihen. Er empfand es zwar als ziemlich erniedrigend, ausgerechnet Herbert um einen Gefallen bitten zu müssen, aber in diesem Fall konnte Lew es sich nicht leisten, wählerisch zu sein.

Er traf Herbert in seinem Büro an, wo dieser gerade einen älteren Chinesen zu überzeugen versuchte, sein winziges Stück Land gegen ein größeres Grundstück einzutauschen. Das kam Lew gerade recht.

Höflich richtete er ein paar Worte auf Chinesisch an den Kunden.

»Was haben Sie ihm erzählt?«, fragte Herbert.

»Ich habe ihm geraten, erst zu kaufen, wenn ich dieses Geschäft für ihn überprüft habe.«

»Das ist dreist!«

»So ist das Geschäftsleben, Herbie. Ich brauche hundert Pfund.« Lew fragte sich, wie viel Englisch der Chinese wohl verstand, wahrscheinlich sehr viel mehr, als er sich anmerken ließ. Aber das spielte keine Rolle, er würde nicht erwarten, dass Lew seinen Einfluss geltend machte, ohne etwas dafür zu verlangen.

»Gut, aber dann wenden Sie sich nicht an mich«, gab Herbert zurück. »Ich habe gehört, dass die Goldgräber Ihre Dschunke verbrannt haben. Man sollte meinen, die Mannschaft wäre darauf vorbereitet, das Schiff zu verteidigen.«

»Vielleicht mit Gewehren? Hier in Bowen?«

»Natürlich.«

»Und wenn sie einen Weißen erschossen hätten, egal, was er getan hat, hätte man sie aufgeknüpft.«

»Aber immerhin hätten sie dann das Schiff gerettet.«

»Vergessen Sie's, Herbert. Das verflixte Ding ist gesunken, also was soll's. Was ist nun mit Ihrem Freund da?«

»Von mir bekommen Sie keine hundert Pfund, auf Wiedersehen.«

Lew wechselte wieder ein paar Worte mit dem Chinesen und sagte dann zu Herbert: »Sie sind ein Dummkopf. Dieser Mann hat vor, sich hier niederzulassen. Er ist wohlhabend, hat viele Söhne und kann mehrere Besitztümer erwerben, nicht bloß eine kleine Farm. Aber ohne meine Zustimmung wird er keinen einzigen Quadratmeter kaufen, Kumpel.«

»Zehn Pfund«, lenkte Herbert ein.

»Geben Sie mir zehn, und leihen Sie mir den Rest, oder ich erzähle ihm, dass Sie ein Betrüger sind, und dann werden Sie keinen einzigen Chinesen mehr zu Gesicht bekommen.«

»Warum brauchen Sie so viel?«

»Weil ich die Stadt verlasse.«

»Normalerweise wäre das keine schlechte Neuigkeit, aber wie bekomme ich dann mein Geld zurück?«

»Dafür sorge ich schon. Sie haben mein Wort.«

»Das ist nicht viel wert.« Herbert zuckte die Achseln. »Aber sprechen Sie jetzt für mich mit dem Chinesen.«

Lew wandte sich an den Mann. »Ihren Söhnen winkt großer Reichtum, wenn sie hier Land erwerben. Auf diese Weise Geld anzulegen zeugt von großer Weisheit, denn anders als die Jagd nach dem Gold bringt dies langwährenden Wohlstand. Ihre Familie wird durch die Erzeugnisse ihres Anbaus hohes Ansehen bei den Weißen genießen und somit nicht den Nachstellungen verbrecherischer Elemente in der Stadt ausgesetzt sein.«

»Ihr sprecht wahre Worte«, erwiderte der alte Mann. »Unsere Heimat wird von Hungersnöten und Banditen heimgesucht.

Dies ist in der Tat ein Land, in dem Milch und Honig fließen. Ich werde meine Söhne hier ansiedeln und dann nach China zurückkehren, um dort in Ruhe zu sterben.«

Lew wandte sich an Herbert. »Dieser Herr ist zum Kauf entschlossen.«

»Gut. Sagen Sie ihm, ich werde ihm das Land morgen selbst zeigen.«

Lew übersetzte und der Chinese verneigte sich zustimmend. Als er davonschlurfte, verbeugte er sich noch einmal vor Lew. »Vielen Dank für Ihren Rat, Sir.« Sein Gesicht verriet keine Regung, als er hinzufügte: »Ich wäre gern bereit, einem ehrenwerten Herrn wie Ihnen ein Darlehen von einhundert Pfund zu gewähren, wenn Sie es wünschen.«

Lew grinste. »Ich werde auf Ihr Angebot zurückkommen.«

Auf dem Weg zur Bank stritten sich Herbert und Lew immer noch über die Höhe des Darlehens. Schließlich war Herbert einverstanden, fünfzig Pfund für Lew abzuheben, aber als sie in der Bank angelangt waren, schien es unerwartete Schwierigkeiten zu geben.

Mr. Tolley persönlich eilte aus seinem Büro. »Herbert, Sie können kein Geld mehr von diesem Konto abheben. Es ist aufgelöst worden.«

»Was meinen Sie mit aufgelöst? Es kann nicht aufgelöst sein! Das ist mein Geschäftskonto!«

»Richtig, das Konto, das Sie mit Mrs. Molloy zusammen eröffnet haben.«

»Im Moment sind an die eintausend Pfund drauf, und die Hälfte davon gehört mir.«

»Darüber müssen Sie mit Mrs. Molloy sprechen, Herbert. Sie hat gestern alles abgehoben. Außerdem hat sie das Maklerbüro verkauft.«

»Was hat sie getan?« Herbert starrte den Bankdirektor entsetzt an.

»Das werde ich sofort klären!«

»Wenn Sie sie finden. Sie hat ihr Etablissement ebenfalls verkauft und Bowen gestern verlassen.« Tolley blickte Lew an und schüttelte den Kopf. »Wenn die Bordelle schließen, Kapitän, dann kann man sagen, dass die goldenen Tage vorbei sind. Sehr traurig für Bowen. Dabei haben wir uns Hoffnungen gemacht, die Hauptstadt von Nord-Queensland zu werden.«

Herbert packte Tolley am Arm. »Und Sie haben das zugelassen! Man sollte Sie auspeitschen! Diese Hure hat mir alles gestohlen, was ich besitze. Dieses Weibsstück!«

Mit vereinten Kräften mussten Tolley und Lew den wütenden Herbert aus der Bank zerren. Als die Tür hinter ihnen zuknallte, brach Lew in lautes Gelächter aus. »Willkommen im Club, Herbie, alter Kumpel«, sagte er. »Kommen Sie, wir besuchen Ihren chinesischen Kunden, wir brauchen ihn nun beide.«

»Was soll ich jetzt nur tun?«, jammerte Herbert.

»Keine Ahnung«, erwiderte Lew. »Morgen geht ein Schiff nach Townsville, und ich bin an Bord.«

»Ich muss hier weg«, murmelte Herbert. »Die Hotelrechnung für diesen Monat ist noch nicht bezahlt, und ich habe Spielschulden. Gütiger Himmel, gerade jetzt, wo alles so gut lief.« Er hielt inne und sah Lew an. »Sie sagen, morgen geht ein Schiff? Ich bin dabei.«

»Nein, mit mir kommen Sie nicht.«

»Wenn ich mit einem bestimmten Schiff reisen will, können Sie mich nicht davon abhalten«, meinte Herbert überheblich, aber Lew schüttelte sich noch immer vor Lachen.

»Herbert, alter Kumpel, Sie haben uns nie erzählt, dass Sie so eine vornehme Geschäftspartnerin haben. Keine Geringere als Glory Molloy! Die Rose von Tralee! Man sagt, sie knöpft einem beim Kommen und beim Gehen Geld ab! Und jetzt hat sie Sie einfach so übers Ohr gehauen und ist auf und davon! Ich möchte bloß wissen, wem sie das Maklerbüro verkauft hat.«

»Was weiß ich! Hören Sie zu, Cavour. Sie werden diesem Chinesen auf jeden Fall erzählen, dass der neue Eigentümer ein Betrüger ist.«

»Aber natürlich. Für einen Freund tu ich das glatt. Die Middletons werden sicher entzückt sein, wenn sie von Ihrer vornehmen Teilhaberin Glory Molloy erfahren.«

»Sie werden es nicht wagen!«

»Vielleicht doch.«

»Sie sind kein Gentleman, Cavour.«

»Stimmt.«

Mr. Fung Wu gewährte Lew sein Darlehen, Herbert jedoch musste ihm erst seine neue goldene Taschenuhr als Sicherheit übergeben.

Gemeinsam besuchten sie Alice Middleton, um sich zu verabschieden.

»Ich habe gehört, was mit Ihrem Schiff geschehen ist, Lew. Es tut mir sehr leid«, sagte sie. »Es ist furchtbar, wenn Unschuldige zu leiden haben. Mr. Chin wird am Boden zerstört sein.«

»Ja, das glaube ich auch«, antwortete Lew. »Fast all seine Sachen waren noch an Bord, seine Bücher und Kisten mit Kleidung und kostbarem Porzellan. Alles zerstört.«

»Sie verlassen Bowen?«

»Nur für eine Weile. Ich warte ab, was Ying vorhat, und dann komme ich zurück. Dann sollten Jack und Perfy eigentlich wieder zu Hause sein.«

»Ich hoffe es.« Sie lächelte. »Ich glaube, Perfy macht nur große Worte. Dieser ganze Besuch auf Caravale ist für sie nur ein schönes Abenteuer. Sie hat nie etwas anderes als Brisbane kennengelernt, aber wenn sie sich einmal ein bisschen umgesehen hat, wird sie froh sein, wieder nach Hause zu kommen.«

Lew fühlte sich mutlos. Was hatte er Perfy schon zu bieten? Sie war eine wohlhabende Frau und er ein Habenichts. Wenn er von den Goldfeldern zurückkam, sollte er sich vielleicht nach Sydney aufmachen, angeblich war das inzwischen der größte Hafen im südlichen Pazifik. Vielleicht könnte er dort ein Schiff übernehmen. Aber das waren nur Hirngespinste. Nein, es war erfolgversprechender, sich an die Chinesen zu halten. Ihre Art, Geschäfte zu machen, war ihm vertraut, und außerdem waren die Grundbesitzer, Bankiers und Kaufleute unermesslich reich. Die Australier sahen hier nur die Lakaien, sie hatten keine Ahnung von dem märchenhaften Reichtum und dem Luxus, der für den vornehmen Chinesen selbstverständlich war. Seit Perfys Abreise hatte er sich in Bowen etwas genauer umgesehen. Es würde ein Jahrhundert oder länger dauern, bis dieses Land den Wohlstand erreichte, den viele Chinesen genossen, und dennoch bezeichneten die Bewohner der Kolonie die Chinesen verächtlich als »Schlitzaugen«. Vor Jahren hatte er davon geträumt, irgendwann in Hongkong sesshaft zu werden und dort ein Haus zu erwerben, von dem aus er den Hafen überblicken konnte; für Lew war dies der schönste Ort der Welt. Nun verspürte er wieder die alte Sehnsucht nach Hongkong. Er hätte mit Perfy reden sollen, denn er hasste dieses Land und konnte es nicht ertragen, fernab vom Meer zu leben. Es gab Seemenschen und Landmenschen; in China wurde dies wichtig genommen wie Geburtsdatum und Abstammung. War Perfy ein Landmensch? Wenn ja, dann war ihre Beziehung von vornherein zum Scheitern verurteilt.

Herbert hatte sich für Alice eine glänzende Geschichte zusammengesponnen, warum er Bowen verlassen musste. Townsville erlebe einen Aufschwung; ein Geschäftsmann müsse den Markt beobachten, und Immobilien in neuen, aufstrebenden Städten böten immer ein einträgliches Geschäft.

»Gehen Sie alleine, oder haben Sie einen Geschäftspartner, Herbert?«, fragte Lew mit hinterhältigem Lächeln. Herbert wand sich vor Verlegenheit.

»Partner sind nicht unbedingt notwendig«, erwiderte er hochmütig.

»Sagen Sie das noch mal.« Lew musste lachen.

Dass er beschlossen hatte, sich in Hongkong niederzulassen, erwähnte er nicht. Er hatte sogar den Plan, nach England zu gehen, fallen gelassen. Er vermisste die geistige Regsamkeit und den Humor der Chinesen und die Herausforderung, die die vielschichtige chinesische Gesellschaft für ihn darstellte.

Teil 7

1

Caravale lag wie verlassen in der sengenden Nachmittagssonne. Nur das beharrliche Summen der Schmeißfliegen war in der Stille zu hören. Ungeduldig schlug Diamond nach den Fliegen, bis sie schließlich ein Stück Stoff in das Loch im feinen Maschendraht stopfte. Ihre kleine Baracke aus Stein, die frühere Molkerei, war zwar kühl, doch sie kam sich darin wie eine Gefangene vor. Auf der Rinderfarm galten für die Schwarzen so viele Regeln und Vorschriften, dass sie kaum noch wusste, was ihr erlaubt war. Und so blieb sie letzten Endes meistens in ihrem Zimmer sitzen und wartete auf Anweisungen, die nie kamen. Wenn Mrs. Buchanan zwischen zwei und vier Uhr ihren Mittagsschlaf hielt, durfte in der Umgebung des Hauses kein Laut mehr zu hören sein. Bestimmt hätte sie sogar die Krähen erschossen, wenn diese es gewagt hätten, sie beim Schlafen zu stören. Doch an diesem Tag hatten sich selbst die Krähen verzogen. Diamond hätte gerne an Perfys Bett gesessen, aber das war auch verboten.

»Mach dir um Miss Middleton keine Sorgen«, hatte Mae ihr versichert. »Ich werde mich schon um sie kümmern. Es tut mir leid, Diamond, aber Mrs. Buchanan wünscht, dass die Mädchen das Haus verlassen, wenn sie mit ihrer Arbeit fertig sind. Erst nach dem Tee dürfen sie wiederkommen. Sie mag es nicht, wenn jemand im Haus herumschleicht, solange sie sich ausruht.«

»Ich schleiche nicht herum. Ich möchte nur bei Miss Perfy sein, falls sie etwas braucht.«

»Nein«, entgegnete Mae entschieden. »Mrs. Buchanan hat ausdrücklich gesagt, für dich gibt es keinen Grund mehr, ins Haus zu kommen. Wir haben genügend Angestellte und brauchen dich nicht.«

»Aber ich kann mich doch um Miss Perfy und ihre Sachen kümmern!«

»Hör zu, Kleine«, sagte Mae eindringlich. »Du darfst nicht ins Haus kommen, und damit hat sich's. Mir würde es ja nichts

ausmachen, anscheinend bist du ein kluges Mädchen und
weißt, was du zu tun hast. Aber wegen dir setze ich doch nicht
meine Stellung aufs Spiel! Wenn meine Herrin mir etwas auf-
trägt, gehorche ich. Diese Stellung war für mich ein Geschenk
des Himmels. Also, ich bin die Haushälterin, ich tu, was man
mir sagt, und kümmere mich um meine eigenen Angelegenheiten. Tu du das Gleiche und mach das Beste draus. Du kannst
spazieren gehen und dir die Zeit vertreiben. Wenn du ständig
versuchst, hier alles auf den Kopf zu stellen, bekommst du nur
Schwierigkeiten.«

Perfy, die sich um ihre Mutter sorgte, wollte so schnell wie
möglich nach Bowen zurückkehren. Doch Ben versicherte ihr,
dass das Ehepaar Tolley Mrs. Middleton so schonend wie möglich die Nachricht vom Unfall ihres Mannes überbracht habe.
Die arme Mrs. Middleton, sie muss vor Schmerz außer sich
sein, dachte Diamond. Wie damals Mrs. Beckmann. Aber wenigstens hatte sie keine Geldsorgen.

Nach einem Gottesdienst, den Dr. Palfreyman abhielt, wurde
Jack auf Caravale begraben. Natürlich war Perfy noch immer
wie gelähmt vor Trauer, aber tapfer bewahrte sie während der
ganzen Zeremonie ihre Fassung.

In ihrem von Diamond aufgebügelten besten Tageskleid aus
dunkelblauem Taft mit einem engen Mieder und einem weiten,
bauschigen Rock sah sie richtig hübsch aus. Unter dem schwarzen Schleier, den Mae beigesteuert hatte, damit Perfy ihr langes blondes Haar verhüllen konnte, war nur ein Schimmer ihres Gesichts zu erkennen.

Es war ein einsamer kleiner Friedhof auf dem Hügel am
Fluss, bewacht von zwei mächtigen Buchen und geschützt von
einem weißen Lattenzaun. Hier lag auch das Grab von Edward
Buchanan, Bens Vater. Unter den zahlreichen anderen Gräbern
entdeckte Diamond eines, das nur mit einem einfachen Kreuz
markiert war und keinen Namen trug.

Zu Diamonds Erleichterung war Perfy der neue Grabstein
aus Marmor links neben dem Eingang nicht aufgefallen. Es
war der Gedenkstein für Darcy, der in Brisbane zur letzten
Ruhe gebettet worden war.

Nach der Beerdigung war Perfy allerdings zusammengebrochen, und man hatte Diamond erlaubt, sie auf ihr Zimmer zu bringen.

Dr. Palfreyman war ein freundlicher und fürsorglicher Arzt. Er erklärte Perfy, dass er zwar in Charters Towers wohne, doch eigentlich nur sehr selten zu Hause sei. Gewöhnlich fuhr er von einer Farm zur anderen, und durch den sogenannten »Buschtelegrafen« wusste man immer, wo er sich gerade aufhielt. »Sie sieht nicht besonders gut aus«, sagte er anschließend in Diamonds Beisein zu Mrs. Buchanan.

»Wie sollte sie auch?«, entgegnete die Frau. »Diese Dinge brauchen nun mal ihre Zeit.«

»In ein paar Tagen komme ich wieder und sehe nach ihr. Behalten Sie sie da. Ich weiß, dass sie sich um ihre Mutter sorgt, aber eine Reise würde sie jetzt nicht verkraften.«

»Es gibt für sie keinen besseren Platz, um sich zu erholen, als Caravale«, meinte Mrs. Buchanan hochmütig.

»Ganz recht«, murmelte der Arzt.

Diamond war anderer Meinung. Im Haus herrschte eine allgegenwärtige Spannung, die nur durch die Anwesenheit der Viehhüter ein wenig gelockert wurde. Am frühen Morgen, wenn die Männer sich lachend und scherzend zum Frühstück anstellten, ihre Sachen zusammenpackten und die Pferde sattelten, um zu ihrer Arbeit aufzubrechen, konnte Diamond ein wenig aufatmen. Und jeden Abend erwartete sie sehnsüchtig das Hufgetrappel, das ihre Rückkehr ankündigte. Ihr war, als ob Perfy und sie sich nur in Gegenwart all dieser Fremden sicher fühlen konnten.

Perfys Zustand verbesserte sich nicht, und als der Arzt zurückkehrte, stellte er fest, dass sie an einem Fieber litt, möglicherweise sogar an Gelbfieber. Was auch immer, Perfy war sehr krank, wurde von schrecklichen Kopfschmerzen geplagt und verlor zusehends an Gewicht. Und ausgerechnet jetzt, wo Perfy sie wirklich brauchte, wurde Diamond aus dem Haus verbannt.

»Das wollen wir mal sehen«, murmelte Diamond grimmig. Sie trat aus ihrem Zimmer und huschte barfuß durch den staubigen Garten. Nach einem kurzen Lauf quer durch den Obstgarten erreichte sie das Haus und eilte auf Zehenspitzen die Veranda entlang, bis sie vor Perfys Zimmer stand. Die Flügeltüren vor den schlaff herabhängenden Gardinen standen offen. Perfy lag reglos auf dem Bett, nur mit einem Laken zugedeckt. »Mir ist so heiß«, sagte sie so leise, als ob das Sprechen ihr größte Anstrengung bereiten würde.

Diamond legte ihr die Hand auf die Stirn. »Ja, das glaube ich Ihnen. Es ist heute auch wirklich sehr heiß draußen.« Sie befeuchtete ein Tuch und tupfte Perfy das Gesicht ab. Dann entdeckte sie eine Flasche Essig auf dem Tisch. Diamond hatte schon gehört, dass die Weißen ihre Fieberpatienten mit Essigwasser wuschen, um ihnen Kühlung zu verschaffen. Deshalb goss sie den halben Flascheninhalt in die Waschschüssel und benetzte Perfy von Kopf bis Fuß mit der Flüssigkeit. Ihr fiel ein, dass Mrs. Beckmann sie auch einmal auf diese Weise behandelt hatte. Als sie Perfy jetzt vorsichtig abtrocknete, schien es ihr besser zu gehen.

»Leg das Tuch bitte über meine Augen, Diamond«, bat Perfy. »Ich habe entsetzliche Kopfschmerzen. Arme Mutter!«, fuhr sie leise fort. »So ganz allein! Glaubst du, sie weiß inzwischen, was mit Daddy geschehen ist?«

»Sie ist nicht allein, Miss Perfy. All die Freunde und Nachbarn kümmern sich bestimmt um sie. Mrs. Tolley ist sicher bei ihr, und Herbert und Kapitän Lew sind ja auch noch da.«

»Wenn ich nicht so hartnäckig darauf bestanden hätte, hierherzukommen, wäre Daddy noch am Leben«, schluchzte Perfy.

»Aber nein, nein! Ihr Vater wollte die Farm doch unbedingt selbst sehen, vergessen Sie das nicht. Es ist nicht Ihre Schuld; es war Gottes Wille.«

Diamond wiederholte die Worte, die sie schon bei weißen Frauen gehört hatte, obwohl sie nicht einsehen konnte, was Gott mit Jack Middletons Tod zu tun hatte. Eher waren es böse Geister, und von denen gab es auf Caravale wirklich genügend. Als Perfy in einen ruhigen Schlummer sank, trat Diamond wieder auf die Veranda. Plötzlich spürte sie einen harten Griff am Arm und zuckte erschrocken zusammen. Neben ihr stand Mrs. Buchanan.

»Was hast du hier zu suchen, du schwarze Schlampe?« Schon holte sie zu einem Schlag aus, wie sie es gewöhnlich tat, wenn die schwarzen Hausmädchen ihr nicht gehorchen wollten. Doch Diamond trat zur Seite und richtete sich auf. Sie war ein ganzes Stück größer als Mrs. Buchanan.

»Rühren Sie mich nicht an«, sagte sie leise, um Perfy nicht aufzuwecken. »Wagen Sie es bloß nicht!«

Unwillkürlich trat Mrs. Buchanan einen Schritt zurück, doch im nächsten Moment hatte sie sich wieder gefangen. »Verschwinde von dieser Veranda! Raus aus meinem Haus! Von einem Niggermädchen muss ich mir so etwas nicht bieten lassen, und ich werde nicht dulden, dass du dich hier aufspielst. Verschwinde, oder ich lasse dich von der Farm jagen.«

»Ich bin die Zofe von Miss Middleton«, widersprach Diamond, während sie sich vor Augen hielt, dass Perfy die Hälfte der Farm gehörte. »Und sie will, dass ich mich um sie kümmere.«

Anstatt eine Antwort abzuwarten, wandte sich Diamond der Treppe zu. Doch Mrs. Buchanan eilte ihr nach. »Du wirst tun, was ich dir sage«, schnaubte sie, »oder ich jage euch beide davon! Wie gefällt dir das? Dies ist ein Wohnhaus und keine Krankenstation!«

Ohne ein Wort lief Diamond davon. Was war diese Frau bloß für ein Mensch? Bestimmt würde sie Perfy das nicht antun; dazu war sie doch viel zu krank.

Als sie endlich wieder in ihrem Zimmer war, zitterte sie am ganzen Leibe. Was war geschehen? Hatte sie Perfy durch ihr Benehmen in Schwierigkeiten gebracht? Würden sie ihr vielleicht erlauben, sich um Perfy zu kümmern, wenn sie sich noch einmal entschuldigte? Eigentlich konnte sie sich das nicht vorstellen. Besser, sie ging ins Lager der Eingeborenen und fragte dort um Rat.

Bis jetzt hatte sie mit den Aborigines, die für die Buchanans arbeiteten, mit den Hausmädchen, Gärtnern, Melkern und all den anderen nur wenige Worte gewechselt, wenn sie sich zum Essen in einem Schuppen auf den Boden setzten. Diese Art, die

Mahlzeiten einzunehmen, machte ihr nichts aus; wenigstens hatte sie so die Gelegenheit, die anderen Schwarzen kennenzulernen. Doch das Essen, das ihnen vorgesetzt wurde, widerte sie an. Alle erdenklichen Reste waren einfach nur in riesigen Töpfen zusammengekippt worden: Suppe, Knochen, Soßen, Fleischstückchen und Pudding. Auf Tabletts brachte man ihnen außerdem altes Brot, und dass schon stundenlang Fliegen darauf herumkrabbelten, schien niemanden zu stören. Was nach diesen Mahlzeiten immer noch übrig blieb, nahmen die Schwarzen mit in ihr Lager. Zwar hatte Diamond schon gesehen, wie Rationen von Mehl, Tee und Zucker an die Familien verteilt wurden, doch die Küchenreste aus dem Haus schienen als wahre Leckerbissen zu gelten.

Zum Glück hatte Mae ihr erlaubt, sich abends noch eine richtige Mahlzeit in ihr Zimmer zu holen, und diese musste dann für den ganzen Tag genügen. In der Runde der Eingeborenen aß Diamond nur ein paar Brotkrümel, um ihre neuen Freunde nicht zu verprellen.

Sie waren vom Stamm der Ilba und unterhielten sich wieder in einer ganz anderen fremden Sprache. Auch sie hatten noch nie von den Irukandji gehört. Wenigstens sprachen zumindest die Dienstboten so viel Englisch, dass Diamond sich mit ihnen verständigen konnte. Ob dies auch für die Männer und die anderen Bewohner des Lagers galt, konnte Diamond nicht sagen, denn sie richteten nie ein Wort an sie, offensichtlich, weil sie nicht wussten, was sie von ihr halten sollten. Auch die Hausmädchen waren ihr zunächst wegen ihrer schönen Kleider und ihrer guten englischen Aussprache aus dem Weg gegangen. Doch nachdem sie sich erst einmal an sie gewöhnt hatten, erwiesen sie sich als weniger misstrauisch als die Aborigines in Brisbane. Allerdings schwiegen sie hartnäckig auf Diamonds Fragen über die Farm und die Buchanans. Sie redeten lieber über Dinge, die ihnen nahestanden, über ihre Kinder und Männer, über Tiere und Proviantbeutel. Dabei lachten und kicherten sie, knufften einander in die Seite und wollten sich ihre gute Stimmung nicht von dieser fremden Frau verderben lassen.

Diamond wartete, bis sie die Küchenmädchen auf dem Weg

hörte. Wie gewöhnlich schnatterten sie wie eine ganze Horde Gänse. Sobald sie das Haus betraten, war ihnen jede Unterhaltung verboten.

»Mary«, rief Diamond der Ältesten zu. Wo Diamond auch hinkam, trugen die Aborigines immer die gleichen Namen. Die anderen beiden Mädchen hießen Daisy und Poppy. Männliche Eingeborene waren mit lächerlichen Namen wie Jumbo, Tinker und Rags sogar noch schlechter dran.

»Was wünschen Missus?«, rief Mary, und Diamond seufzte. Sie konnte ihnen einfach nicht abgewöhnen, sie Missus zu nennen. »Glaubst du, ich kann einen kleinen Ausflug ins Lager machen?«

Mary zuckte die Achseln.

»Ich möchte deiner Mummy guten Tag sagen«, erklärte Diamond.

Mary kicherte. »Weiße Sprache zu schwer für meine Mummy.«

Poppy drängte sich stolz in den Vordergrund. »Meine Mummy sprechen gut.«

»Wunderbar. Und wie heißt deine Mummy?«

»Jannali. Du geben ihr Geschenk?«

»Natürlich.«

»Welches Geschenk?«

Diamond lächelte. »Das ist eine Überraschung. Später wirst du es schon sehen.« Sie kehrte in ihr Zimmer zurück und holte einen hübschen roten Schal. Hoffentlich gefiel er Jannali auch. Man wurde im Lager freundlicher aufgenommen, wenn man zuvor schon jemanden kannte und nicht uneingeladen hereinplatzte.

Diamond folgte fast eine Viertelstunde einem von trockenem, rauem Gestrüpp überwachsenen Weg. Der glühende Boden brannte unter ihren Füßen, doch im November, dem Monat der größten Hitze, wäre es Unsinn gewesen, Schuhe und Strümpfe anzuziehen. Schließlich stieß Diamond auf einige Kinder, die am Flussufer herumtobten. Sie schloss sich ihnen an und tauchte ihre Füße ins kühle Wasser. »Wisst ihr, wo Jannali ist?«, fragte sie die Rangen.

Zwei kleine Jungen boten eifrig ihre Hilfe an und geleiteten sie vorbei an Eingeborenen, die sich in kleinen Grüppchen im Schatten dürrer Bäume ausruhten oder an verkohlten Feuerstellen mit Töpfen hantierten.

Einige Frauen saßen im Schneidersitz auf dem Boden und flochten mit geübten Handgriffen Tragebeutel aus Pandanuszweigen. Während sie Diamond mit neugierigen Blicken verfolgten, hielten ihre fleißigen Finger keinen Augenblick inne. Mutig krabbelte ein nacktes Baby von seiner Mutter fort, um ein neues Stück der Welt zu erkunden; Hunde bellten, und ein kleines Känguru, ein Spielkamerad der Kinder, huschte verängstigt ins Dickicht. Plötzlich sprangen Diamonds Begleiter auf eine barbrüstige Frau zu. »Jannali!« Sie schlangen die Arme um den Hals der Frau im mittleren Alter. Diese blickte auf und grinste Diamond an. »Du neues Hausmädchen?«

»Ja, so was Ähnliches. Ich möchte dich besuchen.«

»Ah! Besuchen!« Es schien, als kläre dieses Wort alle offenen Fragen.

»Darf ich mich setzen?«, erkundigte sich Diamond höflich. Die Frau zuckte lediglich die Schultern, und so hockte sich Diamond im Schneidersitz neben sie hin und reichte ihr den Schal. Jannali war entzückt. Andere Frauen kamen hinzu und bewunderten das Geschenk mit begeisterten Seufzern, bis Jannali sich den Schal um den Hals wickelte. »Gut, eh?«, fragte sie die anderen, die mit einem Lächeln ihre Zustimmung gaben.

»Was du wollen?«, wandte sie sich an Diamond mit einer Spur von Misstrauen in der Stimme.

»Nichts«, antwortete diese. »Ich wollte Poppys Mutter ein Geschenk bringen.«

Jannali lächelte. »Poppy gutes Mädchen. Wie dein Name?«

»Diamond.«

Verächtlich spuckte Jannali einen Brocken Kautabak aus. »Das ist Name von weiße Mann. Wie dein schwarzer Name?«

»Kagari.«

»Oh, schön.«

Inzwischen hatten sich die anderen Frauen um sie geschart. Sie reichten der Fremden ihre Babys und redeten sie freundlich in ihrer Sprache an, da sie davon ausgingen, Diamond würde sie verstehen. Mit Steinen zerdrückten sie große runde Nüsse und gaben Diamond das wohlschmeckende Innere zu essen.

»Ist dies das Land der Ilba?«, fragte Diamond.

»Alles Land der Ilba«, sagte Jannali und beschrieb mit dem Arm einen weiten Bogen.

»Lebst du gern auf der Farm?«

Jannali zuckte die Achseln. »Manchmal machen Wanderung.«

»Aber warum kommt ihr wieder zurück?«

»Dies unser Platz. Hier wir sterben. Heiliger Platz.« Diamond wusste, wie wichtig es für ihr Volk war, an ihrem Heimatort zu sterben, sodass der Geist seinen angestammten Platz in der Traumzeit finden konnte. Beim Gedanken an ihre eigene Erlösung überlief sie ein Schaudern.

»Wir viel Hunger«, fügte Jannali erklärend hinzu. »Weißer Mann überall, töten Schwarze. Jagen nicht mehr gut. Hier sicher.«

Diamond hielt nun den Augenblick für gekommen, sich nach Mrs. Buchanan zu erkundigen. »Erinnert ihr euch an Darcy?«

»Ahhh!«, stöhnten die Frauen wie aus einer Kehle auf.

»Weiß Mann ihn töten auch«, seufzte Jannali. »Jetzt Mr. Ben Boss hier.«

Über Jannalis Gesicht huschte ein Grinsen. Verschwörerisch kniff sie Diamond in die Brust. »Du passen auf. Mr. Ben gern haben Niggermädchen wie du.«

Peinlich berührt richtete Diamond sich auf. Seit dem Begräbnis war sie Ben nur einige Male begegnet, und er hatte sie kaum zur Kenntnis genommen. Er war ein gut aussehender Mann, und sie hatte schon bemerkt, dass sie oft an ihn dachte. Aber was wollte diese Frau jetzt sagen? Hatte er ein Verhältnis mit einem dieser Mädchen? Oder vielleicht sogar mit mehreren?

Die Frauen kicherten verschämt. »Du mögen Mr. Ben?« Jannali knuffte sie lachend in die Seite. »Er dir machen gut fühlen.«

Diamond bemühte sich, das Thema zu wechseln. »Was ist mit Mrs. Buchanan? Der Missus?«

Abrupt brach das Kichern ab. Alle hatten sie den Namen erkannt und blickten einander erschrocken an.

»Ich glaube«, sagte Diamond vorsichtig, »sie ist keine gute Frau.«

Die anderen nickten schweigend. »Sie mag mich nicht leiden.«

Die Frauen verdrehten die Augen. »Du besser laufen fort. Du suchen Versteck bei deine Leute«, riet Jannali.

»Aber ich weiß nicht, wo meine Leute sind«, rief Diamond aus. Entsetzt blickten die Frauen sie bei dieser Eröffnung an und schüttelten ungläubig den Kopf.

Auf dem gegenüberliegenden Flussufer graste ein Känguru. Diamond wies auf das Tier und sagte in ihrer Stammessprache: »Gengarru.« Die Frauen, die dachten, sie spreche Englisch, lächelten geduldig. Erst jetzt erkannte Diamond, wie ähnlich das Wort der Weißen und die Bezeichnung in Irukandji klangen. Plötzlich hätte sie zu gern gewusst, woher die Engländer den Begriff ihres Volkes kannten. »Wie heißt das Tier bei euch?«

»Er sein Bundarra.«

Das klingt ganz anders als Gengarru, dachte Diamond. Jannali streckte sich und stand auf. Außer dem roten Schal trug sie lediglich ein Lendentuch, das sie mit einem Band an der Taille befestigt hatte. Ihre schwarze Haut war über und über staubverschmiert. Sie ging ein Stück am Flussufer entlang, und Diamond folgte ihr. »Wie dein Totem?«

»Kookaburra«, antwortete Diamond. Jannali war zufrieden.

»Er große Eisvogelmann. Jetzt hören gut. Du gehen Platz, wo weiße Mann begraben Toten.« Bei dem unangenehmen Gedanken an den Friedhof schüttelte sie sich. »Dort niemand tun weh für dich.«

»Aber was soll ich dort?«

»Du einfach hören, immer nur hören.«

Obwohl es ihr nicht einleuchten wollte, versprach Diamond, ihrem Rat zu folgen.

Weit entfernt, hinter der Biegung des Flusses, vernahm Diamond ein Rauschen. Es klang wie die Brandung des Meeres. Wieder einmal dachte sie mit Wehmut an ihre Heimat. »Was ist das?«, fragte sie.

»Große Wasser fallen«, erklärte Jannali. »Du nicht gehen dort. Nicht gut für Schwarze.«

»Warum? Ist der Ort heilig?«

»Nein, gute Platz. Aber Missus sagen, der Ort zu gut für Schwarze. Nur Weiße gehen dort, für Schwimmen und Pickernicken.« Stolz warf sie sich in die Brust. »Du kennen diese Wort? Pickernicken?«

»Ja, natürlich. Du sprichst sehr gut Englisch.«

»Ja.« Jannali winkte Diamond näher heran. »Missus böse Frau. Schlagen Schwarze mit Peitsche. Du dich halten weg von diese Hexe.«

»Aber unternimmt denn Mr. Ben nichts dagegen?«

Jannali zuckte die Schultern, als halte sie es für überflüssig, auf eine derartig dumme Frage zu antworten.

Als Diamond sich dem Wohnhaus näherte, fühlte sie sich unversehens in ein Dorf versetzt. Eine kleine Herde Milchkühe trottete vor Diamond in ihren Pferch. Gelassen warteten die Tiere, dass die Melkerinnen sie von ihren wenigen Litern Milch befreiten. Auf den ersten Blick konnte man erkennen, dass dieses Land für Milchwirtschaft nicht sonderlich geeignet war, denn die Euter der Kühe waren nicht prall und voll wie die der Milchkühe an der Küste, sondern hingen schlaff und verschrumpelt herab. Niemand schien sich sonderlich um diese zahmen Tiere zu kümmern; dieses Land wurde von den ungestümen, böse blickenden Rindern beherrscht, die über die Prärie donnerten.

Die Viehtreiber starrten Diamond neugierig nach, als sie an den Pferdegattern vorbeikam. Zwei Männer mit geschulterten Satteln schlossen sich ihr auf dem Weg zum Haupthaus an. »Wie heißt du, Kleine?«

»Diamond«, antwortete sie freundlich.

»Für eine Schwarze bist du aber ganz schön helle«, bemerkte einer der beiden, während er seinen Hut aus der Stirn schob und sie mit weißen Zähnen durch seinen Bart hindurch anblitzte. »Vielen Dank«, entgegnete Diamond, die sich entschlossen hatte, die Beleidigung nicht zu verstehen.

»Wo hast du denn gelernt, so gut zu sprechen und dich so fein anzuziehen?«

»In Brisbane«, antwortete sie einfach. Sie musste dem Gespräch eine neue Wendung geben. »Waren Sie den ganzen Tag unterwegs?«

»Seit Sonnenaufgang«, kam es wie ein Schuss aus der Pistole.

»Ist die Arbeit schwer?«

»Schwer? Was heißt das schon? Wir kennen's nicht anders, und deshalb lässt's sich ertragen.«

Der jüngere Mann blickte sie von der Seite an. »Wir haben streunende Rinder zusammengetrieben. Ein paar von diesen Teufeln sind ganz schön gerissen, und du musst dir den Hintern wundreiten, um sie wieder einzufangen. Sie verstecken sich im Gebüsch und gehen dann aus heiterem Himmel auf dich los. Wenn du nicht aufpasst, brechen sie dir den Hals.«

»So'n Schwachsinn.« Der andere spuckte eine Ladung Tabaksaft aus dem Mundwinkel.

»Du hast leicht reden, Paddy. Dein Pferd kann sich auf 'ner Silbermünze umdrehen. Aber mein Gaul ist steif wie 'ne alte Oma. Da kann ich mich noch so anstrengen, und der rennt trotzdem auf die Biester los.«

Diamond war froh. Die Männer schienen sie vergessen zu haben. »Dann spar deine Kröten und kauf dir'n anständiges Pferd. Tom Mansfield hat doch welche, die er verkaufen will. Und du beeilst dich besser. Ich glaube nämlich, wir fangen bald mit dem Viehzählen an. Der Regen kommt früh dieses Jahr.«

»Wer sagt das?«

»Ich sage das. Ich fühle es in meinen Knochen. Jetzt haben wir November. Zwei Zehner, dass die Regenzeit im Dezember beginnt!«

»Du hast sie wohl nicht alle? Dezember! Du meinst wohl Februar?«

»Zwei Zehner«, beharrte Paddy.

Sie näherten sich den Ställen. »Entschuldigt bitte«, sagte

Diamond. »Ich habe ein Pferd. Glaubt ihr, ich könnte morgen ein bisschen ausreiten und mir mal die Gegend ansehen?«

»Warum nicht?« Der jüngere Mann lachte, doch Paddy blickte sie nachdenklich an.

»Das würde ich lieber bleiben lassen«, sagte er schließlich.

»Ich verlaufe mich nicht«, wandte sie ein, aber er schüttelte den Kopf.

»Das meine ich nicht. Es wär einfach nicht gut.« Damit war für ihn das Thema abgeschlossen. »Von welchem Stamm bist du überhaupt?«

»Irukandji«, sagte sie erwartungsvoll.

»Erzähl mir keine Märchen. Ich bin in diesem Land verdammt weit herumgekommen, aber von so 'nem Stamm habe ich noch nie was gehört.«

Sie gingen in eine Scheune, ohne sich mit dem üblichen »Bis später« zu verabschieden. Diamond fühlte sich trotzdem besser. Zumindest hatten sie mit ihr gesprochen.

Vorbei an dem Schmied, dessen klingender Hammer die anerkennenden Pfiffe der Cowboys vor seiner Werkstatt beinahe übertönte, erreichte sie die Küche.

»Wo bist du gewesen«, überfiel Mae sie sogleich. »Miss Perfy hat nach dir gefragt.«

»Ich darf doch nicht zu ihr«, erklärte Diamond.

»Ich weiß, aber im Augenblick ist die Luft rein. Mrs. Buchanan ist mit ihrem Einspänner unterwegs. Sie schnüffelt herum, damit ihr auch ja nichts entgeht. Aber jetzt erwarte ich sie jeden Augenblick zurück, also sieh zu, dass du zu Miss Middleton kommst.«

Perfy ging es offensichtlich besser, obwohl sie noch immer gelb im Gesicht und nicht so recht bei Kräften war. »Ich fühle mich schrecklich«, seufzte sie. »Und es ist mir peinlich, dass ich allen zur Last falle.«

»Es macht niemandem was aus«, sagte Diamond leise.

»Ich weiß«, antwortete Perfy. »Mrs. Buchanan war so nett zu mir!«

Diamond riss erstaunt die Augen auf. Mrs. Buchanan und nett? »Sie liest mir vor«, fuhr Perfy fort, »und bringt mir Sup-

311

pe, Gebäck und Tee ans Bett, obwohl ich nicht viel essen kann. Und geht es dir gut, Diamond? Mrs. Buchanan meint, du ruhst dich hier am besten ein bisschen aus, denn die schwarzen Mädchen wären eifersüchtig, wenn du ihnen die Arbeit fortnimmst.«

»Mir geht es gut«, erwiderte Diamond.

»Ben hat mir Orchideen gebracht«, erklärte Perfy und wies auf ein Gesteck aus rosafarbenen und purpurroten Blüten, die sich um einen Ast wanden. »Aber mir ist es peinlich, wenn er mich so sieht, mit meinem gelben Gesicht. Ich sehe bestimmt aus wie ein Kürbis.«

»Aber nein, das Gelb ist schon fast verschwunden. Das bringt die Krankheit so mit sich. Ihre Augen sind jetzt auch wieder viel klarer. Bald sind Sie wieder auf den Beinen, und wir können nach Hause fahren.«

»Genau darüber wollte ich mit dir sprechen. Ich habe einen Brief von Mutter bekommen. Es bricht ihr zwar das Herz, dass Daddy tot ist, aber ich soll trotzdem hierbleiben, bis ich wieder ganz gesund bin. Die Nachbarn kümmern sich um sie, doch jetzt kann sie aus Sorge um mich nicht mehr schlafen. Arme Mutter! Mrs. Buchanan hat an meiner Stelle geantwortet und sie wissen lassen, dass ich bestimmt erst dann losreite, wenn ich wieder ganz gesund bin.«

Diamond nickte benommen. Am liebsten wäre sie sofort aufgebrochen. Noch nie in ihrem Leben war sie sich so nutzlos vorgekommen. Und sie hasste es, in ihrer leeren Zelle herumzusitzen, die einmal als Lagerraum für stinkende Käselaibe gedient hatte, deren Geruch sie noch immer nicht hatte vertreiben können.

Nach dem Abendessen wanderte Diamond über die mondbeschienenen Wiesen zu dem kleinen Friedhof. Hinter dem Lattenzaun schimmerten die weißen Grabsteine, und der Wind rauschte in den Bäumen. Jetzt, nach seiner Beerdigung, konnte Jack Middleton seinen Frieden finden, und tatsächlich fand auch sie an seinem Grab Trost. Dann blieb sie ein Zeit lang vor dem Kreuz ohne Namen stehen. Sie hätte gern gewusst, wer hier begraben war. Plötzlich merkte sie, dass es kalt geworden war. Hatte sie schon so lange hier gestanden? Eine kühle nächtliche Brise strich über die Hügelkuppe. Sie wandte sich schon zum Gehen um, da meinte sie, im Wind – oder auch nur in ihrem Inneren – Stimmen zu hören. Diamond blickte unschlüssig auf das weiße Holzkreuz. Die Stimme hatte keinen Klang, hörte sich aber trotzdem an, als ob sie schrie; eine körperlose Stimme, weder die eines Mannes noch die einer Frau. Sie brüllte Diamond zornig etwas zu, etwas, was so schrecklich war, dass sie sich die Ohren zuhielt, um es nicht hören zu müssen. Doch die böse Stimme sprach ständig weiter, stieß zischend grässliche Drohungen aus, denen Diamond keinen Sinn entnehmen konnte, erzählte von einer entsetzlichen Begebenheit, die nach Rache schrie.

In heller Angst ergriff sie die Flucht, stürzte kopflos den Hügel hinunter und kletterte über Zäune, um schnell in ihr Zimmer zu kommen, wo die Stimme immer leiser wurde und schließlich ganz verstummte. Um diesen Friedhof gab es ein Geheimnis, und Jannali wusste davon. Doch ganz gleich, was es auch sein mochte, Diamond spürte nicht den Drang, es zu ergründen. Trotzdem konnte sie in der Nacht ruhig schlafen und wurde erst am frühen Morgen durch das Gezwitscher der Buschvögel geweckt.

Der Sonntag war der schlimmste Tag der Woche. Die Männer hatten frei, und so versuchten sie ihr Glück beim Hufeisenwerfen oder dem Kartenspiel. Manche schlenderten auch mit tief in die Stirn gezogenen Hüten auf dem vor Hitze glühenden Hof zwischen den einzelnen Wirtschaftsgebäuden umher. Nur drei der schwarzen Mädchen ließen sich gelegentlich kichernd vor der Küchentür blicken. Unter Maes wachsamen Augen kehrten sie mit Wasser und Milch oder frischem Gemüse aus dem Garten zurück, alles gedacht für das Sonntagsessen der »Familie«: Mrs. Buchanan und Ben – und vielleicht auch für ihren Gast. Diamond wurde, wohin sie auch kam, mit Blicken verfolgt. Aus diesem Grund verließ sie sonntags nur ungern ihr Zimmer; sie wusste, dass sie nur geduldet war. Allein der Hunger trieb sie gegen Abend zur Hintertür, wo sie von Mae ein mit einem Netz bedecktes Tablett ausgehändigt bekam, sodass es ihr freistand, wo sie aß.

Da der Versammlungsort der Schwarzen verlassen war, kehrte Diamond zur Molkerei zurück und setzte sich auf die Eingangsstufen. Sie hätte nach dem gebratenen Fleisch und der Süßspeise gern noch eine Tasse Tee getrunken, aber dann hätte sie noch einmal zum Haus zurückgehen müssen. Lieber blieb sie auf der Treppe sitzen. Traurig starrte sie auf den Obstgarten und die Reihe der Bienenkörbe zwischen den Bäumen.

Die Hitze war fast unerträglich, und Diamond hätte sich gern den Leuten vom Ilba-Stamm angeschlossen, die sich bei einem Bad im Fluss Abkühlung verschaffen konnten. Doch sie wagte nicht, ins Lager zu gehen. Sich vor fremden Schwarzen auszuziehen, wäre für sie nichts anderes gewesen, als nackt vor Weißen herumzulaufen. Und so entschloss sie sich zu einem Spaziergang zum Wasserfall. Dass er den Schwarzen verboten war, kümmerte sie nicht.

Der Pfad war in letzter Zeit offensichtlich kaum benutzt worden, und das wuchernde Gestrüpp kündete vom Sieg der Natur über den Menschen. Diamond dachte daran, dass die Buchanans, besonders Ben, in der letzten Zeit sicher wenig Muße gehabt hatten, sich zu zerstreuen – angesichts von Darcys Tod und der Tatsache, dass Perfy nun die Hälfte der Farm gehörte. Dazu kam noch der tragische Tod von Jack Middleton. Vielleicht hatte Ben, der merkwürdigerweise nichts gegen Perfy zu haben schien, mittlerweile das Gefühl, dass ein Fluch auf ihm lastete. An den ausgefahrenen Furchen konnte sie erkennen, dass der Pfad früher von Einspännern und Kutschen befahren worden sein musste, und Diamond stellte sich junge Damen mit großen Sonnenhüten vor, die Picknickkörbe bei sich trugen, und junge Männer in Hemdsärmeln und Flanellhosen.

Rotschwänzige Wespen umschwirrten sie – sie, die Schwarze, wie sie grinsend dachte, mit den zarten Füßen einer Weißen. Durch Schlurfen versuchte sie den kleinen, scharfen Dornen auszuweichen, die im struppigen Gras verborgen waren, und unablässig musste sie kratzend und wischend den Ansturm der winzigen Sandfliegen abwehren, durch deren Stiche ihre Knöchel schon angeschwollen waren. In Zukunft würde sie hier draußen Schuhe und Strümpfe anziehen. Sie hatte sich etwas vorgemacht, als sie dachte, sie könnte weiterhin beiden Welten angehören. Schon im Lager der Ilba war sie gnadenlos von den Moskitos gestochen worden, weil sie es nicht fertiggebracht hatte, wie die anderen Schwarzen schmutziges, ranziges Fett auf die ungeschützten Hautstellen zu reiben.

Was würde wohl die Missus zu all dem sagen? »Du dummes Mädchen«, würde sie ihr vorhalten. »Mein Gott, es wird Zeit, dass du nach Hause kommst.« Aber wo war Diamond zu Hause? Sie wusste genau, ohne Perfy konnte sie auf keinen Fall zu Mrs. Middleton zurückkehren.

Mrs. Beckmann war allerdings auch nicht zu beneiden. Von ihrer neuen Adresse in Bowen aus hatte Diamond ihr geschrieben. Daraufhin hatte ihr Mrs. Beckmann in einem langen traurigen Brief aus dem nebligen Hamburg das Herz ausgeschüttet. Sie hatte den Tod ihres geliebten Otto noch nicht verwunden. Von ihrer Schwiegertochter Helga war sie auf ihre alten Tage in ein Hinterzimmer im Haus ihres Sohnes verbannt worden. Niemand brachte ihr Achtung entgegen. Zwar hatte Lloyds ihr die Versicherungssumme für die *White Rose* ausgezahlt, doch ihre finanziellen Angelegenheiten wurden jetzt von ihrem Sohn verwaltet. Die Summe, die der Verkauf des Hauses erbracht hatte, hatte gerade für ihre Überfahrt und den Transport der guten Möbelstücke gereicht, die Otto eigenhändig geschreinert hatte. Das, was übrig blieb, wurde aufgezehrt von ihrem Kostgeld im Haus einer anderen Frau.

Das Tosen des Wasserfalls wurde lauter, und Diamond legte die letzten Meter bis zu einem felsigen Überhang im Laufschritt zurück. Dort blieb sie staunend stehen.

Sie stand auf gleicher Höhe mit dem Fluss, der über den Rand einer Klippe wie ein silbernes Band in die Tiefe stürzte. Der Wasserfall ergoss sich nur knapp hundert Meter über zerfurchten Granit und Findlinge in die Tiefe bis zu einem smaragdgrünen Teich. Auf den Klippen unter dem Vorsprung wuchs Moos, und in kleinen Nischen, die vom tobenden Wasser verschont blieben, mischten sich unter das tapfere Grün vereinzelte Orchideen.

Als Diamond sich an den Abstieg machte, entdeckte sie zwischen den gewaltigen Bäumen, auf deren mächtigen Stämmen Farne wuchsen, von Menschenhand angelegte Steinstufen. Staunend kletterte sie den Weg hinab und stand dann beeindruckt vor dem Teich. Das kristallklare Wasser hatte eine tiefe Mulde ausgehöhlt, in der es sprudelnd aufschäumte, bevor es seinen Weg durch den Flusslauf fortsetzte. Einen Moment lang hielt Diamond ängstlich nach den gelben Augen der Krokodile Ausschau, doch sie wusste, dass die Bestien den Teich meiden würden. Dieser Ort war ein kleines Paradies, und Diamonds Herz floss über vor Freude über Mutter Natur und die Schönheit, die sie geschaffen hatte. Fische sprangen übermütig in die Höhe, Vögel zwitscherten, und unten am Flusslauf sah sie ein Schnabeltier mit seidigem Fell durchs schattige Unterholz huschen. Sie sah ihm zu, wie es mit seinem Entenschnabel den Schlamm aufwühlte und an Zweigen zerrte. Es besserte sein Nest direkt über dem Wasserspiegel aus, ein Beweis, dass Paddy mit seiner Voraussage recht gehabt hatte, der Regen würde in diesem Jahr zeitig einsetzen.

Mit aller Wucht brannte die Nachmittagssonne auf die Felsen, und Diamond war es heiß geworden. Sie nahm den Turban ab, wischte sich mit dem Tuch den Schweiß von der Stirn und blickte sich um. Es war kein Mensch zu sehen. Hastig streifte sie ihre Kleider ab. Dann ließ sie sich in das prickelnd kalte Wasser des runden, tiefen Beckens gleiten. Direkt unterhalb des Wasserfalls hielt sie sich eine Weile wassertretend im Gleichgewicht und ließ ihr langes Haar vom Strahl umfließen, der ihr kraftvoll aufs Gesicht prasselte.

Mit der Geschmeidigkeit einer Seeschlange glitt sie in die Tiefe und wieder empor. Und plötzlich fühlte sich Diamond wieder eins mit der Natur.

Er sah ihr nach, wie sie fortging. Als sie von der Molkerei den Weg durch den Obstgarten einschlug, dachte er noch, sie würde wieder ins Lager der Schwarzen wandern. Natürlich hatte man ihm von ihrem Besuch im Lager berichtet. Jetzt trat er auf die Veranda, um sie besser beobachten zu können, und entdeckte ihren leuchtend blauen Turban auf einem anderen Weg, als er vermutet hatte. Sie kletterte über einen Zaun und wandte sich dem Pfad zu, der im Nichts endete – oder lediglich am Wasserfall. Dann lachte er auf. Es passte zu ihr, dass sie es wagte, diesen Ort aufzusuchen. Sie war wirklich eine ganz besondere Schwarze!

Er dachte an die mutige und unvermittelte Hilfe, die sie ihm bei Jack Middletons Unfall geleistet hatte, und mit einem Stich des Bedauerns fiel ihm ein, dass er sich nie dafür bedankt hatte. Wenn er es jetzt nachholte, würde er sich ungeschickt vorkommen. Ebenso wie alle anderen auf der Farm war er zu dem Ergebnis gekommen, dass ihm ein Mädchen wie dieses noch nie begegnet war. Schwarz oder Weiß mochten sie gleichermaßen leiden, und das aus gutem Grund. Darüber hinaus gebührte ihr, wenn überhaupt jemandem, der Titel einer klassischen Schönheit – mit ihrem großen, schlanken Körper und dem ebenso stolzen wie herausfordernden Blick. Die Viehtreiber hatten sie »Schwarzer Samt« getauft, doch Ben hatte eine Parole ausgegeben: »Hände weg!« Diese Frau war zu schade für ein Abenteuer. Sie gehörte nicht zu den flatterhaften kleinen Aborigines, die sich bereitwillig im Heuhaufen ausstreckten, wenn man ihnen nur ein wenig den Bauch tätschelte. Bei ihr müsse man eher befürchten, dass sie einem einen derartigen Versuch mit einem Messerstich heimzahle, hatte er die Männer gewarnt. Das Messer, das sie am Bein trug, hatte er schließlich schon selbst gesehen. Nach seinem Schuss auf das Krokodil hatte sie das Messer hervorgezogen und der Bestie blitzschnell den Bauch aufgeschlitzt. Eigentlich hätte er sich die Erklärung für seine Männer auch sparen können. Wenn der Boss sagte: »Hände weg!«, dann galt dieser Befehl – jedenfalls bis zu einem gewissen Punkt. Paddy hatte recht daran getan, Diamond das Ausreiten zu verbieten. Denn wenn sich einer von diesen schmutzigen Kerlen das Mädchen Meilen vom Wohnhaus entfernt schnappte, würde er ihr keine Möglichkeit mehr lassen, zurückzukehren und zu berichten, was ihr widerfahren war. Als ob er nicht schon genug Sorgen hätte! Ma ließ keine Gelegenheit aus, Perfy zu verwöhnen, damit sie Wachs in ihren

Händen war, wenn es ihr wieder besser ging und die Entscheidung über die Farm anstand. Eines Tages hatte sie sogar ein paar Orchideen gepflückt und ihn damit auf Perfys Zimmer geschickt.

»Ich muss zugeben«, hatte sie gemeint, »das Mädchen sieht nicht schlecht aus. Darcy war schließlich kein Kostverächter. Tja, die gute alte englische Rasse schlägt immer wieder durch, auch wenn ihr Vater ein Sträfling war.« Cornelia hatte die untröstliche Herrin von Caravale gespielt, als sie Jacks Leichnam ins Haus brachten, doch im Grunde genommen sah sie seinen Tod als unerwarteten Glücksfall. Es gab Zeiten, da hasste Ben seine Mutter, ihn machte ihre kalte Gefühllosigkeit wütend. Nun hatten sie es nur noch mit Perfy allein zu tun. Miss Perfy Middleton. Bei ihrer Begegnung in Bowen war er von Reue über seine Schuld an Darcys Tod überwältigt gewesen, dass er sich größte Mühe hatte geben müssen, um überhaupt mit ihrer Familie zu sprechen. Perfy hatte die Unterhaltung allein in Gang gehalten. Doch Jack Middleton hatte ihm gelegentlich dermaßen hasserfüllte Blicke zugeworfen, dass Ben dem Gespräch kaum noch folgen konnte.

Auf ihrer Reise hatte Jack sich hingegen als väterlicher, interessierter und freundlicher Begleiter gezeigt, dem der Ausflug nach Caravale offensichtlich großen Spaß machte. Ben, der sein ganzes Leben im Busch verbracht hatte, saß entspannt am Lagerfeuer, ohne in seiner Aufmerksamkeit für mögliche Gefahren – Schlangen, Schwarze, Wegelagerer – nur eine Minute nachzulassen. Doch in solchen Momenten, wenn Ben in aller Ruhe den Blick schweifen ließ, sah er auch wieder den Hass in Jacks Augen. Und so bekam er immer mehr Angst vor diesem Engländer und behielt sein Gewehr ständig in Reichweite. Ein Schuss in den Rücken, und nach Darcy wäre auch Ben ausgelöscht. Wem würde Caravale dann gehören? Im Gegensatz zu Darcy hatte er bisher noch kein Testament aufgesetzt. Na wennschon! Wenn er ins Gras biss, würde Ma seinen Anteil bekommen, und dann könnten Perfy und sie sich gegenseitig die Haare ausreißen. Was für ein Paar! Bei diesem Gedanken musste er unwillkürlich lachen.

Inzwischen mochte er Perfy richtig gern, was jedoch mit sich brachte, dass er nur noch mehr unter Schuldgefühlen litt.

Als sie am ersten Abend ihrer Reise das Lager aufschlugen, hatte er sich noch gefragt, was er mit ihr anfangen sollte. Doch dann stellte sich heraus, dass er sich in ihrer Gesellschaft wohlfühlte. Obwohl sie sich wundgeritten hatte, wie er sehr wohl wusste, beklagte sie sich nicht. Ohne sich verschämt zu verstellen, rieb sie vor den Augen der Männer ihr schmerzendes Hinterteil, als sei dies die natürlichste Sache der Welt.

Nun hoffte er nur noch, gemeinsam mit ihr die Aufteilung der Farm besprechen zu können. Allerdings musste er dazu erst eine Gelegenheit finden, unter vier Augen und ohne Ma mit ihr zu reden.

Einer plötzlichen Eingebung folgend schwang er sich vom Geländer der Veranda und ging auf die Ställe zu. Er wollte den Pfad entlangreiten und mit eigenen Augen sehen, welches Ziel Diamond ansteuerte. Womöglich trat diese Schwarze aus der Stadt noch auf eine Schlange! Und das fehlte ihm gerade noch! Erst der Vater und dann das Hausmädchen! Perfy würde ihm nie abnehmen, dass es sich dabei um Unfälle handelte. Während er sich den Schweiß von der Stirn wischte, holte er Sattel und Zaumzeug vom Haken und sattelte sein Pferd.

In diesem Augenblick betrat sein Verwalter Tom Mansfield den Stall. »Gut, dass ich Sie hier treffe«, sagte er. Er fragte erst gar nicht, was Ben vorhatte, denn der Boss brauchte keine Erklärung abzugeben, wenn er ausreiten wollte.

Ausgerechnet Mansfield! »Was treibt Sie denn an einem Sonntag zu uns?«, erkundigte sich Ben.

»Ein paar Meilen von hier kommt ein Offizier mit drei von diesen schwarzen Soldaten auf das Haus zu.«

Ben nickte. Irgendein Neunmalkluger hatte einen Verband mit einer schwarzen Miliz gegründet, um die Aborigines in Schach zu halten. Doch die freiwilligen Soldaten stifteten oft mehr Unruhe, als sie verhinderten. Sobald sie mit einem Gewehr bewaffnet und in eine hässliche Uniform gesteckt wurden, verhielten sich diese abtrünnigen Schwarzen, die ihren oft weit entfernt lebenden Stämmen den Rücken gekehrt hatten, meist weitaus grausamer als jeder weiße Soldat. Hinzu kam, dass ihre weißen Offiziere ihnen freie Hand ließen, wenn es darum ging, einen »Bezirk zu säubern«, Gruppen von Eingeborenen aufzulauern und sie zu ermorden, ganz gleich, ob sie nun eine Straftat begangen hatten oder nicht. Darcy und andere Viehzüchter hatten eine Petition an den Gouverneur geschickt, in der sie darum baten, diese unrühmliche Einheit aufzulösen, doch bisher war nichts geschehen.

»Jag sie zum Teufel«, sagte Ben zu Tom. »Und gib ihnen keine Verpflegung mit. Mir ist es gleich, ob sie verhungern.«

»So einfach ist das nicht«, entgegnete Tom ruhig. »Sie haben gut ein Dutzend Gefangene dabei.«

»Was für Gefangene?«, fuhr Ben auf, in dessen Stimme jetzt Sorge mitschwang.

»Schwarze.«

»Oh, verdammt.«

»Solch ein Gesindel haben Sie Ihr Lebtag noch nicht gesehen. Es sind nämlich wilde Schwarze. Gott allein weiß, von welchem Stamm die kommen. Die armen Hunde haben Hände und Füße in Ketten. Ich vermute, man hat ihnen die Seele aus dem Leib geprügelt, und hungern lassen hat man sie sicher auch. Wenn die Schwarzen auf Caravale Wind davon bekommen, haben wir hier den schönsten Aufstand.«

Damit hatte er nur zu recht. Ungefähr hundert Ilba lebten im Lager am Flussufer. Zwar verhielten sie sich im Augenblick ruhig, doch der kleinste Anlass genügte, um sie aufzubringen. Eine gelegentliche Auspeitschung als Strafe für Stehlen oder Aufsässigkeit schien sie nicht weiter zu stören, doch die schwarze Miliz war ihnen verhasst.

»Die Gefangenen sehen aus wie die Wilden auf Borneo, mit langen Haaren und dreckverkrusteten Bärten. Und ein paar von ihnen sind fast noch Kinder«, fuhr Tom fort. »Was sollen wir nur machen?«

»Wenn wir die Gruppe dort draußen anhalten, sind im Handumdrehen unsere Ilba da. Mich wundert, dass sie nicht schon längst davon gehört haben.«

»Was sollen wir also tun?«

Ben blieb zunächst unschlüssig stehen, doch dann hatte er seine Entscheidung getroffen. »Ruf die Männer zusammen, gib ihnen Gewehre und hol den Schmied.«

Tom grinste. »Wir befreien die Gefangenen?«

»Wir haben wohl keine andere Wahl.«

»In Ordnung«, sagte Tom.

Als Ben mit seinen zwanzig Männern aufbrach, blickte er zum Pfad, der zum Wasserfall führte, und verspürte plötzlich eine seltsame Sehnsucht. Er erkannte, dass er sich etwas vorgemacht hatte. Denn eigentlich wollte er Diamond sehen, mit ihr sprechen, sie berühren, die samtige Haut spüren und sie lieben. Der Teufel hole die Miliz!

Eilig ritten sie über das Land, bis sie auf die Einheit stießen. Ihre geladenen Gewehre hielten sie im Anschlag auf den weißen Offizier. Sogleich kauerten sich die bemitleidenswerten Schwarzen auf den Boden.

»Was soll das?«, rief ihnen der Offizier entgegen.

»Lassen Sie die Waffen fallen«, befahl Ben. »Wir haben von euch Schurken die Nase voll.« Seine Männer brummten zustimmend. Sie wussten ebenso gut wie ihr Arbeitgeber, dass es Wochen, ja Monate dauern konnte, bis nach einem Aufstand unter den Schwarzen auf Caravale wieder Frieden eingekehrt war.

»Ihr auch«, brüllte Ben die schwarzen Soldaten an, die hastig ihre Gewehre fortwarfen.

»Ich denke nicht daran«, protestierte der Offizier. Doch Tom Mansfield ritt in aller Seelenruhe auf ihn zu und nahm ihm Pistole und Gewehr ab.

»Gebt ihnen Wasser«, ordnete Ben mit einer Kopfbewegung in Richtung auf die Gefangenen an. Gierig griffen diese nach den dargebotenen Wasserflaschen. Dann machte sich der Schmied an die Arbeit.

Nachdem sie von ihren Ketten befreit worden waren, drängten sich die abgemagerten Aborigines schüchtern und verängstigt zusammen. Offensichtlich fragten sie sich, was ihnen das Schicksal als Nächstes bringen würde. »Ihr könnt gehen«, rief Ben ihnen zu. Doch sie starrten ihn lediglich ungläubig an.

Lachend wiederholten die Männer von Caravale Bens Worte: »Geht, und macht euch aus dem Staub, solange ihr die Möglichkeit dazu habt.« Schließlich stoben die Eingeborenen in Richtung Busch davon.

»Das werde ich melden«, rief der Offizier erbost.

»Tun Sie, was Sie nicht lassen können«, entgegnete Ben.

»Sie hätten uns niemals entwaffnen dürfen!«

»Das haben wir aber getan«, fuhr Tom dazwischen. »Und wir werden Ihre Waffen noch ein paar Tage aufbewahren, damit diese armen Teufel einen gehörigen Vorsprung kriegen.«

»Aber das sind Verbrecher«, erwiderte der Offizier. »Sie sollten ordnungsgemäß vor Gericht gestellt werden.«

»Die können ja nicht einmal Englisch«, wandte Tom ein. »Die, mit denen Sie hier durch die Gegend reiten, sind die wahren Verbrecher. Und jetzt sehen Sie zu, dass Sie mit diesem Pack von unserem Grund und Boden verschwinden.«

»Sie haben es gehört«, ergänzte Ben. Dann wandte er sich an die schwarzen Soldaten, grimmig wirkende Gestalten mit harten, grausamen Augen. »Euch will ich hier nie wieder sehen, ist das klar? Ansonsten knüpfen wir euch am nächsten Baum auf.«

»Ja, Boss, wir verschwinden hier.« Ein paar Schüsse in die Luft setzten ihre Pferde in Trab, und ohne weiteren Widerspruch stoben sie nach Osten davon. »Holen Sie Ihre Kameraden ein, solange das noch möglich ist«, sagte Ben zu dem weißen Offizier. »Ich habe mir überlegt, dass Sie Ihre Waffen nicht bei uns abzuholen brauchen. Ich schicke sie nach Bowen. Sie finden sie auf der Polizeiwache.« Dann wandte er sein Pferd um und ritt zum Wohnhaus zurück. »Gib den Jungs was zu trinken«, wies er Tom an. »Wir sehen uns später.«

Diamond ließ sich im Wasser treiben und blickte in den leuchtend blauen Himmel. Es wurde Zeit, zum Haus zurückzukehren. Sie schwamm zu einer Akazie, die ihre Zweige wie einen prächtigen Vorhang bis zum Wasserspiegel ausgebreitet hatte. Dort kletterte sie ans Ufer. Während sie ihren Körper in der Sonne trocknen ließ, sammelte sie die Kleider zusammen. Dann setzte sie sich hin, um ihr Haar auszuschütteln.

»Hierhin bist du also gegangen.«

Als sie erschreckt auffuhr, sah sie Ben, der auf sie herabblickte. Verlegen fragte sie sich, wie lange er dort wohl schon stehen mochte. Auf einem nahegelegenen Felsen verzog sich eine blauzüngige Eidechse in ihren Schlupfwinkel.

»Ich bin nur ein wenig geschwommen«, stammelte sie. »Mir war so heiß.«

»Ja, ein guter Tag zum Schwimmen«, sagte er und trat neben sie ans Ufer.

»Es war wunderbar«, bestätigte sie. Wie er so unverwandt auf den Teich starrte, hatte sie das Gefühl, als würde er sich im nächsten Moment mit all seinen Kleidern ins Wasser stürzen. Doch dann wandte er sich zu ihr um.

»Ich hab dir noch nie für deine Hilfe gedankt«, murmelte er.

»Das ist schon gut.«

»Es muss schrecklich gewesen sein, das mit anzusehen.«

»Ja.« Aus ihrem Haar fielen Wassertropfen auf den Rock, doch sie war unfähig, sich zu rühren.

»Heute sehe ich dich zum ersten Mal ohne deinen Turban«, meinte er jetzt. »Ich hätte nicht gedacht, dass dein Haar so lang ist.« Er hob die Hand, strich ihr über den Kopf, ließ seine Finger dann über ihre Wange gleiten und streichelte sie so zärtlich, als wäre ihre Haut aus Seide. »Du bist etwas Besonderes, Diamond«, sagte er. »Ganz anders als alle Frauen, die ich kenne.«

Wie benommen nickte sie. Wenn sie jetzt etwas sagte, wäre der Zauber gebrochen. Am liebsten hätte sie die Arme ausgestreckt und ihn berührt, doch das wagte sie nicht. Bens Hände lagen auf ihrem Nacken, sie fuhren in ihr dichtes Haar, zeichneten den Ansatz nach, und als er seinen Mund auf den ihren legte, war sie bereit für ihn mit aller Liebe, die eine Seele geben konnte. Er zog sie auf das dichte Moos unter der Akazie, und während er sie sanft und liebevoll küsste, nestelte er an ihrer Bluse. Dabei ging er so langsam vor, als warte er jeden Moment auf ihren Widerspruch. Doch das brachte sie nicht fertig. Als er ihr den Rock abstreifte, bog sie erwartungsvoll den Rücken durch …

»Du bist so kühl«, sagte er. »Dein Körper ist so kühl, dass ich auch größte Lust hätte zu schwimmen.« Dabei hörte er nicht auf, sie zu küssen. Schließlich hatte auch er seine Kleider ausgezogen und legte sich neben sie. Lächelnd schaute er ihr in die Augen. »Später?«

»Ja«, sagte sie und schlang ihm die Arme um den Hals. »Später.«

Als sie dann zusammen ins Wasser stiegen, tobten sie ungehemmt. Sie tauchten in die kristallklaren Tiefen, neckten sich, lachten und ließen sich von den herabstürzenden Wassermassen umreißen. Dann blieben sie aneinandergeschmiegt auf einem Stein im Wasser sitzen und ließen den Fluss an sich vorbeigleiten.

»Ich muss jetzt los«, sagte er schließlich. »Hier können wir nicht wieder zusammenkommen. Aber ich könnte dich morgen Nacht in deinem Zimmer besuchen.«

Sie nickte. Während sie zuschaute, wie er von ihr forttrat und sich anzog, staunte sie über seinen kräftigen Körper, den braun gebrannten Rücken und den weißen Unterleib. Wie sie ihn liebte!

»Bleib nicht mehr zu lange hier«, warnte er noch. Dann war er fort.

Sobald sie hörte, wie er davonritt, stieg auch sie wieder aus dem Teich. Am liebsten hätte sie sich einfach nur auf ihren Platz gelegt und von ihm geträumt. Die Geister der Ilba waren heute freundlich zu ihr; sie hatten sie angenommen.

Nach diesem Ereignis verging die Zeit wie im Fluge. Perfy erholte sich rasch, und Diamond fürchtete nun den Tag, an dem sie aufbrechen würden. Oft betete sie, Ben möge sie zum Bleiben auffordern. Fast jede Nacht kam er zu ihr und liebte sie. Seine Besuche hatten ihr Zimmer verwandelt, jetzt war es ihr Zufluchtsort, ihr gemeinsames Paradies. Und wenn ihn die Arbeit so weit fortrief, dass er nicht zum Schlafen nach Hause kam, wurde sie von Sehnsucht überwältigt. Dann blieb sie lange Zeit auf den Stufen sitzen, blickte in den unermesslichen Sternenhimmel und stellte sich vor, wie er sich unter diesen Sternen neben dem Lagerfeuer ausstreckte. Ob er wohl auch an sie dachte?

2

Vor seinem Aufbruch aus Bowen hatte Lew an Ying einen Brief geschrieben und berichtet, was mit der Dschunke geschehen war. Er wusste, dass der Chinese sein Gold unter keinen Umständen den Weißen in Bowen anvertrauen würde. Wenn Ying nicht selbst reisen konnte, würde er die vertrauenswürdigen Yuang-Brüder als Boten entsenden, die das Gold mit ihrem Leben verteidigen würden. Falls der Brief Ying nicht erreichen sollte, würden sie von den Chinesen am Ort sowieso vom Schicksal der Dschunke erfahren. Herr Fung Wu, Lews neuer Geldgeber, hatte versprochen, nach den Brüdern Ausschau zu halten. In Bowen konnte Lew nicht mehr für Ying tun. Jetzt blieb ihm nur noch die Hoffnung, Ying auf den Goldfeldern anzutreffen.

Im Gegensatz zu Bowen erwies sich Townsville als ausgesprochen schäbige Ortschaft auf einem einsamen, bedrohlich wirkenden Berg namens Castle-Hill. Zwar erstreckten sich Mangrovensümpfe entlang der Küste, aber die Straße vor den hastig errichteten Gasthäusern und Schenken war so staubig, als wäre dort schon seit Jahren kein Regen mehr gefallen. Die wenigen Bäume, die hier noch standen, sahen so erbärmlich aus, als warteten sie nur noch auf den erlösenden Axthieb. Vom Hafen aus konnte man die große, grüne Insel erkennen, die Captain Cook einst Magnetic Island genannt hatte. Verglichen mit dem trockenen Festland wirkte sie wie das Paradies.

»Die Gegend gefällt mir aber gar nicht«, lautete Herberts erster Kommentar. »Ich dachte, hier herrscht ein tropisches Klima wie in Bowen.«

Aber Lew hatte nicht das geringste Mitleid mit ihm. »Sie waren derjenige, der hierherkommen wollte.« Die unmittelbare Veränderung der Landschaft hatte seine Neugier geweckt. Abgesehen von dem einsamen Berg war das Land hier weitaus flacher und die Luft viel trockener als in Bowen. Schon jetzt

325

stellte er fest, dass sie von hier die Goldfelder viel leichter erreichen konnten.

»Ist Ihnen klar, dass wir tausendfünfhundert Kilometer von Brisbane entfernt sind?«, bemerkte Herbert.

»Was wollen Sie damit sagen?«

»Tja, mein Lieber, ich hatte eigentlich nicht damit gerechnet, an einem derart gottverlassenen Ort zu landen. Was soll ich hier nur anfangen?«

»Wieder Land verkaufen.« Lew blickte lachend auf die schäbige Straße. »Weit und breit kein Schild von einem Grundstücksmakler!«

»Aber das Land hier würde niemand geschenkt haben wollen.« Bei den anderen Passagieren auf dem Küstenschiff handelte es sich ausnahmslos um Goldgräber oder solche, die es werden wollten. Jetzt schoben sie sich vom überfüllten Schiff an Land und waren schon bald auf dem Pfad zu den Goldfeldern verschwunden.

Lew und Herbert steuerten die nächstbeste Schenke an. Wie erwartet, drängten sich darin die Goldgräber und die Prostituierten, die unweigerlich zu ihrem Gefolge gehörten.

»Kein Klavier in Sicht«, stellte Lew grinsend fest, als sie sich ihr Bier kauften. Durch die Schwingtüren traten sie auf die Veranda und setzten sich auf eine der rauen Holzstufen.

Herbert ging auf Lews Bemerkung nicht ein. »Die Vorstellung, in einem dieser Rattenlöcher zu übernachten, gefällt mir nicht«, sagte er stattdessen. »Lieber schlafe ich am Strand.«

»Und lassen sich von den Moskitos auffressen. Hier gibt es keinen Strand, sondern nur Sumpf.«

»O mein Gott!«

Da baute sich ein großer hagerer Mann mit einer dichten weißen Mähne und buschigen Koteletten vor ihnen auf.

»Entschuldigen Sie, meine Herren, ich suche Kapitän Cavour.« Der schwarzen Taftweste und dem karierten Hemd nach zu urteilen, hielt Lew ihn für einen Büroangestellten.

»Das bin ich«, sagte er.

»Gott sei Dank habe ich Sie endlich gefunden.« Der Mann atmete auf. Er zog eine Nickelbrille aus der Tasche, um sein

Gegenüber besser betrachten zu können. »Mein Name ist Weller, und ich komme vom Zollbüro. Wir haben ein Problem, bei dem Sie uns helfen können, wie ich gehört habe.«

»Worum geht es denn?«

»Im Hafen liegt ein Schoner ohne Kapitän. Der hatte nämlich heute Morgen einen Herzanfall und ist gestorben. Und jetzt sitzt das Schiff hier fest.«

»Das ist Pech«, meinte Lew.

»Wie ich erfahren habe, sind Sie gerade mit der *Lady Belle* angekommen.«

»Ganz richtig.«

Weller rückte seine Brille zurecht und wischte sich mit einem Taschentuch über die schweißglänzende Stirn. »Ja, das hat uns der Kapitän der *Lady Belle* erzählt. Wir möchten Ihnen das Kommando über den Schoner anbieten. Die *Pacific Star* ist ein schönes Schiff mit Zielhafen Brisbane. Sie gehört Captain Towns.«

»Und wer ist das?«

»Oh, jeder hier kennt ihn; ein hohes Tier beim Militär. Dieser Hafen ist nach ihm benannt.«

»Was Sie nicht sagen«, murmelte Lew unbeeindruckt.

»Ich kann Ihnen versichern, Kapitän Cavour, wenn Sie das Schiff nach Brisbane bringen, wäre Ihnen Captain Towns sehr verbunden und würde sich entsprechend erkenntlich zeigen. Damit will ich sagen, die Bedingungen stellen Sie.«

»Keine Sorge«, meldete sich Herbert zu Wort, dessen Miene sich aufgehellt hatte. »Betrachten Sie es schon als abgemacht.«

»Ich werde drüber nachdenken«, stellte Lew richtig. Er wollte sich nicht überfahren lassen. Zudem musste er Ying ausfindig machen. Noch immer musste er lachen, wenn er sich vorstellte, wie sich der chinesische Edelmann in diesem Durcheinander zurechtfinden wollte. Außerdem reizte es Lew inzwischen, sein Glück auf den Goldfeldern zu versuchen, wenn er das auch nur ungern zugeben mochte.

»Morgen früh«, sagte der Zollbeamte, »können Sie sich die *Pacific Star* ansehen. Wir haben alle Papiere vorbereitet.«

»Wo ist ihr Heimathafen?«, erkundigte sich Lew.

»Auf den Salomoninseln, Sir. Sie ist ein feines Hochseeschiff.«

»Und die Mannschaft ist komplett?«

»Vollständig, Sir. Abgesehen davon, dass der Käpt'n fehlt, ist alles in Ordnung. Ich erwarte Sie also morgen früh. Fragen Sie einfach nach Mr. Weller. Unser Büro besteht augenblicklich zwar nur aus einer Holzhütte, aber das wird sich demnächst ändern. Die großen Zeiten dieses Hafens kommen erst noch.«

»Davon bin ich überzeugt«, meinte Herbert begeistert.

»Also dann bis morgen«, sagte Lew und nahm den letzten Zug aus seiner Bierflasche. Die Salomoninseln! So weit draußen im Pazifik war er noch nie gewesen. Er könnte neue Erfahrungen sammeln, wenn er all diese Kolonialhäfen anlief. Er würde sich Tahiti ansehen und Neuseeland und alles über den Handel zwischen den einzelnen Pazifikinseln lernen. Eines Tages, so hoffte er, würde er mit seinem eigenen Schiff Handelsgüter von Hafen zu Hafen bringen. Mit seinem eigenen Schiff!

Doch schnell fand er auf den Boden der Wirklichkeit zurück. Woher das Geld nehmen? Mit seinem Kapitänsgehalt würde es eine Ewigkeit dauern, bis er den Kaufpreis für ein Schiff zusammengespart hatte. Und dann war da noch Perfy, obwohl seine Träume von einer gemeinsamen Zukunft mit ihr allmählich verblassten. Sollte er einem Mädchen nachlaufen, das unentwegt nach Westen blickte, während er sein Glück im Osten auf dem Meer suchte? Was sie jetzt wohl machte? Vielleicht spielte sie sich schon als Dame des Hauses auf. Abends schlürfte sie wahrscheinlich Sherry mit anderen Großgrundbesitzern und ihren Gattinnen und sonnte sich im Glanz der feinen Gesellschaft.

»Einen Augenblick bitte, Kapitän Cavour«, sagte da plötzlich eine Stimme hinter ihm. Als Lew sich umdrehte, entdeckte er einen gutgekleideten Herrn in hohen Stiefeln, der sich gegen die Hauswand lehnte. Ein Viehzüchter, wie er leibte und lebte.

Lew hatte gelernt, diese Leute auf Anhieb zu erkennen: die gepflegte, britische Aussprache, die wohlgenährte, braun gebrannte Erscheinung, die sich vom Aussehen der Goldgräber mit ihrer schmutzig weißen Gesichtsfarbe deutlich unter schied. An seinem lose sitzenden Patronengürtel baumelte ein schwerer Revolver.

»Drängen Sie sich jedem Fremden auf, der in dieses Nest kommt?«, fragte Lew verärgert.

»Nur wenn ich Grund dazu habe«, meinte der Unbekannte. »Ich habe zufällig Ihr Gespräch mit angehört.«

»Und was geht Sie das an?«

»Eigentlich nichts. Mein Name ist Jardine, und ich bin auf dem Rückweg zu unserer Rinderfarm bei Somerset am Cape York.«

»Bei Somerset?«, fragte Lew nach. Er hatte den in der Hitze dampfenden Hafen auf seiner Reise nach Süden angelaufen. »Wie haben Sie es bloß fertiggebracht, Rinder in diese Wildnis zu treiben?«

»Mit einem Treck«, antwortete Jardine stolz. »Ich würde Ihnen die Route aber nicht empfehlen. Mein Bruder und ich hatten großes Glück, dass wir mit heiler Haut durchgekommen sind, ganz zu schweigen von der Herde. Von Rockhampton bis zum Top End haben wir beinahe ein Jahr gebraucht.«

Lew war beeindruckt. Er hatte schon vom Wagemut dieser Pioniere gehört, aber nicht erwartet, dass er einem leibhaftig begegnen würde. Also stand er auf und schüttelte Jardine die Hand. »Erfreut, Sie kennenzulernen«, sagte er. »Und bitte entschuldigen Sie meinen Ton von vorhin.«

»Das will schon was heißen, wenn der sich entschuldigt«, fügte Herbert hinzu, bevor er sich selbst vorstellte. Aber Jardine lachte nur.

»Sie haben ja recht, normalerweise kümmern sich die Leute hier um ihre eigenen Angelegenheiten und stellen keine Fragen. Aber ich möchte Sie warnen, Kapitän. Die *Pacific Star* ist eine Schwarzdrossel.«

»Was ist das?«

»Eine freundliche Bezeichnung für ein Sklavenschiff.«

»Gütiger Himmel! Das ist doch verboten!«

»Irgendwie schaffen die es, das Gesetz zu umgehen«, erklärte Jardine. »Sie entführen auf den Salomoninseln Männer und Knaben, zwingen sie, ihren Daumenabdruck unter einen Vertrag zu setzen, und bringen sie ins südliche Queensland auf die Zuckerrohr- und Baumwollplantagen. Ihr weiteres Schicksal hängt davon ab, welchen Herrn sie bekommen. Einige behandeln diese sogenannten Kanaken ja noch einigermaßen anständig, doch die meisten enden als Sklaven. Und jetzt wissen Sie, warum die *Pacific Star* den Hafen so schnell wieder verlassen soll. Der ganze Rumpf steckt voll von diesen armen Teufeln.«

»Solch ein Schiff würde ich nicht mal mit der Feuerzange anfassen!«

»Eine kluge Entscheidung«, meinte Jardine. Herbert hingegen war enttäuscht.

»Wenn Sie schon Kulis transportiert haben, warum dann nicht auch diese Bande?«, fragte er bissig.

»Die Kulis bleiben unter ihren Landsleuten«, entgegnete Lew gereizt. »Sie wissen, was auf sie zukommt.«

»Glauben Sie?«, fragte da Jardine. »Vor Kurzem ist vor Somerset ein Schiff gekentert, das bis an den Rand mit Kulis vollgestopft war. Die Männer hatten nicht die geringste Chance und sind mit Mann und Maus untergegangen.«

»Daran ist der Kapitän schuld«, schimpfte Lew.

»Jedenfalls ist das nicht die feine englische Art«, warf Herbert sich in die Brust. »Ich verstehe allerdings nicht, warum sie die Schwarzen von den Salomoninseln herschaffen, wo es hier doch Eingeborene im Überfluss gibt.«

Jardine blickte die beiden verwundert an. »Man merkt, dass Sie neu sind.« Dann wandte er sich an Herbert. »Haben die Amerikaner es fertiggebracht, ihre Rothäute für sich arbeiten zu lassen? Nicht ums Verrecken! Mit unseren Aborigines ist es ähnlich. Sie würden uns am liebsten die Kehle durchschneiden, und das ist ihnen nicht mal zu verdenken. Sie sind tapfere Krieger.« Er wies auf das Gasthaus. »Kommen Sie, ich gebe einen aus!«

Die Begegnung mit Jardine erwies sich als ausgesprochener Glücksfall. Er vermittelte ihnen zwei Schlafstellen in einer zur Hälfte fertiggebauten Pension. Zwar war die Außenmauer ihres Zimmers noch nicht ganz hochgezogen, und vor der Öffnung hing lediglich ein Stück Sacktuch, aber angesichts der drückenden Hitze beschwerte sich weder Herbert noch Lew. Am folgenden Morgen begleitete Jardine sie zu einem Pferdehändler. »Ich brauche ein gutes Reitpferd und eines fürs Gepäck«, sagte Lew.

»Nein, wir brauchen drei Pferde«, verbesserte ihn Herbert. »Ich komme mit.«

»Seit wann das denn?« Lew ärgerte sich. Er wollte nicht, dass Herbert sich an seine Fersen heftete. »Ich dachte, Sie hätten was gegen's Goldgraben.«

»Hab ich auch, aber hier kann ich auf keinen Fall bleiben. Und vielleicht habe ich diesmal ja Glück!«

Wie Jardine ihnen geraten hatte, kauften sie sich Vorräte, die Ausrüstung und Waffen. Dann verabschiedeten sie sich von ihrem neuen Freund.

»Besuchen Sie mich in Somerset, wenn Sie in der Gegend sind«, sagte er.

»Ich nehme Sie beim Wort«, antwortete Lew.

»Ich werde es wohl nicht tun«, meinte Herbert. »Mir ist es hier schon tropisch genug. Weiter nach Norden bringen mich keine zehn Pferde mehr. Ich habe schon immer gesagt, für einen Engländer ist das nichts.«

Ihre Reise durch die karge Landschaft mit den vertrockneten Bäumen und Ameisenhaufen, die wie Zahnstummel aus dem struppigen, verfilzten Gras aufragten, war eine Erfahrung für sich.

Sie schlossen sich einer Gruppe Goldgräber an, und trotz der sengenden Hitze waren alle frohen Mutes. Hoch zu Ross überholten sie Hunderte von Glücksrittern, die die Strecke zu Fuß zurücklegten, Familien auf Planwagen, mit Vorräten vollgepackte Ochsengespanne, Paare in windigen Einspännern und ganze Pferdefuhrwerke voll mit geschminkten Frauen unter Sonnenschirmen, die ebenfalls hofften, auf den Goldfeldern ein Vermögen zu verdienen.

Die Reisenden in der Gegenrichtung wichen in der Regel ihren Blicken aus; sie zeigten weder ihre Entmutigung noch ihre Freude über einen Fund. An der Furt am Ross River patrouil lierte berittene Polizei, die die Reisenden vor Krokodilen warnte. Ihre Aufgabe war es, die schwerbewaffneten Goldtransporte das letzte Stück des Weges bis Townsville zu begleiten, denn auf dieser Strecke wimmelte es von Straßenräubern. Die beiden Engländer wurden an allen Lagerfeuern entlang des Weges freundlich empfangen.

Lew gefielen der Kameradschaftsgeist und die fröhliche Zuversicht der Leute. Die Stimmung war wie auf einem Schiff, das den Heimathafen ansteuert. Man teilte sich das Essen und gab Geschichten zum Besten, und während man darauf wartete, dass das Wasser im Teekessel kochte, wurden ausgelassene Lieder angestimmt. Die Melodien kannte Lew schon von den britischen Seeleuten, doch die Texte waren ihm neu. In ihnen kam ein Widerstandsgeist zum Ausdruck wie in den trotzigen irischen Balladen, der Lew mitriss und dem er sich nicht entziehen konnte. Er merkte, dass ihn die ersten Regungen von Patriotismus ausgerechnet an diesem wilden, rauen Ort am Ende der Welt überkamen.

»Die Kerle sind schwer in Ordnung«, bemerkte er zu Herbert. Doch der schnaubte nur verächtlich durch die Nase.

»Jetzt vielleicht noch. Aber warten Sie erst mal ab, bis der Kampf ums Gold losgeht. Ich habe gesehen, wie sie vor einer dieser dreckigen Tavernen am Kap einen Mann zu Tode getrampelt haben. Und niemand hat auch nur mit der Wimper gezuckt.«

»Und weshalb?«

»Das habe ich lieber nicht gefragt.«

In dieser vom Zufall zusammengewürfelten Gruppe rief man sich lediglich beim Spitznamen. Lew war der Käpt'n, und Herbert hieß bald nur noch »Hans im Glück«, was ihn nicht besonders freute. Außerdem gab es noch einen »Lulatsch«, eine »Spitzmaus«, den »Apotheker«, den »Bankier« und den »Farmer.«

Alleinreisende Männer wurden allgemein bedauert. Eine Expedition wie diese ohne einen Freund antreten zu müssen, galt als tragisches Schicksal. Eine ganze Anzahl der Schürfer hatte bereits Erfahrung, und von ihnen erfuhr Lew, dass man

332

auf sich selbst gestellt nur wenig Aussichten auf Erfolg hatte. Man brauchte jemanden, der bei der Arbeit half und die Schürfstelle bewachte. Möglicherweise hatte Herbert das ja bereits am eigenen Leibe erfahren und wollte Lew nun für seine eigenen Zwecke ausnutzen.

»Wir müssen uns nur eine Lizenz besorgen«, erklärte Herbert, »und dann unseren Claim abstecken. Wenn ein Mann seine Schürfstelle länger als vierundzwanzig Stunden verlässt, ist sein Recht verfallen.«

»Ich suche Ying«, wandte Lew ein. »Ich habe nie gesagt, dass ich Gold schürfen will.«

»Aber das werden Sie«, entgegnete Herbert lachend. »Das Goldfieber hat Sie doch schon längst gepackt. Wie sind Sie überhaupt Kapitän geworden? In meinen Augen sind Sie alles andere als ein Seemann.«

»In der englischen Marine hätte ich keine Aufstiegsmöglichkeiten gehabt, und deshalb bin ich bei Meridian und Company in Kanton unter Vertrag gegangen. Aber ich spreche mehrere verschiedene chinesische Dialekte und wurde dann auch gelegentlich als Dolmetscher eingesetzt. Dabei habe ich Offiziere kennengelernt, die mir ein wenig auf die Sprünge halfen. In der Handelsschifffahrt kann man es als Seemann weit bringen.«

»Mir hat nie jemand auf die Sprünge geholfen«, murrte Herbert und fischte sich ein Zigarillo aus Lews Paket.

»Pech«, sagte Lew ungerührt. »Trotzdem will ich Ihnen einen Rat geben. Lassen Sie hier draußen die Finger von den Karten. Ich habe Sie auf dem Schiff beobachtet, und Sie sind ein lausiger Falschspieler. Wenn Sie das auf den Goldfeldern versuchen, dann rühre ich keinen Finger, wenn man Ihnen den Schädel einschlägt.«

Obwohl Lew es nicht gern zugeben wollte, erwies Herbert sich auf den Goldfeldern doch als recht nützlich. Bei ihrer Ankunft traute er seinen Augen nicht, als er das Durcheinander, den Lärm und die geschäftige Betriebsamkeit bemerkte, die überall herrschten. Zwischen kleinen Barackensiedlungen, die mitten im Busch aus dem Boden gestampft worden waren, breiteten sich fächerförmig die Schürfstellen aus. In jedem Bachlauf, an jedem Flussufer und in jedem Rinnsal wurde gewühlt und gegraben. Kilometerweit kehrte ein Goldsucher neben dem anderen das Unterste zuoberst, und die Erdhaufen, die sich um ihre Schürfstellen ansammelten, verliehen der Landschaft das Aussehen, als sei eine Horde Landarbeiter mit ihren Pflügen darüber hergefallen. Ein jeder kauerte gebückt vor seinem Arbeitsplatz, Pfannen schepperten, Zeltbahnen flatterten im Wind, Männer schrien und mühten sich, Pferde schnaubten unter der Last ihrer mit Geröll beladenen Schlitten, und es wimmelte von fliegenden Händlern. Chinesen mit wehenden Zöpfen unter ihren Strohhüten liefen geschäftig umher, Kulis schwitzten unter den Seilwinden, Frauen mit geschürzten Röcken stemmten Körbe. Wo man auch hinsah, nur Schweiß und Plackerei. Über allem hing der stechende Geruch menschlicher Exkremente, und die Luft war schwarz von Fliegen.

»Ach du meine Güte!«, sagte Lew zu Herbert. »Hier kann ich nicht bleiben.«

»Das müssen Sie auch nicht«, entgegnete Herbert. »Wir können uns ja ein bisschen in die Büsche schlagen.«

»Und wohin gehen wir?«

»Das überlasse ich Ihnen. Angeblich wurde noch im Umkreis von dreißig Kilometern Gold gefunden. Also machen Sie jetzt nicht schlapp.«

»Zuerst muss ich aber Ying suchen«, beharrte Lew.

Vorbei an den von Menschenhand geschaffenen Kratern, die bis auf ein paar klägliche Bäume kahl waren wie eine Mondlandschaft, führten sie ihre Pferde um eine Biegung nach der anderen. Lew fragte jeden Chinesen, auf den sie stießen, nach seinem Freund. Schließlich schickte man sie zu einer Schürfstelle am Shamrock Gully, die als »Die Goldene Sonne« eingetragen worden war.

Yings Kulis, die mit fieberhaftem Eifer am Flussufer arbeiteten, begrüßten Lew wie einen Verwandten, den sie lange nicht mehr gesehen hatten. Sofort war er von den hageren Männern umringt, und alle redeten gleichzeitig auf ihn ein.

»Herr Chin ist nicht da. Herr Chin ist nach Charters To-

wers geritten. Er hat drei Schürfstellen, die guten Gewinn ab-
werfen.«

»Wann kommt er zurück?«

»Unser Herr berichtet uns nicht von seinen Absichten.«

Nein, natürlich nicht. Lew schickte einen der Kulis mit einem Brief nach Charters Towers, in dem er noch einmal die
schlechten Nachrichten von der Dschunke wiederholte. Außerdem teilte er Ying mit, dass er ihn auf den Goldfeldern am Cape
erwarte.

Sie steckten sich ihre Schürfstelle am Unterlauf des Bracken
Creek ab und ließen sie auf Herberts Wunsch als »Waterloo«
eintragen. Dann machten sie sich unverzüglich an die Arbeit.
Yings Kulis hatten ihnen die Stelle empfohlen, weil der Fluss
noch immer Wasser führte. Außerdem zeigten sie Lew, wie
man mit der Pfanne umging, wie man goldhaltiges Gestein erkannte und wie man beim Graben dem Verlauf einer Goldader
folgte. Schon bald mussten sie einen Flaschenzug und Förder-
körbe bauen, mit denen sie den Abraum am Ufer abluden. Sie
schürften und wuschen unermüdlich und fanden tatsächlich
Gold. Ihre Suche wurde immer fiebriger. Bei Morgengrauen
begannen sie mit der Arbeit, und obwohl Kleider, Haare und
Bart bald von gelbem Lehm verkrustet waren, war Lew zufrieden wie nie zuvor in seinem Leben.

Eigentlich hatte er erwartet, er würde sofort Gold finden, einen Freudensprung machen und als reicher Mann die Heimreise antreten. Stattdessen ging es recht langsam voran. Zudem
entwickelte sich die Goldsuche zu einer schleichenden Sucht,
einer Sucht, die die Leidenschaft für Alkohol oder Glücksspiel
weit in den Schatten stellte. Auf diesem wild gewordenen
Rummelplatz konnte man gutes Geld verdienen, und auf keinen Fall würde man aufbrechen, solange noch etwas zu holen
war. Während sich ihre Ledersäckchen allmählich füllten, wurde auch Herbert von der Begeisterung angesteckt und schlug
vor, einen neuen Claim am weiteren Verlauf des Bracken Creek
abzustecken. Lew war gleich Feuer und Flamme. Zwar hatten
sie im Gegensatz zu anderen noch keine reiche Ader entdeckt,
doch auch so verdienten sie durchschnittlich fünfzehn Pfund

am Tag, was angesichts ihrer augenblicklichen angespannten Finanzlage ein Vermögen darstellte.

Ihr Zelt hatten sie neben dem Planwagen eines Farmers aus New South Wales namens Jim Bourke aufgeschlagen. Dieser Mann hatte auch seine Frau Marjorie und seine Tochter Marie mitgebracht. Die beiden Frauen, die tagaus, tagein nur in Männerhemden, Drillichhosen und Baumwollhauben als Schutz vor der Sonne herumliefen, ertrugen die harten Lebensumstände ohne Murren und arbeiteten ebenso schwer wie die Männer. Jim bot Lew und Herbert an, sie könnten sich doch als gute Nachbarn die Mahlzeiten teilen, die die Frauen zubereiteten. Und so saßen sie jeden Abend bei Eintopf und Fladenbrot und mit Sirup begossenem Kuchen am Lagerfeuer der Familie.

Nachts wirkten die unzähligen Laternen wie eine irdische Verlängerung des Sternenhimmels. Glücklicherweise war ihr Lagerplatz von den Schenken mit den grölenden Trunkenbolden weit genug entfernt, sodass sie nicht gestört wurden. Sie suchten auch keine Gesellschaft, denn nach ihrer mühseligen Plackerei vom Morgengrauen bis zur Abenddämmerung waren sie froh, wenn sie dem schmerzenden Körper einige Stunden Ruhe gönnen konnten.

Eines Tages stand Chin Ying vor ihrem Zelt. Er trug ein dunkles Hemd und eine wattierte weite Hose und statt seiner eleganten bestickten Kappen einen breitkrempigen Strohhut.

Lew starrte ihn ungläubig an. »Ich hätte dich ohne deinen Kopfputz kaum erkannt«, meinte er, während er Ying von einer hübschen braunen Stute half.

Ying musterte ihn von oben bis unten. »Kapitän, vielleicht ähnele ich im Augenblick einem gewöhnlichen Sterblichen, aber du siehst wie ein Kuli aus.«

»Tut mir leid«, entgegnete Lew, »aber das Wasser ist knapp. Zum Waschen muss man eigens zum großen Fluss gehen.« Da entdeckte er einen der Yuang-Brüder, der hoch zu Ross an der Wegbiegung wartete. »Der Himmel steh mir bei. Haben deine Diener etwa Reiten gelernt?«

»Das war unerlässlich«, antwortete Ying.

»Komm mit ins Zelt. Ich koche uns eine Tasse Tee.«

»Ich habe selbst Tee dabei, denn das Gebräu, das hier verkauft wird, ist ja ungenießbar. Außerdem habe ich anständigen Wein mitgebracht.«

»Das ist prima. Ich bin ja so froh, dich zu sehen.«

Lew kochte Tee, den er Ying am grobgeschreinerten Tisch in seinem Zelt servierte. »Das mit der Dschunke tut mir leid, Ying.«

»Zerbrich dir darüber nicht den Kopf. Schließlich hat sie Herrn Cheong gehört und nicht mir. Das geschieht ihm recht.«

Lew war erstaunt. »Höre ich richtig? Klingt da vielleicht Abneigung gegen deinen ehrwürdigen Herrn und Meister durch? Den Herrn ohne Fehl und Tadel?«

»Über diese Angelegenheit solltest du nicht spotten. Er hat zwei Spione hergeschickt, die herausfinden sollten, ob ich ihn betrüge.«

Lew zuckte die Achseln. »Das wundert mich nicht. Nach allem, was ich von ihm gehört habe, hätte er sogar Buddha misstraut.«

»Du verstehst nicht, was das bedeutet. Er hat bereits meine Familie zu Schmach und Schande verdammt, um sicherzustellen, dass ich ihm Gold schicke. Weshalb sollte er mich also überwachen? Ich bin schließlich ein Mann von Ehre!«

»Ein unehrenhafter Mann erwartet, dass alle so sind wie er.«

Ying nickte. »Ich fürchte, du hast den Nagel auf den Kopf getroffen. Aber höre, Kapitän. Ich kann nicht lange hierbleiben. Cheongs Spione kamen mir gerade recht, und ich habe sie mit sehr viel Gold nach China zurückgeschickt. Als ich meine Heimat verlassen habe, war ich ein Unwissender. Man hatte mich beauftragt, mit Kisten voller Gold zurückzukehren. Doch inzwischen kenne ich den wahren Wert des Goldes und bin der Meinung, dass ich Herrn Cheong ausreichend bezahlt habe.«

»Deine Männer hatten also Erfolg?«

»Ja, großen Erfolg. Meine Kenntnis von der Metallurgie und Geologie hat mich in die Lage versetzt, die richtige Schürfstelle auszuwählen.«

»Und mit fünfzig Kulis war das Weitere dann ein Kinderspiel. Ich wünschte, so viele Leute stünden mir auch zur Verfügung.«

»Das werden sie auch«, sagte Ying bedeutungsvoll. »Meine einzige Sorge hat immer nur meiner Frau und meiner Mutter gegolten. Jetzt hat mir ein Freund Neuigkeiten überbracht, die Herr Cheong aus gutem Grund vor mir verborgen gehalten hatte. Meine Mutter konnte die Schande nicht ertragen und hat sich das Leben genommen. Meine Frau hingegen, die mir die Schuld an ihrem Schicksal gibt, hat das Konkubinat gewählt. So bleiben nur noch meine Brüder. Ich habe sie durch einen Boten angewiesen, Herrn Cheongs Hof so schnell wie möglich zu verlassen.«

»Sehr vernünftig.«

»Mit der letzten Goldlieferung habe ich Herrn Cheong erklärt, dass ich meine Verpflichtungen als beglichen betrachte. Das vorhandene Gold wird seine Gier befriedigen. Sicher hat er mich bald vergessen.«

»Das hoffe ich für dich.«

»Deshalb kann ich im Augenblick auch noch nicht nach China zurückkehren.«

»Aber wohin willst du gehen?«

»Ha! Jetzt kommen wir zum Kern der Sache. Durch meine Freunde, zu denen auch Weiße gehören, habe ich so einiges aufgeschnappt. Ich möchte mit dir in Verbindung bleiben, und wenn du diesem Ort eines Tages den Rücken kehrst, findest du mich in meinem Haus in Charters Towers.«

»Also hast du doch nicht das gesamte Gold nach China geschickt!«

Ying grinste verschmitzt. Sein Schnurrbart war inzwischen so lang, dass er ihm in einer langen, mit Bienenwachs verstärkten Strähne in beiden Mundfalten bis über das Kinn herabhing. Außerdem hatte Ying sich die Stirn am Haaransatz nach Sitte der chinesischen Oberklasse mehr als sechs Zentimeter ausrasiert. »Stimmt das nicht?«, hakte Lew nach.

»Ich bin jetzt ein Herr«, sagte Ying stolz. »Cheong hat für die Zerstörung meiner Familie bezahlen müssen.«

Lew unterdrückte ein Lächeln. »Ich hoffe, du hast eine ehrbare Lösung gefunden.«

»Ja, das habe ich. Gemessen an den Maßstäben meiner Familie bin ich jetzt schon reich, aber ich beabsichtige, reicher zu werden. Was diese Sache betrifft, gebe ich dir den guten Rat, nicht hier nach Gold zu suchen. Wie ich gehört habe, musstest du nach dem Verlust der Dschunke Herrn Fung Wu um ein Darlehen bitten.«

Dass Ying von seinem Kredit wusste, überraschte Lew nicht weiter. Es gab so viele Chinesen im Land, und es war allgemein bekannt, dass sowohl Männer als auch Frauen dieses Volkes den Klatsch heiß und innig liebten.

»Die Schuld ist beglichen«, fuhr Ying fort, »und wir wollen nicht weiter über diese Angelegenheit sprechen. Kürzlich habe ich einen feinen Herrn, einen gewissen Mr. Mulligan, kennengelernt …«

Lew lachte. »Erzähl mir nicht, du bist einem süßholzraspelnden Iren auf den Leim gegangen, Ying. Die würden dir glatt die chinesische Mauer verkaufen.«

»Dieser ist anders. Die verschiedenen Dialekte kann ich ja nicht unterscheiden, aber ich glaube, er ist ein Kolonist, ein Siedler. Dieser Gentleman hat mir erzählt, er wandelt als Entdecker auf den Spuren der Schwarzen, in der Wildnis, wo noch kein Weißer den Fuß hingesetzt hat. Verstehst du?«

Lew verstand zwar nicht, was Ying andeutete, nickte aber höflich.

»Mr. Mulligan hat mir mitgeteilt«, fuhr Ying nun flüsternd fort, »dass seiner Überzeugung nach in diesem Staat noch weitaus größere Goldschätze verborgen sein müssen als in Ballarat.« Lew hatte von den Funden in Ballarat gehört; schließlich hatte ihm schon jeder Goldgräber von den größten Nuggets der Welt erzählt, von Goldklumpen, die bis zu zweihundert Pfund wogen. Mochte dies auch übertrieben sein, der ungeheure Reichtum der Schürfstellen bei Ballarat war jedenfalls wahr.

»Und wo befinden sich diese legendären Goldadern?«

»Kennst du eine Stadt namens Georgetown?«

»Nein«, antwortete Lew, und Ying schnalzte angesichts dieses Unwissens mit der Zunge.

»Wie willst du Erfolg haben, Lew, wenn du nicht alles genau kennenlernst, was dir begegnet?«

»Ich bin eben kein Gelehrter wie du«, antwortete Lew scherzend.

»Du brauchst dich doch nicht zu entschuldigen. Unsere Fähigkeiten ergänzen sich gut«, erklärte Ying mit ernster Miene.

»Georgetown ist im Zuge eines Goldrauschs vor ein oder zwei Jahren entstanden und heute der nördlichste Außenposten der Zivilisation. Es liegt ein paar hundert Meilen nördlich von Charters Towers. Mr. Mulligan ist mit einem Buschläufer nach Norden gezogen, um die Gegend nach möglichen Goldadern abzusuchen. Und auf ihrer Rückkehr kommen sie durch Georgetown.«

Lew zündete sich eine Zigarette an. »Wenn sie überhaupt zurückkehren. Und wer sagt, dass sie Gold finden?«

»Ich sage das«, entgegnete Ying voller Stolz. »Es gibt Dinge jenseits unseres Verstandes, die du als jemand, der in China aufgewachsen ist, eigentlich kennen solltest. Ich habe es gesehen! Ich habe es in seinen Augen gelesen und bereite jetzt die Expedition vor. Sobald Mr. Mulligan in Georgetown eintrifft, benachrichtigt mich ein schneller Bote in Charters Towers, und wir schreiten zur Tat.«

»Wie soll das vor sich gehen?«

»Meine erste Expedition zu den Goldfeldern am Cape wurde von Problemen überschattet, auf die ich nicht weiter eingehen möchte. Doch meine neue Expedition zu Mr. Mulligans Fundstellen wird ein Paradebeispiel für exzellente Organisation. Und dann« – er flüsterte wieder, obwohl sie nun Chinesisch sprachen – »sind wir unter den Ersten. Es sind die Ersten, die die reichste Ernte einbringen.«

Damit hatte er recht. Die ersten Goldsucher am Cape hatten ihr Glück schnell gemacht, während ihre Nachfolger, von gelegentlichen Zufallstreffern abgesehen, hart arbeiten mussten, um auf ihre Kosten zu kommen. »Wann ist es so weit?«, fragte Lew.

»Geduld, mein Freund, nur Geduld. Du kannst hier in aller Ruhe weiter herumgraben, bis du von mir hörst. Wenn es Zeit ist, gebe ich auf der Stelle meine hiesigen Schürfstellen auf, ziehe die Kulis ab und schlage mich nach Norden durch.«

»Wie du willst. Wenn mir das Schürfen zum Halse heraus-
hängt, komme ich nach Charters Towers. Und vielen Dank,
dass du meine Schulden bei Herrn Fung bezahlt hast.« Lew
wusste, es wäre ein Zeichen der Unhöflichkeit, seinem Freund
die Summe zu erstatten. Die Schulden waren bezahlt, und damit war die Angelegenheit vom Tisch.

Er führte Yings Pferd den Pfad entlang und begrüßte den
Yuang-Bruder, der sich mit einer Wickeljacke, einem Schwert
und einem Gewehr wie ein mongolischer Krieger ausstaffiert
hatte. Schon vorher war Lew aufgefallen, dass auch Ying jetzt
einen glänzenden Revolver in einem Holster unter der Jacke
trug.

Es beruhigte Lew, dass sie begriffen hatten, welche Gefahren
hier lauerten. In diesem erbarmungslosen Kampf kam es unvermeidlich zu Zusammenstößen, und die Rassenunterschiede
trugen das ihre dazu bei. Ein Chinese musste immer auf der
Hut sein.

»Übrigens«, sagte Ying, während er auf sein Pferd sprang,
»in Charters Towers begegnet man vielen angesehenen Großgrundbesitzern und ihren Viehtreibern.«

»Das kann ich mir vorstellen.«

»Und kürzlich habe ich gehört, dass deine junge Angebetete
mit dem schönen Namen augenblicklich auf einer Farm namens Caravale residiert, die ihr …«

»Ich kenne die ganze Geschichte«, fiel Lew ihm ins Wort. Sie
war also immer noch auf dem Außenposten und spielte die
vornehme Farmerswitwe.

Yings Augen schlossen sich bei dieser Abfuhr zu zwei
schmalen Schlitzen. »Ach so. Dann weißt du ja sicher auch,
dass Miss Perfection mit dem jungen Besitzer der Farm, einem
Mr. Ben Buchanan, den Bund der Ehe eingehen will.«

Lew wurde heiß und kalt zugleich. Zwar brachte er noch ein
bestätigendes Nicken zustande und winkte Ying mit vorgege-
bener Gleichgültigkeit zum Abschied nach, doch er hatte das
Gefühl, als würde ihm die Seele aus dem Leib gerissen. Seinen
ersten Impuls, auf der Stelle nach Caravale zu reiten, verwarf
er wieder. Dort würde er nichts ausrichten können und sich

lediglich zum Narren machen – ein abgewiesener Verehrer, der die Dame seines Herzens allen Widrigkeiten zum Trotz sein Eigen nennen möchte. Ben Buchanan hingegen hatte alle Trümpfe in der Hand. Hatte Perfy ihre erste große Liebe in Gestalt seines Bruders wiedergefunden? Vielleicht hatte er Perfys Absichten auch falsch eingeschätzt und sich von ihrem Charme blenden lassen. Von Anfang an hatte sie keinen Hehl daraus gemacht, dass sie sich Caravale ansehen und möglicherweise als Teilhaberin behalten wollte. Doch nie wäre ihm in den Sinn gekommen, sie könnte ihren Partner heiraten, ein Schritt, der sie nur noch reicher machte.

Lew war von Jack Middleton enttäuscht, wenn er auch verstehen konnte, dass ihm das Schicksal seiner Tochter am Herzen lag. Und was den Wohlstand betraf, da konnte ein Seemann wie Lew Cavour mit den Buchanans nicht konkurrieren.

Herbert kehrte vom Wasserlauf zurück. »Was hat das Schlitzauge von Ihnen gewollt?«, fragte er.

»Nichts«, sagte Lew abwehrend. »Und wenn Sie ihn noch mal Schlitzauge nennen, dann prügel ich Sie windelweich!«

3

Perfy hätte sich gern dafür erkenntlich gezeigt, dass Mrs. Buchanan so nett zu ihr gewesen war. Doch Cornelia, wie sie sich von Perfy nennen ließ, hatte nur gelacht. »Machen Sie sich doch darüber keine Gedanken, meine Liebe. Sie haben einiges hinter sich, und bei uns hier draußen ist es üblich, dass wir uns umeinander kümmern. Hauptsache, es geht Ihnen jetzt besser!«

Und es ging ihr tatsächlich besser. Als sie das Bett verlassen konnte, saß sie jeden Tag auf der Veranda, wo es kühler war als in ihrem Zimmer. Mae brachte ihr das Essen hinaus, und Cornelia kümmerte sich darum, dass sie stets etwas zu lesen hatte. In dieser angenehmen Umgebung wurde Perfy rasch gesund.

Als sie wieder zu Kräften gekommen war, spazierte sie auf der Veranda auf und ab und betrachtete neugierig das Kommen und Gehen der Viehhüter und das geschäftige Treiben auf der Farm. Oft leistete Cornelia ihr Gesellschaft und erklärte ihr, welche Arbeiten bei der Viehzucht anfielen, oder zeigte ihr von einer Anhöhe aus, wie weit sich der Grundbesitz in allen Richtungen erstreckte.

Wenn Ben abends nach Hause kam, setzte er sich zu ihr, und bei einem Aperitif plauderten die beiden über die Ereignisse des Tages. Zu Perfys Entzücken wurde das Abendessen, für das sich Cornelia und Ben eigens umkleideten, bei Kerzenlicht auf der Veranda eingenommen. Perfy wünschte sich, ihr Vater hätte all dies miterleben können.

Bald unternahm Perfy in Cornelias Begleitung Spaziergänge im Garten und setzte sich zur Rast gern unter einen der Bäume. Von dort aus fiel ihr bewundernder Blick auf das große Sandsteinhaus mit seinen roten Zedernholzschindeln, die Darcys Vater eigenhändig angefertigt hatte. Doch als sie das Haus so betrachtete, kam ihr der Gedanke, dass sie bald würde abreisen müssen. Sie konnte sich Cornelia ja nicht ewig aufdrängen. Darcy hatte gewusst, warum er mit der Planung eines eigenen Hauses begonnen hatte. Denn dieses Haus gehörte zweifellos Cornelia. Andererseits … Perfy seufzte. Nach dem Tod ihres Vaters gab es für sie hier draußen keine Zukunft mehr. Er fehlte ihr sehr. Ursprünglich hatten sie die Entscheidung über die Farm gemeinsam treffen wollen; doch jetzt lag sie ganz allein bei ihr.

Um einen Anfang zu machen, versuchte Perfy zuerst mit Cornelia über diese Frage zu sprechen. »Ich finde, wir sollten uns über die Farm unterhalten und darüber, was ich tun soll.«

»Meine Güte, Perfy, Sie sind doch noch gar nicht in der Verfassung, sich darüber Gedanken zu machen. Außerdem haben Sie noch kaum etwas von der Farm gesehen. Wie wär's, wenn wir morgen mit meiner Kutsche hinausfahren, dann können Sie sich mal umsehen?«

»Ja, gern.«

Die Tage vergingen, und Perfy und Cornelia unternahmen mehrere Ausflüge am Fluss entlang bis zur Grenzstraße, wobei sie zur Sicherheit immer von einem berittenen Viehhüter begleitet wurden. Perfy war überrascht, dass von den Rindern kaum etwas zu sehen war; sie hatte sich vorgestellt, sie würde überall auf Viehherden stoßen, aber die Farm war so riesig, dass die Tiere in alle Winde verstreut schienen.

Ben lachte, als sie ihm davon erzählte. »Sie werden die Tiere noch früh genug sehen, wir müssen sie jetzt wieder zählen, bevor der Regen kommt.«

Perfy begann sich allmählich auf Caravale einzuleben. Diamond hatte es anfangs hier nicht gefallen, aber inzwischen hatte sie sich damit abgefunden und genoss die Zeit auf dem Lande; ihretwegen brauchte Perfy sich also keine Sorgen zu machen. Cornelia nahm Perfy zu ihrem morgendlichen Rundgang mit, bei dem sie die Arbeit der Eingeborenen in der Molkerei und der Speisekammer überwachte und in den Ställen und Scheunen nach dem Rechten sah. Nichts entging ihrem strengen Blick. Danach nahmen sie ihr Frühstück ein: Es gab Tee, der in erlesenem Porzellan serviert wurde, und feinen Kuchen und Gebäck.

Perfy fand die Ausflüge immer noch ermüdend, was sie jedoch nicht eingestand, denn sie wollte vor ihrer Abreise so viel wie möglich sehen.

Die Frage nach dem Farmbesitz war aber nach wie vor nicht zur Sprache gekommen.

An Bens Geburtstag, dem vierten Dezember, aßen sie im Haus gemeinsam zu Abend. Der große polierte Tisch war feierlich gedeckt, und Cornelia schenkte Champagner ein.

»So still wie heute ist es sonst nicht«, erklärte Cornelia. »Normalerweise laden wir zu besonderen Anlässen unsere Nachbarn ein, und sie bleiben dann meist ein paar Tage. Aber da Sie noch in Trauer sind, Perfy, habe ich gedacht, das wäre unschicklich, und Ben macht es auch nichts aus.«

»Ach, das tut mir aber leid«, erwiderte Perfy und fragte sich, ob dies ein taktvoller Hinweis war, Perfy solle ihnen nicht länger zur Last fallen.

»Machen Sie sich bitte deshalb keine Gedanken«, meinte Ben. »Zu dieser Jahreszeit sind wir sowieso immer sehr beschäftigt.«

»Wenn wir schon alle zusammensitzen, könnten wir uns einmal überlegen, wie es mit der Farm weitergehen soll«, versuchte Perfy das Thema anzuschneiden.

»Was schlagen Sie vor?«, fragte Ben und lächelte sie an, als ginge es darum, eine Schachtel Pralinen aufzuteilen.

»Ich glaube, dass es eigentlich am besten wäre, wenn ich meinen Anteil verkaufe. Caravale gefällt mir, aber ich brauche ein eigenes Zuhause.«

»Da haben Sie recht, meine Liebe«, pflichtete Cornelia ihr bei. »Die Erfahrung hat mich gelehrt, dass zwei Frauen nicht einen Haushalt führen können, auch wenn sie noch so gut miteinander auskommen. Ich bin froh, dass Sie ebenso darüber denken. Aber es wäre schwierig für uns, wenn Sie Ihren Anteil an irgendeinen Fremden verkaufen würden. Der nächste Teilhaber ist vielleicht nicht so verständnisvoll wie Sie.«

»Das sehe ich ein«, sagte Perfy. »Es gibt also nur zwei Möglichkeiten. Entweder ich verkaufe an Sie oder wir halbieren den Grund, dann können Sie Ihr Haus behalten, und ich verkaufe meine Hälfte.«

»Mutter«, sagte Ben nachdenklich, »Perfy hat recht. Ich glaube, es wäre das Beste, sie auszuzahlen.«

Cornelia war wütend. Sie hatte sich mit ihrem Sohn ins Arbeitszimmer am anderen Ende des großen Hauses zurückgezogen.

»Hast du gehört, was diese dumme Person gesagt hat?«, fragte sie empört. »Die Farm halbieren! Eher bringe ich sie eigenhändig um!«

»Beruhige dich«, sagte Ben. »Wir werden sie auszahlen müssen.«

»Womit denn? So viel Geld können wir nicht auftreiben, ohne eine Hypothek aufzunehmen.«

»Bloß keine Hypothek«, erwiderte Ben entschieden.

»Und was sollen wir dann tun?« Cornelias Stimme wurde schrill. »Die Sache muss erledigt werden, bevor sie abreist.«

»Wir könnten eine Anzahlung leisten und sie mit dem Rest noch hinhalten.«

»Und was meinst du, wie lang es dauert, bis Jauncy Wind davon bekommt? Der betreibt dann durch Tolley die Zwangsvollstreckung, und wir müssen doch noch eine Hypothek aufnehmen. Du musst mit diesem Mädchen reden, und zwar jetzt. Sie ist noch nicht so gesund, wie sie glaubt, es dauert Monate, bis man das Gelbfieber überwunden hat.«

»Worüber in Gottes Namen soll ich denn mit ihr reden?«

Cornelia trat ans Fenster und verschränkte die Arme. »Du musst sie heiraten.«

»Um Himmels willen, fang nicht schon wieder damit an.«

»Ich bitte dich! Das ist die einzige Möglichkeit. Solange sie verwöhnt wird, glaubt sie, hier ist das Paradies auf Erden. Die Heirat mit Darcy wäre für sie ein gesellschaftlicher Aufstieg gewesen, nur darauf hat sie es abgesehen.«

Ben ließ sich in einen Sessel fallen. »Ich will sie aber nicht heiraten.«

»O doch, du wirst sie heiraten!« Cornelia war aufgebracht. »Streng doch mal dein Hirn an. Sie träumt von einem romantischen Leben auf dem Land, es ist unsere einzige Möglichkeit. Und wenn sie für Darcy gut genug war, dann ja wohl auch für dich!«

»Mutter, du vergisst offenbar, dass wir Darcy diesen ganzen Schlamassel verdanken.«

Cornelia stellte sich vor ihn hin. »Nein. Ich mache dich dafür verantwortlich. Du hättest besser auf deinen Bruder aufpassen sollen, anstatt dich mit diesen feinen Leuten herumzutreiben. Dann hätte er sich gar nicht erst mit diesem Mädchen eingelassen.«

Sie war überrascht, dass Ben ihr nicht widersprach. Jetzt hatte sie ihn so weit, und er würde tun, was sie von ihm verlangte. Schließlich hatte er auch keine andere Wahl. Und falls er später doch noch Schwierigkeiten machen sollte, würde sie ihm einfach erklären, dass er sich ja auch von Perfy scheiden lassen konnte. War er erst einmal ihr Ehemann, würde ihr ganzer Anteil in seinen Besitz übergehen. Caravale gehörte dann wieder ihm.

»Ich werde morgen so tun, als ob ich mich nicht wohlfühle,

dann unternimmst stattdessen du mit ihr eine Spazierfahrt. Mae wird euch einen Picknickkorb zurechtmachen.«

»Ich habe keine Zeit«, wandte Ben ein.

»Du wirst dir die Zeit einfach nehmen.«

Früh am nächsten Morgen schickte Cornelia die Gärtner los, um den Weg zu den Wasserfällen für die Kutsche passierbar zu machen. Unterdessen stellte Mae ein reichhaltiges Picknick zusammen mit kaltem Brathuhn, Schinken, warmen Brötchen, Käse, Kartoffel- und Maisgebäck, glasiertem Orangenkuchen und verschiedenen frischen Früchten. Auch ein paar Flaschen guten Weißweins wurden eingepackt.

»Eigentlich wollte ich Sie heute mit einem Picknick überraschen, meine Liebe«, sagte Cornelia zu Perfy. »Aber mir ist nicht ganz wohl, und so habe ich Ben gebeten, für mich einzuspringen.«

»Ach, das wäre doch nicht nötig gewesen«, meinte Perfy. »Ich kann ebenso gut den Tag hier verbringen.«

»Nein, ich habe das Picknick schon vorbereitet, also fahren Sie ruhig. Ben wird Sie begleiten, ein freier Tag wird ihm guttun.«

»Und es macht ihm bestimmt nichts aus?«

»Nein, keine Sorge. Er liebt Picknicks. Die Wasserfälle sind das beliebteste Ausflugsziel.«

»Wasserfälle?«

»Aber ja. Caravale besteht nicht nur aus Staub und Dorngestrüpp. Die Gegend bei den Wasserfällen ist sehr malerisch.«

Und das war sie in der Tat. Perfy staunte über den Wasserfall, der sich in drei Strömen in das darunter liegende Felsbecken ergoss.

»Wenn der Regen kommt, verwandeln sie sich in einen einzigen großen Wasserfall«, erklärte Ben. »Es sieht dann sehr beeindruckend aus.«

»Ich finde es jetzt schon beeindruckend«, erwiderte Perfy. Sie zog Schuhe und Strümpfe aus, setzte sich auf einen Felsen und ließ ihre Füße ins Wasser baumeln. »Schauen Sie«, rief sie Ben zu, »da springen Fische im Wasser!«

Ben war ein sehr zuvorkommender Gastgeber. Er bestand

darauf, das Picknick selbst auszupacken, und vor dem Essen setzte er sich mit einer Flasche Wein und zwei Gläsern zu Perfy.

»Ich komme mir richtig verwegen vor, hier im Grünen zu sitzen und Wein zu trinken«, meinte Perfy fröhlich.

»Na, dann lassen Sie uns mal verwegen sein«, erwiderte er. »Ich bin eigentlich ganz froh, dass Mutter nicht mitkommen konnte. Das hier ist mein Lieblingsplatz, und ich bin eine Ewigkeit nicht mehr da gewesen. Als Jungen waren Darcy und ich hier oft schwimmen.«

Perfy schwieg und beobachtete die Fische, die durch das tiefe klare Wasser huschten.

»Entschuldigen Sie, ich hätte besser nicht von Darcy gesprochen«, sagte Ben.

»Nein, das macht nichts«, antwortete sie. »Und hier schon gar nicht. Es ist so schön hier … das Rauschen des Wasserfalls, die singenden Vögel, die zirpenden Zikaden …«

»Es freut mich, dass es Ihnen hier gefällt. Sie sind viel zu hübsch, um zu trauern. Es tut mir leid, dass ich in Brisbane nicht dazu gekommen bin, mit Ihnen zu reden, Perfy, ich bedauere das wirklich, aber ich habe nur noch die Politik im Kopf gehabt, die Aussicht, einen Sitz im Parlament zu bekommen. Wissen Sie, ich war ganz aufgeregt, es kam so überraschend.«

»Ja, das verstehe ich«, sagte Perfy. Sie hatte seine Bemerkung, dass sie hübsch sei, nicht überhört. Er war wirklich reizend. Aber warum auch nicht, schließlich war er Darcys Bruder. »Wann kommen Sie denn ins Parlament?«, fragte sie ihn.

»Dieser Traum ist ausgeträumt«, erwiderte er bekümmert. »Ursprünglich war es so gedacht, dass Darcy die Farm leitet, damit ich in die Politik gehen kann. Aber jetzt kann ich Caravale nicht verlassen.«

»Das tut mir leid«, sagte Perfy.

»Halb so schlimm. Es war nur ein Traum, der nicht Wirklichkeit werden konnte. Und inzwischen habe ich erkannt, wie sehr ich dieses Land liebe. Ich glaube, so weit weg von Caravale wäre ich nicht glücklich geworden.«

Ja, dachte Perfy, auch Darcy war ein Traum, der nicht Wirklichkeit werden konnte.

Ben schien ihre Gedanken erraten zu haben. »Manches bleibt einfach nur ein Traum. Aber ich glaube, Darcy wollte, dass Sie nach Caravale kommen, so oder so. Caravale ist die Wirklichkeit. Wir sind die Wirklichkeit.« Ehe Perfy über diese letzten Worte nachsinnen konnte, half Ben ihr aufzustehen. »Mademoiselle, das Mahl ist angerichtet«, sagte er lächelnd.

Im Schatten einer großen Weide hatte Ben das Essen vorbereitet und mit einem Baumwolltuch abgedeckt. »Das ist die beste Stelle«, erklärte er. »Aber geben Sie auf die großen Ameisen acht, die beißen.«

Es war ein vergnügter Nachmittag. Sie griffen beide herzhaft zu, und Ben holte bald die zweite Flasche Wein, die er zum Kühlen in eine kleine Bucht gestellt hatte. Fröhlich und ein wenig beschwipst plauschten sie über Brisbane und Caravale. Perfy fühlte sich in Bens Gesellschaft außerordentlich wohl.

»Was mit Ihrem Vater passiert ist, tut mir aufrichtig leid«, sagte er schließlich. »Das wollte ich Ihnen schon lange sagen. Aber Sie müssen wissen, dass ich alles getan habe, was in meiner Macht stand.«

»Ich weiß«, antwortete Perfy, denn er sah sehr zerknirscht aus. »Nicht Sie, ich sollte mich entschuldigen. Ich war nicht mehr ganz bei Sinnen. Diamond hat mir dann alles erklärt, nachdem ich mich etwas beruhigt hatte.«

»Ich verstehe«, sagte er leise, wirkte jedoch immer noch niedergeschlagen. Dann wechselte er plötzlich das Thema: »Offen gestanden, mir graut vor dem Tag, an dem Sie abreisen.«

»Tatsächlich?« Bens Nähe und der Wein machten sie auf angenehme Weise schwindelig.

Er nickte. »Wenn Sie weggehen, sind nur noch ich und Ma da. Sie mag es nicht, wenn ich sie Ma nenne. Sie wissen ja gar nicht, wie herrlich es ist, wenn ich abends nach Hause komme und Sie auf mich warten. Sie sind so aufgeweckt, so hübsch und immer fröhlich. Wenn ich über Nacht draußen auf den Weiden bleiben musste, haben Sie mir sehr gefehlt. Und Sie werden mir fehlen, wenn Sie von hier fortgehen.«

»Es ist nett, dass Sie das sagen«, murmelte sie. Sie fühlte sich geschmeichelt und war angetan von seiner Offenheit. Er hatte ein so angenehmes Wesen, war nicht streitsüchtig und auch nicht so fordernd wie Lew. Sie erkannte, dass Ben vieles mit ihr gemeinsam hatte.

Wo steckte eigentlich Lew? Mutter hatte geschrieben, dass seine Dschunke zerstört worden war und er die Stadt verlassen hatte, aber er hatte sich nicht die Mühe gemacht, sie davon in Kenntnis zu setzen.

»Lassen Sie uns den Wein austrinken, dann können wir uns allmählich auf den Rückweg machen«, meinte Ben. Er spannte das Pferd vor die Kutsche, und sie half ihm, den Picknickkorb einzupacken. Während sie unter dem Baum gesessen hatten, war Perfys Hut die Uferböschung hinuntergerollt. Ben holte ihn und band ihn ihr unter dem Kinn fest. »Sie sehen heute so hübsch aus«, sagte er, »ganz wie früher.«

»Danke. Ich habe schon befürchtet, ich müsste mein Leben lang mit einem gelben Gesicht herumlaufen.«

»Aber nein.«

Das Pferd war unruhig, und so nahm er Perfys Arm und half ihr die erste der Eisenstufen zum Kutschbock hinauf. »Hat es Ihnen hier gefallen?«

»Es war wunderbar, Ben.«

Er lächelte. »Genau wie Sie. Überrascht es Sie, dass sich auch der andere Buchanan in Sie verliebt hat?«

Perfy hielt auf der Stufe inne. »Ja, ich glaube schon.«

Er zuckte mit den Achseln. »Na gut. Ich habe mir gedacht, ich sage es Ihnen einfach, obwohl ich weiß, dass ich dem Vergleich nicht standhalten kann. Ich liebe Sie, Perfy. Und, bei Gott, Sie werden mir fehlen.«

Perfy sah in seine traurigen, sanften Augen, und sie empfand Zuneigung für diesen Mann. Bei ihm fühlte sie sich geborgen. Er band die Zügel fest und legte den Arm um ihre Schultern. »Sie gehören hierher«, sagte er, »zu Caravale, zu mir.«

»Ja«, flüsterte sie, und er küsste sie mit einer Leidenschaft, die sie noch nie erlebt hatte. Ungestüm pressten sich seine Lippen auf die ihren. Seine Hände streichelten ihre Brüste durch das dünne Gewebe ihres Baumwollkleids. Während er sie fest an sich drückte, küsste er sie immer und immer wieder. Noch nie hatte sie einen Mann so begehrt wie ihn, und es kostete sie große Überwindung, sich von ihm loszumachen.

»Wir sollten besser fahren«, sagte sie und strich ihr Kleid glatt.

»Ja«, erwiderte er lachend und gab ihr einen letzten Kuss auf die Wange.

Als die Kutsche über den Buschpfad holperte, legte er einen Arm um sie. »Sag, dass du mich liebst, Perfy.«

Sie schmiegte sich an ihn. »Ja, ich glaube schon, Ben. Und ich bin mir sicher, Darcy wäre damit einverstanden.«

Um vier Uhr nachmittags ließ sich im Westen ein tiefes Donnergrollen vernehmen, und das Blau des Himmels verblasste zu einem hellen Grau. Es waren keine Gewitterwolken zu sehen; der Himmel schien einfach seine Farbe zu verlieren. Wieder grollte der Donner, diesmal schon viel näher, und das Grau verwandelte sich in Schwarz, das sich wie ein riesiger Tintenfleck ausbreitete. Ein vielfach verästelter Blitz zuckte über das Firmament und schlug mit einem ohrenbetäubenden Krachen ein – eine Buche oben am Friedhof schien erschrocken ihre Zweige in die Luft zu recken, ehe sie zu Boden stürzte und ihre dürren Äste lichterloh zu brennen anfingen.

Die Pferde wieherten und tobten in ihren Koppeln, während in ständigem Wechsel Blitze den Himmel zerrissen und der Donner das Land erbeben ließ, als wollten die Naturgewalten einen schaurigen Wettstreit austragen. Diamond genoss das Schauspiel, denn sie wusste nicht, dass in diesem trockenen Land ein Gewitter, auf das kein Regen folgte, vernichtende Buschfeuer auslösen konnte.

Als das Gewitter sich verzog und einen dunstigen grauen Himmel zurückließ, kamen die Hausmädchen vom Camp herübergelaufen.

»Viel bum-bum, he?«, rief Poppy ihr zu. »Bald große Fest feiern«, fügte sie fröhlich hinzu. »Regenmann kommen.«

Diamond wusste, dass sich mit solchen Gewittern die Regenzeit ankündigte, doch sie konnten sich über Monate hinzie-

hen, ohne ihr Versprechen auf Regen einzulösen, ohne die ausgetrockneten Flüsse und Bäche mit ihrem lebenspendenden
Nass zu speisen. Auf der Farm wurde dauernd über Regen gesprochen, denn hier draußen waren die Winter noch trockener
als in Brisbane. Diamond fragte sich allmählich, wann sie und
Perfy abreisen würden.

Wie sie wusste, hatte Perfy ihrer Mutter geschrieben, sie
würde noch vor Weihnachten nach Hause kommen, doch wenn
die schweren Regenfälle einsetzten, waren die Flüsse unpas-
sierbar, hatte man ihr gesagt. Nicht, dass Diamond die Abreise
herbeisehnte, im Gegenteil. Ihr wäre es viel lieber, wenn Perfy
niemals nach Hause gehen würde, denn der Gedanke, Ben zu
verlassen, war ihr unerträglich.

Die Leute vom Stamm der Ilba wussten, dass sie und Ben ein
Liebespaar waren. Diamond brauchte nicht zu fragen, woher,
denn den Ilba blieb nichts verborgen. Wenn Diamond in ihr
Lager ging, lächelten die Leute. Wenn Diamond sich bei ihnen
befand, war sie stolz auf ihre Liebe, doch wenn sie in der Nähe
des Hauses war, fühlte sie sich schlecht. Sie wollte nicht, dass
Ben ihretwegen in Schwierigkeiten geriet. Wenn seine Mutter
von ihrem Verhältnis erfuhr, würde es einen furchtbaren Streit
geben. Diamond wollte gar nicht erst daran denken.

Mittlerweile war sie im Haus geduldet und durfte in der Küche nach Belieben ein und aus gehen, solange sie Mrs. Buchanan nicht in die Quere kam. Irgendwann konnte Diamond den
Anblick der schäbigen, halb offenen Hütte, in der die Bedien-
steten aßen, nicht mehr ertragen. Sie machte sie gründlich sauber und stellte mit Maes Erlaubnis einige behelfsmäßige Bänke
aus Brettern sowie Tische aus umgestülpten Teekisten auf.
Mae überließ ihr sogar einige Fliegennetze, die sie an den offenen Seiten aufhängte und am Boden mit Steinen beschwerte.
Jetzt war die Hütte wenigstens bewohnbar.

Die Nacht war heiß und schwül nach dem Gewitter, und als
Ben herauskam und zu ihrem Zimmer ging, erwartete sie ihn
auf der Türschwelle. »Drinnen ist es zu heiß«, sagte er. »Komm
mit.«

Er nahm eine Decke und führte sie leise zum Obstgarten, wo

sie sich unter freiem Himmel einander hingaben. Er blieb viel länger als sonst, fast bis zur Morgendämmerung, und sie liebten sich mit äußerster Leidenschaft. Das Leben konnte so wunderbar sein, dachte Diamond, mit diesem Mann, den sie so innig liebte, der Nacht für Nacht an ihrer Seite lag. Doch ihr Traum würde bald zu Ende sein.

»Hast du Kummer, Ben?«, fragte sie.

»Nein«, murmelte er, doch dann besann er sich anders. »Ja, ich habe Kummer. Ich weiß nicht, wie ich es dir sagen soll, Diamond, aber du musst von hier fortgehen.«

Natürlich hatte dies einmal kommen müssen. Wenn Perfy fortging, welchen Vorwand konnte Diamond dann anbringen, um hierzubleiben? Doch sie musste es wenigstens versuchen. »Ich will nicht fortgehen, Ben. Ohne dich ist das Leben für mich leer.«

»Hast du nicht einmal gesagt, dass du deinen Stamm, die Irukandji, suchen willst?«

»Das war, bevor ich dich kennengelernt habe«, antwortete sie lächelnd. »Könntest du mir nicht hier irgendeine Arbeit besorgen?«

»Nein, das geht nicht.«

Für eine Weile schwiegen sie beide. Diamond sah den Schatten eines kleinen Opossums, das leise an ihnen vorbeihuschte.

»Wann gehen wir fort?«

»Diamond, du verstehst nicht. Du kannst hier einfach nicht mehr bleiben, du musst gehen. Es gibt keine Zukunft für uns. Wir können ebenso gut gleich Schluss machen.«

Sie zuckte zusammen. Er hatte »gleich« gesagt. War dies das Ende ihrer Liebe? Das konnte doch nicht sein. Zwar hatte Ben nie gesagt, dass er sie liebe, das musste sie sich eingestehen, aber es war doch so! Es musste so sein!

»Du ... du kommst nicht mehr zu mir?«, fragte sie mit zittriger Stimme.

»Ein paar von meinen Leuten reiten am Morgen nach Charters Towers. Ich möchte, dass du mitgehst, sie bringen dich zur Kutsche nach Townsville. Dann kannst du mit dem Schiff nach Bowen zu Mrs. Middleton zurückfahren. Ich bezahle dir die

Fahrt. Seit es diese großen Kutschen gibt, ist es für Frauen einfacher, so zu reisen, als den Landweg nach Bowen zu nehmen.«

»Wovon redest du eigentlich?«, fuhr sie ihn an. »Es ist mir einerlei, welcher Weg einfacher ist. Warum soll ich weggehen? Was ist mit Miss Perfy?«

Er seufzte. »Sie braucht dich hier nicht, Diamond, und das weißt du. Außerdem fährt sie mit Mutter für ein paar Tage auf die Merri-Creek-Farm. Dort findet das jährliche Pferderennen statt.«

»Und ich kann nicht mitkommen?«

»Das geht nicht, dort hättest du dieselben Schwierigkeiten wie hier. Es gibt da keine Unterkünfte für …«, er zögerte, »… Hausmädchen.«

»Schwarze, meinst du wohl?«

»Meinetwegen Schwarze! Jedenfalls würden sie das nicht verstehen.«

»Fährst du auch hin?«

»Ja, ich bin jedes Jahr dort.«

»Schön«, sagte sie. »Ich warte hier solange. Ich arbeite für Miss Perfy, und ich reise erst ab, wenn sie es mir sagt.«

»Du fährst morgen«, beharrte er, während er aufstand und sein Hemd in die Hose stopfte.

»Nein«, entgegnete sie.

Er sah sie einen Augenblick lang an, wandte sich dann ab und ging wortlos davon. In ihren Träumen hatte sie sich den Augenblick der Trennung so oft ausgemalt – wie sie zärtlich voneinander Abschied nahmen. Wie Ben sich in letzter Minute entschloss, sie für immer bei sich zu behalten. Doch mit dieser kalten Zurückweisung hätte sie niemals gerechnet. Niemals.

Diamonds Gefühle waren ein einziger Scherbenhaufen, als sie am nächsten Morgen Perfy beim Packen für ihren dreitägigen Aufenthalt auf der Merri-Creek-Farm half. Sie hörte kaum zu, als Perfy voller Vorfreude schwärmte: »Es gibt Pferderennen und Tanz und Rodeo-Reiten, und einen Krocketplatz haben sie auch. Die Leute aus der ganzen Gegend kommen hin, es wird bestimmt ein Heidenspaß. Es tut mir leid, dass du nicht mitkommen kannst, Diamond, aber du weißt ja, was das für

Leute sind. Und hier geht es dir doch auch ganz gut, nicht wahr?«

Diamond horchte auf. Perfy wollte also gar nicht, dass sie abreiste. »Ja«, antwortete sie, »mir geht es gut.« Sie hatte am Morgen vier Männer mit Reisebündeln am Sattel wegreiten sehen; das hätten wohl ihre Begleiter sein sollen, aber Diamond hatte sie nicht beachtet.

Ben würde schon wieder zur Besinnung kommen, sagte sie sich. Es konnte nicht schaden, wenn er ein paar Tage fort war. Er würde sie vermissen, und wenn er zurückkam, hatte er vielleicht seine Meinung geändert und würde sie zumindest nicht fortschicken, solange Perfy noch da war. Doch dann, das wusste sie, musste auch sie Caravale verlassen. Es blieb ihr nur die schwache Hoffnung, dass sie Ben in den nächsten Tagen fehlen würde. Dann würde er sie hierbehalten wollen.

Sie blieben vier Tage aus, nicht drei. Diamond ging jeden Tag bei den Wasserfällen schwimmen und lieh sich Bücher von Mae aus, die während Mrs. Buchanans Abwesenheit viel umgänglicher war. Gelegentlich pflückte sie Mangos, die Mae einlegte oder zu Marmelade verarbeitete.

»Es war wunderbar!«, rief Perfy nach ihrer Rückkehr begeistert. »Ich habe mich selten so vergnügt. Die Leute waren alle so fröhlich. Ständig haben sie sich gegenseitig aufgezogen, und es gab dauernd was zu lachen. Wir haben jeden Abend getanzt! Einmal sind wir die ganze Nacht aufgeblieben, und dann haben wir alle noch in Abendkleidern draußen auf dem Rasen im Garten zusammen gefrühstückt.«

»Schön, dass es Ihnen gefallen hat«, sagte Diamond, und sie meinte es auch so. Perfy hatte genug gelitten, sie sollte sich endlich wieder etwas Spaß gönnen. »Die Abwechslung hat Ihnen gutgetan«, stellte Diamond fest. »Sie sehen prächtig aus.«

»Kein Wunder«, flüsterte Perfy. »Denn das Beste habe ich dir noch gar nicht erzählt. Ben und ich sind verlobt. Am Samstagabend haben wir unsere Verlobung bekannt gegeben. Deshalb sind wir auch noch eine Nacht geblieben, weil es uns zu Ehren ein großes Festessen gab …«

Diamond hörte nicht mehr zu. Was Perfy aufgeregt von den Leuten und den Festlichkeiten erzählte, klang in ihren Ohren nur wie ein Rauschen, das von Minute zu Minute lauter wurde, bis sie es nicht mehr aushielt. Sie packte einige Kleider, die gewaschen werden mussten, und stürzte hinaus.

Ben hielt es offenbar nicht für nötig, mit Diamond zu sprechen. Die anderen schwarzen Frauen bedachten sie mit mitleidigen Blicken, wenn sie sie vorübergehen sahen. Aber die nächsten drei Tage fühlte sich Diamond so elend, dass sie kaum ihr Zimmer verließ. Jeden Nachmittag setzte wie auf Befehl ein Unwetter ein, das mit Blitz und Donner über das Land hinwegfegte, doch der Regen blieb aus. Es lag eine unerträgliche Spannung in der Luft, die an Diamonds Nerven zerrte.

Mae brachte ihr zur Stärkung ein Getränk aus Gerstenauszügen, denn sie dachte, Diamond sei krank. »Dieses verdammte Wetter ist schuld«, meinte sie. »Wir sind im Moment alle nicht so ganz auf der Höhe. Die Männer arbeiten gerade unter großem Zeitdruck, um die Kälber mit Brandzeichen zu versehen und die marktfähigen Rinder auszusuchen. Wir haben auch schon weitere Vorräte bestellt, falls der große Regen doch noch mal kommen sollte.«

Eines Nachmittags besuchte Jannali sie. Schüchtern stand sie in der Tür. »Heute Nacht großes Fest«, sagte sie. »Viel Essen und Tanzen. Du wollen kommen?«

»Danke, Jannali, aber ich glaube nicht.«

Die Frau spähte ins dunkle Zimmer. »Du haben geweint sehr, sehr lange. Nicht gut. Du besser gehen fort, Kagari. Besser für dich!«

»Ja«, erwiderte Diamond teilnahmslos.

»Warten nicht gut«, beharrte Jannali. »Weiße nie heiraten schwarze Mädchen.«

Diamond blickte zu ihr hoch. »Aber sie schlafen mit ihnen.«

Jannali klopfte ungeduldig an den Türpfosten, als wollte sie Diamond aus ihren trüben Gedanken reißen. »Nichts Liebe. Immer nehmen schwarze Mädchen. Weinen keinen Sinn.«

Mit der Abenddämmerung begann das große Fest der Schwarzen. Diamond hörte aus der Ferne die Melodien der

Didgeridoos, der einfachen Blasinstrumente der Aborigines. Doch sie konnte sich nicht überwinden, hinzugehen und zuzusehen. Sie fühlte sich gedemütigt und zutiefst verletzt. Tränen traten ihr in die Augen, bis sie die Einsamkeit und Erniedrigung nicht länger ertrug.

Sie wusch sich, zog ihre beste Bluse, einen Rock und Strümpfe und Schuhe an und wand sich einen mit Blumen bestickten Schal um den Kopf. Dann ging sie in die Küche, doch vor dem langen Durchgang zum Haus blieb sie stehen. Wenn sie sonst zu Perfys Zimmer gegangen war, hatte sie immer den Weg über die Veranda genommen, ohne sich etwas dabei zu denken. Doch jetzt erkannte sie, dass sie schon genauso eingeschüchtert war wie die anderen Schwarzen; sie wagte es nicht, unaufgefordert das Haus zu betreten. Dies stachelte ihre Wut nur noch mehr an.

Als sie so unschlüssig dastand, erschien Mrs. Buchanan im Gang. »Wer ist da?«, rief sie und spähte in die dunkle, verlassene Küche.

»Ich bin's, Diamond.«

»Was willst du?«

»Ich würde gern Mr. Ben sprechen.« Wie kam sie nur dazu, ihn, ihren Liebhaber, »Mister« zu nennen!

»Er ist nicht zu Hause, er ist auf einem der Außenposten. Was willst du von ihm?«

»Es ist nicht so wichtig.« Sie wollte sich schon umdrehen, da merkte sie, dass diese Frau sie wieder einzuschüchtern versuchte, und sie hielt inne. »Kann ich dann bitte Miss Perfy sprechen?«

»Sie hat zu tun, du kannst sie morgen früh sprechen.«

Hat zu tun? Im Wohnzimmer und in der Vorhalle brannte noch Licht. Was Perfy zu tun hatte, konnte höchstens Nähen oder Lesen sein, vielleicht auch Plaudern mit Mrs. Buchanan, ihrer künftigen Schwiegermutter. »Ich will sie aber jetzt sprechen«, sagte Diamond mit fester Stimme.

»Verschwinde!«, befahl Mrs. Buchanan und wandte sich ab.

Doch Diamond folgte ihr. »Reden Sie nicht so mit mir! Ich wünsche, Miss Perfy zu sprechen.«

»Du wirst mit überhaupt niemandem sprechen!«, herrschte Mrs. Buchanan sie an. »Und jetzt verlass auf der Stelle mein Haus!«

Da trat Perfy aus der Wohnzimmertür. »Was ist denn los? Ach, du bist's, Diamond. Ich dachte, du wärst beim Fest der Schwarzen.«

»Ich möchte Sie sprechen«, sagte Diamond.

»Also, so was!« Mrs. Buchanan schüttelte missbilligend den Kopf. »Tut mir leid, Perfy. Ich habe ihr gesagt, sie soll morgen früh wieder kommen.«

»Ist schon in Ordnung. Was gibt es denn, Diamond?«

»Es ist vertraulich«, erklärte diese trotzig.

Perfy nickte und folgte Diamond ahnungslos durch die Küche auf die beleuchtete Veranda hinaus. »Was ist denn mit dir los? Du bist ja ganz durcheinander.«

Ehe Diamond wusste, wie ihr geschah, brach sie in Tränen aus. Vielleicht war es ganz gut, dass Ben nicht hier war. Vor ihm hätte sie sicherlich auch geweint.

»Komm, Diamond«, suchte Perfy sie zu trösten, »so schlimm kann es doch gar nicht sein. Gefällt es dir hier draußen nicht mehr? Das Wetter kann einem aber auch arg zusetzen.«

»Das ist es nicht. Ich muss Ihnen etwas sagen.« Sie hielt inne. Perfy wirkte so ausgeglichen und zufrieden. Und so unschuldig. Durfte sie dem Mädchen, das ihre Freundin geworden war, so einen schweren Schlag versetzen? Wie hätte Jack Middleton sich verhalten, wenn er noch am Leben gewesen wäre? Als sie darüber nachdachte, fühlte sie sich in ihrem Entschluss bestärkt. Jack Middleton hätte Krach geschlagen. Er hätte seiner Tochter die Wahrheit ins Gesicht gesagt und sich dann Ben Buchanan vorgeknöpft – genau das, was sie auch vorhatte.

»Was hast du denn, Diamond? Mir kannst du es doch sagen.«

Diamond atmete tief durch. »Es tut mir leid, Miss Perfy, wirklich, aber ich muss es Ihnen sagen. Ben ist mein Liebhaber. Schon seit einiger Zeit.« Die letzten Worte kamen nur noch flüsternd über ihre Lippen.

Perfy starrte sie entsetzt an. Sie wollte sprechen, brachte jedoch nur ein Keuchen hervor. Dann fasste sie sich wieder. »Diamond, wie kannst du nur so etwas sagen! Das ist eine unverschämte Lüge, und ich finde das sehr gemein von dir.«

»Es ist die Wahrheit. Sie dürfen ihn nicht heiraten, das können Sie nicht tun. Er hat schon die ganze Zeit mit mir geschlafen.«

Perfy hielt sich die Ohren zu. »Ich glaube dir nicht! Ich weiß nicht, was in letzter Zeit in dich gefahren ist, aber ich lasse nicht zu, dass du so von Ben sprichst.«

Einige dicke Regentropfen klatschten auf die Stufen der Veranda. Diamond betrachtete sie, während sie stumm vor Perfy stand. Was konnte sie jetzt noch sagen?

»Du musst von hier fort, Diamond. Ben wäre außer sich, wenn er das erfahren würde.«

»O ja, ich gehe. Das hat er mir auch schon gesagt. Er wollte mich loswerden, damit ...« Ehe sie zu Ende sprechen konnte, stürzte Mrs. Buchanan wutentbrannt heraus. Offenbar hatte sie an der Tür gelauscht.

»Hab ich's Ihnen nicht gesagt, Perfy, dass diese Eingeborene nur Schwierigkeiten macht? Aber Sie wollten ja nicht auf mich hören«, rief sie, dann wandte sie sich an Diamond. »Und du, mach, dass du wegkommst! Dein unflätiges Gerede will ich hier nicht hören! Diese Niggerweiber sind doch alle gleich! Ständig sind sie hinter den weißen Männern her und träumen sich die wildesten Sachen zusammen! Kommen Sie lieber sofort herein, Perfy.«

»Sie sind ein Scheusal!«, schrie Diamond Mrs. Buchanan an, und jetzt, da sie an jemandem ihre Wut auslassen konnte, wurde ihr leichter ums Herz. »Perfy ist viel zu gut für diese Familie, und je eher sie das erkennt, desto besser. Nicht ich, sie macht sich etwas vor!«

Mrs. Buchanan zerrte die leichenblasse und völlig verstörte Perfy ins Haus, doch Diamond ergriff ihren Arm. »Nein, vielleicht habe auch ich mir etwas vorgemacht. Es tut mir leid.«

Sie stapfte die Stufen hinunter und genoss die ersten Regentropfen auf ihrem Gesicht wie ein erfrischendes, reinigendes

Bad. Bis sie die Molkerei erreicht hatte, goss es in Strömen. Ein wunderbarer, dunkler Regen, der sie tröstete und vor aller Unbill der Welt beschützte.

Schon bei Morgengrauen stand Perfy vor ihrer Tür. Das nasse Haar hing ihr in Strähnen herab, die Kleider trieften.

»Kommen Sie rein, Sie sind ja ganz nass«, sagte Diamond, doch Perfy rührte sich nicht vom Fleck.

»Nein, danke. Ich wollte dich nur eines fragen. Ich bitte dich, Diamond, sei ehrlich. Ist es wahr?«

»Ja.«

Perfy nickte. »Ja, das habe ich mir schon gedacht. Nun, ich reise heute ab. Du kannst mitkommen oder dableiben, ganz wie du willst. Ich möchte ihn nicht mehr sehen, und ich werde keinem von euch beiden jemals verzeihen.«

»Auch mir nicht? Denken Sie etwa, ich habe keine Gefühle?«

»Deine Gefühle sind mir gleichgültig. Wenn du mir wenigstens angedeutet hättest, was zwischen euch ist, dann wäre ich jetzt nicht in dieser schrecklichen Lage.«

»Tatsächlich?«, entgegnete Diamond bissig. »Und was wäre gewesen, wenn ich es Ihnen gesagt hätte? Sie wären bestimmt nicht damit einverstanden gewesen.«

»Nein, natürlich nicht, aber ich hätte dir vorhergesagt, dass er dir den Laufpass gibt, so oder so.« Ihre Worte trafen Diamond mitten ins Herz, doch sie ließ sich nichts anmerken. »Soll ich Ihnen beim Packen helfen?«, fragte sie verdrossen.

»Nein, danke, das mache ich selbst. Ich gehe jetzt zu Mrs. Buchanan und teile ihr mit, dass ich abreise. Was hast du vor?«

»Ich gehe mit Ihnen. Wir können nach Charters Towers reiten, von dort kommen wir zur Küste.«

»Das weiß ich«, erwiderte Perfy ärgerlich. »Wir reisen zusammen nach Charters Towers, dann trennen sich unsere Wege. Wohin du dann gehst, ist deine Sache.«

Diamond hatte geahnt, dass es so kommen würde. Zwar verband sie mit Perfy der Zorn auf Ben Buchanan, doch das genügte nicht, um den Abgrund zu überwinden, der sich zwischen ihnen aufgetan hatte. Außerdem liebte sie Ben noch immer. Und sie fragte sich, ob es Perfy ebenso ging.

Cornelia saß nachdenklich in ihrem Zimmer am Schreibtisch und trommelte mit den Fingern auf die Tischplatte. Gott sei Dank arbeitete Ben mit Tom auf der westlichen Weide. Mit ein bisschen Glück war dieses Ärgernis aus der Welt geschafft, bevor er nach Hause kam.

Diese schwarze Hure! Ein Mann wie Ben konnte leicht auf so ein Weibsstück hereinfallen. Aber Perfy hatte von derlei Dingen einfach keine Ahnung, und so musste sie, Cornelia, alles rundweg abstreiten. Schließlich stand nur die Aussage einer Schwarzen gegen die von Ben. Cornelia war es unbegreiflich, warum sie dieses Verhältnis nie bemerkt hatte. Offenbar war Ben äußerst vorsichtig gewesen. Sie fragte sich, ob Diamond schwanger war. Nein, das konnte nicht sein, das hätte Diamond bestimmt nicht verschwiegen., als sie vorhin so aufgebraust war.

Cornelia starrte in den Regen hinaus. Vielleicht war es nur ein Sommergewitter, aber es kam äußerst gelegen. Sie brauchten dringend Wasser, die Brunnen trockneten langsam aus. Ben hatte das Vieh schon zu den wenigen Bächen und Tümpeln treiben müssen, die noch nicht versiegt waren. Manchmal hörten diese frühen Regenfälle aber auch einfach auf, und der große Regen im Februar und März kam nicht. Dann konnte es problematisch werden. Cornelia widmete ihre Aufmerksamkeit wieder den Schwierigkeiten, die es sofort zu überwinden galt. Als Erstes musste dieses schwarze Ärgernis aus dem Weg geräumt werden. Sie würde ein paar Männer beauftragen, Diamond ohne großes Aufsehen zur Grenzstraße zu bringen; sollte sie selbst sehen, wie sie dann weiterkam. Es war nicht das erste Mal, dass sie aufsässige Schwarze loswerden mussten.

Cornelia fuhr herum, als es an der Tür klopfte. Wer konnte das sein? Es war doch erst fünf Uhr morgens. »Herein«, rief sie. In der Tür stand Perfy, durchnässt bis auf die Haut.

»Aber meine Liebe«, rief Cornelia aus, »was haben Sie denn gemacht? Sie sind ja ganz nass.« Sie sprang auf und reichte Perfy ein Handtuch. »Um Himmels willen, trocknen Sie sich erst einmal ab. Gut, dass es so heiß ist, Sie könnten sich ja sonst den Tod holen.«

Perfy nahm das Handtuch und legte es sich um die Schultern. »Cornelia, ich bin gekommen, um Ihnen für Ihre Gastfreundschaft zu danken und dafür, dass Sie sich so um mich gekümmert haben. Aber ich reise heute von Caravale ab. Ich bin froh, dass ich Sie nicht aufwecken musste, ich will nämlich in aller Frühe aufbrechen.«

»Aber, aber, liebes Mädchen! Sie können doch nicht einfach so fortgehen. Lassen Sie uns erst zusammen frühstücken und darüber reden.«

»Nein, mein Entschluss steht fest. Ich werde so früh wie möglich abreisen. Ich wäre Ihnen sehr verbunden, wenn Sie mir jemanden zur Begleitung nach Charters Towers mitgeben würden.«

»Aber Perfy, was ist mit Ihren Kleidern?«

»Meine Kleidertruhe ist mit einem Wagen hierhergekommen, Sie können sie auf demselben Weg nach Bowen zurückschicken.«

Cornelia lächelte. »Das habe ich nicht gemeint, Perfy. Ich meine, Sie können doch nicht einfach so losreiten. Sie müssen sich doch für die Reise vorbereiten. Aber sagen Sie, Sie gehen doch nicht etwa wegen des Geredes Ihres Hausmädchens?«

»Doch, genau deshalb«, antwortete Perfy.

Cornelia nahm Perfy am Arm und führte sie zu einem Sessel, obwohl sie wusste, dass die nassen Kleider des Mädchens den Brokatbezug ruinieren würden. »Jetzt hören Sie mir mal zu. Sie kennen die Schwarzen nicht. Ein ziemlich eigenartiger Schlag, und ständig verlieben sie sich in weiße Männer.« Cornelia lachte. »Sie werden doch nicht etwa das wirre Zeug glauben, das Diamond daherschwatzt?«

»Doch. Und es tut mir schrecklich leid, Cornelia, dass ich Ihnen diese Enttäuschung nicht ersparen kann, aber Sie haben im Lauf der Jahre sicher schon Schlimmeres durchgestanden.«

Cornelia war erstaunt über Perfys Entschlossenheit und Unbeugsamkeit. Von ihrer ersten Begegnung an hatte sie Perfy für geziert und etwas nervenschwach gehalten, doch nun erkannte sie, welche Willenskraft in dem Mädchen steckte. Sie hatte sich von ihrem Fieber erholt; ein paar Schluck Mohnauszüge hätten sie ruhiggestellt. Einmal hatte Cornelia tatsächlich mit diesem Gedanken gespielt, war aber zu dem Schluss gekommen, dass es nicht notwendig sei. Wie närrisch von ihr, dieses Mädchen so zu unterschätzen! Und Ben war ein noch viel größerer Narr. Sie würde ihm die Hölle heiß machen, wenn er heimkam!

»Ich würde das alles etwas leichter nehmen«, meinte sie. »Zumindest sollten Sie aber warten, bis Ben zurückkommt, und ihn anhören.«

»Lieber nicht.«

»Finden Sie das nicht ein wenig ungerecht? Ich bin schließlich seine Mutter, und ich kenne meine Söhne. Weder Ben noch Darcy haben sich jemals mit schwarzen Mädchen eingelassen.«

»Mit Ausnahme von Diamond«, erwiderte Perfy ungerührt. »Sie ist anders. Ich kann durchaus verstehen, dass er sie anziehend fand.«

»Unsinn! Sie ist keineswegs anziehend. Das Mädchen gehört doch zu einer ganz anderen Rasse.«

So ging das Gespräch hin und her, aber Perfy ließ sich nicht von ihrem Entschluss abbringen. Schließlich schien Cornelia nachzugeben. »Na schön, ich sehe, was ich tun kann. Aber vergessen Sie nicht, Perfy, dass nicht ich hier das Sagen habe, sondern Ben. Die Männer haben eine Menge Arbeit zu erledigen, und es sind raue, ungehobelte Burschen. Ich kann Sie ja nicht mit irgendjemandem losschicken.«

»Ich will noch heute abreisen.«

»Ihre Mutter würde es mir nie verzeihen, wenn ich Sie ohne anständige Begleitung in den Busch schicken würde. Ich will gar nicht daran denken, was Ihnen alles zustoßen könnte. Jetzt ruhen Sie sich heute noch mal aus, und ich sehe zu, was sich machen lässt.«

Der Vormittag ging in einen trüben, dunstigen Nachmittag über. Als Diamond noch immer nichts von Perfy gehört hatte, besuchte sie sie in ihrem Zimmer.

»Mrs. Buchanan bereitet unsere Abreise nach Charters Towers vor«, erklärte Perfy ihr.

»Wann?«

»Sobald es geht«, erwiderte Perfy unverbindlich.

»Miss Perfy, ich will Sie nicht noch mehr beunruhigen, aber ich glaube nicht, dass sie Sie gehen lassen wird. Sie möchte nur mich loswerden.«

»Das kann ich ihr nicht verübeln! Aber ich für meine Person kann gehen, wann ich will.«

Schweigend und mit gesenktem Kopf blieb Diamond im Zimmer stehen. Sie wollte nicht streiten, obwohl sie davon überzeugt war, dass sie recht hatte. Schließlich legte Perfy, die in einem Rohrstuhl saß und zu lesen vorgab, ihr Buch beiseite. »Na gut«, meinte sie und stand auf. »Das werde ich gleich herausfinden.« Cornelia war nicht zum Mittagessen erschienen, und Mae hatte nur gesagt, Mrs. Buchanan wolle sich heute etwas Ruhe gönnen. Perfy fand diese Untätigkeit beunruhigend, aber da Mrs. Buchanan oft Mae damit beauftragte, ihre Anweisungen weiterzugeben, hatte sie vielleicht doch schon etwas erreicht. »Sind Sie da, Mrs. Buchanan?«, fragte Perfy, nachdem sie an die Tür von Mrs. Buchanans Zimmer geklopft hatte.

»Ja, meine Liebe. Kommen Sie nur herein.«

»Ich hoffe, ich störe nicht, aber ich wollte mich erkundigen ...«

Cornelia lag in ihrem rosafarbenen Baumwollschlafrock im Bett, den Kopf mit mehreren Kissen hochgelagert und einem feuchten Waschlappen über den Augen. »Ich weiß, Sie überlegen sich immer noch, ob Sie nach Charters Towers reisen sollen«, sagte sie, ohne den Waschlappen vom Gesicht zu nehmen. »Aber denken Sie doch mal nach; das ist die Sache wirklich nicht wert. Ich stehe bald auf, dann trinken wir zusammen Tee. Ich habe Mae gesagt, sie soll heute etwas Leichtes kochen. Danach spielen wir eine Partie Whist, das wird uns ein bisschen aufheitern.«

»Sie haben mich offenbar nicht verstanden, Cornelia. Ich möchte Caravale verlassen.«

Cornelia seufzte. »Das sagen Sie jetzt. Aber in ein paar Tagen haben Sie die schmutzigen Lügen dieses Mädchens vergessen. Gehen Sie nur. Ich kann Sie nun mal nicht davon abhalten, etwas zu tun, was Sie Ihr Leben lang bereuen werden.«

Trotz Cornelias besorgtem Tonfall nahm Perfy eine gewisse Gereiztheit in ihrer Stimme wahr. Es war die Stimme der Herrin von Caravale, die keinen Widerspruch duldete, und das ärgerte sie.

Als sie in ihr Zimmer zurückkehrte, war Diamond verschwunden. Perfy war darüber ganz froh, denn sie war nicht in der Stimmung, Diamond über den Stand der Dinge zu unterrichten. Und so suchte sie Mae auf.

»Wie weit ist es eigentlich nach Charters Towers?«, fragte sie. Mae sah sie erstaunt an. »Nach Charters? Na, lassen Sie mich mal überlegen. Die Männer schaffen es in ein paar Tagen. Wollen Sie dort einkaufen gehen? Es soll mittlerweile eine recht betriebsame Stadt geworden sein.«

»Ja.«

»Na, für Damen ist es wohl am einfachsten, über die Twin-Hills-Farm zur Ironbark-Farm zu reiten, und am nächsten Tag sind es dann noch mal an die dreißig Kilometer. Mrs. Buchanan war schon seit einer Ewigkeit nicht mehr dort. Ich bin froh, dass sie mal wieder ein bisschen rauskommt. Sie hat Caravale kaum verlassen, seit Darcy ...« Unvermittelt hielt Mae inne. »Entschuldigen Sie, ich wollte Sie nicht ...«

»Schon gut, Mae. Sagen Sie Mrs. Buchanan nichts von Charters Towers, ich werde selbst fragen, was sie davon hält.«

»In Ordnung. Sie wird wahrscheinlich sowieso mit dem Wagen fahren wollen, mit dem dauert es etwas länger.« Perfy hatte das Gefühl, in einer Falle zu sitzen. Zurück auf ihrem Zimmer zermarterte sie sich den Kopf, wie sie von Caravale wegkommen konnte. Für sie gab es nun keinen Zweifel mehr, dass jede Anweisung, die sie den Stallburschen oder den Viehhütern gab, von Mrs. Buchanan widerrufen werden würde. Ohne ihre Hilfe kam sie hier nicht weg. Der Gedanke, mit Ben diese Auseinandersetzung noch einmal führen zu müssen, war ihr ebenso widerwärtig wie die Vorstellung, dass er sie womöglich nach Charters Towers begleiten würde. Sie hasste ihn. Sie wünschte, sie könnte aufhören, ständig an ihn zu denken, daran, wie jeder ihn auf der Merri-Creek-Farm bewundert hatte, wie selbstbewusst er war, welch feine Manieren er hatte. »Ein Gentleman, genau wie sein Vater«, hatte eine Frau gesagt.

Sie hielt die Tränen zurück. Im Gegensatz zu den beiden Männern, die sie aufrichtig geliebt und die der Tod ihr so unwiederbringlich entrissen hatte, war Ben Buchanan keine Träne wert. Sie fühlte sich zutiefst gekränkt und ertappte sich dabei, wie sie mit ihrem Schicksal haderte, doch dann schob sie diese Gedanken beiseite – Selbstmitleid half ihr nicht weiter.

Und dann war da noch Lew Cavour. Auch gegen ihn hegte sie nun einen Groll. Nicht einen Schritt war er ihr entgegengekommen. Außerdem begab er sich nicht gern in Gesellschaft, besaß nur ein einziges ordentliches Hemd und konnte nicht einmal tanzen. In seiner Starrköpfigkeit hatte er sich sogar geweigert, ihre Vorschläge und Überlegungen zu Caravale mit ihr zu besprechen. Ben war zumindest unterhaltsamer, das würde sie Lew sagen. Vielleicht auch lieber nicht, besann sie sich. Der flüchtige Gedanke an Ben und Diamond trieb ihr die Schamröte ins Gesicht. Mutter hatte von Lew nichts mehr gehört, seit er Bowen verlassen hatte, vielleicht wusste er also gar nichts von ihrer Verlobung. Er brauchte es auch nie zu erfahren. Mein Gott, wie sehr sie Ben Buchanan hasste! Sie würde ihm nie verzeihen, und es sollte ihm noch leidtun, dass er sie so gedemütigt hatte. Wie wohltuend es doch sein konnte, Rachepläne zu schmieden!

Sie stand auf, kämmte sich und band das Haar im Nacken zusammen. »Sie wollen mich wohl für dumm verkaufen«, sagte sie, als sie in den Spiegel blickte.

Mae klopfte an die Tür. »Der Tee ist fertig. Wollen Sie Mrs. Buchanan Gesellschaft leisten?«

»Ja, Mae«, erwiderte sie. »Ich komme gleich.« Es hatte keinen Sinn, sich im Zimmer zu verkriechen. Und ob es Cornelia nun gefiel oder nicht, sie würde sich damit abfinden müssen, dass die Verlobung aufgelöst war.

Jannali kam atemlos zu Diamond gerannt. »Schnell, du kommen mit. Du müssen verstecken.«

»Warum?«

»Weiße Männer dich suchen.«

Sie schlichen durch den Obstgarten, und Diamond sah, dass neben der Molkerei zwei Pferde angebunden waren. »Ich verstehe das nicht.«

»Zwei Männer drin sitzen. Wollen dich fangen. Missus zu ihnen sagen, sie dich bringen fort, du machen Ärger.«

Diamond starrte sie an. »Sie sind da drinnen? In meinem Zimmer? Was tun sie da?«

»Haben Stricke, warten auf dich.«

»Das ist doch Unsinn«, meinte Diamond. »Selbst wenn sie mich fangen, was können sie schon tun? Mich zur Grenzstraße bringen? Ich würde einfach zurücklaufen, und dann würden sie Schwierigkeiten bekommen.«

Jannali riss die Augen auf. »Nein! Männer dich bringen in Busch, halten dich fest, bestimmt schlagen dich. Du wehren, sie dich verprügeln.«

»Das würden sie niemals wagen!«

Jannali zuckte nur mit den Achseln. »Missus sich nicht kümmern. Sie sagen, Männer loswerden nichtsnutzige Neger. Jumbo hören Männer lachen.«

»Aber Mr. Ben«, beharrte Diamond, »er wäre außer sich, wenn sie mir etwas antun würden.«

Doch als sie sah, wie Jannali den Kopf schüttelte, wusste sie, dass die Frau recht hatte. Wie Ben sich nach seiner Rückkehr verhalten würde, war nicht von Bedeutung; jetzt war sie in Gefahr. »Ich gehe ins Haus«, beschloss sie, »zu Miss Perfy.«

»Du besser verstecken«, riet Jannali. »Missus sagen, du lügen, dann Männer dich fangen.«

»Aber ich kann mich doch nicht ewig verstecken.«

»Du warten, bis Sonne gehen auf. Pitaja, Bruder von mir, dich bringen weit weg in Sicherheit.«

Diamond war verwirrt. Sie hatte Pitaja kennengelernt, er war ein großer, griesgrämiger Stammesmann, der die Weißen verachtete und keine Arbeit auf der Farm annehmen wollte. Er hatte zwei Frauen und mehrere Kinder und lebte ärmlich und zurückgezogen im Camp. Mae hatte einmal gesagt, sie sei etwas misstrauisch, keiner wisse so recht, was von ihm zu halten sei. Obwohl Diamond es nicht zuzugeben wagte, hatte sie ein wenig Angst vor ihm. Er schien in ihr so etwas wie eine Verräterin zu sehen. »Pitaja gute Kerl«, sagte Jannali. »Er sagen, er mögen dich, du nicht wie Weiße. Er dich bringen in große Stadt von Weiße.«

»Wohin? Nach Charters Towers?«

»Ja. Pitaja beste Führer«, erklärte sie stolz.

Im Augenblick wollte Diamond auf diesen Vorschlag nicht näher eingehen. »Kann ich mich nicht in eurem Lager verstecken?«, fragte sie, doch Jannali verneinte.

»Missus grausam bestrafen Ilba-Leute. Weiße erst suchen dich hier, bringen Waffen, machen Leute Angst. Du gehen mit mir.« Die Dämmerung brach bereits herein, und ein blauvioletter Dunst legte sich über das Land, als die beiden Frauen den Hügel hinauf zum Friedhof eilten. Diamond erinnerte sich, dass eine der Buchen vom Blitz getroffen worden war. Eigentlich hatte sie sich den Baum einmal ansehen wollen, aber dann nicht mehr daran gedacht. Wie sie jetzt feststellte, bot der riesige Stamm mit seinen abgebrochenen Ästen ein gutes Versteck. Jannali folgte ihr durch das angesengte Baumgestrüpp und kauerte sich neben sie. »Du bleiben hier?«

»Ja«, erwiderte Diamond und gab Jannali einen Kuss auf die Wange. »Du bist so nett zu mir. Danke.«

»Du gute Mädchen«, meinte Jannali. »Kluge Mädchen.« Sie seufzte tief und rang nach Worten. »Heute alle Schwarze traurig. Du nicht dürfen vergessen deine Leute.«

Diamond umarmte die Frau und brach in Tränen aus.

Ein bleicher Mond schob sich zwischen den Wolkenfetzen hindurch, tauchte die Grabsteine in ein trübes Licht und verzerrte ihre Umrisse, die sich vor einem dunklen Hintergrund abhoben. Sie kamen Diamond jetzt größer und bedrohlicher vor, und sie versuchte, nicht in diese Richtung zu sehen. Ein kalter Schauer lief ihr über den Rücken. Ständig drehte sie sich um, weil sie meinte, dass sich ihr irgendjemand oder irgendetwas von hinten näherte. Um sich abzulenken, dachte sie an Essen, denn sie war hungrig. Sie wünschte, Jannali wäre bei ihr geblieben. Unten im Haus brannten Lichter, und sie fragte sich, ob die Männer noch immer nach ihr suchten.

Der Schrei einer Eule zerriss die Stille. Diamond zuckte zusammen, das Herz klopfte ihr bis zum Hals. Dann lehnte sie sich mit einem Seufzer zurück und legte den Kopf auf den Baumstamm. Eigentlich wollte sie ein wenig schlafen, doch immer wieder riss sie die Augen auf und sah sich um. Wenn diese Männer nun auf die Idee kamen, hier oben nach ihr zu suchen? Sie durfte nicht schlafen.

Der weiße Lattenzaun, der den Friedhof säumte, zog Diamonds Blicke magisch an. Die Latten sahen aus, als bewegten sie sich, als liefen lange, dürre Gestalten im Dunkeln hin und her. Diamond glaubte, auch wieder diese seltsamen Stimmen zu hören. Ängstlich lauschte sie in die Nacht, und tatsächlich, da war es wieder, ein dunkles Stimmengewirr. Es klang, als redeten sie miteinander, als klagten sie und riefen Namen. Deutlich vernahm sie die Stimme eines Mannes: »Clem.« Und noch einmal, diesmal lauter: »Clem.«

Diamond wusste nicht, was das zu bedeuten hatte, doch die Stimme war so nahe, dass sie den Hauch des Atems an ihrer Wange zu spüren meinte. »Clem«, tönte es wieder, dann hob sich die Stimme zu einem markerschütternden Schrei: »Clem!«

Zu Tode erschrocken sprang Diamond auf. Was immer ihr im Haus geschehen mochte, so schlimm wie hier konnte es nicht sein. Sie hatte kein Recht, hier unter diesen Geistern zu sein, sie wollten sie von diesem Ort vertreiben. Leise trat sie aus dem Geäst hervor und schlich am Zaun entlang.

Eine weiße Gestalt schien auf sie zuzuspringen, und beinahe hätte sie entsetzt aufgeschrien, doch da erkannte sie, dass es nur ein Strauch mit weißen Blumen war, die großen weißen Engelstrompeten mit ihren trichterförmigen, herabhängenden Blüten. Diamond blieb stehen und starrte den Busch an. Im selben Augenblick waren die Stimmen verstummt. Alles um sie herum schien gespannt den Atem anzuhalten und zu warten, was sie nun tun würde …

369

Eine Weile betrachtete Diamond den Strauch mit seinen leuchtenden weißen Blüten. Sie dachte an Mrs. Buchanan, die ihr von Anfang an nur Hass entgegengebracht hatte, die Perfy um jeden Preis hierbehalten wollte und die schließlich auch die Männer auf sie gehetzt hatte. Sie ist ein böser Mensch, kam es Diamond in den Sinn, und dabei fühlte sie sich auf sonderbare Weise im Einklang mit den Geistern. Sie schob die Blumen beiseite und brach ein paar von den langen, dünnen Blättern ab, die wie grüne, glänzende Messer hinter der falschen Süße der prachtvollen Blüten zu lauern schienen.

Auf dem felsigen Boden suchte sie nach einigen flachen Steinen, zwischen denen sie die Blätter zerrieb. Es war kaum ein Teelöffel voll, doch das genügte. Sie wickelte das Häufchen in ihren Schal und verknotete ihn.

Vor dem Haus brannte noch immer Licht, als Diamond durch den Garten schlich und in die Küche schlüpfte. Das Tablett mit Mrs. Buchanans Schlaftrunk stand an der gewohnten Stelle. Mae hatte ihr in einer Porzellantasse bereits den Kakao mit Milch und Zucker hergerichtet. Jetzt musste die Dame des Hauses die Tasse nur noch mit dem Wasser auffüllen, das in dem großen schwarzen Kessel über dem niedergebrannten Feuer warm gehalten wurde. Diamond nahm ein paar Fingerspitzen von den feuchten, zerriebenen Blättern und rührte sie in die Tasse. Dann wischte sie den Löffel an ihrem Schal ab. Geräuschlos verschwand sie wieder im Dunkeln. Draußen wusch sie sich die Hände in einem Wassereimer und trocknete sie an ihrem Kleid ab. Den Schal, an dem noch Reste der giftigen Blätter klebten, verbarg sie in einer Tasche ihres Kleids. Danach ging sie zur Veranda vor Perfys Zimmer und kauerte sich, verborgen von einer großen Polsterbank, an die Wand. Perfy war noch wach, wie Diamond aus dem Geräusch ihrer unruhigen Schritte schließen konnte. Das durch die Spitzenvorhänge aus ihrem Zimmer fallende Licht warf hübsche Schatten auf den polierten Verandaboden. Diamond zog die Knie an und betrachtete das gleichmäßige Muster, bis sie in einen leichten Schlummer fiel.

Cornelia träumte. In der Ferne erblickte sie ein prächtiges Schloss, das silbern in der Sonne glänzte. Über den hohen goldenen Türmen wehten Wimpel in allen Farben. Cornelia lief darauf zu. Wunderbare Harmonien drangen ihr entgegen, und verheißungsvoll senkte sich die Zugbrücke für Cornelia herab. Doch je schneller sie rannte, desto weiter schien sich das Schloss zu entfernen, und die Türme begannen sich zu absonderlichen Formen zu dehnen und zu verzerren.

Dann hatte sie es plötzlich geschafft; sie lief über die Zugbrücke, die ihr endlos lang erschien, versengte sich die Füße auf weißglühendem Eisen, doch sie kümmerte sich nicht darum; sie musste ins Schloss gelangen, koste es, was es wolle. Zu spät erkannte sie, dass sich anstelle des Tors ein riesiges, übelriechendes Maul mit haifischartigen Zähnen hinter ihr schloss. Sie schrie, doch es war kein Ton zu hören, und schmerzgepeinigt rannte sie weiter.

Die Leute, denen sie zurief, sie sollten ihr doch helfen, kamen mit ausgestreckten Händen auf sie zu. Als ein Mann sie mit seinen Klauenhänden packte, erkannte sie, dass es Clem Bunn war.

»Lass mich los!«, kreischte sie vor Angst und rannte zu einem anderen, doch es war wieder Clem, und der Nächste wieder, immer und immer wieder Clem oder Männer in Masken, die wie Clem aussahen. Sie musste ihn finden und töten. Wenn sie ihn umgebracht hatte, würden die Doppelgänger sie zufrieden lassen. Sie alle griffen mit Katzenklauen nach ihr, zogen sie an den Haaren, rissen und zerrten an ihren Kleidern. Wohin sie auch blickte, sah sie nichts als verhüllte, von gelbem Schleim bedeckte Gesichter. Dann rannte sie weiter über lange Gänge und von Zimmer zu Zimmer auf der Suche nach Clem, auf der Suche nach ihrem Gewehr. Doch im Schloss war es so dunkel wie in einer Gruft, pechschwarze Wände umgaben sie. Durch die Ritzen der verschlossenen Türen drangen schwache Lichtstrahlen hervor. Sie stürzte darauf zu, hämmerte gegen die Türen und schrie: »Komm heraus, du Teufel! Ich weiß, dass du da drinnen bist. Du wirst mir nicht mein Schloss wegnehmen, hörst du!«

Clem war an allem schuld, er hatte das wunderschöne silberne Schloss versteckt. Wenn sie ihn loswürde, würde sie es wiederfinden …

Perfy hatte ihre Sachen gepackt. Jetzt saß sie auf dem Bettrand und blätterte gedankenverloren in alten Zeitungen. Jeder Versuch, mit Cornelia über ihre Abreise zu sprechen, war vergeblich gewesen, sie hatte sich schlichtweg geweigert, darüber zu reden.

»An Weihnachten reisen wir alle zusammen nach Bowen. Darüber wird sich Ihre Mutter sicherlich freuen. Die meisten Leute von den Farmen verbringen den Sommer an der Küste, denn hier ist es dann so nass, dass man nicht viel unternehmen kann. Ihr könnt ja dann dort heiraten. Ihre Mutter vermisst Sie bestimmt, meine Liebe. Aber jetzt sind es ja nur noch ein paar Wochen. Ist das nicht aufregend? Gibt es inzwischen mehr Geschäfte in Bowen, wo man gut einkaufen kann?«

Die Frau war einfach unmöglich. Perfy hielt es für verständlich, dass sie an diese Geschichte von einer Affäre zwischen ihrem Sohn und Diamond nicht glauben wollte. Auch Perfy selbst wollte nicht weiter darüber nachdenken. Und Ben würde sicherlich alles abstreiten. Ihr graute vor der peinlichen Auseinandersetzung, die sie dann mit beiden führen musste. Wo war eigentlich Diamond? Perfy machte sich Sorgen. Mae hatte sehr unruhig gewirkt, als sie sagte, Diamond sei nicht in ihrem Zimmer. Wusste sie etwas? Hatte Cornelia ihr von Diamonds Anschuldigungen erzählt? Und wenn Diamond gelogen hatte? Nein, bestimmt nicht. Und doch quälten sie Zweifel.

Der Lärm brach wie eine Naturgewalt über das stille Haus herein. Jemand schrie und tobte, hämmerte gegen die Wände, stieß wüste Schimpfworte hervor. Ängstlich saß Perfy da; sie wollte die Tür öffnen und nachsehen, doch sie wagte nicht, sich zu rühren. Der ohrenbetäubende Krach musste im ganzen Haus zu hören sein. Perfy vermutete, ein Schwarzer habe den Verstand verloren und sei ins Haus eingebrochen. Schon überlegte sie, ob sie möglicherweise durch die offenen Verandatüren flüchten konnte. Sie hörte das Klirren von Glas … Da wurden die Vorhänge beiseitegeschoben, und Diamond trat ins Zimmer.

»Gott im Himmel!«, keuchte Perfy. »Du hast mich ja zu Tode erschreckt. Was ist denn los?«

»Pst!«, machte Diamond und schob sie beiseite. »Seien Sie still.«

Doch ehe Diamond weitersprechen konnte, wurde die Tür aufgestoßen, und Cornelia stürzte herein. Cornelia! Mit weit aufgerissenen Augen stand sie da, das Nachthemd zerfetzt, das sonst so gepflegte rote Haar hing zerzaust herab. Ihr Gesicht war zu einer Grimasse verzerrt. »Wo ist er?«, schrie sie in ihrem Wahn.

»Er ist nicht da«, erwiderte Diamond ruhig. Cornelia versuchte sich an ihr vorbeizudrängen, doch das große schwarze Mädchen stellte sich ihr in den Weg. »Er ist nicht da«, wiederholte sie. »Gehen Sie.«

»Doch, er ist da, du lügst!« Cornelia versuchte Diamond aus dem Weg zu schieben, doch diese ließ sie nicht vorbei. Da deutete die Tobende auf Perfy, die am anderen Ende des Betts kauerte. »Da ist er! Das ist Clem! Töte ihn! Wir müssen ihn umbringen, schnell!« Sie wich zur Seite und warf dabei die Lampe auf der Kommode zu Boden. Im Nu fingen die Spitzengardinen Feuer. Perfy sprang über das Bett und versuchte die Flammen mit einem Kissen zu ersticken, während Diamond sich nach besten Kräften bemühte, Cornelia aus dem Zimmer zu drängen.

»Laufen Sie raus«, rief Diamond Perfy zu.

»Nimm deine Hände weg!«, kreischte Cornelia. »Du bist nicht Clem.« Sie sah, wie Perfy auf die Veranda hinausrannte. »Fangt den Hundesohn! Ich muss ihn aufhalten!«

Sie hatte Diamond an den Haaren gepackt und zerrte mit solcher Gewalt daran, dass Diamond glaubte, sie würde ihr das Haar büschelweise ausreißen. Die andere Hand krallte sich in Diamonds Gesicht. »Runter mit der Maske!«, schrie sie. »Das ist doch nur eine dreckige schwarze Maske!« Diamond versetzte ihr einen so heftigen Schlag, dass Cornelia losließ, nach hinten durch die Tür taumelte und zu Boden stürzte. Diamond blieb schwankend neben ihr stehen.

Cornelia sah erschreckt zu ihr auf, ihre Stimmung schien umzuschwingen. Händeringend wimmerte sie: »Er ist mein Ehemann. Wir müssen ihn finden. Verstehst du denn nicht?« Ihre Stimme steigerte sich wieder. »Es ist Clem!«

»Ich weiß«, sagte Diamond. »Es ist Clem, Ihr Ehemann.«

»Hilfst du mir, ihn zu suchen?«, flüsterte Cornelia. »Sie dürfen nichts davon erfahren.« Sie kicherte irre. »Keiner darf was davon erfahren.«

Diamond glaubte, wieder den Baum zu riechen, die verkohlten Überreste der vom Blitz gefällten Buche am Friedhof. Doch da bemerkte sie den Qualm um sich herum. Die Eingangshalle, die sie niemals hatte betreten dürfen, hatte sich in ein prasselndes, funkensprühendes Flammenmeer verwandelt.

Erst stürzte Mae an ihr vorbei, dann der Vorarbeiter Paddy und andere Männer, und gleich darauf vernahm sie aufgeregte Schreie, dass das ganze Haus in Flammen stehe, das Schlafzimmer, der Flur, das Wohnzimmer und auch schon der Seitenflügel. In ihrem Wahn hatte Cornelia mehrere brennende Lampen umgestoßen, ohne sich weiter darum zu kümmern. Einige Männer hoben die Frau nun auf, und mit Mühe gelang es ihnen, die fluchende und wild um sich schlagende Tobsüchtige ins Freie zu schaffen.

Inzwischen kamen auch die Schwarzen vom Lager herbeigerannt, um den Farmarbeitern beim Löschen zu helfen. Mithilfe einer Menschenkette wurden Eimer von den Wassertanks weitergereicht, und Diamond hörte einen Mann sagen: »Warum zum Teufel regnet es nicht jetzt, wo wir's brauchen könnten?«

Der Mond stand hoch am Himmel und verlieh den vorüberziehenden Wolken ein fahles Leuchten, während aus dem Wohnhaus der Caravale Station riesige Flammen emporzüngelten, die noch viele Kilometer weiter zu sehen waren.

Diamond empfand nichts beim Anblick der Feuersbrunst. Holz splitterte und krachte, die Männer sprangen beiseite, um herunterstürzenden brennenden Balken auszuweichen. Nasse

Säcke wurden in die Flammen geschleudert, und verzweifelt versuchte man, das Feuer einzudämmen. Das Haus war nicht mehr zu retten, aber es musste verhindert werden, dass die Flammen auf die kostbaren Wirtschaftsgebäude übergriffen. Das war zum Glück nicht allzu schwierig, denn die Nacht war feuchtkalt und beinahe windstill, sodass keine Funken herübergetragen wurden.

Schwarze Kinder rannten aufgeregt herum und versuchten zu helfen, indem sie mit den Händen Sand auf vereinzelte brennende Holzstücke schaufelten. Diamond versammelte die Kinder um sich und ermahnte sie, dem Feuer nicht zu nahe zu kommen. Zu Diamonds Erstaunen war das Haus im Nu abgebrannt, und als der Rauch aus der zischenden Glut aufstieg, bemerkte sie neben sich Pitaja. Mit seinem bärtigen schwarzen Antlitz, in dem sich die rote Glut spiegelte, blickte er zu ihr hinab. »Du jetzt gehen nach Hause«, sagte er.

Diamond zuckte mit den Achseln. »Ich weiß nicht, wo mein Zuhause ist.«

»Doch, du wissen.« Er tippte sich an die Stirn. »Da drinnen du wissen.«

»Bringst du mich in die Stadt?«, fragte sie ihn, doch er schüttelte den Kopf und deutete auf Perfy, die betrübt neben Mae stand. »Nicht nötig. Sie jetzt bringen dich. Die weiße Miss.«

4

Als Perfy in Charters Towers zu den vier anderen Fahrgästen in die Kutsche stieg, hellte sich ihre Stimmung auf. Sie freute sich auf diese Reise. Wie aufregend, einmal auf eigene Faust unterwegs zu sein! Und endlich allein! Jetzt brauchte sie keine lästigen Fragen mehr zu beantworten, auf niemanden Rücksicht zu nehmen. Von der Twin-Hills-Farm waren berittene Männer zu Hilfe geeilt, doch sie kamen zu spät. Sie hatten den Feuerschein in der Ferne gesehen und befürchtet, Caravale sei von Schwarzen oder Buschräubern angegriffen worden. Müßig standen sie dann in ihren hohen Reitstiefeln und mit den tiefhängenden Revolvern herum. Alles, was sie tun konnten, war, Paddy ihr Bedauern auszusprechen und auf die Rückkehr von Ben und Tom Mansfield zu warten.

Alle Augen waren auf Ben gerichtet, als er und sein Begleiter ankamen. Er blieb auf seinem Pferd sitzen, starrte ungläubig auf die Ruinen und brachte kein Wort über die Lippen. Schweigend umkreiste er die Überreste seines Zuhauses, ehe er sein Pferd neben Paddy zügelte.

»Was ist geschehen?«, fragte Ben ihn barsch.

»Die Lampen, Boss. Haben Feuer gefangen«, erwiderte Paddy ausweichend.

»Wo ist meine Mutter?« Er ließ den Blick über die verzagte Menschenmenge gleiten.

Mae trat auf ihn zu und gab eine ebenso ausweichende Antwort: »Sie ruht sich aus, Mr. Ben, in der Küche.«

Er nickte und wandte sich an Perfy. »Ist alles in Ordnung?«

»Ja, danke. Es ist niemand verletzt worden.«

Man kam überein, dass Perfy und Diamond zur Twin Hills Station gebracht werden sollten. »Gehen Sie nur«, sagte Mae zu Perfy. »Ich bleibe hier und kümmere mich um Mrs. Buchanan. Ich habe ihr etwas Laudanum gegeben, damit sie ruhig bleibt.«

»Was ist denn nur in sie gefahren?«, fragte Perfy.

»Ich weiß es nicht. Irgendein Anfall.« Sie sah sich um, ob auch niemand sie belauschte, dann fuhr sie fort: »Sieht mir verdächtig nach Säuferwahnsinn aus. Von Zeit zu Zeit spricht sie dem Gin sehr zu. Aber sie wird schon wieder gesund werden, machen Sie sich keine Sorgen. Schade um Ihre Kleider. So hübsche Sachen und alles verbrannt ...«

»Das ist doch gar nichts im Vergleich zu diesem verheerenden Unglück«, meinte Perfy.

»Ja, da haben Sie wohl recht. Auf Twin Hills wird man Ihnen mit neuen Kleidern aushelfen. Die Chesters sind eine große Familie, und ein paar von den Töchtern sind in Ihrem Alter.«

»Ach, die Chesters wohnen dort? Ich habe sie bei dem Hausfest auf Merri Creek kennengelernt.«

»Das trifft sich gut«, sagte Mae, doch Perfy hatte ihre Zweifel. Die Chesters würden sicherlich auf die Verlobung mit Ben zu sprechen kommen.

Die Pferde wurden gesattelt, und Ben kam, um die beiden Frauen zu verabschieden. Er nahm Perfy beiseite. »Willst du wirklich nicht mit der Kutsche fahren?«

»Nein, ich reite lieber.«

»Na gut. Ich muss hier einiges erledigen, dann komme ich zu dir nach Twin Hills.«

»Ich bleibe nicht dort«, sagte sie. »Ich reise zu meiner Mutter.«

»Ja, das kannst du ja, aber ich komme mit. Das Haus muss so schnell wie möglich wieder aufgebaut werden, und ich muss in Bowen das nötige Material besorgen und ein paar Zimmerleute anstellen.«

Perfy wusste wohl, dass der Zeitpunkt ungünstig gewählt war, um ihm die Nachricht zu unterbreiten, doch sie konnte es nicht ändern. »Ben, ich bin zu dem Schluss gekommen, dass es ein Fehler wäre, wenn wir heiraten würden. Ich kann dich nicht heiraten. Unsere Verlobung ist aufgelöst.«

Er nahm ihre Hand. »Sei nicht töricht. Das Unglück hat dich sicher etwas mitgenommen. Aber ich habe das Haus im Nu wieder aufgebaut. Du bist im Augenblick nur ein wenig durcheinander.«

»Nein, keineswegs«, erwiderte sie mit fester Stimme. »Ich habe meine Entscheidung schon vor Tagen getroffen. Ich will nicht heiraten.«

»Aber warum denn nicht? Das ist doch albern.«

Er hatte ein Recht auf eine Antwort, sie brachte es aber nicht über sich, ihm den wahren Grund zu sagen.

»Frag deine Mutter«, entgegnete sie und wandte sich ab, doch er hielt sie fest.

»Was ist mit meiner Mutter? Was hat sie gesagt?«

»Ach, nichts.« Perfy versuchte sich von ihm loszumachen.

»Sprich doch mit ihr, sie kann dir alles erklären. Ich kann es nicht.« Sie riss sich los. »Lass mich gehen.«

Eine Gruppe von Leuten hatte sich um die beiden versammelt, und er wagte nicht, sie zurückzuhalten. Er half ihr aufs

Pferd und sagte: »Wir treffen uns dann in Bowen. Dort besprechen wir alles in Ruhe.«

»Das glaube ich kaum«, erwiderte Perfy. »Leb wohl, Ben. Das mit dem Haus tut mir wirklich leid.«

Und das stimmte. Ben war tatsächlich zu bemitleiden. Er hatte sein Haus und seine Braut verloren. Und seine Geliebte, dachte sie bitter.

Die anderen Fahrgäste in der Kutsche waren Gus und Mary Hallam und ihre beiden heranwachsenden Söhne. Die Hallams besaßen eine Farm draußen am Gilbert River und wollten den Sommer in Sydney verbringen. Mit einer Kutsche reisten sie zum ersten Mal.

»Ich auch«, meinte Perfy. Sie war froh, dass sie sich in Gesellschaft fremder Menschen befand. Die Kutsche rollte zur Stadt hinaus und den Hügel hinunter und beschleunigte, als sie die Ebene erreichte. Während Perfy auf den Hufschlag der Pferde hörte, spürte sie, wie sie auch innerlich Abstand von all den Sorgen gewann, die sie in letzter Zeit so geplagt hatten. Freunde der Buchanans hatten sie freundlicherweise von einer Farm zur nächsten begleitet, bis sie und Diamond schließlich Charters Towers erreicht hatten. Dort hatte Perfy sich sogleich von ihr getrennt.

»Hier sind zwanzig Pfund«, sagte sie. »Damit wirst du über die Runden kommen, bis du Arbeit gefunden hast.« Diamond hatte sich bedankt und war ohne ein weiteres Wort davonmarschiert. Ein wenig neidisch beobachtete Perfy, wie zahlreiche Leute sich auf der Straße nach Diamond umdrehten. Sie wusste, es lag nicht nur daran, dass Diamond ein hübsch gekleidetes schwarzes Mädchen war, wie man es selten sah. Diamonds Bewegungen waren fließend und anmutig, sie ging mit der Geschmeidigkeit einer Katze und wirkte ebenso stolz und selbstsicher.

Perfy fragte sich, wohin Diamond gehen und was sie tun würde, doch dann verbannte sie diesen Gedanken aus ihrem Kopf. Diamond und Ben und ihr schmutziges Verhältnis, einfach widerlich! Und dann diese verrückte Mrs. Buchanan!

Perfy war überzeugt, dass Cornelia dem Wahnsinn verfallen war. Und die Männer waren derselben Meinung. Sie hatte gehört, wie einer von denen, die Cornelia mit Gewalt aus dem brennenden Haus zerren mussten, bemerkt hatte: »Die ist völlig übergeschnappt.« Das fand sie auch. Überhaupt waren alle auf dieser Farm verrückt. Sie wollte nie wieder einen von ihnen sehen.

Perfy lehnte den Kopf gegen die hart gepolsterte Lederbank und schloss die Augen. Sie war auf dem Weg nach Hause. Mit Caravale wollte sie nichts mehr zu tun haben. Sie würde ihren Anteil an der Farm verkaufen, an irgendjemanden, nur nicht an die Buchanans; denen würde sie ihn auf gar keinen Fall überlassen. Sie erschrak bei dem Gedanken, Ben hätte sie nur heiraten wollen, um die Farm zusammenzuhalten, doch es hätte immerhin möglich sein können. Wie auch immer, all das war jetzt nicht mehr von Bedeutung, sie war den Buchanans entkommen und wollte keinen Gedanken mehr an sie verschwenden.

Die Kutsche holperte und schaukelte die Straße entlang, das Pferdegeschirr klirrte, die Peitsche knallte und die eisenbeschlagenen Wagenräder knirschten. Jeder der gleichmäßigen Hufschläge bedeutete für Perfy eine Erleichterung, brachte er sie doch weiter weg von den verwirrenden Ereignissen der letzten Monate. Die Asche der Vergangenheit zerstreute sich im Wind. Man hatte den Fahrgästen mitgeteilt, dass sie am großen Fluss mit einer Fähre übersetzen und dann in eine andere Kutsche umsteigen mussten, die sie nach Townsville bringen würde. Dort konnte Perfy ein Schiff nach Bowen nehmen. Wie reizvoll, einmal allein zu reisen! Sie war unternehmungslustig, sie brauchte Leben um sich herum. Deshalb hatte ihr auch Caravale so zugesagt. Caravale … dort war ihr Vater beerdigt worden. Tapfer schluckte sie die aufsteigenden Tränen hinunter.

Aber sie musste in die Zukunft blicken. Wenigstens war ihr Vater in dem Bewusstsein gestorben, dass seine Frau und seine Tochter gut versorgt waren. In den Augen ihrer Eltern war Perfy wohlhabend. Doch im Haus des Gouverneurs hatte sie genug Damen mit prächtigen Kleidern und kostbarem Schmuck gesehen, um zu wissen, dass sie auch nach dem Verkauf ihres Anteils an Caravale lediglich ein größeres Bankguthaben aufzuweisen haben würde. Diese Leute verstanden unter Reichtum etwas anderes.

Wie würde es also weitergehen? Heiraten und am vornehmen Stadtrand von Bowen ein eintöniges Leben führen, dessen Höhepunkte in Konzertbesuchen bestanden? Sie hing dem müßigen Gedanken nach, was es bedeutete, wirklich reich zu sein – Häuser auf dem Land und an der Küste zu besitzen, prächtige Bälle zu geben und zu großartigen Ausflügen einzuladen, aufregende und reizvolle Menschen kennenzulernen …

Trotz der holprigen Fahrt nickte Perfy ein.

Zwanzig Pfund. Diamond seufzte. Mrs. Beckmann hatte ihr zehn Pfund gegeben, und sie hatte sie mit Liebe gegeben. Von Perfy hatte sie zwanzig Pfund erhalten, doch verächtlich und nur aus Pflichtgefühl. Jetzt war sie wirklich allein auf der Welt. Allein in der geschäftigsten Stadt, die sie je gesehen hatte. Sie hatte gehört, dass in den letzten beiden Monaten mehr als zweitausend Neuankömmlinge Charters Towers überflutet hatten. Das konnte sie sich gut vorstellen, denn in den wenigen Straßen drängten sich wahre Menschenmassen. An zahlreichen weiteren Stellen im ferneren Umkreis der Stadt war Gold gefunden worden, was dazu führte, dass hier schon morgens so viel Betrieb herrschte wie in Brisbane nur an Samstagabenden. Doch im Grunde genommen war Charters Towers lediglich eine Stadt wie viele andere im Landesinneren, mit einer breiten Hauptstraße, einigen Läden und vielen Schenken. Letzteres hielt Diamond für ein gutes Zeichen; es sollte ihr eigentlich nicht schwerfallen, in einer davon Arbeit zu bekommen.

Nachdem sie an die Küchentüren mehrerer Hotels geklopft hatte und immer wieder abgewiesen worden war, begriff sie aber, dass niemand einem schwarzen Mädchen Arbeit geben würde. Also beschloss sie, sich zuerst ein Zimmer zu suchen. Wie sie befürchtet hatte, war nirgendwo etwas frei, doch zweimal sagte man ihr auch offen ins Gesicht, dass man an Schwarze ohnehin nicht vermieten würde. Als sie um die Mittagszeit unschlüssig auf der Straße stand, entdeckte sie das Werbeschild eines kleinen Cafés: »Kuchen mit Tee oder Kaffee, 40 Pence«, und sie ging hinein.

Die Frau hinter dem Tresen starrte sie an. »Was willst du?«

»Einen Kuchen und eine Tasse Tee, bitte.«

»Hast du denn Geld?«

»Natürlich.«

Die Frau zögerte. »Na schön, aber hier drinnen kannst du nicht essen. Geh hinter in den Hof.«

Diamond nickte gleichgültig und marschierte hinter das Haus, wo sie zwischen Kistenstapeln ihr Mittagessen verzehrte. Der Hof grenzte an die Rückseite eines Ladens, vor dem zwei Männer einen Wagen entluden. Sie trat auf sie zu und fragte: »Entschuldigen Sie, können Sie mir sagen, wo ich ein Zimmer finden könnte?« Einer der beiden, ein Grauhaariger in einem verschwitzten Flanellhemd, lachte. »Unten am Fluss ist ein Niggerdorf, Herzchen.«

Diamond funkelte ihn an. »Verstehen Sie kein Englisch? Ich habe Sie nach einem Zimmer gefragt.«

Er schulterte einen Sack Mehl und zwinkerte seinem Kameraden zu. »Ach so, dann muss ich mich wohl verhört haben. Na, mal überlegen …«

»Ein Gästehaus«, fügte Diamond hinzu.

»Geh doch mal zu dem Chinesen an der Turpin Lane.«

»Ist das ein Gästehaus?«

»So was Ähnliches.«

»Danke«, sagte sie, »ich versuche es. Wie komme ich hin?«

»An der nächsten Ecke links und dann noch mal links«, antwortete er und deutete die Hauptstraße hinunter.

Ohne Schwierigkeiten fand sie das zweistöckige Gebäude, dessen vordere Veranda mit buntem Glas verkleidet war, sodass man durch den Seiteneingang eintreten musste. Eine große plumpe Frau fegte die mit Teppich ausgelegte Eingangshalle, wobei sie mehr Staub aufwirbelte als entfernte.

»Kann ich hier ein Zimmer bekommen?«, fragte Diamond.

Ohne ihre Arbeit zu unterbrechen, erwiderte die Frau: »Frag den Chef.«

»Wo finde ich ihn?«

»Erste Tür hinter dem Salon. Und benimm dich. Klopf vorher an.«

»Ja, bitte?«, rief eine Stimme, als sie angeklopft hatte. Sie öffnete die Tür und stand plötzlich vor einem großen, reichverzierten chinesischen Wandschirm. Verwirrt spähte sie daran vorbei, doch geblendet von dem Licht, das durch das vergitterte Fenster hereindrang, erkannte sie lediglich die Umrisse eines Mannes, der an einem langen Schreibtisch saß. Sie blinzelte.

»Nur herein«, forderte der Mann sie auf, und verlegen trat sie näher. Unter ihren Füßen spürte sie einen weichen Teppich. »Ich bin auf der Suche nach einem Zimmer.«

»Soso, ein Zimmer«, erwiderte er unbestimmt. Er schien sie zu mustern. An jedem Tischende stand eine Messinglampe mit dunkelblauem Schirm, mehrere Bücher und Papiere lagen offen vor ihm. »Erinnerst du dich nicht mehr an mich, Diamond?«, sagte er zu ihrer Verblüffung.

»Tut mir leid …«, fing sie an, doch dann sah sie ihn deutlicher, seine feinen Gesichtszüge, den langen herabhängenden Schnurrbart. »Lieber Himmel! Mr. Chin!«

Er stand auf und verbeugte sich. »Höchstpersönlich. Ich bin erfreut, dass ich nicht so schnell in Vergessenheit geraten bin. Aber nimm doch bitte Platz.«

Mr. Chin schickte nach Tee, und sie begannen sich zu unterhalten. Er schien alle Zeit der Welt zu haben, und da Diamond ohnehin nirgendwo sonst hingehen konnte, genoss sie es, mit ihm zu plaudern. Natürlich wollte er wissen, warum sie nicht mehr für Miss Middleton arbeitete; Diamond erwiderte lediglich, Perfy brauche ihre Dienste nicht mehr.

»Dann wird sie also den Gentleman von der Farm heiraten?«, fragte er.

»Das wollte sie zuerst. Dann hat sie ihre Meinung geändert und ist nach Bowen zurückgekehrt.«

Glücklicherweise schien er nicht näher auf Perfys Liebesabenteuer eingehen zu wollen. Stattdessen wollte er mehr über Diamond erfahren, wer sie war, woher sie kam, welche Erziehung sie genossen hatte. Sie fand es angenehm, mit diesem ruhigen Mann zu sprechen. Ehe sie sich versah, erzählte sie ihm von den Irukandji und der Suche nach ihrem Volk, und er nickte verständnisvoll, als sie über ihre gegenwärtigen Schwierigkeiten sprach. Sie musste ein Zimmer und Arbeit finden, doch für ein schwarzes Mädchen war das nicht einfach.

»Das Wichtigste ist ein Einkommen«, murmelte er.

»Das weiß ich«, erwiderte sie betrübt. »Aber selbst wenn ich Arbeit bekomme, dann nur für Unterkunft und Verpflegung. Schwarze werden nicht mit Geld bezahlt.«

Zum ersten Mal in ihrem Leben redete Diamond offen über die Ungerechtigkeit ihrer Lage und die Benachteiligungen, unter denen sie seit Jahren litt. Vor ihr saß ein Mann, der bereit war, sich mit diesem Thema zu beschäftigen.

Er bestellte noch einmal Tee.

»Wenn ich deine Lage richtig beurteile, kannst du als Dienstmädchen kein Geld verdienen, und ansonsten gibt es kaum Möglichkeiten.«

Angesichts dieser nüchternen Einschätzung erkannte Diamond, wie düster ihre Zukunft war. »Es gibt überhaupt keine«, meinte sie niedergeschlagen.

»Brauchst du Geld?«, erkundigte er sich, doch sie schüttelte den Kopf.

»Danke, Mr. Chin, aber ich könnte es nicht zurückzahlen.«

»O doch, das könntest du. Hier bei mir kannst du eine Menge Geld verdienen.«

Diamond erinnerte sich, dass die Männer dreckig gegrinst hatten, als sie sie hierherschickten. Sie starrte Mr. Chin an. »Das ist kein Gästehaus, nicht wahr?«

Er lächelte sie so gütig an, als sei sie sein Lieblingskind. »Nein, Diamond, in diesem Haus verdienen einige junge hübsche Mädchen gutes Geld.«

Diamond rang nach Atem. Einen Augenblick zögerte sie, dann brach sie jedoch in Gelächter aus. »Meine Güte, was bin ich nur für eine Närrin!«

Er nippte an seinem Tee. »Ich halte dich keineswegs für eine Närrin. Du bist ein vernünftiges Mädchen und hast zudem das große Glück, dass die Natur dich mit einem anmutigen Gesicht und einer sehr ansehnlichen Figur bedacht hat. Du solltest das Beste daraus machen.« Er legte die Hände mit den manikürten Nägeln auf den Tisch. »Die Entscheidung liegt bei dir. Wenn du hierbleiben willst, werde ich mich darum kümmern, dass für dein Wohlergehen und deinen Schutz gesorgt wird. Dieses Haus ist verschwiegen und taktvoll, der Pöbel hat hier nichts zu suchen.«

Diamond fühlte sich wie betäubt von der eintönigen, ruhigen Stimme. Sie sprachen über Prostitution, als handle es sich um eine ganz gewöhnliche Arbeit. Doch welche andere Anstellung konnte sie sonst bekommen? Und welcher andere Arbeitgeber würde sich überhaupt auf ein Gespräch mit einem schwarzen Mädchen einlassen? Sie mochte Mr. Chin. Bei ihm fühlte sie sich sicher und geborgen.

»Du musst dich nicht sofort entscheiden«, meinte er. »Du kannst auch ein andermal wiederkommen.«

»Ich habe mich schon entschieden«, sagte sie kühn. »Ich bleibe. Zumindest für eine Weile, wenn Ihnen das recht ist.«

»Selbstverständlich.« Er läutete, und eine junge Chinesin kam herein und verbeugte sich. »Das ist Fan Su. Sie wird dich ins Badehaus bringen und dich auf deine Arbeit vorbereiten.« Er gab ihr auf Chinesisch Anweisungen. »Außerdem wird sie dir zu einem etwas weiblicheren Erscheinungsbild verhelfen und dir dein Zimmer zeigen.« Lächelnd fügte er hinzu: »Siehst du, jetzt hast du ein eigenes Zimmer. Deshalb bist du doch gekommen, nicht wahr?«

Diamond wusste, dass er ihr ein wenig von der Aufregung nehmen wollte, die sie plötzlich überkommen hatte. Worauf hatte sie sich nur eingelassen? Was würde Mrs. Beckmann dazu sagen? Mit welchen Männern würde sie zu tun haben? Ein Schauer rieselte ihr über den Rücken, und sie wäre am liebsten fortgelaufen. Aber wohin?

»Du sehnst dich nach Sicherheit«, bemerkte er. »Und die einzige wirkliche Sicherheit kann dir nur Geld geben, Dia-

384

mond. Hier wirst du Geld verdienen, und ich werde dir zeigen, wie du es anlegen und mehr daraus machen kannst.«

»Danke«, murmelte sie. Es kam ihr alles so unwirklich vor.

»Ich werde dich zur besonderen Dame meines Hauses machen, denn du bist etwas Besonderes. Und wie dein Name Diamond schon sagt«, fügte er lächelnd hinzu, ehe er sie Fan Sus Obhut übergab, »bist du ein wahrer Schatz.«

5

Edmund Gaunt ging es inzwischen besser. Mit Billy Kemp durch das Land zu ziehen, war ziemlich anstrengend gewesen, denn mit so einem Energiebündel konnte kein Mensch Schritt halten.

Billy betrachtete jeden Tag als den letzten Tag vor dem »großen Treffer«, dem Glückstreffer, der dann doch nie kam. In der Nähe von Gympie hatten sie Gold gewaschen, und es war nicht schlecht gelaufen, aber Billy hatte bald die Nase voll.

»Wieso sollen wir uns für ein paar Pfund abrackern?«, sagte er. »Man muss das Leben genießen, Eddie. Zehn Pfund, fünfzig Pfund – das sind doch alles kleine Fische. Wir müssen 'nen richtigen Volltreffer landen. Nur einmal das große Los ziehen, und wir sind gemachte Leute. Sag nicht immer, dass das nicht geht, Kumpel, wir haben es doch mit eigenen Augen gesehen.«

Reden konnte Billy, das musste man ihm lassen, und mit ein paar schönen Worten hatte er ihnen schon oft eine kostenlose Mahlzeit verschafft, wenn sie wieder einmal pleite waren. Aber beim Goldsuchen hatte ihnen sein Geschwätz auch nicht viel geholfen. Eines Tages hatten sie dann vom Cape River gehört.

»Junge, wir hauen ab! Den Misthaufen hier können sie behalten. Auf in den Norden! Die Firma Kemp und Gaunt segelt in wärmere Gefilde!«

Nur segelten sie nicht. Sie gingen zu Fuß mit ihrem Gepäck auf dem Rücken.

»Nur ein paar hundert Kilometer«, hatte Billy gemeint. Es hörte sich so einfach an, aber es war alles andere als das. Die

Stiefel durchgelaufen bis zum Oberleder. Mitfahrgelegenheiten auf Wagen erbetteln, tagsüber in der sengenden Hitze die Überlandstrecke entlangmarschieren, nachts frieren. Sich Goldgräberbanden anschließen und zusehen, dass man etwas abbekam von dem gestohlenen Rind oder Schaf, das sie gleich am Wegrand schlachteten. Und sich vor den Gewehrkugeln der aufgebrachten Viehzüchter in Acht nehmen. Diese Geizhälse! Als ob sie einen Stier oder zwei nicht verschmerzen könnten.

Als sie den Cape River erreichten, war Eddie völlig ausgemergelt und dürr wie eine Bohnenstange. Aber Billy erwies sich als echter Freund. Er fand immer etwas Essbares und kümmerte sich um Eddie, der sich unter einem Palmblätterdach ausruhte. Irgendwie gelang es Billy sogar, das Geld für die Anmeldung eines Claims aufzutreiben, und so machten sie sich wieder an die Arbeit. Sie nannten ihr abgestecktes Gebiet »Taipan-Loch«; ein verrückter Name, dachte Eddie, bis Billy ihm erklärte, dass der Name Diebe abschrecken würde. Die Taipans waren die gefährlichsten Giftschlangen weit und breit, und Billy streute das Gerücht aus, dass es auf ihrem Claim von diesen Biestern nur so wimmelte. Der Plan funktionierte; niemand wagte sich in ihre Nähe.

Und so fing alles wieder von vorne an: Wenn sie etwas Gold fanden, verjubelten sie es sofort und schürften dann weiter. Wie gewonnen, so zerronnen. Aber die Hoffnung, einmal doch auf Goldklumpen oder eine neue Ader zu stoßen, hielt sie aufrecht.

Doch stattdessen entdeckten sie eines Tages Charters Towers, wo es den beiden auf Anhieb gefiel. Gar kein Vergleich zu dem stinkenden kleine Gympie oder den Drecksnestern, durch die sie auf ihrem Weg nach Norden gekommen waren. In Charters war immer etwas los, hier aber tobte das Leben. Und wie schnell der Ort wuchs! Jedes Mal, wenn sie wieder in die Stadt kamen, trauten sie kaum ihren Augen: noch mehr Schenken, Bordelle, Läden und Erzmühlen, in denen das goldhaltige Gestein verarbeitet wurde. Inzwischen gab es Konzertsäle, Banken, Speiselokale und Spielkasinos wie Sand am Meer, und auf den Pferdemärkten wurden die besten Tiere angeboten, die Eddie und Billy je gesehen hatten.

Dank der zahlreichen neu entdeckten Goldfelder in der Umgebung schien Charters zu explodieren wie eine Ladung Dynamit. Aus dem gottverlassenen Nest war über Nacht eine reiche Stadt geworden. Und für die Leute hier war Charters der Nabel der Welt. Ein herrlicher Ort, aber auch ein gefährliches und ein teures Pflaster; Billy und Eddie kehrten immer erst dann zu den Goldfeldern zurück, wenn sie keinen einzigen Penny mehr in der Tasche hatten.

Eddie seufzte. Es hatte keinen Sinn zu klagen. Schließlich hatten sie ihren Spaß und lebten in den Tag hinein – bis er dann das Fieber bekommen hatte und sich sterbenselend fühlte.

Billy traute den Quacksalbern nicht, die sich an den Goldfeldern niederließen und Unsummen für ihre Dienste verlangten. Stattdessen hatte er Eddie auf einen Ochsenwagen gesetzt und ihn zu einem richtigen Arzt nach Charters gebracht. Und hier musste Eddie monatelang bleiben, denn er war zu krank zum Arbeiten, während Billy die Rechnungen bezahlte. Aber es war nicht nur das Fieber, der Arzt hatte auch Schwindsucht festgestellt.

Was für ein Pech! Billy auf der Tasche zu liegen und den lieben langen Tag in der Sonne zu sitzen und sich in der Stadt herumzutreiben, war ihm eigentlich zuwider. Aber er war noch nicht imstande, zu den Goldfeldern zurückzukehren.

Und so suchte er sich leichte Gelegenheitsarbeiten, putzte mal in einer Schenke oder machte sich in einem Stall nützlich.

Wenn ein paar Shillinge dabei heraussprangen, war er sich für keine Arbeit zu schade. Eines Tages sprach er im Bordell des Chinesen vor und wurde sogar vom Besitzer persönlich empfangen. Er hieß Mr. Chin.

»Ich habe Arbeit für Sie«, hatte der Chinese gesagt, »und ich bezahle Sie gut, aber Sie müssen den Mund halten.«

»Ich bin verschwiegen wie ein Grab, Sir«, hatte Eddie geantwortet. »Sie können auf mich zählen.«

Und jetzt saß er hier in Georgetown und hatte die leichteste

Arbeit, die man sich vorstellen konnte. Er brauchte nichts zu tun, außer sich ein wenig umzuhören, und dafür erhielt er fünf Shilling pro Tag sowie eine zusätzliche Prämie nach seiner Rückkehr. Der Chinese hatte ihm sogar ein gutes Pferd und Verpflegung für die Reise nach Georgetown gegeben, einem kleinen Kaff, das draußen im Westen auf der Strecke zu den Goldfeldern am Gilbert River lag.

Die Sache hatte natürlich einen Haken. Mr. Chin hatte ihm seine beiden Diener vorgestellt, die widerlichsten Schlitzaugen, die Eddie je gesehen hatte, richtiges Mördergesindel. »Falls Sie sich nicht an unsere Abmachungen halten«, hatte Chin ihm gedroht, »werden meine Diener Sie suchen, und sie werden Sie finden.«

»Sie können sich ganz auf mich verlassen«, hatte Eddie ihm versichert. »Ich bin ein Ehrenmann.« Und das stimmte. Er hatte nicht einmal Billy gesagt, wohin er ging, nur eine Nachricht hinterlassen, dass er in Kürze zurück sein würde.

In Kürze? Seit fast zwei Monaten lungerte er nun in Georgetown herum. Einer der chinesischen Diener war einmal vorbeigekommen, um zu sehen, ob Eddie auch auf seinem Posten war, und um ihm noch etwas Geld zu geben. Doch ansonsten ließ man ihn in Ruhe. Seine Aufgabe bestand darin, in Georgetown auf die Rückkehr einer Gruppe zu warten, die von einem gewissen Mr. Mulligan angeführt wurde. Dann sollte er herausfinden, ob und wo Mulligan neue Goldfelder entdeckt hatte, und Mr. Chin umgehend davon in Kenntnis setzen.

Hier in Georgetown schien jeder diesen Mulligan zu kennen, also brauchte er nur abzuwarten. Was, fragte sich Eddie, wenn Mulligan nun überhaupt nicht zurückkam? Aber das konnte ihm gleichgültig sein, es war Sache des Chinesen. Solange der ihn bezahlte, blieb er hier. Die unfreiwillige Ruhepause und die geregelten Mahlzeiten bekamen ihm bestens, und zudem fand er Gefallen an seiner Rolle als Spion. Diese Chinesen waren schon gerissene Burschen.

Als er eines Mittags auf der Vortreppe der Red-Dog-Schenke döste, vernahm er plötzlich den Ruf, Mulligan sei zurück. Jetzt galt es herauszufinden, was Mulligan sagte. Und wenn er nun gar nichts sagte, nichts sagen wollte? Wie auch immer, seine Aufgabe war es, dem Chinesen Bescheid zu sagen, und das würde er tun. Es war ohnehin an der Zeit, nach Charters zurückzukehren, Billy würde sich allmählich Sorgen machen.

Eddie rannte auf die Straße und gesellte sich zu den Männern, die Mulligans Ankunft erwarteten. Ein Blick genügte, und Eddie wusste, dass diese drei bärtigen Männer tatsächlich aus dem tiefsten Busch kamen. Sie trugen zwar abgewetzte Hirschlederhosen, doch die Stiefel und Westen waren aus Känguruleder. Eddie lief ein Schauer über den Rücken. Dieser Mulligan und seine beiden Kameraden, das waren richtige Pioniere.

Schwer bewaffnet mit Gewehren, Pistolen und langen Messern, Patronengurte um die Schultern geschnallt, ritten die drei nebeneinander die Straße entlang und erwiderten die freudigen Willkommensrufe der Leute, die ihnen hinterherrannten wie die Kinder dem Rattenfänger.

»Was gibt es Neues, Mulligan?«, wurden die Männer gefragt, doch sie ritten schweigend weiter bis zum Büro des Goldbeauftragten. Dort stiegen sie von ihren Pferden ab und gingen hinein.

Stille trat ein, und die neugierige Menge blieb wie angewurzelt stehen. Wenn jetzt ein Wirbelsturm über den Ort hereinbrechen würde, kam es Eddie in den Sinn, würde keiner auch nur einen Finger rühren. Spannung lag in der Luft.

Der Bürovorsteher kam heraus und schien eine Ewigkeit zu brauchen, ehe er mit ungerührter Miene einen handgeschriebenen Zettel an der Wand befestigt hatte.

Eddie sprang vor und erhaschte einen Blick auf das sorgfältig beschriebene Blatt, ehe er von der ungestümen Menge abgedrängt wurde.

Von weiter hinten rief jemand: »Was steht denn da?«, dann brach ein anderer in einen Jubelschrei aus.

»Mulligan, du bist ein Teufelskerl!«

»Hier steht was von Gold!«

»Wo denn? Wo?«

»Beträchtliche Goldvorkommen am Palmer River, steht da!«

»Palmer? Wo ist denn das?«

389

»Weiß ich doch nicht!«

Da trat der Ire selbst aus der Tür, und augenblicklich herrschte Stille. Er stand auf der obersten Stufe der Holztreppe und hakte die Daumen in seinen Patronengurt ein. Seine dunklen Augen spähten unter den buschigen Brauen hervor, als musterte er die Menge. »Hört mir noch einen Augenblick zu, Leute, ehe ihr euch völlig verrückt macht.« Er hatte einen faustgroßen Klumpen Gold in der Hand und hielt ihn hoch. »Den habe ich im Palmer River gefunden, und ich und meine Kameraden haben einen Claim abgesteckt, aber da ist noch viel mehr zu holen. Der Beamte hat den Palmer offiziell zum Goldfeld erklärt.«

»Wo ist denn dieser Fluss?«, rief jemand inmitten der Jubelschreie, doch Mulligans Antwort ging im Lärm der johlenden Menge unter. Die Männer warfen vor Freude ihre Hüte in die Luft, einer schlug auf der staubigen Straße ein Rad, und ein anderer packte Eddie und wirbelte ihn in einem ausgelassenen Tanz herum.

»Reißt euch zusammen, Leute«, fuhr Mulligan grinsend fort. »Hört lieber zu, was ich euch noch zu sagen habe. Der Palmer liegt ungefähr vier- oder fünfhundert Kilometer nordöstlich von hier. Und jetzt passt auf: Weichlinge sollten lieber zu Hause bleiben, denn das ist eine ziemlich raue Gegend. Die Aborigines dort sind alles andere als freundlich gesonnen.«

»Ach, die jagen wir zum Teufel!«, schrie einer.

»Da wäre ich mir nicht so sicher«, warnte Mulligan ihn. »Und noch was. Nehmt euch unbedingt genug Verpflegung mit, sonst geht ihr vor die Hunde. Das hier ist der letzte Vorposten, dann müsst ihr vier große Flüsse überqueren, den Lynd, den Tate, den Walsh und den Mitchell, und das bedeutet, dass es während der Regenzeit kein Zurück gibt. Dann sitzt ihr da draußen fest, und ohne Vorräte verhungert ihr.«

Die Menge wurde ungeduldig, Mulligans Warnungen waren für sie belanglos. Ein paar Männer drängten sich bereits an ihm vorbei, um die Karten im Büro des Goldbeauftragten zu studieren. Mulligans Stimme wurde lauter. »Ich werde eine gut ausgerüstete Expedition leiten, und ich bin bereit, hundert Goldsucher mitzunehmen. Wahrscheinlich will der eine oder andere seine Familie mitnehmen, aber ich muss davon abraten. Ich ruhe mich jetzt eine Weile aus, dann bereite ich die Expedition vor. Wir rüsten uns mit Pferden, mindestens hundert Ochsen und mehreren Wagenladungen Lebensmitteln aus …« Seine Stimme verlor sich, als er sah, dass einige Männer schon davonrannten.

Der Wettlauf um das Gold des Palmer hatte bereits begonnen. »Der Himmel stehe euch allen bei«, fügte er kopfschüttelnd hinzu.

Eddie trat näher heran, als Mulligan mit dem Bürovorsteher sprach. »Der Palmer ist voller Gold, ich habe so etwas noch nie gesehen. Aber nur die Tapferen, die Verzweifelten und die Ahnungslosen werden es schaffen, und das ist eine gefährliche Mischung.«

Doch sogar der Büroleiter war von der allgemeinen Begeisterung angesteckt. »Ist da wirklich so viel zu holen?«

Mulligan seufzte. »Ich habe versucht, das Ganze vor den Leuten ein bisschen herunterzuspielen, zu ihrem eigenen Wohl. Ich wollte, dass sie warten, bis eine ordentlich ausgerüstete Expedition loszieht. Aber es stimmt, der Palmer ist mehr als nur ein Goldfeld. Wenn sich herumgesprochen hat, wie es dort wirklich aussieht, dann ist in diesem Land der Teufel los. Ich sage Ihnen, im Palmer liegt das Gold nur so herum. Wir haben so viel mitgenommen, wie wir tragen konnten. Der Fluss ist voll von glitzerndem Gold, man muss es nur aufheben.«

Keine Stunde später saß Eddie auf seinem Pferd und ritt mit seiner aufsehenerregenden Neuigkeit ins dreihundert Kilometer südlich gelegene Charters Towers.

Nur mit Mühe war es ihm gelungen, die wenigen Vorräte, die er brauchte, zu bekommen. Die Läden im Ort hatten ihre gesamte Ware im Nu an die Männer verkauft, die unverzüglich zum Palmer aufbrechen wollten. Zelte wurden abgebaut und Packpferde beladen, und so mancher Reiter galoppierte eilig aus der Stadt hinaus. Eddie war der Einzige, der nach Süden ritt. Er gab dem Pferd die Sporen und sann über die gute Nachricht nach. Zwar hatte er versprochen, den Mund zu halten, aber Billy konnte er es doch sagen. Das war endlich der große Fischzug, auf den er und Billy so lange gewartet hatten. Aber würde Billy auf Mulligans Warnungen hören? Das war ziemlich unwahrscheinlich. Der Ladenbesitzer hatte ihm gesagt, Mulligan würde mehrere Monate brauchen, bis er in einem abgelegenen Nest wie Georgetown die nötige Ausrüstung und das Vieh beisammenhatte. Sogar Eddie musste zugeben, dass eine derartige Verzögerung verhängnisvoll wäre; bis die Expedition den Palmer erreichte, hatten andere ihnen das Gold womöglich schon weggeschnappt. Da fielen ihm Mulligans Worte ein: die Tapferen, die Verzweifelten und die Ahnungslosen.

Nun, tapfer war er nicht, und von der richtigen Wildnis hatte er auch keine Ahnung. Und verzweifelt? Offen gestanden war er nicht so verzweifelt hinter Gold her, dass er sich auf Kämpfe mit wilden Schwarzen einlassen oder sich der Gefahr des Hungertods aussetzen wollte, wenn er Hunderte von Kilometern vom nächsten Laden entfernt und durch reißende Flüsse von der Zivilisation abgeschnitten war. Vielleicht würde er Billy doch nichts erzählen. Ja, am besten behielt er das Ganze für sich. Doch der Chinese ließ sich auf kein Wagnis ein. Er dankte Eddie für den ordentlich ausgeführten Auftrag, zahlte ihm ein kleines Vermögen von fünfzig Pfund, und dann sperrte er ihn in einem vergitterten Kellerraum ein.

»Keine Angst, es wird Ihnen nichts geschehen«, versicherte ihm Mr. Chin. »Sie werden hier gut versorgt. Aber für mein weiteres Vorgehen ist es von größter Wichtigkeit, dass Sie für eine Weile keine Verbindung zur Außenwelt haben, bis die Nachricht vom Palmer-Gold diese Stadt erreicht hat. Ich brauche die Zeit, verstehen Sie?«

Nein, er verstand das überhaupt nicht, und das sagte er dem Chinesen auch, der sich als so misstrauisch erwies. Hatte er sich etwa nicht an die Abmachung gehalten? Ihm sogar auf einer Karte ganz genau gezeigt, wo sich der Palmer befand? Er, Eddie Gaunt, war schließlich ein gebildeter Mensch, er konnte Karten ziemlich gut lesen, das hatte Käpt'n Beckmann ihm selbst beigebracht.

Doch Mr. Chin ging nicht auf seine Beschwerden ein, und so blieb Eddie eingesperrt, ein Gefangener in einem Bordell! Als sei er nicht schon genug gedemütigt worden, bedrohte ihn auch noch einer von den Yuang-Brüdern, Chins finsteren Handlangern, mit einem Dolch und warnte ihn, dass er ihm beim geringsten Laut die Kehle durchschneiden werde. Himmel! Der Kerl schien es tatsächlich ernst zu meinen.

Eine Aborigine-Frau brachte ihm regelmäßig zu essen, und er bot ihr fünf Pfund an, wenn sie ihn herausließ. Doch sie schüttelte den Kopf. Anfangs verhielt sie sich abweisend und schenkte seinen flehenden Worten keine Beachtung, doch dann neigte sie den Kopf zur Seite wie ein Vogel und hörte ihm zu.

»Du musst mir helfen«, sagte er. »Hol mich hier raus. Was glotzt du denn so?«

Sie saß im Halbdunkel auf den Treppenstufen und erwiderte: »Deine Stimme, ich habe sie schon einmal gehört. Woher kommst du?«

Da er ohnehin nichts Besseres zu tun hatte, erzählte er ihr von seiner Seefahrerzeit, von dem Schiffbruch …

»Die *White Rose*«, unterbrach sie ihn. »Kapitän Beckmann.«

»Das stimmt. Woher weißt du das?«

Plötzlich war sie so aufgeregt, dass sie ihn am Hemdkragen packte und schüttelte. »Warst du an Bord, als sie ein schwarzes Mädchen aus dem Wasser gefischt haben?«

»Was für ein schwarzes Mädchen?«, wimmerte er. »Lass mich in Ruhe.«

»Ein schwarzes Mädchen«, wiederholte sie. »Mrs. Beckmann war auch auf dem Schiff.«

»Ach ja, das ist Jahre her. Danach ist sie nie mehr mit uns gefahren. Meine Güte, der ist es vielleicht miserabel gegangen. Und mir auch, es war meine erste Fahrt. Aber ich hab's überstanden. Ist mir auch nichts anderes übrig geblieben. Als Matrose …«

»Erinnerst du dich nicht an ein Eingeborenenmädchen? Es war noch ziemlich jung. Ihr habt es irgendwo aus dem Meer gezogen.«

Er kratzte sich nachdenklich am Kopf. »Keine Ahnung.

Manchmal haben die Kumpel heimlich schwarze Mädchen an Bord geholt. Wenn sie erwischt worden sind, war der Teufel los! Aber Augenblick mal, da war einmal ein Kind. Jetzt erinnere ich mich an sie … Ja, du hast recht, wir haben mal ein schwarzes Mädchen an Bord geholt. Genau, und jetzt fällt's mir auch wieder ein. Ich habe sie im Wasser entdeckt.«

»Wo?«

»Na, im Wasser eben, halb ertrunken. Mitten auf dem Meer.«

Die Frau glaubte ihm kein Wort. »Wie hätte sie denn dorthin kommen sollen? Sie wird ja wohl kaum bei einem anderen Schiff über Bord gefallen sein. Du lügst! Sie ist bestimmt aus irgendeinem Dorf entführt worden.«

»Na, wen kümmert das schon?« Er trank den Tee, den sie ihm gebracht hatte. »Der Tee schmeckt ja nach gar nichts. Nächstes Mal mach ihn stärker.«

»Mache ich«, erwiderte sie bissig. »Und du beantwortest meine Fragen, oder muss ich erst Yuang Pan holen?«

»Mein Gott«, stöhnte er, »sind hier denn alle übergeschnappt? Ich habe dir schon gesagt, wir haben sie aus dem Meer gefischt. Es war wirklich so.«

»Warum habt ihr sie dann nicht an die Küste zurückgebracht?«

»Du machst wohl Witze! Da wollte keiner mehr hin, die verdammten Aborigines haben zwei von unseren Leuten mit Speeren durchbohrt.« Allmählich fügten sich die Bruchstücke seiner Erinnerung wieder zusammen. »Genau, das war zur selben Zeit. Zwei unserer Matrosen sind dort umgebracht worden, dabei wollten sie nur Wasser holen, die armen Kerle.«

»Wo war das, Eddie?« Ihre Stimme klang jetzt verändert, sie sprach sanfter und höflicher. »Erinnerst du dich daran?«

»Natürlich. Obwohl wir dort nie mehr vor Anker gegangen sind, das kannst du mir glauben.«

»Wo, Eddie? Komm, sag schon.«

»In der Whitsunday Passage. Wir haben jedes Mal eine Mordsangst gehabt, wenn wir vorübergesegelt sind.«

»Diese Gegend, hat sie einen Namen?«

»Klar, den kennt doch jeder. Endeavour River. Es war an der Mündung des Endeavour River.«

»Der Endeavour River«, wiederholte sie. »Und das liegt im Norden?«

»Ja.«

»Ist das weit von Townsville?«

Eddie hatte langsam genug. »Es ist nicht in der Nähe von Townsville. Was ist, lässt du mich jetzt hier raus? Ich gebe dir einen Zehner.«

Die Schwarze stand auf. »Ich tue dasselbe, was du für mich getan hast. Ich bringe dir dein Essen.«

Er starrte auf die verschlossene Tür. Was sollte das denn nun wieder bedeuten? Wahrscheinlich versuchte sie, den Preis in die Höhe zu treiben. Das nächste Mal musste er mehr bieten. Wenn er nur Billy benachrichtigen könnte! Und er würde Billy haarklein erzählen, was es mit dem Palmer auf sich hatte. Das war die Rache dafür, dass der Chinese ihn aufs Kreuz gelegt hatte.

Chin Ying hatte alle Hände voll zu tun. Er entsandte Yuang Pan, um Lew Cavour mitzuteilen, dass er unverzüglich nach Charters Towers kommen sollte, dann musste er alle Kulis zusammentreiben. Es war keine Zeit zu verlieren, Yuang Pan sollte sich mit den Kulis sofort auf den Weg nach Townsville machen. Nach eingehendem Studium der Karten war Ying zu dem Schluss gekommen, dass man den Palmer River am schnellsten mit dem Schiff erreichte. Zu den Goldfeldern waren es von der Küste aus nur noch rund einhundertfünfzig Kilometer landeinwärts, während man auf der gefährlichen und schwierigen Landstrecke achthundert Kilometer zurücklegen musste. Yuang Fu würde unterdessen die beiden Häuser und die zahlreichen gepachteten Schürfstellen in der Nähe verkaufen, danach sollte er seinem Herrn zur Küste folgen. Ein chinesischer Freund wartete nur darauf, dass Ying das Bordell verkaufte, und für die Minen war auch noch ein ordentlicher Preis zu erzielen.

Das Bordell hatte seinen Zweck erfüllt. Noch immer waren

Rassenunruhen ein ernsthaftes Problem, und erfolgreiche chinesische Goldschürfer mussten damit rechnen, von Weißen überfallen zu werden. Neid und Habgier entluden sich nicht nur in gehässigen Bemerkungen, sondern auch in blutigen Vergeltungsschlägen. Zwei von Yings Kulis waren in ihrer Mine ermordet, zwei andere ausgeraubt worden, ehe Yuang Pan ihre Tagesausbeute abholen konnte. Es war unumgänglich gewesen, die beiden Männer als abschreckendes Beispiel durch die Yuang-Brüder hinrichten zu lassen. Aber Ying wusste, dass er auch zu seinem eigenen Schutz Sicherheitsvorkehrungen treffen musste, denn die Goldgräber hatten es besonders auf die chinesischen Anführer abgesehen; sie glaubten, wenn sie dem Drachen den Kopf abschlugen, blieben nur die Kulis als hilfloser Rumpf übrig. Darin irrten sie sich allerdings, denn die Kulis wurden einfach von anderen Chinesen übernommen. Wie auch immer, Leute wie Chin Ying konnten ohne Begleitschutz nirgendwohin reisen.

Als Ying zu beträchtlichem Reichtum gekommen war, hatte er beschlossen, ein erstklassiges Bordell zu eröffnen, um die Aufmerksamkeit der Weißen von sich abzulenken. Für die Liebesdienste seiner Damen verlangte er ungeheure Preise, doch das störte die Freier nicht. Sie brüsteten sich damit, im teuersten Bordell, das der »Nabel der Welt« zu bieten hatte, ein und aus zu gehen. Dass der Chinese sein Geld mit einem Bordell verdiente, sahen sie mit Wohlwollen; so war er in ihren Augen zumindest kein Rivale mehr. Die Tätigkeit des Chinesen war durchaus angesehen, er stellte wohlhabenden Herren Dienstleistungen zur Verfügung. Ying lächelte. Er erhielt nicht nur von seinen Schürfstellen ständigen Nachschub an Gold, die Goldgräber rannten ihm zudem fast die Türen ein, um für eine seiner acht hübschen Damen ihr Gold loszuwerden.

Überdies war es angenehmer, im Bordell zu wohnen als in einem verlausten Zelt bei den schmutzigen Goldfeldern. Beim bloßen Gedanken an die widrigen Lebensumstände dort draußen schauderte ihn. Doch der Palmer River würde ganz anders sein – eine saubere und unverdorbene Gegend für jene, die als

Erste ankamen. Bis die Masse der Goldsucher überhaupt wusste, wie sie dorthin gelangen konnte, wollte Ying mit seinen Kulis schon so viel Gold gesammelt haben, wie sie fortschaffen konnten. Wenn die anderen kamen und den Platz in eine stinkende Kloake verwandelten, wäre er schon längst wieder verschwunden.

Nach Charters Towers würde er nicht mehr zurückkehren. Er war jetzt so wohlhabend, dass er sich zur Ruhe setzen konnte, und das Palmer-Gold würde die Krönung seines ohnehin schon beachtlichen Vermögens sein.

Ying war mit dem Aussortieren der Papiere in seinen Schreibtischschubladen fertig und wandte sich gerade seinen beiden Tresoren zu, als er durch ein Klopfen an der Tür gestört wurde. Obwohl er nicht darauf antwortete, ging die Tür auf und Diamond trat ein. »Bitte entschuldigen Sie, Mr. Chin, aber ich muss mit Ihnen reden. Es ist wichtig.«

Ying seufzte. »Ich habe jetzt keine Zeit.« Er mochte Diamond; sie war ein kluges Mädchen, aber auch schwierig und nicht so fügsam wie seine anderen Frauen. Unter Fan Sus Anleitung war sie zu einer Schönheit geworden. Selbst bei Weißen, die nichts für schwarze Mädchen übrighatten, war sie begehrt.

Überrascht sah sie sich im Zimmer um. »Sie packen?«

»Ja.«

»Wohin gehen Sie?« Missbilligend kniff Ying den Mund zusammen; er war diesem Mädchen schließlich keine Rechenschaft schuldig. »Was willst du, Diamond?«

»Ich wollte Ihnen sagen, dass ich fortgehen werde.«

»Gut.« An dem Bordell lag ihm ohnehin nichts mehr. »Heute Abend werden alle ausbezahlt.«

»Danke.« Ihr Blick fiel auf die Landkarten, die auf dem Schreibtisch lagen. »Macht es Ihnen etwas aus, wenn ich mir Ihre Karten ansehe? Ich glaube, ich weiß jetzt, wo mein Volk lebt.«

Als sie näher herantrat, zog er ihr hastig die Karten weg.

»Entschuldige, sie sind vertraulich.« Ying hatte auf einer den Palmer River markiert.

»Ich möchte mir nur die Küste ansehen«, meinte sie. »Da ist doch nichts dabei.«

»Komm später wieder, ich habe gerade zu tun.«

Doch Diamond blieb reglos vor ihm stehen. »Mr. Chin, es ist für mich von größter Wichtigkeit. Ich brauche Ihre Hilfe. Wenn ich die Karten nicht anschauen darf, dann sehen Sie doch bitte selbst nach, wo der Endeavour River liegt. Mehr will ich gar nicht wissen.«

»Warum eigentlich?«, fragte er verblüfft.

»Weil dort die Irukandji leben.«

»Tatsächlich?« Er setzte sich an den Tisch. Wo der Endeavour River war, wusste er sehr wohl. Genau dort wollte er auf seinem Weg zum Palmer vor Anker gehen. Er suchte eine Karte heraus, in die er nichts eingetragen hatte, und gab vor, sie zu studieren. »Ah, da haben wir ihn.«

Diamond lief um den Tisch herum und starrte auf die Karte. Inzwischen war sie eine Schönheit geworden; sie versteckte das Haar nicht mehr unter einem Turban, und die feinen Löckchen, die Fan Su ihr gelegt hatte, umrahmten anmutig das Gesicht. Das lange Haar am Hinterkopf war zusammengebunden und hochgesteckt. Tatsächlich ein entzückender Anblick.

»Da ist er!«, rief sie und fiel ihm vor Freude um den Hals.

»Ich muss doch sehr bitten«, tadelte Ying und machte sich von ihr los.

»Verzeihen Sie, Mr. Ying, aber ich bin so froh. Jetzt weiß ich, wohin ich gehen muss.«

»Es ist aber ein ziemlich raues Land«, gab er ihr zu bedenken, »und kaum erforscht. Wenn du dein Volk gefunden hast, was dann? Sprichst du denn ihre Sprache?«

»An ein paar Worte erinnere ich mich noch, und der Rest fällt mir dann ganz bestimmt wieder ein.«

Ying nickte. Wenn sie recht hatte und der Ankerplatz tatsächlich im Gebiet der Irukandji lag, war es von unschätzbarem Vorteil, von einem Stammesmitglied begleitet zu werden, das ihre Sprache beherrschte und Führer beschaffen konnte. »Ich reise morgen nach Townsville«, murmelte er. »Wenn du mich begleiten willst, bitte sehr.«

Fan Su schloss die Tür auf und bat Lew Cavour herein. Dieser sah sich erstaunt in der Eingangshalle um, wo sich elegant gekleidete Herren in Plüschsesseln und auf Sofas räkelten und von einem hübschen chinesischen Mädchen Getränke und Zigarren reichen ließen. »Wünschen Sie Sekt, Sir?«, fragte Fan Su. »Oder vielleicht Whisky?«

»Nein, danke«, erwiderte Lew und musste ein Lachen unterdrücken. »Mr. Chin erwartet mich.« Er hätte nicht im Traum daran gedacht, dass Ying in einem Bordell wohnte – oder, was wohl eher zutraf, eines besaß. Von diesem vornehmen, namenlosen Haus, das immer nur »das Bordell des Chinesen« genannt wurde, hatte er schon gehört. Dann war also Chin Ying dieser Chinese! Der Bursche war doch immer für eine Überraschung gut …

Er öffnete die Tür zu Yings Räumen und fragte sich, wozu der Wandschirm da war. Um das Gefühl von Privatheit zu vermitteln oder wegen des Aberglaubens, dass das Böse sich immer auf einer geraden Linie fortbewegte, woran es durch den Wandschirm gehindert wurde?

»Ah, Lew! Sehr gut. Ich habe schon befürchtet, du würdest dich verspäten.« Ying schien sich nicht lange mit Begrüßungsfloskeln aufhalten zu wollen. »Ich habe wunderbare Neuigkeiten für dich.«

»Sag mal, ist das dein Haus? Du hast mir nie davon erzählt.«

»Warum auch? Das ist doch unwesentlich. Ich betrachte es lediglich als einen Ort, wo ich vor Gesindel sicher bin.«

»Und verdienst gleichzeitig noch ein bisschen dazu«, ergänzte Lew lachend. »Soll ziemlich teuer sein, wie man so hört.«

»Selbstverständlich.« Mit einer wegwerfenden Handbewegung tat Ying das Thema ab. »Möchtest du etwas trinken? Ich habe feinsten schottischen Whisky.«

»Da sage ich nicht Nein. Durch das Gebräu, das man auf den Goldfeldern bekommt, sind meine Geschmacksnerven schon fast abgestorben.« Er sah sich um. »Du hast ja gepackt und schon alles reisefertig. Wir müssen uns also sputen?«

Zu Lews Erstaunen schenkte Ying selbst die Drinks ein. Was

war aus dem chinesischen Edelmann geworden, der sonst jeden Handgriff von seinen Dienern ausführen ließ?

»Ich habe schon ungeduldig auf deine Ankunft gewartet«, sagte Ying. »Komm her und sieh dir diese Karten an. Wie ich erwartet habe, hat Mulligan tatsächlich Gold gefunden, einen ganzen Fluss voller Gold. Und bis jetzt weiß hier noch keiner etwas davon.«

Gespannt hörte Lew zu, wie Ying ihm beschrieb, wo der Palmer River lag und wie er ihn zu erreichen gedachte. Und schon spürte Lew auch wieder das Prickeln des Goldfiebers, das nach der mühsamen Schinderei auf den Goldfeldern am Cape vorübergehend nachgelassen hatte. Was Ying ihm da erzählte, klang zu schön, um wahr zu sein.

»Kommst du mit?«, fragte Ying.

»Worauf du dich verlassen kannst«, erwiderte Lew begeistert.

»Was hast du denn mit deinem Claim am Cape gemacht?«

»Den habe ich meinem Partner Herbert Watlington überlassen.«

»Einfach so? Da hast du aber kein gutes Geschäft gemacht.«

»Das stimmt. Aber er ist kein schlechter Kerl und eigentlich ganz nett, wenn man ihn näher kennenlernt. Nur harte Arbeit liegt ihm nicht.«

»Wem liegt die schon?«, bemerkte Ying.

»Du hast gut reden. Also, wenn es dort Gold gibt, dann muss man es sich holen. Herbert ist außerdem ganz froh, dass er mich los ist. Jetzt kann er herumtrödeln, wie es ihm passt, und nebenan schürft eine Familie, die ihm zur Hand geht.«

»Habt ihr viel Gold gefunden?«

»Ich habe ein paar tausend Pfund auf der Bank. Für mich hat es sich also gelohnt.«

Wie er aus Yings Gesichtsausdruck schloss, war dieser anderer Ansicht, wenn er es auch aus Höflichkeit nicht sagte. Stattdessen wandte er sich den Karten zu. »Sobald wir in Townsville sind, mieten oder kaufen wir uns ein anständiges Schiff – wie ich gehört habe, gibt es in diesem Hafen genug davon – und fahren nach Norden. Wir müssen Pferde und ausreichend Vorräte mitnehmen.«

»Was ist mit deinen Kulis?«, fragte Lew.

»Sie sind bereits auf dem Weg nach Townsville.«

Lew pfiff anerkennend durch die Zähne. »Gute Arbeit. Aber glaubst du wirklich, dass in diesem Fluss so viel Gold zu finden ist?«

»Wenn Mr. Mulligan das sagt, können wir uns darauf verlassen.«

Er zog an einer Klingelkordel. »Ich habe dir ein ordentliches Essen zubereiten lassen. Fan Su wird es dir gleich servieren.«

Kurz darauf klopfte es an der Tür, und Fan Su brachte ein mit Speisen beladenes Tablett herein. Ihr folgte ein anderes Mädchen, das zwei dampfende Schüsseln trug. Lew riss erstaunt die Augen auf. Es war Diamond!

»Guten Abend, Mr. Cavour«, sagte sie ruhig und verließ gemeinsam mit Fan Su wieder das Zimmer.

»Was, zum Teufel, macht sie denn hier?«, fuhr Lew seinen Freund an. »Erzähl mir bloß nicht, dass sie hier kocht! Dann hätte sie nämlich etwas anderes angehabt.« Diamond sah atemberaubend aus mit ihrem geblümten, pfirsichfarbenen Seidenkimono, der an einer Seite nur von Schnüren zusammengehalten wurde, und ihrem aufgesteckten, mit zarten Blüten geschmückten Haar.

»Diamond arbeitet gerne hier«, entgegnete Ying trotzig auf Lews entrüstete Bemerkung. »Seit wann hast du etwas gegen Prostitution?«

»Hab ich nicht, aber Diamond gehört doch nicht hierher.«

»So? Wohin gehört sie dann? Wie soll ein schwarzes Mädchen denn sonst sein Geld verdienen?«

»Herr im Himmel, das weiß ich nicht. Jedenfalls nicht hier.«

»Eure angelsächsischen Moralvorstellungen werden mir immer ein Rätsel bleiben. Die Männer, die hierherkommen, haben nichts gegen Huren, solange es sich nicht um ihre eigenen Töchter handelt. Sogar Stammkunden würden ihre Töchter lieber umbringen, als sie in einem Bordell arbeiten lassen.«

Lew goss sich ein weiteres Glas Whisky ein. »Verschone mich mit deinen klugen Worten. Jedenfalls sorge ich dafür, dass sie eine andere Stelle findet.«

»Wie nett von dir! Vermutlich möchtest du sie wieder als unbezahltes Dienstmädchen arbeiten lassen, wie? Sei doch nicht so töricht! Von einem solchen Vorschlag will sie heute nichts mehr wissen. Aber der Zufall ist dir ohnehin zuvorgekommen. Diamond will uns in den Norden begleiten, wo sie ihre Stammesangehörigen vermutet.«

»Solch ein Unsinn«, erwiderte Lew mit finsterer Miene. »Dorthin können wir sie nicht mitnehmen.«

»Dann schlage ich vor, dass du dich mit ihr streitest und nicht mit mir.«

»Warum ist sie denn nicht mehr bei Perfy auf dieser Farm?«

»Meines Wissens haben sie sich in gegenseitigem Einverständnis getrennt. Miss Perfy ist übrigens auch nicht mehr dort, sie ist nach Bowen zurückgekehrt.« Ying warf einen prüfenden Blick auf Lew, als überlegte er, ob er ihm noch mehr erzählen sollte. »Du hast jetzt doch hoffentlich nicht vor, nach Bowen zu gehen?«

»Warum sollte ich? Sie hat sich doch mit Ben Buchanan verlobt und ist inzwischen wahrscheinlich verheiratet.«

»Die Hochzeit ist abgesagt worden.«

»Was?« Lew war verblüfft – und hocherfreut. »Warum denn?«

»Das weiß ich nicht. Erstaunlicherweise wollte Diamond darüber nicht sprechen. Ich habe das Gefühl, dass sie nicht in Freundschaft auseinandergegangen sind. Über ihre ehemalige Herrin verliert sie nämlich kein Wort.«

Lew verfiel in ein nachdenkliches Schweigen. Das änderte nun doch einiges. Am vernünftigsten wäre es, auf der Stelle nach Bowen zu reiten. Es klang so, als sei Perfy aus ihrem Traum vom herrlichen Leben auf dem Lande erwacht. Lew lachte. »Das ist eine sehr gute Nachricht! Was wohl passiert sein mag? Wie auch immer, sie ist jedenfalls nicht mehr in festen Händen. Vielleicht erhört sie mich jetzt.«

»Aber du kannst jetzt noch nicht nach Bowen fahren«, beharrte Ying. »Wir haben keine Zeit, und ich brauche dich dringend.«

»Ich weiß«, entgegnete Lew nachdenklich. Wenn das Palmer-Gold nun nichts als ein Hirngespinst war? Die Reise in den Norden würde ihn viel Geld kosten. Sollte er wirklich seine Ersparnisse dafür aufs Spiel setzen? Und er wäre monatelang fort. Würde er Perfy dadurch noch einmal verlieren? Doch die Beschreibung von einem Fluss voller Gold brachte sein Blut in Wallung. Er musste in den Norden fahren; er wäre verrückt, wenn er sich diese einmalige Gelegenheit entgehen ließe. »Keine Sorge«, versicherte er Ying, »ich komme mit.«

6

Wo war Eddie bloß abgeblieben? Billy Kemp hatte es satt, noch länger zu warten. Offenbar dachten die Jungs in der Stadt, dass er eine Stelle bei einem Fuhrunternehmer angenommen hatte und jetzt mit einem Ochsengespann Vorräte von einem Depot zum nächsten karrte. Solche Unternehmer verdienten heutzutage ein Vermögen, selbst am Cape berechneten sie schon fünfundzwanzig Shilling, um eine Fuhre Waschgestein bis zum nächstbesten Flusslauf zu schaffen. Wenn das so weiterging, würde man sich bald nicht einmal mehr räuspern können, ohne dafür bezahlen zu müssen. Ihre Schürfstelle gab nichts mehr her, und Billy hatte sie für fünfzig Pfund an einen Neuankömmling verkauft – kein schlechtes Geschäft, wenn man bedachte, dass sie keinen Pfifferling mehr wert war. In der ganzen Gegend hatte man mittlerweile Goldadern entdeckt, doch inzwischen mussten die Schürfer in immer größere Tiefen vordringen, um noch fündig zu werden. Das bedeutete, dass man mit Dynamit sprengen und die Schächte abstützen musste, was wiederum größere Kosten mit sich brachte.

Billy schlenderte zu einer Wellblechhütte, die als Schenke und Laden diente, und bestellte sich ein Glas Bier. Es hatte schon den ganzen Monat geregnet, und die Gegend, von der er eigentlich gedacht hatte, sie hätte noch nie einen Regentropfen gesehen, war ein einziger Morast. Seine Stiefel waren mit einer dicken Schlammschicht überkrustet.

»He, Billy«, rief ihm der Gastwirt zu. »Wo ist denn dein Freund Eddie?«

»Der Teufel soll mich holen, wenn ich das weiß«, entgegnete Billy wütend.

»Ich habe einen Brief für ihn. Der sieht ganz so aus, als wäre er einmal nach China und zurück gegangen.«

»Donnerwetter, gib her!«

Der Wirt suchte einen Umschlag heraus, der nicht nur zerknittert, sondern auch so durchweicht war, dass man die tintenverschmierte Anschrift kaum noch lesen konnte. Er kam von Eddies Vater und war schon Monate alt. Nachdem Billy die üblichen guten Wünsche, Bemerkungen über das Wetter und die Ermahnung, sein Sohn solle wieder zur See fahren, überflogen hatte, stieß er doch tatsächlich auf eine aufschlussreiche Neuigkeit. Die hübsche Nachbarin der Kemps mit dem seltsamen Namen, Perfection Middleton – Billy musste lächeln bei dem Gedanken, wie er ihr einen Abschiedskuss gegeben hatte –, war zu Geld gekommen. Ihr gehörte eine Farm im Hinterland namens Caravale, und die Middletons waren jetzt feine Leute.

Er setzte sich auf die schlammverschmierten Stufen und überlegte. Caravale war gar nicht so weit entfernt, nur ungefähr hundertfünfzig Kilometer im Osten. Er sollte dem Mädchen einen Besuch abstatten. Wo zum Teufel steckte nur Eddie? Er brauchte ihn, denn schließlich war Eddie ihr Nachbar. Vielleicht würde sich ein Besuch ja lohnen.

Nachdem er einige Tage geritten war, wies ihm jemand den Weg zum Sitz der Familie Buchanan. Dort fand Billy allerdings nur noch die Wirtschaftsgebäude vor; das Wohnhaus war abgebrannt. Auf dem Weg zu den Ställen hielt ihn jemand an, den er auf Anhieb als einen Viehbaron erkannte. »Was haben Sie hier zu suchen?«

»Ich will das Pferd tränken, Kumpel. Ihm hängt vor lauter Durst schon die Zunge aus dem Hals. Und wer sind Sie?«

»Buchanan. Ich bin hier der Besitzer. Suchen Sie Arbeit?«

»Nicht unbedingt. Ich wollte eine alte Freundin besuchen.«

»Wer soll das sein?«

»Miss Middleton. Soweit ich weiß, gehört ihr das hier alles. Oder etwa nicht?«

»Sie besitzt Anteile an der Farm. Und im Augenblick ist sie nicht da, denn sie ist nach Bowen zurückgekehrt.«

»Oh, das ist aber Pech! Ich hatte mich schon so gefreut, sie zu sehen. Wir sind alte Nachbarn aus Brisbane. Aber Sie haben ja selbst großes Pech gehabt, wie ich sehe.«

»Ja«, sagte Ben Buchanan, und seine Miene verfinsterte sich. »Und wir haben keine Leute. Suchen Sie nicht vielleicht doch Arbeit?«

»Nein, Mister. Bei den Rindern wäre ich Ihnen sowieso keine Hilfe, denn ich könnte mit dem Lasso nicht einmal einen Pfahl einfangen.«

»Ich brauche aber auch Zimmerleute. Wir wollen eine Behelfsunterkunft bauen, bis die Pläne für das neue Wohnhaus fertig sind.«

»Nun, in meiner Jugend habe ich schon mal gezimmert. Kost und Logis?«

»Ja«, sagte Ben. »In der Schlafbaracke ist noch ein Bett für Sie frei. Morgen können Sie anfangen.«

Billy grinste. »Alles klar, Mann.« Warum sollte er nicht mal ein Weilchen hierbleiben? Und so schickte er eine Nachricht an Eddies Adresse in Charters Towers, in der er ihn aufforderte, nach Caravale zu kommen. Vielleicht war Perfy Middleton bis dahin auch schon zurückgekehrt. Kein Wunder, dass sie sich verzogen hatte, nachdem das Wohnhaus abgebrannt war.

Gerade hatten sie die Hütte mit den vier Zimmern fertiggestellt, in dem die Haushälterin, Ben und seine Mutter – eine Megäre, die über jedes Brett und jeden Nagel feilschte – wohnen sollten, als Eddie eintrudelte.

Dieser Vogel war zu nichts zu gebrauchen. Natürlich hatte er sich verirrt und war achtzig Kilometer in die falsche Richtung durch den verdorrten Busch geritten. Ohne Wasser und Vorräte hatte er Kreise gezogen, bis ihn ein paar Schwarze aufgelesen hatten.

»Du bist aber auch wirklich zu blöde«, schimpfte Billy ihn aus. »Wo warst du bloß?«

Eddie löffelte gierig seinen Teller Suppe leer und hielt ihn hoch, damit man ihn nachfüllte. »Du hältst dich vielleicht für besonders schlau, Billy Kemp«, knurrte Eddie. »Aber ich habe Sachen gehört, die du dir nicht vorstellen kannst. Deine Freunde hier würden alles darum geben, zu erfahren, was ich weiß.«

»Also, was ist es?«, drängte Billy.

»Nicht hier«, sagte Eddie und blickte über den Tisch, an dem sich die Farmarbeiter drängten.

»Niemand hört uns zu«, meinte Billy. Tatsächlich waren die Männer einzig und allein damit beschäftigt, ihren gerechten Anteil am Rinderstew zu ergattern. Der Eintopf mit Kartoffeln, Mohrrüben, Pastinaken, Zwiebeln und Gemüse war das Leibgericht der Männer.

Doch Eddie murmelte nur: »Später.«

Als er dann mit seinem Bericht begann, war Billy eingedöst, noch bevor Eddie zum Kern der Sache gekommen war. Nicht der kleinste Windhauch wehte in dieser heißen Februarnacht, und so hatten sie es den meisten anderen Männern gleichgetan und ihre Strohmatratzen auf die Wiese vor der Schlafbaracke geschleppt, wo es nicht ganz so stickig war.

»Du hast gar nicht zugehört«, beschwerte sich Eddie.

»Doch. Der Chinese hat dich angestellt, und du bist zu diesem Kaff namens Georgetown geritten und fürs Nichtstun bezahlt worden. Dann bist du nach Charters Towers zurückgekehrt, und man hat dich in einem Bordell eingesperrt. Dein Glück möchte ich auch mal haben!«

»Von den Huren habe ich nicht viel gesehen; die haben mir nur das Essen gebracht. Als dieses unheimliche Schlitzauge mich endlich rausgelassen hat, hat er gedroht, er schneidet mir die Kehle durch, wenn ich nicht das Maul halte.«

»Und diesen ganzen Schwachsinn soll ich dir glauben?«

»Das würde ich an deiner Stelle ruhig tun!«

Eddie stieß ihm ärgerlich den Ellenbogen in die Seite. »Jetzt wird's nämlich spannend. Also, der Boss von den Schlitzaugen ist weggeritten und hat die schwarze Hure mitgenommen …«

»Das ist ja unglaublich!«

Eddie beachtete ihn nicht. »Jedenfalls habe ich mich auf kein Wagnis eingelassen. Als ich zu meiner Bude komme, finde ich da deine Nachricht. Nun kann mich natürlich nichts mehr in Charters Towers halten, und außerdem möchte ich möglichst weit weg von dem blutrünstigen Schlitzauge. Und bis jetzt habe ich niemandem auch nur ein Sterbenswörtchen verraten.«

»Gratuliere!«

»Und willst du es gar nicht wissen?«

»Leg dich schlafen, Eddie.«

»Sie haben einen Fluss voller Gold gefunden, Billy! Einen ganzen Fluss, wo das Gold nur darauf wartet, dass man es aufhebt.«

Billy riss die Augen auf. Auch wenn er bisher nicht geglaubt hatte, dass an der Geschichte irgendetwas dran war, so hörte er jetzt doch aufmerksam zu. Er holte sich ein Zigarillo aus dem Päckchen, das er aus dem Lagerhaus hatte mitgehen lassen.

»Ach ja? Und ausgerechnet dir haben sie gesagt, wo der Goldfluss ist?«

»Mein Gott! Ich habe es dem Schlitzauge doch selbst gesagt. Und der ist dann weg wie der Blitz.«

»Wie heißt der Fluss?«

»Es ist der Palmer«, flüsterte Eddie. »Da, wo Bart Swallow und der andere Kerl von den Schwarzen um die Ecke gebracht worden sind.«

Billy erschauderte. Diese Geschichte würde er in seinem ganzen Leben nicht vergessen. »Das war nicht der Palmer, sondern die Mündung vom Endeavour River. Und keine zehn Pferde bringen mich da wieder hin, um alles Gold der Welt nicht.«

»Das müssen wir auch nicht«, sagte Eddie, der erleichtert feststellte, dass Billy nun endlich wach wurde.

»Der Palmer liegt etwa hundertfünfzig Kilometer im Inland auf dem gleichen Breitengrad. Wir könnten den Landweg nehmen.«

Dann erzählte Eddie von Mulligans Warnungen: Es wimmele dort von gefährlichen Schwarzen, man müsse viele Flüsse durchqueren und man dürfe auf keinen Fall vergessen, genug Proviant mitzunehmen.

Billy nickte. »Wir bräuchten einen Haufen Vorräte, Packpferde und Waffen … und das kostet Geld. Lass mich mal nachdenken. Lange können Mulligan und seine Leute den Plan sicher nicht mehr geheim halten.«

Geld! Auch wenn sie sich Mulligans Treck anschlossen, würden sie ihren Anteil an den Kosten tragen müssen. Dann lieber auf eigene Faust losziehen. Da fiel ihm Ben Buchanan ein. Er war der Einzige, der so viel Geld lockermachen konnte. Billy hatte nicht lange gebraucht, um den gesamten Klatsch über die Buchanans zu erfahren. Perfy gehörten nicht, wie Ben Buchanan ihm erklärt hatte, einfach nur Anteile an der Farm, sondern sie besaß die Hälfte. Sie und Buchanan hatten heiraten wollen, wodurch die beiden Hälften des Besitzes wieder zusammengekommen wären. Doch dann hatte sie herausgefunden, dass Ben es mit einem schwarzen Mädchen trieb, und war Hals über Kopf abgereist. Geschah ihm recht, hatten die Männer gemeint, denn wer ist schon so dumm, sich erwischen zu lassen? Dass das Haus abgebrannt war, hing irgendwie mit dem alten Hausdrachen, mit Mrs. Buchanan, zusammen. Und jetzt, und das war der springende Punkt, der Billy nachdenklich machte, brauchte Buchanan dringend Geld, um Perfy auszahlen zu können. Und dieses Geld brauchte er so schnell wie möglich. Also musste man ihm von den Goldfunden am Palmer erzählen und wie wichtig es sei, als Erster dort einzutreffen. Ben Buchanan war nämlich ein vorzüglicher Buschläufer, ein Mann, der auf solch einer Expedition sein Gewicht in Gold wert wäre. In Billy begann ein Plan zu reifen, mit dem sie allen anderen Goldsuchern ein Schnippchen schlagen konnten.

Bei Sonnenaufgang wartete Billy vor den Duschen auf Ben. »Haben Sie einen Moment Zeit, Boss?«

Ben trocknete sich das Gesicht ab und legte sich das Handtuch über die Schulter. »Was gibt's?«

»Nichts Besonderes. Ich wollte Ihnen nur ein Angebot machen.«

»Welches Angebot?«

»Um gleich zur Sache zu kommen«, sagte Billy schnell, als er die Ungeduld in Bens Stimme hörte, »ich weiß, wo man einen ganzen Haufen Gold finden kann.«

»Warum gehen Sie dann nicht hin und holen es sich?« Ben lachte.

»Weil es so weit draußen im Busch liegt, dass ich es allein nicht schaffe. Hören Sie mir zu, es dauert nur ein paar Minuten, bis ich alles erklärt habe.«

Bevor Ben sich abwenden konnte, begann Billy mit einem kurzen und knappen Bericht: Mulligan hatte das Gold entdeckt, und Eddie Gaunt, der sich in Georgetown aufhielt, hatte davon erfahren und war auf schnellstem Wege zu seinem Freund geritten, um ihm davon zu erzählen. »Wir reiten auf jeden Fall dorthin, aber ich schätze, wir brauchen noch vier bis sechs Mann, um uns durchzuschlagen.«

»Da haben Sie sicher recht«, meinte Ben. Dann erkundigte er sich nach Einzelheiten. »Ich werde darüber nachdenken«, sagte er schließlich. »Erst mal muss ich die Karte studieren. Meine sind zwar alle verbrannt, aber Tom Mansfield kann mir welche leihen.«

Triumphierend kehrte Billy zu Eddie zurück. »Er hat angebissen. Du wirst sehen, er kommt mit.«

»Vielleicht. Wenn er sich nicht allein auf die Socken macht und uns hier sitzen lässt, jetzt, wo er Bescheid weiß.«

»So dumm ist er nicht. Er weiß selbst, dass er niemandem davon erzählen darf. Und wenn er glaubt«, fügte er mit einem Grinsen hinzu, »er kann Billy Kemp reinlegen, dann verbreite ich die Geschichte auf der ganzen Farm. Kein einziger Mann bleibt dann noch hier.«

Der Bauunternehmer Joe Flynn, der aus Sydney nach Caravale geholt worden war, freute sich über den zusätzlichen Helfer. Er ließ Eddie die Fußbodenbretter verlegen. »Pass auf, dass sie gerade sind«, sagte er, »oder die Missus zieht dir das Fell über die Ohren.«

Billy lachte. Er hatte den Auftrag, das Gerüst für den Wassertank zu bauen, und konnte in einiger Entfernung von den anderen allein und ungestört arbeiten. Die untere Plattform wurde aus feinem Zedernholz gezimmert, eine ungeheure Verschwendung von gutem Baumaterial. Doch in ihrem Eifer, der alten Frau zu gefallen, hatten die Farmarbeiter mehr Holz gefällt und zurechtgesägt, als gebraucht wurde. Billy, der zufrieden vor sich hin werkelte, sollte das nicht weiter stören. Heute war sein Glückstag. Wenn der Boss am Nachmittag zurückkehrte, würden sie bestimmt Pläne schmieden.

»Auf dem Weg dorthin muss man ein paar breite Flüsse überqueren«, sagte Ben. »Allein können die Pferde ja schwimmen, aber für die Packpferde wird es schwer. Und wir dürfen auf keinen Fall unsere Vorräte aufs Spiel setzen.«

»Dann nehmen wir eben ein Boot«, schlug Billy vor. »Ein Boot an einem Laufseil über den Fluss zu ziehen, dürfte auch nicht schwerer sein, als einen Wagen zu fahren. Eher sogar leichter. Ich habe schon gesehen, wie man Wagen, die mehr als eine Tonne wogen, auf diese Weise übergesetzt hat.«

Ben staunte. »Ein Boot?«

»Ja, darüber habe ich gelesen«, sagte Billy mit einem überlegenen Lächeln. »Die echten Entdecker damals, die keine Ahnung hatten, was vor ihnen lag, haben Boote mitgenommen.«

Ben nickte. »Ja, stimmt, davon habe ich auch schon gehört. Aber woher kriegen wir ein Boot?«

»Das haben wir im Handumdrehen gezimmert. Kümmern Sie sich nur um den Rest der Ausrüstung. Wie steht's mit ein paar wandelnden Steaks?«

»Keine Schwierigkeit. Ich treibe so an die fünfzig Stück Vieh zusammen, damit wir auch für Notfälle gerüstet sind.«

Ben war sich zwar bewusst, auf welch heikles Unternehmen er sich da einließ, doch er zweifelte keinen Augenblick daran, dass die Geschichte vom Gold am Palmer wahr war. Diesmal wollte er sich seinen gerechten Anteil holen, denn mit einer hübschen, kleinen Goldader wären all seine Probleme gelöst.

»Ich gehe für eine Zeit lang fort«, erklärte er seiner Mutter, die jetzt zähneknirschend in der Molkerei – Diamonds ehemaliger Unterkunft – wohnte. »In der Regenzeit kann ich sowieso nicht viel ausrichten.«

»Wenn es nur regnen würde!«, murrte sie. »Diese paar Schauer kann man wohl kaum als Regenzeit bezeichnen. Wir kommen noch in die größten Schwierigkeiten, wenn es weiterhin so trocken bleibt.«

»Deshalb will ich ja weggehen. Es wird von neuen Goldfunden im Norden berichtet, und diesmal will ich dabei sein.«

Sie schüttelte den Kopf. »Du willst Gold schürfen? Bist du verrückt? Dein Platz ist hier. Du hast mir all diesen Ärger eingebrockt, und jetzt willst du mich auch noch allein zurücklassen!«

»Ich habe dir doch schon gesagt, Mutter, zieh für eine Weile nach Brisbane, wenn du magst.«

»Das würde dir vielleicht so passen! Mich von meinem Grund und Boden vertreiben, um mich loszuwerden!«

»Du könntest Mae zu deiner Gesellschaft mitnehmen und die Möbel für das neue Haus besorgen.«

»Welches neue Haus denn bitte? Ich glaube, du hast gar nicht die Absicht, hier ein richtiges Haus zu bauen. Und in diese Holzschuppen, die die Männer da aufstellen, bringen mich keine zehn Pferde. Die sind ja nicht besser als ein Schafstall.«

»Dann bleibst du in der Molkerei wohnen.«

Er hatte genug von ihr. Von ihr und von Caravale und den ganzen Schwierigkeiten. Eigentlich war das Goldschürfen willkommener Anlass, all dem den Rücken zu kehren. Seit Darcys Tod hatte es nichts als Ärger gegeben, sodass er fast den Eindruck bekam, das Schicksal wolle ihn bestrafen.

Billy Kemp, der sich benahm, als wollten sie zu einem Ausflug zum Jahrmarkt in den Nachbarort aufbrechen, hatte ja keine Ahnung, wie das Land dort oben aussah. Ben hingegen hatte genug gehört, um zu wissen, dass es allein von ihrer Kraft und Geschicklichkeit abhängen würde, ob sie ihr Ziel in dem rauen Land auch wirklich erreichten. So nah am Äquator ließ die Regenzeit, der Albtraum eines jeden Reisenden, nie lange auf sich warten, und vielleicht hatte sie sogar schon begonnen. Doch da er jede Plackerei als willkommene Strafe ansah, durch die er sich von seiner Schuld reinwaschen konnte, machte ihm das nichts aus.

»Wenn du dich nicht auf diese dreckige Eingeborene eingelassen hättest«, schrillte Cornelias Stimme in seinen Ohren,
»wären uns all diese Sorgen erspart geblieben.«

Ben beachtete sie nicht. Bisher hatte er sein Verhältnis mit
Diamond hartnäckig abgestritten, nicht weil er sich schämte,
sondern um die Oberhand über seine Mutter zu behalten, indem er sie im Unklaren ließ. Schließlich war es ihre Schuld,
dass das Haus abgebrannt war.

Cornelia war sich jedoch keiner Schuld bewusst, sie stellte es
noch immer als Missgeschick hin, das jedem hätte passieren
können. Gelegentlich hatte sie sogar die Stirn, das Feuer als
Glücksfall zu betrachten, bot es ihr doch gegenüber Fremden
eine glaubwürdige Erklärung für das plötzliche Fortgehen seiner Verlobten. Nach außen hin wahrte sie nämlich den Anschein, die Verlobung würde noch immer bestehen. Wie konnte er nur in solch einen Schlamassel geraten? Von seinem ersten Gedanken, Perfy nachzulaufen, war er abgekommen, als er
die Verachtung in ihren Augen sah. Sie hasste ihn jetzt sicher
ebenso sehr, wie er Diamond hasste. Mein Gott, nie hätte er
sich träumen lassen, Diamond würde Perfy ihr Verhältnis
beichten. Von wegen beichten!

»Sie hat sich gebrüstet«, hatte Cornelia ihm erzählt, »und
Perfy die Wahrheit schamlos ins Gesicht geschleudert.«

Kein Wunder, dass Perfy ihn verlassen hatte. Dem Gerücht
nach arbeitete Diamond inzwischen als Prostituierte in einem
Bordell in Charters Towers. Ihm machte die Vorstellung zu
schaffen, wie sie dem anderen Pack in dem Bordell ihre Geschichte erzählte und sich über ihn lustig machte. Dass die Verlobung mit Perfy gelöst worden war, empfand er als Erleichterung. Er hatte sie nicht geliebt, doch in ihrer Hochnäsigkeit
hatte sie ihm nie die Möglichkeit gegeben, ihr das auch zu erklären. Die eigentliche Verliererin war sie, versuchte er sich
einzureden. Nun hatte sie auch die letzte Gelegenheit verpasst,
ihr lang ersehntes Ziel zu erreichen und Herrin von Caravale
zu werden. Was machte es schon für einen Unterschied, ob sie
nun mit ihm oder mit Darcy verheiratet war, wenn sie nur wie
eine feine Dame leben konnte? Selbst in seiner Abwesenheit

würde sie ihren Anteil nur unter großen Schwierigkeiten an einen Fremden verkaufen können, dafür würde Cornelia schon sorgen. Die Buchanans hingegen würden ihr nur den Mindestpreis zahlen. Sobald er erst einmal mit dem Gold zurückgekehrt war, wollte er sie mit einem Butterbrot abspeisen und wäre sie dann ein für alle Mal los. Von ihrer ersten Begegnung mit Darcy an hatte das Mädchen ihnen nichts als Ärger gemacht.

Was das Gold betraf, hatte er nicht die geringsten Zweifel, dass sie fündig werden würden, und das freute ihn, denn das Geld war für Caravale gedacht. Die Farm bedeutete ihm mehr als jede Frau, seine Mutter eingeschlossen. Am liebsten wäre er auch sie losgeworden. Obwohl sie es standhaft leugnete, war allen klar, dass sie betrunken gewesen war, als sie das Haus anzündete. Und jetzt musste er dafür sorgen, dass sie so etwas nicht wieder tat. Nach seiner Rückkehr würde er sie nach Brisbane schicken, und dann sollte sie in Gottes Namen die ganze Stadt in Brand stecken.

Um den Palmer nicht erwähnen zu müssen, erklärte Ben seinen Männern, er wolle am Gilbert River nach Gold schürfen. Die Leute machten sich darüber lustig. »Das wird Ihnen noch leidtun«, sagten sie, als die kleine Truppe ihre Pferde sattelte. »Ist 'ne üble Gegend da draußen. Wenn die Banditen Sie nicht holen, dann tun es die Schlangen.«

»Ich hasse Schlangen«, brummte Billy Kemp, während er ein Pferd vor den Wagen mit dem Boot spannte.

Ben ließ die Bemerkung unbeantwortet. Die Schlangen waren sicher noch das kleinste Übel. Ihr Ziel lag auf der Cape-York-Halbinsel, und Kemp und sein Freund Eddie hatten noch immer keine Vorstellung von den Gefahren, die dort lauerten. In der Gegend nahe des Äquators konnte alles, was sich bewegte, gefährlich werden. Zuvor war Ben in die Berge geritten, um Tinbin zu besuchen, einen steinalten Aborigine, der Darcy und ihn praktisch von Geburt an kannte. Inzwischen musste er neunzig Jahre alt sein. Tinbin genoss in der ganzen Umgebung als Ältester des Mian-Stammes – des Nachbarvolkes der Ilba, die auf Caravale und in der nächsten Umgebung lebten – hohes Ansehen. Früher war er ein großer Häuptling gewesen, doch inzwischen war er berühmt für seine Weisheit und seine magischen Kräfte. Für die beiden Jungen war er eigentlich immer nur ein hässlicher alter Schwarzer mit einem langen weißen Bart gewesen, der sie ständig mit Beeren und Nüssen fütterte. Kürzlich war Ben wieder eingefallen, dass sein Name »Wind aus dem Norden« bedeutete, und er wollte sich erkundigen, ob Tinbin ihm etwas über ihr Ziel erzählen konnte.

Er fand ihn vor seiner Höhle an einem erloschenen Feuer kauernd. Sein langes weißes Haar war verfilzt, doch seine wässrigen Augen funkelten ihm munter und neugierig entgegen. Zum Gruß hob er die vor Schmutz starrende Hand. »Lange Zeit nicht kommen zu Tinbin, Ben.«

»Ja, es ist lange her«, sagte Ben, während er das mitgebrachte gebratene Hähnchen, das Fladenbrot und die Kekse aus dem karierten Küchentuch wickelte.

Tinbin glückste vor Vergnügen und riss sich einen Hühnerschenkel ab. »Jungen kommen nur für Spielen. Aber Männer kommen für etwas wollen. Was du wollen, Mister Ben?«

Ben lachte. »Du alter Schurke, dir entgeht aber auch gar nichts! Ich brauche deinen Rat, denn ich will in eine fremde Gegend.«

Tinbins zerfurchtes Gesicht verzog sich zu einem zahnlosen Grinsen. »Du suchen goldene Stein und setzen über große Fluss mit Kanu. Tinbin wissen.«

»Du alter Gauner, das haben dir deine Leute erzählt.« Ben musste grinsen, denn er wusste, dass Tinbin seinen Platz nie verließ.

Unbeeindruckt gab Tinbin ihm recht. »Alles erzählen Geschichte.«

»Ich will aber nicht zum Gilbert River reiten, sondern ganz weit in den Norden hinein«, erläuterte Ben, und Tinbin nickte. »Ja, dort viel große Fluss.«

Ben wurde klar, dass er zwar die Weißen hinters Licht führen konnte, nicht aber die Schwarzen. Diese besaßen anscheinend einen besonderen Sinn für Wahrheit, den er mit dem Verstand nicht ergründen konnte. »Ja, das stimmt«, gab er zu.

414

»Und ich möchte etwas über die Leute wissen, die dort leben. Über dein Volk. Welche Stämme gibt es dort?« Für das Gelingen ihres Unternehmens war es wichtig, zu wissen, welche Stämme freundlich und welche kriegerisch waren.

»Besser du bleiben hier«, warnte ihn Tinbin.

»Nein, ich muss gehen. Welcher Stamm lebt hinter dem Land der Mian?«

»Sie Volk von Kutjali«, antwortete Tinbin.

»Sind sie gut?«

Tinbin überlegte eine Weile und sagte dann: »Du nicht nehmen etwas. Du nicht jagen ein Opossum, nicht sammeln ihre Honig, dann du bleiben leben.«

»Ich will nur durch ihr Land reiten«, meinte Ben. »Und ihre Nahrung rühre ich nicht an. Dafür habe ich ja meine Vorräte.« Er zog eine Karte dieser Gegend heraus. »Und welcher Stamm kommt dann?«

»Sie Jangga. Sie große Medizinmänner. Viel magische Kraft.«

Von diesem zurückgezogen lebenden, uralten Volk, das bei den Schwarzen hohes Ansehen genoss, hatte Ben schon gehört. Allem Anschein nach waren sie die Philosophen der schwarzen Kultur, die Schriftgelehrten. Sie würden ihm nicht in die Quere kommen. »Und weiter?«

»Hier Banjin«, zeigte ihm Tinbin, »und hier Kalkadoon.«

»Verdammt«, entfuhr es Ben.

Tinbin grinste zufrieden, nahm sich ein Stück Brot und wickelte den Rest der Mahlzeit in das Tuch. »Tinbin schon sagen, du besser bleiben hier. Viel große Stamm.«

Ben dachte nach. Als er so neben dem Alten saß, fühlte Ben sich in die Zeit zurückversetzt, als er mit Darcy hierhergekommen war. Damals hatten sie sich im Schneidersitz neben Tinbin gehockt und gespielt, sie seien Schwarze. Sie hatten über das Tal geblickt, und nach und nach waren ihnen alle Geräusche, selbst das Federrascheln oder das Glucksen eines Vogels, überdeutlich bewusst geworden. In ihrer Beständigkeit wurden diese Geräusche zu einem Teil der Stille. Und sie, die wissbegierigen kleinen Jungen, hätten alles darum gegeben, tiefer in Tinbins Welt der Mysterien eindringen zu können. »Würde es mir helfen, wenn ich ihr Land ganz schnell durchquere?« Schon während er den Satz aussprach, wusste Ben, wie dumm er war. Mit einer Rinderherde konnte man sich nicht beeilen, und wenn er die Tiere zurückließ, mussten die Reisenden verhungern. »Oder gibt es ein Totem?«, fragte er Tinbin. »Wovor fürchten sie sich?«

Der alte Mann brach in ein heiseres, kehliges Lachen aus. Dann stieß er Ben an die Schulter. »Gewehre von weiße Mann«, krächzte er. »Sein gutes Totem.«

Ben fiel in sein Lachen ein. Er verhielt sich ja schon fast so schlimm wie die Schwarzen, wenn er die Antwort in der Magie suchte. Da war der alte Tinbin viel vernünftiger. Natürlich, je besser sie bewaffnet waren, umso sicherer konnten sie sich fühlen.

»Du hast recht.« Ben rückte näher an Tinbin heran. »Sieh dir das mal an. Nicht weit davon entfernt liegt der Fluss, den die Weißen Walsh nennen. Als Nächstes kommt dann der Mitchell. Welche Stämme leben zwischen den beiden Flüssen?«

Tinbin fächelte sich mit einem Blätterbüschel Luft zu, um sich etwas Abkühlung zu verschaffen.

»Vor lange Zeit Tinbin wandern durch diese Land. Immer sicher, weil Magie viel stark. Totem sein Regenbogenschlange.« Er zwinkerte Ben zu. »Haben gute Geschenke. Tinbin geben Perlen und Muscheln, andere geben Tinbin Axt und Messer.«

Ben wusste, worauf Tinbin anspielte. Die Schwarzen verfügten über Handelspfade, die denen Marco Polos in nichts nachstanden. »Soll ich Geschenke mitnehmen?«, erkundigte er sich. Als Geschenk konnte alles Mögliche dienen, nur Waffen kamen nicht infrage.

Tinbin spuckte aus. »Geschenke nicht gut. Kukabera jetzt schlechte Menschen.« Um zu unterstreichen, was er meinte, holte er wie mit einer Axt nach Ben aus. Blue, Bens Hund, sprang knurrend auf ihn zu.

Während Ben seine Hündin beruhigte, hing er besorgten Gedanken nach. »Wie viele von diesen Stämmen gibt es denn auf dem ganzen Weg?«

»Da noch Kunjin«, fuhr Tinbin fort. »Erst sein ganz nett. Schicken Mädchen für machen Liebe in Lager von neue Weiße. Aber später – pscht.« Er legte den Finger an die Lippen und erklärte Ben dann flüsternd von den Überraschungsangriffen der Männer dieses Stammes.

»Gibt es denn keinen freundlichen Stamm in dieser Gegend?«

»Nein, Tinbin wissen gut. Diese alle immer töten. Hier leben Merkin.« Er wies auf die Gegend östlich vom Palmer, und Ben schüttelte sich innerlich. Einigen Stämmen konnte er vielleicht noch aus dem Weg gehen, aber mit den Merkin musste er zwangsläufig, ob er wollte oder nicht, zusammentreffen.

»Vielleicht sollte ich den Leuten ein paar kräftige Rinder schenken«, schlug er vor. »Dann können sie ein großes Fest feiern.«

Tinbin warf Ben einen finsteren Blick zu. »Du besser suchen deine Verstand. Bleiben zu Hause. Diese Merkin tragen Federn.« Er wies auf die Baumwipfel, in denen die Kakadus den Butcher-Birds zusetzten.

»Du meinst, sie tragen die Federn des weißen Kakadu?«, fragte Ben nach.

Tinbin nickte. »Diese Krieger schneiden Kopf ab.«

Entsetzt fuhr Ben in die Höhe. »Herr im Himmel! Kopfjäger!« Er hatte schon gehört, dass es in Neuguinea Kopfjäger gab, aber in Australien.

Tinbin zuckte die Achseln. »Diese alle gute Krieger. Du nicht gehen in ihre Land, Ben.« Er nahm Bens Hand. »Dort immer schlechte Männer, viel mehr schlecht als Kunjin.« Der Druck seiner ausgemergelten Hand wurde fester. »Diese Männer Riesen, und wir nicht sprechen über sie. Bringen schlechte Geist. Tabu.«

Ben, der erkannt hatte, dass er mehr Männer als ursprünglich geplant mitnehmen musste, stand auf.

»Ich muss jetzt gehen.« Ihm blieb nichts anderes übrig, als Goldsucher aus Georgetown anzuheuern. »Mach dir keine Sorgen, ich komme bestimmt zurück.«

Tinbin sah ihn ernst an. »Du müssen zurückkommen!«, befahl er. »Weil Darcy sonst verloren. Bald seine Geist kehren nach Hause, und er warten auf Ben. Er sagen, die Zeit für Tränen sein vorüber. Alles werden besser.«

»Was willst du damit sagen?«, fragte Ben besorgt.

Tinbin jedoch schloss die Augen und begann zu singen. Darcy und Ben hatten früher immer geschmunzelt über die Art und Weise, wie Tinbin seinen Besuchern begreiflich machte, dass für ihn das Gespräch beendet war. Er hoffte nur, der Alte würde bei den Geistern ein gutes Wort für ihn einlegen.

Teil 8

1

Sie waren zu acht, als sie schließlich nach dem ersten großen Ansturm auf die neuen Goldfelder Georgetown verließen. Allerdings hatten sie einen gewaltigen Vorsprung vor Mulligan, der seine Expedition mit großer Sorgfalt vorbereitete, was die Goldsucher, die viel Geld in diese Unternehmung gesteckt hatten, verärgerte. Ben hatte sich mit Mulligan unterhalten, um so viel wie möglich über das Gebiet im Norden in Erfahrung zu bringen, und dieser hatte beifällig genickt. »Sie sind gut vorbereitet«, hatte er gesagt, »aber denken Sie immer daran, dass Sie für Ihre Männer verantwortlich sind. Bleiben Sie zusammen und behalten Sie die Rinderherde immer in Ihrer Nähe, sonst sind die Treiber in Gefahr. Natürlich kommen Sie so langsamer voran, aber es ist sicherer.« Dann hatte er gelacht. »Genau dasselbe erzähle ich auch meinen ungeduldigen Männern. Erinnern Sie sich an das Märchen vom Hasen und vom Igel. Jetzt wissen alle vom Gold im Palmer, aber trotzdem können wir uns Zeit lassen. Also hetzen Sie sich nicht, mein Sohn, wir kommen gegen Ende der Regenzeit an und haben dann sechs Monate Zeit, bevor wir uns wirklich beeilen müssen.«

Ben verstand. Schließlich hatte er schon oft genug gesehen, wie der Burdekin, der in der Regenzeit gewaltige Wassermassen mit sich führte, über die Ufer trat, und bei den Flüssen im Norden würde es genauso sein. Freunde der Buchanans besaßen Rinderfarmen in diesem Gebiet, und in der Regenzeit waren sie oft monatelang von der Außenwelt abgeschnitten. Ben hatte vor, den Palmer spätestens im September wieder zu verlassen, möglichst schon früher. Wenn sie Glück hatten, würden ihre Vorräte so lange reichen. Ihn schauderte. Jemand, der zwischen den überfluteten Flüssen in der Falle saß, konnte zwar einige Monate überleben, wenn er genug Munition dabeihatte, um Buschtiere zu erlegen. Aber er wollte es lieber nicht darauf ankommen lassen.

Jack Kennedy, sein Viehtreiber, der schon seit Jahren auf Caravale arbeitete, war ihm eine große Hilfe. Ben hatte ihm erst bei der Ankunft in Georgetown mitgeteilt, dass ihre Reise sie nicht nach Westen, zu den Goldfeldern am Gilbert River, sondern zu denen am Palmer River führen würde, und Jack hatte sich entschieden, ihn zu begleiten. Dann hatte Ben vier weitere Männer angeheuert, zwei ehemalige Schafscherer aus Neusüdwales und zwei Goldgräber vom Cape River, die es allesamt kaum erwarten konnten aufzubrechen. Dankbar hatten sie die Gelegenheit ergriffen, sich einer Gruppe anzuschließen. Sie schienen verlässliche Kerle zu sein und waren begeistert von der Vorstellung, am Palmer Gold zu suchen. Nur Billy Kemps Kamerad Eddie machte ihm Sorgen. Ben hatte nicht den Eindruck, dass das schmächtige Kerlchen genug Ausdauer für solch ein Unternehmen mitbrachte, aber Billy versicherte ihm, dass Eddie es bestimmt schaffen würde.

Da sie nur langsam vorankamen, brachen unweigerlich Streitereien aus. Die Goldgräber wollten vorausreiten. Aber Ben blieb unerbittlich. »Wer geht, ist auf sich allein gestellt. Er soll bloß nicht denken, er kann zurückkommen und um Hilfe betteln.« Sie folgten einem Rinderpfad, der zu einer Farm im Hinterland führte, und überquerten einige Flüsse ohne größere Schwierigkeit. Als sie allerdings den Lynd erreichten, der weit über die Ufer getreten war, gab es kein Weiterkommen mehr, und so schlugen sie ihr Lager auf. Schon bald bekamen sie Besuch von John Galbraith, dem hiesigen Farmer, und seinen beiden Söhnen. Erleichtert stellten die drei fest, dass Bens Gruppe eigene Vorräte besaß. »Wir sind in einer scheußlichen Zwickmühle«, erklärte der Farmer. »Wir können doch niemanden vor unseren Augen verhungern lassen, aber wir können auch nicht all die Goldgräber durchfüttern. Wenn sie jetzt schon keinen Proviant mehr haben, raten wir ihnen umzukehren.«

»Was ist mit Schwarzen?«, fragte Ben. »Bisher haben wir kaum welche gesehen.«

»Wenn die Flüsse über die Ufer treten, gehen die meisten von ihnen auf Wanderung«, erwiderte Galbraith. »Von jetzt an müssen Sie allerdings aufpassen. Die Banjin und die Kalkadoons führen im Moment Krieg gegeneinander; sie sind also beschäftigt. Aber an sich sind die Schwarzen hier ganz schön blutrünstig. Ich kann schon gar nicht mehr zählen, wie oft sie unser Farmhaus angegriffen haben.« Er zeigte ihnen eine Stelle flussabwärts, wo man den Fluss am leichtesten überqueren konnte. »In ein paar Wochen hat sich der Lynd beruhigt«, meinte Galbraith zuversichtlich. »Versuchen Sie nicht, vorher rüberzugehn. Das Schlimmste ist zwar vorbei, aber die Strömung ist immer noch gefährlich.«

»In ein paar Wochen«, knurrte Billy Kemp verärgert. »Wir können doch nicht die ganze Zeit hier rumsitzen und Däumchen drehen. Reiten wir lieber nach Osten und umgehen den Fluss.«

»Die Kletterei in den Bergen ist es nicht wert«, wandte Galbraith ein.

Auch nach einigen Wochen erwies sich die Überquerung des Lynd als gewagtes Unternehmen. Zwei Ochsen wurden von den tobenden Wassermassen abgetrieben. Jack Kennedy wurde aus dem Sattel gerissen; doch da er ein guter Schwimmer war, ließ er sich von der Strömung treiben und rettete sich weiter flussabwärts ans Ufer. Bei Einbruch der Nacht sammelten sie sich erschöpft auf der gegenüberliegenden Seite. Dennoch machten sie sich am nächsten Tag auf den Weg. Es war ein wundervolles Land, fand Ben, mit riesigen Eukalyptusbäumen und spärlichem Unterholz. Kein Wunder, dass die Viehzüchter hier ausharrten, denn es gab Weideland im Überfluss. So ritten sie zwei Tage lang, bis Jack Ben darauf aufmerksam machte, dass sie von Schwarzen verfolgt wurden. Um die Eingeborenen zu besänftigen, schlachteten sie einen Ochsen und ließen ihn liegen. In der nächsten Nacht stellten sie eine Wache auf, doch die konnte nicht verhindern, dass ihnen bald von allen Seiten die Speere um die Ohren flogen. Die Schwarzen hatten ihren Überraschungsangriff gut geplant und schon längst wieder das Weite gesucht, als die Männer zum Gewehr griffen und das Feuer erwiderten. Ben rief laut nach den beiden Schafscherern, die zur Wache eingeteilt waren, und hörte erleichtert, wie sie antworteten. »Tut mir leid, Boss!«, meldete sich der Scherer

Jim Forbes. »Wir haben nichts gesehn und nichts gehört! Mein Gott! Ist jemand verletzt?«

»Ich glaube nicht«, erwiderte Ben, als die anderen Männer aus dem Dunkel auftauchten. Eddie Gaunt jedoch packte angstschlotternd Bens Arm.

»Fred ist verletzt, Boss.« Fred war einer der Goldgräber. »Er ist noch im Zelt. Ein Speer ist durch die Plane gedrungen.«

Sie zündeten eine Laterne an und stürzten in das Zelt. »Der ist nicht bloß verletzt«, meinte Billy. Der schwere Speer hatte die Zeltplane durchstoßen, sich in Freds Rücken gebohrt und ihn zu Boden geworfen. Der Goldsucher war tot.

Am Morgen stellten sie fest, dass die Schwarzen neun von den Rindern abgeschlachtet und liegen gelassen hatten.

»Undankbares Pack«, kommentierte Billy kühl. »Die kriegen so schnell nichts mehr.«

»Das ist jetzt nicht der richtige Zeitpunkt für dumme Witze«, zischte Ben wütend. Der andere Goldgräber, Daniel Carmody, und Eddie Gaunt sprachen bereits vom Umkehren, aber nun hatten sie nur noch etwa zweihundert Kilometer vor sich. Ben würde nicht zulassen, dass sich die Männer allein auf den Rückweg machten.

Nach wenigen Tagen stießen sie auf andere Goldsucher. Einige hatten ihre Familien mitgenommen und waren froh über die Sicherheit, die ihnen die größere Gruppe bot, auch wenn sie nur langsam vorankamen. Sie waren ebenfalls von Schwarzen angegriffen worden und hatten Opfer zu beklagen. Bens Treck geriet in Unordnung. Es machte ihn zornig, dass er nicht länger die Leitung innehatte und mit mehr als vierzig fremden, schießwütigen Menschen unterwegs war, die ständig ins Gebüsch feuerten und seine Rinder erschreckten. Alle waren unruhig. Zwar steuerte man dasselbe Ziel an, doch statt gemeinsam an einem Strang zu ziehen, bekämpften sie sich rücksichtslos – die alles verzehrende Gier nach Gold forderte ihren Tribut. Hinzu kam, dass sich die Goldsucher unentwegt durch dichtes Gestrüpp und hüfthohes Gras kämpfen mussten, und die Stimmung wurde von Tag zu Tag schlechter. Erst gab es Streit um die Lebensmittelrationen, dann konnte man sich nicht über die

424

Richtung einigen. Sogar Ausrüstungsgegenstände wurden gestohlen. Mehrere Männer, die von Schlangen gebissen wurden, erholten sich wieder, doch eine Frau starb und fand in einem einsamen Grab in der Wildnis ihre letzte Ruhestätte.

Auf das Regenwetter folgte eine unsägliche Hitze. Wie glühend die Sonne jetzt auf die Erde niederbrannte, erschreckte selbst Ben. Die hohen, weißen Bäume – einzige Abwechslung in dieser eintönigen Landschaft – boten keinen Schatten mehr. Niedergeschlagen musste Ben erkennen, dass sich dieses Hügelland bis zum Palmer River hinziehen würde, Das Boot und die zwei Wagen erwiesen sich als äußerst hinderlich. An manchen Stellen war die Erde zu Staub verwittert, und man sank bis zu den Knien ein. Diese Staubverwehungen waren schlimmer als Treibsand. Auch die Wagenräder blieben immer wieder stecken. Das Boot konnten sie nicht zurücklassen, denn bevor sie den Palmer erreichten, mussten sie noch auf dem Mitchell River übersetzen. Und anstatt auf der kürzesten Strecke durch den Busch zu ziehen, mussten sie die Berge umrunden und gewaltigen umgestürzten Bäumen ausweichen, die ihnen den Weg versperrten. An einem Tag legten sie kaum mehr als acht oder neun Kilometer zurück.

Eines Vormittags wandte sich Jack Kennedy an Ben. »Wir müssen das anders machen, Boss.«

»Was ist denn jetzt schon wieder?«, fragte Ben ungehalten.

»Diese verdammte Hitze bringt uns noch um. Wir müssen um die Mittagszeit ein paar Stunden Pause machen, sonst kriegen wir noch 'nen Hitzschlag.«

Ben seufzte. Er hatte sich schon ähnliche Gedanken gemacht. Die Pferde lahmten, und die Männer stolperten dahin oder ließen sich von den ohnehin schon überladenen Wagen ein Stück mitnehmen. »Noch nie im Leben habe ich so geschwitzt. Wir müssen über vierzig Grad haben.«

»Bestimmt mehr«, meinte Jack. Er hatte ein Thermometer mitgenommen, das er wie seinen Augapfel hütete. »Schauen Sie.«

Angestrengt starrte Ben auf das Thermometer. Es zeigte vierundvierzig Grad.

»Wir gehen nach Norden, also wird's bestimmt noch schlimmer«, erklärte Jack. »Wir müssen mehr Wasser mitnehmen, sonst trocknen wir aus.« Die Frage, ob in den heißesten Stunden des Tages eine Pause eingelegt werden sollte, spaltete die Gruppe in zwei Lager.

»Ich bin dafür, dass wir das Boot und die Wagen zurücklassen, denn dann kommen wir schneller vorwärts«, rief einer der Männer. Die Mehrheit stimmte ihm zu, darunter einer der Wagenlenker. Er spannte die Pferde aus und lud so viel Vorräte wie möglich auf eines der Ersatzpferde.

»Vielleicht hat er recht«, raunte Billy Kemp Ben zu. »Die Rinder halten uns schon genug auf. Nie hätte ich gedacht, dass das Boot so hinderlich ist.«

»Nein, wir behalten es«, beharrte Ben.

»Hören Sie, diese Kerle haben die Flüsse immer ohne Boot überquert. Sie haben sich einfach ein Floß gebaut.«

»Mag sein. Aber denken Sie dran, was sie erzählt haben. Ein paar Männer sind ertrunken. Und was war mit den Vorräten? Die haben schon ganz schön was verloren, wir dagegen nicht ein einziges Gramm.«

Die Goldsucher, die beschlossen hatten, zu Fuß weiterzuziehen, wanderten über die Hügel davon und überließen Ben und seine kleine Gruppe dem Schicksal. Bei ihm blieben außer Jack Kennedy, Billy Kemp und Eddie Gaunt nur der zweite Wagenbesitzer, ein stämmiger Schotte, mit seiner Frau.

Jock McFeat, der Schotte, grinste Ben an. »Denen brauchen wir keine Träne nachzuweinen, mein Junge.« Er kletterte vom Kutschbock und begann den verlassenen Wagen zu durchstöbern. Das Bettzeug reichte er an seine Frau weiter. »Ich bin der Meinung, dass meine Frau im Wagen am sichersten ist, falls wir angegriffen werden, also bleiben wir bei euch.«

Tagelang quälten sie sich mühsam voran. Der nächste Angriff, den sie abwehren mussten, kam nicht von Schwarzen. Als Ben an der Spitze des Trecks durch eine Schlucht ritt, sah er sich plötzlich zwei maskierten Reitern gegenüber. Der eine richtete sein Gewehr auf Ben und befahl: »Wirf deine Waffe weg. Und sag deinen Kumpels, sie sollen dasselbe tun.«

Eddie Gaunt, der hinter Ben geritten war, schnallte verängstigt seinen Pistolengürtel ab und ließ ihn zu Boden fallen. Ben tat mit seinen Waffen das Gleiche. »Was wollt ihr?«

»Unsere Jungs haben einen gewaltigen Kohldampf«, lautete die Erklärung des Buschkleppers. Ben erkannte die Stimme eines seiner ehemaligen Weggenossen, konnte sich jedoch nicht genau entsinnen, wem sie gehörte. »Den Wagen könnt ihr behalten, aber die Rinder nehmen wir mit.« Er nickte den McFeats zu. »Ihr zwei kommt von eurem Wagen runter, oder euer Boss kriegt eine Kugel zwischen die Rippen.«

Der zweite Buschräuber saß beinahe unbeteiligt auf seinem Pferd, das Gewehr lässig in der Hand. Ben und Eddie hatten keine andere Wahl als abzusteigen. Ben machte sich mehr Sorgen um ihr Leben als um das Vieh. Die Verfolgung der Viehdiebe würden sie ohne Weiteres aufnehmen können, wenn man ihnen nur die Pferde ließ. Wenn man sie überhaupt am Leben ließ … Plötzlich knallte ein Schuss. Der Buschklepper riss die Flinte nach oben und feuerte einen Schuss ab. Im nächsten Augenblick schrie er auf und fiel mit blutüberströmtem Gesicht rücklings vom Pferd. Wie gelähmt starrte der Zweite auf seinen Kameraden. Dann riss er sein Pferd herum und galoppierte davon, als wäre der Teufel hinter ihm her.

Verblüfft blickte Ben sich um. Jack Kennedy konnte den Schuss nicht abgegeben haben, denn er war bei der Herde geblieben. Doch da kam auch schon Billy Kemp vom Hügel herab. »Wie gut, dass ich aufgepasst habe«, rief er lachend. »Hab mir schon gedacht, dass die zurückkommen und sich das Essen holen.« Er ging zu dem Toten hinüber und stieß ihn mit dem Fuß in die Seite. »Der tut keinen Mucks mehr.«

»Er hätte mich umbringen können!«, brüllte Ben, der immer noch wie betäubt dastand. »Der hatte den Finger am Abzug, Sie verdammter Idiot!«

»Das musste ich in Kauf nehmen«, meinte Billy achselzuckend. »Ich glaube, er hätte Sie sowieso umgelegt.«

»Sie hätten sich von hinten an die beiden ranschleichen können.« Der Schotte ergriff Partei für Billy. »Dazu wäre vielleicht nicht genug Zeit gewesen, mein Guter. Wir schulden Billy was.

Ein ausgezeichneter Schuss, hätt ich auch nicht besser hingekriegt.«

»Ach was, nur ein Glückstreffer«, schmollte Ben.

Von nun an rasteten sie in der glühenden Mittagshitze und stellten in jeder Nacht Wachposten auf. Von den anderen Goldsuchern konnten sie weit und breit kein Lebenszeichen entdecken; die weite, öde Landschaft schien sie verschluckt zu haben.

Am Mitchell River verloren sie wertvolle Zeit, als sie das Ufer nach einer Stelle absuchten, an der sie mit dem Wagen übersetzen konnten. Bens Männer schimpften jetzt über McFeat mit seinem Fuhrwerk, aber der Schotte war ein sturer Mann und ließ sich durch nichts aus der Ruhe bringen. Ben beneidete ihn um seine Entschlossenheit.

Inzwischen machte es ihm nichts mehr aus, dass McFeat die Führung des Trecks übernommen hatte. Bens Kräfte ließen nach, weil er kaum mehr schlafen konnte. Und wenn er schlief, plagten ihn Albträume. Beim Aufwachen wusste er im ersten Augenblick nicht, wo er sich überhaupt befand, und danach fühlte er sich verzweifelt und niedergeschlagen. Deshalb schlug Ben vor, ein paar Tage Pause einzulegen, als sie den Mitchell überquert hatten. Die anderen Männer überstimmten ihn. Der Palmer war nicht mehr weit. Der sagenumwobene Palmer! Nur Agnes McFeat unterstützte Bens Vorschlag. »Wir sollten eine etwas längere Rast einlegen, Jock. Ben und Eddie können nicht mehr.«

Ben war gekränkt, dass man ihn mit Eddie Gaunt in einen Topf warf, der sich zu jeder Gelegenheit im Wagen verkroch und vorgab, vom Sonnenstich bis hin zum Gelbfieber an allen nur erdenklichen Krankheiten zu leiden. Es war schwer zu beurteilen, ob er wirklich krank war oder nicht. Da er ansonsten zu nichts zu gebrauchen war, kümmerte sich am Ende niemand mehr um ihn.

»Mir geht's gut«, meinte Ben zu den anderen. »Wenn Sie weiterziehen wollen, ist mir das nur recht.«

Als sie aufbrachen, ritten Ben und Jack Kennedy allein voraus, um einen leichteren Weg zu suchen. Bei ihrer Rückkehr trafen sie zunächst nur auf Billy, der Wache hielt. Fröhlich grinsend teilte er ihnen mit: »Unsere Schotten haben Besuch gekriegt. Sieht so aus, als wären die Schwarzen auf dieser Seite des Flusses zur Abwechslung mal freundlich gesinnt.«

Jock und Agnes McFeat und Eddie Gaunt unterhielten sich gerade mit einer Gruppe kichernder schwarzer Frauen und Kinder, reichten ihnen dünne Scheiben des in Asche gebackenen Brotes und gestatteten ihnen, den Finger in die Sirupdosen zu tauchen. Aufmunternd lächelten sie auf die nackten Eingeborenen herab.

»Schaut«, rief Agnes ihnen zu. »Das sind sanfte, freundliche Menschen. Verhaltet euch still, Jungs, und erschreckt sie nicht.«

Kennedy gehorchte. Langsam stieg er vom Pferd und wand die Zügel um einen Ast, während er die Neuankömmlinge unentwegt anlächelte. Die Frauen wurden unruhig, liefen aber nicht davon.

Ben, der auf seinem Pferd sitzen blieb, versuchte den Grund für seine Unruhe zu erforschen. Warum sollten sich diese Schwarzen bei der ersten Begegnung mit Weißen anders verhalten als die anderen? Wo hatten sie überhaupt schon Weiße kennengelernt? War dieser Stamm wirklich freundlich? Seit sie den Mitchell River hinter sich gelassen hatten, waren ihnen keine Eingeborenen mehr begegnet, doch der Schein ihrer Feuer in den Hügeln hatte sie stets begleitet. Was hatte ihm der alte Tinbin doch noch erzählt? Er schob seinen Hut ins Genick und fuhr sich mit den Fingern durchs verfilzte Haar. Dabei fragte er sich, wie er mit dem zottigen Haar und dem wilden Bart jetzt wohl aussehen mochte. Agnes hatte sich erboten, den Männern die Haare zu schneiden, aber mit einer langen Mähne war man besser gegen die stechende Sonne geschützt. Agnes mit ihrem kastanienbraunen Haar und der hellen, sommersprossigen Haut diente einzig der Hut als Schutz gegen die Sonne, aber erstaunlicherweise bekam sie nie einen Sonnenbrand. Es wunderte ihn auch, wie sie es schaffte, immer sauber und adrett auszusehen und diesen Treck scheinbar ohne Schwierigkeiten zu meistern. Sie konnte den Wagen ebenso gut lenken wie ihr Mann und auf dem Lagerfeuer die schmackhaftesten Gerichte kochen. Weder die allgegenwärtigen Mückenschwärme noch das trübe Wasser der Bäche, mit dem sie zum Teekochen vorliebnehmen mussten, schienen ihr etwas auszumachen. Während er die Schwarzen ratlos betrachtete, erinnerte er sich plötzlich. Merkin. Der Stamm der Merkin. Und die Kunjin. Tinbin hatte ihn vor diesem grausamen Stamm gewarnt, der seine Mädchen zu den Reisenden schickte, um sie in Sicherheit zu wiegen. Allmächtiger Gott! Wenn das nun eine Falle war?

Er packte sein Gewehr, feuerte in die Luft und sprang neben dem Wagen vom Pferd. Die Eingeborenen stoben in alle Richtungen davon. »Weg mit euch!«, brüllte er. Sein Pferd bäumte sich auf, die Frauen kreischten vor Angst, packten ihre Kinder und suchten Deckung im Busch.

Agnes rannte ihm entgegen. »Hören Sie auf, Ben! Sind Sie denn vollkommen verrückt geworden?«

Ben versuchte, den anderen sein Vorgehen zu erklären, doch sie teilten seinen Verdacht nicht. Selbst Kennedy war der Meinung, man sollte die Schwarzen lieber nicht reizen, sondern jede Gelegenheit nutzen, um mit ihnen Freundschaft zu schließen.

»Sie haben uns in Gefahr gebracht«, sagte Jock anklagend. »Machen Sie das nicht noch einmal!«

Ben hatte das Gefühl, auf den Platz eines Treibers verwiesen worden zu sein, und so blieb er mit Jack Kennedy zurück, um sich um die immer kleiner werdende Herde zu kümmern.

Nur einen Tag später stießen sie auf einen verlassenen Lagerplatz. Die Zelte standen noch, aber die Glut der Lagerfeuer war erloschen, und ein Teekessel schaukelte einsam über der Feuerstelle.

»Hier stinkt's«, meinte Billy, als sie durch das Lager ritten. Ben nickte. Der Verwesungsgeruch war unverkennbar.

Im Gebüsch fanden sie die Leichen von sechs Goldgräbern. Sie waren skalpiert; der grausige Beweis für einen Überfall der Aborigines.

»Wenn Sie diese Niggermädchen nicht weggejagt hätten«, schimpfte Billy, »hätten wir vielleicht mit den Schwarzen was aushandeln können.«

»Die Mädchen waren nur Lockvögel«, beharrte Ben. »Nichts als Lockvögel!«

Aber er hatte keine Beweise dafür. Von seinen Begleitern hatte er die Nase voll. Außerdem fühlte er sich krank. Er litt unter stechenden Kopfschmerzen und schwitzte übermäßig viel. Um den Feuchtigkeitsverlust seines Körpers auszugleichen, trank er so viel Wasser, wie er konnte, aber er wusste, dass es nicht ausreichte. Zudem wurde in diesem Gebiet das Wasser knapp.

Da Eddie die ganze Zeit im Wagen blieb, wandte sich Agnes eines Tages an Ben. »Wozu haben Sie diesen Kerl überhaupt mitgenommen? Er hustet Blut. Er hat die Schwindsucht und braucht einen Arzt.«

Ich brauche auch einen Arzt, dachte Ben. Was ist, wenn wir Gold finden? Wie, zum Teufel, sollen wir jemals den Rückweg bewältigen? Ben hatte so stark abgenommen, dass er neue Löcher in einen Gürtel stanzen musste, und die Hose schlotterte ihm um die Hüften. Er dachte an Caravale. Es schien unendlich weit entfernt zu sein. Und Perfy. Er hätte ihr nach Bowen nachreisen und sich mit ihr aussprechen sollen. Die Wahrheit sagen und sich entschuldigen. Einen Waffenstillstand schließen. Er hätte sie bitten sollen, ihm Zeit zu geben, damit er Darcys Anteil an Caravale zurückkaufen konnte, in Darcys Namen und aus Achtung vor Darcy. Das hätte sie verstanden. Und Diamond? Müde ritt er neben der Herde her. Die Pferde hatten sich nun an das schwierige Gelände gewöhnt und suchten sich wie die Rinder allein ihren Weg durch das niedrige Dickicht. Aus der Ferne wirkte es undurchdringlich, doch wenn man näher kam, war man erstaunt, wie licht es eigentlich war. Dieser Eindruck wurde von der Weite der Landschaft hervorgerufen. Der blaue Himmel, die vor Hitze flirrende Luft, schlaff herabhängende Blätter und weiße, abgestorbene Baumstümpfe, die aus dem gelben Stoppelgras ragten – sie waren umgeben von einer endlosen, Furcht einflößenden Ödnis, ganz gleich, in welche Richtung sie blickten. Hier konnte man verdammt leicht in die Irre gehen. Um sich zu beruhigen, tastete Ben nach dem Kompass.

Diamond war also eine Hure geworden. Aber warum nicht? Zu was war sie denn sonst noch nutze? Und doch wurde ihm übel bei der Vorstellung, dass andere Männer sie berührten oder gar mit ihr schliefen.

Jack Kennedy war zäh wie Leder. Tag für Tag schwang er sich frohgemut aufs Pferd, als habe es die Strapazen vom Vortag nicht gegeben. Er prüfte sein wohlgehütetes Thermometer, äußerte sich besorgt über die Hitze und kümmerte sich um die Rinder, um Wasser und ihre Versorgung. Mittlerweile hatte die Herde die Führung übernommen und bahnte sich einen Weg durchs Unterholz. Morgens suchten die Leittiere noch nach Wasser, doch am Abend, wenn sie plötzlich langsamer wurden und anklagend brüllten, benahmen sie sich wie widerspenstige Kinder.

Jack pfiff nach Ben. »Da sind Lichter vor uns«, murmelte er. »Lagerfeuer.«

Sie ließen die Herde anhalten und blinzelten gegen die letzten purpurroten Strahlen der untergehenden Sonne an. In der Ferne konnten sie den Schein von Lagerfeuern entdecken. Ben, der erschöpft war, seufzte. Wenn es sich um Schwarze handelte, mussten sie wieder einen Umweg machen.

Er folgte Jack auf eine Bergkuppe und blickte in die mittlerweile pechschwarze Nacht. In diesem Land gab es keine Dämmerung. Bis auf das Brüllen der Ochsen war kein Laut zu vernehmen.

»Zu viele«, meinte Jack warnend, als er immer mehr Lichtpunkte im Tal aufleuchten sah. »Wir müssen bis zum Morgen warten.«

»Ich frage mich, wo all die anderen Goldsucher geblieben sind«, fügte er hinzu. »Die sind wie vom Erdboden verschluckt.«

»Das Schicksal von sechs Leuten kennen wir ja bereits«, entgegnete Ben. In dem verlassenen Lager hatten sie die Besitztümer von einigen ihrer ehemaligen Mitreisenden entdeckt. Da aber die Gesichter der Toten schon von Maden zerfressen waren, hatte niemand mehr Lust verspürt, sie näher zu untersuchen. Man hatte sie unverzüglich begraben.

Als Ben und Jack zum Wagen und dem weitgereisten Boot zurückkehrten, vernahmen sie ein seltsames Geräusch.

»Was war das?«, fragte Ben.

Jack hielt inne. Bis auf das Schnauben der Rinder war es totenstill. Doch dann hörten sie wieder dieses seltsame dünne Quäken. Sie lauschten gebannt. Die Temperatur war nur um etwa zehn Grad gefallen, aber der sternenübersäte Himmel wirkte frisch und kühl. Ben wünschte, er könnte diese schreckliche Welt verlassen und zu den Sternen am Himmel fliegen. Er fragte sich, ob Darcy vielleicht irgendwo dort oben war. Ob es ihm leidtat, dass er ihn geschlagen hatte, damals in Brisbane – es schien Jahrzehnte her zu sein –, nur weil er irgendeine dumme Bemerkung über Perfy gemacht hatte? Aber das alles war jetzt bedeutungslos.

Plötzlich lachte Jack Kennedy laut auf und schlug Ben auf die Schulter. »Hören Sie's nicht? Das ist Musik! Hören Sie? Musik! Heilige Mutter Gottes, gelobt sei Dein Name! Das ist 'ne Quetschkommode! Wir sind da, Boss! Das ist der Palmer!«

Jetzt bin ich plötzlich wieder der Boss, dachte Ben, der die Bedeutung dieses dünnen Tons noch nicht erfasst hatte. Aber für Jack gab es kein Halten mehr. Unbekümmert stürmte er den Hügel hinab und schrie die gute Nachricht heraus. »Der Palmer!«, drang seine Stimme durch die Nacht. »Der Palmer, Leute, wir haben's geschafft!«

Am nächsten Morgen hätte Ben sich gern von der allgemeinen Begeisterung anstecken lassen, aber um ihn drehte sich alles. Mühsam stapfte er neben seinem Pferd her und musste sich am Sattel festhalten. Nur seine Hündin Blue, die sich eng an seiner Seite hielt, fühlte seinen Schmerz, winselte, wenn Ben stolperte, und schnappte nach den Rindern, wenn sie ihm zu nahe kamen. Die anderen stürmten voran, als ob sie nichts mehr aufhalten könnte. Jock McFeat ritt neben seinem Wagen her, während Agnes die erschöpften Pferde anfeuerte. Eddie saß quer auf dem Boot und schien sich von der Begeisterung anstecken zu lassen. Obwohl sich nichts verändert hatte und sie sich immer noch mühsam durch das struppige Gras kämpfen mussten, hatten alle gute Laune.

Zwanzig kräftige Männer mit dichten Bärten und harten Gesichtszügen kamen ihnen entgegengeritten. Sie grüßten freundlich, schüttelten Jock und Billy die Hand und lüfteten den Hut vor Agnes McFeat.

»Ist dies der Palmer?«, stieß sie, etwas nach Atem ringend, hervor.

»Habt ihr Gold gefunden?«, rief Billy.

»Mehr als man in einem Leben verbrauchen kann«, hörte Ben einen der Männer antworten, und er fühlte einen Funken Freude in sich aufsteigen. Sobald es ihm wieder besser ging, würde er ihre Ankunft feiern.

Die Männer, die sie willkommen geheißen hatten, zogen eine Flasche Whisky hervor, und sogar Agnes nahm einen Schluck. »Warum nicht!«, rief sie aus. »Heute ist ein Freudentag!«

»Ist Mulligans Gruppe schon angekommen?«, fragte Ben.

»Mulligan!«, sagte der Sprecher lachend. »Der wartet, bis sie Schienen hierher verlegt haben. Also, Jungs, wem gehören die Rinder?«

»Mir.« Ben richtete sich auf und blickte den Männern ins Gesicht. Er fragte sich, ob sein allgemeines Unwohlsein der einzige Grund für das plötzliche nervöse Zucken im Magen war.

»Freut mich, Sie kennenzulernen, Kumpel.« Der Fremde ließ sich vom Pferd gleiten und streckte Ben die Hand entgegen. »Mein Name ist Dibble, Jim Dibble.«

Ben schüttelte ihm die Hand. »Buchanan«, erwiderte er müde.

»Nun liegt es bei Ihnen«, begann Dibble. »Endlich ein Treck mit Vieh. Sie sind der Erste, der Rinder zum Palmer bringt, und wir sind Ihnen verflucht dankbar.« Er drehte sich zu seinen Begleitern um. »Nicht wahr, Jungs?«

Statt einer Antwort brachen die Männer in ungeduldige Hochrufe aus.

»Lassen Sie uns also vom Geschäft reden«, fuhr Dibble fort. »Wie viel wollen Sie für die Rinder?«

»Sie sind unverkäuflich«, sagte Ben entschieden.

»Zwanzig Dollar pro Stück«, bot Dibble. »In Gold.«

»Nichts zu machen«, entgegnete Ben mit fester Stimme. »Ich gebe Ihnen ein paar Rinder, damit Sie zurechtkommen, aber wir wollen den ganzen Winter hierbleiben.«

»Sie brauchen nicht alle.«

»Nicht alle?«, warf Kennedy ein. »Uns sind nur noch ein paar Dutzend geblieben.«

Dibble beachtete ihn nicht. »Dreißig Pfund«, erhöhte er sein Angebot.

»Tut mir leid.« Ben winkte ab. »Ich verkaufe nicht. Wenn Sie Fleisch essen wollen, hätten Sie selbst welches mitbringen sollen.«

»Ich glaube, Sie verstehen nicht recht, Mr. Buchanan.« Dibble senkte die Stimme. »Hier gibt es keinen Laden, wo man Fleisch kaufen kann. Also, wie schon gesagt, wir sind bereit, zu bezahlen. Wenn Sie Schwierigkeiten machen, gibt es natürlich auch einen anderen Weg. Das Gebot steht bei dreißig Pfund pro Stück, und damit machen Sie einen guten Gewinn. Vier können Sie behalten. Treibt sie zusammen, Jungs!«

»Sechs!«, rief Billy Kemp.

Dibble lachte. »In Ordnung, dann behalten Sie eben sechs. Mein Gott, schaut euch das an! Die haben ja ein Boot dabei! Wollen Sie es verkaufen?«

»Nein!«, schrie Billy. »Das Boot gehört mir!«

Das Boot war Ben gleichgültig, doch er ärgerte sich gewaltig über den Verlust der Rinder. Billy verlangte sofortige Bezahlung, und so musste Ben hilflos mit ansehen, wie sich die Käufer anstellten und Jock das Gold sorgfältig abwog. »Sie haben achthundert Pfund verdient, mein Junge«, sagte er fröhlich. »Kein schlechtes Geschäft.«

»Erzählen Sie mir das, wenn Sie wurmzerfressenes Kängurufleisch essen müssen«, zischte Ben.

Sie folgten den Männern zur Siedlung der Goldgräber auf einer gerodeten Lichtung an einem Bergkamm mit Blick auf den Fluss. Dieser unterschied sich in nichts von den Flüssen, die sie bisher überquert hatten. An jedem Wasserlauf, an jedem Rinnsal hatten sie sich umgeschaut, in der Hoffnung, vielleicht Gold zu finden. Doch aus einem unerklärlichen Grund schien allein der Palmer von der Natur so reich bedacht zu sein. Unten am Flussufer konnten sie die Goldwäscher sehen. Billy Kemp, der leicht Freundschaften schloss, wandte sich sofort an ein paar Männer und erkundigte sich nach ihren Goldfunden. Die Männer zeigten sich jedoch nicht besonders gesprächig, sie grinsten lediglich, strichen sich den Bart glatt und machten sich aus dem Staub. »Es ist das Beste, hier bei uns zu bleiben«, riet Dibble Ben.

»Ist dieser Platz die ganzen Strapazen des Trecks wert?«, fragte Ben.

»Hier geht niemand mit leeren Taschen nach Hause, wenn er es denn bis nach Hause schafft«, entgegnete Dibble. »Unser Lager haben wir aus Sicherheitsgründen hier oben aufgeschlagen. Bleiben Sie nicht die Nacht über bei Ihren Schürfstellen.«

»Schwarze?«, wollte Ben wissen.

»Nicht nur Schwarze. Drei Männer sind schon ermordet worden, als sie durch den Busch zum Lager zurückgingen, und ihr Gold ist spurlos verschwunden. Die Aborigines nehmen kein Gold. Einen alten Goldgräber haben wir mit einem Speer im Rücken gefunden, und es hat beinahe einen Aufstand gegeben, bis wir gemerkt haben, dass der Speer nur ein Einschussloch verdecken sollte. Hier hält jeder den Mund und erzählt keinem, was der Tag gebracht hat.« Dann lachte er. »Allerdings hat ein Mann unweigerlich dieses Lächeln im Gesicht, wenn er seine Taschen gerade mit Gold gefüllt hat.«

»Aber wieso kehren sie nicht zurück, wenn sie Gold gefunden haben? Warum bringen sie sich nicht in Sicherheit?«

Dibble starrte ihn an. »Man merkt, dass Sie gerade erst angekommen sind! Warum sich mit einem Stückchen begnügen, wenn man den ganzen Kuchen haben kann? Mulligan hatte recht. Der Palmer ist mit Gold gepflastert, und keiner gibt auf, solange es noch etwas zu finden gibt.«

»Doch, ich tu's«, erwiderte Ben. »Ich brauche nur eine bestimmte Summe, und wenn ich die habe, mach ich mich wieder auf.«

»Nein, es ist wie beim Pokern. Es geht nicht ums Gewinnen, sondern um das Spiel selbst«, entgegnete Dibble.

Ben war zum Rand des Bergkamms geschlendert und folgte dem Lauf des Palmer River mit dem Blick, als Jock McFeat zu ihm trat. »Gott schütze uns, Junge«, murmelte er, während er auf die Hügelkette am Horizont starrte. »Nimmt dieses Land denn gar kein Ende?«

Ben, der an große Entfernungen gewöhnt war, ließ sein Auge prüfend über die zerfurchte Gegend wandern. Die Uferböschung war nur etwa viereinhalb Meter hoch. Gegenüber an einer verwitterten Klippe konnte er eine rote, feuchte Wassermarke erkennen, die noch einmal viereinhalb Meter höher lag als der Punkt, an dem er stand. In der Regenzeit würde das Lager wahrscheinlich überschwemmt werden.

Er betrachtete die versetzt stehenden Bäume, deren Zweige bis auf den dicht bewachsenen Uferstreifen herabhingen, wo sich dicke Wurzeln aus der Erde wanden und die dunkelgrünen Blätter der Mangroven glänzten. Schlangennester, dachte er bei sich, dort lebten bestimmt Pythons. Fische glitten durch das träge dahinfließende Wasser. An einer seichten Stelle hatte sich ein Schilfgürtel angesiedelt und wucherte fast bis zur Flussmitte. Ein guter Platz, um Krustentiere wie Süßwasserkrabben, Hummer und Langusten zu fangen. Am jenseitigen Ufer hatte sich eine Akazie kühn zwischen die Eukalyptusbäume gedrängt, und dahinter erkannte Ben die unverwechselbaren Blätter eines einheimischen Nussbaums, die denen der Stechpalme glichen und aussahen, als seien sie mit einer Wachsschicht überzogen. Ben drehte sich um, um Jock auf den Baum aufmerksam zu machen. Diese Nüsse waren nicht nur nahrhaft, sondern auch wohlschmeckend. Aber Jock war schon zu seinem Wagen zurückgegangen.

In der Nähe des Lagers war das Ufer mit Sand und Steinen bedeckt; hie und da ragten Gestrüppstreifen hervor, auf denen nun mit Pfählen und Seilen Claims abgesteckt waren, die ihn an eine Zeile von Marktbuden erinnerten. Jeder behelfsmäßige Zaun war mit kleinen Fähnchen besteckt. Der überall verstreute Hausrat, die aufgehängten Hemden, Pfannen, Wasserbeutel, Stiefel und Kleinigkeiten verrieten, dass hier Menschen lebten und arbeiteten. In dieser Flusslandschaft wirkten sie jedoch vollkommen fehl am Platz. Ben, der gefürchtet hatte, hier öde Schluchten vorzufinden, war erleichtert. Diese Gegend erinnerte ihn an zu Hause. Nur die Bäume waren größer, und der Busch wirkte dichter, undurchdringlicher.

Wie er so zum jenseitigen Ufer spähte, zu dem die Goldsucher noch nicht vorgedrungen waren, glaubte er eine Bewegung wahrzunehmen, als ob die Bäume durch eine schwache Erschütterung kaum merklich zitterten. Er heftete seinen Blick eine Zeit lang auf einen bestimmten Baum. Da sah er sie. Zwischen den Bäumen standen regungslos hochgewachsene Schwarze, deren Hautfarbe mit dem Grau der Baumstämme verschwamm. Er konnte zwar nicht erkennen, wie viele es waren, aber dennoch sträubte sich ihm das Haar im Nacken. Diese Männer waren anders als die Schwarzen, die einem lediglich zur Last fielen, weil sie aus Hunger oder Neugierde in die Lager der Weißen kamen. Es waren Krieger, die man nicht mit einer Mahlzeit besänftigen konnte, denn ihr Land schenkte ihnen Nahrung im Überfluss.

Er beschloss, nichts über die Eingeborenen verlauten zu lassen. Es hätte ohnehin keinen Sinn gehabt. Was würden die Goldsucher schon unternehmen? Blindlings in den Busch feuern und den Schwarzen einen Grund zum Angriff geben? Ganz gleich, was Dibble gesagt hatte, Ben würde aufbrechen, sobald er eine angemessene Menge Gold gefunden hatte. Diese Gegend war ihm einfach zu gefährlich. Er betete, das Palmer-Gold möge reichen, bis auch er sein Glück gemacht hatte. Als er sich wieder den anderen anschloss, ärgerte er sich über diese Dummköpfe, die im Busch glatt verhungern würden. Nun, da er sich ein Bild von der Gegend gemacht hatte, erkannte er, dass man auch ohne das Rindfleisch überleben konnte; der Fluss bot genug Nahrung. Natürlich musste man sich vor Skorbut schützen. Aber alle hatten es so eilig gehabt, ihm die Rinder wegzunehmen, dass ihn niemand nach essbaren Pflanzen gefragt hatte. »Na gut, Leute«, murmelte er bei sich, während er den Männern zusah, die von der Arbeit auf ihren Claims zurückkehrten, »das ist euer Problem.« Ben wusste, wo es Buschspinat und ungiftige Beeren gab, die grünen Samen, die Darcy und er »Plumpudding« genannt hatten, und die Hülsenfrüchte, deren Geschmack an grüne Erbsen erinnerte. Er konnte die fetthaltigen, nahrhaften Maden aufspüren, die nach Nüssen schmeckten. Aber diese Nahrungssuche nahm viel Zeit in Anspruch; er hatte nicht die Absicht, das ganze Lager zu versorgen.

Da die Reise nun zu Ende war, schlief Ben in dieser Nacht gut. Billy Kemp war schon bei Morgendämmerung auf den Beinen und weckte in seiner Aufregung die anderen. Sie ließen Eddie in der Obhut von Mrs. McFeat zurück und schoben das Boot bergab zum Fluss. Billy und Jock ruderten, während Ben scheinbar müßig hinter ihnen saß. Doch im Grunde beobachtete er unentwegt das Ufer. Das Zirpen der Insekten kündigte einen weiteren glühendheißen Tag an. Ben ließ seine Hand ins klare Wasser hängen, aber zu seiner Enttäuschung war es lauwarm und wenig einladend. Sie ließen sich flussabwärts treiben, fort von den abgesteckten Claims, und folgten der Flussbiegung.

»Hier sieht doch alles gleich aus«, meinte Billy. »Lassen Sie uns lieber zurückrudern, Jock. Wir verschwenden nur unsere Zeit.«

»Nein, fahren Sie weiter«, befahl Ben. »Ich will wissen, was dort vorne ist.«

»Wen kümmert das schon?«, begehrte Billy auf. »Schließlich sind wir keine Forscher.«

»Es schadet aber nichts, es zu wissen«, gab Jock zu bedenken.

»Achte auf Einbuchtungen am Ufer; mir hat mal ein Mann erzählt, dass die kleinen Bäche und Wasserrinnen hübsche Schatzgruben sind.«

»Und was soll da zu heben sein? Blutegel vielleicht?«, brauste Billy auf.

Ben setzte sich aufrecht hin. »Er hat recht! Dort werden die größeren Steine angeschwemmt.« Seine Aufmerksamkeit richtete sich auf die Wasseroberfläche. »Sie müssen auf Krokodile aufpassen.«

Beide Männer zogen gleichzeitig die Ruder aus dem Wasser und drehten sich erschrocken zu Ben um.

»Krokodile?«, rief Billy, und Jocks Gesicht nahm ein ungesundes Grau an. »Keiner hat was von Krokodilen gesagt!«

»Vielleicht sind auch keine da«, erklärte Ben, »aber wir müssen damit rechnen, dass es hier welche gibt. Also halten Sie die Augen offen, denn die Biester sind verdammt schnell.«

»O Gott!«, stieß Billy hervor.

Jock packte ihn am Arm. »Sachte, Junge, dreh hier nach links.«

»Weswegen?« Billy wollte kein Risiko mehr eingehen.

»Nicht wegen der Krokodile«, sagte Jock lachend. »Schau, die Strömung ändert sich hier.« Er wies Billy an, bis zu einem abzweigenden Bachlauf zu rudern, dessen Mündung fast völlig von herabhängenden Ästen verdeckt war. »Schauen wir mal, was hier so rumliegt.« Als sie die Zweige beiseiteschoben, erhob sich eine Wolke von Moskitos. Wild um sich schlagend manövrierten sie das Boot in den schmalen Bachlauf und zogen es an das mit Gestrüpp bewachsene Ufer. Unter den hoch aufragenden Bäumen des Urwalds stiegen die Männer vorsichtig ans Ufer und blickten sich um. Die ausgetrockneten Ränder des Bachbetts waren mit rundgewaschenen Kieselsteinen überhäuft, sodass sie einer mit Kopfstein gepflasterten Straße glichen.

Ben war der Erste, der Gold fand. Er konnte es kaum fassen. Im flachen Wasser sah er etwas blinken und tippte es müßig mit einem Ast an. Kleine Fische huschten vorbei und lenkten ihn einen Augenblick lang ab. Dann bückte er sich, um es aufzuheben, ein kleines, gelbes, unförmiges Stück, aber schwer und so groß wie ein Daumen. Überwältigt starrte er es an und wollte schon die anderen rufen, doch die Angst, sich zum Narren zu machen, hielt ihn zurück. Wieder spähte er in das steinige Flussbett. Sanft kräuselten sich kleine Wellen über der Fundstelle, die nur etwa dreißig Zentimeter unter der Wasseroberfläche lag. Wieder das gelbe Glitzern. Jetzt bewegte sich Ben verstohlen, als ob ihm etwas entschlüpfen könnte, und hob ehrfurchtsvoll einen zweiten Goldklumpen auf, massives Gold, hart wie Stein, das allen äußeren Einflüssen standgehalten hatte. Das Wasser hatte es in dieses Bachbett getragen, ihm aber nichts anhaben können. Und nun blinkte es in seiner Hand in der Sonne.

»Hier!«, krächzte er überwältigt den anderen zu, die ihm den Rücken zukehrten. Aber weiter flussabwärts stürzte sich auch Billy unvermittelt auf einen Stein.

»Mein Gott!«, rief er. »Allmächtiger Gott, kommen Sie und sehn Sie sich's an!« Er machte einen triumphierenden Luftsprung und hielt dabei einen kleinen Goldklumpen in die Höhe. Dann warf er sich der Länge nach ins Wasser und lachte wie irr. »Es ist Gold! Wir haben's gefunden! Hier ist überall Gold! Leute, wir sind reich!« Seine Stimme schallte durch den Busch, bis Jock zu ihm rannte und ihn zu beruhigen versuchte. »Willst du, dass alle es mitkriegen?«

»Sie können uns doch gar nicht hören«, meinte Billy, immer noch lachend. »Die sind meilenweit weg. Wir haben's geschafft, Jock, Sie brummiger alter Schotte, wir sind reich!«

Als sich die erste Begeisterung etwas legte, gewann die Vorsicht die Oberhand. »Wenn sie uns das Vieh wegnehmen, ist auch das Gold nicht vor ihnen sicher«, gab Jock zu bedenken. »Wir stecken am besten nicht nur hier unsere Claims ab, sondern auch am Fluss, um sie irrezuführen. Wir müssen verdammt vorsichtig sein, Jungs. Sonst kommen wir hier nicht mehr lebend raus.«

»Er hat recht«, stimmte Ben zu. »Wir vergraben das, was wir heute gefunden haben, und tun so, als wäre nichts geschehen. Außerdem sollten wir die Mündung des Bachs gut verstecken.«

»Geben wir ihm doch einen Namen«, schlug Billy vor. »Ich bin dafür, dass wir ihn den Schottischen Bach nennen. Schließlich hat Jock ihn zuerst entdeckt.«

Ben grinste. Sonst war Billy keineswegs so großzügig, aber heute konnte er sich diese Geste leisten. Was für ein Tag! Ben fühlte sich ausgesprochen wohl in seiner Haut. Die Strapazen hatten sich gelohnt. Wie viel Gold wohl noch in diesem Bach lag? Es quälte ihn, das Ausmaß ihres Fundes nicht überblicken zu können. Am liebsten wäre er dort geblieben, um ihren kostbaren Bach zu bewachen und so lange nach Gold zu suchen, bis er genug beisammenhatte. Noch nie in seinem Leben hatte er

441

so eine wahnsinnige Erregung verspürt. Er und Billy hätten alle Bedenken in den Wind geschlagen und bis Sonnenuntergang weitergesucht, wenn Jock nicht darauf bestanden hätte, diesen Platz zu verlassen. »Wir müssen vorsichtig sein, Jungs.«

Abwechselnd standen sie Wache und gingen am Bach auf und ab, während zwei von ihnen arbeiteten. Sie gruben, wuschen den Sand aus und folgten dem schmalen gekrümmten Bachlauf, der zu niedrig für das Boot war, weiter in den Dschungel hinein. Tagtäglich wuchsen ihre Goldvorräte. Ben hatte keine Ahnung, wie viel sein Gold wert war; es gab keine Waage, um angeschwemmtes Gold zu wiegen. Wie die anderen füllte er Marmeladeneimer, Tabakdosen und alles, was er finden konnte, mit Gold. Dann und wann ertönte ein Freudenschrei, wenn wieder ein großer Klumpen entdeckt worden war. Bislang hatte Jock den größten Goldklumpen entdeckt; sie schätzten sein Gewicht auf gut dreihundert Gramm. Nachts blickten sie flussaufwärts und fragten sich, wo die Hauptvorkommen liegen mochten. Sie hatten vor, flussaufwärts zu suchen, wenn der Schottische Bach leer war.

Die Hitze war allerdings schier unerträglich. Jack Kennedy verkündete, dass die Mittagstemperatur fünfundvierzig Grad betrage. Die Sonne brannte unbarmherzig durch die lichten Baumkronen, und das Land wurde mit der Zeit so trocken wie Zunder.

»Es hat keinen Zweck«, sagte Jock schließlich. »Hier ist es wie in einem Treibhaus. Ich arbeite nur noch bis Mittag. Eddie ist schon halb tot.«

Nur Billy und Ben waren entschlossen, weiterzumachen.

»Es ist überall heiß, ganz gleich, wohin man geht«, war Bens Ansicht.

»Nein, auf dem Bergkamm ist es kühler. Der Wagen bietet etwas Schatten.«

»Er hat recht«, räumte Jack ein. »Ich bringe die zwei ins Lager und hole Sie beide später ab.«

»Sehen Sie zu, dass Sie vor der Dämmerung kommen, sonst werden wir noch bei lebendigem Leib von Insekten gefressen.«

»In Ordnung.« Jack packte seine Ausrüstung zusammen. »Bis später.«

Es war das letzte Mal, dass sie Jack Kennedy lebend sahen. Die Schwarzen griffen das Lager auf dem Bergkamm nicht, wie erwartet, bei Nacht an, sondern um zwei Uhr nachmittags, als die meisten Goldsucher unten am Fluss arbeiteten und die Zurückgebliebenen erschöpft in den Zelten oder im Schatten der Bäume vor sich hin dösten. Leise huschten sie auf die Lichtung. Sie waren mit Speeren und Tomahawks bewaffnet und warfen brennende Zweige auf die Zelte und den Wagen. Als die Schreie ihrer Opfer durch das Tal hallten, kämpften sie sich den Weg in den schützenden Busch frei. Sie wandten sich flussaufwärts zu einer entfernten Stelle, an der sie ihre Kanus versteckt hatten, und brachten sich auf dem anderen Ufer in Sicherheit. Ihre graubemalten Gesichter strahlten triumphierend, und zum Zeichen ihres Sieges hatten sie sich weiße Kakadufedern ins Haar gesteckt. Der Krieg der Merkin hatte begonnen.

Sie hatten nicht genügend Zeit gehabt, um das Haar der Weißen als Trophäen mitzunehmen. Ohnehin hatten die Skalps an Wert eingebüßt, seitdem man festgestellt hatte, dass dieses Haar keine potenzsteigernde Wirkung besaß. Nur der junge Garangupurr trug seine Kriegsbeute an einem Stück Schnur um den Hals. Nachdem er die weiße Frau mit einem Schlag zu Boden gestreckt hatte, trennte er ihr in Sekundenschnelle die Haarrolle vom Hinterkopf. Unübersehbar fiel das rotbraune Haar in glänzenden Strähnen über seine Brust. Dies war wahrhaftig ein außergewöhnlicher Skalp.

Ben und Billy hörten zwar das Gewehrfeuer in der Ferne, doch sie ließen sich davon nicht aus der Ruhe bringen. Das musste nichts weiter bedeuten, denn schießwütige Goldsucher schossen auf alles Mögliche und im Fall eines Streits auch auf den anderen. Als die Sonne den Himmel jedoch glühend rot färbte und hinter den Hügeln versank, machte Billy sich allmählich Sorgen.

Um sich vor den Schwärmen von Moskitos und Sandfliegen

zu schützen, die die Schmeißfliegen bei Dämmerung ablösten, rieben sie sich mit Schlamm ein. Dann warteten sie am Flussufer auf das Boot. Aber nichts war zu sehen.

»Diese Bastarde!«, fluchte Billy. »Ich wette, irgendein Mistkerl hat sich mein Boot unter den Nagel gerissen.«

»Hier können wir nicht bleiben«, sagte Ben schließlich. »Wir müssen laufen.« In der Finsternis tasteten sie sich am Flusslauf voran, stolperten über im Farndickicht verborgene Wasserrinnen, suchten am rutschigen Ufer nach Halt und kletterten über umgestürzte Bäume. Stunden später langten sie zerschrammt, blutend und mit zerrissenen Kleidern im Lager an.

Ben war fassungslos, als er von dem Massaker erfuhr. Neun Opfer, darunter Jack Kennedy, Mrs. McFeat und der junge Eddie Gaunt, waren zu beklagen. Billys tiefe Trauer erstaunte Ben. Er wusste nie, was er von Billy halten sollte. Ben war sich darüber im Klaren, dass er bei seiner Gruppe nicht besonders beliebt war – sie nannten ihn spöttisch den »Rinderbaron« –, aber als einmal ein Raufbold ihn angriff und beschuldigte, seinen Tabak gestohlen zu haben, hatte Billy, ohne auch nur einen Moment zu zögern, mit einem Steigbügel auf den Mann eingeschlagen. Später hatte Billy schweigend den gestohlenen Tabak hervorgeholt und geraucht.

»Armer Eddie«, weinte er. »Er hatte nie eine richtige Chance. Und haben Sie gehört, was Jock gesagt hat? Eddie hätte wegrennen können, aber er ist zum Wagen zurückgelaufen, um Mrs. McFeat zu helfen. Jock hat gesehen, wie er sie aufgehoben hat, aber da bekam er einen Speer in den Rücken und wurde dann erschlagen. Jock hat alles mit angesehen!« Tränenüberströmt blickte Billy zu Ben auf. »Und wissen Sie was? Jock hat gesagt, sie war bereits tot.«

Ben sorgte sich um Jock. Ihn hatte es zuerst erwischt. Als er um den Wagen gegangen war, hatte ihn ein Speer in den Bauch getroffen und eine klaffende Wunde gerissen. Unfähig, sich zu bewegen, war er zu Boden gestürzt. Ein Aborigine verabreichte ihm im Vorbeilaufen einen weiteren Schlag und zerschmetterte damit Jocks rechtes Bein. Nach dem Überfall hatte man außer Jock noch einige andere Überlebende gefunden und eine behelfsmäßige Krankenstation eingerichtet. Die meisten würden wohl überleben, aber Jocks Verletzungen waren sehr schwer. Ein ehemaliger Apotheker operierte die Opfer und warnte vor Infektionen. Jocks Bein begann bereits zu eitern, und sein Zustand war äußerst bedenklich.

Die Goldgräber begruben die Toten und kehrten an ihre Arbeit zurück, während sich Ben und Billy um Jock kümmerten und versuchten, sein Fieber zu senken.

»Mir reicht's«, meinte Billy. »Ich bin dafür, dass wir uns mit dem Gold aus dem Staub machen.«

»Wir können Jock nicht allein lassen«, flüsterte Ben Billy zu und winkte ihn von dem Kranken weg.

»Er braucht seinen Anteil bestimmt nicht mehr«, meinte Billy. »Mit ihm ist's doch schon so gut wie aus. Begraben wir ihn neben seiner Frau und machen uns in der Nacht aus dem Staub. Dann folgt uns bestimmt niemand.«

»Mein Gott, Billy, Sie reden, als wäre er schon tot.«

»Mit dem Loch in seinen Eingeweiden und den anderen Verletzungen ist es doch nur noch eine Frage der Zeit. Er quält sich nur. Wir sollten ihm einen Gefallen tun und ihm eine Kugel durch den Kopf jagen.«

Entsetzt fuhr Ben zurück. »Wie können Sie nur so reden?«

»Ich habe gesehen, wie Sie Ihre Rinder von Qualen erlöst haben. Warum wollen Sie es nicht für einen Kumpel tun?«

»Halten Sie's Maul«, zürnte Ben. »Das ist ein barbarischer Vorschlag. Schließlich ist er kein Tier.«

»In Ordnung, dann bleiben Sie hier sitzen und hören sich seine Schmerzensschreie an. Ich ertrage das nicht.«

Einige Tage lang ließ sich Billy nicht blicken. Einsam hielt Ben bei Jock Wache, errichtete eine kleine Hütte zu seinem Schutz und wusch die Wunden mit abgekochtem Wasser. Zu seiner Verzweiflung breitete sich die Entzündung jedoch weiter aus. Er setzte Maden auf das Geschwür am Bein, damit sie das verwesende Fleisch fraßen, aber der Geruch war ekelerregend. Jock litt Todesqualen, biss jedoch tapfer die Zähne zusammen. Nur selten kam ein Laut über seine Lippen. Bens Bewunderung für den Schotten wuchs. Manchmal schämte er sich, dass er seine Bemühungen als eine Art Wettstreit mit Billy ansah, dem er beweisen wollte, dass dieser unrecht hatte.

Erstaunlicherweise dachte er während all der Zeit nie an sein Leben daheim auf Caravale. Es war, als ob der Palmer sich seines Daseins bemächtigt hätte, dieser elende Ort, der für ihn zur einzigen Wirklichkeit geworden war. Noch nie war er der Hölle so nahe gekommen. Alles schien ihm feindlich gesinnt und zehrte an seinen letzten Kräften. Sogar das Heulen der Dingos in der Nacht zermürbte ihn, während ihm dieses Geräusch zu Hause selbstverständlich vorgekommen war.

Manchmal betete Jock, doch mehr als die Lippen bewegen konnte er nicht. Auch Ben betete, wenn er zum schlammigen Flussufer und wieder zurück watete. Dabei wusste er, dass er die Pfade, die durch die ständige Benutzung in Matsch verwandelt wurden, besser hätte vermeiden sollen. In diesem Klima entzündeten sich sogar die kleinsten Kratzer, wenn Schlamm in die Wunde geriet. Dennoch schleppte er eimerweise Wasser vom Fluss herauf, goss es durch ein Moskitonetz und kochte aus Buschhühnern Suppe. Er war entschlossen, Jock den Klauen des Todes zu entreißen.

Als er eines Nachmittags seine durchnässten Stiefel auszog, entdeckte er ein schwarzes eiterndes Loch in seiner Fußsohle.

Erstaunlicherweise hatte er keinen Schmerz gespürt, obwohl sich das eiternde Geschwür tief ins Fleisch gefressen hatte. Als er ein Messer ausglühte und hineinschnitt, schrie er laut auf. Erst jetzt konnte er sich vorstellen, was Jock durchmachte. Niemand kann Schmerzen wirklich nachfühlen, sagte er sich; man glaubt nur, es zu können. Er ärgerte sich über sich selbst und verrückterweise auch über seinen alten Zahnarzt, der ihm vor Jahren einen Zahn gezogen und gesagt hatte: »Ganz ruhig, mein Junge, es tut überhaupt nicht weh.« In dieser Nacht träumte er in seiner Verzweiflung, er durchbohre den Zahnarzt mit glühenden Messern.

Eines Tages erschien unvermutet Billy Kemp wieder auf der Bildfläche. »Wie geht's ihm?«

»Ziemlich schlecht«, antwortete Ben und starrte auf Jocks graues, schweißüberströmtes Gesicht. Die behelfsmäßigen

Verbände bestanden aus alten Hemden, die er sich zusammengebettelt oder gekauft hatte, nachdem der Wagen der McFeats in Flammen aufgegangen war.

Billy nickte. »Kann ich irgendetwas tun?«

»Nein.«

»Nun denn.« Billy war wieder ganz der Alte. »Haben Sie schon die Neuigkeiten gehört?«

»Welche Neuigkeiten?«

»Flussaufwärts wimmelt es nur so von Goldgräbern. Man sagt, dass über Nacht Hunderte hier aufgetaucht sind.«

Ben konnte es kaum fassen. Seine Kopfschmerzen hatten sich wieder eingestellt. »Wo sind sie hergekommen?«

»Genau das ist ja das Interessante. Sie kommen von der Küste. Von hier sind's nur hundertsechzig Kilometer bis zum Meer. Ich habe mir immer geschworen, nie mehr in die Nähe dieses verfluchten Endeavour River zu kommen, und jetzt kann ich's kaum erwarten, ihn zu sehen. Dank der Goldsucher gibt es jetzt einen markierten Pfad. Wir können sofort aufbrechen.«

»Sobald's Jock besser geht.«

»Nein. Die Jungs stellen gerade einen Goldtransport für diese neue Strecke zusammen. Sie sagen, dass oben am Endeavour Harbour ein neuer Hafen mit Namen Cooktown entsteht. Ich bin dabei. Morgen geht's los. Sie können das Boot behalten.« Wie durch einen Nebel fragte sich Ben, warum Billy darauf bestand, dass das Boot ihm gehörte, obwohl Ben die Expedition bezahlt hatte. Aber eigentlich war ihm alles gleichgültig. Er war müde und wünschte sich, Billy möge verschwinden. Sollte er sich doch aus dem Staub machen! Sobald es ihm und Jock besser ging, würden sie wieder nach Gold suchen. Jetzt, da immer mehr Leute zum Palmer kamen, würde es hier sicherer sein. In Gesprächen mit anderen Goldgräbern hatte er gelernt, wie man den Wert des Goldes schätzte. Er hatte beinahe genug beisammen, um Perfys Anteil an Caravale zurückzukaufen. Der Palmer war groß und barg noch viel Gold. Bei diesem Gedanken zitterten ihm die Hände. Die Männer fanden mittlerweile auch größere Goldklumpen, von denen einige gut über anderthalb Kilo wogen. Wenn er ein paar solche fände … Vor

Aufregung atmete Ben schneller. Billy, der Narr, hatte einfach kein Durchhaltevermögen, er war zu rastlos. Aber nicht so Ben Buchanan, nein, mein Herr. Er würde als reicher Mann nach Hause kommen, Vorarbeiter unter Tom Mansfield einstellen und das tun, was er wirklich wollte: die politische Laufbahn einschlagen.

Mit dem Gewehr in der Hand hielt er Wache bei seinem Patienten und den Beuteln voller Gold unter Jocks Bett. Der verstorbene Jack Kennedy, Jock und Ben hatten es dem Fluss entrissen. Es war ein Vermögen wert.

Die Ankunft von Mulligans Gruppe brachte einige Aufregung und unterbrach die tägliche Routine am Palmer. Aber Ben bemerkte es kaum, so beschäftigt war er. Mit beinahe fieberhaftem Eifer erfüllte er seine Pflichten, lehnte jede Hilfe ab und merkte nicht, dass diese Verbissenheit seine letzten Kräfte aufzehrte. Die Wochen vergingen, und Ben verlor jeden Sinn für die Wirklichkeit.

Oft ließ er den Hund als Wache zurück und schlug sich in den Busch, wo er nach essbaren Pflanzen suchte. Die Beeren und wilden Trauben, die er unter einem Laubhaufen in einer Ecke der Hütte hortete, verfaulten schon. Die schmerzenden Geschwüre an seinen Beinen entlockten ihm nur ein grimmiges Lächeln; es war, als bestrafe er sich selbst, um seine Schuldgefühle zu lindern. Manchmal sah er nämlich Darcy auf dem Bett liegen, und dann wieder war es Jack Middleton, dessen Wunden er verarztete. Mit wachsender Verwirrung gelangte Ben zu der Überzeugung, dass es in seiner Macht stand, sie alle zu retten.

Die ganze Nacht ließ er die Laterne brennen und hielt Ausschau nach nächtlichen Besuchern. Er zertrat Spinnen, vertrieb Eidechsen und die hübschen neugierigen Geckos und stürzte sich mit Triumphgeheul auf die Schlangen.

Eines nach dem anderen verschwanden die Rinder und die Pferde, und in seiner Verwirrung war es dem »Einsiedler«, wie alle ihn nannten, nur recht. »Die Tiere brauchen Bewegung«, erklärte er Jock und vergaß, dass er sie nicht getränkt hatte. Die Männer, die sich seiner Pferde annahmen, meldeten schließlich

Besitzansprüche an. Sie sagten, es geschehe aus Mitleid für die armen Tiere, denn kaum jemand hätte gewagt, ein Pferd zu stehlen.

Die Männer, die er gekannt hatte, zogen fort, und die Neuankömmlinge hatten keine Zeit für diesen zerlumpten, bärtigen Sonderling und seine hohläugigen Patienten oder für den Hund, der sofort die Zähne fletschte, wenn Fremde sich ihm näherten. Die Menschen mieden das Lager, und Ben Buchanan geriet in Vergessenheit. Auch anderen Männern hatten die mörderische Hitze, das Fieber oder der Hunger auf dem Treck den Verstand geraubt, welche Rolle spielte da schon ein weiterer Irrer? Nur die Versorgung mit Nahrungsmitteln war inzwischen zu einem schwerwiegenden Problem geworden. Reiter hatten die verwesten Leichen von Männern entdeckt, die auf dem Weg zur Küste verhungert waren. Ihre Taschen waren noch voller Gold.

2

Mit einem Bündel Banknoten in der Tasche kehrte Herbert nach Bowen zurück. Jetzt konnte er seine Schulden bezahlen und sich in aller Ruhe überlegen, was er als Nächstes unternehmen wollte. Eigentlich hätte er die ganze Angelegenheit am liebsten in Vergessenheit geraten lassen, doch die Leute in diesem Teil der Welt hatten ein außerordentlich gutes Gedächtnis und konnten einem säumigen Schuldner ziemlich auf den Leib rücken, wie Herbert festgestellt hatte. Zwar betrogen, bekämpften und bestahlen sie einander, aber man konnte in ernsthafte Schwierigkeiten geraten, wenn man sich vor seinen Spielschulden drückte. Jetzt, nach sechs Monaten im Busch, hatte Herbert das Gefühl, nach Hause zu kommen. Wo hätte er sonst auch hingehen sollen?

Im Palace Hotel mietete er sich ein Zimmer. Zu seiner freudigen Überraschung begrüßte ihn O'Keefe, der Gastwirt, wie einen guten Freund. »Schön, Sie wiederzusehen, Herbie. Sie waren Gold schürfen, habe ich gehört. Wie ist es gelaufen?«

»Außerordentlich gut, danke.«

»Man sagt, in Charters Towers karren sie das Gold noch immer wagenweise davon.«

»Das stimmt. Es wimmelt hier nur so von Goldgräbern, aber Glück muss man trotzdem haben. Wer zuerst kommt, mahlt zuerst, und danach ist es eine elende Knochenarbeit.« Er betrachtete seine schwieligen Hände und meinte lachend: »Mein alter Herr würde sich ganz schön wundern.«

»Es ist eine Schande, dass Sie sich Ihre wunderbaren Musikerhände so zerschunden haben, Herbie. Heutzutage spielt niemand mehr auf meinem Klavier. Bowen hat sich verändert, es ist hier ziemlich ruhig geworden.«

»Ja, in der Tat. Ich muss jetzt einige Herren aufsuchen und meine Schulden bezahlen. Sozusagen reinen Tisch machen, Sie verstehen?« Als Herbert sich nach drei Männern aus seiner ehemaligen Kartenspielerrunde erkundigte, grinste O'Keefe. »Patsy braucht Ihr Geld jetzt nicht mehr, er hat bei einer Schießerei mit Digger Grimes den Kürzeren gezogen. Und Digger hat sich schleunigst aus dem Staub gemacht, keiner weiß, wohin. Und was Ihren anderen Freund betrifft, der wird mittlerweile die Spielsalons in Sydney unsicher machen. Ich denke, den können Sie ebenfalls vergessen.«

Eine überaus erfreuliche Heimkehr, dachte Herbert und genoss das Gefühl, wider Erwarten um redlich verdiente sechshundert Pfund reicher zu sein. Er ging auf sein Zimmer und warf sein Reisebündel aufs Bett. Jetzt musste er nur noch seine Schulden bei dem Chinesen begleichen. Aber als Erstes würde er sich anständige Kleider zulegen.

Nachdem Lew Herbert den Claim überlassen hatte, war Marie Bourke ihm beim Schürfen behilflich gewesen, und bald hatte er ihr gewinnendes Wesen schätzen gelernt. Zwar kommandierte sie ihn fast genauso herum wie Lew, doch ihre neckische, unbeschwerte Art gefiel ihm. Sie war immer gut gelaunt, mochte die Arbeit des Tages noch so anstrengend und unergiebig gewesen sein. Und sie hatte eine aufregende Figur, zwar schlank, aber mit vollen, festen Brüsten. Wenn ihr Vater nicht so wachsam gewesen wäre, hätte sie sich vielleicht auf ein

Liebesabenteuer mit Herbert eingelassen. Jetzt bedauerte er, dass er es nicht einmal versucht hatte. Sie fehlte ihm.

Lew hatte durch einen berittenen Boten einen Brief an Herbert geschickt, in dem er ihm von neuen Goldfunden im Norden berichtete; wenn Herbert sich seiner Expedition anschließen wolle, solle er auf schnellstem Wege nach Townsville kommen. Aber er solle ja niemandem etwas davon erzählen.

Einige Tage darauf hatte er spätabends noch mit Jim Bourke bei einem Whisky zusammengesessen. »Haben Sie mal wieder was von Lew gehört?«

»Ja.«

»Was macht er denn jetzt?«, fragte Bourke.

»Hat sich irgendwas Verrücktes in den Kopf gesetzt und ist in den Norden gefahren. Er hat mich gefragt, ob ich mitkomme, aber ich denke gar nicht daran. Mir reicht es hier schon, noch weiter rauf in den Norden muss wirklich nicht sein.«

»Was hat er sich denn in den Kopf gesetzt?«

»Ich darf es eigentlich niemandem sagen, also behalten Sie es für sich. Ihn hat wieder das Goldfieber gepackt.«

»Ich habe Gerüchte davon gehört«, meinte Bourke.

»Hat er gesagt, wo?«

»Nein, nur dass sie von Townsville aus aufbrechen.«

Bourke starrte ihn verblüfft an. »Von Townsville aus? Wieso denn das?«

Herbert lächelte. »Man muss nur zwei und zwei zusammenzählen, mein Lieber. Wenn Lew von Townsville aus loszieht anstatt von Charters Towers, heißt das, dass unser guter Kapitän mit dem Schiff nach Norden fährt.«

»Was Sie nicht sagen«, murmelte Bourke. »Die Kulis von Chin sind auch weg, von einem Tag auf den anderen verschwunden.«

»Natürlich, er und Chin sind doch Partner. Waren sie schon von Anfang an.«

»Trinken Sie noch einen Schluck, Herbie.« Bourke schenkte Herbert großzügig nach. »Wissen Sie, unsere Schürfstellen geben nicht mehr viel her.«

»Da haben Sie recht. Was halten Sie davon, wenn wir uns neue Claims abstecken, die näher bei Charters Towers liegen?«

Bourke kaute nachdenklich an seinem Daumennagel. »Es wäre gescheiter, sich an Lew zu halten. Neue Goldfelder! Und mit dem Schiff hinzufahren ist wirklich eine prächtige Idee. Meinen Sie, er würde uns mitnehmen?«

»Uns? Ich gehe auf keinen Fall. Auf mich brauchen Sie nicht zu zählen.«

»Dann eben die Bourkes. Ich kann mir nicht vorstellen, dass Lew uns diese Bitte abschlägt. Gleich morgen früh packen wir und machen uns auf den Weg nach Townsville.«

»Das ist doch verrückt, Jim. Wir können ebenso gut hierbleiben und neue Schürfstellen pachten. Hier wissen wir wenigstens, was wir haben.«

»Ja, schäbige Reste. Wenn Lew und der Chinese ihre Leute abgezogen haben, dann haben sie was Großes vor, und wir wären dumm, hier weiterzubuddeln. Wir fahren nach Townsville, mein Freund, und der Himmel stehe uns bei, dass es nicht schon zu spät ist. Sie hätten mir früher Bescheid sagen sollen. Wir haben wertvolle Tage vergeudet.«

»Ich hätte es Ihnen eigentlich gar nicht sagen dürfen.« Warum zum Teufel hatte er nur alles ausgeplaudert? Das kam von dem verfluchten Whisky.

Sie waren nach Townsville geritten, wo sie Lew und seine Chinesen trafen, die damit beschäftigt waren, ihren gemieteten Schoner zu beladen. Erst wollte Lew nicht verraten, wohin die Reise ging, doch dann verbreitete sich die Nachricht über das Gold des Palmer wie ein Lauffeuer in der Stadt.

Lew war damit einverstanden, Jim Bourke, aber nicht die Frauen mitzunehmen. Schließlich gelang es Marie jedoch, ihn zu überreden. »Lew, denken Sie etwa, wir wissen nicht, wie es auf den Goldfeldern zugeht? Mutter und ich waren ein Jahr lang am Cape.«

»Wo mein Mann hingeht, da gehe ich auch hin«, fügte Marjorie entschlossen hinzu.

Jim Bourke ließ ebenfalls nicht locker. »Wenn Sie uns nicht

mitnehmen, Lew, werden wir eben ein anderes Schiff finden, aber wir würden lieber mit Ihren Leuten fahren.«

»Kommen Sie jetzt mit oder nicht?«, hatte Lew Herbert gefragt, der etwas unschlüssig wurde, als er sah, dass alle wegfuhren und er allein zurückblieb. Nur auf sich selbst gestellt wollte er jedenfalls nicht zum Cape zurückkehren.

»Nein«, erwiderte er trotzig. »Das ist doch ein aberwitziges Unternehmen. Mich können Sie nicht überreden.«

»Wer sagt denn, dass ich Sie überreden will? Machen Sie doch, was Sie wollen.«

»Das werde ich auch. Ich habe beschlossen, nach Bowen zurückzufahren.« Diesen Entschluss hatte er aus einer Laune des Augenblicks heraus gefasst, aber er wusste, dass er Lew damit ärgern konnte. Diamonds Anwesenheit an Bord, über die niemand ein Wort verlor, hatte Herberts Neugierde geweckt.

Doch inzwischen hatte er erfahren, dass Perfy ihre Verlobung aufgelöst hatte und wieder in Bowen weilte. Er konnte es kaum erwarten, sie wiederzusehen. »Ich werde Perfy von Ihnen grüßen«, hatte er Lew zum Abschied gesagt.

In der Bar berichteten ihm O'Keefe und der ortsansässige Polizist in allen Einzelheiten über den schrecklichen Tod von Jack Middleton; Diamond hatte lediglich erzählt, dass ein Krokodil ihn getötet hatte.

»Sie redet nicht gern darüber«, hatte Lew ihm erklärt. »Offenbar hat sie es mit eigenen Augen mit angesehen. Aber ich habe Mrs. Middleton und Perfy gleich einen Beileidsbrief geschickt. Es ist wirklich furchtbar. Schade um ihn, er war ein feiner Kerl.«

Förmlich gekleidet mit einem neuen Tropenanzug aus hellem Leinen und einem gestärkten Hemd begab sich Herbert zum Haus der Middletons und versuchte, eine dem traurigen Ereignis entsprechende Betroffenheit an den Tag zu legen. Wie er feststellte, hatten sich die Frauen inzwischen mit dem Verlust abgefunden, wenngleich Herberts unerwartetes Erscheinen und seine Beileidsbezeugungen einige Tränen auslösten. Alice schien aus ihrem Witwenstand das Beste machen zu wollen. »Er fehlt uns sehr«, sagte sie. »Aber der Herr hat ihn zu sich gerufen, und es hat keinen Sinn, sich selbst zu bemitleiden. Ich habe eine Arbeit angenommen, natürlich aus freien Stücken. Ich arbeite jetzt als Pflegerin im Krankenhaus. Der arme Arzt ist völlig überlastet. Wir haben vor allem mit Fieberkranken und Unfallopfern zu tun. Perfy hilft manchmal auch mit.«

Herbert glaubte, einen versteckten Tadel in Alices Betonung des Wortes »manchmal« gehört zu haben. Offenbar war sie der Meinung, Perfy solle öfters kommen. »Lew hat uns einen Brief geschrieben«, wechselte Perfy das Thema, »aber wir konnten ihn nicht beantworten, weil keine Adresse angegeben war.«

»Er ist unterwegs zum Palmer River und wieder auf Goldsuche. Eine verrückte Idee, finde ich, und das habe ich ihm auch gesagt. Er wollte, dass ich ihn wieder begleite, aber diesmal habe ich mich nicht breitschlagen lassen. Soviel ich weiß, muss es die völlige Wildnis sein. Von unwirtlichen Lebensbedingungen habe ich erst mal genug. Ich kann Ihnen gar nicht sagen, wie ich es genossen habe, im Palace Hotel in einer Badewanne zu liegen. Und hier bei Ihnen an einem sauber gedeckten Tisch zu sitzen, ist die reinste Wohltat.«

»Haben Sie denn Gold gefunden, Herbert?«, erkundigte sich Alice.

»Allerdings. Diesmal habe ich wesentlich mehr Erfolg gehabt. Bin mit einem hübschen Sümmchen nach Hause gekommen. Jetzt überlege ich mir, ob ich hier ein Geschäft eröffnen soll.«

»Was denn für eines?«

Herbert hatte keine Ahnung. Er wollte nur Eindruck schinden. »Da muss ich mich noch umsehen«, erwiderte er ausweichend.

»Der Mann, der Ihr Maklergeschäft übernommen hat, hat sich nicht lange halten können«, erzählte Alice ihm. »Schon nach wenigen Wochen hat er es wieder geschlossen. Wahrscheinlich hat er nicht so viel Erfahrung gehabt wie Sie.«

Und keine Glory Molloy, die ihm unter die Arme greift, dachte Herbert und lächelte versonnen. Dank Glorys Zungenfertigkeit hatte er einmal ein und dasselbe Stück Land an drei verschiedene Leute verkauft, und das innerhalb von drei Tagen. »O'Keefe meint, in dieser Branche ist heute kaum noch ein Geschäft zu machen.«

Während Alice und er munter weiterplauderten, schwieg Perfy. Er brannte darauf zu erfahren, warum ihre Verlobung in die Brüche gegangen war. Dieser Buchanan war offenbar vor keiner List zurückgeschreckt. Wie gut, dass Perfy das rechtzeitig durchschaut hatte! Herbert erinnerte sich noch sehr gut daran, dass Buchanan den Bankdirektor Tolley mit der Warnung zu ihm geschickt hatte, er solle nicht versuchen, Perfys Anteil an der Farm zu verkaufen. Was für eine unverschämte Drohung! »Haben Sie eigentlich noch Ihren Anteil an Caravale?«, wandte er sich an Perfy.

»Ich habe ihn zum Verkauf angeboten«, antwortete sie. »Caravale ist für Perfy mit traurigen Erinnerungen verbunden«, erklärte Alice. »Jack ist dort begraben.«

Aber nicht nur deshalb, dachte Herbert. Er konnte seine Neugier kaum im Zaum halten, er musste mit Perfy unter vier Augen sprechen. »Mrs. Middleton, wären Sie einverstanden, wenn ich Perfy heute Abend zum Essen ins Palace einlade?«, fragte er.

»Aber selbstverständlich, Herbert«, erwiderte sie. »Geh nur, Perfy. Es ist nicht gut für dich, wenn du immer nur hier herumsitzt.«

»Meinetwegen«, meinte Perfy mit einem Achselzucken.

Herbert war beleidigt. »Wenn Sie keine Lust haben, können wir es auch auf ein andermal verschieben.«

Sie lächelte ihn an. »Entschuldigen Sie, Herbert. Das war sehr unhöflich von mir. Doch, ich würde mich freuen, mit Ihnen essen zu gehen.«

Herbert bestellte ein erstklassiges Essen, und zwar nicht, um Perfy zu beeindrucken, sondern zu seinem eigenen Vergnügen. Schließlich hatte er einen Grund zum Feiern; er besaß ein hübsches Konto auf der Bank, über das er frei verfügen konnte, und das war ein herrliches Gefühl. Mochte es auch nur vorübergehend sein, aber es würde sich schon wieder eine Gelegenheit zum Geldverdienen ergeben. Am Nachmittag hatte er seinen Eltern in einem Brief mitgeteilt, dass er jetzt in Bowen sesshaft geworden war, nachdem er am Cape River Gold gefunden hatte. Wenn er nur daran dachte, musste er lachen. Seine Familie würde in helle Aufregung geraten und sich immer und immer wieder fragen, wie viel Gold er denn »gefunden« haben mochte. Das Wort war klug gewählt, wahrheitsgetreu und doch zweideutig, und es würde den überheblichen Clan der Watlingtons bis ins Mark treffen. Denn trotz ihres vornehmen Gehabes waren sie Geizhälse, die jeden Penny zweimal umdrehten. Dass Herbert Gold gefunden hatte, würde sie zutiefst erschüttern, und dieser Gedanke erfüllte ihn mit größter Genugtuung. Er war absichtlich nicht näher auf seinen »Fund« eingegangen und hatte lediglich hinzugefügt, dass er sich bester Gesundheit erfreue. Ach, war das Leben schön!

»Entschuldigen Sie, wenn ich mich in Ihre persönlichen Angelegenheiten mische, Perfy, aber was haben Sie denn so gemacht? Wie ich gehört habe, waren Sie mit dem anderen Buchanan verlobt. Die Buchanans müssen ja eine besondere Anziehung auf Sie haben.«

Perfy starrte ihn an. »Wer hat Ihnen das gesagt?«

Herbert hatte seine Gründe, warum er Diamond noch nicht ins Spiel bringen wollte. »Lew. Wissen Sie, es kommen immer wieder mal Viehzüchter nach Charters Towers …«

»Lew weiß davon? O Gott! Weiß er auch, dass ich die Verlobung rückgängig gemacht habe?«

»Ja, ja. Aber warum eigentlich? Und wie sind Sie denn auf den Bruder gekommen?«

»Ich weiß nicht. Ich war völlig am Ende, als Daddy … gestorben ist, und Ben war so nett zu mir. Und seine Mutter Cornelia auch. Ich war wochenlang krank, und dann hat es sich einfach so ergeben.«

»Ist Ihnen nicht in den Sinn gekommen, dass er Hintergedanken dabei hatte? Beispielsweise, sich Ihre Hälfte von Caravale zu sichern?«

»Damals nicht, aber inzwischen schon«, antwortete sie kurz angebunden. »Jetzt wird er sie jedenfalls nie mehr bekommen.

Aber eigentlich möchte ich lieber nicht darüber reden. Ich freue mich wirklich, Sie wiederzusehen, Herbert. Hier ist es so langweilig, und ich fühle mich schrecklich einsam. Nur Mutter zuliebe bleibe ich da, sonst würde ich nach Brisbane gehen, wo ich wenigstens Bekannte habe. Aber Mutter gefällt es in Bowen und in unserem Haus. Manchmal plagen mich schreckliche Schuldgefühle. Vielleicht wäre Daddy noch am Leben, wenn ich nicht so versessen darauf gewesen wäre, Caravale zu sehen.«

Er nahm ihre Hand. »So etwas dürfen Sie nicht denken, Perfy. Ihr Vater brannte ebenso darauf, die Farm zu sehen, das war ihm sehr wichtig, und das hat er mir selbst erzählt.«

»Ja, ich glaube, er wollte den Wert der Farm schätzen. Armer Daddy, er hat es nur für mich getan.«

»Lassen Sie den Kopf nicht hängen, meine Liebe.« Herbert bestellte Sekt. »Ich glaube, das ist hier das Nationalgetränk, also sollten wir es uns schmecken lassen. Sie sehen hübscher aus als je zuvor. Auf Ihr Wohl!« Irgendwann würde er einen neuen Versuch wagen, sie nach ihren Erlebnissen auf Caravale auszufragen. Dieser Buchanan musste es ziemlich ungeschickt angestellt haben. Da hatte er das Mädchen schon fast vor dem Traualtar und verpfuschte noch alles. Herbert fragte sich, was Perfy umgestimmt haben mochte. »Sagen Sie, meine Liebe, warum langweilen Sie sich denn hier? Sie sind doch wohlhabend, haben ein nettes Zuhause und eine reizende Mutter. Oder trauern Sie etwa immer noch diesem Buchanan nach? Ben Buchanan, meine ich.«

Erstaunt sah sie ihn an. »Wo denken Sie hin? Ich hasse ihn, und ich werde ihm nie verzeihen. Wir hätten besser gar nicht erst von ihm geredet. Nein, ich bin nur etwas unausgefüllt, ich habe nichts zu tun. Erzählen Sie mir jetzt nicht, ich soll mehr im Krankenhaus arbeiten, das drückt meine Stimmung nur noch mehr. Ich weiß selbst nicht, was zurzeit mit mir los ist.«

Er lachte. »Ich schon. Sie brauchen einen Verehrer.«

»Seien Sie doch nicht albern.«

»Ich meine es ernst. Das ist doch ganz natürlich, vor allem für eine hübsche junge Dame. Ich werde mich darum kümmern, dass Sie ein bisschen mehr Ablenkung haben.«

Sie nickte schwach und wenig begeistert, wie Herbert feststellte. »Wie geht es Lew?«, fragte sie.

Na endlich! Auf diese Frage hatte er schon lange gewartet. »Gut. Er ist mit dieser Expedition beschäftigt.«

»Er muss mich ja für ein schrecklich dummes Ding halten, dass ich mich mit Ben Buchanan eingelassen habe. Was hat er denn dazu gesagt?«

»Nun, um ehrlich zu sein, er hat sich nicht gerade gefreut.« Sie blickte zu dem Akkordeonspieler hinüber, der zum Leidwesen der speisenden Gäste ständig falsche Töne anschlug. »Es weiß wohl jeder über meine Liebschaften auf dem Land Bescheid, wie?«

»Nein, nein, keineswegs. Wir haben natürlich gewusst, dass Sie nach Caravale gereist sind. Aber es war wohl Mr. Chin, der damals in Charters Towers gewohnt hat und übrigens ein beträchtliches Vermögen angesammelt hat und jetzt auch als Geldgeber für die Expedi…«

»Herbert«, unterbrach sie ihn, »was wollten Sie mir eigentlich sagen?«

»Ach so, ja. Chin hat gehört, dass Sie mit Ben Buchanan verlobt sind, und zwar von Viehzüchtern, denn er pflegt den Umgang mit besseren Kreisen. Aber dass Sie die Verlobung aufgelöst haben und nach Bowen zurückgekehrt sind, hat Lew von Diamond erfahren.«

Seine Überraschung war ihm vollauf geglückt. Perfy errötete und stellte mit zitternder Hand ihr Glas ab. »Diamond? Wo haben Sie Diamond getroffen?«

»Auf dem Schoner. Habe ich Ihnen das nicht gesagt? Sie begleitet Lew zum Palmer.«

Allein in ihrem Zimmer brach Perfy in Tränen aus. Aus Wut? Oder aus Selbstmitleid? Was machte es schon für einen Unterschied! Jede Erklärung wäre ihr recht gewesen, wenn sie sich nur nicht hätte eingestehen müssen, dass sie Lew Cavour durch ihre eigene Dummheit verloren hatte. Als er vom Tod ihres Vaters erfahren hatte, hätte er die kurze Strecke nach Bowen zurücklegen und sie besuchen können. Aber er hatte sich nicht

die Mühe gemacht. Wozu auch? Sie hatte Ben Buchanan vorgezogen und ihn damit vor den Kopf gestoßen. Wenn sie ihm
nur erklären könnte, wie unwirklich ihr Aufenthalt auf dieser
abgeschiedenen Farm gewesen war! Wenn sie sich nur entschuldigen und ihn um Verständnis bitten könnte! Wieder fing
sie an zu weinen und hoffte inständig, Diamond würde ihm nie
erzählen, warum sie, Perfy, sich von Ben Buchanan getrennt
hatte; trotzdem würde Lew die zweite Wahl bleiben. Die Wahrheit … Wenn Diamond ihr nicht die Augen geöffnet hätte,
wäre sie jetzt mit Ben verheiratet. »O mein Gott«, stieß sie
unter Tränen hervor, »wie konnte ich nur so dumm sein?«

Der weitere Abend mit Herbert hatte sie größte Überwindung gekostet. Sie hatte sich nichts anmerken lassen dürfen
und nicht gewagt, sich unter dem Vorwand von Kopfschmerzen zu entschuldigen, da Herbert sich so große Mühe gemacht
hatte, den Abend nett zu gestalten. Dann hatten sich auch noch
die O'Keefes zu ihnen gesellt und dem entzückten Herbert einen feinen Biskuitkuchen mit Schlagsahne und Passionsfrüch-
ten darauf gebracht. Und wieso war Diamond überhaupt bei
Lew? Wie konnte sie es wagen! Immer und immer wieder
kreisten Perfys Gedanken um die beiden und raubten ihr den
Schlaf. War Lew jetzt ihr Liebhaber? Warum auch nicht? Erst
Ben, dann Lew. Sie stand auf und zündete die Lampe an. Ihr
blieb nur eines. Sie musste selbst zu diesem Palmer River. Andere Frauen hatten das auch schon geschafft. Herbert hatte ihr
erzählt, dass auf Lews Schiff auch seine Freunde, die Bourkes,
mitführen, auch die Mutter und die Tochter. Miss Bourke
schien es Herbert recht angetan zu haben; er hatte sie als eine
etwa zwanzigjährige, sehr anziehende Frau beschrieben. Frau-
en würde Lew also auch dort nicht entbehren müssen.

Perfy beschloss, Lew zu suchen und ihm alles zu erklären –
dass sie Caravale verkaufen wollte, dass er von Anfang an recht
gehabt hatte und sie gar nicht erst zu dieser Farm hätte fahren
sollen.

Doch als die Morgendämmerung hereinbrach und den Himmel rötlich verfärbte, beruhigte Perfy sich und vermochte ihre
Gedanken zu ordnen. Sie konnte nicht Hals über Kopf zum

Palmer aufbrechen, das wäre eine weitere Fehlentscheidung. Herbert hatte recht, sie langweilte sich, weil ihr Liebe fehlte. Doch das hing nur von ihrer Einstellung ab. Als es draußen heller wurde, lauschte Perfy auf den Gesang der Vögel vor ihrem Fenster und lächelte. Es war an der Zeit, ihr Leben selbst in die Hand zu nehmen, anstatt immer andere für ihr Unglück verantwortlich zu machen; Zeit, erwachsen zu werden, ein eigenes Leben zu führen. Wenn sie Lew wirklich etwas bedeutete, würde er zurückkommen, und wenn nicht, dann war es eben vorbei.

Sam Tolley studierte den Brief von Cornelia Buchanan. Die Buchanans waren inzwischen die besten Kunden seiner Bank. Nachdem viele vermögende Viehzüchter zu anderen Banken in Townsville und Charters Towers abgewandert waren, hätte Tolley alles getan, um nicht auch noch Cornelia Buchanan zu verlieren. Aber das war schwierig. Perfy Middleton hatte alles durcheinandergebracht, und der Streit um Caravale würde sich zuspitzen. Tolley wollte keinesfalls zu den Verlierern gehören, und so beschloss er, Cornelia zu unterstützen, die eine gefährlichere Gegnerin als Perfy sein konnte.

Schon seit Wochen zerbrach er sich den Kopf, wie die Schwierigkeiten zu überwinden wären. Zwar wollte Perfy verkaufen, jedoch nicht an die Buchanans. Es waren ihm die verschiedensten Gerüchte zu Ohren gekommen. Es hieß, Jack Middletons Tod sei nicht auf einen Unfall zurückzuführen. Dann war auch eine finstere Geschichte im Umlauf, wonach Ben Buchanan etwas mit einem schwarzen Mädchen gehabt haben sollte, aber derlei Dinge hörte man hier oft. Und manche Leute behaupteten, jemand habe das Farmhaus absichtlich angezündet. Tolley hätte zu gern erfahren, was wirklich passiert war. Doch Perfy verlor darüber kein Wort, und wie er von seiner Frau erfahren hatte, war Alice einfach nur froh, dass ihre Tochter wieder zu Hause war. Aus Caravale machte sich die Mutter ohnehin nichts.

Er hatte Alice, der Vernünftigeren von beiden, vorgeschlagen, den Buchanans ein Vorkaufsrecht einzuräumen. Sie hörte ihm aufgeschlossen und vorbehaltlos zu, doch Perfy blieb unnachgiebig. Da war nichts zu machen.

Cornelia tat ihm leid. Ben hatte sich zu den Schürfstellen am Gilbert River aufgemacht und sie mit der ganzen Verantwortung für die Farm allein gelassen. Allerdings hatte er ihr alle Vollmachten gegeben, um Löhne und Rechnungen zu bezahlen, denn auf den Goldfeldern konnte einem leicht etwas zustoßen. Es war aber auch nicht das erste Mal; schon als die beiden Söhne in jenem tragischen Sommer nach Brisbane geritten waren, hatte Cornelia alle Bankvollmachten besessen. Anfangs hatten Cornelia und Ben sich geweigert, einen Kredit bei ihm aufzunehmen, mit dem sie die Middletons hätten auszahlen können. Vergeblich hatte er den beiden, die geradezu Angst vor Hypotheken hatten, zu erklären versucht, dass das Viehgeschäft durch den Goldrausch einen beachtlichen Aufschwung erleben werde. Tolley war mit Krediten sehr zurückhaltend, aber bei Viehzüchtern machte er in diesen Zeiten gerne eine Ausnahme. Viele von ihnen waren jetzt sogar in der Lage, das Land zu kaufen, das sie bislang nur gepachtet hatten.

Inzwischen war Cornelia jedoch damit einverstanden, einen größeren Kredit aufzunehmen. Seine Bank würde an den Zinsen ganz gut verdienen, aber diese störrische Perfy wollte einfach nicht an Cornelia verkaufen! Einige Viehzüchter hatten sich bereits bei ihm erkundigt, ob der riesige Besitz geteilt werden würde und die eine Hälfte dann zum Verkauf stünde. Aber für Cornelia kam das gar nicht infrage. Sie drohte damit, Kaufwillige über den Haufen zu schießen, falls sie auch nur einen Fuß auf den Grund der Buchanans setzten. Außerdem hatten die benachbarten Viehzüchter den Buchanans ihre volle Unterstützung zugesagt. Sie hatten Mitleid mit Cornelia, die erst ihren Sohn, dann die Hälfte ihres Besitzes verloren hatte und hilflos mit ansehen musste, wie Ben auf der verzweifelten Suche nach Gold die Farm im Stich ließ.

Die derzeitige Lage gefiel ihnen ganz und gar nicht, und sie hatten Tolley und anderen Geschäftsleuten in Bowen klargemacht, dass sie in dieser Angelegenheit eine Klärung erwarteten. Mit Schaudern dachte Tolley daran, dass diese Viehzüchter

Bowen in den Ruin treiben, es in eine Geisterstadt verwandeln konnten. Es ging ihm nicht nur um die Bank; er besaß auch Grundstücke, die unmittelbar an der Hauptstraße lagen.

Wenn die Viehzüchter samt ihren Angestellten und Familien der Stadt fernblieben, würden es alle zu spüren bekommen, die am Hafen und auf den Märkten ihr Geld verdienten.

Und all das nur wegen einer eigensinnigen jungen Frau. Na schön. Er hatte sie gewarnt. Der Erwerb des Hauses und die Haushaltskosten hatten die Ersparnisse der Middletons aufgezehrt. Zwar hatte er Perfy einen Kredit bewilligt, da sie Caravale als Sicherheit bieten konnte, aber jetzt war Schluss, jetzt würde er sie zur Kasse bitten. Perfy war allerdings ein zäher Verhandlungspartner. Sie hatte darauf hingewiesen, dass ihr die jährlichen Einnahmen der Farm zur Hälfte zustünden, und diese müssten jetzt ausbezahlt werden. Wie er einräumen musste, hatte sie damit recht. Aber Cornelia redete sich darauf hinaus, dass die Buchführung Bens Angelegenheit sei und die Einnahmen erst nach seiner Rückkehr abgerechnet werden könnten. Perfy würde nur zu ihrem Geld kommen, wenn sie rechtliche Schritte einleitete.

Ihr Anwalt in Brisbane, Jauncy, hatte sich zur Ruhe gesetzt, und sein Partner Bascombe wollte sich nicht mit solchen Streitereien befassen. Er hatte ihr schlicht geraten, ihren Anteil zu verkaufen, wobei er einen Preis von zwölftausend Pfund für angemessen hielt; die jährliche Ausschüttung solle sie sich auszahlen lassen, wenn die Buchführung abgeschlossen sei. Aber was wusste denn schon ein Anwalt aus Brisbane? Auch ohne das Haus war Caravale mit seinem ganzen Viehbestand wesentlich mehr wert als vierundzwanzigtausend. Wenn es den Buchanans gelang, den Anteil zu dem Preis zurückzukaufen, den Bascombe genannt und Perfy gebilligt hatte, dann konnten sie von Glück reden. Doch der Preis selbst war schon problematisch. Hier wurde ein riesiges Stück Land zu einem Spottpreis angeboten. Und wenn der falsche Käufer zugriff, stand das Schicksal der ganzen Stadt auf dem Spiel.

Wie konnte Perfy es nur wagen, sich mit Cornelia Buchanan anzulegen! Tolley hielt große Stücke auf Cornelia, die mit gutem Recht ihr Land gegen solche Emporkömmlinge verteidigte. Wenn Jack Middleton noch am Leben gewesen wäre, hätte er diesem Unfug Einhalt geboten. Der Bankdirektor seufzte. Seine letzte Hoffnung war dieser Dummkopf Herbert, Perfys Freund. Er kam bei den Damen gut an, dieser Mr. Watlington. Wenn für ihn etwas dabei heraussprang, war er vielleicht genau der Richtige, um Perfy zu einem Geschäft zu überreden …

Ein dunkles Gefühl der Vorahnung beschlich den sonst so arglosen Herbert. Was konnte Tolley diesmal nur von ihm wollen? Er hatte keine Schulden. Es war, gelinde gesagt, ärgerlich, so früh geweckt und in Tolleys Büro gerufen zu werden. Der Kerl glaubte wohl, über Bowen und all seine Einwohner nach Lust und Laune verfügen zu können. Na, der sollte erst mal warten. Herbert kleidete sich sorgfältig an und nahm in aller Ruhe ein Frühstück ein, ehe er sich in die drückende Hitze des Morgens begab. Dieser ewig blaue Himmel wurde ihm langsam unerträglich. Er sehnte sich nach einem richtigen Winter. Würde er jemals wieder den Wechsel der Jahreszeiten erleben, sich über die ersten Vorboten des Frühlings freuen? Hier gab es keinen Frühling, oder zumindest hatte er noch nie etwas davon bemerkt.

Während er die Hauptstraße entlangging, versuchte er, die Ursache seines Trübsinns zu ergründen. Vielleicht hatte es wieder etwas mit Caravale zu tun. Was hatte Alice Middleton neulich zu ihm gesagt? »Ich glaube, die Leute schneiden uns in letzter Zeit, Herbert.«

Frauen kamen manchmal auf sonderbare Gedanken, aber das war doch ein starkes Stück. »Meine liebe Alice, wie kommen Sie denn auf diese Idee?«, hatte er gefragt.

»Haben Sie zum Beispiel gewusst, dass man uns im Krankenhaus nicht mehr braucht?«

»Darüber können Sie sich doch nicht beklagen. Sie haben Ihre Arbeit eben getan.«

Aber Alice schüttelte den Kopf. »Es kommt niemand mehr bei uns vorbei, und wir werden von keinem mehr eingeladen.«

Herbert sah zu, wie sie den Tisch für den Nachmittagstee

deckte. »Wenn ich mich recht entsinne, hat meine verwitwete Tante auch einmal etwas Ähnliches gesagt«, erzählte er fröhlich. »Als nach dem Tod ihres Ehemannes die Trauergäste verschwunden waren, stellte sie erstaunt fest, dass sie aus den gewohnten Kreisen ausgeschlossen wurde. Das liegt daran, dass die Gastgeberinnen unsinnigerweise darauf bedacht sind, immer ebenso viele Herren wie Damen an ihrem Tisch zu haben. Meine Tante Edith hat sich sehr darüber geärgert, sie hat sich beschwert, sie würde nur noch als halber Mensch angesehen werden.«

»Und wie ist es dann weitergegangen?«

»Das weiß ich nicht, ich habe zu dieser Zeit England verlassen. Aber vielleicht haben wir es hier mit derselben Erscheinung zu tun. Sie und Perfy sind recht hübsche Damen. Die armen Frauen der Gesellschaft in Bowen haben wahrscheinlich die Türen vernagelt vor lauter Angst, ihre Männer könnten Ihren Reizen erliegen.«

Alice lachte. »Sie sind wirklich zu nett, Herbert, aber ich glaube, man kann das nicht so einfach abtun. Eigentlich sollte ich mir über so etwas keine Gedanken machen, aber ich tue es trotzdem. Es war schön, Freunde hier zu haben. Jetzt sind Sie der Einzige, der noch vorbeikommt.«

»Das wird sich schon wieder ändern. Die Dorfleute haben manchmal ihre Marotten, das wissen Sie ja.«

Perfy kam herein. Sie hatte das Gespräch offenbar mitgehört. »Ihr seid beide Engländer, ich nicht«, sagte sie verärgert. »Ich weiß nichts über Dörfer, erzählt mir doch davon.«

Herbert war überrascht von Perfys bitterem Tonfall. Er stand auf, als sie sich an den Tisch setzte, und blickte Alice hilfesuchend an, doch diese wandte sich ab und goss den Tee ein. »Mutter und ich waren am Sonntag auf dem Gemeindefest«, sagte Perfy wütend, »und alle haben uns geschnitten! Keiner, der mit uns geredet, sich zu uns gesetzt oder uns einen Platz angeboten hätte. Als ob wir unsichtbar wären! Hat sie Ihnen das auch erzählt?«

»Hm, nein …«, fing Herbert an, doch Perfy fiel ihm ins Wort. »Also, was habt ihr vorhin über Gastgeberinnen gesagt?«

Da mischte Alice sich ein. »Jetzt ist's aber genug! Entschuldigen Sie, Herbert, ich hätte gar nicht erst davon reden sollen. Wahrscheinlich bilden wir uns das alles nur ein.«

»Nicht, dass es von Bedeutung wäre«, meinte Perfy. »Mir sind diese Leute gleichgültig. Wir haben so schon genug Sorgen. Hast du Herbert gesagt, dass wir pleite sind, Mutter?«

Herbert betupfte sich mit seiner Serviette die Lippen. »Sie? Das kann doch gar nicht sein«, erwiderte er schließlich.

»Doch! Wir haben kein Geld mehr. Die Bank gewährt uns auf Caravale keinen Kredit mehr. Mit dem Geld, das wir hatten, haben wir dieses Haus gekauft und etwa ein Jahr lang unseren Lebensunterhalt bestritten. Ein richtiges Einkommen haben wir ja nicht. Der Anwalt in Brisbane verlangt seine Gebühren, und wir können in keinem einzigen Laden in der Stadt anschreiben lassen. So, und jetzt stehen wir da und haben keinen verdammten Penny mehr in der Tasche!«

»Perfy! Wie redest du denn!«, ermahnte Alice ihre Tochter, die den Einwand jedoch mit einer Handbewegung abtat.

»Das Wasser steht uns bis zum Hals, oder wie würden Sie das nennen, Herbert?«

Er nickte und wünschte im selben Augenblick, er hätte mit seinen Goldfunden nicht so geprahlt. Als Gentleman sollte er den Damen seine Hilfe anbieten, doch sein Bankguthaben belief sich nur noch auf wenige hundert Pfund. Er hatte sogar schon mit dem Gedanken gespielt, wieder zu den Goldfeldern zu ziehen. »Wäre Ihnen mit hundert Pfund geholfen?«, hörte er sich sagen. »Dafür wären wir Ihnen sehr dankbar«, erwiderte Perfy. »Und Sie können sich darauf verlassen, dass Sie das Geld auch zurückbekommen.«

Für Herbert stand außer Zweifel, dass die missliche Lage der Middletons mit dieser Farm zusammenhing. Vor ein paar Tagen waren einige Viehzüchter mit ihren Frauen in die Stadt gekommen und im Bellevue Hotel abgestiegen. Wie Herbert erfahren hatte, befand sich auch Mrs. Cornelia Buchanan unter ihnen. Er fragte sich, ob Perfy davon wusste, beschloss jedoch, dieses Thema nicht anzuschneiden.

Wollte Tolley ihn jetzt erneut davor warnen, Perfy beim

Verkauf behilflich zu sein? Eine weitere Drohung in Ben Buchanans Namen aussprechen? Dieses unverschämte Pack! Wenn er einen Käufer auftreiben könnte, würde er ihn persönlich zu Perfys Haus tragen. Vielleicht war es tatsächlich keine Einbildung, wenn die beiden Frauen behaupteten, dass sie von allen so kühl behandelt wurden. Diese Rinderbarone besaßen viel Macht, es war anzunehmen, dass sie Druck ausübten, so wie es mancher Großgrundbesitzer auch zu Hause in England tat. Das würde auch erklären, warum Perfy von der Bank keinen Kredit mehr erhielt. »Allmächtiger!«, sagte er leise zu sich und ärgerte sich, dass er an diese Möglichkeit nicht früher gedacht hatte. Er entschuldigte sich bei Tolley nicht dafür, dass er über eine Stunde zu spät kam. Doch das schien dem Bankdirektor bemerkenswerterweise nichts auszumachen. Im Gegenteil, er ließ Kaffee bringen und bot Herbert eine teure kubanische Zigarre an. »Nein, danke«, sagte Herbert. »Nun, worum geht es? Ich habe heute noch einiges zu erledigen.«

»Selbstverständlich«, flötete Tolley. »Kommen wir gleich zur Sache. Herbert, ich brauche Ihre Hilfe. Eine geschäftliche Vereinbarung, Sie verstehen. Für Ihre Mitarbeit würde ich mich natürlich erkenntlich zeigen.«

»Was für eine geschäftliche Vereinbarung?«

»Tja, nun …« Tolley zündete seine Zigarre an. »Haben Sie gewusst, dass Mrs. Buchanan in der Stadt ist?«

»Ich habe davon gehört.«

»Gut. Im Wesentlichen geht es um Folgendes: Mrs. Buchanan möchte Perfy auszahlen, aber Perfy will nicht an sie verkaufen.«

Herbert grinste. »Ich nehme an, dass Perfy nicht besonders gut auf die Buchanans zu sprechen ist.«

»Was völlig albern ist. Es geht hier um eine sehr ernste Angelegenheit.« Seine Stimme senkte sich zu einem vertraulichen Flüstern. »Den Viehzüchtern, den Freunden der Buchanans, gefällt Perfys Einstellung gar nicht.«

»Tatsächlich?«, erwiderte Herbert lächelnd. »Wie schade.«

»Jedenfalls«, fuhr Tolley unbeirrt fort, »habe ich ihr klarzumachen versucht, dass diese Stadt auf das Wohlwollen der Viehzüchter angewiesen ist, und wissen Sie, was sie darauf gesagt hat?«

»Ich habe keine Ahnung.«

»Sie hat gesagt, wir sollten uns nicht von den Buchanans und ihresgleichen herumkommandieren lassen. Sie hat nicht die geringste Vorstellung davon, in welche Schwierigkeiten sie uns bringt. Glücklicherweise gibt es einen Ausweg aus dieser Misere.«

»So?«

»Wir möchten, dass Sie ihren Anteil kaufen. Ihnen würde sie ihn geben.«

Herbert starrte ihn an, dann brach er in Gelächter aus. »Womit denn? Meinen Sie, sie lässt sich mit Kieselsteinen bezahlen?«

»Um das Geld brauchen Sie sich keine Sorgen zu machen. Ich kümmere mich darum.«

»Wollen Sie damit sagen, dass Sie mir aus reiner Menschenfreundlichkeit das Geld für eine halbe Farm geben?«

»Leihen«, berichtigte Tolley.

»Das ist ein beachtlicher Kredit, mein Guter. Welcher guten Fee verdanke ich denn dieses Glück?«

Tolley räusperte sich. »Es ist ganz einfach, Herbert. Sie bekommen von mir das Geld, um Perfy auszuzahlen. Inzwischen haben wir in Bowen ja unser eigenes Grundbuchamt, der Eigentümerwechsel kann also unverzüglich eingetragen werden. Dann verkaufen Sie wiederum an die Buchanans. Sie werden natürlich eine Prämie in angemessener Höhe erhalten.«

Herbert zog eine Augenbraue hoch. »Man bezeichnet den Gewinn aus einem rechtmäßigen Verkauf nicht als Prämie, mein Herr. Wie hoch wird Ihrer Ansicht nach der Gewinn bei einem Wiederverkauf sein?«

»Zweihundert Pfund«, erwiderte Tolley eifrig.

»Das ist nicht gerade viel für eine derartige Gefälligkeit«, murmelte Herbert.

»Zweihundertfünfzig«, bot Tolley an.

»Dreihundert«, sagte Herbert.

»Na schön, meinetwegen dreihundert. Ich habe den Vertrag zwischen Ihnen und Miss Middleton schon vorbereitet. Unterschreiben Sie hier. Dann lasse ich Perfy unterschreiben, und diese Schwierigkeit ist aus der Welt geschafft.« Er reichte Herbert einen Federhalter und sah zu, wie dieser seinen Namen unter den Vertrag setzte. »Sie werden es nicht bereuen, Herbert, glauben Sie mir.«

»Natürlich«, meinte Herbert. »Aber ich denke, es wäre klüger, wenn ich mich selbst an Perfy wende. Sonst wundert sie sich, warum ich ihr nicht schon vorher etwas von meinen Kaufabsichten gesagt habe.«

Tolley zögerte. »Da haben Sie wahrscheinlich recht.«

»Sie können doch nicht einfach bei ihr hereinplatzen und sie damit überfahren. Schreiben Sie mir nur den Scheck aus und geben Sie mir den Vertrag, und ich kaufe den Grund für Sie.« Samuel Tolley war sehr zufrieden.

Als Perfy den Vertrag gelesen hatte, schlug sie zornig mit der Faust auf den Küchentisch. »Für wie dumm halten Sie mich eigentlich, Herbert Watlington? Wie viel zahlt Ihnen Cornelia Buchanan dafür, dass Sie den Strohmann spielen und morgen an sie verkaufen?«

»Dreihundert Pfund«, erwiderte er lachend. »Leichtverdientes Geld. Sie wahren das Gesicht, die Stadt bleibt vom Zorn der Viehzüchter verschont und so weiter.«

»In Gottes Namen, Perfy, unterschreib«, drängte ihre Mutter. »Ich habe genug von all dem Ärger. Wir brauchen das Geld, wir können es uns nicht leisten, wählerisch zu sein.«

»Nein, ich unterschreibe nicht. Es würde schließlich auf dasselbe hinauslaufen. Tut mir leid, Herbert, ich hoffe, Sie verstehen mich.«

Herbert nickte freundlich. »Lassen Sie sich das Ganze ein paar Tage durch den Kopf gehen, dann sehen wir weiter. Treffen Sie keine vorschnellen Entscheidungen.«

»Ja, denk mal in Ruhe darüber nach, Perfy«, meinte auch Alice.

Als Herbert zu Tolley zurückschlenderte, um ihm mitzuteilen, dass Perfys Entscheidung noch ausstand, freute er sich schon darauf, ihm einen Denkzettel zu verpassen. Wie konnte er von ihm, Herbert Watlington, annehmen, dass er seine Freunde hintergehen würde? Und das zugunsten eines Kerls, der ihn einmal mit Drohungen einzuschüchtern versucht hatte? Herbert mochte es nicht, wenn man ihm drohte. Versonnen lächelte er vor sich hin. Nein, er würde Perfy und Alice unter keinen Umständen betrügen, aber wenn ihm erst einmal Caravale gehörte, würden Tolley und seine Bande es mit einem härteren Gegner zu tun haben als mit zwei wehrlosen Frauen.

Er tippte an seinen Hut, um im Vorbeigehen ein paar Bekannte zu grüßen. »Ehrenwerter Mr. Tolley«, sagte er zu sich, »man hat es nicht gern, wenn man unterschätzt wird. Am wenigsten von einem Kerl, der einmal als einfacher Kassierer angefangen hatte.«

Cornelia konnte ihren Aufenthalt in Bowen nicht genießen, obwohl die Hotelangestellten sehr zuvorkommend waren und sie und ihre Freunde hübsche Zimmer mit einem herrlichen Ausblick aufs Meer bewohnten. Solange die Sache mit Caravale nicht geregelt war, erschien ihr alles andere unwichtig. Die Chesters von der Twin-Hills-Farm verstanden es, schwungvolle Feste und nette Picknicks zu veranstalten, und Aggie Lamond von Merri Creek schien sich mit aufwendigen Tischgesellschaften und Tanzabenden hervortun zu wollen. Sie alle konnten nicht nachempfinden, was Cornelia durchgemacht hatte. Wenn sie sich auch bemühten, sie aufzumuntern, ging es ihnen letztlich nur um ihr eigenes Vergnügen; Cornelias Sorgen waren ihnen gleichgültig. Jim Chester hatte ihr gesagt, Samuel Tolley würde sich schon zu seinem eigenen Nutzen darum kümmern, die Sache in Ordnung zu bringen. Hoffentlich, aber wann? Jetzt hielten sie sich schon eine Woche in der Stadt auf, und es war noch immer nichts geschehen. Tolley meinte lediglich, die Verhandlungen seien im Gange.

Wie lange brauchte man, um einen Vertrag zu unterschreiben?

Hatte jemand dem Mädchen einen Wink gegeben? Nein, das war unwahrscheinlich. Tolley hatte Cornelia versichert, der Zwischenkäufer sei ein verlässlicher Mensch, ein junger Engländer ohne Geld und Arbeit. Geld bedeutete solchen Leuten alles, was Cornelia schon daran feststellte, dass der Bursche sich erdreistet hatte, eine Belohnung in Höhe von dreihundert Pfund zu verlangen. Dabei hatte sie Tolley angewiesen, höchstens bis zweihundert zu gehen. Aber darum würde sie sich später kümmern. Hatte der Engländer Perfy erst einmal ihren Anteil abgeluchst und ihn an die Buchanans weiterverkauft, würde sie ihm zweihundert Pfund geben, ob es ihm nun passte oder nicht. Das war immer noch eine ganze Menge für jemanden, der nur als Mittelsmann aufzutreten brauchte. Für hundert Pfund konnte sich der Kerl hier schon zwei Häuser kaufen. Nein, auf seinen Wucherpreis würde sie sich nicht einlassen. Den ganzen Vormittag hatte Cornelia nun schon vergeblich auf eine Nachricht von Tolley gewartet, aber jetzt hatte sie genug. Sie würde selbst zu Perfy gehen. Wie man mit Miss Middleton umgehen musste, wusste sie besser als diese Leisetreter.

Perfy erschien selbst an der Tür. »Mrs. B... Buchanan!«, stotterte sie überrascht.

»Ja, meine Liebe. Wie geht es Ihnen denn? Entschuldigen Sie, dass ich so unangemeldet vorbeikomme, aber ich habe mir gedacht, wenn ich schon in Bowen bin, muss ich Sie doch wenigstens besuchen.« Entschlossen trat sie vor, und Perfy hatte keine andere Wahl, als sie einzulassen.

»Kommen Sie doch bitte herein.«

»Danke, meine Liebe. Ein nettes Haus haben Sie, und so schöne hohe Decken. Ich beneide Sie wirklich um die frische Seeluft hier. Seit wir an der Küste sind, bin ich praktisch ständig auf den Beinen, all die gesellschaftlichen Verpflichtungen, wissen Sie?« Sie ließ sich von Perfy ins vordere Wohnzimmer geleiten. »Hier in Bowen ist so viel los, ständig Abendgesellschaften und alle möglichen Unterhaltungen. Ich habe nach Ihnen Ausschau gehalten, weil ich mir gedacht habe, so eine hübsche junge Dame müsste doch auch eingeladen werden.«

Sie rückte sich die Kissen auf dem Sofa zurecht und setzte sich. »Und so wunderbare Möbel haben Sie, richtige Meisterstücke. Wo haben Sie die denn gekauft?«

»Sie waren schon im Haus«, murmelte Perfy, ehe sie ihre ganze Kraft zusammennahm und fragte: »Mrs. Buchanan, was kann ich für Sie tun?«

»Meine Güte, Perfy, was ist denn das für eine Begrüßung? Setzen Sie sich erst mal, Sie sind ja ganz durcheinander. Ich sage Ihnen, auf der Farm haben Sie gesünder ausgesehen.«

Alice Middleton trat ein, und Perfy atmete erleichtert auf.

»Mutter, das ist Cornelia Buchanan.«

»Nennen Sie mich Cornelia. Ich freue mich, Sie kennenzulernen, Mrs. Middleton. Ich habe schon so viel von Ihnen gehört.« Perfys Mutter gab eine förmliche Erwiderung und setzte sich auf die Kante eines Stuhls; offensichtlich wollte sie sich nicht auf eine längere Unterhaltung einlassen. Sie blickte Perfy an, doch da ergriff Cornelia schon das Wort.

»Das letzte Jahr war für uns alle eine schreckliche Zeit; Sie, Mrs. Middleton, haben Ihren Mann verloren, und ich, die ich schon verwitwet bin, meinen liebsten Sohn, und deshalb wollte ich vorbeikommen und Ihnen meine Aufwartung machen.« Sie seufzte. »Aber es hat keinen Sinn, die Vergangenheit heraufzubeschwören. Es liegt mir aber auch besonders am Herzen, Ihnen, Perfy, zu sagen, dass ich Ihnen wegen der plötzlich aufgelösten Verlobung mit Ben nicht böse bin.« Sie machte eine müde, verzagte Handbewegung. »So etwas kommt selbst in den besten Kreisen vor.«

»Ja«, erwiderte Alice. Cornelia glaubte, einen schroffen Unterton herauszuhören.

Sie wandte sich an Perfy. »Nun, meine Liebe, wir müssen uns wirklich einmal über die Farm unterhalten. Sie waren ja schon auf und davon, ehe wir ausführlicher darüber reden konnten. Ich kann Ihnen, weiß Gott, keinen Vorwurf daraus machen, das Haus war ja zerstört. Es war einer von diesen abtrünnigen Schwarzen, wissen Sie? Ich war völlig außer mir, Mrs. Middleton, als ich mit ansehen musste, wie über mir mein geliebtes Haus abgebrannt ist. Wilde Schwarze sind immer gefährlich, es war nicht die erste Farm, die sie niedergebrannt haben. Hier in Bowen sind Sie sicherer, Perfy. Wir im Westen haben gelernt, mit solchen Gefahren umzugehen.«

Keine der beiden Frauen erwiderte etwas darauf, und Cornelia empfand ihr eisiges Schweigen als Beleidigung. Sie hätte gern einen Schluck getrunken, man hätte ihr wenigstens einen Sherry anbieten können. Aber was konnte man von so ungehobelten Leuten schon erwarten?

»Schön, dass Sie Ihren Anteil an Caravale nun verkaufen wollen, Perfy. Glauben Sie mir, so ist es auch das Beste. Darcy hätte es auch so gewollt. Mein lieber Darcy, er fehlt mir so sehr.« Sie wischte mit einem spitzenbesetzten Taschentuch die Tränen aus ihren Augen und prüfte mit einem Blick in den Wandspiegel gegenüber den Sitz ihres vornehmen schwarzen Hutes. Er sah recht beeindruckend aus mit seiner breiten Krempe und den Bändern aus schwarzer Seide und dünnem Seidenkrepp; darüber prangte eine Goldbrosche mit einem kleinen Ring aus glänzenden schwarzen Perlen.

»Haben Sie noch den Vertrag, den Mr. Tolley Ihnen in meinem Namen gegeben hat?«, fragte sie.

»Ach den, ja«, sagte Perfy kühl. »Es kommen ja dauernd irgendwelche Verträge ins Haus.«

»So? Davon weiß ich nichts, meine Liebe«, erwiderte Cornelia und achtete sorgfältig darauf, nichts von dem Engländer zu erwähnen, auf den sie nur im Notfall zurückgreifen wollte. »Aber es gibt nur einen Vertrag, den Sie in Betracht ziehen sollten, den, wonach Sie Ihren Besitz an die Buchanans zurückgeben.«

»An Ben Buchanan, wenn ich mich recht erinnere«, berichtigte Perfy.

»Genau. Wenn Sie jetzt so freundlich wären, ihn zu unterschreiben und mir zu geben, dann kümmere ich mich darum, dass Ihnen noch heute der gesamte Betrag ausgezahlt wird. Der Scheck ist voll gedeckt.« Mit einem gewinnenden Lächeln fügte sie hinzu: »Das ist eine Menge Geld. Sie und Ihre Mutter sind dann gut versorgt.«

Darüber hätte sich die Mutter freuen sollen, doch sie blieb

ungerührt. Stattdessen sah sie Cornelia mit starrem Blick an. Die Frau kam ihr irgendwie bekannt vor, doch sie wusste nicht, woher. Vielleicht war es nur wegen ihrer abweisenden Haltung. Cornelia hatte vor Mae schon zahlreiche andere Haushälterinnen gehabt, die ihrer Herrin gegenüber meist ebenso feindselig eingestellt gewesen waren. Mrs. Middleton hatte ihr graues, drahtiges Haar zu einem Knoten aufgesteckt, der ihr überhaupt nicht stand, und ihre wettergegerbte Haut hatte offenbar noch nie einen Tupfer Creme gesehen, auf die eine Dame in diesem Land nicht verzichten konnte. Kein Wunder, dass sie sich unbehaglich fühlte, wenn sie einer gepflegten Frau gegenübersaß. »Das ist ein ganz wunderbarer Stoff an diesem Fenster«, bemerkte Cornelia. »Der braune Samt passt gut zu den cremefarbenen Gardinen. Haben Sie sie selbst genäht?«

»Nein«, antwortete Alice trocken.

»Mrs. Buchanan«, sagte Perfy, »Sie wissen ganz genau, dass ich an Ben nicht verkaufe.«

»Soll das heißen, dass Sie mehr wollen?«, fragte Cornelia in bewusst vorwurfsvollem Ton. »Mehr können Sie nicht verlangen, das wissen Sie doch.«

»Es ist nicht wegen des Geldes, sondern wegen seines Verhaltens. Ich verkaufe nicht an ihn. Sie beide haben versucht, mich hinters Licht zu führen, die Folgen haben Sie sich selbst zuzuschreiben. Sie glauben, Sie können sich rücksichtslos über alles und jeden hinwegsetzen, aber da haben Sie sich gewaltig geirrt.«

»Da bin ich allerdings anderer Ansicht«, erwiderte Cornelia gereizt und widerstand der Versuchung, ihre Handschuhe auszuziehen. »Wenn Sie nicht Vernunft annehmen wollen, werden Sie schon sehen, was Sie davon haben. Zufällig weiß ich, dass Sie kein Geld mehr haben und dass die Leute in der Stadt Ihnen übel nehmen, dass Sie ihnen solche Schwierigkeiten bereiten.« Ihr Tonfall wurde schärfer, doch das war ihr gleichgültig; wenn sie Perfy ein paar ungeschminkte Wahrheiten ins Gesicht sagte, würde diese sich zumindest eher auf das Geschäft mit dem Engländer einlassen. »Jeder weiß, dass Sie meinen Sohn Darcy kaum gekannt haben. Meine Söhne haben in den besten Kreisen von Queensland verkehrt, sogar mit dem Gouverneur höchstpersönlich. Und alle haben sich gefragt, wie es kommt, dass Darcy an ein Hausmädchen gerät!« Mit Genugtuung sah Cornelia, wie Perfy zusammenzuckte und errötete; jetzt würde sie mit ihr abrechnen. »Unsere Freunde fragen sich auch zu Recht, wie Sie meinen Sohn dazu gebracht haben, dass er Ihnen sein Erbe vermacht.« Drohend erhob sie den Zeigefinger. »Haben Sie Darcy etwa verführt? Ich neige zu der Vermutung, dass Sie gar nicht das brave kleine Mädchen sind, das Sie uns immer vorgespielt haben – zumal ich erfahren habe, dass Sie hier in Bowen noch einen anderen Mann gehabt haben, einen Seefahrer noch dazu.«

»Wie können Sie es wagen!«, entsetzte sich Perfy, doch wider Erwarten schwieg ihre Mutter.

Cornelia fühlte sich durch das Schweigen bestätigt und fuhr fort: »Und wie war das mit Ben? Wahrscheinlich haben Sie auch ihn verführt. Das dürfte Ihnen unter unserem Dach auch nicht schwergefallen sein. Ich muss sagen, ich finde das alles sehr niederträchtig und gemein. Diese Sache mit Ihrem schwarzen Mädchen – keiner hat ihr auch nur ein Wort geglaubt, bloß Sie. Und ich weiß auch genau, warum. Weil Sie selbst mit Ben geschlafen haben, und Ihr stürmischer Abgang war nichts weiter als die Wut einer Eifersüchtigen.«

Blass vor Entsetzen sprang Perfy auf. »Verlassen Sie auf der Stelle mein Haus!«, schrie sie. »Sie sind die abscheulichste …«

»Nein, Augenblick mal«, wurde Perfy von ihrer Mutter unterbrochen. Lächelnd, ja sogar lachend ging Alice zum Kaminsims, wo ihre Brille lag, setzte sie sich auf und nahm Cornelia in Augenschein. Schließlich brach sie in ein fröhliches, dröhnendes Gelächter aus. »Eine prächtige Vorstellung«, sagte sie schließlich zu Cornelia. »Du musst ja jahrelang dafür geübt haben, Nellie.«

»Wie bitte?«, erwiderte Cornelia herablassend.

»Ach, blas dich doch nicht so auf, Nellie«, entgegnete Alice. »Die ganze Zeit habe ich dagesessen und nachgedacht, woher ich dich kenne, und jetzt weiß ich's. Du bist Nellie Crabtree. Eine richtig feine Dame!« Sie wandte sich zu Perfy. »Sie ist weder fein noch eine Dame, sie kommt genau wie ich aus Bethnal Green. So ziemlich das schlimmste Elendsviertel in ganz London, so was hast du noch nie gesehen, Perfy. Unsere Nellie hier war unter anderem ein Langfinger, eine Taschendiebin.«

»Das muss ich mir wirklich nicht bieten lassen«, ereiferte sich Cornelia und griff nach ihrer Handtasche. »So unverschämte Lügen habe ich ja noch nie gehört.«

»Mach mal halblang! Vorhin hast du geredet, jetzt bin ich dran. Du und dein Freund Clem Bunn, ihr wart zwei richtig gemeine Schufte. Ich muss es ja wissen, Clem Bunn war schließlich mein Vetter. Du hast ihn geheiratet oder es zumindest geglaubt. Tatsächlich war er schon mit Hetty Cornish verheiratet, aber als sie die Schwindsucht bekommen hat, hat er sie nicht mehr brauchen können. Und so hat er sich mit dir zusammengetan. Er hat von dir geschwärmt, du hättest Hände wie Samt. Als sie ihn erwischt haben, hat er dir ausrichten lassen, du sollst die Kaution stellen, damit er rauskommt. Aber du hast dich mit all seinen Sachen aus dem Staub gemacht.« Alice lachte. »Bist einfach mit seinem Geld durchgebrannt und hast ihn sitzen lassen. Was aus Clem dann geworden ist, weiß ich nicht.«

Erstaunt sah Perfy zu Cornelia. »Er ist auf Caravale begraben, nicht wahr? In diesem namenlosen Grab. Ich bin mir ganz sicher.«

Cornelia wankte zur Tür. Sie musste weg von hier! Alices Enthüllung hatte sie so in Schrecken versetzt, dass sie schon fast vergessen hatte, warum sie eigentlich gekommen war. Clem Bunn war schon immer verheiratet gewesen! Jetzt erinnerte sie sich auch an die magere, kränkliche Hetty Cornish. Seine Frau! O Gott, nein! Und sie hatte ihn erschossen, obwohl es gar nicht nötig gewesen wäre. Sie war nie seine Frau, sie war rechtmäßig mit Teddy verheiratet gewesen!

Sie stürzte zur Haustür hinaus und rannte über die Veranda. Clem Bunn hatte für seine Lügen mit dem Leben bezahlt. Und der Mord an ihm hatte sie um Caravale gebracht!

Ein Mann kam ihr am Gartentor entgegen, doch sie schob ihn beiseite und stolperte auf die Straße hinaus. Mit gesenktem Kopf hastete sie weiter, blieb dann aber plötzlich vor einer Taverne stehen, wo sie einem Burschen Geld gab, damit er ihr eine Flasche Gin kaufte. Nachdem sie die Flasche bekommen und in ihrer großen Handtasche verstaut hatte, eilte sie ins Bellevue Hotel; die Leute, die sie in der Empfangshalle grüßten, beachtete sie gar nicht. Auf ihrem Zimmer bereitete sie sich einen starken Drink. Der Geist von Clem Bunn war wieder hinter ihr her, sie spürte seine teuflische Gegenwart überall. Jetzt wusste sie, dass Clem Bunn, der Geist von Clem Bunn, ihr Haus niedergebrannt hatte. Aber sie würde nicht klein beigeben. Wenn sie wieder nach Caravale zurückgekehrt war, würde sie sein Grab zerstören lassen. Mit zitternden Händen schenkte sie sich noch einmal ein.

»Wer in aller Welt war denn das?«, fragte Herbert. »Die ist ja weggerannt, als wäre der Teufel hinter ihr her.«

»Der war auch hinter ihr her«, erwiderte Alice lachend. »Das war Cornelia Buchanan.«

»Aha. Ich nehme an, dass die Damen noch nicht handelseinig geworden sind.«

»So ist es«, bestätigte Perfy, die immer noch damit beschäftigt war, das eben Gehörte zu verdauen.

»Nein, Perfy«, verkündete ihre Mutter. »Ich habe genug von all dem. Ich bin froh, dass Sie gekommen sind, Herbert. Perfy ist jetzt bereit, den Vertrag zu unterschreiben.«

»Nein, ich werde nicht unterschreiben«, beharrte Perfy.

»Doch, das wirst du«, erwiderte Alice. »Cornelia hat nun ihre wohlverdiente Strafe bekommen, und das reicht. Herbert ist immer nett zu uns gewesen, und du solltest dich wenigstens dadurch erkenntlich zeigen, dass du an ihn verkaufst. So kann er immerhin einen kleinen Gewinn machen.« Trotz Perfys ungerührter Miene fuhr Alice fort: »Du hast mir nie erzählt, wie es zum Bruch zwischen dir und Ben gekommen ist, aber langsam komme ich dahinter. Also, entweder verkaufst du die Farm oder du ziehst hin und lebst dort. Ich möchte mein eigenes Leben führen. Wenn wir kein Geld haben, dann suche ich mir eben eine Arbeit, aber ich habe keine Lust, noch mal von vorne anzufangen.«

Perfy ließ sich schließlich erweichen. »Entschuldige, Mutter, es tut mir leid. Ich habe nicht gewusst, dass dir das so nahegeht.«

»Wir haben für dein Erbe teuer bezahlt, Perfy. Diese Farm hat uns nichts als Unglück gebracht, und jetzt muss Schluss sein. Sieh zu, dass du sie loswirst.«

In Herberts Anwesenheit unterschrieb Perfy den Vertrag. »Mutter hat recht. Ich bin froh, dass dann alles vorüber ist. Haben Sie den Scheck dabei, Herbert?«

»Natürlich«, sagte Herbert und zog seine Brieftasche heraus. »An Ihrer Stelle würde ich ihn sofort bei der Bank einlösen, ehe Mrs. Buchanan es sich noch anders überlegt.« Er überreichte Perfy einen Scheck über zwölftausend Pfund. »Ein gutes Gefühl, nicht wahr?«

»Wunderbar«, seufzte Alice. »Gott, wie bin ich erleichtert!«

Samuel Tolley war entzückt. Er ging sofort zu Cornelia, um ihr die gute Nachricht zu überbringen, dass ihr Plan geklappt hatte. Doch Cornelia war unpässlich, und so schlenderte er ins Palace Hotel, wo Herbert die Gäste im Salon mit seinem Klavierspiel unterhielt. »O'Keefe zahlt Ihnen doch hoffentlich etwas für Ihre Darbietung?«, erkundigte sich Tolley in ungewöhnlich liebenswürdigem Ton.

»Es würde mir nicht im Traum einfallen, etwas dafür zu verlangen«, meinte Herbert lächelnd. »Trinken Sie doch ein Gläschen Brandy mit mir. Er ist ganz ausgezeichnet.«

»Jetzt nicht, ich muss gleich wieder weg. Ich wollte Ihnen nur zu Ihrem Erfolg gratulieren. Ich habe von Anfang an gewusst, dass Sie es schaffen werden.«

»Es war nicht sonderlich schwierig, mein Lieber. Und wie geht es jetzt weiter?«

Tolley zog einen Stuhl heran und setzte sich neben Herbert. »Ich habe die Besitzurkunden als Sicherheit bei mir behalten. Die bekommt jetzt das Grundbuchamt, dort wird dann Ihr Name eingetragen. In den nächsten Tagen gehen Sie dann ins Amt – ich habe darauf gedrängt, dass die Papiere möglichst rasch fertiggestellt werden –, holen die Besitzurkunden ab und bringen sie zu mir, damit ich Ihren Verkauf an die Buchanans vorbereiten kann.«

»Und mir dreihundert Pfund zahlen«, erinnerte Herbert ihn.

»Selbstverständlich. Die bekommen Sie dann sofort.« Tolley erhob sich. In seiner Hochstimmung überlegte er sich, ob er nicht doch noch einen Schluck mit Herbert trinken sollte, doch es war Zeit, die Bank zu schließen. Er klopfte Herbert auf die Schulter. »Ein hübsches Stück spielen Sie da. Was ist das?« Herbert fuhr mit dem Chopin-Walzer fort. »Ach, das habe ich mal geschrieben. Freut mich, wenn es Ihnen gefällt, Samuel.«

Es war an der Zeit, in die Heimat zurückzukehren. Er vermisste London und auch die anderen europäischen Großstädte, die ihn immer schon in ihren Bann gezogen hatten. Dieses Land war für seinen Geschmack zu rau, zu unzivilisiert. Da ihm lange Abschiede verhasst waren, nahm er sich vor, Perfy und ihrer Mutter von unterwegs zu schreiben und ihnen alles Gute zu wünschen.

Gleich nachdem er mit Tolley zum ersten Mal über den Verkauf der Farm gesprochen hatte, hatte Herbert sich nach den Abfahrtszeiten der Schiffe, die im Hafen lagen, erkundigt. Wie er erfahren hatte, sollte das Handelsschiff *Goodwill*, das über Batavia nach Kalkutta fuhr, in wenigen Tagen ablegen. Also bliebe ihm noch genügend Zeit, um sein letztes Geschäft in Australien abzuschließen.

Als die *Goodwill* den Hafen verließ und in Richtung Norden auf die Whitsundays zusteuerte, bat Herbert den ersten Offizier, er möge ihn darauf aufmerksam machen, wenn der Endeavour River und das neugegründete Dorf Cooktown in Sicht kamen.

»Wir werden dort aber nicht vor Anker gehen, Sir«, gab der Offizier zu bedenken. »Unter gar keinen Umständen. Durch diesen neuen Hafen wird das ganze Palmer-Gold hinausgeschleust. Angeblich gibt es in diesem Fluss Gold in rauen Mengen. Wenn wir dort anlegen, verschwindet die halbe Mannschaft auf Nimmerwiedersehen.«

»Ich hatte eigentlich nicht vor, an Land zu gehen«, erwiderte Herbert. »Wollte nur zum Abschied hinüberwinken. Als Geste sozusagen. Ich habe Freunde dort.« Er lächelte milde. »Ich hoffe, Sie haben einen größeren Vorrat an guten Weinen. Ich bin nämlich sehr wählerisch.«

»Sie werden bestimmt zufrieden sein, Sir. Unser Käpt'n ist Holländer und legt Wert darauf, dass es an nichts fehlt.«

»Ein Holländer, sehr aufschlussreich. Ich freue mich schon, ihn kennenzulernen. Amsterdam soll heutzutage ja einiges an Vergnügungen zu bieten haben.«

»Ja, Sir, wenn man Geld hat.«

Herbert nickte wehmütig. »Tja, daran scheitert es meistens.« Es war besser, wenn die Mannschaft nichts von dem Gold erfuhr, das er hinter einem Verschlag in seiner abgesperrten Kabine versteckt hatte.

Während der Offizier sich wieder an seine Arbeit machte, lehnte sich Herbert an die Reling und betrachtete lächelnd den grünen Streifen Land, dem er so viel verdankte. Zu gern hätte er Tolleys Gesicht gesehen, wenn dieser herausfand, dass sein »Strohmann« die Besitzurkunden für Caravale abgeholt und Perfys ehemaligen Anteil noch am selben Tag weiterverkauft hatte. Fung Wu, der alte Chinese, der ihm und Lew einmal Geld geliehen hatte, zögerte nicht lange, wenn er ein gutes Geschäft witterte. Trotzdem hatten sie noch tagelang über den Preis gefeilscht. Und als Herbert dem Chinesen die Besitzurkunden vorlegte, beharrte dieser darauf, erst deren Rechtmäßigkeit überprüfen zu lassen.

»Das ist Ihr gutes Recht«, hatte Herbert in freundlichem Ton erwidert, als sich Fung Wu für diese Unhöflichkeit entschuldigte. »Ich nehme es Ihnen nicht übel, aber beeilen Sie sich bitte.« Die *Goodwill* sollte nämlich noch am selben Tag auslaufen.

Schließlich hatten sie sich auf einen Preis von zwanzigtausend Pfund geeinigt, der in Gold ausgezahlt werden sollte, weil der Chinese den Banken nicht traute.

Herbert hatte seine Aufregung kaum noch verbergen können, als die chinesischen Diener das Gold mit kleinen Messingwaagen abwogen und seltsame Eintragungen in ihre Schriftrollen pinselten. Um Herbert eine Gefälligkeit zu erweisen, verstauten sie die Nuggets sorgfältig in einer kleinen Ledertasche. Dann unterzeichneten beide Seiten den Vertrag, wobei Fung Wu seinen Namen sogar auf Englisch schrieb. Zuvor hatte er zwei Passanten hereingebeten, um die Unterschriften zu bezeugen. Herbert zeigte sich beeindruckt von Fung Wus Vorsicht. Die beiden fühlten sich geschmeichelt, als Zeugen unterschreiben zu dürfen; und vollends zufrieden waren sie, als Fung Wu jedem ein Schälchen vorzüglichen Schnapses anbot, um auf den Vertragsabschluss anzustoßen.

Als die beiden gegangen waren, verbeugte sich Fung Wu vor Herbert. »Ich möchte Sie nicht länger aufhalten. Wenn Sie Ihr Schiff verpassen, könnten Sie in ernsthafte Schwierigkeiten geraten, und dies gilt es zu vermeiden.«

»Was für ein Schiff?«, fragte Herbert unschuldig.

»Mr. Watlington«, erwiderte Fung Wu geduldig, »Ihre Angelegenheiten sind auch die meinen. Aber das sollte Sie nicht weiter beunruhigen. Zwei meiner Männer werden Sie zum Hafen begleiten, damit Sie mit dem Gold unbehelligt das Schiff erreichen. Und ich habe mit dem Kapitän vereinbart, dass er unverzüglich nach Ihrer Ankunft ablegt.«

Er geleitete Herbert an die Tür seines Hauses, das er in der Nähe des Mondtors erbaut hatte. »Ich würde Ihnen nicht raten, jemals zurückzukehren, Mr. Watlington«, sagte er. Plötzlich wurde Herbert von Gewissensbissen gequält. Er mochte diesen schlauen alten Mann.

»Ich hoffe, ich habe Sie nicht in Schwierigkeiten gebracht.«

»Um mich brauchen Sie sich keine Sorgen zu machen. Wenn Sie mit irgendwelchen anderen Herren seltsame Abmachungen treffen, so ist das Ihre Sache. Meine Geschäfte sind völlig rechtmäßig. Dies ist ein großer Tag für meine Familie, die nun Teilhaber an einem so angesehenen Unternehmen ist. Ich habe über diese Farm Erkundigungen eingezogen. Ich glaube, so viele Rinder gibt es in ganz China nicht.«

Und er hatte natürlich recht gehabt. Als Herbert an Bord war, legte die *Goodwill* ab.

Teil 9

1

Sie waren keineswegs die Ersten. Als sich der Schoner langsam in die Mündung des Endeavour River vortastete, konnte Lew die Geschicklichkeit des Kapitäns nur bewundern. Er ließ ein Beiboot vorausfahren, das die Wassertiefe auslotete. Das war ein kniffliges Unterfangen, und Lew erkannte neidlos an, dass selbst er es nicht besser hätte machen können.

Das Südufer des Endeavour war bereits übersät mit Zelten und roh gezimmerten Hütten. Einige der in der Mündung liegenden Schiffe stammten aus China. Aber das war zu erwarten gewesen, dachte Lew. Die Chinesen mussten bei ihrer Fahrt entlang der Küste nach jedem Anzeichen auf eine Siedlung Ausschau gehalten haben, und dies war die erste nach Somerset. Ohne es zu wissen, hatten sie mit diesem Ort das große Los gezogen. Landeinwärts flimmerten grüne Berge unter der sengenden Sonne, und Lew lief ein Schauer über den Rücken. Wieder überkam ihn diese eigenartige Erregung, als er daran dachte, dass hinter der Bergkette schon der Palmer River lag. Es war eine Ironie des Schicksals, dass er und Chin Ying auf ihrer Fahrt von China nach Australien an genau dieser Stelle vorbeigesegelt waren. Die Passagiere hatten die kurze Reise gut überstanden. Die mageren, aber zähen Kulis hockten auf dem Deck beisammen und plauderten, während sie die wenigen Auserwählten beobachteten, die sich um die Pferde kümmern durften, was als große Ehre galt. Ihr unablässiger Frohsinn beeindruckte Lew. In China hatte er das als selbstverständlich hingenommen, doch in dieser veränderten Umgebung kam ihm ihre stille Schicksalsergebenheit nicht mehr erbärmlich, sondern bewundernswert vor. Dennoch konnte er verstehen, dass Perfy sich bei ihrer ersten Begegnung mit diesen Männern darüber entsetzt hatte, dass sie allem Anschein nach wie Lasttiere behandelt wurden. Perfy konnte sich eben einfach nicht vorstellen, welche Menschenmassen in China lebten. Ein Kuli schätzte sich glücklich, wenn er Arbeit hatte; denn ansonsten war er vom Hungertod bedroht, und kaum einem gelang es, in einen höheren Stand aufzusteigen.

Die Aborigines in diesem Land würden niemals Kulis werden; den Europäern hier war diese Vorstellung fremd, und die Eingeborenen waren voller Groll auf die Weißen und deswegen kaum gewillt, für sie zu arbeiten. Viele Schwarze bekämpften die Eindringlinge noch immer bis aufs Blut und machten den Weißen am Rande der Siedlungsgrenze mit ihren Überfällen das Leben zur Hölle. Erstaunlicherweise schien die übrige Welt nichts von den erbitterten Kämpfen zu wissen, die im australischen Hinterland tobten. Lew fragte sich, wie die Schwarzen in dieser Region sich den Goldsuchern gegenüber verhalten würden. Hoffentlich waren sie ihnen freundlich gesonnen. Denn diesmal gab es keine erprobte Route. Sie würden sich allein zum Palmer durchschlagen und sich mit den Eingeborenen gutstellen müssen, falls sie welchen begegneten.

Er betrachtete Diamond, die vorne am Bug des Schiffes stand und den Blick über die Küste schweifen ließ. Vielleicht lebte ihr Volk wirklich in dieser Gegend. Ying hielt es für möglich, doch Diamond war sich inzwischen selbst nicht mehr sicher. Da die Küste überall gleich aussah, würde es ihr schwerfallen, allein mit ihren Kindheitserinnerungen eine bestimmte Stelle wiederzuerkennen. Über Perfy hatte sie kaum etwas zu sagen gehabt, nur dass die beiden beschlossen hatten, sich zu trennen. Aber Lew war sich sicher, dass mehr dahintersteckte. Perfy hätte Diamond doch nicht einfach so im Stich gelassen! Andererseits betonte Ying, Diamond habe sich aus freien Stücken zur Prostitution entschlossen. »Jeder braucht Geld«, hatte er gesagt. »Warum sollte eine Schönheit wie sie sich mit dem unwürdigen Dasein eines unbezahlten Dienstmädchens zufriedengeben? Sie verfügt über den Reiz des Fremden. In China wäre sie nicht nur ein Diamant, sondern eine kostbare schwarze Perle, und sie könnte dort eine äußerst angesehene Konkubine werden.«

Lew sah zu Chin Ying hinüber, der wie üblich Hof hielt. Diesmal waren es die Bourkes, die hingebungsvoll seinen

Weisheiten lauschten. Der Mann hätte Lehrer werden sollen, dachte Lew; sein Freund liebte den »Diskurs«, wie er es nannte, mit Fremden. Lew ärgerte sich noch immer darüber, dass die beiden Bourke-Frauen darauf bestanden hatten, mitzukommen. Hier war einfach nicht der richtige Platz für sie. Aber Cooktown würde sich sicher rasch zu einer Goldgräberstadt entwickeln, und dann würden die beiden Frauen bestimmt genug weibliche Gesellschaft finden.

Inzwischen wurde das Schiff von einigen verspielten Tümmlern begleitet, und als Lew nach achtern ging, um sie besser beobachten zu können, geriet er unversehens in Hörweite der anderen Reisenden. Sie sprachen über Diamond.

»Dieses Mädchen macht mir Angst«, sagte Mrs. Bourke. »Ich möchte ihr lieber nicht in die Quere kommen.«

»Das ist doch Unsinn«, widersprach ihre Tochter Marie. »Ich finde sie sehr nett und auch immer ausgesprochen höflich.«

»Das schon«, entgegnete ihre Mutter. »Aber sie hat etwas Furchteinflößendes an sich. Etwas Böses …«

Chin Ying hob abwehrend die Hände. »Nein, nein! Nichts Böses. Was Sie abstößt, ist lediglich ihre andersartige sittliche Haltung. Sie teilt nicht Ihre christliche Grundeinstellung. Diamonds Verhaltensweise ist unvermittelter und ursprünglicher.«

»Das habe ich ja gemeint«, pflichtete Mrs. Bourke ihm eilends bei. »Sie ist eine Heidin.«

Lew, der ihnen den Rücken zugewandt hatte, musste grinsen. Jetzt war sie Ying auf den Leim gegangen. Er hörte, wie der Chinese seufzte, und erwiderte: »Ich gehöre ebenfalls nicht dem christlichen Glauben an. Würden Sie mich auch als Heiden bezeichnen?«

Mrs. Bourke, die sich ihrer taktlosen Bemerkung bewusst wurde, murmelte verlegen eine Entschuldigung. Lew wandte sich ab.

»Nun, Diamond?«, sagte er, als er sich zu ihr an den Bug gesellte. »Ist das deine Heimat?«

Diamonds Blicke wanderten aufgeregt hin und her. »Ich glaube schon. Doch, ich bin mir beinahe sicher. Von der Küstenlandschaft her kann ich es nicht sagen, sie sieht überall gleich aus, aber nur ein kleines Stück weiter im Landesinneren müsste ein großer Wasserfall sein. Und wenn ich mich nicht irre, ist es dieser Fluss … Geben Sie acht, halten Sie sich von diesem Fluss fern.«

»Was meinst du?«, fragte Lew. Schließlich hatten er und Ying vor, mit dem Beiboot zuerst den Endeavour River zu erkunden. Auf diese Weise könnten sie am schnellsten eine geeignete Route ausarbeiten, falls die Goldgräber, die schon früher angekommen waren, noch keine gefunden hatten. Lew befürchtete, dass Ying und ihm nichts anderes übrig bleiben würde, als auf gut Glück einen Weg ins Landesinnere zu suchen.

»Krokodile«, antwortete Diamond. »Wenn das der Fluss ist, den ich meine, dann wimmelt es hier von diesen Bestien.« Sie erschauderte. »Das, was dem armen Mr. Middleton zugestoßen ist, möchte ich nicht noch einmal miterleben müssen.«

»Nun«, meinte Lew, »wir werden sehen.«

Da sich die Nachricht vom Gold des Palmer durch den Telegrafen in Windeseile verbreitet hatte, war Cooktown praktisch über Nacht aus dem Boden geschossen. Einige Tage vor Yings und Lews Ankunft hatte bereits der Dampfer *Leichhardt* an die hundert Goldgräber an Land gesetzt, und gerade fuhr auch der bewaffnete Schoner *Pearl* in die Flussmündung ein. Die Regierung handelte rasch; mittlerweile wussten die Behörden in Queensland, wie bei einem Goldrausch vorzugehen war. Der Regierungsbeauftragte Howard St. George war schon im Amt und wurde von einer Polizeitruppe unterstützt. Doch trotz der Anwesenheit der Ordnungskräfte herrschte große Aufregung in der Stadt, denn die Eingeborenen hatten sich als alles andere als friedfertig erwiesen. Schon einige der leichtsinnigen Goldgräber, die sich zu weit von ihren Lagern entfernt hatten, waren unbekannten Angreifern zum Opfer gefallen.

Nachts flackerten auf den umliegenden Hügeln zu Hunderten die Feuer der Eingeborenen – eine offene Herausforderung an die weißen Eindringlinge.

Während Yings Kulis das Schiff entluden und die Zelte aufschlugen, berief Ying eine Versammlung seiner Gruppe ein. Er verkündete, dass er die Frauen unter keinen Umständen noch weiter mitnehmen würde, und damit meinte er auch Diamond. Die Gefahren, erklärte er, seien weitaus größer, als er angenommen hatte.

»Die Frauen können doch nicht alleine zurückbleiben«, wandte Bourke ein.

»Dann bleiben Sie mit ihnen hier, Jim. Das ist Ihre Sache, nicht meine.«

Der Regierungsbeauftragte MacMillan, der eine Vorhut anführen und den Weg von Cooktown zum Palmer markieren sollte, weigerte sich ebenfalls, Marjorie und Marie Bourke mitzunehmen. Und so saß die Familie Bourke in Cooktown vorübergehend fest.

Zufrieden beobachtete Lew, wie die erste Expedition loszog; für ihn und Ying würde es bequemer sein, wenn sie nach dem Ausladen der Vorräte und der Ausrüstung nur der Fährte dieser Männer folgen mussten. MacMillan ritt mit ein paar Männern voran, und die größere Anzahl der Goldsucher folgte ihnen zu Fuß. Alle waren sie mit Snider-Gewehren und Colts bewaffnet und trugen ihre schweren Reisebündel und Werkzeuge auf dem Rücken. Wagen wurden nicht mitgenommen, denn sie würden die Gruppe nur behindern. Besorgt dachte Lew daran, dass Ying nicht genügend Feuerwaffen für die Kulis mitgenommen hatte.

Ying blieb jedoch ungerührt. »Die Kulis werden von uns beschützt, und meine Diener werden sie alle mit Messern ausrüsten. Was mir mehr Kopfzerbrechen bereitet, sind die Vorräte. Ich frage mich, ob sie ausreichen.«

»Es sind nur zweihundertfünfzig Kilometer«, meinte Lew. »Das müsste in einer Woche zu schaffen sein. Wenn ein Goldrausch ausbricht, werden schon bald darauf Läden und Gasthäuser eröffnet. Wir können dann zurückkommen und uns mit neuen Vorräten eindecken. Heute sind bereits weitere Schiffe angekommen, in der Flussmündung herrscht schon fast so viel Betrieb wie in einer Hafenstadt.«

Später, als sie sich auf dem anstrengenden Marsch zum Palmer durch den Busch kämpften, musste Lew an seine zuversichtlichen Worte zurückdenken.

»Und was ist mit Diamond?«, fragte Ying. »Ich bin froh, dass die anderen Frauen hierbleiben. Diamond müssen wir aber mitnehmen, weil sie uns von Nutzen sein kann.«

»Kommt gar nicht infrage. Sie bleibt hier.«

»Ich komme auf jeden Fall mit«, beharrte Diamond. »Sie können mich nicht aufhalten, Lew.«

»Rede keinen Unsinn, Diamond. Weißt du denn, wo du hier bist? Du kannst nicht einfach so durch den Busch laufen und die Gegend erkunden, wenn dich keiner beschützt. Und wir dürfen keine Zeit verlieren.«

»Wenn ich vielleicht doch jemanden von meinem Volk finde ...«

»Um Himmels willen, sieh dich mal um, Diamond. Wir sind nicht in Townsville oder Charters Towers. Hier ist kein einziger Aborigine, und wenn wir auf einen stoßen, wird er seinen Speer für sich sprechen lassen. Es ist zu spät, Diamond, sogar wenn das dein Volk sein sollte. Am besten winkst du ihnen zum Abschied aus der Ferne zu und bereitest dich auf deine Heimreise vor.«

In jener Nacht saß Diamond allein vor dem Lagerfeuer. Sie hatte furchtbare Angst, nicht nur um sich selbst, sondern um all die Menschen, die in den Bergen lebten. Sie hatte das Gerede dieser grausamen Männer gehört, als sie ihre Gewehre poliert und geladen hatten; alle prahlten sie damit, wie viele Aborigines sie bei den bevorstehenden Gemetzeln abschlachten würden. »Von den schwarzen Bastarden soll mir bloß keiner in die Quere kommen! Die würden sich wundern, wie wenig sie mit ihren Speeren gegen Gewehre ausrichten können!«

Diamond hasste sie alle, auch Lew Cavour. Nur Mr. Chin war klüger, er wollte mit Diamonds Hilfe eine Verbindung zu diesem Volk aufnehmen, mit ihnen sprechen und eine Vereinbarung treffen, wonach seine Leute das Stammesgebiet ungehindert durchqueren durften. Dass dies durchaus möglich wäre, stand für Diamond außer Frage. Doch Lew hatte kein Vertrauen zu ihr. Als sie sich darüber bei Mr. Chin beschwerte, wollte dieser keine Beschwerde über Lew hören.

»Er ist nur um deine Sicherheit besorgt. Ich war einfach zu blauäugig. Ich habe gedacht, wir würden hier wie in den Städten auf Schwarze stoßen, die uns Auskunft über dein Volk geben könnten. Aber wie du siehst, haben wir keine Möglichkeit, mit den hiesigen Stämmen eine Verbindung aufzunehmen. Es ist traurig, aber ich glaube, Lew hat recht. Bleib lieber bei den Bourkes, bis wir mehr darüber wissen, wem dieses Land gehört.«

Diamond lächelte. »Wem dieses Land gehört«, hatte er gesagt, und dafür war sie ihm dankbar. Es war das erste Mal, dass jemand, der kein Aborigine war, die Dinge beim Namen nannte. Dieses Land gehörte einem Stamm, und wenn nicht den Irukandji, dann einem anderen. Mr. Chin erkannte das an. Im Gegensatz zu den anderen hatte er begriffen, dass dies das Land der Aborigines war. Er wollte lediglich das für die Eingeborenen ohnehin wertlose Gold holen und sie ansonsten in Frieden lassen. Für die anderen Goldgräber hatte Diamond nur Verachtung übrig. Mitleid und Erbarmen kannten sie nicht; und sie würden ihren Weg zum Palmer notfalls auch mit Leichen pflastern.

Das fahle Licht des aufgehenden Mondes ließ die weißen Zelte vor dem dunklen Hintergrund der Berge aufleuchten; Diamond erschienen sie in dieser heißen, schwülen Nacht wie Fremdkörper am Rande des Urwalds. Im Lager herrschte jetzt Ruhe, denn die Männer waren müde. Sie arbeiteten hart, fällten Bäume, hackten und sägten Holz und schleppten Frachtgut von den Schiffen. Weiße, denen die Hitze zu schaffen macht, dachte Diamond. Sie lauschte auf die Geräusche des Urwalds, das Quieken kleiner Tiere, den gelegentlichen Warnschrei aufgeschreckter Vögel, das Quaken der Frösche. Als ein paar betrunkene Goldgräber vorüberwankten, hielt Diamond sich ganz still und griff nach ihrem Messer. Doch die Männer bemerkten sie nicht. In der Ferne hörte sie das Tosen der Meeresbrandung, das ihr jetzt jedoch näher erschien und irgendwie anders vorkam, eher wie ein langes, fortwährendes Rauschen.

Sie lauschte auf dieses Geräusch, das in der Stille der Nacht deutlich zu vernehmen war. Das war der Wasserfall, der große Wasserfall bei den beiden Schwester-Felsen, ganz ohne Zweifel!

Leise schlich sie in das Zelt, das ihr Mr. Chin zur Verfügung gestellt hatte. Nicht einmal hier gab es für sie einen Platz unter den Weißen, nicht bei den Frauen und schon gar nicht bei den Männern. Doch das kümmerte sie jetzt nicht mehr. Sie leerte ihre Leinentasche aus und ging damit zum Vorratszelt, wo sie beinahe mit Yuang Fu zusammengestoßen wäre, der sein Gewehr auf sie gerichtet hatte.

»Ich bin's nur«, rief sie und wich erschrocken zurück. Der Diener sah so grimmig aus wie ein asiatischer Ringkämpfer.

»Ich brauche Proviant«, erklärte sie. Zu ihrer Erleichterung senkte er die Waffe, blieb jedoch vor dem Zelteingang stehen. »Bitte sagen Sie Mr. Chin, dass ich fortgegangen bin, um mein Volk zu suchen. Sie müssen ihn deshalb nicht aufwecken. Sagen Sie es ihm morgen früh, er wird es verstehen. Hören Sie mir eigentlich zu, Mr. Yuang?«, fragte sie den ausdruckslos dreinblickenden Chinesen.

»Ja, Miss.«

»Kann ich also etwas zu essen mitnehmen?«

Er trat beiseite und reichte ihr eine brennende Laterne. »Was wollen Sie denn haben, Miss?«

»Tja, ich weiß auch nicht ...« Unschlüssig blieb sie in dem großen Zelt vor den hoch aufgetürmten Kisten und Packen stehen, doch schließlich nahm sie sich etwas Pökelfleisch, Äpfel und Orangen, einen Laib Brot und ein paar Keksdosen. Das würde genügen. Dass sie wie zu einem Picknick aufbrach, mochte leichtsinnig erscheinen, doch Diamond wusste, welche Gefahren ihr drohten.

»Sagen Sie Mr. Chin, dass ich zurückkomme, sobald ich kann«, meinte sie, bevor sie sich abwandte, dann fügte sie noch hinzu: »Wenn ich nicht zurückkomme, würden Sie ihm in meinem Namen für alles danken, was er für mich getan hat?«

»Ja, Miss.«

Allerdings erfuhr Chin Ying von ihrem Fortgehen, noch ehe

Diamond im Busch verschwand, der die Siedlung von der Außenwelt abschnitt. Nachdem seine Diener ihn so leise geweckt hatten, dass der daneben schlafende Lew Cavour nicht wach geworden war, trat der Chinese vor das Zelt und blickte zu den unheilverkündenden Feuern hinauf, die in der Finsternis wie tiefstehende Sterne funkelten. »Du hast richtig gehandelt«, sagte er zu Yuang Fu. »Es ist ihre Bestimmung. Niemand kann sagen, was am Ende dabei herauskommt.«

Als Lew am Morgen feststellte, dass Diamond verschwunden war, geriet er außer sich. Im ganzen Lager suchte er nach ihr. In der Annahme, es hätte sie vielleicht jemand verschleppt, rüttelte er mehrere mürrische Matrosen und verärgerte Goldgräber aus dem Schlaf. Doch letztlich musste er einsehen, dass sie aus freien Stücken in den Busch gegangen war.

Er war verzweifelt. »Sie werden sie umbringen. Wenn ich wüsste, welche Richtung sie eingeschlagen hat, würde ich ihr nachgehen, aber wo soll ich denn in diesem schrecklichen Urwald nach ihr suchen?«

»Vielleicht ist es gut so«, versuchte Marie Bourke ihn zu trösten. Sie hatte Lew schon immer weitaus anziehender und reizvoller gefunden als Herbert.

»Es ist dumm und gefährlich«, fuhr er sie an. »Womöglich kommt sie da draußen ums Leben!«

Gerade in diesem Augenblick erkannte Marie Bourke, dass sie nun einen ihrer größten Fehler begangen hatte. Sie hätte sich an Herbert halten sollen, der ein Auge auf sie geworfen hatte. Aber sie hatte sich ja unbedingt Lew Cavour in den Kopf gesetzt. Ihre Mutter hatte recht gehabt. »Wenn überhaupt, dann bekommt den nur eine ganz besondere Frau unter die Haube. Du solltest dich mit Herbert zufriedengeben. Er ist ein Gentleman und nicht so schwierig wie Lew.«

Sie fragte sich, wo Herbert nun wohl sein mochte.

2

Ein einsamer Falke schwebte majestätisch am blassen Morgen-
himmel. Auf seinen weiten Schwingen ließ er sich von dem
warmen Luftstrom emportragen und spähte auf sein Revier
hinab. Den scharfen Augen eines Falken entgeht nichts, dachte
Diamond. Mit vorsichtigen Schritten bewegte sie sich durch
die hohen Farne und das moosbewachsene Unterholz und kletterte durch den Regenwald hinauf zu den Wasserfällen. Sie
fragte sich, wie lange es dauern würde, bis die wachsamen
Männer ihres Stammes die unverhoffte Besucherin bemerken
würden.

Als sie sich im Mondlicht mühsam einen Weg durch das Gestrüpp des Tieflands gebahnt hatte, war sie noch ängstlich gewesen und bei jedem Geräusch zusammengezuckt. Doch als
das erste Licht der Morgendämmerung durch die Bäume fiel
und sie mit dem Aufstieg begann, überkam sie Heiterkeit. Sie,
Kagari, erkannte nun die vertrauten Gerüche wieder, den süßen Duft, der in der Luft lag. Mit geübter Leichtigkeit wich sie
den heimtückischen Gruben und Wasserläufen aus, die oft von
Farn überwuchert waren. Schon manches Kind, erinnerte sie
sich, war schreiend in eine dieser Fallen gestürzt; es musste
rasch wieder herausgeholt werden, da dort unten oft Schlangen
lauerten. Bedrückt dachte sie daran, dass diese Löcher auch unschuldigen Pferden, die man darüber hinwegtrieb, zum Verhängnis werden konnten.

Kookaburras schrien einander zu, und Kagari erwiderte ihre
Jubelrufe. Endlich kam sie nach Hause! Es hatte so lange gedauert, aber bald würde sie ihre Familie und ihre Stammesge-
nossen wiedersehen. Welch eine Freude würde herrschen! Sie
malte sich aus, wie sie mit offenen Armen und Freudentränen
empfangen wurde, wie sich alle aufgeregt und erstaunt um sie
drängten. An vereinzelten Felsblöcken vorbei, die aus der lang
vergangenen Traumzeit stammten, erreichte sie die Weggabe-
lung; hier wusste jedes Kind, dass der eine Pfad zu den Unge-

heuern des Flusses führte und der andere, den sie gekommen war, zum Meer.

Die riesigen grauen Granitfelsen wirkten Furcht einflößend, und es kostete Kagari erstaunlich viel Mühe, zwischen ihnen hindurchzuklettern. Als sie keuchend weiterstolperte, wich ihre Zuversicht einer bangen Unruhe. Wenn sie nun an Fremde geriet? Könnte sie sich überhaupt verständlich machen? Und würde man ihr zuhören? In diesen Kleidern konnte man sie leicht für eine Weiße halten. Was wusste ihr Volk von Hautfarben? Sie wunderte sich, dass sie daran nicht schon früher gedacht hatte. Rasch zog sie ihr Kleid und ihre Bluse sowie Schuhe und Strümpfe aus und verbarg sie zwischen den Wurzeln eines alten Feigenbaums, dessen Stamm sie mit ihrem Messer kennzeichnete. Sie riss den breiten Spitzensaum von ihrem Unterrock und blickte sich verschämt um. Ihn, das ärmellose Baumwollunterhemd und den Schlüpfer wollte sie wenigstens anbehalten, da sie nicht den Mut aufbrachte, sich noch weiter auszuziehen. Da erinnerte sie sich, wie sie ihre Kleider in Fetzen gerissen hatte, damit Ben bei seinem verzweifelten Versuch, Mr. Middleton zu retten, Verbandsstoff hatte. Als sie daran dachte, wie sie ihre Brüste entblößt hatte, errötete sie. Aber das war schließlich ein Notfall gewesen.

Ben. Noch immer dachte sie voller Wehmut an ihn zurück. Bei den Männern in Mr. Chins Haus hatte sie immer nach einer ähnlichen Leidenschaft gesucht, doch niemals gefunden. Und so war es für sie bald zu einer bedeutungslosen Angelegenheit geworden, mit diesen Männern zu schlafen, die nur möglichst rasch ihr Verlangen befriedigt haben wollten. Seltsamerweise fanden sie es aufregender, ihr beim Ausziehen zuzusehen, als ihren nackten Körper zu betrachten. Keiner von ihnen konnte sich mit Ben vergleichen. Nur er hatte sie mit wahrer Leidenschaft geliebt. Womöglich hatte sie ihm doch etwas bedeutet, zumindest ein wenig.

Nachdem sie einen Apfel gegessen hatte, machte sie sich wieder auf den Weg. Ständig auf der Hut vor möglichen Überraschungen zog sie sich an den Baumstämmen die steile Böschung hinauf. Wenn sie den Gipfel des Wasserfalls erreicht hatte, würde sie zu den Höhlen weitergehen. Alles, was die Aborigines brauchten, waren Nahrung und ein Unterschlupf, sinnierte sie, doch in der Welt der Weißen benötigte man so vieles mehr, in erster Linie Geld. Sie schob einige dicht herabhängende Zweige beiseite und schrie auf. Ein weiß bemaltes Gesicht starrte ihr entgegen!

Der Mann packte sie grob am Arm und drängte sie gegen einen Baum. Dann griff seine große Faust nach ihrem Unterhemd, und er schüttelte sie hin und her.

»Halt«, rief sie unwillkürlich auf Englisch und schubste den verwirrten jungen Schwarzen zurück. »Irukandji!«, herrschte sie ihn an. Er ließ von ihr ab und sah sie erstaunt an.

»Irukandji«, rief sie noch einmal, diesmal schwang jedoch Angst in ihrer Stimme mit. Was, wenn er kein Irukandji war? Wenn er dieses Wort noch nie gehört hatte? Wie konnte sie ihm entkommen?

Aufgeregt fuhr er mit der Zunge über seine Lippen und nickte. »Irukandji«, dann fragend: »Irukandji?«

»Ja, ja, ja.« Kagari fiel ihm lachend um den Hals. »Irukandji. Ich bin Kagari.«

Verunsichert machte er sich von ihr los. Er war vielleicht sechzehn Jahre alt und zu jung, um sich an sie zu erinnern. Außerdem wusste er offenbar nicht, wie er sich unter diesen Umständen verhalten sollte. Doch gleich hatte er seine Fassung wiedergewonnen und richtete seinen Speer auf sie.

Um ihn zu beruhigen, lächelte sie ihn an und gab ihm mit ausgebreiteten Armen zu verstehen, dass er nichts von ihr zu befürchten hatte. Doch der junge Mann versetzte ihr unvermittelt einen kräftigen Stoß, der sie rücklings zu Boden warf. Im selben Augenblick packte er ihr Bein, verdrehte es mit einem heftigen Ruck und nahm ihr das Messer ab. Ihre Schulter schmerzte von dem Aufprall, und als sie versuchte, ihr Knie zu beugen, traten ihr Tränen in die Augen. »Mistkerl«, murmelte sie auf Englisch. Er stieß Kagari mit dem Speer an und bedeutete ihr, aufzustehen. Mit sichtlicher Zufriedenheit sah er, wie sie sich mühsam an einem Baumstamm hochzog, und sie erkannte, dass er sie absichtlich verletzt hatte, damit sie nicht weglaufen konnte. Der kräftig gebaute und schlanke Bursche war etwa so groß wie sie und trug lediglich um die Hüften ein gebundenes Schnurgeflecht. Brust und Gesicht waren mit Schlamm beschmiert und mit großen weißen Punkten bemalt. Inzwischen wirkte er nicht mehr so Furcht einflößend auf Kagari, doch sie wusste, dass sie auf der Hut sein musste. Ihre Anwesenheit hatte ihn in Unruhe versetzt, und immer wieder spähte er in den Busch, um sich zu vergewissern, ob sie allein gekommen war.

Verzweifelt suchte sie nach Worten aus der Sprache ihrer Kindheit, doch sie wollten ihr einfach nicht einfallen. Und so humpelte sie weiter, vorangetrieben von der Speerspitze, die sich ihr in den Rücken bohrte. Die Schmerzen in ihrem Knie waren kaum auszuhalten und wurden durch die Steigung des Weges noch schlimmer, doch sie biss die Zähne zusammen. Mehrmals fiel sie hin, aber ihr Bewacher machte keine Anstalten, ihr aufzuhelfen. Was bin ich nur für eine Närrin, schalt sie sich. Sie hätte warten sollen, bis jemand mit den Aborigines in Verbindung trat. Dieser ungeduldige junge Kundschafter oder Krieger hatte noch nicht einmal deutlich gemacht, zu welchem Stamm er gehörte, er hatte lediglich das Wort »Irukandji« erkannt. Womöglich brachte er sie zu einem fremden Stamm. Aber sie musste zu ihrer Familie, zu jemandem, der sie kannte.

Sie betrachtete ihre blutigen Hände, die sie sich aufgekratzt hatte, als sie im Dornengestrüpp nach Halt gesucht hatte. »Wogaburra«, sagte sie plötzlich und wandte sich zu dem Krieger um. Und mit einem Mal sprudelten die vergessenen Worte aus ihr hervor. »Bring mich zu Wogaburra. Ich bin seine Tochter Kagari.«

Für ihn schien es offenbar ganz selbstverständlich, dass sie in seiner Sprache redete. »Dieser Mann ist tot. Geh weiter.«

»O nein«, seufzte sie. Zwar hatte sie diese Möglichkeit in Betracht gezogen, aber sie war trotzdem betroffen. »Luka, meine Mutter – kennst du sie?«

»Ja. Luka ist nicht tot.«

»Dann bring mich zu Luka.«

Er schüttelte den Kopf. »Du lügst.«

Sie richtete sich auf und blickte ihm in die Augen. »Dann führe mich zu Tajatella«, befahl sie kühn und hoffte insgeheim, dass dieser noch am Leben war. »Er ist mein Freund, und er wird dich bestrafen, wenn du mir etwas antust.«

Diese Worte gaben ihm zu denken. Verunsichert hielt er inne und stieß schließlich einen schrillen Pfiff ähnlich dem eines Vogels aus. Dann warteten sie.

Wie ein Spuk tauchten nach einer Weile weitere Männer aus dem Busch auf. Alle waren sie bemalt, und manche hatten zum Zeichen ihres Ranges kleine Knochen durch die Nase gebohrt. Erst standen sie nur da und betrachteten Kagari, dann stellten sie sich etwas abseits und tuschelten miteinander. Kurz darauf setzten Kagari und ihre Bewacher ihren Marsch fort.

Sie saß im kühlen Halbdunkel der Höhle, als der Mann am blätterumrankten Eingang auftauchte. Er wirkte noch Furcht einflößender als die ohnehin schon wild und bedrohlich dreinblickenden Männer. Sein graues, zu einem Knoten aufgebundenes drahtiges Haar ließ den stechenden, grausamen Blick, den er auf Kagari gerichtet hatte, noch härter erscheinen. Gesicht und Brust wiesen tiefe, von Aufnahmeriten herrührende Narben auf, die durch weiße und gelbe Farbe hervorgehoben wurden. Um die Hüften hatte er einen schmalen Lendenschurz aus Fell gebunden, dicke Schilfgebinde zierten Hand- und Fußgelenke. Als er näher trat, zeigte er mit seinem langen, stachelbewehrten Speer auf Kagari.

Um ihm ihre Ehrerbietung zu erweisen, stand sie auf. Sie hoffte, dass dies Tajatella war, an dessen Aussehen sie sich kaum noch erinnern konnte.

»Wer bist du?«, fragte er, während sich die anderen Männer neugierig in die Höhle drängten.

»Kagari«, erwiderte sie. »Die Tochter von Wogaburra.«

Blitzschnell schoss seine Hand vor und schlug Kagari ins Gesicht. »Wie kannst du es wagen, von den Toten zu sprechen! Du bist böse.«

Benommen von dem Schlag taumelte sie zurück, doch dann

trat sie dem Mann mutig gegenüber. »Kagari ist nicht tot. Ich bin Kagari, und ich bin zurückgekehrt.«

Mit einem Zischen missbilligten die Zuhörer, dass sie es wagte, dem Häuptling zu widersprechen.

»Ich war noch ein kleines Mädchen«, erzählte sie und deutete die Körpergröße mit der Hand an, »als ich ins Meer hinausgetrieben und von weißen Männern mitgenommen wurde. An jenem lang vergangenen Tag sind Weiße an die Küste gekommen.« Sie blickte den Häuptling flehentlich an. Plötzlich fiel es ihr wieder schwer, sich in dieser Sprache auszudrücken.

»Viele weiße Männer sind vom Meer her gekommen«, erwiderte er gereizt. »Du bist ein böser Geist, den die Weißen geschickt haben.«

»Nein, nein. Sieh mich an. Ich bin Irukandji von eurem Volk.« Eine rundliche, nackte Frau mit verfilztem Haar wurde nach vorne geschubst. Im ersten Augenblick erkannte Kagari ihre Mutter kaum wieder, dann streckte sie ihr lächelnd die Hände entgegen. »Sag ihnen, dass ich Kagari bin, deine Tochter.«

Die Frau wich jedoch entsetzt vor ihr zurück und schüttelte den Kopf. Der Häuptling nickte zufrieden. Er entblößte seine Zähne und schrie: »Hinfort mit diesem bösen Wesen!«

Da kam Unruhe in die Menge, und sie ließ einen anderen Stammesangehörigen vortreten. »Tajatella ist ein großer Häuptling, doch ich habe die besondere Gabe des Gehörs. Ich höre diese Frau sprechen, und ich allein kenne ihre Stimme. Sie ist Kagari, die von den Toten zurückgekehrt ist. Ich kann es beweisen. Wie ist mein Name, Frau?«

Kagari atmete erleichtert auf. »Du bist Meebal, mein Bruder«, antwortete sie, »dessen Augen vergiftet wurden und erblindeten.« Die Zuhörer zischten und murmelten, teils verwundert, teils erschrocken.

»Ich bin kein Geist, Meebal«, beharrte sie. »Kein Geist.« Sie hielt es für besser, ihr Auftauchen nun mit etwas anderen Worten zu erklären. »Ich bin von den weißen Männern gefangen genommen worden, als du noch ein Junge warst. Aber nun bin ich ihnen entkommen.«

Luka, ihre Mutter, tat einige zögernde Schritte auf sie zu. Tajatella war des Gesprächs müde. Schließlich handelte es sich nur um eine Frau.

»Mag es so sein«, verkündete er und schritt mit seinem Gefolge davon.

3

Noch nie in seinem Leben hatte Lew so entsetzliche Schreie gehört. Als er mit den anderen Goldgräbern hinab zum Fluss lief, kam ihnen ein Pferd entgegen. Panisch raste es direkt auf die Menschen zu. Für den Fall, dass Diamonds Warnung vor den Krokodilen ernst zu nehmen war, hatte Lew sein eigenes Lager in einiger Entfernung vom Fluss aufgeschlagen. Ein paar andere Goldgräber lebten hingegen recht nahe am Ufer.

Da ertönte ein Schuss. Gleich darauf erschien ein Mann zwischen dem Gebüsch am Flussufer. »Gehen Sie nicht runter«, rief er. »Bleiben Sie weg vom Fluss.«

»Was, in Gottes Namen, ist denn passiert?«, fragte Lew.

»Es war schrecklich«, antwortete der Mann. »Auf einmal sind diese riesigen Krokodile aufgetaucht und haben sich auf das Pferd von meinem Kumpel gestürzt. Das arme Tier hat furchtbar geschrien, aber wir konnten es nicht retten. Die Bestien haben es im Nu in den Fluss gezerrt, und da hat mein Kumpel ihm den Gnadenschuss gegeben. Das arme Vieh. Diese Biester waren wie im Blutrausch.«

Chin Ying war sehr aufgeregt und betrachtete das Ereignis als böses Omen.

»Nein, das glaube ich nicht«, sagte Lew mit fester Stimme. Er würde nicht zulassen, dass seine Expedition am Aberglauben der Chinesen scheiterte. »Wir müssen einfach aufpassen, wo wir die Pferde anbinden. Ich wusste nicht, dass die Krokodile hier so groß sind, dass sie sogar Pferde angreifen.«

Am nächsten Morgen begann der Aufstieg. Die Gruppe folgte den Markierungen an den Bäumen, die MacMillans Vorhut angebracht hatte. In der Ferne war das unverkennbare Rauschen eines Wasserfalls zu vernehmen. Lew fragte sich, ob es derjenige war, von dem Diamond ihm erzählt hatte. Wo sie wohl geblieben war? In dieser Gegend gab es bestimmt viele Wasserfälle. Vielleicht war sie diesem Pfad gefolgt; er führte allerdings vom Wasserfall weg.

Lew hatte geglaubt, den Marsch in einer Woche bewältigen zu können, aber diese Einschätzung erwies sich als falsch. Der Weg führte sie durch dichten, unwegsamen Regenwald. Am Fuße jedes Hügels mussten sie kleine Flussläufe überqueren, und mit der Zeit wurden die Hügel immer höher und die Flussläufe immer breiter. Nach vier Tagen hatten sie erst neunzig Kilometer zurückgelegt.

»Nach meinen Berechnungen«, bemerkte Ying, »kommen wir zu weit nach Norden ab. Das ist äußerst bedenklich.«

»Der Pfad wurde von erfahrenen Männern markiert«, beruhigte ihn Lew. »Wir können nicht auf eigene Faust losziehen. Wir müssen ihm folgen.«

In dieser Nacht wurden sie zum ersten Mal angegriffen. Von allen Seiten prasselten Speere und brennende Zweige auf sie ein. Es herrschte ein furchtbares Durcheinander. Die Goldgräber schossen blindlings ins Unterholz, da sie keinen der Angreifer sehen konnten. Nach einer Viertelstunde war der Kampf vorüber, doch Lew war es wie eine Ewigkeit erschienen. Ungeachtet der Gefahr nahm er danach eine Laterne und begann, nach Opfern zu suchen. Zwei Goldgräber vom hinteren Teil des Lagers waren getötet und zwei verletzt worden. Auch ein Kuli war tot, und seine Kameraden brachen in lautes Wehklagen aus. Lew machte sich auf die Suche nach den Brüdern Yuan, und zu seiner Überraschung fand er sie in Yings Zelt.

»Was ist denn hier los?«, fragte er.

»Der Meister wurde von einem Speer am Arm getroffen, Sir«, erwiderten die beiden. »Ein furchtbares Verhängnis.«

»Wann ist es denn passiert?« Im Schutz der Bäume hatte Lew auf die Angreifer gefeuert und hatte dabei direkt neben Ying gestanden, jedoch keinen Aufschrei gehört. »Lasst mich mal sehen.«

Ying hatte eine tiefe, klaffende Wunde im Oberarm. »Zum

Glück«, erklärte er Lew, »wurde der Speer langsamer, als er in meinen Arm drang, der ihm dummerweise in die Quere kam. Ich konnte ihn mit einem heftigen Ruck herausziehen, aber das war äußerst unangenehm.«

»Das glaube ich dir aufs Wort«, bemerkte Lew trocken. »Pass auf, dass sich die Wunde nicht entzündet. Wenn die Jungs fertig sind mit dem Verbinden, schick sie bitte runter, damit sie sich um die anderen Verletzten kümmern.« Nach diesem Zwischenfall verschlechterte sich ihre Lage zusehends. Lew fragte sich, ob ihre Expedition zum Scheitern verurteilt war. Ständig zischten Speere an ihnen vorbei. Fallen aus Schlingpflanzen lauerten auf die Männer und ihre Pferde, und dornige Zweige hingen plötzlich von den Bäumen herab. Kam man mit den Dornen in Berührung, verursachten sie einen äußerst schmerzhaften, brennenden Hautausschlag. Riesige Steine stürzten wie von Geisterhand bewegt auf sie herab. Einmal wurden sie sogar mit Schlangen beworfen, worauf die Pferde durchgingen und auch die Kulis ihre Lasten fallen ließen und sich schreiend in den Busch flüchteten.

Überall entlang des Pfades warteten die Schwarzen schon auf sie. Lew stellte verwundert fest, dass Nahrungsmittel im Gebüsch verstreut lagen, die andere Goldgräber dort hingeworfen hatten, sogar Segeltuch und andere Ausrüstungsgegenstände, Laternen und Beutel mit kostbarem Salz und Mehl. Sie kamen an mehreren Gräbern vorbei, was die Kulis noch mehr in Angst versetzte. Nach dem Zwischenfall mit den Schlangen mussten die Brüder Yuan die Kulis mit der Peitsche zur Vernunft bringen, und Lew befürchtete, dass eine Meuterei kurz bevorstand. Zwei Männer begegneten ihnen, die einen Verwundeten auf einer Trage mit sich führten.

»Kehren Sie um, Kamerad«, rieten sie Lew. »Das ist ein Marsch in den Tod. Es lohnt sich nicht. Sie müssen die Bergkette überqueren, eine andere Möglichkeit gibt es nicht. Wir sind dort oben von Hunderten von Schwarzen angegriffen worden. Ein richtiger Großangriff. Und uns hat man gesagt, hier würde niemand leben. Von wegen! In dieser Gegend gibt es Tausende von Schwarzen.«

Lew fragte sie nach den Gegenständen, die er am Wegrand gefunden hatte.

»Das stammt von Nachzüglern. Sie mussten die Sachen wegwerfen, weil sie nicht Schritt halten konnten und es lebensgefährlich ist zurückzubleiben. Und dann hat sich unsere Gruppe auch noch getrennt«, erwiderte einer der Männer verbittert. »Viele von den Reitern sind abgehauen, sie wollten nicht auf uns warten, diese Dreckskerle. Haben Sie schon Männer verloren?«

Lew nickte.

Auch Chin Ying hatte die eindringliche Warnung der Fremden gehört, nahm sie jedoch gelassen hin. »Diese Männer hatten keine andere Wahl als umzukehren«, sagte er zu Lew. »Ihr Freund hat sich das Bein gebrochen. Sie übertreiben die Gefahren, weil sie sich nicht eingestehen wollen, dass sie versagt haben.«

»Da bin ich nicht so sicher«, entgegnete Lew. »Es gibt genügend Beweise dafür, dass sie recht haben. Man muss schon sehr verzweifelt sein, wenn man seinen Proviant wegwirft, nur um schneller rennen zu können.«

»Und ziemlich dumm. Es wäre doch folgerichtiger, nach Cooktown zurückzukehren, da es vor uns keine Versorgungsmöglichkeiten mehr gibt. Nein, ich meine, sie waren zu faul und zu schwach, ihr Gepäck zu tragen. Dieses Problem haben wir nicht.«

»Das kann ich nicht beurteilen. Ich fühle mich für die Leute verantwortlich und will sie nicht in Gefahr bringen.«

»Du bist nicht für sie verantwortlich. Die Goldsucher, die sich uns angeschlossen haben, gehen dich gar nichts an, und die Kulis gehören mir. Nur um deine eigene Haut solltest du dir Gedanken machen.«

So zogen sie weiter. Bald kamen sie an einer großen Lagune vorbei, wo sie sich an Fisch und Wildenten gütlich taten. Dann drangen sie wieder tief in den dichten Regenwald ein, den letzten, wie Lew hoffte; jenseits der Berge würden sie durch offenes Grasland reisen.

Sie führten nur drei Pferde mit sich, je eines für Ying und

ihn selbst sowie ein Packpferd. Während die Brüder Yuang bei der Hauptgruppe blieben, ritten Lew und Ying voraus, um nach den markierten Bäumen Ausschau zu halten. Als Lew von einem Erkundungsritt zurückkam, war die Kolonne zum Stillstand gekommen. Die Goldsucher murrten und wollten weiterziehen, doch Ying hatte diese Pause angeordnet, um nach dem Verbleib zweier Kulis zu forschen, die die Nachhut gebildet hatten.

Lew bemerkte, dass einigen der Kulis nun die schweren Lasten und die drückende Hitze zu schaffen machten; ihre Knöchel waren geschwollen. Sobald sie die Bergkette überwunden hatten, würde er darauf bestehen, dass ein paar Tage Rast eingelegt wurden.

Er saß ab und ging mit Yuang Fu ein Stück des Pfades zurück. Doch obwohl sie mehr als zwei Kilometer zurücklegten, fanden sie nirgends eine Spur von den zwei verschwundenen Kulis. »Vielleicht haben sie sich einfach zur Küste abgesetzt«, meinte Lew, Yuang Fu schüttelte jedoch den Kopf.

»Dann hätten sie ihre Körbe nicht mitgenommen.« Argwöhnisch blickte er sich um. »Es ist sehr schwer, einen Feind zu bekämpfen, den man nicht sehen kann.«

»Allerdings«, stimmte Lew zu. Kein Wunder, dass sich der arme Kerl in großer Verwirrung befand. Er war ein Meister in allen asiatischen Kampfsportarten, aber diese Fähigkeiten nützten ihm im Augenblick wenig. Noch nie hatten sie einem Eingeborenen von Angesicht zu Angesicht gegenübergestanden; sie hatten bestenfalls schattenhafte Gestalten oder eine Bewegung im Gebüsch wahrgenommen. Schließlich gaben sie ihre Suche auf und kehrten zum Lager zurück.

»Wir müssen sie finden«, verkündete Ying. »Diese erbärmlichen Schufte haben sich vielleicht bloß im Gebüsch versteckt und warten, bis wir weiterziehen. Sie müssen gefangen und bestraft werden, damit dieses schlechte Beispiel nicht Schule macht.« Er befahl, das Lager für die Nacht aufzuschlagen. Am nächsten Morgen schickte er seine beiden Diener los, die den Busch nach den zwei Kulis durchkämmen sollten.

Lew sah, wie sie gegen Mittag zurückkamen und sich mit

Ying besprachen. Als Lew näher trat, verstummte die Unterhaltung plötzlich.

»Sie sind nirgends zu finden«, sagte Ying. »Sie müssen im Schutz der Dunkelheit umgekehrt sein.«

»Und auch ihre Körbe habt ihr nicht entdeckt?«

»Nein, Sir«, entgegnete Yuang Fu.

Erst später fiel es Lew auf, dass die Brüder mittags zurückgekehrt waren, obwohl Ying ihnen befohlen hatte, bis zur Dämmerung zu suchen. Sie befolgten doch sonst immer seine Anweisungen, wunderte er sich.

Als sie am nächsten Nachmittag eine Strecke mit vielen Kurven und Biegungen zurücklegten, verschwanden abermals zwei Kulis und wieder die letzten zwei. Die Zurückbleibenden drängten sich ängstlich zusammen, spähten in den drohenden Busch und schrien durcheinander. Doch keiner hatte etwas gehört oder gesehen; die beiden Träger hatten sich ebenso in Luft aufgelöst wie die anderen. Die letzten zehn Goldgräber, die noch mit ihnen reisten, packten ihre Bündel und zogen trotz Lews Mahnung, lieber zusammenzubleiben, davon. Sie behaupteten, die Chinesen brächten nur Unglück.

»O mein Gott!«, stöhnte Lew. »Jetzt werden die auch noch abergläubisch!«

Chin Ying schien es nichts auszumachen, dass die Goldsucher ohne sie vorausgingen. »Ich glaube nicht, dass es etwas ausmacht«, war seine Ansicht. »Vielleicht greifen die Wilden nun zuerst sie an und lassen uns in Ruhe. Die Schwarzen sind klug, sie spielen mit uns Katz und Maus.« Das war nur allzu wahr, und die ständig lauernde Gefahr zermürbte sie langsam, aber sicher. Sie hatten genug damit zu tun, mit den Widrigkeiten des Dschungels fertigzuwerden. Insekten plagten sie, Bienenschwärme griffen sie an, Dingos hetzten ihre Pferde, und alle litten unter der mörderischen Hitze. Täglich ereigneten sich Unfälle. Lew war in einem Dornenbusch hängen geblieben; Nacken und Arme brannten ihm wie Feuer. Außerdem hinkte er stark, da er sich in einem Graben den Knöchel verstaucht hatte. Er band seinen Stiefel fester, um den Knöchel zu stützen, und war heilfroh, dass er ein Pferd besaß. Wegen der ständigen Unglücksfälle, der Angst, der unsäglichen Strapazen und des Schlafmangels kam es schließlich auch zu Spannungen zwischen Lew und Ying. Nicht einmal über Kleinigkeiten konnten sie sich mehr einigen. Als Lew verkündete, er wolle den ganzen Busch nach den beiden Kulis durchkämmen lassen, untersagte Ying seinen Männern, an der Suche teilzunehmen.

»Du kannst dich einfach nie entscheiden«, schrie Lew ihn an. »Letztes Mal hast du uns losgeschickt, um sie zu suchen, und jetzt ist es dir gleich, was aus ihnen geworden ist. Schließlich sind es deine Leute, und wir müssen sie finden! Mein Gott, Ying, vielleicht sind sie irgendwo abgestürzt und warten auf Rettung!«

»Es wird keine Suche geben.« Yings Stimme war fest. »Wir gehen weiter.«

»Den Teufel werden wir tun! Gib mir deine Männer, nur für einen Tag. Wir werden gemeinsam den Busch durchkämmen. So finden wir sie vielleicht.«

»Nein.«

»Dann erzähle ich den Kulis, was für ein schlechter Herr du bist. Dass es dir gleichgültig ist, was aus ihnen wird. Ich bitte sie selbst um Hilfe.«

»Mit deinem verletzten Knöchel kannst du ohnehin nicht weit gehen.«

»Das kann ich sehr wohl, und ich werde es auch.«

Ying seufzte und winkte die Brüder Yuang herbei, die in der Nähe standen. »Ihr könnt euch zusammen mit dem Herrn Kapitän auf die Suche nach unseren verlorenen Brüdern machen.« Dann wandte er sich wieder an Lew. »Nur meine Diener dürfen dich begleiten, sonst niemand. Aber zuerst sollten wir Wachen rund ums Lager aufstellen.«

»Aber sicher«, antwortete Lew höhnisch. »Bevor wir aufbrechen, kümmere ich mich darum, dass du auch bestimmt gut bewacht wirst.«

Schwer bewaffnet machten sich die drei Männer auf den Weg. Immer weiter dehnten sie ihre Suche aus, bis Yuang Pan sie schließlich entdeckte. Anstatt wie verabredet einen Schuss abzugeben, kehrte er schweigend zu Lew zurück und führte ihn zu einer kleinen Lichtung vor einem Höhleneingang. Yuang Fu folgte ihnen. Keiner der Brüder sagte ein Wort, als Lew voller Entsetzen auf das Bild starrte, das sich seinen Augen bot. Zurück im Lager stürmte er sofort in Yings Zelt. »Du hast es gewusst!«, schrie er. »Verdammt noch mal, du hast es genau gewusst! Den beiden anderen armen Teufeln ist dasselbe widerfahren, nicht wahr? Und du sitzt nur faul auf deinem Hintern und unternimmst nichts!«

»Was kann ich denn schon tun? Soll ich den anderen sagen, was wirklich geschehen ist? Willst du sie vollkommen verrückt machen? Trink einen Whisky, er wird dich beruhigen. Es sei denn, du willst dein Mitgefühl auf die Art zeigen, dass du den sowieso schon zu Tode verängstigten Kulis die Wahrheit erzählst.«

Mit zitternden Händen nahm Lew die Tasse mit Whisky und trank sie in einem Zug aus. »Du hättest mich einweihen sollen«, murmelte er erschöpft.

»Durch mein Schweigen habe ich dir nur einen Gefallen getan. Seit dem ersten Zwischenfall hat Yuang Pan die Nachhut bewacht, aber er musste nach vorne kommen, als zwei Trägern der Korb zerbrochen war.«

Lew goss noch einen Whisky hinunter und fühlte sich immer elender. Wenn Yuang Pan dabei gewesen wäre, hätte er die beiden armen Teufel vielleicht retten können.

»Das war ein Glück«, fuhr Ying fort. »Der geheimnisvolle Feind schleicht sich so leise heran, dass er auch Yuang Pan hätte töten können. Das wäre sehr unangenehm für mich gewesen.«

»O mein Gott!«, seufzte Lew und füllte die Tasse erneut. Warum hatte er sich nur auf diesen Albtraum eingelassen? Zwei Führer, deren Ansichten meilenweit auseinanderlagen, wenn es um Leben und Tod ging, und die in dieser grünen Hölle herumirrten. Der Whisky schwappte über, und die Tasse entglitt seiner Hand …

»Legt ihn auf sein Bett«, hörte er Ying wie durch dichten Nebel sagen, und während ihm schwarz vor Augen wurde, schoss ihm noch durch den Kopf, dass der Chinese irgendetwas in den Whisky getan haben musste.

4

Mit der Zeit verlor Luka die Scheu vor ihrer Tochter. Schließlich erlaubte sie sogar, dass Kagari sie berührte, ihre Hand nahm und ihr mit leiser Stimme von der Vergangenheit erzählte. Allerdings weigerte sie sich, Kagari zu glauben, als diese von ihrem Verschwinden berichtete. Wenn sich die anderen Frauen neugierig um Luka scharten, prahlte sie mit ihrer Tochter, die aus der Traumzeit zurückgekehrt war. War nicht ihr Vater ein Mann mit großen Zauberkräften gewesen?

Inzwischen wusste Kagari, dass es ein nahezu unverzeihlicher Fehler gewesen war, als sie den Namen ihres Vaters laut ausgesprochen hatte. Niemand erwähnte die Namen der Toten. Das hätte sie wissen müssen, denn dieses Gesetz galt auch bei anderen Stämmen, die sie kennengelernt hatte. Was war sie nur für eine Närrin! Kein Wunder, dass Tajatella sie geschlagen hatte. Ein uraltes Volk, das an den Sitten seiner Vorfahren festhielt. Kagari fühlte sich gleichzeitig zu ihnen hingezogen und abgestoßen, und sie fragte sich, ob sich die Aborigines in Brisbane oder auf Caravale an Stämme wie diesen erinnerten. Obwohl die Weißen schon vor hundert Jahren in dieses Land gekommen waren, hatten die wilden Stämme im Norden keinerlei Vorstellung von der Kultur der Europäer. Sie wussten nur, dass die Weißen ihnen ihr Land wegnahmen, und das machte sie zornig. Aufgeregt unterhielten sich die Frauen über den Krieg, den ersten seit vielen Generationen. Sie mischten die Farben, sammelten besondere Nahrung für die Krieger und riefen sich die legendären Kriegsgesänge wieder ins Gedächtnis. In dieser wichtigen Zeit im Leben des Stammes sorgte Kagaris Erscheinen nur kurze Zeit für Aufsehen. Da sie schweigsam neben Luka und Meebal in der Höhle hockte und lieber zuhörte als sprach, achtete bald niemand mehr auf sie.

In der riesigen, verrauchten Höhle lebten viele Menschen, von denen die meisten mit Luka verwandt oder befreundet waren oder zum selben Totem gehörten. Luka war nun wieder verheiratet – mit einem Greis, den sie mit zwei anderen Frauen teilen musste. Da er zu alt war, um noch selbst auf die Jagd zu gehen, war es ihre Aufgabe, ihn mit Nahrung zu versorgen. Zuerst hatte Kagari geglaubt, an der rauchgeschwängerten Luft ersticken zu müssen, aber schließlich gewöhnte sie sich an den Gestank nach verbranntem Fell, der daher rührte, dass man Beutetiere ungehäutet im Feuer röstete. Endlich hatte sie das gefunden, wonach sie sich jahrelang gesehnt hatte. Und doch wusste sie, dass sie hier nicht bleiben konnte. Die Stammesangehörigen waren stolz auf ihre kräftigen Körper, die sie unbekleidet zur Schau stellten, und die alten Frauen schüttelten missbilligend die Köpfe über die jungen Leute. Es berührte Kagari unangenehm, dass Luka ständig die weiblichen Reize ihrer Tochter anpries. Man hatte ihr die Baumwollunterwäsche weggenommen, aber nach einiger Zeit fand sie die Sachen wieder und wusch sie zur großen Erheiterung von Lukas Freunden in der Quelle.

Alles erschien ihr wie ein seltsamer Traum, in dem die Zeit stillzustehen schien, und sie ließ sich treiben. Luka wurde besitzergreifender. Jedes Mal, wenn sie Kagari ansah, strahlte sie vor Freude, und diese wusste, dass es richtig gewesen war heimzukehren.

Sie bürstete Lukas Haar, rieb ihr die raue Haut mit Kokosöl ein und saß im Schneidersitz bei ihr. Zusammen schuppten sie Fische, zerstießen Wurzeln zu feinem Mehl und lasen die Nüsse und Beeren aus, die sie auf ihren täglichen Streifzügen gesammelt hatten. So versuchte Kagari nach besten Kräften, ihrer Mutter eine Freude zu machen.

Kagari hasste die Höhle, doch tagsüber, wenn sie fernab der Kriegspfade den Wald erkundete, genoss sie das Leben in vollen Zügen. Freunde begleiteten sie, und wenn sie auf ihren Wanderungen anderen Eingeborenen begegneten, wurde Kagari willkommen geheißen wie ein neugeborenes Kind. Überall tollten die gut genährten Kinder ausgelassen herum. Die Familien hüteten sie wie ihren Augapfel, und niemals wurden sie geschlagen, ganz gleich, wie frech und ungezogen sie auch sein mochten. Bis zum Eintritt der Geschlechtsreife wurden sie von der rauen Wirklichkeit ferngehalten. Nun wurde Kagari klar, warum sie so erschüttert gewesen war, als die Haushälterin im Haus des Gouverneurs sie geohrfeigt hatte. Doch das war jetzt nicht mehr so wichtig. Die Haushälterin hatte einen Fehler gemacht, und nun war sie tot. Kagan überlegte, ob sie ihrer Mutter davon erzählen sollte, aber diese würde es wohl nicht verstehen. Überhaupt verstanden Luka und Meebal nichts von dem, was Kagari ihnen von der Welt der Weißen erzählte. Also sagte sie einfach, dass sie aus der Traumzeit kam. Allerdings sang sie Meebal die Lieder der Weißen vor, die Mrs. Beckmann ihr beigebracht hatte und die man in Perfys Haus in Bowen mit Klavierbegleitung gesungen hatte. Wie verzaubert lauschte er, und sein Gesicht verklärte sich. Er glaubte, Musik aus der Traumzeit zu hören, in die er eines Tages eingehen würde, weil er sich trotz seiner Blindheit in der Stammesgemeinschaft bewährt hatte.

»Immer hatte ich Angst vor dem Tod«, gestand er ihr, »weil es für einen Blinden so schwer ist, sich seinen Platz zu verdienen. Ich tauge nicht zum Krieger, nicht einmal zum Kundschafter, und keine Frau will mich. Ich lebe bei den Frauen. Was sollten die Geister mit einem nutzlosen Menschen wie mir anfangen? Aber nun, da ich dich singen höre, Schwester, weiß ich, dass du für mich ein gutes Wort eingelegt hast. Sag mir die Wahrheit, gibt es für mich einen Platz in der Traumzeit?«

Kagari traten die Tränen in die Augen, doch ihre Stimme blieb fest. »Du wirst sogar einen Ehrenplatz bekommen«, antwortete sie, »denn du hast viel gelitten und dir dein gutes Herz bewahrt. Wir brauchen Menschen, die die wundersame Musik um uns herum hören und das erkennen, was sehende Menschen oft nicht bemerken. Du allein hast meine Stimme wiedererkannt. Die Geister der Traumzeit lieben dich sehr.«

Fast hörte Kagari Mrs. Beckmann sprechen. Wie oft hatte die gute Frau gesagt, Schwierigkeiten seien nur dazu da, uns zu prüfen! Aber das spielte jetzt keine Rolle. Meebal umarmte sie; er würde in Frieden sterben, wenn seine Zeit gekommen war.

Eines Tages führte Luka ihre Tochter zur Spitze der Hügelkette, von der aus sie, Herrschern gleich, weit über das umliegende Land blicken konnten. Die Landschaft ähnelte der rauen, hässlichen Gegend um Townsville, wo es nur Bäume, Termitenhügel und hüfthohes Speergras gab.

»Da unten«, Luka spuckte verächtlich aus, »leben die Merkin. Sie sind böse. Aber auch sie kämpfen nun gegen die Weißen. Die Weißen sind schmutzig«, fuhr sie fort. »Sie lassen ihren Kot offen herumliegen und graben ihn nicht ein.« Dann lachte sie. »Sie sind leicht aufzuspüren, nicht wahr? Man muss nur dem Gestank nachgehen!«

Kagari und sie saßen auf einem hohen, vorspringenden Granitfelsen.

»Luka, weißt du, warum die Weißen hierhergekommen sind?«

»O ja«, erwiderte Luka von oben herab. »Sie wollen uns die Nahrung wegnehmen und unsere Frauen stehlen. Jeder weiß, dass die Irukandji-Frauen die besten Kinder der Welt bekommen. Aber wir lassen sie nicht hier rauf. Hier bist du sicher.«

»Was ist das für ein Tal dort unten?«

»Das ist Merkin-Land«, antwortete Luka ein wenig verstimmt, da sie sich wiederholen musste. »Sie nennen den Fluss ihren goldenen Fluss. Aber der Fluss gehört uns. Unsere Berge bringen ihn hervor. Er entspringt zwischen den Felsen, die wir ›die zwei Schwestern‹ nennen.«

»Kannst du mich dorthin bringen?«

»Wohin?«

Manchmal war für Kagari alles sonnenklar, ganz als ob die Dinge um sie herum ihr etwas zurufen würden. Sie wusste nicht, ob ihr dieses Wissen angeboren war. Vielleicht hatte sie auch nur die richtigen Schlüsse gezogen, aber etwas sagte ihr, dass vor ihr das Quellgebiet des Flusses lag, den Lew und Mr. Chin suchten. Sie hatte die Karten gesehen und genau studiert.

»Warum nennen sie ihn den goldenen Fluss?«

»Das weiß ich nicht«, entgegnete ihre Mutter. »Ihre Sprache ist schwer zu verstehen. Willst du auf die andere Seite der Berge?«

»Nein, nur zum Fluss.«

Luka lachte. »Wenn der Regen in unseren Bergen den Fluss anschwellen lässt, schwemmt er viel Wasser ins Merkin-Land hinab und bringt Kunde von den unbesiegbaren Irukandji. Dann wissen sie, dass sie uns lieber nicht zu nahe kommen sollen.«

»Luka, weißt du, was Gold ist?«

»Dieses Wort kenne ich nicht.« Es dauerte lange, bis sie den Fluss erreichten. Luka wollte ihre Tochter in die Geheimnisse des Landes einweihen, damit Kagari sie nach Lukas Tod weitergeben konnte. Dazu mussten sie den Rufen des Kookaburras – ihres Totems – folgen und ließen fette Würmer und kleine Eidechsen als Opfergabe für die Kookaburra-Eltern zurück. Schließlich wusste jeder, dass die Kookaburra-Eltern unermüdlich Futter für die hungrige Brut heranschaffen mussten, denn die gefräßigen Kookaburra-Jungen verließen das Nest erst, wenn sie schon fast zu schwer zum Fliegen waren.

Endlich kamen sie zum Fluss und kletterten die Schlucht hinab, die das Wasser in Millionen von Jahren tief in die Felsen gegraben hatte.

»Heute Nacht werden wir hier schlafen«, sagte Luka. »Der Platz gefällt mir. Ich bin froh, dass wir hierhergekommen sind.«

Eigentlich hatte Kagari einen reißenden Wasserfall erwartet, doch stattdessen gab es nur einen Fluss, der dem natürlichen Verlauf der gekrümmten Hügel folgte und in sanften Kaskaden über die Felsen dahinplätscherte.

Sie tranken von dem kristallklaren Wasser, und Kagari badete in einem Felsenbecken. Dabei dachte sie an Ben. Immer wieder Ben.

Während ihre Mutter für das Abendessen Fische fing, hielt Kagari nach Gold Ausschau, nach jenen gelben Steinen, die die weiße Welt erträglich machten. Sie wusste, dass sie etwas finden würde. Wenn es im Palmer dort in der Ebene Gold gab, musste es von hier oben kommen. In der Welt der Weißen schien man über nichts anderes als Gold zu sprechen; jeder tat so, als wäre er ein Fachmann. Knapp über der Wasseroberfläche sah sie einen breiten, gelben Streifen und schwamm näher, um ihn zu untersuchen.

Ton? Nein, dazu war er zu hart und auch wieder zu brüchig. Er glitzerte in dem sich kräuselnden Wasser. Mit dem Finger fuhr sie an der Ader entlang und lächelte.

Sie nahm ihr Messer und brach einen Goldklumpen nach dem anderen aus dem Gestein.

»Was machst du da?« Luka hatte sich zu ihr gesellt.

»Mutter, das ist Gold. Ich muss es haben. Aber ich bitte dich, erzähle niemandem etwas davon, denn das würde großes Unglück über alle bringen.«

Luka lächelte. Wenn es ihrer armen, kinderlosen Tochter eine Freude machte, sollte es ihr Geheimnis bleiben. Sie fragte sich, wann Kagari in die Traumzeit zurückkehren musste; wahrscheinlich schon sehr bald. Sie würde sich in das Unausweichliche fügen. Man konnte sehen, dass die Götter Kagari liebten, denn sie hatten sich ihrer angenommen, Körper und Geist genährt und gestärkt. Das Mädchen war mit Klugheit gesegnet, und ihre Augen verrieten etwas von der Weisheit ihres Vaters. Vielleicht hatte er ihre Tochter zurückgeschickt, um die Bande der Trauer zu lösen, die ihr Herz seit dem Verlust ihres kleinen Mädchens gefangen gehalten hatten. Nach all den Jahren hatten die guten Geister der Erde Mitleid mit ihr gehabt, und nun war sie von Dankbarkeit erfüllt.

Als sie zu den Höhlen zurückkehrten, erfuhren sie, dass eine furchtbare Tragödie über die Irukandji hereingebrochen war. Die Frauen klagten und schrien, ritzten sich mit scharfen Steinen die Brust auf und streuten sich Sand ins Gesicht, wo er sich mit ihren Tränen vermischte. Jenseits der heiligen Lagune hatte es einen heftigen Kampf mit den Eindringlingen gegeben. Tajatella hatte eine große Gruppe Krieger ausgeschickt, die die Weißen vernichten sollten, aber der Angriff war gescheitert, und viele Irukandji-Männer waren getötet worden. Väter, Brüder, Söhne – jede Familie hatte den Verlust mindestens eines Familienmitglieds zu beklagen. Als Luka erfuhr, dass ihr Bruder und ihr zweitältester Sohn unter den Gefallenen waren, sank sie ohnmächtig zu Boden. Nie wieder würde jemand ihren Namen aussprechen dürfen. Noch nie in der ruhmreichen Geschichte der Irukandji war ihnen ein solch großes Unglück

widerfahren. Schon wenn ein einziger Stammesangehöriger
starb, trauerte der ganze Stamm, und nun wussten sie nicht,
wie sie diesen großen Verlust ertragen sollten.

Tajatella versuchte, seinem Stamm wieder Mut zu machen.
Er rief eine Versammlung hoch oben auf dem Plateau ein, und
Kagari folgte ihrer weinenden Familie durch den Wald. Vor
Trauer wollte ihr schier das Herz brechen. Große Feuer wurden
entfacht, und die Männer stampften und wiegten sich im Takt
der Trauergesänge. Ihre Gesichter waren weiß bemalt, denn
Weiß war die Farbe des Todes, und im Hintergrund sangen die
Frauen und schlugen mit umwickelten Ästen auf hohle Baum-
stämme. Im Rhythmus der Trommeln verwandelte sich ihre
Trauer in Wut.

Tajatella wirkte mit seinem hohen Kopfschmuck aus Ton
und einer Kette aus Haifischzähnen noch furchterregender als
sonst. Brustkorb, Arme und Beine hatte er mit weißer Farbe
nachgezogen, sodass er in der Dunkelheit wie ein Gerippe aussah. Wild schwang er den Speer in alle Himmelsrichtungen,
schwor blutige Rache und forderte sein Volk auf, gemeinsam
den Feind zu vertreiben.

Nach der Zeremonie versammelten sich alle um die Feuer,
um ein großes Fest zu feiern, das ihnen Kraft geben sollte.
Hunderte und Aberhunderte von Irukandji nahmen daran teil.
Kagari wartete bei den Frauen im Hintergrund, denn den Männern gebührte der Vortritt.

Obwohl die Frauen um Kagari immer noch weinten, sogen
sie gierig den Duft des gebratenen Fleisches ein und hofften,
auch noch etwas abzubekommen. Kagari blieb bei ihnen, obwohl sie nicht hungrig war; sie machte sich Gedanken über die
Zukunft. Gegen die Gewehre würde ihr Stamm nichts ausrichten können. Sie täten besser daran, sich zu verstecken und die
Goldgräber unbehelligt zum Palmer ziehen zu lassen. Nach
dem Goldrausch würden die Weißen vielleicht wieder verschwinden. Aber sie wusste, solche Überlegungen waren sinnlos. Die Irukandji würden kämpfen. So war es immer gewesen,
und nichts würde sie von den Sitten ihrer Vorväter abbringen.

Hungrig griffen die Frauen nach dem Fleisch, das auf den

heißen Kohlen lag, und zogen sich dann zurück, um zusammen zu essen. Den Jägern musste das Glück außerordentlich hold gewesen sein, dachte Kagari. Es gab viel Fleisch, Kängurufleisch vermutlich. Dann sah sie genauer hin und wich entsetzt zurück. Das war kein Kängurufleisch, auch nicht Opossum oder Fisch. Was ihre Stammesangehörigen hier mit solchem Genuss verzehrten, war zweifelsohne Menschenfleisch. Vereinzelt waren noch Arme und Beine zu erkennen. Entsetzt betrachtete sie eine Weile die Essenden, kämpfte sich dann durch die Menge und floh von Ekel geschüttelt in den Busch, wo sie würgend und schluchzend niedersank. Nun erinnerte sie sich wieder: Die Irukandji hatten doch schon immer ihre Feinde gegessen, nicht wahr? hämmerte eine Stimme in ihrem Kopf. Das hast du gewusst. Es war die letzte Demütigung, die man einem Feind antun konnte, und auf sie gründete sich der Furcht einflößende Ruf dieses unbesiegbaren Stammes.

Mit aller Kraft versuchte sie zu vergessen, was sie eben gesehen hatte, doch das Entsetzen wollte nicht weichen. Schluchzend kauerte sie sich im anheimelnden Dunkel des Waldes zusammen. »O mein Gott!«, schrie sie, wobei sie, ohne es zu bemerken, Mrs. Beckmanns Worte benutzte. Sehnsucht nach den glücklichen Tagen mit ihr und dem Käpt'n überkam sie. Was würde sie darum geben, Mrs. Beckmann wiederzusehen!

Luka nickte nur, als Kagari ihr am nächsten Morgen mitteilte, dass sie aufbrechen musste. »Du gehst nun zu den Winden«, sagte sie lächelnd. »Die Geister haben mir eine große Ehre erwiesen.« Aus der Höhle holte sie einen schweren Beutel aus Opossumleder. »Hier, vergiss deine gelben Steine nicht. Damit kannst du den Geistern beweisen, dass du hier gewesen bist.«

»Danke«, erwiderte Kagari, immer noch wie betäubt. Über den Schrecken hatte sie das Gold ganz vergessen.

Schließlich umarmte sie ihre Mutter und die anderen, die sie traurig umringten. Der Abschied wurde jedoch von Meebal unterbrochen, der aufgeregt zu ihr eilte. »Du musst gehen«, stieß er hervor. »Sie sagen, du bist ein böser Geist und hast dieses Unheil aus der Welt des Bösen mitgebracht. Beeil dich, oder sie werden dich töten!«

Kagari zögerte. Es war nicht der richtige Zeitpunkt, um einen Streit anzufangen, aber wenn sie ohne ein Wort aufbrach, würde vielleicht Luka an ihrer Stelle bestraft werden. »Nein«, sagte sie so laut, dass alle es hören konnten. »Das ist nicht wahr. Ich gehe zu den guten Geistern, zu meinem Vater, um Hilfe für die guten Menschen dieses Stammes zu erflehen.« Sie hoffte, diese Behauptung würde ihre Mutter beschützen und die Stammesmitglieder so verunsichern, dass niemand wagen würde, Luka ein Haar zu krümmen.

Luka kreuzte stolz die Arme vor der Brust. »Hört ihr?«, rief sie. »Meine Tochter wird für uns sprechen.«

»Komm weg hier«, zischte Meebal und packte Kagaris Arm. »Ich zeige dir den Weg.« So sicher wie ein Sehender führte der Blinde sie den Hügel hinab, durchwatete Wasserläufe und schob Gebüsch beiseite.

»Ich muss die großen Felsblöcke am Kreuzweg wiederfinden«, sagte sie zu ihm.

»Warum?«

»Dort liegen meine Kleider, die ich tragen muss.«

»Was für Kleider? Wozu musst du sie anziehen?«

Müde schüttelte sie den Kopf. Sie waren schon den ganzen Tag unterwegs, und sie war zu erschöpft, um Erklärungen abzugeben. »Es ist notwendig«, sagte sie deshalb nur.

Endlich blieb Meebal stehen. »Hier halte ich mich oft auf«, erklärte er Kagari. »An dieser Stelle kann ich die Welt draußen sehen.«

»Sehen?«, fragte sie zweifelnd. Sie befanden sich auf einem schroff abfallenden Felsgesims mit Blick auf die Küste.

»Ich spüre den Wind auf meinem Gesicht«, erwiderte er lächelnd, »und rieche das Meer. Nun kenne ich auch die Gerüche der weißen Lager und weiß, dass das Knallen, das ich manchmal höre, Gewehrfeuer ist. Diese Menschen kamen so schnell und in solch großer Zahl, dass unsere Krieger sie nicht aufhalten konnten. Aber dort oben sind wir sicher.«

Sie hoffte von ganzem Herzen, dass er recht behielt.

»Das ist mein Aussichtspunkt«, fuhr er fort. »Dort unten sind die Steine, bei denen wir als Kinder gespielt haben. Wenn du zurückkommst, rufe an dieser Stelle nach mir. Alles spricht zu mir. Ich werde es wissen, wenn du da bist.« Er streichelte ihre Wange.

»Ich werde es erleben, dass du noch einmal kommst. Und später wirst du wegen der gelben Steine wiederkommen. Ihr Zauber wird dich beschützen, nicht wahr?«

»Ja, Meebal, so ist es. Du bist sehr weise, und ich bin glücklich, dass ich dich wiedergefunden habe. Ich bin stolz auf meinen Bruder.«

5

Als Chin Ying aus seinem Zelt trat, fiel sein Blick auf einen Schwarm schwarzgefiederter Currawongs, die mit wütendem Kreischen die weißen Kakadus von ihren Bäumen vertrieben. Seufzend murmelte er: »Das ist der Lauf der Welt.«

Immer wieder stürzten sich die Vögel in wahrem Todesmut herab, bis die Kakadus schließlich unter lautem Protest das Weite suchten.

Als die Currawongs sich triumphierend auf den Ästen niederließen, richtete Chin Ying seine Aufmerksamkeit wieder auf die Erde.

Sie hatten die Bergkette im Norden umrundet, sich dann nach Südwesten gewandt und waren auf die Ebene gekommen. Vom Palmer trennten sie jetzt nur noch ungefähr achtzig Kilometer, doch auf dem flachen Land mussten sie mit weiteren Angriffen der wilden Schwarzen rechnen. Das letzte Wegstück würde also kein Zuckerschlecken werden.

Ying erwog allen Ernstes, Lew vorzuschlagen, die Pferde zu besteigen und um ihr Leben zu reiten, während die Kulis unter der Aufsicht der Yuang-Brüder nachkamen. Doch er wusste, Lew würde sich weigern.

Dieser war noch immer nicht über das Schicksal der beiden Kulis hinweggekommen, die sie, aufgehängt an ihren Zöpfen, an einem Baum vorgefunden hatten. Ihnen fehlten einzelne Gliedmaßen, und klaffende Wunden wiesen darauf hin, dass ihnen große Fleischstücke vom Körper abgetrennt worden waren. Er hatte den Vorfall in seinem Tagebuch verzeichnet, zusammen mit einigen allgemeinen Betrachtungen über den Kannibalismus.

Am letzten Abend waren sie auf einige Reiter gestoßen, die vom Palmer kamen. Es waren anständige Männer, die ihre Goldfelder vorübergehend verlassen hatten, um den Schiffkapitänen in Cooktown schnellstmöglich eine Nachricht an die Beamten in Townsville mit auf den Weg zu geben: Die Lebensmittel wurden knapp. Wie erwartet, waren die ersten Goldsucher unverzüglich zum Palmer aufgebrochen, nachdem sich Mulligans Entdeckung herumgesprochen hatte. Zwar hockten diese Männer nun auf einem Berg aus Gold, aber sie mussten ihre Pferde schlachten und ihre Stiefel kochen, um überhaupt etwas zwischen die Zähne zu bekommen. Welche Ironie des Schicksals – diese Männer waren steinreich und mussten trotzdem in der Wildnis hungern.

Doch Chin Ying freute sich, dass Gold im Überfluss vorhanden war. Allerdings war er fest dazu entschlossen, eines zu vermeiden, nämlich den Kannibalen in die Hände zu fallen. Falls er, so die Götter ihm gnädig waren, den verheißenen Palmer erreichte, wollte er mit seinem Gold nicht auf dem gleichen Weg zurückkehren, auf dem er gekommen war.

Das Schiff hatte ihnen einen beträchtlichen Vorsprung vor dem großen Strom der Goldsucher verschafft, aber nun hatte es seine Schuldigkeit getan. Zurück würde er den Landweg nehmen, in gebührendem Abstand zum Gebiet der Kannibalen. Danach würde es dann an der Zeit sein, die Weichen für seine Zukunft zu stellen. Er hatte Heimweh nach China, seiner geliebten Heimat. Selbstverständlich konnte Fürst Cheong ihm immer noch gefährlich werden, ganz gleich, wo er sich auch niederlassen würde. Aber wenn er in diesem unzivilisierten Land blieb, würden ihm die Weißen sein Lebtag keine Ruhe mehr lassen. Also blieb ihm nur ein Ausweg: Er würde einen anderen Namen annehmen, nach China zurückkehren und ein völlig neues Leben beginnen.

In Stunden der Einsamkeit und Verzweiflung, wenn er unter

Heimweh litt, hatte ihm einzig der Gedanke an die Zukunft Trost gespendet. Und gegen die Gefahren der australischen Wildnis nahmen sich Fürst Cheongs Drohungen harmlos aus. Er würde mit einem neuen Namen nach China zurückkehren und dort leben wie ein englischer Gentleman. Anders als Fürst Cheong würde er sich nicht mit einem großen Hofstaat belasten, der beschützt und ernährt sein wollte. Durch diese altmodische Lebensweise erregte man nur die Missgunst seiner Feinde.

Während seines Aufenthalts in einer britischen Kolonie hatte er in Gesprächen und durch die Lektüre von Zeitungen das europäische Bankensystem kennengelernt. Vermögende Engländer ließen ihr Geld für sich arbeiten, während sie es sich auf ihren Landsitzen gut gehen ließen.

Lew gesellte sich zu ihm. »Wir können aufbrechen. Yuang Pan übernimmt die Führung, und sein Bruder kümmert sich um das Ende des Zuges. Wir beide patrouillieren zu Pferde neben den Kulis, um sie zu decken. Die armen Kerle sind völlig erschöpft, aber ich habe ihnen versichert, dass wir es bald hinter uns haben und dass ein jeder seinen gerechten Lohn in Gold erhält.«

»So soll es sein«, stimmte Ying ihm zu, während sich in ihm alles sträubte, die untergeordnete Stellung eines berittenen Wächters einzunehmen. Doch wenn Lew tatsächlich sein Partner werden sollte, das Aushängeschild des großen Geldinstituts, das er in Hongkong gründen wollte, dann musste er ihn gewähren lassen. Aber Ying betete zum Himmel, dass diese Prüfung bald vorüber sein möge und dass sie heil und gesund in die Zivilisation zurückkehren würden.

Ein Buschfeuer, das von den Aborigines gelegt worden war und den Wald in eine glühende Hölle verwandelte, zwang sie zu einem Umweg und verlängerte die schreckliche Reise um mehrere Tage. Zu diesem Zeitpunkt bekam Ying die Feinde auch zum ersten Mal zu Gesicht, riesige schwarze Männer, auf deren glänzenden Körpern sich die glühende Feuersbrunst spiegelte. Sie trugen die Federn des weißen Kakadu im Haar. Drei von ihnen näherten sich ihm bis auf hundert Meter, und beim Anblick ihrer herausfordernden Haltung erstarrte er vor Angst. Fast kam es ihm vor, als wollten sie ihn zu einem Angriff verleiten. Doch bevor er Yuang Pan zurufen konnte, er solle auf sie schießen, waren sie wie vom Erdboden verschluckt. Wie ihnen das gelungen war, konnte er sich nicht erklären. Die Eingeborenen wirkten, als seien sie nicht von dieser Welt. Ihr Volk, das ebenso alt und ebenso unberührt von der westlichen Zivilisation war wie seines, schien über magische Kräfte zu verfügen.

Doch als er versuchte, Lew seinen Eindruck zu schildern, widersprach dieser heftig.

»An ihnen ist nichts Besonderes, außer dass ihnen das Land vertraut ist und uns nicht. Außerdem sind sie Kannibalen, und das allein reicht schon aus, um einem eine Gänsehaut über den Rücken zu jagen.«

Als sie schließlich an das Ufer des Palmer River stolperten, waren sie völlig erschöpft. Ying war so abgemagert, dass ihm die zerfetzten Kleidungsstücke am Körper schlotterten. Er hatte sich wundgeritten und war am Ende seiner Kräfte.

Lew dagegen wirkte noch verhältnismäßig munter, und während Ying sich von seinem Diener frisches Wasser bringen und das Zelt aufstellen ließ, brach er zu einem Rundgang auf. Er wollte feststellen, ob der Palmer seinem Ruf auch gerecht wurde. Trotz seiner Erschöpfung wandte Ying sich einer vordringlicheren Aufgabe zu: Vier der Kulis waren auf dem Weg zusammengebrochen und hatten auf notdürftig zusammengezimmerten Tragen durch den Busch geschleppt werden müssen. Diese Leute hatten ihre Schuldigkeit getan, und in Lews Abwesenheit wollte Ying mit Yuang Pan das weitere Vorgehen besprechen. Zwei der Kranken sollten mittels einer »Kräutermedizin« von ihrem Leiden erlöst werden. Den beiden anderen würden sie erklären, dass sie das gleiche Schicksal ereilte, wenn sie nicht unverzüglich wieder auf die Beine kämen.

Ein bösartiges Lächeln umspielte Ching Yings Lippen, als Yuang Pan losging, um seine Anordnung auszuführen. Schon Fürst Cheong hatte auf diese Weise so manchem Drückeberger zu einer überraschend schnellen Genesung verholfen, und man konnte davon ausgehen, dass es auch diesmal wirken würde. Dann legte Ying sich in sein Zelt und wartete auf Lews Rückkehr. Jetzt kam die Stunde der Wahrheit, und nur der Palmer wusste, ob sie wohlhabend oder unermesslich reich heimkehren würden. Um seine innere Unruhe zu besänftigen, leerte er einen Becher Wein nach dem anderen. Wenn er sich verschätzt hatte, war diese entsetzliche Reise umsonst gewesen, und er musste möglicherweise noch Jahre in diesem Land bleiben, bis er wieder zu einem Vermögen gekommen war.

Lew, der in sein Zelt polterte, erlöste ihn aus seiner Schwermut. Er war so aufgeregt, dass er das Zelt beinahe umgerissen hätte. »Wir haben's geschafft, Ying! Du hast recht gehabt. Hier gibt es Gold im Überfluss und alles von bester Qualität. Der Fluss ist voll davon. Der Regierungsbeauftragte sagt, sie schaffen es tonnenweise fort. Kannst du dir das vorstellen? Nicht pfundweise, sondern in Tonnen!«

Ying war noch nicht ganz überzeugt. »Es sind schon so viele Goldsucher hier. Und ich hatte gehofft, dass wir unter den Ersten sind. Ist für uns überhaupt noch etwas übrig?«

»Keine Sorge! Bis jetzt gibt es nur wenige Lager, und der Fluss ist lang. Sie sammeln das Gold eimerweise ein. Hörst du, was ich sage? Man muss es einfach nur aufsammeln!«

Erleichtert ließ Ying sich zurücksinken. »Trink einen Schluck Wein. Ich glaube, ich bin schon ein wenig beschwipst, aber nun, da wir Grund zum Feiern haben, will ich mich richtig betrinken. Und morgen führst du mich herum, damit ich das Wunder mit eigenen Augen sehe. Auf unseren Fluss voller Gold! Und möge der Segen der Götter auf Mr. Mulligan ruhen!«

»Amen.«

Lächelnd hob Lew sein Glas. »Auf Mr. Mulligan!« Gemeinsam berechneten sie, dass sie mit ihren Kulis zwanzig Claims abstecken konnten, die sie unter verschiedenen Namen eintragen lassen würden. Für jeden erschöpften Claim würden sie einfach ein Stück flussabwärts einen neuen abstecken.

»Ein Goldsucher hat mir erzählt, er hätte an einer flachen Stelle die Nuggets wie Erbsen aufgeschaufelt«, rief Lew begeistert aus. »Es ist unvorstellbar.«

Am folgenden Tag steckten sie an einer einsamen Stelle ihre Claims ab und machten sich an die Arbeit. Lew konnte seine Begeisterung kaum zügeln, und auch Ying legte selbst mit Hand an. Fröhlich watete er barfuß durch das warme Wasser, siebte Sand und klaubte Steine auf. Seine Entscheidung war gefallen. Nach Hongkong würde er als Herr Wong Sun Lee zurückkehren, mit Papieren, die er sich bei einer entsprechenden Adresse in Brisbane besorgen wollte. Dann würde er sich einen angemessenen Herrensitz kaufen und Verbindung zu Finanzberatern aufnehmen. Diese sollten ihm helfen, eine florierende Reederei aufzubauen, die er Pan Pacific Company nennen wollte. Sie würde unter der Leitung eines vertrauenswürdigen Gentleman stehen, eines Mannes, dem sowohl die chinesische Lebensart vertraut war als auch die britische. Nun musste er nur noch Lew Cavour überreden, mit ihm nach China zurückzukehren. Denn niemand war besser dazu geeignet, seine Reederei zu leiten, als er.

6

Bei ihrer Rückkehr nach Cooktown musste Diamond feststellen, dass sich die ganze Gegend verändert hatte. In der Flussmündung drängten sich Schiffe, und am Ufer türmten sich Unmengen von Waren. Aus allen Ecken drang der Lärm von Hämmern und Sägen. Pferdegespanne zogen Balken hinter sich her, um die Hauptstraße zu ebnen, und überall herrschte ein reges Treiben. Diamond staunte, wie viele Pferde diese unternehmungslustigen Leute in der kurzen Zeit herbeigeschafft hatten, aber noch mehr verwunderte sie die Anzahl der Chinesen. Inzwischen schien es mehr von ihnen zu geben als Weiße. Hunderte von gut gekleideten Männern, die so ähnlich aussahen wie Mr. Chin, füllten die Straße. Ihnen folgten die Kulis, die sich, gebeugt unter der Last ihrer Bündel und Körbe, einen Weg durch das lärmende Getümmel bahnten.

Endlich hatte Diamond das kleine Verwaltungsgebäude gefunden und zwängte sich durch die schwitzenden Menschen, die vor der Tür herumstanden. Im Inneren herrschte eine glühende Hitze, und als Diamond aufblickte, erkannte sie auch, warum. Das Haus hatte ein Dach aus Wellblech, das inzwischen so heiß geworden war, dass man ein Ei hätte darauf braten können. Diese Leute werden es nie lernen, dachte sie, wobei sie das kühle Blätterdach eines Gunyah im Land der Irukandji vor Augen hatte. Dennoch fühlte sie sich nicht als Außenseiterin zwischen all den seltsam gekleideten Männern und Frauen. Die Kleider, die Diamond im Busch zurückgelassen hatte, waren von oben bis unten mit Schimmel bedeckt gewesen. Deswegen hatte sie sie in einem Bach auswaschen müssen, und jetzt waren sie völlig zerknittert. Doch als sie sich umsah, stellte sie fest, dass es offenbar nicht nur ihr so ergangen war, denn ein modriger Geruch lag in der Luft.

Das Regierungsbüro diente eigentlich eher als Nachrichtenbörse, und so dauerte es nicht lange, bis sie erfuhr, dass Lew und Mr. Chin Cooktown schon vor einiger Zeit verlassen hatten. Also machte sie sich auf die Suche nach der Familie Bourke. Jim Bourke baute gerade seinen Laden. Er hatte sich überlegt, dass er in diesem neuen Städtchen als Krämer am schnellsten zu Wohlstand kommen würde. Seine Frau war mit dem Schiff zurück nach Townsville gefahren, um Waren einzukaufen.

Marie Bourke freute sich, Diamond wiederzusehen. »Diamond! Wo bist du gewesen? Wir haben uns solche Sorgen gemacht!«

»Ich bin in den Bergen herumgestreift«, antwortete sie vorsichtig. Ihr Gold hatte sie vergraben, damit es nicht in die falschen Hände geriet.

»Was für ein Glück, dass sie dich nicht einen Kopf kürzer gemacht haben«, meinte Jim Bourke. »Diese Schwarzen sollen ja wahre Teufel sein.«

»Was ist mit deinem Volk? Hast du es gefunden?«, erkundigte sich Marie.

Diamond schüttelte den Kopf. Vielleicht würde es gefährlich für sie werden, wenn die Leute herausfanden, dass sie eine der hiesigen Aborigines war. Man konnte schließlich nicht wissen, wie die Weißen das aufnehmen würden. »Nein, aber ich habe eine ganze Menge Eingeborene getroffen, die sehr freundlich zu mir waren. Ich verstehe nicht, warum sich alle so aufregen.«

»Na, du hast eben die richtige Hautfarbe«, meinte Jim Bourke.

»Kann ich Ihnen helfen, Mr. Bourke?«, fragte Diamond. »Die Arbeit wächst Ihnen ja über den Kopf!«

»Arbeit habe ich mehr als genug, aber zahlen kann ich nicht.«

»Ich brauche keinen Lohn, nur ein Dach über dem Kopf. Ich könnte für Sie Fische fangen …«

»Abgemacht«, schlug er ein.

Im Augenblick konnte sie mit ihrem Gold noch nichts anfangen. Wenigstens nicht, bis die ersten Männer mit ihren Funden vom Palmer zurückkehrten. Wenn sie das Gold jetzt schon herumzeigte, würden sich alle auf sie stürzen wie ein Rudel Dingos, um herauszufinden, woher sie es hatte. Und dann konnte es gefährlich für sie werden, da jeder daraus schließen konnte, dass sie nicht bei den Goldfeldern gewesen war. Am besten wartete sie also ab, bis Mr. Chin zurückkehrte, ehe sie unter seinem Schutz die Rückreise in den Süden antrat.

Marie Bourke hatte ihre Reisetasche aufbewahrt, sodass Diamond sich umziehen konnte. Darin befand sich auch die Geldbörse mit ihren Ersparnissen aus der Zeit in Mr. Chins Haus. Das würde für eine Weile reichen.

Jim Bourke deckte seinen Laden nicht mit Wellblech, sondern mit einem Dach aus Schindeln. Den Fußboden ebnete er ein, indem er den Staub einiger verlassener Termitenhügel mit Wasser vermengte und dann feststampfte. Schließlich malte er sein Ladenschild. Als seine Frau zurückkehrte, war alles fertig. Stolz führte er sie durch den Laden und die dahinterliegenden kleinen Wohnräume. Doch anstatt sich mit ihm zu freuen, kochte Mrs. Bourke vor Wut. »Was bist du doch für ein Trottel! Warum hast du das nicht verhindert?«

Mit diesen Worten wies sie auf das Nachbarhaus, ein ebenfalls neuerrichtetes Gebäude mit einer langen Veranda; davor hing ein Schild, das die schlichte Aufschrift »Zimmer frei« trug.

»Was stört dich daran?«, fragte Jim unschuldig. Diamond musste kichern. Jim wusste ebenso gut wie sie, dass die Frauen, die sich dort auf den Bänken räkelten, Prostituierte waren und dass dieses Haus von einer schwatzhaften blonden Frau namens Glory Molloy geführt wurde.

»Willst du mich für dumm verkaufen, Jim Bourke? Du weißt genau, wie diese Frauen ihr Geld verdienen. Und ich verlange, dass du sie fortschickst.«

»Und wie soll ich das machen?«, fragte er. »Außerdem werden sie bei uns einkaufen.«

Und so begann die Fehde zwischen Glory Molloy und Mrs. Bourke. Glory setzte sich durch und blieb da; und ihr Geschäft gedieh ebenso wie das der Bourkes.

Während die Mädchen sangen und tanzten, saß Glory mit ihrer Kasse auf der Veranda und beobachtete zufrieden die Männer, die kamen und gingen. Manchmal verließ Diamond ihren Schuppen im Hof der Bourkes und gesellte sich zu Glory, die viel zu erzählen hatte.

»Warum lebst du dort drüben wie eine Dienstmagd?«, fragte Glory. »Ein Prachtweib wie du könnte sich bei uns eine goldene Nase verdienen. Die Männer mögen farbige Frauen.«

»Ich weiß«, antwortete Diamond lachend. »Danke, nein, ich will nicht lange hierbleiben. Ich warte nur noch auf jemanden, der mich zurückbegleitet.«

»Bist ein kluges Mädchen«, meinte Glory. »Für die Seeleute auf dem Schiff wärst du ein gefundenes Fressen, und glaub bloß nicht, die würden dir was zahlen!«

In einer der darauffolgenden Nächte hörte sie das Lachen. Es war jenes Lachen, das sie seit ihren Jugendtagen nie mehr vergessen hatte. Glory erklärte ihr, der Mann sei ein guter Kunde, der gerade mit Taschen voller Gold vom Palmer zurückgekommen sei. Nur mit Mühe konnte sich Diamond beherrschen. Doch nach dem Gespräch mit Glory richtete sie es so ein, dass sie ihm über den Weg laufen musste. Dabei fasste sie an das Messer, das sie noch immer am Bein trug, denn auch jetzt fürchtete sie sich vor ihm. Als er sie ansprach, zitterte sie am ganzen Leibe, aber sie musste sich zuerst vergewissern.

»Billy Kemp heiß ich«, sagte er grinsend. »Billy Kemp, der als einer der Ersten am Palmer sein Glück gemacht hat. Meine Güte, du hast ganz schön was zu bieten! Erzähl mir bloß nicht, Glory, dass diese Augenweide nicht für dich arbeitet.«

Er lehnte sich gegen eine Mauer und schwenkte seine Whiskyflasche. »Wie viel? Ich zahle, was du willst.«

»Haben Sie schon immer nach Gold gesucht, Billy?«, fragte Diamond in unbeteiligtem Ton.

»Hat man so was schon gehört?« Billys Grinsen erstreckte sich über das ganze Gesicht. »Spricht wie 'ne Dame.« Lachend verbeugte er sich. »Nein, Mylady, ich war Seemann. Als unser morscher Kahn gekentert ist, hab ich mir gesagt, Billy, jetzt ist Zeit, dass du aufhörst. Schließlich kommen die Haifische nicht zu dir ins Haus, also bleibst du besser auch von ihrem Meer weg.«

»Ihr Schiff ist untergegangen?«, hakte Diamond nach. »Da haben Sie aber großes Glück gehabt. Wie hieß es denn?«

»Das Schiff? Ach, das war die *White Rose*. War'n verdammt guter Kahn. Ich war Erster Maat, und unser Käpt'n Beckmann, Friede seiner Seele, hat mich wie seinen Bruder behandelt ...« Während Billy weiterredete, betrachtete Diamond den Mann, der sie überfallen hatte. Niemals würde sie diese entsetzlichen Minuten vergessen, in denen sie befürchtet hatte, dass die beiden Seeleute sie ertränken wollten. Mochte er den Schiffbruch auch überlebt haben, Kagaris Rache würde er nicht entrinnen. Glory Molloy unterbrach seinen Redeschwall. Sie musste ihn zu den anderen Mädchen lotsen, bevor er sich nur noch mehr auf Diamond versteifte. Sie hakte ihn unter, sodass sein Arm ihre Brüste streifte. »Sie haben ja wirklich ein aufregendes Leben geführt, mein Süßer! Erzählen Sie Ihrer Glory doch mal, wie Sie es geschafft haben, als einer der Ersten am Palmer anzukommen?«

»Köpfchen, mein Goldstück. Ich hab mich mit 'nem Viehzüchter zusammengetan, einem gewissen Buchanan, der außerdem auch 'n hohes Tier ist. Gemeinsam haben wir 'ne vernünftige Ausrüstung zusammengestellt. Am wichtigsten war das Boot, das ich uns gezimmert habe, damit wir nicht durch die Flüsse aufgehalten wurden. Die anderen haben gedacht, ich spinne, aber wer zuletzt lacht, lacht am besten.« Als er sich schon mit Glory zum Weggehen wandte, trat Diamond noch einmal auf ihn zu. »Wie hieß der Viehzüchter, Billy? War es Buchanan? Buchanan von der Caravale-Farm?«

»Ja, genau, Ben Buchanan. Kennst du ihn?« Er stieß Glory in die Seite. »Hab gehört, schwarze Miezen sind sein Ein und Alles.«

»Ja, ich kenne ihn«, antwortete Diamond mit klopfendem Herzen. »Wo kann ich ihn finden? Hat er Sie hierher begleitet?«

»Nein, der arme Teufel ist am Palmer geblieben. Diese Sorte Kerle hat einfach keinen Mumm in den Knochen«, erklärte er Glory. »Als Großgrundbesitzer brauchte er zu Hause keinen Finger krumm zu machen, und am Palmer hat er sich dann übernommen.«

»Oh, der arme Kerl«, meinte Glory mit geheuchelter Anteilnahme. »Ist er tot?«

»Nein, ich hab doch schon gesagt, er ist immer noch am Palmer, aber, um ehrlich zu sein, bei dem ist im Oberstübchen was durcheinandergeraten. Hat sich im Busch vergraben und sucht nicht einmal mehr nach Gold. Als ich ihn zuletzt gesehen habe, war er jedenfalls noch am Leben. Vielleicht liegt er jetzt schon unter der Erde. Wie es so schön heißt, wenn einer nicht will, dann ist auch der liebe Gott machtlos. Ich für meinen Teil hab ihn aufgegeben.«

Während Glory mit Billy weiterging, starrte Diamond den beiden nach. Diesmal war dieser unverschämte Seemann noch einmal mit dem Leben davongekommen; was sie gerade über Ben Buchanan erfahren hatte, war viel wichtiger. Beim Gedanken an ihn traten ihr die Tränen in die Augen. Jetzt hatte er niemanden mehr, der sich um ihn kümmerte. Zwar wusste sie noch nicht, wie sie es anfangen sollte, doch ihr war klar, dass sie ihm helfen musste. Allerdings musste sie auf dem Weg zum Palmer das Land der Irukandji durchqueren, und allein bei dieser Vorstellung kroch ihr eine Gänsehaut über den Rücken. Wenn sie den Aborigines in die Hände fallen sollte, würde das ihren sicheren Tod bedeuten, einen grausamen, qualvollen Tod. Meebal hatte recht daran getan, sie zurückzuschicken, denn die Stammeshäuptlinge würden keine Gnade zeigen, besonders jetzt, da immer mehr Goldsucher in ihr Land eindrangen.

Meebal. Er hatte vorausgesagt, dass sie sich in diesem Leben wiedersehen würden. Diamond konnte über seine Weisheit nur staunen. Meebal würde sie führen.

»Blinde Augen können sehr nützlich sein«, sagte Meebal. »Die Nacht unterscheidet sich für mich nicht vom Tag.« Zwar hielt er nicht viel von ihrem Vorhaben, doch die Herausforderung reizte ihn. Meistens schlichen sie im Schutz der Dunkelheit voran und setzten ihren Weg nur dann tagsüber fort, wenn Meebal sicher war, dass sie nicht auf Gruppen von Kriegern stoßen würden, die es darauf abgesehen hatten, jeden Eindringling abzufangen. Ein paarmal überquerten sie die Pfade der Goldsucher, und hin und wieder sahen sie eine kleine Gruppe Männer, die sich mit ihren Lasten langsam voranquälten. Meebal führte sie mühelos über die Berge und benutzte dabei Pfade und Pässe, die auch den Goldsuchern den Weg beträchtlich erleichtert hätten, wären sie ihnen nur bekannt gewesen. Nach drei Tagen, also weitaus schneller als erwartet, stießen sie im Süden auf die markierte Route der Goldsucher, die um die Berge herumführte. »Hier liegt das Land der Merkin«, erklärte ihr Meebal. »Weiter darf ich nicht gehen. Außerdem kenne ich diese Gegend nicht mehr. Die Merkin waren schon immer verschlagen und grausam, doch jetzt haben sie noch mehr unter den vielen Eindringlingen zu leiden als unser großes Volk.«

»Vielleicht kann ich mich weißen Männern anschließen«, meinte sie, obwohl diese Aussicht auch nicht gerade beruhigend war.

»Die Gruppe, die wir gesehen haben, ist zu weit nach Westen abgekommen, und du müsstest das freie Land durchqueren, um sie zu erreichen.« Er lächelte bedauernd. »In der Nacht würdest du dich verlaufen, und außerdem müsstest du dann noch einen kleinen Fluss überqueren, bevor du auf den Fluss triffst, nach dem du suchst.«

»Dann muss ich mich eben beeilen«, sagte sie. »Ich wünschte, ich hätte einen Revolver mitgebracht.«

»Kannst du denn überhaupt damit umgehen?« Er war erstaunt.

»Natürlich, das ist nicht schwer.«

»All diese wundersamen Dinge, die du gelernt hast!«, seufzte er. »Ich glaube, einem kleinen Menschen, der allein unterwegs ist, kann es gelingen, den Merkin aus dem Weg zu gehen. Sie sind viel zu beschäftigt, nach den Eindringlingen Ausschau zu halten, um sich um ein kleines Irukandji-Mädchen zu kümmern. Sie sprechen die gleiche Sprache wie wir. Wenn du ihnen begegnen solltest, sagst du ihnen, dass du die Tochter des großen Häuptlings Tajatella aus den Bergen bist. Und drehe ihnen niemals den Rücken zu. Sicher behandeln sie dich ebenso höflich wie du sie, aber trotzdem musst du bei der ersten Gelegenheit fliehen.«

Diamond machte sich zum Aufbruch bereit.

»Die Sonne brennt mit voller Kraft«, fuhr Meebal fort. »Wenn du Wasser findest, dann trink so viel du kannst. Um dich zu stärken, iss nichts anderes als diese Nüsse.«

»Meebal, beantworte mir noch eine Frage, bevor ich gehe. Ist Mutter wirklich in Sicherheit?«

»Ich habe dir die Wahrheit gesagt. Luka verachtet deine Peiniger und spuckt auf sie. Und sie hat eine große Familie.«

»Dann bin ich froh.«

»Ich bleibe in dieser Gegend«, sagte er, »und warte auf dich.«

»Das ist lieb von dir, Meebal. Und es tut gut zu wissen, dass du auch diesmal mit meiner sicheren Rückkehr rechnest.«

Aber er schüttelte den Kopf. »Diesmal weiß ich es nicht, Schwester. Ich habe Angst um dich. Doch die Zeit bedeutet mir nichts, und ich werde warten, bis die Geister mir sagen, dass du nicht mehr kommst.«

Bevor Diamond zu ihrem Querfeldeinlauf durch das offene Gelände aufbrach, legte sie die hinderlichen Kleider ab und hängte sie sich in einem Beutel um die Schulter. Nur mit einem Lendenschurz bekleidet, machte sie sich dann auf den Weg.

Ihre langen Beine verfielen in einen gleichmäßigen Rhythmus, während sie der Sonne entgegenstrebte. Dabei dachte sie nur an Meebals Ermahnung, keinen Lärm zu machen und sich von der brennenden Sonne nicht beirren zu lassen.

Da sie ihre Umgebung unausgesetzt im Auge behielt, bemerkte sie die Gruppe von Frauen und Kindern vom Stamm der Merkin, die sich auf dem Weg nach Norden befanden, rechtzeitig. So konnte sie sich hinter einigen dürren Bäumen verstecken und die Zeit nutzen, um wieder zu Atem zu kommen. Immer, wenn sie auf den Seitenarm eines Flusses stieß, tauchte sie ihren erhitzten Körper in das kühle Wasser. Nachts verbarg sie sich im hohen Gras und schlief jedes Mal sofort ein, ohne auch nur einen Gedanken an Schlangen zu verschwenden. Wecken ließ sie sich vom Ruf der Kookaburras und war unterwegs, noch ehe der Morgen graute.

Schließlich kam sie an den ersten Fluss. Sie schwamm ans andere Ufer und wandte sich dann auf die Berge zu, die sie vom Flusstal des Palmer trennten. In dieser Nacht wagte sie nicht, sich schlafen zu legen, denn die Berghänge wurden von den Lagerfeuern der Merkin erhellt. Angsterfüllt verbarg sie sich im hohlen Stamm eines alten Baums. Am Morgen kroch sie vorsichtig von einem Versteck zum nächsten. Sie hatte nicht das geringste Bedürfnis, den Merkin über den Weg zu laufen. Aus dem Gebüsch hörte sie von Zeit zu Zeit ihre Stimmen, später verloren sich ihre Rufe in der Ferne.

Als sie die ersten Pferde wiehern hörte, wusste sie, dass der Palmer nicht mehr fern war. Dieser Laut machte ihr noch einmal bewusst, dass sich die Weißen niemals vor den Aborigines verstecken konnten, obwohl sich die Eingeborenen über das Geräusch wundern würden, weil Pferde ihnen unbekannt waren. Diamond zog Rock und Bluse an, steckte ihr Haar hoch und ging zu der Koppel. Jetzt sah sie aus wie ein ganz gewöhnliches »zahmes« Eingeborenenmädchen in den Kleidern ihrer Missus. Niemand nahm von ihr Notiz, als sie zwischen den Zelten hindurch zum Flussufer ging. Wahrscheinlich dachten die Männer, sie würde zu einem von ihnen gehören.

In der Umgebung der Schürfstellen waren Hunderte von

Zelten aufgeschlagen. Sie bekam Angst, als sie hörte, dass diese Ansiedlung »Oberes Camp« genannt wurde. Eigentlich hatte sie sich vorgestellt, alle Goldsucher wären beieinandergeblieben. Doch nun gab es offenbar noch zahlreiche andere Lager.

Von einem Beamten im Zelt des Regierungsbeauftragten erfuhr sie, dass Lew Cavours Gruppe ein Stück weiter flussaufwärts schürfte, doch von einem Ben Buchanan hatte niemand etwas gehört. »Vielleicht ist er unten in Palmerville«, meinte der Beamte. »Die meisten, die auf dem Landweg gekommen sind, sind gleich dort geblieben.«

»Und wo liegt Palmerville?«

»Ungefähr fünfundvierzig Kilometer flussabwärts.«

Als sie zum Pfad am Flussufer hinunterging, fühlte sie sich unendlich einsam. War Ben noch am Leben? Wie würde er sie empfangen? Würde er sie beschimpfen? Außerdem hatte Billy Kemp womöglich gelogen, und Ben war gar nicht mehr hier. Die Sonne brannte erbarmungslos vom Himmel, und dichte Schlingpflanzen, deren Ranken schwer wie Blei waren, behinderten ihren Weg. In ihrem Kopf dröhnten Stimmen, die ihr rieten, diese ungewisse Suche aufzugeben und umzukehren.

»Jetzt hast du es leicht«, zischten sie ihr ins Ohr. »Lew Cavour und Mr. Chin sind hier. Bei ihnen bist du garantiert in Sicherheit. Du kannst dich bei ihnen ausruhen, solange du willst.«

Eine Stimme kam ihr besonders vertraut vor – das laute Zetern von Mrs. Buchanan. »Hände weg von meinem Sohn, du schwarze Hexe!«

Doch ausgerechnet diese Stimme trieb sie an, weiterzugehen. Anstatt sie einzuschüchtern, schürte sie ihren Widerspruchsgeist und damit auch ihre Kraft.

Ohne Vorwarnung stand sie plötzlich vor einem einsamen Zelt, und ein bärtiger Goldsucher grinste ihr freundlich entgegen. »Sieh mal einer an, was haben wir denn da an Land gezogen? Hast du dich verlaufen, Kleine?«

»Eigentlich nicht. Ich will nach Palmerville«, sagte sie.

»Du siehst aber reichlich mitgenommen aus. Komm, trink mit mir eine Tasse Tee. Ich wollte sowieso gerade meine Pfeife

rauchen, und ein bisschen Gesellschaft wäre mir da gerade
recht.« Dankbar nahm sie den süßen, starken Tee entgegen.

»Ich muss heute Abend selbst noch nach Palmerville rüber«,
sagte er. »Wenn du ein Weilchen wartest, nehme ich dich mit.
Besonders angenehm ist es da ja nicht gerade, vor allem, wo sie
jetzt diese Wahnsinnspreise verlangen. Hätte nie gedacht, dass
ich noch den Tag erlebe, wo ein einfacher Nagel in Gold aufge-
wogen wird.« Er zog heftig an seiner Pfeife. »Vor allem hätte
ich nie gedacht, dass ich das auch freiwillig bezahle. Aber dieser
alte Fluss hier, der hat mich reich beschenkt. Ich komme aus
London und habe alles verkauft, damit ich hier Gold suchen
kann. Mein Gott, was haben die Leute mich ausgelacht! Für
verrückt erklärt haben sie mich. Aber wenn ich zurückkomme,
dann ziehen sie lange Gesichter. Wenn ich überhaupt noch mal
zurückkehre. Dieses Brisbane hat mir eigentlich ganz gut gefallen. Ich habe …«

Diamond hatte sich einen Platz im Schatten ausgesucht und
versuchte den Worten des Alten zu folgen, während sie sich
erschöpft gegen einen Baumstumpf lehnte. Doch nach wenigen
Sekunden sank sie in einen tiefen Schlummer.

Jeder kannte den Einsiedler, und alle wiesen sogleich auf seine
abgelegene Hütte.

»Er hatte 'nen Kumpel dabei«, erklärte ihr einer der Goldsu-
cher, »und hat sich abgerackert, um den armen Kerl wieder auf
die Beine zu bringen, aber der Arme ist schließlich abgekratzt.
Der Einsiedler hat das überhaupt nicht bemerkt. Erst als die
Leiche anfing zu stinken, haben es die anderen gerochen. Mit
Gewalt mussten sie ihn rausholen, und die ganze Zeit hat der
Einsiedler gejammert und geplärrt, als ob sie ihn ermordet hät-
ten.«

»Er will keinen Besuch«, warnte sie ein anderer. »Aber er ist
harmlos.« Er lachte. »Wenigstens seit er keine Munition mehr
hat. Er bleibt lieber allein und redet mit seiner Töle.«

Als Erstes begegnete ihr Bens Schäferhündin Blue. Als sie
Diamond entdeckte, stellte sie die Ohren auf und verharrte an-
griffsbereit. Diamond hockte sich hin und versuchte die Hün-

din zu streicheln, doch diese wich zurück und fletschte die Zähne. Offensichtlich hatte sie Diamond vergessen. Vorsichtig rutschte sie näher an das Tier heran. Da hörte sie aus der Blätterhütte ein Geräusch. »Ben«, rief sie. »Ben Buchanan. Ruf den Hund zurück! Komm raus, Ben!«

Auf diesen Ruf hin kam ein Mann mit drohend erhobenem Stock ins Freie gehumpelt, und die Hündin begann aufgeschreckt mit einem wütenden Gebell. Währenddessen musterte Diamond fassungslos die Gestalt, die da vor ihr stand. War dieser schmutzstarrende, gebeugte Mann mit den verfilzten Haaren und dem Bart, der fast das ganze Gesicht bedeckte, tatsächlich Ben Buchanan? »Was habt ihr hier zu suchen«, brüllte er. »Schert euch weg, ihr Diebesgesindel!« Er dachte wohl, sie sei nicht allein gekommen. »Ich bin's, Ben«, sagte sie gefasst. »Diamond. Ich tu dir nichts.« Unstet suchten seine Augen die Gegend ab. Ein böses Lächeln umspielte seine Lippen. »Mir kann keiner was antun. Wer mein Land betritt, der kann was erleben!« Trotzdem drehte er sich unvermittelt um und ging zurück in die Hütte. Sie hörte ihn reden, als würde er jemandem von dem seltsamen Vorfall berichten.

Diamond, die aufgestanden war, trat auf die Hündin zu. »Sitz, Blue«, befahl sie, wobei sie mit dem Finger auf den Boden deutete. Das Tier weigerte sich zwar, ihr zu gehorchen, ließ Diamond aber vorbei und heftete sich an ihre Fersen.

In der Hütte türmte sich neben wild wuchernden Grasbüscheln jede Menge Unrat. An der einzigen soliden Wand stand ein Feldbett. Neben dem Bett hockte Ben und schien sich mit der leeren Matratze zu unterhalten. Diamond, die am Eingang stehen geblieben war und ihn ungläubig anstarrte, beachtete er nicht.

»Ich bin Diamond«, wiederholte sie. »Und ich soll für dich arbeiten.«

Als er nicht widersprach, begann sie, aufzuräumen. Wenn er sich erst einmal an sie gewöhnt hatte, würde er ihr vielleicht auch erlauben, ihn zu versorgen. So verkommen diese Hütte auch sein mochte, für sie zählte nur, dass sie Ben endlich gefunden hatte. Später würde sie ihn nach Hause bringen – wenn er dann noch lebte. Er war sehr krank und außerdem furchtbar abgemagert.

Im Laufe der Wochen erholte sich Ben Buchanan. Bei einem chinesischen Kräuterkundigen hatte Diamond eine Medizin gekauft, mit der sie ihn ruhigstellen konnte. Auf diese Weise war es ihr möglich, wieder Ordnung in sein Leben zu bringen. Er betrachtete sie als seine Dienstmagd, die ihn wusch und fütterte, ihm die Haare schnitt und ihn rasierte. Doch ihr versetzte es einen Stich ins Herz, wenn sie seine eingefallenen Wangen und seine kränkliche Gesichtsfarbe sah. Seit er die Medizin nahm, war sein irrer Blick einer dumpfen Benommenheit gewichen. Also senkte sie die Dosis, die sie ihm in seinem Tee verabreichte.

Eines Tages fuhr er plötzlich auf, und als er sie anblickte, erkannte er zum ersten Mal, wen er vor sich hatte. »Was tust du hier?«, fragte er.

»Ich sorge für dich«, sagte sie fröhlich. »Ihr Buchanans könnt einfach nicht ohne Haushälterin auskommen.«

»Wir Buchanans«, wiederholte er, als ob dieser Name aus einer fernen Vergangenheit stammte. Dann sprang er mit einem Satz hoch und begann, unter seinem Bett zu kramen. »Du willst doch nur mein Gold.« Als er nicht fand, was er suchte, schrie er: »Mein Gold! Du hast mein Gold gestohlen!« Er griff nach seinem Stock und schwang ihn in ihre Richtung. Diamond wand ihm jedoch die Waffe aus der Hand und schob ihn zurück aufs Bett. »Geh wieder ins Bett«, befahl sie streng, als ob sie zu einem unartigen Kind sprechen würde.

»Mein Gold«, schluchzte er. »Du Hexe, du hast mein Gold gestohlen!«

Von Gold hatte sie bei ihm bisher keine Spur gesehen. »Wo hast du es denn versteckt?«

»Unter dem Bett«, jammerte er. Wenn er dort tatsächlich Gold versteckt gehabt hatte, dann war es schon längst nicht mehr da. Jeder hätte es sich nehmen können, wenn er beim Wasserholen war. Vielleicht hatten es auch die Männer eingesteckt, die den Leichnam fortgebracht hatten. Sie fragte sich, welche Ereignisse Ben so verändert hatten. Wahrscheinlich war die Krankheit daran schuld und vielleicht auch das Fieber, das die Weißen bekamen, weil sie die Hitze nicht vertrugen. In diesem Tal wehte nie auch nur der kleinste Windhauch. Damit Ben nicht noch einmal zusammenbrach, musste sie ihn fortbringen, sobald er sich einigermaßen erholt hatte. Sie selbst würde auch erst wieder aufatmen können, wenn sie diesen Ort verlassen hatte.

Ben schimpfte und jammerte den ganzen Tag, doch als sie ihm am Abend eine schmackhafte Fischmahlzeit vorsetzte, griff er hungrig zu. »Mir geht es schon wieder besser«, meinte er. »Morgen suchen wir Gold, und du kannst mir helfen. Sicher finden wir noch mehr.« Aufgeregt griff er nach ihrem Arm. »Ich werde reich, und Darcy kann die Farm führen. Mich braucht er dann nicht mehr.«

Traurig erkannte Diamond, dass sein Geist noch immer verwirrt war. Und dies bestärkte sie in ihrem Entschluss, ihn so bald wie möglich vom Palmer fortzubringen. Allerdings musste sein Fuß erst einmal heilen. Sie wusch das eiternde Geschwür jeden Tag aus, doch noch immer klafften große Löcher in seinem Fleisch. Eines Tages waren die Wunden sicher verheilt, aber tiefe Narben würden zurückbleiben. Augenblicklich konnte er jedenfalls keine weite Strecke laufen, selbst mit seinem Stock humpelte er nur mühsam voran. Der chinesische Kräuterheiler war einmal in ihre Hütte gekommen und hatte den Fuß untersucht. Dann hatte er ihr ein Pulver gegeben, das sie über die Wunde streuen sollte. »Sehr schlimm, junge Frau«, hatte er gesagt. »Sie sind gerade noch rechtzeitig gekommen. Er hat großes Glück gehabt.«

An einem der nächsten Tage ging sie in das Büro des Regierungsbeauftragten, wo sie jedoch nur seinen Stellvertreter, Mr. John Perry, vorfand. Er erklärte sich sogleich bereit, mit ihr unter vier Augen zu sprechen. Erleichtert beschrieb sie ihm, wie es Ben Buchanan ergangen war.

»Ich stamme selbst aus Charters Towers«, erklärte er. »Und von den Buchanans habe ich schon gehört. Ben tut mir sehr leid. Ich hatte ja keine Ahnung, dass er der Einsiedler ist. Und was kann ich jetzt für Sie tun?«

»Ich brauche zwei Pferde«, sagte Diamond, »damit wir bis zu einer der ersten Farmen reiten können.«

»Zwei Pferde! Für alle guten Worte und alles Geld der Welt könnte ich Ihnen nicht mal eines besorgen. Niemand von uns gibt sein Pferd her!«

»Aber ich habe mir alles genau überlegt. Sie können uns die Pferde leihen. Wenn uns eine Eskorte von Soldaten begleitet, können die Männer die Pferde wieder zurückbringen.«

»Tut mir leid, das ist nicht möglich. Wenn ich einer Gruppe von nur zwei Personen eine Eskorte gewähre, setzt man mich an die Luft. Sie müssen warten, bis der nächste bewachte Goldtransport abrückt.«

»Aber ohne Pferde hat es keinen Sinn, denn Ben kann nicht so weit laufen.«

»Dann muss er eben hierbleiben, bis er laufen kann.«

Diamond blieb unschlüssig sitzen, obwohl sie wusste, dass das Gespräch für ihn beendet war und er nur darauf wartete, dass sie ging. Schließlich unternahm sie einen letzten Versuch. »Mr. Perry, ich könnte Ihnen einen anderen Weg nach Cooktown zeigen, der weiter südlich durch die Berge führt. Sie ersparen sich damit den Umweg um die Bergkette.«

Er lachte. »Und wo soll dieser Weg sein?«

»An der südlichen Grenze des Gebiets der Irukandji. Er ist außerdem auch viel sicherer, denn die Irukandji verlassen die Berge nicht gern. So könnten Sie Ihren Leuten viele Schwierigkeiten ersparen. Der jetzige Weg der Goldsucher führt mitten durch das Land dieses Stammes, und das wollen sich die Irukandji natürlich nicht gefallen lassen.«

Perry lehnte sich auf seinem wackligen Stuhl zurück. »Ich verstehe«, meinte er lächelnd. »Und woher wissen Sie das alles?«

»Weil ich eine Irukandji bin.«

Erschrocken fuhr er auf. »Das darf doch nicht wahr sein!«

»Wussten Sie, dass die Leute in den Bergen vom Stamm der Irukandji sind?«

»Ja«, antwortete er plötzlich sehr steif. »Das haben wir von den anderen Schwarzen erfahren, und wir wissen auch, dass sie Kannibalen sind.«

»Und was bedeutet das für Sie?«

»Das bedeutet, dass bei bösartigen Stämmen wie diesen Mitleid fehl am Platze ist. Sie müssen ausgelöscht werden.«

»Ach ja? Deshalb haben Sie wohl auch die freundlichen Stämme im Süden ausgelöscht?« Ihre Antwort ärgerte ihn, und da sie das nicht beabsichtigt hatte, lenkte sie ein. »Bitte, Mr. Perry, ich könnte Ihnen helfen.« Sie schenkte ihm ein Lächeln.

Mit einem Taschentuch tupfte er sich den Schweiß von der Stirn. »Wer garantiert mir, dass Sie wirklich von diesem Stamm sind? Wieso sprechen Sie so gut Englisch?«

»Weil ich bei Weißen in Brisbane aufgewachsen bin. Ich wurde als Kind verschleppt.«

»Ich verstehe«, sagte er.

Mit einem verstohlenen Lächeln stand Diamond auf. Ja, du hast verstanden, dachte sie. Wenn es etwas half, hätte sie sich ihm sogar hingegeben. Glücklicherweise war dieser Mann zu einfältig, um ihre missliche Lage auszunutzen.

»Es ist nett, dass Sie mich angehört haben«, sagte sie deshalb höflich. »Die Buchanans wären für jede Hilfe sicher sehr dankbar. Außerdem bekommen Sie vielleicht eine Auszeichnung, wenn Sie den Goldsuchern eine leichtere Route nach Cooktown zeigen.«

»Wie verläuft dieser Weg?«

Sie wollte es ihm schon erklären, doch dann entschloss sie sich dagegen. Schließlich war es ihr einziges Druckmittel. »Das zeige ich Ihnen«, sagte sie stattdessen.

Meebal konnte seine Wut kaum noch zügeln. »Du hast Weiße mitgebracht! Ich habe ihre Pferde gehört!«

»Nein, mein Bruder. Diese Leute haben mich auf dem Weg durch das Land der Merkin beschützt. Sie warten unten am Lager auf deine Erlaubnis, den Weg zu benutzen, auf dem sie nach Cooktown gelangen, ohne unser Volk zu stören.«

»Warum bleiben sie nicht ganz fort?«

»Meebal, wir können sie nicht aufhalten. Das kann niemand mehr. Und es ist besser so. Ich möchte, dass du mich begleitest und sie kennenlernst. Sie sollen wissen, dass die Irukandji gute Menschen sind.«

John Perry rümpfte die Nase. »Ein Verrückter und ein Blinder«, sagte er zu den Soldaten. »Wie konnte ich mich von dieser Frau nur derartig an der Nase herumführen lassen? Der Regierungsbeauftragte wird mich an die Luft setzen.«

Die Soldaten grinsten. Natürlich hatte inzwischen auch der letzte Mann mitgekriegt, dass dieser Buchanan nicht ganz richtig im Kopf war. Ungefähr ein Dutzend Mal war er von seinem Pferd abgesprungen und auf seinem kranken Fuß durch die Gegend gestolpert, weil er Gold suchen wollte. Und seine schwarze Freundin bemutterte ihn wie eine Glucke. »Wir haben mehr Gold, als wir brauchen«, redete sie immer wieder auf ihn ein. »Es wartet auf uns in Cooktown.« Und der arme Tropf glaubte ihr aufs Wort. Wenn er es mal wieder vergessen hatte, erzählte sie ihm die ganze Geschichte geduldig von vorn. Gut sah sie ja aus mit ihrem großen, schlanken Körper und den vollen Brüsten. Für die Soldaten bestand kein Zweifel, dass sie mit dem jungen Perry das Bett geteilt hatte. Man sah ja, wie er sie mit seinen Blicken verschlang, weil er nicht genug von ihr kriegen konnte. Und deshalb war er jetzt mit ihr unterwegs und tat, was sie von ihm verlangte.

Und jetzt noch dieser schwarze Blinde, der mit Federschmuck und Kriegsbemalung erschienen war, um die Fremden zu begrüßen! Diamond hatte erklärt, dies sei ihr Bruder vom Stamm der Irukandji. Aber den Soldaten war das völlig gleichgültig; sie hassten dieses Land und dieses höllische Klima. Für diesen Ausflug hatten sie sich ohnehin nur deshalb freiwillig gemeldet, weil sie darin eine Möglichkeit sahen, nach Cooktown zurückzukehren, bevor die Regenzeit kam und das Gebiet am Palmer vollkommen von der Außenwelt abgeschnitten war. Und vielleicht kannte dieses Mädchen ja tatsächlich eine Abkürzung. Bis jetzt hatte Meebal immer angenommen, alle Weißen seien schreiende Teufel, und nun war er erstaunt über ihre ruhigen Stimmen. Sie faszinierten ihn. Seine Befangenheit wich bald einer kindlichen Neugier; er kostete ihr Essen und ließ sich sogar dazu bewegen, die weichen Nüstern der Tiere zu berühren, die sie Pferde nannten. So großen Tieren war er noch nie begegnet, lediglich ihren donnernden Hufschlag hatte er in letzter Zeit öfter gehört. Jetzt ließ er sich von ihren samtigen Lippen liebkosen und lachte über ihre schnaubende, prustende Sprache.

Diamond brachte ihm ein paar englische Worte bei, mit denen er sich später vor einem Angriff schützen konnte. Obwohl es ihm schwerfiel, sie zu lernen, wünschte sie, sie hätte das schon früher getan. Meebal, der von den Pferden begeistert war, wollte alles über diese Tiere erfahren und über nichts anderes mehr sprechen. Lächelnd dachte Diamond daran, wie er den Besuchern im Haus des Gouverneurs ähnelte, die die Koalas in den Bäumen bestaunten und unbedingt die Kängurus sehen wollten.

»Die Weißen«, erklärte ihr Meebal, »sind auch nicht anders als wir. Aber diese Tiere, die die Menschenwesen so schnell wie der Wind durch das Land tragen, die sind ein großer Zauber. Es macht mich traurig, dass ich mich von ihnen verabschieden muss.«

Zu Perrys Erstaunen leitete der Blinde sie sicher über Pässe und durch Täler. »Diesen Weg sind wir aber nicht gekommen«, sagte Diamond zu ihrem Bruder.

»Nein«, antwortete er. »Aber für diese wunderbaren Tiere ist er leichter. Ich habe den Weißen einen Weg gezeigt, und das muss reichen.«

Als sie aus dem Busch traten und sich vor ihnen die saphirblaue Bucht der Whitsunday erstreckte, brachen John Perry und seine Soldaten in Jubel aus. Begeistert klopften sie Meebal auf die Schulter. Dann überhäuften sie ihn mit Geschenken – mit den Resten ihrer Vorräte, mit Münzen, Halstüchern, Streichhölzern und Knöpfen –, denn mit seiner Hilfe hatten sie einen Weg gefunden, der jetzt nur noch fünf Tage in Anspruch nahm. Doch Meebal bat lediglich um einen einzigen Gefallen: Er wollte die letzten verbleibenden Meilen auf einem Pferd zurücklegen.

Perry selbst stellte ihm sein Tier zur Verfügung. Er war sicher, dass er nun, nach der Entdeckung dieses neuen Weges, befördert werden würde. Und so führte er sein Pferd mit dem verzückten Meebal im Sattel den letzten Abhang hinunter.

»Dies ist der größte Tag in meinem Leben«, rief Meebal

Diamond zu, die hinter ihm herritt und Bens Pferd am Zügel führte. »Die anderen Geschenke soll Luka bekommen. Sie wird sich sicher freuen. Ich soll dir sagen, wenn du mehr von diesen gelben Steinen brauchst, wird sie dir welche holen.«

Diamond, die vergessen hatte, dass die anderen ihn nicht verstehen konnten, blickte sich erschreckt um. Doch dann atmete sie beruhigt auf. »Danke, mein Bruder. Vielleicht brauche ich sie eines Tages. Aber du darfst niemandem davon erzählen. Auch vor diesen Leuten dürfen wir nicht darüber sprechen, denn diese Steine würden ganze Horden von Weißen in euer Land bringen. Sie müssen für immer verborgen bleiben.«

»Schwester, du bist eine gute Frau«, sagte er, als sie zum letzten Mal Abschied nahmen. »Der Segen der Götter ruht auf dir. Sei freundlich zu diesen weißen Leuten, und vergiss deine Rache!« Unversehens sah sie das Gesicht der Haushälterin des Gouverneurs vor sich, hörte die schrille Stimme von Cornelia Buchanan und spürte die Gefahr, die einen Moment lang über Billy Kemp geschwebt hatte. Sie dachte an die Männer, die sie in einer Seitenstraße in Brisbane niedergestochen hatte, und an die vielen anderen, denen sie ihre Gemeinheiten heimgezahlt hatte. »Vergiss deine Rache, Kagari«, wiederholte er. »Hast du mich verstanden?«

»Ja«, sagte sie reumütig. »Ich will es versuchen.«

In der Obhut des Arztes, der seinem Patienten Ruhe und frische Luft verordnete, besserte sich Bens Leiden allmählich. Die kühle Brise, die vom Meer her wehte, trug das ihre dazu bei.

Allerdings war er noch immer schüchtern, wenn ihnen Fremde begegneten. Diamond ging mit ihm schwimmen, und er saß am Strand, wenn sie Kokosnüsse sammelte, die von fernen Ländern angeschwemmt worden waren. Sie forderte ihn auf, sie zu öffnen, ohne einen Tropfen ihrer Milch zu vergießen, und als sich herausstellte, dass es nicht möglich war, lachte er zum ersten Mal seit langer Zeit. Sie teilten sich die Stücke der Kokosnuss wie Kinder ihre Glasmurmeln.

Im Laufe der Zeit stellte er immer mehr Fragen über Cooktown und die Scharen aufgeregter Goldsucher, die mit jedem neuen Tag in den Hafen strömten.

»Am liebsten wäre ich auch dabei«, sagte er. »Es ist furchtbar, dass ich hier festsitze, wo ich doch weiß, dass man am Palmer ein Vermögen finden kann.«

»Du darfst dich nicht anstrengen«, ermahnte ihn Diamond. »Du musst erst wieder ganz gesund werden.«

»Ich weiß. Aber es macht mich wütend, wenn ich daran denke, dass ich Gold hatte und man es mir unter der Nase weggestohlen hat!«

»Das ist anderen Goldgräbern auch passiert. Denk nicht mehr daran. Hier bist du in Sicherheit, und bald bist du wieder ganz gesund.«

»Genau«, sagte er grinsend, nahm ihren Arm und zog sie zu sich aufs Bett. »Lieb mich, Diamond! Eine bessere Medizin für einen kranken Mann gibt es nicht.«

Ihre gemeinsamen Wochen in der kleinen Hütte am Strand waren für Diamond das Paradies. Da sie sich nun nicht mehr zu verstecken brauchten, hatten sie alle Zeit der Welt, sich zu lieben, beieinanderzuliegen, die heißen, tropischen Nachmittage zu verträumen und die lauen, sternenklaren Nächte zu genießen. Zwar litt Ben noch unter gelegentlichen Anfällen von Schwermut, doch Diamond blieb geduldig und fröhlich. Sie war sicher, dass er bei diesem sorgenfreien Leben an Körper und Geist genesen würde. Allerdings konnte er sich an ihre Rückreise nach Cooktown und seine Zeit als Einsiedler kaum noch erinnern. Doch als sein Lebensmut zurückkehrte, wurde er gereizt und begann, an ihr herumzumäkeln. Sie wusste, dass ihn wieder die Sorgen um Caravale plagten, und machte ihm deswegen keinen Vorwurf. Schließlich konnten sie ja nicht für immer in Cooktown bleiben, bald würden sie wieder nach Süden fahren.

Eines Tages sprach er mit ihr über Caravale. »Ob es Mutter nun gefällt oder nicht«, sagte er, »ich muss bei der Bank ein Darlehen aufnehmen und Perfys Anteil zurückkaufen.« Dies war das erste Mal, dass er Perfys Namen erwähnte, und Diamond war froh, dass er so beiläufig von ihr sprechen konnte.

»Vielleicht hat sie ihre Anteile schon längst verkauft«, gab Diamond zu bedenken.

»Das würde sie nicht wagen«, knurrte er. »Und wenn du ihr nicht von uns erzählt hättest, säße ich jetzt nicht in der Patsche.« Diamond ließ diesen Vorwurf lieber unbeantwortet. Aus der Patsche konnte ihm herausgeholfen werden. Bisher hatte sie es noch nicht gewagt, ihm von ihrem Gold zu erzählen. Er hätte nicht eher Ruhe gegeben, als bis sie ihm beschrieben hätte, woher sie es hatte. Aber dadurch würde sie ihr Volk in Schwierigkeiten bringen, und außerdem musste sie vermeiden, dass er wieder vom Goldfieber angesteckt wurde. Sollte er sich auf die Suche machen, würden die Krieger der Irukandji ihn töten. Sie lächelte. Wenn sie diese Versuchungen hinter sich gelassen hatten und sicher in Bowen angekommen waren, würde sie ihm von ihrem Gold erzählen. Er war ihre große Liebe, und sie malte sich in allen Einzelheiten aus, wie sehr er sich freuen würde, wenn sie ihm das Gold gab. Nicht als geschlagener Mann würde er nach Caravale zurückkehren, sondern im Triumph. Dann würde es auch nichts mehr ausmachen, wenn Perfy in ihrer Wut ihre Anteile verkauft hatte, denn mit ihrer Hilfe hätten die Buchanans das nötige Geld, einem neuen Besitzer jeden Preis zu bieten. Wie versprochen sollte ihr Luka, ihre Mutter, mehr von den Steinen geben. Am besten vereinbarte sie mit ihr eine Zusammenkunft bei den Wasserfällen. Dann brauchte sie nicht noch einmal das Land der Irukandji zu betreten, wo Tajatella sie mit seinem Hass verfolgte.

Doch schon am nächsten Tag platzten ihre Träume wie eine Seifenblase.

»Wem gehört diese Hütte?«, fragte Ben.

»Dem Arzt. Er hat sie nach seiner Ankunft in Cooktown gebaut. Als die Stadt wuchs, brauchte er auch ein größeres Haus.«

»Alle Leute verdienen Geld, nur ich nicht«, stöhnte Ben. »Ich bin pleite.«

»Nein, das bist du nicht«, sagte Diamond vorsichtig.

»Du hast leicht reden. Zum Glück kann mich der Name Buchanan retten. Der Leiter der Bank hat mir einen Kredit für meine Schiffspassage angeboten, aber abgesehen davon bin ich völlig pleite.«

»Du warst auf der Bank?«, fragte sie beunruhigt. Er hatte von »seiner« Schiffspassage gesprochen. Und was war mit ihr?

»Natürlich. Der Arzt hat mich den Leuten vorgestellt. Weißt du, was ich am meisten hasse? Dass diese Emporkömmlinge mich bedauern, wenn ich wie ein Krüppel durch den Ort humpele. Sie reden mit mir wie mit einem Irren. Der arme Buchanan! Schicken wir den Kerl doch besser nach Hause!«

»Das stimmt nicht, Ben! Der Arzt ist sehr nett und hat sich sehr um dich gekümmert.«

»Was du nicht sagst!« Seine Stimme triefte vor Hohn. »Sie alle wissen, dass ich kein Geld habe.«

»Ja, jetzt im Augenblick«, erwiderte sie. Sie biss sich auf die Lippen, um ihm nichts von dem Gold zu erzählen.

»Natürlich, im Augenblick. Sie wissen schon, wo was zu holen ist. Selbst in diesem gottverlassenen Ort hat sich rumgesprochen, wer die Buchanans sind. Aber sie wissen auch, wer die Rechnungen zahlt, oder etwa nicht?«

»Welche Rechnungen?«, fragte sie betroffen.

»Ach, stell dich nicht dumm, Diamond! Ich bin doch nicht blöd! Wir leben hier nicht von Luft und Liebe. Wer kauft die Lebensmittel? Wer hat mir Kleider besorgt? Wer zahlt die Arztrechnungen? Und erzähl mir nicht, dass dein Freund Bourke uns aus reiner Nächstenliebe auf Kredit leben lässt. Also, wer hat das alles bezahlt?«

»Ben, sei nicht undankbar. Ich habe es gern getan.«

»Das kann ich mir denken! Aber woher stammt das Geld? Wieso verfügt eine Schwarze plötzlich über Geld?«

Diamond versuchte zu lächeln. »Ach, Ben, das ist doch gleichgültig. Hauptsache, es geht dir wieder gut.«

»Natürlich. Aber du hast mir noch nicht gesagt, woher das Geld kommt.« Er packte sie am Arm und zog sie zu sich heran. »Woher hast du es?«

»Das habe ich mir verdient«, flüsterte sie.

»Genau. Hast du gedacht, ich habe das nicht gewusst? Als Hure hast du es dir verdient, in Charters Towers. Und du scheinst dich ja mit Glory Molloy ausgezeichnet zu verstehen. Hast du auch für sie gearbeitet?«

»Nein«, stammelte Diamond. »Bestimmt nicht, Ben.«

»Warum nicht? Auf ein paar Kunden mehr kommt es doch nicht an.«

Sie sah ihm ins Gesicht und legte ihm die Arme um den Hals. »Lass das, Ben! Was macht es schon aus?« Sie küsste ihn und nestelte an seinem Hemd. »Diese schreckliche Zeit liegt jetzt hinter uns. Nimm es nicht so wichtig, du darfst dich nicht aufregen.« Als sie ihn zärtlich liebkoste, beruhigte er sich allmählich. Doch sie bemerkte erschrocken, dass sie ihn verführte, wie sie es bei den tollpatschigen, unbeholfenen Kunden im Bordell gelernt hatte. Mit langsamen, sinnlichen Bewegungen streifte sie die Kleider ab und räkelte ihren schlanken Körper auf dem Bett, bis er seinen Widerstand aufgab. Als er sie liebte, tat er es ohne Gefühle und Leidenschaft. Er nahm sie wie eine Fremde – oder wie eine Hure. »Ich liebe dich«, flüsterte sie in ihrem Verlangen, die Zärtlichkeit wiederzufinden, die früher zwischen ihnen geherrscht hatte. Doch sie war nicht mehr da. Als er sich von ihr abwandte, weinte sie bittere Tränen.

»So«, sagte er, »es wird Zeit, dass ich mich auf den Weg mache. Tut mir leid, dass ich gestern Abend so grob war, Diamond. Muss wohl am Alkohol liegen. Ich bin dir nämlich wirklich dankbar, dass du mich aus diesem Rattenloch rausgeholt hast. Der Himmel allein weiß, wie du das geschafft hast! Ich kann mich an nichts mehr erinnern.«

Er war ausgesprochen gut gelaunt. Die ganze Nacht hatte er sich ausgiebig ihres Körpers bedient, während sie vergeblich versucht hatte, einen Zugang zu seinem Herzen zu finden.

Trotz seiner Grobheit hatte sie sich ihm immer wieder hingegeben, hatten ihre warmen Lippen ihn gestreichelt. Sie wollte für ihn unentbehrlich sein.

Jetzt gab er ihr einen Klaps. »Mein Gott, du wirst mir fehlen!« Er lachte. »Im Bett kann es keine mit dir aufnehmen.«

Vorsichtig setzte sie an: »Aber wir müssen uns doch nicht

trennen, Ben. Du weißt, dass wir gut zusammenpassen. Ich gehöre zu dir.«

Ben achtete nicht auf sie. »Ich muss zum Hafen gehen und mir meine Überfahrt besorgen. Wenigstens gibt es genügend Kojen auf den Schiffen, denn sie fahren ja sowieso alle leer zurück.« Diamond holte tief Luft. Jetzt oder nie. »Ich will nicht allein hierbleiben. Ich möchte mit dir gehen.«

»Ach du meine Güte, Diamond, fang doch nicht wieder damit an! Wir hatten eine gute Zeit zusammen, aber das ist jetzt vorbei. Warum kannst du das nicht endlich einsehen?«

Schweigend setzte sie sich aufs Bett. Als sie das Rauschen der Brandung hörte, wünschte sie, sie hätte den Mut, ins Meer hinauszugehen und nie mehr zurückzukommen. Doch sie trug eine Verantwortung. Der ewige Kreislauf der Erde hatte dafür gesorgt, dass ein neues Leben in ihr wuchs, Lukas Enkelkind. Und jetzt klammerte sie sich nur noch an den Gedanken, dass sie Luka davon berichten musste. Luka, die sie bedauert hatte, weil sie so viele Jahre nach der Geschlechtsreife noch immer kinderlos war.

»Hör mir mal gut zu«, sagte Ben währenddessen. »Du musst die Dinge sehen, wie sie sind. Wenn ich schon keine weiße Hure mit nach Hause bringen kann, dann gilt das erst recht für eine schwarze. Aber wenigstens wissen die weißen Huren das und machen nicht solch ein Theater! Frag Glory Molloy. Wenn ich dich nicht zur Vernunft bringen kann, schafft sie es vielleicht.«

»Und was soll ich deiner Meinung nach tun?«, fragte sie. Gespannt wartete sie auf seine Antwort, geradezu überwältigend war ihr Verlangen, diesen Mann endlich als das zu sehen, was er war. Sie wusste, dass er sie jetzt verletzen würde, doch offensichtlich brauchte sie das, um ihn ein für alle Mal aus ihrem Herzen zu verbannen.

»Bleib in Cooktown. Hier geht's dir doch gut.« Er grinste. »Meine Süße, so, wie du aussiehst, wirst du niemals Hunger leiden. Den Goldsuchern, die hier ankommen, brennt das Geld in den Taschen.«

»Ich soll also wieder als Prostituierte arbeiten?«

»Zieh doch nicht solch ein Gesicht! Schließlich verstehst du was von dem Geschäft. Ich bin nicht für dich verantwortlich.«

»Nein, das bist du nicht«, schleuderte sie ihm entgegen, »aber du bist ein Bastard!«

»Na, na, ruhig«, lachte er. »Das kannst du mir nun wirklich nicht anhängen.«

»Doch, das kann ich. Dieses Grab ohne Namen auf deinem heißgeliebten Caravale – frag doch mal deine Mutter, wer dort liegt!«

»Das ist alles vergessen und vorbei. Das war ein Kerl, der sie angegriffen hat.«

»Er hieß Clem Bunn und war ihr Ehemann.«

»Du bist wahnsinnig! Woher willst du das wissen?«

»Ich weiß es eben. Und die ganze Zeit frage ich mich schon, wie sie deinen Vater heiraten konnte.«

Er holte zu einem Schlag aus. »Du Hexe, du lügst!« Sie wich ihm rasch aus und hatte im nächsten Moment ihr Messer gezogen, ein neues scharfes Messer, das sie sich gekauft hatte, um sich in den überfüllten Straßen von Cooktown verteidigen zu können. Während er einen Schritt zurücktrat, fühlte sie eine solche Wut in sich aufsteigen, dass sie am liebsten zugestochen hätte. Da fielen ihr Meebals Worte ein. »Vergiss deine Rache!« Und sie wusste, wenn sie Ben tötete, ja auch nur verwundete, wäre das ihr Ende. In der Welt der Weißen gäbe es dann keinen Platz mehr für sie und ihr Kind.

»Mach, dass du rauskommst«, zischte sie.

Wieder mutiger geworden, griff er nach seinem Hut und eilte zur Tür. »Wenn du mich noch einmal bedrohst, schlage ich dich grün und blau. Es wird Zeit, dass du lernst, wo du hingehörst. Ich erledige jetzt in der Stadt meine Geschäfte, und wenn ich zurückkomme, steht das Essen auf dem Tisch! Hast du mich verstanden?«

Sie ließ das Messer fallen. »Ja.«

»Gut so.« Er zog eine Zigarre aus der Tasche und steckte sie an, um seinen Triumph noch eine Weile zu genießen. »Du willst einfach nicht wahrhaben, Diamond, dass du auch nur eine primitive Schwarze bist.«

Sobald er die Hütte verlassen hatte, packte sie ihre Sachen. Stundenlang schlenderte sie durch den warmen Sand am Strand entlang und versuchte, das Vorgefallene zu verstehen. Seltsamerweise war der Schmerz nicht so groß wie damals, als Ben sie das erste Mal so schmachvoll zurückgewiesen hatte. Vielleicht hatte sie auch schon immer gewusst, dass es eines Tages so kommen würde. Doch jetzt gab es viel zu tun. Sie würde ihre Reisetasche bei Marie Bourke unterbringen und in den Busch gehen, um den anderen, von der Mutter geflochtenen Beutel zu holen. Kein Mensch würde auf eine Schwarze mit einem schäbigen, handgearbeiteten Beutel achten, und niemand würde fragen, was er enthielt. Dann würde sie eine Überfahrt auf einem großen, anständigen Passagierschiff buchen, die hier inzwischen anlegten und Goldgräber an Land brachten. Dort bräuchte sie um ihre Sicherheit nicht zu fürchten. Und das Schiff sollte sie nach Brisbane bringen – denn wenigstens wusste sie jetzt, wo ihre Heimat war. Ihre Heimat war der Ort, an dem sie aufgewachsen war und den sie so gut kannte. Jannalis Bruder hatte recht gehabt, als er sich an die Stirn getippt und gesagt hatte, sie wüsste ganz genau, wo ihre Heimat liegt. Nur hatte sie sehr lange gebraucht, um dies zu erkennen. Während ihre Füße von sanften Wellen umspielt wurden, dachte sie an das kleine Mädchen, das vor vielen Jahren an dieser Küste gefischt hatte.

7

Bowen. Als die grüne, schimmernde Stadt vor ihm lag, ließ Lew das Schiff betont langsam in den Hafen gleiten, um den Anblick in aller Ruhe genießen zu können. Der warme, sanfte Regen spülte den Staub von den Straßen und perlte glänzend von den Blättern. Was hätten die Leute, die sich auf den Trecks über das verkarstete Land vom Palmer nach Charters Towers oder weiter östlich nach Townsville befanden, für diesen Regen gegeben! Der letzte Abschnitt war der schlimmste, wenn man vom staubigen, roten Land an die Küste kam und in Townsville gerade Wassermangel herrschte. Was mochte wohl die Natur bewogen haben, diese beiden tropischen Küstenstädte so unterschiedlich auszustatten? Townsville, das nach Regen lechzte, und Bowen mit seinen unzähligen frischen Quellen, großzügig bedacht von den ersten Schauern der Regenzeit.

Chin Ying trat mit einem Regenschirm an Deck. »Ich nehme an, du kannst es kaum erwarten, Miss Middleton deine Aufwartung zu machen?«

»Stimmt. Diesmal werde ich es aber richtig anfangen. Perfy war immer sehr beeindruckt von Herberts elegantem Aufzug. Also gehe ich zuerst in die Stadt und lasse mir die Haare schneiden, dann besorge ich mir einen guten Anzug und kaufe die besten Stiefel, die man für Geld kriegen kann.«

Ying lächelte. »Und das soll der Seefahrer sein, der sich immer über meine feinen Kleider lustig gemacht hat?«

»Ich tue das nicht freiwillig, mein Freund. Ich will sie überraschen.«

»Hast du dir mein Angebot noch einmal durch den Kopf gehen lassen?«

»Ja, und ich fühle mich geehrt, dass du mich für würdig erachtest, Teilhaber eines so aussichtsreichen Geschäfts zu werden. Es erfüllt mich mit Stolz, dass du mir so viel Vertrauen schenkst, mir den Posten des geschäftsführenden Direktors anzubieten. Das meine ich ehrlich, Ying. Wie immer meine Entscheidung auch ausfällt, ich werde auf jeden Fall in deine Firma investieren.«

»Entschuldige bitte, aber das wird nicht möglich sein. Wenn du den Posten als geschäftsführender Direktor ausschlägst, dann halte ich es für besser, wenn du deiner eigenen Wege gehst. Leisten kannst du es dir. Meine Gesellschaft soll allein von zwei Direktoren geführt werden, denn ich will vermeiden, dass andere Investoren sich einmischen. Wenn du mein Angebot ausschlägst, muss ich mir einen anderen Engländer suchen, der Chinesisch spricht und einen einwandfreien Leumund hat. Außerdem sollte er etwas von Schiffen verstehen«, fügte er hinzu. »Wie du siehst, brauche ich einen Mann mit genau deinen Fähigkeiten.«

Lew schüttelte bedauernd den Kopf. »Natürlich ist das eine

einmalige Gelegenheit für mich. Außerdem habe ich zu meiner Überraschung festgestellt, dass ich Sehnsucht nach China habe. Ich vermisse das Gewimmel und Geschnatter und die vielen undurchschaubaren Bräuche.« Er lachte. »Und ich würde dich und deine abwegige Denkweise vermissen. Aber ich will Perfy um ihre Hand bitten. Wenn sie einverstanden ist, hängt alles von ihrer Entscheidung ab. Wir dürfen nicht noch einmal verschiedener Wege gehen, und wie unsere Zukunft aussehen soll, entscheiden wir gemeinsam. Vielleicht möchte Miss Middleton nicht in Hongkong leben.«

Ying schüttelte ein paar Wassertropfen von seinem Regenschirm. »Ich kann nur schwer hinnehmen, dass meine Zukunft von einer Frau abhängen soll. Die Welt ist voll von schönen Frauen.«

»Das stimmt«, gab Lew zu. »Aber ich will nur diese eine.«

»Du hast wohl noch immer nicht richtig verstanden, was ich dir da anbiete. Lew Cavour wird Taipan!«

»Taipan!«, stieß Lew atemlos hervor. Das Wort hallte ihm in den Ohren. Natürlich, Taipan! Der Direktor einer ausländischen Kapitalgesellschaft war Taipan, ein angesehener, hochgeachteter Kaufmann. Konnte er da noch Nein sagen? »Ich muss erst mit Perfy sprechen«, beharrte er trotzdem.

»Ach du lieber Himmel, das ist ja Mr. Chin!«, rief Alice Middleton aus. »Bitte, kommen Sie doch herein. Geben Sie mir Ihren Regenschirm. Perfy, sieh doch mal, wer hier ist! Wie schön, Sie wiederzusehen! Was für eine nette Überraschung!«

Die Frauen führten ihn in den Salon und servierten ihm Tee, der viel zu stark war und einen unangenehmen Beigeschmack hatte. Taktvoll verkniff Ying sich eine Bemerkung.

Anschließend erzählte er ihnen von ihrer Expedition zum Palmer, wobei er die unangenehmen Dinge verschwieg, dafür umso stärker Lew Cavours Taten herausstrich. Schmunzelnd bemerkte er, dass die hübsche Tochter gar nicht genug davon hören konnte.

»Es muss dort schrecklich sein«, meinte Perfy. »War das alles nicht sehr anstrengend?«

»Am schlimmsten war die Hitze«, antwortete er. »Manchmal herrschten mehr als vierzig Grad im Schatten.«

»Allmächtiger!«, staunte Alice. »Dass so was überhaupt möglich ist. Na, Gott sei Dank sind Sie ja heil zurückgekommen. Ich hoffe, Sie nehmen mir die Frage nicht übel, aber haben Sie Gold gefunden, Mr. Chin?«

Dass sie so geradeheraus fragte, gab ihm die Möglichkeit, von ihrem Erfolg zu sprechen, ohne dass es peinlich gewirkt hätte. Allerdings ließ er dabei aus, dass er dank der unermüdlichen Arbeit seiner Kulis bei seinem Aufbruch vom Palmer noch viel reicher war als all die anderen Goldgräber.

Dann berichtete er von seiner Absicht, nach China zurückzukehren, und nutzte die Gelegenheit, die Schönheit des Hongkonger Hafens in den prächtigsten Farben zu malen. »Vom Castle Peak aus bietet sich dem Betrachter ein atemberaubender Anblick«, murmelte er.

Miss Middleton wirkte erwachsener als früher; sie war ernster geworden und spach nicht mehr so unüberlegt. Ihre Züge wirkten gefestigt, und die blauen Augen hatten an Tiefe gewonnen. Die blonden Haare trug sie inzwischen hochgesteckt.

Ying bemerkte zufrieden, dass sie durch die vergangenen Ereignisse gereift war. Als er dann auf den Grund seines Besuches zu sprechen kam, hörten ihn die beiden Frauen höflich an, bis er geendet hatte.

Noch bevor Chin Ying aufbrach, eilte Perfy aus dem Zimmer. Sie musste sich umziehen, denn schließlich wollte sie den Mann, der gleich um ihre Hand anhalten würde, auch gebührend empfangen.

»Und was ist mit Ihnen, Mrs. Middleton?«, erkundigte sich Ying. »Glauben Sie, Hongkong könnte Ihnen gefallen?«

»Ich bleibe hier, Mr. Chin. Dies ist meine Heimat. Wir hatten zwar eine schwere Zeit mit den Eingeborenen, aber das ist ja nun vorbei. Man kann verstehen, dass sie Angst vor uns hatten. Und ich fühle mich hier zu Hause.«

Chin Ying war anderer Meinung. »Das schickt sich nicht. Sie sind das weibliche Oberhaupt der Familie, denn Mr. Cavour hat keine Angehörigen mehr.«

»Nun, das wird sich ja bald ändern«, sagte sie mit einem Lächeln. »Hier bin ich glücklich, also will ich auch meinen Lebensabend hier verbringen. Ich kann die beiden ja hin und wieder besuchen. Und Sie fangen ja nun auch ein neues Leben an. Ich freue mich schon auf die Nachrichten aus China – wenn Sie eine Frau gefunden haben und sich Nachwuchs ankündigt. Ich weiß, dass die Chinesen ihren Familien sehr verbunden sind, aber Sie haben nie von Ihren Angehörigen gesprochen. Ich nehme an, Sie haben ebenso Ihre Rückschläge erlitten wie wir auch.«

Dass Mrs. Middleton so einfühlsam war, rührte Ying. »Ja, es ist sehr schmerzlich für mich, dass ich mich von meinen Vorfahren abwenden muss«, gab er zu. »Mit dieser Frage habe ich mich viele Nächte lang auseinandergesetzt. Doch ich will überleben. Mein Vater hat mir Feinde hinterlassen, die niemals Ruhe geben werden. Und deshalb muss Chin Ying untertauchen.«

Alice Middleton saß schweigend da. Weder bedauerte sie ihn noch gab sie gute Ratschläge. Sie war zwar in England aufgewachsen und hatte ein schweres Leben geführt, aber sie bewies die gleiche Würde wie eine weise chinesische Matrone nobler Herkunft. »Möchten Sie mein Gewächshaus sehen?«, fragte sie schließlich. »Ich habe einige wunderschöne Orchideen. Es gibt hier so viele verschiedene Sorten. Ich glaube, sie würden Ihnen gefallen.«

»Ja, gern«, antwortete er und verbeugte sich vor ihr.

Perfy saß in einem Schaukelstuhl auf der Veranda. Sie hatte ihr bestes Sonntagskleid aus feinem, weißem Batist mit einem üppigen Spitzenbesatz am Saum angezogen. Die Taille zierte ein grünes Samtband. Das Leibchen, das sich eng an ihre schlanke Büste schmiegte, war mit einer gerüschten, gefälteten Bordüre aus englischer Stickerei besetzt. Die Haare trug sie jetzt offen, sodass ihr die langen Locken, nur von einem schmalen grünen Samtband zusammengehalten, weich auf die Schulter fielen. Am Mieder prangte das einzige Schmuckstück, das sie besaß, die Jadebrosche, die Mr. Chin ihr als Glücksbringer geschenkt hatte.

Als sie Lew in seinem feinen Anzug durch den strömenden Regen auf das Haus zulaufen sah, musste sie sich das Lachen verkneifen.

Damit sein neuer Panamahut nicht nass wurde, hielt er ihn an die Brust gepresst. Offensichtlich machte es ihm nichts aus, dass ihm von seinem dunklen Krauskopf, den normalerweise eine abgetragene Seemannskappe zierte, der Regen ins Gesicht tropfte.

»Meine Güte«, rief er, als er unter das Dach der Veranda flüchtete, »jetzt habe ich mir einen neuen Anzug gekauft und nun dies! Ich bin nass bis auf die Knochen, und bestimmt läuft er ein.«

Welch eine romantische Einleitung, dachte sie. Doch wie immer wirkte er ungeheuer anziehend, so braun gebrannt und gut aussehend!

Warum hatte sie sich nur von ihm abgewandt? Perfy erhob sich zur Begrüßung.

»Oh, Perfy!«, seufzte er und nahm sie in die Arme. Dass dadurch ihr Kleid nass wurde und sie völlig überrumpelt war, beachtete er nicht. »Du hast mir so gefehlt! Wenn du einen Verehrer hast, schick ihn auf der Stelle fort, hast du mich verstanden?« Er küsste sie immer wieder. »Du kannst dir nicht vorstellen, wie sehr du mir gefehlt hast. Ich liebe dich. Und ich habe dich immer geliebt. Aber das weißt du ja schon …«

Seine leidenschaftliche Begrüßung gab ihr keine Möglichkeit, die kurze Rede zu halten, die sie sich zurechtgelegt hatte. Aneinandergeschmiegt saßen sie auf der Veranda und blickten hinaus in den strömenden Regen.

»Liebst du mich, Perfy?«, fragte er drängend.

»Natürlich tu ich das, du Dummkopf«, antwortete sie. »Sonst würde ich nicht mit dir auf der Veranda sitzen und für all unsere Nachbarn dieses Schauspiel aufführen.«

»Dann muss ich mit dir etwas Ernstes besprechen. Du hast doch keinen Verehrer, oder? Ist dies hier vielleicht Herberts Stammplatz?«

»Herbert?« Perfy musste lachen. »Oh, Lew, hast du denn nicht gehört, dass Herbert fortgegangen ist?«

»Nein, aber über ihn wollte ich auch gar nicht reden.« Er nahm ihren Arm und trat mit ihr in die geräumige Eingangshalle. »Also, Chin Ying hat mir einen Vorschlag gemacht …«

»Du meinst wohl Mr. Wong Sun Lee?«

Verwundert blieb er stehen. »Woher kennst du diesen Namen?«

Sie lachte. »Weil er hier ist, draußen im Garten. Er lässt sich von meiner Mutter seltene Orchideen zeigen. Komm, wir gehen zu ihnen. Ich weiß, das Leben in Hongkong wird wunderbar.«

8

Die dralle deutsche Frau eilte an Bord des eleganten neuen Segelschiffes *Bremen*. Hastig bahnte sie sich ihren Weg durch die Menge und rief dem Träger über die Schulter immer neue Anweisungen zu. Die anderen Passagiere verabschiedeten sich unter Tränen von ihren Verwandten, denn gleich mussten die Zurückbleibenden das Schiff verlassen. Als dann die Rufe der Seeleute ankündigten, dass die Segel gehisst wurden, war unter den Hunderten von Emigranten, die sich auf dem Weg in die neue Welt befanden, die Aufregung groß. Alle drängten sich an die Reling, um noch einen letzten Blick auf die Verwandten am Kai zu erhaschen.

Augusta hatte niemanden, der ihr nachwinkte, und so folgte sie dem Steward in ihre Erste-Klasse-Kabine. Solange die meisten Passagiere noch an Deck waren, konnte er sich voll und ganz ihr widmen. Neugierig musterte er sie, während sie ihre Koffer zählte.

»Ist die Kabine zu Ihrer Zufriedenheit, gnädige Frau?«

»Wunderschön! Welch ein Luxus!«

»In dieser Ausstattung gibt es nur vier auf dem Schiff«, entgegnete er stolz. »Es wird eine lange Überfahrt werden, aber in einer solchen Kabine ist es für Sie bestimmt weniger strapaziös.«

»Für eine Frau in meinem Alter«, ergänzte sie lächelnd. »Wollen Sie sich über mich lustig machen, mein Junge? Mein lieber Mann war ein berühmter Hochseekapitän und genoss in Australien hohes Ansehen.«

»Ach so, dann sind Sie also auf Entdeckungsreise und wollen sich das Land ansehen, das Ihr Mann so gut kannte?«

»Keineswegs. Ich fahre nach Hause. Ich kenne diese Route bestens.«

Er war beeindruckt. »Wenn Sie etwas brauchen, klingeln Sie. Ich würde gern mehr über dieses neue Land erfahren, denn ich habe mir schon überlegt, ob ich nicht auch auswandern soll.«

»Gut, dann wird uns ja in den kommenden Monaten der Gesprächsstoff nicht ausgehen. Früher bin ich seekrank geworden, aber das habe ich jetzt wohl überwunden. Erst mal will ich mich ein wenig ausruhen. Würden Sie mich zum Abendessen wecken?«

»Gewiss, gnädige Frau.«

Als er den Raum verlassen hatte, gab Augusta ihre aufgesetzte Fröhlichkeit auf. Sie setzte sich aufs Bett und hing ihren düsteren Gedanken nach. Obwohl das Schiff in Hamburg ablegte, hatte es ihre Schwiegertochter nicht für nötig gehalten, sie zum Hafen zu begleiten. Noch viel mehr betrübte sie, dass nicht einmal die beiden Kinder ihr nachwinken durften. Ihren Enkelkindern hätte es sicher großen Spaß gemacht, dieses prächtigste Schiff der deutschen Flotte zu erkunden. Aber nein! Helga, die ihr in den letzten Jahren jeden Bissen missgönnt und sie in ein dunkles Hinterzimmer verbannt hatte, war nur froh, dass sie fortging.

»Gut«, sagte sie zu sich. »Das hätten wir also hinter uns.«

Sie nestelte an ihrer großen Handtasche und kramte zwischen Taschentüchern, Pillendöschen und Zetteln einen Brief hervor. Als sie ihn öffnete, seufzte sie laut auf. Das tat sie immer, wenn sie ihn las, und wie üblich zitterte auch wieder ihre Unterlippe. Der Brief war so abgegriffen, dass er an den Falzstellen schon brüchig wurde, aber das machte ihr nichts aus, denn sie kannte ihn ohnehin schon auswendig. Jedes Mal, wenn sie ihn wieder las, wurde sie von einer tiefen, unbändigen Freude erfasst. Der Brief hatte sie gerettet, gerade als sie gedacht hatte, dass ihr Leben sinnlos geworden sei, als sie mit dem Gedanken gespielt hatte, ins Meer hinauszuwaten und sich von den Wogen forttragen zu lassen. Es war schon schlimm genug gewesen, sich als unnützen Esser behandeln lassen zu müssen. Doch nie hätte Augusta gedacht, dass es noch schlimmer kommen konnte, dass sie plötzlich Helga, die sie mit Drohungen zu vertreiben suchte, allein gegenüberstehen würde.

Zufrieden las sie den Brief ein weiteres Mal:

Haus Nummer vier
Kangaroo Point
Stadt Brisbane

Liebe Missus,
Ihr Brief, in dem Sie mir berichteten, dass Ihr Sohn unsere Welt verlassen hat, erfüllt mich mit tiefer Trauer. Aber auch mit großer Sorge. Ich kann Ihre Verzweiflung nachfühlen. Es ist eine Schande, dass Sie Ihrer Schwiegertochter ausgeliefert sind, die keinerlei Achtung vor Ihnen hat. Bitte verzweifeln Sie nicht. Ich liebe und achte Sie wegen der Großzügigkeit, mit der Sie mich aufgenommen haben, und diese Gefühle werden sich bis an mein Lebensende nicht ändern. Das Glück war mir auf eine Weise hold, die ich jetzt nicht erklären kann. Ihr Mädchen ist reich, sehr reich sogar. Aber das muss unter uns bleiben. Die Herren auf der Bank haben mir eine Geldanweisung für Sie ausgestellt, die ich diesem Brief beifüge. Sie beläuft sich auf eintausend Pfund. Ich hoffe, Sie nutzen diese Summe, um eine Überfahrt nach Brisbane zu buchen. Ich habe unter obiger Adresse ein Haus gekauft und möchte Sie bitten, nach Hause zu kommen und bei mir zu bleiben. Das Haus wird Ihnen sicher gefallen, es hat viele Zimmer und einen Ausblick aufs Meer. Sicher gefällt Ihnen auch mein kleiner Sohn Ben, denn er ist ein hübsches Kind. Wie Ihr kleines Mädchen hat auch er etwas von beiden Welten in sich. Wissen Sie noch, dass der Kapitän im-

mer sagte, Sie waren eine gute Lehrerin? Er hatte recht. Und Ben könnte sich glücklich schätzen, Sie zur Großmutter zu haben. Wenn Sie lieber in Deutschland bleiben möchten, werde ich dafür sorgen, dass Sie eine geeignete Wohnung bekommen und dass Sie nie wieder Mangel leiden müssen. Aber eigentlich hoffe ich, dass Sie zu uns kommen.

Ich verbleibe mit freundlichen Grüßen

Diamond

Epilog

Im Kampf um das Gold am Palmer kamen mindestens fünfhundert chinesische und europäische Goldsucher und zehnmal so viele Aborigines ums Leben.

Im Zollbüro von Cooktown wurden innerhalb der ersten drei Jahre insgesamt dreißig Tonnen Gold als vom Palmer stammend angemeldet. Hinzu kamen die Funde aus den angrenzenden Gebieten. Wie viel Gold aus der Region herausgeschmuggelt wurde, kann niemand abschätzen.

Eine Volkszählung im Jahre 1877 ergab, dass 17 000 Chinesen an den Goldfeldern des Palmer lebten. Das waren fast ebenso viele, wie die gesamte weiße Bevölkerung von North Queensland zu jener Zeit ausmachte.

Cooktown entwickelte sich schnell zu einer blühenden Stadt. Es war der dritte Hafen der Kolonie Queensland, und bald gab es dort eine Unzahl von Hotels und Banken. Wohlhabende Bürger bauten sich prächtige Häuser im britischen Kolonialstil und stellten chinesische Dienstboten ein. Nach dem Goldrausch fiel die Stadt jedoch in einen Dornröschenschlaf. Feuer- und Flutkatastrophen sowie gewaltige Wirbelstürme nagten an ihr, und als die Zivilbevölkerung im Zweiten Weltkrieg evakuiert werden musste, bestand die Gefahr, dass Cooktown zu einer Geisterstadt wurde.

Mittlerweile erlebt der Ort einen neuen Aufschwung als Touristenattraktion. An der Mündung des Endeavour River gibt es unberührte Sandstrände; hinzu kommen die üppigen Wälder, atemberaubende Wasserfälle und ein artenreiches Tierleben, vor allem natürlich die unvermeidlichen Krokodile.

Die Eingeborenenstämme wurden entweder ausgelöscht oder bis auf wenige hundert Mitglieder dezimiert. Inzwischen haben ihre Nachkommen allerdings den ihnen zukommenden Platz in der Gesellschaft gefunden und führen den Besuchern stolz ihre einzigartigen alten Bräuche vor.

*Eine mutige junge Frau
in der Wildnis Australiens*

Patricia Shaw

Weites wildes Land

Roman

Ein Hurrikan reißt das Passagierschiff »Cambridge Star« in die Tiefe. Zu den wenigen Überlebenden zählt Sibell Delahunty, die verwöhnte Tochter eines englischen Gutsbesitzers. Zusammen mit einem irischen Sträfling kann sie sich an Land retten, irgendwo an der Küste Australiens. Die Situation in der Wildnis scheint aussichtslos. Doch Schritt für Schritt entdeckt Sibell auf dem fremden Kontinent ihr Temperament, ihren Erfindungsreichtum, ihre Zähigkeit und ihren Mut ...

»Patricia Shaw versteht es, auf faszinierende Weise das Land und das Leben der Einwanderer auf der Südhalbkugel darzustellen.« Elbe-Elster Rundschau

*Eine große Liebe im australischen Outback –
leidenschaftlich und voller Gefühl*

Patricia Shaw

Der Traum der Schlange

Roman

Australien, Ende des 19. Jahrhunderts. Ben ist der uneheliche Sohn der Aborigine Diamond und des weißen Siedlers Ben Buchanan. Wohlbehütet wächst der Junge bei einem älteren deutschen Ehepaar auf, das ihn wie seinen eigenen Enkel behandelt. Ganz anders ihre wohlhabenden Nachbarn, die auf das Halbblut herabsehen – alle, bis auf die Tochter des Hauses, die junge Phoebe …